까라마조프 씨네 형제들

까라마조프 씨네 형제들 상

Братья Карамазовы

표도르 도스또예프스끼 장편소설

이대우 옮김

BRAT'IA KARAMAZOVY
by FEDOR DOSTOEVSKII (1879~1880)

일러두기

1. 번역 대본은 F. M. Dostoevskii, *Sobranie sochinenii v dvenadtsati tomakh*(Moskva: Pravda, 1982)와 F. M. Dostoevskii, *Polnoe sobranie sochinenii v tridtsati tomakh* (Leningrad: Nauka, 1972~1990)를 주로 사용하였습니다. 다만 판본에 차이가 없는 한 옮긴이가 번역 대본을 임의로 선택하였습니다.
2. 러시아어의 로마자 표기와 우리말 표기는 〈열린책들〉에서 정한 표기안을 따르되, 관행적으로 굳어진 일부 용어만 예외로 하였습니다.

이 책은 실로 꿰매어 제본하는 정통적인 사철 방식으로 만들어졌습니다.
사철 방식으로 제본된 책은 오랫동안 보관해도 손상되지 않습니다.

| 작가로부터 | 15 |

제1부

제1권　어느 집안의 내력

1. 표도르 빠블로비치 까라마조프	21
2. 큰아들을 버리다	25
3. 재혼과 두 번째 자식들	30
4. 셋째 아들 알료샤	38
5. 장로들	50

제2권　달갑지 않은 회합

1. 수도원에 도착하다	64
2. 늙은 어릿광대	72
3. 신앙심 깊은 시골 아낙네들	86
4. 신앙심이 부족한 귀부인	97
5. 아멘, 아멘!	109

6. 저 따위 인간은 뭣 때문에 살고 있는 걸까!　　　121
　　　7. 출세주의자 신학생　　　137
　　　8. 스캔들　　　151

제3권　색마들

　　　1. 행랑채에서　　　165
　　　2. 리자베따 스메르쟈쉬차야　　　173
　　　3. 열렬한 심경의 고백, 시 형식으로　　　179
　　　4. 열렬한 심경의 고백, 일화의 형식으로　　　192
　　　5. 뜨거운 마음의 고백, 곤두박질　　　204
　　　6. 스메르쟈꼬프　　　217
　　　7. 논쟁　　　225
　　　8. 코냑을 마시며　　　233
　　　9. 색마들　　　245
　　　10. 두 여인이 한자리에　　　254
　　　11. 또 하나의 파괴된 명예　　　271

제2부

제4권 발작

    1. 페라뽄뜨 신부   285
    2. 아버지의 집에서   300
    3. 초등 학생들과 사귀다   307
    4. 호흘라꼬바 부인 댁에서   315
    5. 응접실에서의 파국   324
    6. 오두막에서의 파국   342
    7. 맑은 공기를 마시며   355

제5권 찬반론

    1. 공모   373
    2. 기타를 든 스메르쟈꼬프   390
    3. 형제가 서로 사귀다   400
    4. 반역   414

5. 대심문관 **432**

6. 아직은 너무 불투명하다 **465**

7. 현명한 사람과의 대화는 흥미롭다 **482**

『까라마조프 씨네 형제들』 등장인물

표도르 빠블로비치 까라마조프 가장.
드미뜨리(미쨔, 미쩬까, 미찌까, 미뜨리) 큰아들.
이반(바냐, 바네치카, 반까) 둘째 아들.
알료샤(알렉세이, 알료쉬까) 셋째 아들.

아젤라이다 이바노브나 미우소바 표도르의 첫 아내.
소피야 이바노브나 둘째 아내.

그리고리 바실리예비치 꾸뚜조프 하인.
마르파 이그나찌예브나 그의 아내.
스메르쟈꼬프(빠벨 표도로비치) 요리사.
리자베따 스메르쟈쉬차야 그의 어머니.

까쩨리나 이바노브나 베르호프쩨바(까쨔, 까쩬까, 까찌까) 드미뜨리의 약혼자.
호흘라꼬바 부인(까쩨리나 오시쁘브나) 과부.
리자(리즈) 딸.
그루센까(아그라페나 알렉산드로브나 스베뜰로바, 그루샤, 그루쉬까, 아그리뻬나)
라끼찐(미하일 오시쁘비치, 미샤, 라끼뜨까, 라끼뚜쉬까) 신학생. 그루센까의 사촌.
삼소노프(꾸지마 꾸지미치) 그루센까의 보호자.

조시마 수도원 장로.
이뽈리뜨 끼릴로비치 검사.
니꼴라이 빠르페노비치 넬류도프 예심 판사.
페쥬꼬비치 변호사.

뾰뜨르 일리치 뻬르호찐 관리.
스네기료프(니꼴라이 일리치) 퇴역 대위.
아리나 뻬뜨로브나 그의 병든 아내.
바랴(바르바라), **니나**(니노츠까), **일류샤**(일류셰츠까) 스네기료프의 아이들.
다르다넬로프 일류샤의 학교 선생님.
꼴랴 끄라소뜨낀, **스무로프**, **까르따셰프** 일류샤의 학교 친구들.

안나 그리고리예브나 도스또예프스까야에게 바친다.

정말 잘 들어 두어라. 밀알 하나가 땅에 떨어져 죽지 않으면
한 알 그대로 남아 있고 죽으면 많은 열매를 맺는다.
—「요한의 복음서」 12장 24절

작가로부터

나의 주인공 알렉세이 표도로비치 까라마조프의 일대기를 집필하면서 나는 일련의 의혹에 빠져 있다. 다시 말해서 내가 알렉세이 표도로비치를 나의 주인공이라 부르긴 하지만 그가 결코 위대한 인물이 아니라는 사실을 나 자신은 잘 알고 있다. 그래서 〈알렉세이 표도로비치를 당신의 주인공으로 선택하게 만든 남다른 점은 무엇인가? 대체 그는 무슨 일을 했던가? 그는 누구에게 어떤 점으로 인해 알려져 있단 말인가? 독자인 내가 그의 생애의 행적들을 연구하는 데 왜 시간을 낭비해야 하는가?〉 하는 따위의 필연적인 의문들을 예견하고 있다.

이 결정적인 마지막 의문에 대해 나는 이렇게 대답할 수 있을 뿐이다. 〈아마도 당신은 소설 속에서 스스로 찾게 될 것입니다.〉 그런데 사람들이 소설을 끝까지 읽고도 나의 알렉세이 표도로비치가 뛰어난 인물이라는 사실을 깨닫지 못하거나 그것에 동의하지 않는다면 어쩔 것인가? 애통한 일이지만 나는 그와 같은 상황을 짐작하고 있기 때문에 이렇게 이야기하리라. 그는 내게는 특별한 사람이지만, 독자에게 그것을 성공적으로 전달할 수 있을지에 대해서는 나 스스로도 심각한 회의에 빠져 있다고. 문제는 그가 주인공인 듯하면서도 정의하기 힘든 애매모호한 주인공이라는 데 있다. 어쩌면 요즘 같은 시대에 사람들에게 명확함을 요구한다는 것 자체가 이상한 일일지도 모른다. 한 가지 분명한 사실은 그가 이상한 사람이며 또한 괴짜라는 점이다. 그러나 이상하고 괴팍스러운 성격은 타인의 주목을 받기보다는 피해를 입기 마련이다. 특히 모든 사람들이 전반적인 혼돈 속에서 특수성들을 통일시키면서 어떤 보편적 의의를 발견하려고 노력하는 시점에서는 더욱 그렇다. 괴짜란 대부분의 경우에 특수하고 고립된 존재이다. 그렇지 않은가?

만일 여러분들이 마지막 명제에 동의하지 않고 〈그렇지 않다〉거나 〈언제나 그런 것은 아니다〉라고 대답한다면, 그 순간 나는 아마도 나의 주인공 알렉세이 표도로비치의 중요성에 대해 용기를 얻게 될 것이다. 왜냐하면 괴짜라고 언제나 특수하고 고립된 존재인 것은 아닐 뿐만 아니라, 그와 반대로 어떤 경우에는 그가 전체의 중심에 위치하면서 그 시대의 다른 사람들 모두는 알 수 없는 어떤 회오리바람으로 잠시 그와 단절되어 버렸을 뿐이기 때문이다……

어찌 됐든 이처럼 아무 재미도 없고 혼란스럽기만 한 설명 따위는 늘어놓지 않고, 또 서론 따위는 생략해 버린 채 시작했더라면 좋았을 것이다. 마음에 들기만 한다면 그럭저럭 읽어 갈 테니 말이다. 그러나 곤혹스러운 것은 내가 이야기할 일대기는 하나인데 소설은 두 개라는 점이다. 중요한 대목은 바로 두 번째 소설이며, 내 주인공의 행위는 이 시대, 즉 우리가 살아가고 있는 이 순간에 속해 있다. 첫 소설은 겨우 13년 전에 일어난 일이며, 어쩌면 소설이라고 할 수도 없는 것으로서 나의 주인공의 어린 시절 중 한 순간에 불과하다. 내가 다루지 않을 수 없는 것은 소설의 첫 부분이다. 왜냐하면 두 번째 소설에서는 많은 사실들을 이해할 수 없기 때문이다. 그러나 그런 경우 내가 겪게 될 첫번째 곤란은 한층 복잡해질 것이다. 만일 전기 작가인 내가 그처럼 소박하고 애매한 주인공이 소설 하나로도 충분하다고 생각했더라면,

두 개의 소설로 뭘 하자는 것이며 그런 나의 오만은 무엇으로 해명할 수 있겠는가?

그런 의문들을 풀어 나가는 일에 당혹해 하면서도 나는 문제 해결에 일일이 대응하지 않기로 결심했다. 물론 통찰력이 있는 독자는 내가 처음부터 이런 식으로 방향을 잡아 나갈 것이라는 사실을 이미 오래 전부터 눈치채고는 어째서 쓸데없는 이야기로 시간을 낭비하느냐고 나무랄 것이다. 그 문제에 대해서는 분명히 대답할 수 있다. 내가 쓸데없는 이야기로 시간을 낭비한 것은 첫째는 예의 때문이며, 둘째는 어쨌든 무언가를 미리 예고해 두려는 교활함 때문이다. 그러나 나는 〈소설 전체가 본질적으로는 통일을 이루며〉 두 개의 이야기로 나뉘어 있다는 사실에 만족한다. 첫번째 이야기를 잘 알고 있는 독자는 두 번째 줄거리가 읽을 만한 가치가 있는지 없는지를 이미 스스로 판단할 수 있을 것이다. 물론 구속을 받는 사람은 아무도 없을 것이므로 소설의 첫번째 이야기 두어 페이지째부터 책을 내던지고는 다시는 들추어보지 않을 수도 있다. 그러나 공정한 판단을 내리는 데 실수하지 않으려고 반드시 끝까지 읽어 내려가는 꼼꼼한 독자들도 있는 법이다. 예를 들면 러시아의 모든 비평가들이 바로 그런 사람들이다. 그런 사람들에 대해서는 오히려 마음이 홀가분하다. 왜냐하면 그들이 대단히 엄정하고 성실한 사람들이긴 해도 나는 소설의 첫번째 에피소드에서부터 책을 내던질 만한 합리적인 핑계를 그들에게 제공하고 있기 때문이다. 여기까지가 서문이다. 나는 이 서문이 쓸모없다는 점에 전적으로 동의하고 있다. 그러나 이미 쓴 글이니 그대로 두겠다.

그러면 이제 본론으로 들어가겠다.

1
제1부

제1권
어느 집안의 내력

1. 표도르 빠블로비치 까라마조프

알렉세이 표도로비치 까라마조프는 지금으로부터 정확히 13년 전에 일어난 비극적이고 의문투성이의 죽음으로 인해 한때 상당히 널리 알려진(물론 지금도 우리들에게는 여전히 기억되고 있는) 우리 군(郡)[1]의 지주 표도르 빠블로비치 까라마조프의 셋째 아들이었다. 그 사건에 관해서는 때가 되면 이야기할 생각이다. 그렇지만 지금으로선 그 〈지주〉(그가 비록 자신의 영지에서는 거의 살지 않았지만 우리들은 그를 그렇게 불렀다)가 괴상한 유형이었고, 또한 아주 흔히 마주칠 수 있는 쓸모없고 생활이 문란하며 어리석은 사람이긴 해도, 자신의 재산 문제에 대해서만큼은 상당히 일 처리를 잘하는 사람이었다는 사실을 밝혀 두고자 한다. 예를 들어, 표도르 빠블로비치는 거의 무일푼으로 시작했고 정말 보잘것없는 지주에 불과했으며 남의 집 식탁을 찾아다니거나 부잣집 식객으로 초대받을 기회만을 노렸지만, 그가 죽을 때 그의 수중에는 약 10만 루블 가량의 현금이 남아 있었던 것이다. 그럼에도 그는 어리석은 광기

---

[1] 제정 러시아 시대의 행정 구분은 우리 나라의 도(道)에 해당하는 100여 개의 현(縣, guberniia)과 그 밑의 군(郡, uezd), 향(鄕, volost'), 촌(村, selo)으로 나뉘어 있었다.

를 드러내는 짓을 한평생 멈추지 않았는데, 그것은 우둔한 짓이 아니었고 대부분은 영악하며 교활한 것이었다. 즉, 그 어리석음이란 특별히 민족적 특성을 지닌 그 무엇이었다.

그는 두 번 결혼하여 세 아들을 두었다. 장남 드미뜨리 표도로비치는 첫번째 아내의 소생이었고, 나머지 두 아들 이반과 알렉세이는 두 번째 아내로부터 얻었다. 표도르 빠블로비치의 첫번째 아내는 우리 군의 지주 가운데서도 상당히 부유하고 명망 있는 미우소프라는 귀족 가문 출신이었다. 지참금을 갖춘 데다가 아름답고 재기가 넘치는, 물론 요즘 세대로서는 희귀한 일이랄 것도 없겠지만, 이미 당시에 그런 자태를 보여 주었던 그런 아가씨가 어떻게 그토록 변변치 못한 〈맹꽁이〉(당시 모두 그를 그렇게 불렀다)에게 시집을 가게 되었는지에 대해서는 지나친 설명을 자제하겠다. 나는 지난날의 〈낭만주의〉 세대에 속하는 한 처녀를 알고 있다. 그녀는 언제든 가장 쉬운 방법으로 결혼할 수 있었던 한 신사와 여러 해에 걸쳐 수수께끼 같은 사랑을 나누다가 불가항력적인 장벽에 가로막혔다고 고민한 끝에 마침내 폭풍우가 몰아치던 날 밤, 절벽처럼 높은 강변 언덕에서 물살이 빠른 푸른 강물로 뛰어들어 자살하고 말았다. 그녀가 물에 빠져 죽은 것은 자신의 변덕 때문이며, 단지 셰익스피어의 오필리아를 닮고 싶어서였다. 때문에 이미 오래 전에 매혹되어 눈여겨보았던 그 절벽이 그림처럼 아름답지도 않고 시적 풍취도 없으며 가파르지도 않았다면 아마 자살 행위는 결코 일어나지 않았을 것이다. 이 사건은 실화이므로 우리 러시아 사회에서 최근의 한두 세대 사이에 유사하거나 동일한 사건들이 적잖게 일어났던 점을 상기해 볼 필요가 있다. 이와 마찬가지로 아젤라이다 이바노브나 미우소바의 행동은 의심할 여지없이 다른 사람들이 충동질한 결과이며, 매혹적인 사상이 발동한 결과였다. 아마도 그녀는 여성의 독립을 선언하고 사회적 조건이나 친인척과 가족들의 횡포에 맞서고 싶어했을 것이며, 그래서 한

순간 너그러운 상상력에 사로잡혀서 표도르 빠블로비치를 비록 남의 식객이긴 해도 모든 가능성을 향해 질주하는 그 시대의 가장 용감하고 냉소적인 인물들 중 한 사람으로 생각했던 것이다. 그렇지만 그는 그저 짓궂은 어릿광대에 지나지 않았다. 그녀를 더욱 자극시킨 것은 그것이 도둑 결혼이라는 사실이었고, 그 점이 아젤라이다 이바노브나에게는 너무나 매혹적이었다. 표도르 빠블로비치는 자신의 사회적 입지 때문에 이와 같은 모든 돌발 사건을 대비하고 있었다. 그는 무슨 수를 써서라도 출세해야 한다는 강렬한 욕망을 가지고 있었던 것이다. 따라서 명문가에 장가도 들고 지참금까지 타낸다는 사실에 마음이 동하지 않을 수 없었다. 두 사람 사이에 사랑 따위는 존재하지 않았던 것 같다. 신부 측에서도 그렇고, 아젤라이다 이바노브나의 미모에도 불구하고 신랑 측에서도 마찬가지였다. 마음에 내키기만 하면 치마만 걸쳐도 이내 추근거릴 만큼 혈기가 왕성했던 시절의 표도르 빠블로비치에게 그 사건은 평생 두 번 다시 없는 좋은 기회였다. 그러나 유독 그 여자만은 열정이라는 면에서 그에게 아무런 자극이 되지 못했다.

도둑 결혼 직후 아젤라이다 이바노브나는 자신에겐 남편에 대한 경멸 이외에 아무런 감정도 남아 있지 않다는 사실을 곧 깨달았다. 따라서 그 결혼의 결과는 상당히 빨리 나타났다. 처가에서도 그 사건을 곧 무마시킨 후 달아난 딸에게 지참금을 나누어 주었지만, 부부 사이에는 무질서한 생활과 끝없는 갈등이 시작되었다. 사람들 말로는 젊은 아내 쪽이 남편과는 비교할 수 없을 만큼 점잖고 고상했다고 한다. 널리 알려진 사실처럼, 표도르 빠블로비치는 그 무렵 아내에게 남은 마지막 동전 한 닢까지 긁어 냈으며, 그도 모자라 그녀가 2만 5천 루블을 상속받자 곧 그 돈마저도 전부 빼돌렸다. 사람들은 그녀가 거액을 물 속에 빠뜨린 거나 다를 바 없다고 입방아를 찧었다. 그녀가 지참금으로 물려받은 작은 마을과 도회지의 집 한 채 그리고 조그만 영지에 대해서도 그는 모종의 적절한 서류를 통해 자신의 이름으로 명의 변경을 하려고 갖은 애를 썼다. 그는 아내에게 잠시도 쉴 틈을 주지 않고 파렴치한 협박과 애원을 함으로써 자신에 대한 경멸과 혐오감을 부추겼다. 어쩌면 그는 그녀가 그러한 속박에서 벗어나고 싶다는 정신적 피로감을 느끼게 했다는 점만으로도 확실한 성공을 거두었는지 모른다. 그러나 다행히 아젤라이다 이바노브나의 집안에서 개입하여 그의 강탈은 저지되었다. 부부 사이에 주먹다짐이 빈번했다는 것은 공공연한 사실이지만, 소문에 의하면 주먹을 휘두른 사람은 표도르 빠블로비치가 아니라 아젤라이다 이바노브나였다고 한다. 그녀는 햇볕에 그을어 까무잡잡하고 대담하며, 성질이 급하고 선천적으로 완력이 대단히 센 부인이었다. 결국 그녀는 세 살바기 미쨔를 표도르 빠블로비치에게 남긴 채 가정을 버렸고, 찢어지게 가난한 신학교 출신 교사와 함께 남편으로부터 도망쳤다. 표도르 빠블로비치는 집안을 당장 창녀 소굴로 만들어 방탕한 폭음에 빠져 들었으며, 틈틈이 거의 군내 전체를 돌아다니며 만나는 사람 모두에게 자신을 버리고 달아난 아젤라이다 이바노브나 문제를 눈물로 호소했다. 게다가 남편으로서는 차마 입에 담기조차 부끄러운 결혼 생활을 상세하게 떠벌렸다. 문제는 그가 무례한 남편의 우스꽝스러운 역할을 마치 즐기기라도 하듯 만족스럽게 생각했으며, 사람들 앞에서 자신이 모욕받은 내용을 한껏 부풀려 구구절절 흥겹게 묘사했다는 것이다. 〈생각 좀 해보게, 자넨 대체 뭔가, 표도르 빠블로비치, 그렇게 분한 일을 당하고 출세라도 한 듯 즐거워하고 있으니〉 하고 사람들은 비웃으며 말했다. 많은 사람들이 떠들어 대기를, 그는 거듭 새롭게 우스꽝스런 모습을 보여 주고자 했으며 더욱더 웃음거리가 되기 위하여 일부러 자신이 처한 희극 배우 같은 입장을 모르는 척했다고 한다. 그러나 누가 알겠는가, 그것은 어쩌면 그의 순박한 일면일지도 모른다. 마침내 그는 달아난 아내의 행방을 알아냈다. 달아난 아내는 신학교 출신 교사와 함께 뻬쩨르부르그로 거처를 옮긴 뒤, 그곳에서 완전한 해방을 만끽하고 있었다. 표도르 빠블로비치는 당장 소란을 피우며 뻬쩨르부르그로 떠날 생각이었다. 그러나 무엇 때문이었을까? 물론 그 자신도 알 수 없었다. 사실 그는 당시 길을 떠나려고 했지만, 길을 나서기 전에 마음껏 술을 마시는 것이 자신의 당연한 권리라고 생각하게 되었다. 그런데 바로 그 순간, 처가로부터 뻬쩨르부르그에서 아내가 사망했다는 부고를 받게 되었다. 그녀는 어찌 된 영문인지는 알 수 없으나 어느 다락방에서 갑자기 죽어 버렸는데, 어떤 소문에 의하면 장티푸스 때문이라고도 하고 또 다른 소문에 의하면 굶주렸기 때문이라고도 했다. 표도르 빠블로비치는 잔뜩 취해 있다가 아내의 사망 소식을 접하게 되었다. 혹자는 그가 거리로 뛰쳐나가 감격에 젖은 표정으로 두 손을 하늘을 향해 번쩍 치켜 올리고는 〈이젠 해방이다〉라고 소리쳤다고도 하고, 또 혹자는 마치 어린아이처럼 통곡하는 모습이 비록 그에 대한 혐오감이 남아 있기는 해도 보기에 안쓰러울 정도였다고 전한다. 두 가지 경우 다 가능성이 매우 높은 이야기이다. 다시 말해 그는 자신이 속박에서 풀려났다는 사실에 만족해 하면서도 동시에 자신을 해방시킨 아내를 위해 눈물을 흘렸던 것이다. 대부분의 경우 사람들은 비록 악당일지라도 우리의 일반적인 결론보다는 한결 순박하고 단순한 일면을 지니고 있는 법이다. 우리도 역시 마찬가지가 아닌가.

2. 큰아들을 버리다

물론 그 따위 인간이 어떤 양육자요, 어떤 아버지인지는 쉽게 상상할 수 있을 것이다. 아버지로서 그가 당연히 저지르게 될 일이 그에게 일어나고 말았다. 즉, 그는 아젤라이다 이바노브나와의 사이에 태어난 제 자식을 버리게 되었는데, 그것은 자식에 대한 미움이나 부부 사이에 겪은 어떤 모멸감 때문이 아니라, 단지 자식의 존재에 대해 완전히 잊었기 때문이다. 그가 눈물과 푸념으로 사람들을 성가시게 하면서 자기 집을 음란의 소굴로 바꾸는 동안 세 살짜리 미쨔의 양육을 도맡은 사람은 그 집의 충직한 하인 그리고리였다. 당시 그가 돌보지 않았더라면 아마 어린애의 속옷을 갈아입힐 사람조차 없었을 것이다. 게다가 처음에는 어린애의 외가 친척들마저 그 아이에 대해 까맣게 잊고 있었던 것 같다. 그 애(미쨔)의 할아버지, 그러니까 아젤라이다 이바노브나의 아버지인 미우소프 씨는 당시 이미 세상을 하직한 상태였으며, 남편을 잃은 미쨔의 외할머니는 모스끄바로 이사한 후 중병을 앓고 있었고, 이모들은 모두 시집을 가고 없었다. 그래서 미쨔는 거의 1년 동안 하인 그리고리의 손에 넘겨져 그의 행랑채에서 지낼 수밖에 없었다. 그렇지만 설혹 아비란 작자가 자식 생각을 했다손 치더라도(사실 그도 자식의 존재를 완전히 잊고 지낼 수는 없었다), 자식이란 늘상 자신의 추태에 거추장스러운 존재이기에 제 손으로 다시 행랑채로 쫓아 버렸을 것이다. 그러나 죽은 아젤라이다 이바노브나의 사촌 오빠인 뾰뜨르 알렉산드로비치 미우소프가 파리에서 귀국하게 되었다. 그는 나중에 다시 여러 해 동안 외국을 전전했지만, 당시에는 상당히 젊었었다. 그러나 그는 미우소프 집안에서는 특별한 존재로서, 교양도 있을 뿐 아니라 한평생 도시 생활을 하고 외국 바람을 쐰 유럽 인이며 말년에는 40~50년대풍의 자유주의자로 통했다. 그는 평생 동안 러시아는 물론 외국에서도 가장 진보적인 수많은 자유주의자들과 관계를 맺었으며, 프루동이나 바꾸닌과도 개인적으로 사귀었다. 떠돌이 생활을 마감할 무렵 그는 1848년 파리 2월 혁명 당시 시가전에 참가한 것이나 다름없다는 암시를 풍기며 혁명 회고담에 대해 떠벌리기를 유난히 좋아했다. 그것이야말로 그에게는 젊은 시절의 가장 즐거운 회고담 중의 하나였던 것이다. 그는 예전의 방식대로 산출하면 약 1천 명의 농노에 해당하는 독립된 재산을 소유하고 있었다. 그의 훌륭한 영지는 바로 지금 우리 군의 입구에 위치해서 유명한 수도원과 경계를 짓고 있었는데, 아직 젊은 나이의 뾰뜨르 알렉산드로비치는 유산을 물려받자마자 하천의 어업권 때문인지 산림의 채벌권 때문인지 잘은 모르겠지만 끝이 보이지 않는 소송을 시작했다. 그는 〈교권론자들〉에 맞서 송사를 벌이는 것이 시민으로서 그리고 교양인으로서의 의무라고 생각했다. 그는 어쩌면 마음에 두기도 하고 또 언젠가 눈여겨본 적이 있기도 한 아젤라이다 이바노브나에 대한 이야기를 소상히 전해 듣고, 또 미쨔라는 아이가 남겨져 있다는 사실을 알고는 표도르 빠블로비치에 대해 젊은 울분과 경멸에 치를 떨었음에도 불구하고 그 일에 개입해 들어갔다. 그제서야 비로소 그는 처음으로 표도르 빠블로비치와 인사를 나누게 되었다. 그는 어린애의 양육을 맡고 싶다고 단도직입적으로 말했다. 뾰뜨르 알렉산드로비치가 표도르 빠블로비치에게 미쨔 이야기를 꺼냈을 때, 그 작자는 그런 어린애 이야기는 금시초문이라는 표정을 지으며 자기 집 어딘가에 자신의 어린 아들이 살고 있다는 사실에 짐짓 놀라는 척했고, 그런 그의 인간성은 나중에 두고두고 화제거리가 되었다. 뾰뜨르 알렉산드로비치의 이야기는 과장된 부분도 있겠지만 거의 진실에 가까운 것이었다. 그러나 실제로 표도르 빠블로비치는 한평생 사람들 앞에서 연극을 꾸며 대고 예기치 못한 배역을 즐겨 맡았으며, 더구나 아무 필요도 없는, 예를 들면 이번처럼 자신이 직접적인 손해를 입는 경우에도 마찬가지였다. 그러나 이런 성격은 표도르 빠블로비치뿐만 아니라 많은 사람들, 심지어 전적으로 똑똑한 사람들에게 나타나는 특성이다. 뾰뜨르 알렉산드로비치는 일을 열심히 마무리지어 어린애의 후견인이(표도르 빠블로비치와 공동 명의로) 되었다. 왜냐하면 어머니가 죽은 후에도 작은 마을과 집 한 채와 조그만 영지는 여전히 남아 있었기 때문이다. 미쨔는 외가 쪽 아저씨 댁으로 거처를 옮기긴 했으나, 아저씨는 가정을 꾸미고 있지 않았으므로 자신의 영지에서 나오는 수입을 정리하여 돈을 손에 쥐게 되자 곧바로 파리에서 장기간 체류하기 위해 서둘렀고, 어린애는 외가 쪽 사촌 숙모들 중의 한 분인 모스끄바의 어느 부인에게 위탁되었다. 그리고 아저씨는 파리에 정착한 뒤 평생 동안 잊을 수 없었던, 상상을 뛰어넘는 2월 혁명이 발발하자 어린애에 대해서는 까맣게 잊어버리고 말았다. 모스끄바의 부인도 죽어 버리자, 미쨔는 그녀의 시집간 딸들 중 한 사람의 집으로 옮겨 갔다. 그 후로도 그는 네 번째로 거처를 옮겼던 것으로 보인다. 그 문제에 관해서는 지금 이야기를 더 이상 덧붙이진 않겠다. 표도르 빠블로비치의 큰아들에 대해서는 다시 많은 이야기를 하지 않으면 안 될 테니까 지금 그에 대한 이야기는 단지 소설에 착수하는 데 꼭 필요한 부분만 하도록 하자.

우선 이 드미뜨리 표도로비치는 표도르 빠블로비치의 세 아들 중에서, 어느 정도 재산을 가졌으므로 성인이 되면 독립할 수 있다는 확신을 가지고 성장한 유일한 인물이다. 그의 유년기와 청년기는 무질서하게 지나가 버렸다. 학업을 제대로 마치지도 않고 어느 군사 학교에 입학했으며, 나중에는 까프까즈로 발령을 받아 그곳에서 근무를 하다가 결투를 벌여 강등되었다가 다시 복직되었다. 그는 방탕한 생활을 일삼았으며 상당히 많은 돈을 낭비했다. 성인이 되기 전까지는 표도르 빠블로비치로부터 돈을 받아낼 수 없었으므로 그때까지 그는 많은 빚을 지고 있었다. 그가 아버지인 표도르 빠블로비치를 처음으로 만나 알게 된 것은 성인이 된 후 자기 재산 문제를 정리하기 위해 우리 고장에 일부러 머물게 되었을 때이다. 당시 그는 아버지를 좋아하지 않았던 것 같다. 그래서 그는 아버지 집에 얼마 머물지 않았고, 얼마간의 돈을 타내고 또 자기 영지에서 앞으로 들어올 수입에 대해 모종의 협상을 맺자마자 곧 떠나가 버렸다. 그때 그는 아버지 표도르 빠블로비치로부터 영지의 수입이나 가격에 대해서 전혀 알아낼 수 없었다(이것은 주목해야 할 사실이다). 표도르 빠블로비치는 그때 처음으로(이 점은 기억해 두어야 한다) 미쨔가 자기 재산에 대해 부정확하고 과장된 생각을 품고 있다는 사실을 깨달았다. 표도르 빠블로비치는 나름대로 계산을 가지고 있었기 때문에 그 같은 사실에 무척 흡족해 하고 있었다. 그는 자기 아들이 아직 젊고 경솔한 데다 과격하며 색욕이 강하고 인내심이라곤 눈곱만큼도 없는 난봉꾼으로서 잠시 돈푼깨나 손에 쥐면, 물론 잠시뿐이긴 하나, 당장은 마음을 누그러뜨릴 거라는 결론을 내렸다. 표도르 빠블로비치는 바로 이런 점을 이용하기 시작했다. 다시 말해서 그는 이따금씩 푼돈으로 송금해 주었다. 결국 4년 정도 지난 후 미쨔는 더 이상 참지 못하고 아버지와 모든 일을 담판지으려고 어느 날 우리 읍에 모습을 나타냈다. 그러나 그때는 이미 자신에겐 재산이 한푼도 남아 있지 않으며, 계산도 복잡하고, 또 자신의 재산에 해당하는 만큼을 이미 표도르 빠블로비치로부터 돈으로 환산해서 받아냈으며 어쩌면 오히려 빚을 지고 있을지도 모른다는 청천벽력 같은 소리에 갑자기 경악하고 말았다. 언젠가 그 자신이 원했던 이런저런 협상에 따라 더 이상 돈을 요구할 권리가 없다는 것이었다. 젊은 미쨔는 깜짝 놀라 자신을 속이기 위한 거짓말이라고 의심했고 거의 미친 사람처럼 이성을 잃고 말았다. 바로 이런 상황이 엄청난 재앙을 불러일으켰으며, 그 이야기가 나의 도입부적인 첫 소설의 주제 — 아니 외적인 측면이라고 말하는 편이 낫겠다 — 가 되고 있다. 그러나 이 소설에 들어가면서 미쨔의 형제들인 표도르 빠블로비치의 나머지 두 아들이 어떤 인물들인지 또 그들이 어떻게 태어났는지 설명하지 않을 수 없다.

3. 재혼과 두 번째 자식들

네 살짜리 미쨔를 팽개쳐 버린 표도르 빠블로비치는 그 일이 있고 나서 얼마 후 재혼했다. 그 재혼 생활은 약 8년간 지속되었다. 표도르의 두 번째 아내 역시 소피야 이바노브나라는 매우 젊은 여인인데, 그가 조그만 청부 업무 때문에 이웃 군에 어느 유대인과 동행했을 때 그녀를 얻게 되었다. 표도르 빠블로비치는 바람을 피우며 술을 퍼마시고 소동을 부려댔지만, 자신의 재산 증식 문제만큼은 잠시도 쉬지 않고 사소한 일조차, 물론 거의 언제나 비열한 방법이긴 해도, 성공적으로 꾸려 나갔다. 소피야 이바노브나는 어느 무식한 보제(補祭)의 딸로서 어려서부터 의지할 데라고는 없는 〈고아 신세〉였으며, 자신의 은인이자 양육자이며 동시에 박해자이기도 한 이름깨나 있는 어느 노부인의 부유한 가정에서 성장했다. 그 노부인은 보로호프 장군의 미망인이었다. 나로서는 자세한 내막을 알 수 없으나, 친절하고 싹싹하며 말수 적은 그녀가 언젠가는 헛간의 못에 노끈을 걸고 목을 매는 것을 사람들이 구해 주었다는 이야기만은 들은 적이 있다. 겉으로는 심술궂어 보이지 않지만 무위도식 때문에 참을성이라고는 조금도 없는 고집불통이 되어 버린 그 노부인의 변덕과 끝없는 잔소리를, 그녀로서는 그토록 참아 내기 힘들었던 것이다. 표도르 빠블로비치가 청혼을 하자, 그에 대한 수소문이 이루어졌고 청혼은 거절되었다. 그러자 그는 첫 결혼에서와 마찬가지로 그 고아 소녀에게 함께 도망치자고 꼬드겼다. 그가 어떤 인물인지 진작에 좀더 자세히 알았더라면 그녀도 절대로 그를 따라가지 않았을 것이다. 그러나 그것은 다른 군에서 벌어졌던 일이다. 게다가 열여섯 살짜리 소녀가, 은인의 집에 머물러 있기보다는 강물에 몸을 던지는 편이 낫다는 것 외에 달리 무엇을 생각할 수 있었겠는가? 가엾은 그 소녀는 자신의 은인을 갈아치웠을 뿐이다. 표도르 빠블로비치로서도 이번에는 동전 한 닢 얻어 내지 못했다. 왜냐하면 장군 미망인은 몹시 화가 나서 아무것도 주지 않고 두 사람에게 저주만 퍼부었기 때문이다. 그러나 그는 이번엔 꼭 무엇을 얻어 낼 속셈이 아니었다. 그는 단지 순결한 소녀의 뛰어난 미모, 특히 거친 여성미에만 골몰했던 호색한의 마음을 격동시킬 만큼 청순한 그녀의 얼굴에 반했던 것이다. 〈그녀의 순결한 두 눈동자는 마치 면도날처럼 내 영혼을 도려냈지〉라고, 나중에 그는 특유의 징그러운 웃음을 흘리며 이야기하곤 했다. 그러나 그것은 단지 호색한의 음탕한 인상에 지나지 않았다. 아무런 보상도 받지 못한 표도르 빠블로비치는 아내에게 무례하게 대했다. 그는 그녀가 자기한테는 〈죄인이며〉, 마치 자신이 〈목매달아 죽을 처지로부터 그녀를 구원하기라도 한 듯〉 의기 양양해서는 남달리 온순하고 얌전한 그녀의 성격을 이용해 최소한의 부부 예절까지도 짓뭉개 버렸다. 그는 아내가 집에 있을 때에도 난잡한 여자들을 끌어들여 술판을 벌이곤 했다. 단 한 가지 특이한 점에 대해 언급한다면, 우울하고 순박하면서도 고집스럽게 옳고 그름을 따지는 하인 그리고리가 이전의 주인마님 아젤라이다 이바노브나는 싫어했으면서도 이번에는 새 주인마님의 편을 들어 두둔했으며, 그녀를 위해서 심지어 하인으로서는 거의 용납될 수 없는 태도로 표도르 빠블로비치와 말다툼까지 벌였다는 사실이다. 언젠가는 술자리를 박살내고 모여 있던 작부들을 강제로 몰아내기도 했다. 그 후 불행하게도 어린 시절부터 공포에 시달리며 살아온 그 젊은 여인은 시골 아낙네들이 흔히 앓는 끌리꾸샤[2]라 부르는 일종의 부인성 신경병에 걸리고 말았다. 그 병 때문에 환자는 때때로 무서운 히스테리 발작을 일으키며 정신을 잃곤 했다. 그러나 그녀는 표도르 빠블로비치에게 이반과 알렉세이라는 두 아들을 낳아 주었

2 히스테리에 걸린 여자란 뜻.

다. 큰아들은 결혼 첫해에, 그리고 작은아들은 3년 후에 낳았다. 그녀가 죽었을 때 작은아들 알렉세이는 네 살바기였는데, 이상한 것은, 내가 알고 있는 한, 그 아이는 그 후로 어머니에 대한 기억을 — 물론 꿈속에서처럼 희미한 것이지만 — 한평생 가지고 있었다는 사실이다. 어머니가 죽은 후 두 아이들에게는 이복 형인 미쨔와 거의 똑같은 상황이 전개되었다. 그 아이들은 아버지에게서 완전히 잊혀지고 버림받아 하인 그리고리의 손에 넘겨지고 바로 그 행랑채에 머물게 되었다. 그 행랑채에서 아이들을 발견한 사람은 그들 어머니의 은인이자 양육자인 고집쟁이 장군 부인이었다. 그녀는 아직 생존해 있었으며, 자신이 겪은 수모를 8년 동안 잠시도 잊지 않고 있었다. 〈소피야〉의 생활에 대한 가장 정확한 정보를 몰래 입수하고 있던 그녀는 소피야가 병을 얻었으며 그 주변에서 온갖 작태가 일어나고 있다는 소식을 접하자, 〈그년은 그래도 싸지, 하느님께서 그년의 배은망덕에 벌을 내리신 거야〉라고 자신의 식객들에게 두 번이고 세 번이고 큰소리로 떠들어 대기도 했다.

소피야 이바노브나가 죽은 지 정확히 3개월 후 장군 부인은 갑자기 우리 읍에 모습을 드러내더니 곧장 표도르 빠블로비치를 찾아갔다. 그녀는 겨우 30분 정도밖에 읍에 머물지 않았지만 많은 일을 처리했다. 그것은 저녁 무렵의 일이었다. 8년 동안 볼 수 없었던 표도르 빠블로비치는 고주망태가 되어 그녀 앞에 모습을 나타냈다. 소문에 의하면 그녀는 그 작자를 보는 순간 아무런 설명도 없이 다짜고짜 가혹할 정도로 철썩, 철썩 멋진 따귀를 두 대 올려붙이고는 앞머리채를 아래위로 세 차례 잡아당긴 다음 말없이 두 아이들이 있는 행랑채로 곧장 발걸음을 돌렸다는 것이다. 목욕도 하지 못하고 구질구질한 속옷 차림으로 있는 아이들의 모습이 눈에 띄자 당장 그리고리에게도 따귀를 올려붙이고 나서 두 아이를 자기가 데려가겠노라고 선언했다. 그리고 아이들을 막무

가내로 끌어내어서는 숄을 덮어씌운 후 마차에 태워 자기 집으로 데려가 버렸다. 충직한 하인인 그리고리는 따귀 세례를 참으며 불평 한 마디 내뱉지 않았고, 노부인을 마차까지 배웅할 때에는 감격에 겨운 목소리로 〈고아들에 대해 하느님께서 보답하실 것입니다〉라고 말하며 허리 굽혀 절했다. 〈어쨌든 자네는 머저리야!〉라고 장군 부인은 길을 떠나며 그에게 소리쳤다. 표도르 빠블로비치는 사태를 곰곰이 생각하고 나서 일이 오히려 잘됐다는 사실을 알게 되었고, 나중에 아이들 양육에 관한 장군 부인의 공식 요청서가 왔을 때에도 전혀 이의를 제기하지 않았다. 따귀를 얻어맞은 사건에 대해서는 누구보다도 그 자신이 온 읍내에 소문을 내고 돌아다녔다.

 장군 부인은 그 일이 있고 나서 얼마 후 죽고 말았으나 유언장에서 아이 한 명당 각각 1천 루블씩을 나누어 주라고 밝혔다. 유언장에는 〈그 아이들의 교육비이니, 반드시 그 아이들을 위해 쓰도록 해라. 성인이 될 때까지 근근히 살아갈 만큼만의 돈을 남겨 주는 까닭은 그 아이들에게는 그만한 동정이면 충분하기 때문이다. 그러나 원하는 사람은 알아서 자선을 베풀도록 해라〉 등등이 적혀 있었다. 나는 유언장을 직접 읽지는 못했지만 이처럼 매우 괴상하고 독특한 표현이 들어 있었다고 전해 들었다. 노부인의 주요 상속자는 정직한 인물인 그 군의 귀족 회장 예핌 뻬뜨로비치 뽈레노프였다. 그는 표도르 빠블로비치와 양육권 이양 서류를 마무리짓고 난 후 아이들 양육비를 그 작자로부터 받아 내기 힘들다는 사실을 곧 깨달았다(그 작자는 직접적으로 거절한 적은 없으나, 그런 경우 때로는 깊은 동정심을 나타내면서 언제나 일을 질질 끌었다). 그래서 개인적으로 아이들을 보살펴 주었고, 그중에서도 특히 어린 알렉세이를 아꼈으므로, 그 아이를 오랫동안 자기 집에서 키웠다. 나는 처음부터 이러한 사실에 주목해 줄 것을 독자들에게 부탁드리는 바이다. 만일 그 두 젊은이가 자신들의 양육과 교육에 한평생 감사를 드릴 사람이 있다면, 세상에서 보기 드물 만큼 너무나 착하고 인간적인 이 예핌 뻬뜨로비치일 것이다. 그는 장군 부인이 아이들 몫으로 남긴 1천 루블씩을 고스란히 보관했기 때문에 아이들이 성년으로 성장할 무렵에는 이자가 불어 2천 루블씩으로 늘어나 있었다. 그는 아이들을 자기 돈으로 양육했는데, 그 액수는 아이 한 명당 1천 루블을 훨씬 초과하는 것이었다. 그러면 아이들의 유년기와 청년기에 대한 자세한 이야기는 잠시 미루고 가장 중요하다고 여겨지는 사정에 대해서만 기술해 나가겠다. 우선 장남인 이반에 관해 언급하면, 그는 마음의 문을 굳게 닫은 무뚝뚝한 소년으로 성장했다. 소심하지는 않았지만 어쨌든 자신들이 낯선 가정과 낯선 은인들의 손에 양육되고 있고, 아버지란 위인은 이야기를 꺼내기도 부끄러운 존재라는 사실을 이미 열 살 때부터 눈치채고 있었다. 이 소년은 매우 일찍부터, 그러니까 소년기에 접어들기 전부터 (적어도 그렇게들 이야기했다) 학문에 남달리 뛰어난 재능을 보이기 시작했다. 정확히는 알 수 없으나 소년은 열세 살 무렵에 예핌 뻬뜨로비치의 집에서 나와 모스끄바의 중학교로 옮기면서 예핌 뻬뜨로비치의 죽마고우로서 당시 유명세를 떨치고 있던 어느 노련한 교육자의 집에 하숙을 하게 되었다. 이반 자신이 훗날 밝힌 바에 의하면, 그 모든 일은 천재적 재능을 가진 소년의 경우 천재적 교육자의 손으로 교육을 받아야 한다는 생각에 빠져 있던 예핌 뻬뜨로비치의 〈선행욕〉에서 비롯되었다는 것이다. 그러나 그 소년이 고등학교를 졸업하고 대학에 입학했을 때는 예핌 뻬뜨로비치도 천재적 교육자도 이미 세상을 하직한 상태였다. 그런데 예핌 뻬뜨로비치가 일 처리를 제대로 못한 탓에 고집불통의 장군 부인이 아이들의 유산으로 남긴 돈은 그 이자가 두 배로 불어서 2천 루블에 이르렀건만, 우리 나라에서는 도저히 피할 수 없는 여러 형식 절차 때문에 돈을 수령하는 일이 지체되었다. 그로 인해 그 젊은이는 대학에 재학 중이던 첫 두 해 동안 말할 수 없이 고통스럽게 생활했으며, 그 기간 동안에 자기 밥벌이를 해가며 공부를 하지 않을 수 없었다. 주목해야 할 것은 그가 자부심 때문인지 혹은 아버지에 대한 경멸감 때문인지, 그것도 아니면 아버지로부터 실질적으로 도움을 전혀 받을 수 없다는 냉철한 상식적 판단의 결과인지는 알 수 없지만 당시 아버지와는 전혀 서신 교환을 하려 들지 않았다는 사실이다. 일이야 어찌 됐건 그 젊은이는 어떤 일자리도 마다하지 않고 찾아다녔는데, 처음에는 20꼬뻬이까를 받으며 과외 지도를 하다가 나중에는 신문사 편집실을 쫓아다니며 〈목격자〉라는 제목으로 거리에서 일어난 사건에 관한 10행짜리 기사를 썼다. 사람들 말로는 그 기사들이 언제나 호기심을 불러일으키는 자극적인 것이어서 곧 히트를 치게 되었다는 것이다. 이 사실만 보더라도 그 젊은이는, 도시에서 새벽부터 밤중까지 각종 신문사와 잡지사 문턱이 닳도록 다니면서도 프랑스 어 번역거리나 정서(淨書) 따위를 맡겨 달라고 끊임없이 졸라 대고 부탁하는 것 이외에 다른 생각은 엄두도 내지 못하는, 언제나 궁핍한 생활에 쫓기며 불행한 운명 속에서 공부하는 수많은 우리의 젊은 남녀 학생들보다 실생활이나 지적인 면에서 우월하다는 것을 알 수 있다. 편집진들과 사귄 이반 표도로비치는 그 후로도 계속 그들과 관계를 유지했으며, 대학에서의 마지막 학년 동안은 다양한 전문 서적에 관해 매우 재능 있는 비평을 출판하기 시작하여 문학 비평가들 사이에서도 이름을 떨치게 되었다. 그런데 그는 최근에 갑자기 수많은 독자들의 특별한 주목을 받게 되면서 그들의 기억 속에 남게 되었다. 그것은 매우 흥미로운 사건이었다. 대학을 졸업하면서 자기 돈 2천 루블로 외국으로 떠날 채비를 하던 이반 표도로비치는 갑자기 이상한 논문 —— 유수한 신문에 관련 기사가 났고, 비전문가들조차 그에 대해 관심을 기울였다 —— 한 편을 출판하였다. 중요한 것은 그 논문의 제목도 그와는 전혀 관련이 없다는 점인데, 그 이유는 그가 자연 과학도로 학업을 마쳤기 때문이다. 그의 논문은 당시 도처에서 관심을 끌던 교회 재판에 관한 문제를 다루고 있었다. 그는 그 문제에 관한 기존의 몇몇 견해를 분석하면서 자신의 개인적 의견을 피력하였는데, 그 논조와 결론이 기발하고 뛰어났다. 한편 많은 교회 관계자들은 저자를 자기들 편으로 단정해 버렸다. 그리고 그들과 더불어 갑자기, 시민론자들은 물론 심지어 무신론자들까지도 가세하여 저마다 박수갈채를 보냈다. 그러다 결국 일부 통찰력 있는 사람들은 논문 전체가 단지 불손한 희롱이자 냉소에 지나지 않는다는 결론을 내리게 되었다. 내가 그 사건을 상기시키는 것은 교회 재판 문제에 관심을 가지고 있던 우리 고장의 어느 유명한 수도원에도 당시 그 논문이 반입되어 커다란 의혹을 불러일으켰기 때문이다. 저자의 이름이 알려지자, 그가 우리 읍 출신이며 다름 아닌 〈표도르 빠블로비치〉의 아들이라는 사실이 또한 흥미를 끌었다. 그런데 바로 그 무렵 저자 자신이 갑자기 우리 고장에 모습을 나타냈던 것이다.

그 당시 어떤 일말의 불안감을 느끼며 무엇 때문에 이반 표도로비치가 우리 고장을 찾았을까 하는 의구심을 품었던 사실을 나는 아직도 기억하고 있다. 엄청난 파국의 단초가 된 그 운명적 귀향은 그 후로도 내게 오랫동안, 아니 거의 언제나 의문스런 사건으로 남게 되었다. 상식적으로 판단하더라도 그토록 학식이 뛰어나고 그토록 자부심이 강하며 신중한 모습을 보이는 젊은이가, 평생 자신을 거들떠보지도 않고 기억하지도 못하며, 어떤 이유로도 돈을 주기는커녕 아들인 이반과 알료샤[3]가 언젠가는 돌아와 돈을 달라고 요구하지나 않을까 걱정하던 그런 추악한 아버지의 집에 모습을 나타낸 것은 이상한 일이었다. 그런데 그 젊은이는 그런 아버지의 집에 머물며 두 달째 그와 함께 지내면서 더없이

[3] 알렉세이의 애칭.

화목하게 살고 있었다. 이런 사실은 나뿐만 아니라 다른 많은 사람들도 역시 놀라게 만들었다. 앞서 이야기한 바 있듯이 표도르 빠블로비치의 첫 아내의 먼 친척뻘 되는 뾰뜨르 알렉산드로비치 미우소프는 이전에 정착했던 파리에서 되돌아온 후 마침 우리 고장에 있는 자기 영지에 다시 머물고 있었다. 굉장히 흥미를 느꼈던 젊은이를 사귄 뒤로 마음속에서 따끔따끔한 고통을 느끼며 때때로 지적 설전을 벌인 바 있던 미우소프가 이에 누구보다도 놀라움을 감추지 못했던 사실을 나는 기억하고 있다. 〈그는 자부심이 강해.〉 그는 우리들에게 이렇게 이야기하곤 했다. 〈언제나 몇 푼쯤은 벌 능력도 있고, 지금은 외국에 갈 만한 돈도 지니고 있는데 이곳엔 어쩐 일일까? 그가 돈 때문에 아버지를 찾은 것이 아니라는 사실은 분명하거든. 왜냐하면 어떤 일이 있어도 그의 아버지는 돈을 내놓지 않을 테니까. 그가 술을 마시거나 방탕한 생활을 좋아하는 것도 아닌데, 그 늙은이는 아들 없인 살 수 없다는 듯이 화목하게 지내고 있다니!〉 그 젊은이가 아버지에게 뚜렷한 영향력을 미치고 있었으며, 그 아버지가 상당히 심술궂기도 하고 때로는 제멋대로 굴기도 하지만, 이따금은 아들의 말을 듣는 것 같기도 하고 간혹 한결 점잖게 행동하기도 하는 것 등은 사실이었다…….

나중에야 알려진 사실이지만, 이반 표도로비치는 부분적으로는 자기 형 드미뜨리 표도로비치의 부탁을 받고 그 일 때문에 귀향하게 되었다고 한다. 형과 관련이 깊은 어떤 중대한 사건으로 인하여 모스끄바에서 귀향하기 전부터 편지를 주고받기는 했지만, 형을 만나고 알게 되기는 이번이 난생 처음이라 할 수 있었다. 그 사건이란 게 대체 어떤 것인지 독자들은 나중에 자세한 내막을 알게 될 것이다. 그러나 내가 그 특별한 상황을 알고 난 후에도 이반 표도로비치는 여전히 수수께끼 속의 인물로 남아 있었을 뿐만 아니라 그의 귀향도 전혀 납득이 가지 않았다.

덧붙여 이야기해 두면, 이반 표도로비치는 큰 집안 싸움이나 아버지에 대한 소송을 계획하고 있던 형 드미뜨리 표도로비치와 아버지 사이의 조정자, 중재자 입장을 취하고 있었던 것이다.

거듭 말하지만 이 가족은 그때 난생 처음으로 모두 한자리에 모이게 되었고, 어떤 식구들은 처음으로 만나는 것이기도 했다. 단지 막내아들 알렉세이 표도로비치만은 1년 전부터 우리 고장에 살고 있었으므로 다른 형제들보다도 더 일찍 우리 곁에 등장했다. 그런데 알렉세이 표도로비치는 소설 전면에 끌어내기에 앞서 현재의 이 같은 서론적 이야기만으로 설명하기는 너무 힘겹다. 그러나 적어도 그에 관한 한 가지의 의문을 명확히 밝히기 위해서라도 서론에서 그를 묘사하지 않을 수 없다. 다시 말해서 그것은 소설 첫 장면부터 나의 미래의 주인공에게 수도사의 법의를 입힌 채 독자들에게 소개할 필요가 있다는 사실이다. 그렇다, 그때 그는 1년 전부터 우리 고장의 수도원에 살고 있었으며 평생을 그곳에 파묻혀 지낼 준비가 되어 있는 것처럼 보였던 것이다.

4. 셋째 아들 알료샤

당시 그는 겨우 스무 살이었다(그의 형 이반은 스물네 살, 이복형 드미뜨리는 스물여덟 살이었다). 우선 그 청년 알료샤는 결코 광신도가 아니며, 내 판단으로는 적어도 신비주의자 또한 아니라는 사실을 밝혀 두고자 한다. 나의 의견을 미리 구체적으로 밝히면, 그는 단지 풋내기 박애주의자에 지나지 않았고, 만일 그가 수도자의 길에 전념했다면, 그것은 당시 그 길만이 그의 마음을 사로잡았던 유일한 것이었으며, 사악한 세속의 암흑으로부터 사랑의 정신을 밝히는 광명으로 인도할 이상적인 출구로 제시되었기 때문이다. 또한 그가 유일하게 그 길에서 가슴 저미는 감동을 느겼던 것은 거기에서 당시 그가 비범한 인물이라고 생각했던 유명한 수도사인 장로 조시마를 만났기 때문이다. 장로는 억누를 길 없는 뜨거운 첫사랑처럼 그를 사로잡았다. 그러나 그가 갓난아이 때부터 매우 〈불가사의한〉 일면을 가지고 있다는 점에 대해서는 이의를 제기하지 않겠다. 그 점에 대해서는 이미 환기해 둔 바 있으나 다시 한번 덧붙여 이야기하자면, 그는 겨우 네 살 때 어머니를 잃었으나 그 후 평생에 걸쳐 〈마치 정말로 어머니께서 살아서 내 앞에 서 계신 것처럼〉 어머니의 얼굴과 그 부드러움을 기억하고 있었던 것이다. 그런 기억들은 훨씬 더 어린 나이, 그러니까 두 살 때부터도 기억될 수 있는 것이지만(이러한 사실은 모두가 알고 있다), 마치 모든 것이 묻혀 버린 어둠 속에서 솟는 빛줄기처럼, 혹은 형상을 알 수 없이 발기발기 찢긴 커다란 그림 조각들처럼 한평생 뇌리에 남아 있게 된다. 그에게도 마찬가지였다. 그는 어느 조용한 여름 저녁, 활짝 열어젖힌 창문, 비스듬히 흘러드는 저녁 햇살(비스듬한 햇살이 무엇보다 선명히 기억되었는데)을 기억했다. 방 안 한구석에는 성상이 세워져 있었고, 그 앞에는 타오르는 램프가 놓여 있었으며, 성상 앞에는 자신을 두 팔에 안고 있는 어머니가 마치 히스테리 발작이라도 하는 듯 고함을 지르고 악을 쓰며 무릎을 꿇은 채 흐느꼈다. 그녀는 자신을 으스러지도록 힘껏 부둥켜안은 채 성모에게 기도를 드렸고, 마치 성모의 보호 아래 두려는 듯 성상을 향해 자신을 받쳐 든 두 손을 치켜 올렸다……. 그러자 갑자기 유모가 달려들어 어머니로부터 자신을 빼앗아갔다. 바로 그 장면인 것이다! 알료샤는 그 순간의 어머니 얼굴도 기억했다. 그는 그녀의 얼굴이 극도의 흥분에 달해 있었지만, 자신의 기억으로는 매우 아름다운 모습이었다고 이야기하곤 했다. 그러나 그는 그 기억을 다른 사람에게 잘 털어놓지 않았다. 청소년기에 그는 감정 표출에 소극적이었으며 말수도 적었지만, 그것은 불신감이나 소심한 성격 혹은 음울한 대인 기피증 때문이 아니라, 그와는 정반대의 원인, 즉 다른 사람과는 아무 관계도 없으나 그 자신에게는 매우 중요한 극히 개인적인 내면의 고민 때문에 주변에 대해서는 쉽게 망각해 버리곤 했던 것이다. 하지만 그는 사람들을 좋아했다. 그는 사람들에 대해 완전한 신뢰를 지닌 채 살아가고 있는 듯 보였으나, 누구한테도 어수룩하다거나 단순한 위인으로 평가받은 적은 없었다. 그는 타인에 대한 심판자가 되려는 생각도 없었고 무슨 일에 대해서든 남을 비난할 마음도 없었으며 또 실제로 비난하지도 않는다는 사실을 암시하는 그 무엇을 지니고 있었다(그 후 일생을 통해서도 마찬가지였다). 그는 종종 심한 비애에 잠길지언정 결코 남을 책망하는 일 없이 모든 것을 다 수용하는 것 같았다. 뿐만 아니라 그런 의미에서 누구도 그를 놀라게 하거나 그에게 충격을 줄 수 없었는데, 그 점은 그가 아주 어렸을 때에도 역시 마찬가지였다. 스무 살 때 추악한 음란의 소굴과 같은 아버지의 집으로 돌아왔던 순결하고 순진한 그는 참을 수 없는 광경을 목격하고도 조금도 경멸하거나 책망하는 기색 없이 아무 말 없이 자리를 피하곤 했다. 한때 남의 집 식객 생활을 했었기에 남달리 모욕에 민감하고 예민했던 아버지는 처음에는 신임도 하지 않고 퉁명스럽게 대했으나(《입을 다물고 있지만, 흐응, 나를 무척 원망하겠지》라고 생각하면서), 두 주일도 채 지나지 않아서 술기운으로 감정에 북받쳐 눈물까지 뿌리면서 그를 덥석 껴안고 입을 맞추었다. 마치 그 아들을 진심으로 마음 깊이 사랑했으며, 누구도 그처럼 사랑해 본 적이 없는 것처럼……

이렇듯 어디에 모습을 나타내든 그는 모든 사람들로부터 사랑을 받았으며, 그 점은 그가 아주 어렸을 때에도 마찬가지였다. 은인이자 양육자인 예핌 뻬뜨로비치 뽈레노프의 집에 들어갔을 때에도 집안 사람들 모두가 그를 마치 친자식처럼 여길 만큼 한 몸에 사랑을 받았다. 그러나 그가 아주 어렸을 때 그 집에 들어갔으므로 어린애가 아양을 떨어 사랑을 받으려는 계산된 교활함이나 간특한 술책, 혹은 자신을 사랑하지 않을 수 없게 만들려는 수완을 부렸을 거라고 생각할 수는 없는 일이다. 그러므로 그는 자신에게 특별한 애정을 불러일으키는 재능을 자연스럽게 그리고 본능적으로 자기 내부에, 아니 그 천성 속에 지니고 있었다고 해야 옳을 것이다. 그는 학교에서도 마찬가지였다. 어쩌면 친구들에게 불신감, 때로는 멸시와 증오심까지도 불러일으키는 그런 아이들에 속했을지도 모른다. 예를 들면 그는 마치 고립되기라도 한 것처럼 깊은 생각에 잠겨 있거나, 어려서부터 한쪽 구석에서 책 읽기를 좋아했다. 그럼에도 불구하고 학교에 다니는 동안 내내 친구들은 누구에게나 사랑받는 아이라고 부를 정도로 그를 사랑했다. 그는 장난을 치거나 유쾌하게 시간을 보내는 일이 거의 드물었다. 그러나 그를 접하는 사람들은 그것이 그의 무뚝뚝함 때문이 아니라 오히려 얌전하고 밝은 성격 때문이라는 사실을 곧 깨닫게 되었다. 동갑내기들 사이에서 그는 결코 앞에 나서려고 하지 않았다. 아마도 바로 그 점 때문에 누구도 그를 두려워하지 않았던 것 같다. 하지만 소년들은 그가 자신의 대담성을 전혀 뽐내지 않는 것이 아니라 자신이 얼마나 용감하고 대담한지를 깨닫지 못하는 양 물끄러미 쳐다보고 있다는 사실을 알게 되었다. 그는 모욕을 가슴속에 새겨 두지 않았다. 간혹 그러한 일을 당하더라도 잠시 후면 그는 마치 아무 일도 없었다는 듯 신뢰감에 넘치는 밝은 표정으로 자신에게 상처를 주었던 상대에게 대답을 하거나 먼저 말을 걸곤 했다. 그때 그는 모욕을 어쩌다 잊었다거나 의도적으로 용서했다는 표정을 짓는 것이 아니라 그것을 모욕이라고 생각하지 않았던 것이다. 그런 면이 아이들을 굴복시키고 마음을 사로잡게 만들었다. 하지만 그는 중학교 저학년에서부터 고학년에 이르기까지의 모든 학생들에게 항상 놀림감이 되는 단 하나의 유별난 특징을 가지고 있었다. 그러나 그것은 악의 섞인 조롱이 아니라, 단지 그들에게 재미를 주는 일이었을 뿐이다. 그 특징이란 보기 드물 정도로 병적인 수치심과 결벽증이었다. 그는 여자에 대한 어떤 표현이나 대화를 얌전히 듣고 있질 못했다. 이 〈특정한〉 표현과 대화는 불행히도 어느 학교에서나 근절되기 힘든 것이었다. 어린 티를 벗지 못한 소년들은 마음도 정신도 아직 순수하지만 교실에서 저희들끼리는 혈기왕성한 군인들조차 잘 입에 담지 않는 사건이나 장면, 유형들에 대한 소문을 거침없이 떠벌리고 싶어한다. 군인이라 할지라도 우리의 지식인들과 상류층 집안의 어린아이들에게 이미 널리 알려진 내용을 제대로 알지도 이해하지도 못하는 게 현실이다. 그것은 어쩌면 아직은 도덕적 타락과 관계가 없으며, 비록 냉소적인 면이 있긴 해도 음란한 마음에서 비롯된 것이 아니라 피상적인 것일 뿐이다. 그러나 소년들은 그것을 흔히 모방할 가치가 있는 섬세하고 예리하고 젊은이다운 것이라고 생각한다. 〈그런 이야기〉를 할 때면 소년들은 재빨리 손으로 귀를 틀어막고 있는 〈알료쉬까 까라마조프〉를 쳐다보며 종종 그의 주변에 몰려들어 강제로 그의 손을 귀에서 떼어 놓고는 귀에 대고 음담패설을 떠들어 대곤 했다. 그러면 그는 손을 뿌리치고 마룻바닥에 엎드린 채 온몸을 감쌌다. 그런 와중에도 그는 말대꾸조차 하지 않고 한 마디 욕설도 퍼붓지 않으며 묵묵히 모욕을 감수했다. 결국 소년들은 그를 가만히 내버려 두었고 〈계집애〉라고 놀려 대지도 않았으며 오히려 동정의 눈길로 바라보았다. 게다가 그는 전학년에 걸쳐 언제나 우등생에 속했지만 1등을 차지한 적은 한 번도 없었다.

예핌 뻬뜨로비치가 죽은 후에도 알료샤는 군립(郡立) 중학교에 2년을 더 다녔다. 슬픔에 잠긴 예핌 뻬뜨로비치의 부인은 남편이 죽자마자 여자들밖에 남지 않은 가족을 모두 이끌고 이탈리아로 장기 여행을 떠났다. 한편 알료샤는 예핌 뻬뜨로비치의 먼 친척뻘 되는 생면부지의 두 부인이 사는 집으로 보내졌지만, 어떤 약정이 오갔는지는 그 자신도 알지 못했다. 누구의 지원으로 살아가고 있는지 한 번도 걱정해 본 적이 없다는 것이야말로 그의 남다른 특징을 말해 주고 있었다. 그런 면에서 그는 대학 생활의 처음 두 해 동안은 날품팔이로 생계를 이어 가며 생활고에 시달렸고 은인의 집에서 타인의 빵을 얻어먹으며 살아가는 것을 어려서부터 가슴 아프게 생각해 온 형 이반 표도로비치와는 완전히 대비되었다. 그러나 알료샤라는 인물의 이러한 이상한 특징을 지나치게 비난할 수만은 없을 것 같다. 왜냐하면 그런 문제가 제기되었을 때 그를 곧 조금이라도 알게 되면 누구나 그가 확실히 유로지비[4]를 닮은 청년임을 믿게 되기 때문이다. 갑자기 엄청난 재산이 굴러 들어온다면, 그는 아무 망설임 없이 제일 먼저 손을 내미는 사람에게 주어 버리거나, 자선 사업에 기부할 것이다. 그것도 아니면 아마 교활한 사기꾼에게라도, 그가 돈을 달라고만 하면 순순히 내줄지 모른다. 물론 액면 그대로 받아들일 수는 없지만, 그는 돈의 가치를 전혀 모르고 있다고 말할 수 있겠다. 누구에게 돈을 달라고 해본 적도 없지만 용돈을 받기라도 하면 그는 그 돈으로 무엇을 해야 좋을지 몰라 한 주일 내내 망설이거나 물 쓰듯 펑펑 써서 한순간에 없애 버렸다. 금전 문제와 부르주아적 성실성에 몹시 민감한 뾰뜨르 알렉산드로비치 미우소프도 언젠가 알렉세이를 관찰하고 나서 다음과 같은 명언을 남겼다. 〈저런 사람은 아마도 세상에 단 한 명밖에 없을 거야. 1백만 명이 사는 낯선 도시의 광장에 홀로 버려진다 해도 어떤 어려움 속에서도 살아남을 것이고, 굶주림과 추위 때문에 죽어 가지도 않을 거야. 당장 사람들이 먹을 것을 가져다 주고 거처를 마련해 줄 테니까. 만일 아무도 거처를 마련해 주지 않으면 스스로 찾아내겠지. 그런 일쯤은 그에겐 손쉬운 일이며 모욕이라고 생각하지 않을 것이고 거

---

[4] 백치이면서도 예언 능력을 가질 수 있다고 믿는 금욕적인 기독교 신자들을 말하며, 〈바보 성자〉라고도 한다.

처를 제공하는 사람도 아무런 부담을 느끼지 않을 뿐더러, 어쩌면 오히려 만족스러워할지도 모를 일이니까.〉

그는 중학교에서 학업을 마치지 못했다. 우연히 기억 속에 되살아난 어떤 일로 인해 아버지 댁으로 돌아가야겠다고 부인들에게 불쑥 이야기를 꺼냈을 때만 해도 아직 학업이 1년이나 남아 있었다. 부인들은 그를 몹시 아꼈으므로 떠나보내려 하지 않았다. 기차 삯이 별로 비싼 편은 아니었으므로 은인의 가족이 외국으로 떠나기 전에 선물한 손목시계를 저당 잡히려 하자 부인들은 그 제안을 받아들이지 않고 여비를 넉넉히 주었을 뿐만 아니라 새 옷과 내복까지 마련해 주었다. 그러나 그는 꼭 3등칸을 타고 싶다며 받은 돈의 절반을 부인들에게 돌려주었다. 우리 읍에 도착했을 때 그의 아버지는 대뜸 〈어째서 학업도 마치기 전에 돌아온 거지?〉라며 다그쳐 물었다. 그러나 그는 정말로 아무 대꾸도 하지 않았고 평소처럼 어떤 생각에 골몰해 있지도 않았다고 한다. 얼마 못 가서 그가 어머니의 무덤을 찾고 있음이 밝혀졌다. 당시 그 자신도 단지 그 이유 때문에 돌아왔다고 인정할 정도였다. 그러나 그것이 그가 돌아온 이유의 전부는 아니었다. 그때는 그 자신도 이해하지 못했고 또 어떻게 설명해야 좋을지 몰랐다고 보는 편이 옳을 것이다. 그의 마음속에서는 무언가가 불쑥 솟구쳐 올라 그를 새롭고 불가사의하면서도 운명적으로 피할 수 없는 어떤 길로 이끌고 있었던 것이다. 표도르 빠블로비치는 두 번째 아내를 어디에 묻었는지 가르쳐 줄 수 없었다. 왜냐하면 관이 땅 속에 묻힌 이후로 그녀의 무덤을 찾은 적이 없었을 뿐만 아니라, 그때 그녀가 어디에 묻혔는지 기나긴 세월 동안 까마득히 잊고 있었기 때문이다.

표도르 빠블로비치에 대한 이야기로 돌아가자. 그 일이 있기 전 그는 오랫동안 우리 읍을 떠나 있었다. 두 번째 아내가 세상을 뜨자 그는 곧 3, 4년 가량 러시아 남부 지방으로 떠났다가 결국은 오데사로 옮겨서 그곳에서 줄곧 몇 년을 지냈다. 그의 독특한 말투에 따르면, 처음에는 〈수많은 유대 인들〉과 관계를 맺었으며, 마침내는 유대 인들뿐만 아니라 헤브루 인들도 찾아다녔다는 것이다. 그가 그 시기에 돈을 긁어모으고 벌어들이는 남다른 수완을 키워 나갔다는 사실을 유념해야 한다. 알료샤가 돌아오기 3년 전에야 겨우 그는 다시 우리 읍으로 되돌아왔다. 옛 친지들은 그가 아직 노인네가 아니었음에도 불구하고 무척이나 늙어 버렸음을 알게 되었다. 그러나 그의 행동은 점잖아진 것이 아니라 한층 뻔뻔스러워졌다. 스스로 어릿광대짓을 하다못해 이제는, 다른 사람들마저 어릿광대로 만들려는 파렴치한 욕심을 드러냈다. 여자들과의 추태 역시 예전보다 오히려 더 볼썽사나울 정도였다. 얼마 후 그는 군의 도처에 새로운 술집들을 차렸다. 그는 약 10만 루블, 더 정확히 말하면 그에 약간 못 미치는 거액을 모았던 것 같다. 읍과 군의 많은 사람들이 즉시 그에게 빚을 지게 되었는데, 물론 믿을 만한 담보가 있어야 했다. 최근 들어 그는 살결이 부석부석해졌고, 균형감과 절제심을 잃어 갔으며, 경솔한 판단을 내리게 되었고, 일 처리 역시 시작도 끝도 없는 데다가 정신마저 산란해져 점점 더 곤드레만드레 술에 취하는 경우가 늘어 갔다. 그 무렵 이미 상당히 노쇠했지만 마치 가정교사라도 되는 듯 그를 보살피는 하인 그리고리마저 없었다면 아마도 표도르 빠블로비치에게는 성가신 일이 끊이지 않았을 것이다. 알료샤의 귀향은 그의 도덕적 측면에 영향을 준 듯이 보이며, 쉬이 늙어 버린 노인에게 마음속에서 이미 오래 전에 시들어 버린 무언가를 일깨웠던 것 같았다. 그는 알료샤를 물끄러미 쳐다보며 이렇게 이야기하곤 했다. 〈넌 네가 그년을, 그 끌리꾸쉬까를 닮은 걸 알고 있겠지?〉 그는 알료샤의 어머니인 죽은 아내를 이런 식으로 불렀다. 결국 〈끌리꾸샤〉의 무덤을 알료샤에게 가르쳐 준 사람은 하인 그리고리였다. 그리고리는 그를 읍 공동 묘지로 데려가서는 먼발치에서 비록 싸구려 주철로 만들어졌지만 깔끔하게 세워진 묘비를 가리켰다. 그 묘비에는 고인의 이름, 신분, 나이, 사망 일자가 적혀 있었고, 그 밑에는 보통 사람들의 무덤에 흔히 사용되는 옛 추모시 중에서 따온 사행시 구절 같은 것도 새겨져 있었다. 놀랍게도 그것은 그리고리의 수고로 만들어졌음이 밝혀졌다. 표도르 빠블로비치가 아내의 무덤은 물론 자신의 모든 추억까지도 내팽개친 채 끝내 오데사로 떠나 버렸기 때문에 그리고리는 자신의 경비로 가엾은 〈끌리꾸샤〉의 무덤에 묘비를 세웠던 것이다. 알료샤는 어머니의 무덤 앞에서 별다른 감정을 표현하지는 않았다. 그는 단지 묘비 설치에 관해 그리고리의 조리 있는 설명에 귀를 기울이더니 잠시 고개를 숙여 묵념을 한 후 아무 말 없이 그 자리를 떠났다. 그로부터 그는 근 1년 가까이 무덤을 찾지 않았다. 그러나 이 사소한 일화는 표도르 빠블로비치에게 영향을, 그것도 특이한 영향을 주었다. 그는 갑자기 자신의 아내, 하지만 두 번째 아내인 알료샤의 어머니 즉, 〈끌리꾸샤〉가 아닌 자신을 두들겨 팼던 첫번째 아내 아젤라이다 이바노브나의 추모식을 위해 쓰도록 1천 루블을 수도원에 기부했던 것이다. 그날 저녁 그는 만취하여 알료샤를 향해 수도사들에 대한 욕설을 늘어놓았다. 그는 결코 신앙심을 가진 사람이라 할 수 없었다. 평생 5꼬뻬이까짜리 양초 하나 성상 앞에 바친 일이 없는 인간이었기 때문이다. 하지만 돌연한 감정과 생각의 이상스러운 발작은 이런 자들에게도 일어나는 법이 아닌가.

나는 그가 살이 너무 쪄서 축 늘어졌다고 이미 말한 바 있다. 그의 용모는 그때까지 그가 살아온 모든 삶의 특성과 본질을 생생하게 입증해 주고 있었다. 항상 오만함이 서려 있고 의심기가 역력한 데다 냉소적인 그의 가느다란 두 눈 아래에는 길쭉한 살집이 잡혀 있었다. 기름기가 번지르르 흐르는 조그만 얼굴에는 많은 주름살이 새겨져 있었으며, 혐오스러울 만큼 음탕한 모습을 더해 주는 커다랗고 길쭉한 비계덩이 혹이 뾰족한 턱에 마치 지갑처럼 매달려 있었다. 게다가 입은 길게 찢어지고 탐욕스러웠으며, 두툼한 입술 사이로는 썩어 버린 시커먼 이빨 조각들이 눈에 띄었다. 또 말을 할 때면 언제나 침을 튀기곤 했다. 그러나 어쩌면 자신은 만족하고 있었음에도 불구하고 자기 얼굴에 대해 즐거이 익살을 떨었다. 그다지 크지는 않지만 매우 뾰족한 데다가 심하게 휘어진 매부리코를 특히 화제로 삼았다. 그는 이렇게 이야기하곤 했다. 〈영락없는 로마 인의 코야. 이 혹과 어울려 쇠퇴기 고대 로마 귀족들의 진짜 모습을 보여 주고 있잖아.〉 그는 그것을 자랑스러워했던 것 같다.

어머니의 무덤을 찾고 나서 얼마 후, 알료샤는 느닷없이 자신은 수도원에 들어가고 싶으며 또 수도사들도 그를 평수사로 받아들이겠다는 약조를 주었노라고 아버지에게 선언했다. 그것이야말로 자신의 간절한 소망이므로 아버지의 진지한 허락을 구하는 것이라고 그는 설명했다. 아버지는 수도원 암자에서 신앙 생활을 하고 있는 장로 조시마가 자신의 〈얌전한 아들〉에게 특별한 감동을 주었다는 사실을 이미 알고 있었다.

「그 장로야 물론 그들 중에서도 가장 정직한 수도사지.」 그는 알료샤의 이야기를 들은 후, 아무 말 없이 깊은 생각에 골몰한 채 조금도 놀란 기색 없이 나지막한 목소리로 입을 떼었다. 「흐음, 그러니까 그곳에 들어가고 싶단 말이지, 얌전한 우리 아들이!」 얼근할 정도로 술을 마신 상태였던 그는 갑자기 술기운이 약간 섞인, 그러나 여전히 빈틈없이 교활하고 능청스런 미소를 길게 늘어뜨렸다. 「흐음, 나는 네가 어쩐지 그런 결론을 내릴 거라는 예감을 하고 있었는데, 그건 상상도 못했겠지? 너로선 그곳에 갈 기회를 노려 온 것이고. 어쨌든 너는 2천 루블 정도를 가지고 있는 것 같으니, 그것이 네 지참금이 되겠구나. 하지만 나의 천사 같은 아들아, 나는 이대로 너를 모른 척하지는 않겠다. 그들이 요구한다면 그곳에서 필요한 돈을 지금이라도 너를 위해 내놓겠다. 그러나 아무것도 요구하지 않는데 우리가 억지로 갖다 바칠 거야 없지 않겠니? 너야 카나리아가 일주일에 낱알 두어 개 먹어 치우는 정도밖에 돈을 쓰지 않을 테니까……. 흐음, 너는 알고 있겠지. 한 수도원에 인근 마을이 하나씩 딸려 있고, 또 삼척동자도 다 아는 사실이지만 그곳에는 〈수도원의 여인들〉만 살고 있단다. 그곳에서는 그렇게 부르지. 내 생각에는 그런 여편네들이 한 서른 명쯤 될 것 같구나……. 나는 그곳에 가본 적이 있는데, 어떤 의미에서는 그 나름대로 흥미가 있더구나. 러시아 민족주의가 대단히 강해서 프랑스 여자가 한 명도 없다는 사실 정도가 마음에 걸릴까, 만일 있기만 한다면 굉장한 돈벌이가 될지도 모르는데 말이다. 소문만 퍼지면 이내 몰려들겠지. 하지만 이곳은 괜찮다. 이곳 수도원에는 여자들은 없고 수도사들만 2백 명 정도 있지. 성실하지. 금욕주의자들인 데다가. 나도 인정한다……. 흐음, 그래 너는 수도사들에게 가고 싶단 말이지? 정말 안타까운 일이로구나, 알료샤. 널 진정으로 사랑했다는 사실을 믿어 주겠지……. 하지만 좋은 기회이기도 하구나. 죄 많은 우리들을 위해 기도해 줄 테니. 우린 이미 여기서 너무 많은 죄를 지었단다. 나는 항상 이런 생각을 해왔다. 그게 언제가 되든 나를 위해 기도해 줄 사람은 누구일까? 이 세상에 과연 그런 사람이 있을까? 사랑하는 내 아들아, 나는 그런 점에선 정말 어리석단다. 어쩌면 믿기지 않겠지? 그건 사실이란다. 하지만 보다시피 비록 어리석긴 해도 나는 항상 그런 생각을 하고 있단다. 물론 항상이라고 했다만 언제나 그런 것은 아니고 간혹이라고 하는 편이 낫겠지. 내가 죽었을 때 악마들이 나를 갈고리로 끌고 가는 광경을 잊고 지낸다는 건 불가능하다고 생각한다. 그런 순간이면 나는 이런 생각이 머리에 떠오른단다. 갈고리라고? 그렇다면 놈들이 그걸 어디서 구할 수 있을까? 그건 뭘로 만들어졌을까? 무쇠로? 어디서 그걸 만들지? 대장간? 아니, 놈들한테 그런 곳이 있을까? 수도원에서 수도사들은 틀림없이 지옥에는 천장 같은 것이 있다고 생각하겠지. 나는 지옥이 있다고 믿을 용의가 있지만 천장 따위는 없었으면 한다. 그 편이 보다 고상하고 계몽적인, 다시 말해서 루터 식이 될지 모르니까. 천장이야 있든 없든 본질적으로는 마찬가지 아니겠니? 바로 여기에 무어라 단정짓기 힘든 곤란한 문제가 있는 거야! 만일 천장이 없다면 갈고리도 존재하지 않을 테고. 갈고리가 존재하지 않는다면 모든 것이 사라져 버리는, 다시 말해 잘못된 상황이 벌어지겠지. 그러면 누가 나 같은 놈을 갈고리로 끌고 갈 것이며, 나 같은 놈을 끌고 가지 않는다면 도대체 그게 무슨 의미요, 이 세상 어디에 진리가 있다는 거냐? 그걸 발명해 내야 되겠지Il faudrait les inventer? 갈고리 말이야, 내가 얼마나 파렴치한 인간인지 알게 된다면, 알료샤, 나 때문에라도, 나 한 사람 때문에라도 일부러 말이야!」

「그곳에 갈고리는 없어요.」 알료샤는 아버지를 바라보며 조용하고 진지하게 말했다.

「그래, 그래, 갈고리의 그림자나 있겠지. 나도 알고 있어, 알고 있다고. 어느 프랑스 인이 지옥을 이렇게 묘사한 적이 있지.〈나는 빗자루 그림자로 마차의 그림자를 청소하는 마부의 그림자를 보았다J'ai vu l'ombre d'un cocher, qui avec l'ombre d'une brosse frottait l'ombre d'une carrosse〉라고 말이야. 그런데 사랑하는 아들아, 너는 갈고리가 없다는 사실을 어떻게 알았니? 수도원에서 살게 되면 그런 이야기는 하지 않을 게다만. 그러나 길을 떠나 그곳에서 진리를 구한 다음 다시 돌아와 이야기해 다오. 내세가 어떤 곳인지 네가 정말 알고 있다면 그곳에 가기가 좀더 쉬워질 테니까. 너도 내 집에서 주정뱅이 늙은이나 갈보들과 함께 지내는 것보다는 수도원에 사는 편이 한결 더 마음 편할 게다……. 비록 그 무엇도 천사 같은 너를 건드리지는 못하겠지만 말이다. 아마 그곳에서도 역시 너를 건드리는 일은 일어나지 않을 게다. 내가 네 소원을 들어주는 이유도 그것을 기대하고 있기 때문이지. 아직 네 정신을 악마가 먹어 버리지 않았거든. 재가 될 때까지 정신을 불사르고 새사람이 되어 돌아오너라. 난 너를 기다리마. 나를 비난하지 않는 사람은 이 지상에 너밖에 없다는 사실을 나는 알고 있단다. 사랑하는 아들아, 나한테는 그런 느낌이 들고, 또 그렇게 느끼지 않을 수 없구나!」

그리고 그는 흐느껴 울기까지 했다. 그는 감상에 젖어 있었다. 한편으로는 적의가 솟구치면서도 감상에 젖어 있었던 것이다.

5. 장로들

어쩌면 독자들 가운데 어떤 이들은 나의 젊은 주인공이 병적이고 광신적이며 비정상적인 성품을 가진 창백한 몽상가이자 깡마르고 여윈 인물이라고 생각할지 모르겠다. 그러나 전혀 그렇지 않다. 알료샤는 당시 건장한 체격을 갖추었고, 뺨에는 홍조가 돌며, 두 눈은 반짝반짝 빛나는 건강미 넘치는 열아홉 살의 청년이었다. 그는 당시 대단한 미남이었을 뿐만 아니라, 중키의 다부진 몸매에다가 짙은 아마빛 머리, 약간 길쭉하긴 하지만 이목구비가 뚜렷한 계란형 얼굴, 반짝거리는 짙은 잿빛의 크고 시원스러운 눈동자를 가진 사려 깊고 아주 얌전한 청년이었다. 어쩌면 뺨에 홍조가 돈다고 해서 광신자나 신비주의자가 되지 말라는 법은 없다고 말할지 모르겠다. 그러나 알료샤는 누구보다도 리얼리스트라고 생각된다. 오, 물론 그는 수도원에서 완전히 기적을 믿게 되었으나, 나는 기적이 결코 현실주의자를 혼란에 빠뜨릴 수는 없다고 생각한다. 현실주의자를 신앙으로 이끄는 것은 기적이 아니기 때문이다. 진정한 현실주의자는 만일 그가 신앙을 갖지 않았을 경우에는 언제나 자기 내부에서 기적을 믿지 않는 힘과 재능을 찾아내게 마련이며, 만일 기적이 자기 앞에서 부정할 수 없는 사실로 나타날 경우에는 그 사실을 용납하기보다는 오히려 자신의 오관(五官)을 불신하는 법이다. 만에 하나 그것을 용납한다손 치더라도 단지 지금까지 자신이 알지 못했던 자연 현상으로 받아들인다. 리얼리스트에게는 기적으로부터 신앙이 나오는 것이 아니라, 신앙으로부터 기적이 나오는 것이다. 만일 리얼리스트가 일단 신앙을 갖게 되면 그는 바로 자신의 현실주의에 의해 반드시 기적을 받아들일 수밖에 없는 것이다. 사도(使徒) 토마는 자기 눈으로 확인하기 전에는 믿을 수 없다고 말했지만, 자기 눈으로 확인한 후에는 〈나의 주님, 나의 하느님!〉[5]이라고 말했다. 기적이 그로 하여금 신앙을 갖게 한 것일까? 진정 그런 것은 아니다. 그가 신앙을 갖게 된 것은 스스로가 믿기를 원했기 때문일 뿐이며, 〈눈으로 확인하기 전에는 믿을 수 없다〉[6]라고 말했을 때조차 비밀스런 내면 속에서는 이미 완전히 신앙을 가지고 있었는지도 모른다.

알료샤가 우둔하다느니 비정상적이라느니 학교도 제대로 마치지 못했다느니 이러쿵저러쿵 말할 수도 있다. 그가 학교를 졸업하지 못한 것은 사실이지만 그렇다고 우둔하다거나 어리석다고 말하는 것은 지나치게 불공정한 판단이 아닐 수 없다. 나는 앞에서 이미 기술했던 이야기를 다시 되풀이하려 한다. 그가 이 길로 들어선 것은 당시 그 길만이 그를 감동시켰으며, 그의 영혼을 암흑으로부터 광명으로 단번에 벗어나게 하는 이상적인 출구로 비쳤기 때문이다. 덧붙여 둘 것은 그가 어떤 면에서는 가장 현대적

---

5 「요한의 복음서」 20장 29절.
6 「요한의 복음서」 20장 25절. 〈나는 내 눈으로 그분의 손에 있는 못 자국을 보고 내 손가락을 그 못 자국에 넣어 보고 또 내 손을 그분의 옆구리에 넣어 보지 않고는 결코 믿지 못하겠소〉.

인 청년, 즉 천성적으로 진리를 갈망하고 그것을 탐구하고 믿으며, 또한 신앙을 갖게 된 후로는 자신의 모든 영적 능력을 다하여 빠른 참여를 갈망하고 빠른 성취를 희망하면서 그 성취를 위해서라면 어떤 희생도, 심지어는 생명까지도 바치려는, 열망에 불타는 정직함을 보이고 있었다는 점이다. 그러나 불행히도 그런 부류의 청년들은 생명을 바치는 것이 대체로 그 같은 경우에 어쩌면 가장 손쉬운 일일지도 모른다는 사실을 깨닫지 못하고 있다. 예를 들면 애착심을 느껴서 마침내 이루어 보려고 스스로 작정한 그 같은 진리와 그 성취의 실천에 필요한 자신의 능력을 열 배로 증진시키기 위해서는 왕성한 청년기 중 5, 6년을 어렵고 괴로운 학업, 즉 학문에 희생해야 한다는 사실을 깨닫지 못하고 있다. 그런데 많은 진리와 그 성취를 이루기 위해 끊임없이 감수해야 하는 그런 희생은 몹시 힘에 부치는 일인 것이다. 알료샤는 모든 사람들과는 전혀 다른 길을 선택했을 뿐이지만 빠른 성취에 대한 열망만은 남다를 바가 없었다. 그는 진지하게 숙고한 끝에 영생과 신이 존재한다는 확신을 갖자마자 자연히 〈영생을 위해 살아가고 싶기 때문에 어정쩡한 타협 따위는 받아들이지 않겠다〉고 스스로 다짐했다. 이와 마찬가지로 만일 그가 영생과 신은 존재하지 않는다고 판단했다면 그는 곧 무신론자나 사회주의자가 되었을 것이다(왜냐하면 사회주의는 소위 제4계급의 단순한 노동 문제일 뿐만 아니라 특별히 무신론의 문제, 무신론의 현대적 구현의 문제이기 때문이다. 즉 지상으로부터 천국에 도달하기 위해서가 아니라 지상에서 천국의 성취 소식을 알리기 위해 건설하는 바벨탑의 문제인 것이다). 알료샤에게는 옛날처럼 살아간다는 것이 심지어 낯설고 불가능한 것처럼 여겨졌다. 성서에 〈완전해지기를 원하는 자는 전부를 나누어 주고 내 뒤를 따를지라〉[7]라고 씌어 있지 않던가. 알료샤는 자기 자신에게 이렇게 말했다. 〈나는 전 재산 대신 2루블만 내고, 《그분을 따르는》 대신 미사에나 참석할 수는 없어〉라고 말이다. 어쩌면 어린 시절의 기억 속에는 어머니가 데리고 다니던 교외의 수도원에 대한 어떤 추억이 남아 있었는지도 모르고, 끌리꾸샤인 어머니가 성상 앞에 그를 받쳐 올릴 때 비스듬히 비치던 석양이 그에게 어떤 작용을 했는지도 모른다. 사려 깊은 그가 우리 고장을 찾아온 것도 전부냐 아니면 2루블이냐를 알아보기 위해서였는지도 모른다. 그러다가 수도원에서 그 장로를 만났던 것이다.

그 장로란 이미 앞서 말했듯이 조시마 장로였다. 여기서는 이 고장 수도원의 〈장로들〉이 어떤 사람들인지 몇 마디 하고 넘어가야 하겠지만, 유감스럽게도 나는 그 방면에 대해서는 충분한 지식과 확실한 정보를 갖고 있지 못하다는 생각이 든다. 그러나 피상적인 표현으로 간단히 소개해 볼까 한다. 무엇보다도 권위 있는 전문가들은 우리 러시아 수도원에 장로와 장로 제도가 등장한 것이 그리 오래되지 않은 일로 1백 년도 채 되지 않았으나, 동방의 정교 국가, 특히 시나이나 아토스에서는 이미 1천 년 전부터 존재했었다고 주장한다. 장로 제도가 우리 고대 러시아에서도 아주 먼 옛날에 존재했거나 반드시 존재했어야만 하지만, 러시아의 불행, 즉 따따르의 침공이나 내란 또는 콘스탄티노플 함락 이후 동방 제국과의 관계 단절로 인하여 그 제도는 잊혀지고 장로들은 사라지고 말았다고 주장하는 사람들도 있다. 그러던 것이 지난 세기 말부터 위대한 고행자들 중의 한 사람(그를 그렇게 부르고 있다)인 빠이시 벨리츠꼬프스끼와 그의 제자들에 의해 우리 나라에 다시 부활하게 되었으나, 그로부터 거의 1백 년이 지난 오늘에 이르러서야 일부 수도원에서만 존재하게 되었고, 러시아에서는 듣지도 보지도 못한 새로운 제도라는 이유로 박해를 받게 되었다

---

7 「마태오의 복음서」 19장 21절. 〈네가 완전한 사람이 되려거든 가서 너의 재산을 다 팔아 가난한 사람들에게 나누어 주어라. 그러면 하늘에서 보화를 얻게 될 것이다. 그러니 내가 시키는 대로 하고 나서 나를 따라오너라〉.

고 한다. 특히 그 제도가 우리 러시아에서 꽃을 피우게 된 것은 꼬젤스까야 오쁘찌나의 어느 유명한 수도원에서였다. 그 제도가 언제 누구에 의해서 이 고장의 교외 수도원에 자리를 잡게 되었는지 설명할 수는 없지만, 이곳에서도 이미 3대째 장로가 이어지고 있었고, 조시마 장로는 마지막 장로였다. 그러나 그도 이젠 기력이 떨어지고 병들어 죽음을 목전에 두고 있지만 누가 그의 뒤를 이어야 할지 모르는 상태였다. 이 수도원으로서는 그건 대단히 중대한 문제였다. 그때까지도 이 수도원은 특별히 주목할 만한 점이 전혀 없었기 때문이다. 성스러운 성자들의 유체나 기적을 행하는 성상은 물론 명예로운 전통도 없었거니와 역사적 공훈이나 조국에 대한 공로를 세운 바도 없었던 것이다. 수도원이 부흥하고 전 러시아에 명성을 떨치게 된 것은 다름 아닌 장로들 덕택이었다. 장로를 만나고 설교를 듣기 위해 1천 베르스따[8]나 되는 러시아 전역에서 순례자들이 무리를 지어 모여들었던 것이다. 그렇다면 장로란 대체 무엇인가? 장로란 사람들의 영혼과 의지를 자신의 영혼과 의지로 받아들이는 사람이다. 장로를 선출한 후에 사람들은 자신의 의지를 버리고 완전한 순종과 극기의 자세로 자신의 의지를 장로에게 바치게 된다. 평생에 걸친 순종을 통하여 마침내 완전한 자유, 즉 자신의 자유 의지를 획득할 때까지 기나긴 수련을 거쳐 자신을 극복하고 자신을 억제한다. 그리고 평생을 살아가면서도 자기 자신 속에서 그 자신을 찾지 못한 사람들은 운명을 피하려는 희망으로 이러한 수련, 이처럼 가혹한 인생 수업을 기꺼이 받아들인다. 이런 제도, 즉 장로 제도는 이론적인 것이 아니라 동방에서 실천을 통해 유래된 것으로서 오늘에 이르러서는 이미 1천 년이란 세월을 맞고 있다. 장로에 대한 의무는 우리 러시아의 수도원에도 늘 있어 왔던 평범한 〈순종〉을 가리

---

8 1베르스따는 약 1.067킬로미터.

키는 것이 아니다. 거기에는 장로에게 순종하는 사람들의 영원한 참회와, 얽매는 사람과 얽매인 사람 사이의 떼어 놓을 수 없는 관계가 존재한다. 예를 들면 이런 이야기가 전해 오고 있다. 기독교 초창기의 어느 시절에 한 견습 수도사가 그에게 배정된 장로에게 순종할 의무를 저버리고 수도원을 떠나 다른 나라, 즉 시리아를 거쳐 이집트로 가버렸다. 그곳에서 그는 긴 시간 끝에 대단한 성취를 하였으나 결국은 고문을 당하다가 순교하고 말았다. 교회에서는 그를 성자로 인정하여 장례식을 치르는데, 보제가 갑자기 〈미치광이들은 나올지어다!〉라고 큰소리로 경문을 외치자 순교자의 시신이 들어 있던 관이 그 자리에서 튀어나와 교회 밖으로 나가 떨어졌으며, 이런 일은 세 번씩이나 반복되었다. 그래서 마침내 조사를 해보니, 순교한 그 성자는 순종의 의무를 어기고 장로의 곁을 떠났으므로, 아무리 위대한 업적을 쌓았다고 해도 장로의 윤허가 없이는 용서받을 수 없었다는 것을 알 수 있었다. 결국 초빙된 장로가 순종의 계율을 풀어 주자 비로소 그의 장례식을 거행할 수 있었다고 한다. 물론 이것은 옛 전설에 불과하지만, 그리 오래되지 않은 실화가 또 존재한다. 우리와 동시대의 한 수도사가 아토스에서 구원의 길을 걷고 있었는데, 갑자기 장로는 그에게 〈네가 머물 곳은 이곳이 아니라 그곳이니라〉라고 말하면서 그가 성지(聖地)로, 마음속의 조용한 은신처로 사랑하고 있던 아토스를 떠나서 우선 예루살렘 성지 순례를 다녀온 후 러시아의 북부 지방인 시베리아로 들어가라고 명을 내렸다. 충격을 받아 비탄에 잠긴 수도사는 콘스탄티노플의 총대주교에게로 가서 장로에 대한 순종의 의무를 풀어 달라고 애원했다. 그런데 그는 자신에게는 그럴 권한이 없을 뿐만 아니라, 일단 장로가 순종의 의무를 부여한 이상 명령을 내린 장로를 제외하고는 순종의 의무를 풀어 줄 수 있는 권한을 가진 사람은 이 세상에 아무도 없다고 대답했다. 위의 경우에서 보듯이 그처럼 장로 제도에는 무한하고 불가사의한 권한이 부여되어 있는 것이다. 바로 그런 이유 때문에 우리 나라의 많은 수도원에서 처음에는 장로 제도가 박해를 받게 되었다. 그렇지만 장로들은 이내 민중들 사이에서 깊은 존경을 받게 되었다. 예를 들면 우리 고장 수도원의 장로들에게도 그 앞에 엎드려 자신의 회의와 죄와 고뇌를 고백하고 충고와 교시를 간청하기 위해서 지위의 고하를 막론하고 많은 사람들이 모여들었다. 견습 수도사들이나 속인들이 장로 앞에서 영혼의 끝없는 참회를 하는 것을 비밀이라 할 것도 없지만, 이것을 보고 장로를 반대하는 사람들은 이런 일 때문에 고해 성사의 신비성이 멋대로 경솔하게 손상되고 있다며 이런저런 비난을 하면서 비판의 목소리를 높였다. 그러나 장로 제도는 자리를 잡게 되었고 서서히 전 러시아 수도원에 뿌리를 내려 갔다. 인간을 노예 상태로부터 자유와 도덕적 완성으로 이끄는, 1천 년에 걸쳐 실행된 이러한 도덕적 갱생의 무기도 겸손과 철두철미한 자기 억제 대신 오히려 어떤 때에는 사탄의 오만, 즉 자유가 아닌 속박으로 이끄는 양면에 날이 선 흉기로 변할 수 있는 것도 사실이다.

조시마 장로는 예순다섯 살 가량의 노인으로, 본래 지주 출신이었는데, 아주 젊은 시절에 군대에 입대하여 위관급 장교로 까프까즈에서 복무한 적이 있었다. 그가 자신의 남다른 어떤 정신적 특성으로 알료샤에게 커다란 감동을 불러일으켰던 것은 의심할 여지 없는 사실이다. 알료샤는 장로의 사랑을 받아 그의 보살핌 아래 장로의 암자에 거주하였다. 여기서 주목할 점은 알료샤가 당시 수도원에 살면서 아무런 속박도 받지 않았을 뿐만 아니라 필요하다면 어디든 하루 종일도 외출할 수 있었다는 것이다. 그가 법의를 입고 있는 것도 수도원 내에서 다른 사람들과 구별되어 보이지 않으려는 자발적 배려였다. 그러나 물론 그것이 그의 마음에 들었던 것도 사실이다. 장로를 둘러싸고 있는 권능과 영광이 끊임없이 알료샤의 젊은 상상력에 커다란 영향을 미쳤을 수도 있다. 조시마 장로는 여러 해 동안 자기를 찾아와서 속마음을 털어놓으려는 사람들이나 충고와 위로의 말씀을 갈망하는 사람들을 모두 받아들였고 이미 너무나 많은 고백과 번민과 하소연을 들어 왔기 때문에 자신을 찾아오는 낯선 사람들의 얼굴을 보기만 해도 그가 왜 찾아왔는지, 무엇이 필요한지, 또 어떤 종류의 고민이 그의 양심을 괴롭히고 있는지 알아낼 수 있었다. 그래서 사람들이 자기 입으로 실토하기도 전에 자신의 비밀을 속속들이 알고 있다는 점에서 그들을 놀라게 하고 당황하게 만들며 공포심을 불러일으키기도 하는 것이라고 많은 사람들은 수군거렸다. 그러나 그때마다 알료샤는 고독한 상담을 나누려고 처음으로 장로를 찾는 많은 사람들, 아니 대부분의 사람들이 공포와 불안 속에서 들어갔다가도 언제나 밝고 기쁨에 넘치는 모습으로 물러나왔고 침울했던 그들의 얼굴 표정은 행복으로 가득 차 있다는 사실에 눈을 돌렸다. 알료샤는 장로가 전혀 엄격한 태도를 취하지 않는다는 사실에 특히 감동을 받았다. 그와는 반대로 장로는 거의 언제나 즐거운 마음으로 사람들을 대했다. 수도사들은 장로가 죄 많은 사람들과 정신적으로 교류를 나누고 있으며, 죄를 많이 지은 사람일수록 더욱 사랑하고 있다고 말하곤 했다. 수도사들 중에서도 장로가 생을 마감하고 있는 시점에서 그를 증오하고 질투하는 사람들이 있었지만, 그들은 이제 소수로 줄어들었다. 거기에는 수도원에서 영향력 있는 중요한 인물들, 예를 들면 최고참 수도사들 중의 한 사람이자 남다른 정진을 하고 있는 위대한 침묵 수행자까지 들어 있었음에도 그들은 입을 다물고 있었다. 그러나 역시 대다수는 분명히 조시마 장로의 편에 서 있었으며, 그들 대부분이 진정으로 열렬히 장로를 사랑하고 있었다. 어떤 사람들은 장로에게 거의 광적일 만큼 애착을 보이기도 했다. 그들은 대놓고 말하지는 않았지만, 장로가 성자이고 그것은 추호도 의심할 여지가 없으며, 임박한 장로의 최후를 앞두고는 가까운 장래에 망자(亡者)로 인해 이 수도원에서 즉각적인 기적과 위대한 영광이 나타나기를 기대한다고 공공연히 말하곤 했다. 알료샤도 교회 밖으로 날아가 떨어진 관에 대한 굳은 믿음만큼이나 장로의 기적 능력을 절대적으로 신봉하고 있었다. 그는 병든 아이들이나 친척들을 데려와서 장로가 그들에게 손을 얹은 후 기도문을 읽어 주기를 간청하는 사람들 중에서 얼마나 많은 사람들이 잠시 후, 혹은 다음날 다시 찾아와서는 장로 앞에 엎드려 눈물을 흘리면서 환자를 고쳐 준 것에 대해 감사드리는지를 목격해 왔다. 치료 효과가 실제로 있었는지, 아니면 병이 자연적으로 치료되는 과정에 있었는지는 알료샤에게 문제가 되지 않았다. 왜냐하면 그는 자기 스승의 정신적 능력을 이미 완전히 신뢰하고 있었으며, 그분의 영광을 마치 자신의 승리처럼 여기고 있었기 때문이다. 러시아 방방곡곡에서 장로를 만나 보고 그의 축복을 받으려고 암자 문 앞에서 대기하는 평범한 민중 출신 순례자들의 무리에게 장로가 모습을 나타낼 때 알료샤의 가슴은 두근거렸고, 마치 자신의 몸에서 광채가 뻗어 나가는 것 같은 기분이 들었다. 그들은 장로 앞에 엎드려 눈물을 흘리면서 그의 발에 입을 맞추거나 자신이 서 있는 땅바닥에 입을 맞추고 울부짖기도 했으며, 아낙네들은 자기 아이들을 장로를 향해 들어올리기도 하고 병든 끌리꾸샤들을 끌고 나오기도 했다. 장로는 그들과 대화를 나누었으며 간단한 기도를 드리고 축복을 내린 후 돌려보냈다. 그러나 그는 최근 지병으로 몸이 너무 쇠약해져서 암자 밖으로 나올 기력조차 없을 때도 있었는데, 그러면 신자들은 장로가 밖으로 나올 때까지 며칠씩 수도원에서 기다리곤 했다. 그들이 장로를 그토록 사랑하고 있는 것은 무슨 까닭이며, 그들이 장로를 만나게 되면 그 앞에 엎드려 감동의 눈물을 흘리는 것이 무슨 까닭인지 그것은 알료샤에게 전혀 문제가 되지 않았다. 오, 노동과 슬픔으로 인해, 아니 더욱 중요한 것은 개인적인 차원에서와 마찬가지로 범세계적인 차원에서 벌어지는 불공정과 일상적인 죄악으로 인해 고통받는 러시아 평민들의 겸허한 영혼들에게 성물(聖物)과 성자를 찾아 그 앞에 엎드려 경배를 드리는 것보다 더 강한 소망과 위안은 있을 수 없다는 것을 그는 잘 알고 있었다. 〈우리가 죄악과 불의와 유혹을 겪고 있다면 이 세상 어딜 가든 모두 마찬가지이지만 그 어느 곳엔가 성스럽고 고결한 분이 계실 것이다. 세상을 대신하여 그분은 진리를 가지고 계시며 진리를 알고 계신다. 다시 말하면 진리는 이 세상에서 죽어 가고 있는 것이 아니라, 약속의 말씀대로 반드시 언젠가 우리들에게 찾아와 전세계를 지배할 것이다.〉 알료샤는 민중들이 그렇게 느끼고 판단하고 있다는 것을 잘 알고 있고 장로야말로 바로 그 성인이며 민중들의 눈에 비친 하느님의 진리의 수호자라고 생각하였다. 그는 눈물을 흘리는 농부들이나 장로를 향해 자기 자식들을 내미는 그들의 병든 아낙네들과 마찬가지로 이런 점을 믿어 의심치 않았다. 장로가 죽은 후에 수도원에 특별한 영광을 가져올 것이라는 확신이 알료샤의 마음을 지배하고 있었으며, 그런 확신은 어쩌면 수도원 내의 어느 누구보다도 강했던 것 같다. 게다가 최근 들어서 그의 마음속은 심오하면서도 불꽃처럼 활활 타오르는 내적 환희로 가득 차 있었다. 누가 뭐래도 장로야말로 유일한 존재로 자기 앞에 서 있다는 생각에는 추호도 흔들림이 없었다. 〈아무래도 좋아, 그분은 성스러우시고 그분의 마음속에는 모든 사람들을 위한 부활(갱생)의 비밀이 자리잡고 있어. 그러면 그 권능은 마침내 이 세상에 진리를 세울 것이고 모든 사람들이 다 성스러워지며 서로가 서로를 사랑하게 되고 부자도 가난뱅이도 귀인도 천민도 사라지며 모두가 하느님의 자식들로 살게 되면 진정한 그리스도 왕국이 시작될 거야.〉 이것이 알료샤가 마음속으로 그리던 꿈이었다.

그때까지 서로 전혀 알지 못했던 두 형의 귀향은 알료샤에게 너무나 강한 인상을 남겼던 것 같다. 이복 형 드미뜨리 표도로비치가 친형 이반 표도로비치보다 늦게 도착했음에도 불구하고 그는 이복 형 드미뜨리와 더 빨리 친해졌다. 그는 작은형 이반을 굉장히 사귀고 싶어했다. 그러나 이반이 돌아온 지 벌써 두 달이 지나고 또 서로 상당히 자주 만나기도 했지만 전혀 가까워지지 않았다. 알료샤는 무언가 기다리는 듯, 무언가 부끄러운 듯 매우 말이 적었다. 이반 형은 알료샤가 처음에는 그의 호기심에 가득 찬 시선을 오래 느낄 수 있을 정도의 태도를 보였으나 얼마 못 가서 동생에 대해 생각하는 것조차 그만두었다. 알료샤도 그것을 눈치채고는 적이 당황하였다. 그는 형의 무관심이 그들의 나이 그리고 특히 교육의 차이 때문이라고 생각했다. 그러나 알료샤는 형이 자기에게 호기심이나 관심이 그토록 적은 것은 자기로선 전혀 알 수 없는 어떤 이유가 있기 때문은 아닐까 하는 생각도 했다. 알료샤는 어쩐지 이반이 무언가 내적이고 중요한 일로 바쁘고 또 어쩌면 매우 힘겨울지도 모르는 어떤 목표를 향해 노력하고 있으므로 자기에게까지 미처 신경을 쓸 수 없으며, 단지 그런 이유 때문에 자기를 무심한 시선으로 바라보는 것이라고 생각했다. 한편으로 알료샤는 형의 그런 태도에는 박식한 무신론자로서 우둔한 발심자(發心者)인 자신에 대한 어떤 경멸감이 있는 것은 아닌가 하는 생각도 들었다. 그는 형이 무신론자라는 사실을 잘 알고 있었던 것이다. 만일 정말로 경멸감이 있었다고 하더라도 그것 때문에 모욕감을 느낄 수는 없었으며, 어쨌든 형이 자신에게 가까이 다가올 때만을 자신도 알 수 없는 어떤 불안한 당혹감 속에서 기다렸다. 큰형 드미뜨리 표도로비치는 이반에게 깊은 존경을 표시하면서 감동 어린 목소리로 그에 관해 말하곤 했다. 알료샤가 최근 두 형들을 매우 밀접한 관계로 엮어 놓은 중대한 사건의 자세한 내막을 들었던 것도 바로 그로부터였다. 작은형 이반에 대한 드미뜨리의 열광적인 평가는 알료샤의 눈에 매우 인상적으로 남았다. 왜냐하면 드미뜨리 형은 작은형 이반에 비한다면 거의 교육을 받지 못했을 뿐만 아니라, 두 사람을 함께 비교하자면(세워 놓자면) 그처럼 서로 전혀 닮지 않은 경우란 상상하기조차 힘들 만큼 개성이나 성격 면에서 현격한 대조를 이루었기 때문이다.

바로 이런 때에 모임, 아니 가족 집회라고 말하는 편이 나을 정도인, 뒤죽박죽인 가정의 구성원 모두가 모인 그런 모임이 장로의 암자에서 이루어졌고 그것은 알료샤에게 커다란 영향을 미치게 되었다. 이 집회의 구실은 실은 속임수에 불과했다. 당시 상속과 재산 처분 문제로 드미뜨리 표도로비치와 아버지 표도르 빠블로비치 사이에 일어난 불화는 실제로 더 이상 회복될 수 없는 지경에까지 이르고 있었다. 두 사람 사이의 관계가 첨예하게 대립하여 인내할 수 없는 상황으로 치달았던 것이다. 그래서 표도르 빠블로비치가 먼저 농담조로 조시마 장로의 암자에 모두 모이자는 생각을 내놓았던 것 같다. 비록 장로의 직접적인 중재에까지는 이르지 못할지라도 그의 지위와 인품이 어떤 화해의 조짐을 불러일으킬지도 모른다는 것이었다. 장로를 찾아다닌 적도, 심지어 얼굴 한번 본 적도 없는 드미뜨리 표도로비치는 장로를 내세워 자신을 위협하려는 속셈이라고 생각했다. 그러나 최근 아버지와의 언쟁에서 너무나 많은 난폭한 폭언을 일삼았던 점을 마음속 깊이 자책하고 있었기 때문에 그 부름에 응했다. 여기서 한 가지 유념해야 할 사실은 그가 이반 표도로비치와 마찬가지로 아버지의 집에 살지 않고 읍내 외곽의 다른 집에 따로 살고 있었다는 것이다. 당시 마침 이 고장에 살고 있던 뾰뜨르 알렉산드로비치 미우소프는 표도르 빠블로비치의 이런 아이디어를 대단히 만족스럽게 생각하고 있었다. 40, 50년대의 리버럴리스트이며 자유 사상가이고 무신론자이기도 한 그는 무료함 때문인지 아니면 가벼운 심심풀이로 생각했기 때문인지 몰라도 그 사건에 개입하게 되었다. 갑자기 그는 수도원과 그 〈성인〉을 보고 싶다는 생각이 들었던 것이다. 수도원과의 오랜 분쟁이 지속되고 있는 데다가 산림 벌목권과 하천 어업권 등의 영지 경계선에 관한 소송이 아직도 지연되고 있었으므로 그는 수도원장과 직접 협상을 맺고 싶다는 핑계 아래 이번 일을 이용하려고 서둘렀다. 그들의 논쟁을 어떻게든 좀 우호적으로 끝내야 하지 않을까 하는 선량한 의도를 지닌 방문객이라면 수도원 측에서도 평범한 구경꾼보다는 관심과 호의로써 맞아 주지 않을 수 없을 테니 말이다. 이런 여러 가지 점을 고려해 볼 때 최근 병 때문에 전혀 암자를 떠나지 않고 일반 방문객들을 사절하고 있는 병든 장로에게도 어떤 내부적인 영향력을 미칠 수 있을 것이다. 결국 장로도 이에 동의하여 날짜가 정해졌다. 〈누가 나를 그 사람들 사이에 끌어넣었을까?〉 그는 미소를 지으며 알료샤에게 이렇게 말했다.

모임에 대해 알고서 알료샤는 매우 당황했다. 논쟁을 벌이고 있는 그 소송 당사자들 가운데 이 모임을 진지하게 바라본 사람이 있다면 그건 의심할 나위 없이 드미뜨리 형 한 사람뿐이고, 나머지 사람들은 모두 장로에게 모욕적일 경솔한 목적에서 찾아오는 것이라고 알료샤는 생각했다. 이반 형과 미우소프 씨는 호기심, 그것도 아마 가장 무례한 호기심 때문에 찾아오는 것이며, 아버지는 어떤 광대극이나 연극 무대를 마련하기 위해 찾아오는 것일지도 모를 일이었다. 오, 알료샤는 입을 다물고 있었지만 자기 아버지를 이미 너무나 잘 알고 있었던 것이다. 되풀이해서 말하지만 그는 사람들이 생각하듯이 그렇게 단순한 젊은이는 아니었다. 그는 무거운 마음으로 결정된 그날이 오기를 기다렸다. 물론 그는 마음속으로 가족들 사이의 모든 불화가 어떻게 해서든 끝나기를 진정으로 염원했다. 그렇지만 가장 큰 걱정거리는 장로 문제였다. 그는 장로 때문에, 그의 명예 때문에 몹시 불안했고, 미우소프의 남달리 세련되고 점잖은 조소와 이반의 오만한 학자풍의 암시적 말투가 장로에게 모욕을 줄까 봐 걱정스러웠다. 알료샤에게는 온통 그런 생각뿐이었다. 방문하게 될 이 끔찍한 인물들에 관해서 무엇이든 장로에게 미리 언질을 해주고 싶었으나 곰곰이 생각한 끝에 결국 입을 다물고 말았다. 약속된 날 전날에야 아는 사람을 통해 드미뜨리 형에게 자신은 형을 사랑하고 있으니 약속한 대로 이행해 주기 바란다는 뜻을 전했을 뿐이다. 드미뜨리는 동생에게 무슨 약속을 했었는지 기억이 나지 않아 잠시 생각에 잠겼다가, 자신은 〈비열한 행동〉 앞에서도 모든 힘을 다해 자제할 것이며, 비록 장로와 이반을 깊이 존경하고는 있지만 그 모임이 자신을 곤경에 빠뜨리려는 어떤 함정이거나 부질없는 코미디임에 틀림없다고 답장을 보내 왔다. 〈네가 그토록 존경하는 그 성자를 모욕하느니 차라리 아무 말도 하지 않겠다〉라고 드미뜨리의 편지는 끝맺고 있었다. 그러나 그 편지는 알료샤의 마음에 그다지 위안이 되지 않았다.

제2권
달갑지 않은 회합

1. 수도원에 도착하다

 그날은 청명하고 따스하며, 햇살이 밝게 빛났다. 8월 말의 어느 날이었다. 신부와의 접견은 오전 2부 미사가 끝난 직후인 약 11시 반경으로 약정되어 있었다. 그러나 우리의 수도원 방문객들은 오전 미사에 참석하지 않고, 정확히 미사가 끝나는 시간에 도착했다. 그들은 두 대의 마차를 타고 왔다. 값비싼 말 한 쌍이 이끄는 세련된 사륜 마차인 첫번째 마차에는 뾰뜨르 알렉산드로비치 미우소프가 무척이나 젊어 보이는 20세 가량의 먼 친척 뾰뜨르 포미치 깔가노프와 함께 타고 왔다. 그 젊은이는 대학에 입학할 준비를 하고 있었는데, 무슨 까닭에선지 지금 미우소프의 집에 살고 있었고, 미우소프는 그에게 대학에 입학하고 학업을 마치려면 자기와 함께 취리히나 예나 같은 외국으로 나가자고 유혹하는 중이었다. 그 젊은이는 아무 결정도 내리지 못하고 있었다. 그는 사색적이면서도 어딘가 모르게 산만한 구석이 있어 보였다. 용모는 활달해 보였고, 체격은 건장했으며, 키도 상당히 큰 편이었다. 종종 그의 시선은 한곳에 머문 채 떠날 줄을 몰랐다. 대단히 산만한 사람들이 모두 그렇듯이 그는 상대방을 오랫동안 뚫어질 듯이 응시하지만 사실은 전혀 상대방을 쳐다보고 있는 것이 아니었다. 그는 말수가 적고 다소 눌변이었으나, 상대가 누구든 일대 일로 마주치기라도 하면 갑자기 엄청나게 말이 많아지고 조바심을 내며 또 알 수 없는 미소를 지으며 줄곧 벙글거렸다. 그러다가 그의 열정은 갑자기 한순간에 식어 버리는 것이었다. 그는 언제나 깔끔하고 우아하게 차려 입고 다녔다. 그것은 그가 이미 개인 지분의 재산을 어느 정도 가지고 있었고, 또 앞으로도 그보다 훨씬 많은 재산을 물려받기로 예정되어 있었기 때문이다. 알료샤와 그는 친구 사이였다.

미우소프의 사륜 마차와는 상당한 간격을 두고, 표도르 빠블로비치가 갈색이 섞인 늙은 흰 말 한 쌍이 이끄는, 아주 낡고 덜컹거리는 커다란 짐 마차를 타고 자기 아들 이반 표도로비치와 함께 모습을 드러냈다. 바로 어제 날짜와 시간이 통보되었지만 드미뜨리 표도로비치는 늦어지고 있었다. 방문객들은 수도원 담장 옆에 있는 여인숙에 마차를 세워 두고 걸어서 수도원 정문으로 들어갔다. 표도르 빠블로비치 외에 나머지 셋도 수도원이라고는 생전 처음 방문해 보는 것 같았으며, 미우소프의 경우만 하더라도 어쩌면 거의 30년 동안이나 교회에 발을 들여놓은 일이 없는 것처럼 보였다. 그는 아무 거리낌 없는 척했으나 모종의 호기심으로 사방을 둘러보았다. 그러나 그가 관찰한 바에 따르면, 교회당과 사무실 건물을 제외한 나머지는 너무나 평범한 것들로서, 수도원 경내에는 이렇다 할 만한 것이 아무것도 없었다. 교회에서 뒤늦게 나오는 사람들이 모자를 벗고 성호를 그으며 지나갔다. 평민들 속에서 상류 계층의 사람들, 즉 두세 명의 귀부인들과 연로한 한 장군과 마주치기도 했다. 그들은 모두 여인숙에 머물고 있었다. 동냥꾼들이 우리의 방문객들을 순식간에 둘러쌌지만, 그들에게 적선하는 사람은 아무도 없었다. 뻬뜨루샤 깔가노프만이 무슨 까닭에선지 안절부절못하고 황급히 지갑에서 10꼬뻬이까짜리 은화를 꺼내더니, 한 노파의 손에 쥐어 주고는〈똑같이 나

뒤 가지시오〉라고 말했다. 동행자들 중에서 그의 행위에 주목한 사람은 아무도 없었으므로 당황할 이유는 전혀 없었다. 그러나 그 사실(모두들 모른 체했는데 자기만 당황했다는 사실)을 눈치 채고서 그는 더욱 당황했다.

정말 이상한 일이었다. 어쩌면 그들은 경의 속에서 환대받아야만 했다. 왜냐하면 그중 한 사람은 얼마 전 1천 루블이라는 거액을 헌납했으며, 다른 한 사람은 가장 부유한 지주이자 하천 어업권 문제에 관한 소송이 일어날 수도 있었으므로 사실 그들 모두가 수도원으로서도 무시할 수 없는 최고의 지성인이었기 때문이다. 하지만 공식적 인물들 중 그들을 맞아 준 사람은 아무도 없었다. 미우소프는 교회당 부근에 있는 비석들을 물끄러미 바라보다가, 이런 〈성스러운〉 장소에 묻힐 권리를 얻기 위해서는 틀림없이 돈깨나 들었을 거라고 한마디 해주고 싶었으나 그냥 입 다물고 말았다. 그의 소박하고 자유 분방한 조소는 거의 분노로 바뀌어 가고 있었던 것이다.

「빌어먹을, 도대체 이렇게 어수선한 곳에서는 누구한테 길을 물어봐야 하는 건지……. 어떻게든 손을 써봐야지, 시간만 잡아먹고 있으니.」 그는 갑자기 혼잣말을 중얼거리듯 낮은 목소리로 말했다.

이때 헐렁한 여름 외투를 걸친, 대머리의 중년 신사 한 사람이 아첨하는 듯한 시선으로 바라보며 그들에게로 불쑥 다가왔다. 그는 모자를 약간 치켜 올리면서 부드러운 목소리로 모든 사람들에게 자신은 뚤라 지방의 지주인 막시모프라고 대충 소개했다. 그는 당장 우리 일행의 걱정거리를 언급했다.

「조시마 신부님께서는 암자에 머물고 계시죠. 암자는 수도원에서 더도 덜도 말고 꼭 4백 보 가량 되는 거리에 떨어져 있는데, 저 작은 숲을 지나, 그러니까 저 작은 숲을 지나…….」

「작은 숲을 지나는 것은 저도 알고 있습니다.」 표도르 빠블로비치가 그에게 대답했다. 「우리는 그저 그 길이 제대로 생각나지 않을 따름이죠. 다닌 지가 워낙 오래됐거든요.」

「그러니까 저 문을 지나서, 곧장 작은 숲을, 작은 숲을 따라가세요. 자, 가시죠. 찾기 힘드시다면…… 제가 직접…… 제가 직접 …… 자, 이리로, 이리로 오세요…….」

그들은 문을 지나 작은 숲으로 향했다. 예순 살 정도 되어 보이는 지주 막시모프는 성급하고 억누를 수 없는 호기심 때문에 그들을 한 사람 한 사람 훑어보았으며, 걷는다기보다는 차라리 옆으로 뛰다시피 했다. 그의 눈가에는 무언지 모를 궁금증이 잔뜩 부풀어올라 있었다.

「우리들은 용무가 있어서 그 신부님을 찾아가는 길입니다. 아시겠습니까?」 미우소프가 근엄한 목소리로 한마디 쏘아붙였다. 「말하자면, 우리들은 〈그분〉을 알현하는 것이지요. 그러니 길을 안내해 주시는 것은 고마운 일이지만, 당신께 함께 들어가자고 부탁드리지는 않을 겁니다.」

「저는 벌써, 벌써, 벌써 다녀오는 길입니다……. 흠잡을 데 없는 기사 분이지요 Un chevalier parfait!」 그 지주는 허공으로 손가락을 튕겨 올렸다.

「기사chevalier라니 어느 분 말씀인가요?」 미우소프가 물었다.

「신부님, 훌륭하신 신부님, 신부님…… 수도원의 명예이자 영광이시죠. 조시마 신부님 말씀입니다. 그런 신부님은…….」

그때 방문객들을 부지런히 뒤쫓아온, 두건을 눌러쓴, 크지 않은 키에 창백하고 깡마른 수도사가 그의 두서없는 이야기를 가로막았다. 표도르 빠블로비치와 미우소프는 가던 길을 멈추었다. 수도사는 대단히 공손하게, 거의 허리까지 굽혀 인사를 하며 이렇게 말했다.

「수도원장님께서는, 여러분이 암자를 방문하신 후에, 여러분 모두를 식사에 정중히 초대하시고자 합니다. 1시에 말입니다. 더

늦지는 말아 주십시오. 그리고 당신께서도요.」 그는 막시모프를 향해 말했다.

「꼭 그렇게 하리다!」 그 초대에 굉장한 반색을 나타내며 표도르 빠블로비치가 소리쳤다. 「꼭 그렇게 하지요. 아시겠습니까, 우리는 여기서 점잖게 행동하기로 약속했지요……. 그런데 뾰뜨르 알렉산드로비치,[9] 당신께서는 응낙하실 겁니까?」

「어찌 안 가겠소? 그들의 풍습을 보지 않는다면, 내가 여기까지 올 이유가 없는데. 단 한 가지 내게 난처한 일은, 내가 지금 당신과 함께 있다는 사실이오, 표도르 빠블로비치…….」

「그런데 드미뜨리 표도로비치가 아직도 안 왔군요.」

「그가 오지 않는다면, 아주 잘된 일일 게요. 당신의 그 터무니없는 놀이에 합세를 한다면 행여 내가 반가워할 것 같소? 어쨌든 점심 식사에는 참석하겠습니다. 수도원장님께 감사드립니다.」 그는 수도사에게 고개를 돌리며 말했다.

「아니, 저는 여러분을 장로님께 모셔다 드려야 합니다.」 수도사가 대답했다.

「그렇다면 저는 수도원장님께로, 지금 곧장 수도원장님께로 가지요.」 지주 막시모프가 떠들어 댔다.

「수도원장님께서는 지금 바쁘십니다. 하지만 좋으실 대로 하십시오…….」 수도사는 망설이며 말했다.

「끈질긴 노인네로구먼.」 지주 막시모프가 수도원 쪽으로 돌아서 달려가자, 미우소프가 말했다.

「폰 존을 닮았군요.」 표도르 빠블로비치가 갑자기 이렇게 말했다.

「당신은 그런 것밖에 모르는군요……. 그가 어떤 면에서 폰 존을 닮았다는 거요? 당신이 폰 존을 보기라도 했소?」

---

9 미우소프의 이름과 부칭.

「그의 사진을 봤지요. 얼굴 특징들이 닮았다는 게 아니라, 뭔가 설명할 수 없는 것으로 닮았지요. 분명히 폰 존을 판에 박아 놓았어요. 저는 그저 얼굴만 봐도 곧 알 수 있습니다.」

「그럴 테지요, 당신은 그런 방면에는 통달했으니까. 그런데 표도르 빠블로비치, 지금 당신은 우리가 점잖게 행동하기로 약속했다는 사실을 기억하시는지요? 잊지 마시오. 당신한테 말해 두지만, 꼭 명심해 두시오. 그럼에도 불구하고 당신이 어릿광대짓을 시작한다면, 나는 그만두겠소. 나는 이곳에서 당신과 똑같은 족속이 될 생각이 조금도 없소이다……. 보시오, 어떤 사람인가를.」 그는 수도사에게 고개를 돌리며 말했다. 「나는 저 사람과 함께 점잖은 분들을 뵈러 가는 것이 심히 걱정스럽구려.」

수도사의 창백하고 핏기 없는 입술에는 교활함 같은 것이 깃든 가늘고 조용한 미소가 스쳐 갔으나, 그는 더 이상의 반응을 보이지 않았다. 자신의 품위를 지키려는 생각에서 입을 다물고 있는 것이 분명했다. 미우소프는 더욱더 얼굴을 찌푸렸다.

〈이런, 도깨비가 물어 갈 놈들 같으니, 수백 년에 걸쳐 갈고 닦은 겉모양이란, 실제로는 엉터리 사기꾼에 불과하면서도 말이야!〉라는 생각이 그의 뇌리를 스쳐 갔다.

「자, 암자로군, 다 왔습니다!」 표도르 빠블로비치가 소리쳤다. 「울타리도 대문도 다 잠겨 있구먼.」

그는 대문 정면과 옆면에 그려진 성상들을 향해 커다란 성호를 긋기 시작했다.

「다른 수도원에 가서는 그 수도원의 풍속을 따르라.」 그는 한마디 내뱉었다. 「이 암자에는 스물다섯 명의 성인들이 영혼을 구원받기 위해 수행하고 있으며, 서로의 얼굴을 바라보면서 양배추를 먹고 있지요. 그리고 이 울타리 저편으로는 여자들이 출입할 수 없다니, 굉장하지 않습니까. 정말로 대단합니다. 그런데 장로님께서는 귀부인들을 접견하신다고 들었는데요.」 그는 갑자기 수도사를 향해 말을 붙였다.

「평민 출신의 여자 분들이 지금도 그곳에 있습니다. 자, 저기를 보십시오, 복도에 누워서 기다리고 있지 않습니까. 하지만 상류 계층의 귀부인들을 위해서는 울타리 밖 복도에 방 두 개가 따로 지어져 있답니다. 저기가 그 창문들이고, 장로님께서는 건강이 좋으실 때는 내실 통로를 통해서, 다시 말하면 항상 울타리 너머로 그들을 맞으러 가시지요. 저쪽에 하리꼬프 지방에서 온 여지주 호흘라꼬바 부인께서 병약한 따님과 함께 기다리고 계시는군요. 장로님께서 요즘은 너무 쇠약해지셔서 사람들 앞에 거의 모습을 드러내실 수 없습니다만, 아마도 만나 주시기로 약속하신 모양입니다.」

「말씀하신 대로라면, 암자에서 부인들에게로 빠져나가는 개구멍이 있다는 것이군요. 신부님, 저를 그렇고 그런 놈으로 생각하지는 마십시오. 아시다시피, 아토스에서는 여자들의 출입뿐만 아니라, 암탉이든 칠면조 암놈이든 아니면 암송아지든, 암컷이라면 모든 동물들의 출입이 금지되어 있다는 이야기를 들으셨을 줄로 압니다……」

「표도르 빠블로비치, 나는 당신을 혼자 내버려 두고 떠나겠소, 내가 없으면 당신은 두 손이 붙들린 채 이곳에서 쫓겨나게 될 거요. 이 점을 경고해 둡니다.」

「어째서 제가 당신에게 방해가 됐다는 겁니까, 뾰뜨르 알렉산드로비치. 저길 좀 보세요.」 그는 암자의 울타리 너머로 들어서며 갑자기 소리쳤다. 「자, 보세요, 저들이 얼마나 멋진 장미꽃 언덕에 살고 있는지를!」

사실 그곳에는 장미꽃이 한 송이도 없었지만, 아름답고 진귀한 가을꽃들이 빈틈없이 가득 채워져 있었다. 노련한 손길로 가꾼 것임에 틀림없었다. 화단들은 교회 울타리 안쪽과 무덤 사이사이에 만들어져 있었다. 장로의 독방이 있는 1층짜리 목조 건물에는 입구 앞에 복도가 나 있었으며, 역시 꽃들로 둘러싸여 있었다.
「그런데 이전 바르소노피 장로가 계시던 시절에도 이런 것들이 있었나요? 듣기로는 이렇게 멋을 내는 것은 싫어하셔서, 자리에서 갑자기 벌떡 일어나 귀부인들에게까지 지팡이를 휘두르셨다고 하던데.」 표도르 빠블로비치가 계단을 오르며 말했다.
「사실 바르소노피 장로님께서는 때때로 마치 유로지비처럼 행동하셨습니다만, 지금은 어리석은 소문이 너무 많이 떠돌고 있지요. 그분께서는 결코 누구에게든 지팡이를 휘두른 적이 없으십니다.」 수도사가 대답했다. 「그러면, 여러분, 잠시 기다려 주십시오. 여러분이 도착하셨다고 알리겠습니다.」
「표도르 빠블로비치, 마지막으로 약속을 환기시키니 잘 들어두시오. 똑바로 처신하시오, 그렇지 않으면 당신을 혼내 줄 테니.」 미우소프는 다시 한번 낮은 목소리로 중얼거렸다.
「정말 모르겠군요, 왜 그렇게 유난스럽게 흥분하시는지를.」 표도르 빠블로비치는 빈정거리며 대답했다. 「지은 죄가 두려우신 것은 아닙니까? 그분께서는 척 보시기만 해도 누가 무슨 일로 왔는지 알아맞히신다고 합니다. 그런데 당신 같은 파리지앵이자 진보적인 신사분께서 그들의 의견을 그렇게 높이 평가하시다뇨, 실로 정말 놀랍습니다.」
그러나 미우소프가 이런 야유에 대꾸할 겨를도 없이 그들은 안으로 들어오라는 통보를 받았다. 그는 약간 약이 오른 채 들어갔다…….
〈자, 이젠 일찌감치 정신을 차려야지, 약이 올라서 언쟁을 벌이고…… 그러다가 화를 내게 되면, 그때는 나 자신이나 내 사상이 품위를 잃게 될 테니까〉 하는 생각이 그의 머릿속에 불현듯 떠올랐다.

2. 늙은 어릿광대

 그들은 장로와 거의 동시에 방으로 들어섰다. 장로는 그들이 도착하자 곧 침실에서 나온 것처럼 보였다. 승방에는 암자 소속의 수행 신부 두 사람이 장로가 나타나기를 벌써부터 기다리고 있었다. 한 사람은 도서관 사서 신부이고, 다른 한 사람은 나이가 들지는 않았지만 학식이 대단하다고 알려진 병색이 완연한 빠이시 신부였다. 그들 말고도 한쪽 구석에는 스무 살 가량으로 보이는 젊은이가 속세의 옷을 걸친 채 서서 대기하고 있었는데(그 후로도 그는 내내 서 있었다), 장래의 신학자가 될 신학교 졸업생으로서 어떤 이유에선지 수도원과 승단의 후원을 받고 있었다. 그는 키가 상당히 크고, 혈색 좋은 얼굴에 광대뼈가 넓게 튀어나왔고, 이지적이며 주의 깊은 갈색 눈을 가지고 있었다. 그의 얼굴에는 추호도 비굴하지 않으면서도 예의를 갖춘 완벽한 공손함이 깃들어 있었다. 그는 방에 들어오는 손님들을, 맞을 만한 인물이 아니라 오히려 수도원에 소속된 아랫사람이라도 되는 듯한 표정을 지으며 목례조차 하려 들지 않았다.

 조시마 장로는 발심자와 알료샤를 거느린 채 나타났다. 수행 신부들은 자리에서 일어나 손이 땅에 닿을 정도로 깊이 고개 숙여 인사하고는 성호를 그으며 그의 손에 입을 맞추었다. 그들 각자에게 그리고 자신을 위해서도 축복을 내린 장로는 한 사람씩 손이 땅에 닿을 정도로 똑같이 깊이 고개 숙여 답례를 한 다음, 그들에게 축복을 청했다. 이 모든 의식은 일상적인 관례를 벗어나 거의 어떤 감동을 불러일으킬 만큼 진지하게 거행되었다. 그러나 미우소프에게는 이 모든 것이 억지 교훈을 남기려는 의도라고 생각되었다. 그는 함께 방 안으로 들어간 일행 중 제일 앞에 서 있었다. 사상적으로야 어떻든 간에 단순히 예의 문제만 놓고 보더라도(이곳에서는 그것이 관습이었으므로) 손에 입까지 맞추지 않는다고 해도 적어도 장로에게 다가가서 축복만은 청해야 했다. 지난 밤 자신도 그 점을 생각했었다. 그러나 지금 수사 신부들의 경배와 입맞춤을 보는 순간 그는 곧 생각을 고쳐먹었다. 그래서 점잖고 진지한 태도로 세속에서 하듯이 깊이 머리 숙여 인사하고는 의자로 돌아왔다. 표도르 빠블로비치는 원숭이처럼 이번에 미우소프가 한 것과 똑같이 행동했다. 이반 표도로비치는 매우 점잖고 정중하게 인사했지만 역시 바지 솔기에 손을 붙인 채 절을 했고, 깔가노프는 당황한 나머지 인사조차 드리지 못했다. 장로는 축복을 해주려고 들었던 손을 내리고 다시 한번 그들을 향해 절을 한 다음 모두 앉으라고 청했다. 알료샤는 피가 거꾸로 솟구쳤다. 너무나 창피스러웠다. 그의 불길한 예감이 들어맞기 시작했던 것이다.

장로는 매우 낡은 골조에 가죽을 씌운 마호가니 의자에 앉았으며, 두 수사 신부를 제외한 나머지 손님들은 맞은편 벽 옆에 나란히 네 개가 마련된, 까만 가죽이 무척이나 닳은 마호가니 의자에 자리잡았다. 수사 신부들은 한 사람은 문 옆에, 다른 한 사람은 창문 옆에 각각 앉았다. 신학생과 알료샤 그리고 견습 수사는 서 있었다. 암자는 매우 비좁고 어딘지 모르게 활기가 없어 보였다. 방 안의 물건과 가구는 볼품이 없고 초라했으며 그것도 가장 요긴한 생활 필수품들에 불과했다. 창가에는 두 개의 화분이 놓여 있었고, 방 한구석에는 많은 성상들이 걸려 있었는데, 그중 하나는 커다란 성모상으로서 교회 대분열[10] 훨씬 전에 그려진 것임에 틀림없었다. 그 앞에는 작은 등불이 켜져 있었다. 그 옆에는 빛나는 금테가 둘러진 두 개의 성상이 걸려 있고, 다시 그 옆으로는 지품 천사상(智品天使像), 자기로 만든 달걀들, 상아로 만든 가톨릭 식 십자가를 품고 있는 슬픔에 잠긴 성모상Mater dolorosa, 지

---

10 17세기 중엽 러시아 종교 개혁 과정에 일어난 정교의 분열.

난 수백 년간 이탈리아 출신의 대가들이 만든 판화 서너 점이 놓여 있었다. 이처럼 우아하고 귀중한 판화들을 지나면 성인들, 순교자들, 성직자들 등을 그린 가장 서민적인 석판화 몇 점이 자리 잡고 있었는데, 그것들은 여느 장터에서 단돈 몇 꼬뻬이까에 팔리는 그런 그림들이었다. 다른 벽면에는 현재와 과거의 러시아 대주교들의 석판 초상화도 여러 점 걸려 있었다. 미우소프는 이 같은 〈형식주의〉를 재빨리 훑어본 다음 장로의 얼굴을 뚫어질 듯이 응시했다. 그는 자신의 안목을 존중했다. 그러나 그가 그런 결점을 가지고 있긴 했지만 이미 쉰 살에 이르는 나이를 고려한다면 그런 결점은 대체로 너그럽게 받아들일 수도 있었다. 그런 나이가 되면 총명하고 생활이 안정된 세인들의 경우 항상 자신을 과대평가하는데, 때로는 무의식적으로 그럴 수도 있는 법이니 말이다.

처음부터 그는 장로가 마음에 들지 않았다. 사실 장로의 얼굴에는 미우소프가 아닌 다른 사람들에게도 마음에 들지 않는 무언가가 있었다. 그는 작은 키에 허리가 굽은 노인으로서, 매우 허약한 다리를 가지고 있었으며 이제 65세를 넘기고 있었지만 병환 때문에 적어도 10년 이상 더 늙어 보였다. 수척한 그의 얼굴 전체에는 잔주름이 가득했으며, 특히 눈가에는 더욱 많았다. 그의 눈은 그리 크지는 않았지만 맑고 마치 빛나는 두 개의 점처럼 반짝거리며 빠르게 움직였다. 하얗게 센 머리는 관자놀이에만 남아 있었으며 숱이 적은 턱수염은 쐐기처럼 뾰족했고, 마치 가는 노끈처럼 얇은 두 입술은 이따금씩 미소를 흘리고 있었다. 코는 길다기보다 새의 부리처럼 뾰족했다.

〈어느 모로 보나 심술 사납고 형편없이 거만한 영감임에 틀림없어〉라는 생각이 미우소프의 뇌리를 스치고 지나갔다. 그는 대체로 매우 불만스러웠던 것이다.

괘종이 이야기의 실마리를 풀어 주었다. 시계추가 달린 조그만 싸구려 벽시계가 정확히 12시가 되었음을 급히 알렸던 것이다.

「정확히 약속하신 시간이로군요.」 표도르 빠블로비치가 소리쳤다. 「하지만 제 자식 드미뜨리 표도로비치는 아직 도착하지 않았습니다. 그 애를 대신해서 사과드립니다, 성스러우신 장로님!(알료샤는 〈성스러우신 장로님〉이라는 말에 온몸을 떨었다.) 저는 언제나 시간을 잘 지킵니다, 단 1분도 어기지 않지요. 정확함이야말로 임금의 예의라는 이야기를 잊지 않고 있으니까요…….」

「하지만 그렇다고 해서 당신이 임금은 아니잖소.」 미우소프가 갑자기 참지 못하고 불평을 늘어놓았다.

「네, 그렇습니다, 임금은 아니지요. 그런데 뾰뜨르 알렉산드로비치 씨, 제가 그런 걸 모르고 있다고 생각하시는 모양이지요, 이런 맙소사! 나는 왜 언제나 이렇게 실없는 소리를 늘어놓을까! 그런데 신부님!」 그는 어떤 순간적인 열정에 사로잡혀 이렇게 소리쳤다. 「장로님께서는 진짜 어릿광대를 보고 계신 겁니다! 이렇게 소개를 드리지요. 오랜 습관이니까, 나 원 참! 제가 이렇게 실없는 소리를 늘어놓는 것은 나름대로의 어떤 의도가, 남들을 웃기기도 하고 나도 유쾌해지려는 의도가 있기 때문입니다. 유쾌해질 필요가 있지요, 그렇지 않습니까? 약 7년 전에 사소한 용무로 어느 읍에 들른 일이 있었는데 저는 어떤 장사치들과 같이 다니지 않으면 안 되는 상황에 처해 있었습니다. 경찰서장을 찾아갔던 거지요. 왜냐하면 그에게 부탁할 일이 생겨서 식사에 초대하려 했던 겁니다. 경찰서장이 밖으로 나오는데, 키도 크고 뚱뚱한 데다가 험상궂게 생긴 금발의 사내였어요. 그런 일에는 너무나 위험스런 존재라고 할 수 있겠지요. 그런 사람들은 간덩이가 부었거든요. 아시겠지만, 저는 사교계 사람들의 당당한 태도로 그에게 곧바로 다가가서는 이렇게 말했지요. 〈경찰서장님, 부디 저희들의, 그러니까, 나쁘라브니끄가 되어 주십시오!〉 그러니까 〈아니, 웬 나쁘라브니끄?〉라고 대답하더군요. 그 순간 저는 일은 이제 글렀구나 하는 생각이 들었는데, 그 사람은 심각한 표정으로

서서 노려보더군요. 그래서 〈분위기를 바꿔 보려고 농담을 좀 해 본 겁니다. 나쁘라브니끄는 우리 러시아의 유명한 지휘자이고, 저희 사업의 조화를 위해서는 그런 지휘자가 필요하니까요……〉라고 말했죠. 이만하면 그럴듯한 비유의 설명이 아닌가요? 그는 〈미안합니다. 본인은 이스쁘라브니끄[11]이며, 본인의 관직을 놓고 흰소리하는 것을 용납할 수가 없어요〉라고 말하더니 몸을 휙 돌려 가버리더군요. 저는 그 뒤를 쫓아가며 소리쳤지요. 〈네, 네, 맞습니다. 당신은 나쁘라브니끄가 아니라 이스쁘라브니끄이십니다.〉 그러니까 〈아니오, 일단 그렇게 발언한 이상 나는 나쁘라브니끄요〉라고 하더군요. 그러니 생각해 보십시오, 저희 사업이 어떻게 되었겠는지! 제가 하는 일은 만사가 이 모양이에요. 아첨을 하려다가 언제나 손해만 보거든요. 벌써 상당히 오래 전에 있었던 일인데, 한번은 어느 유력한 인사에게 이런 이야기를 한 적이 있습니다. 〈부인께서는 간지럼을 잘 타는 분이시더군요〉라고 말입니다. 이 말은 도덕적 측면에서 경의를 표하려는 의도였습니다만, 그 사람은 갑자기 〈그럼 당신이 간지럼을 태워 봤다는 거요?〉라고 말하더군요. 그런데 저는 참지 못하고, 갑자기 계속 아첨을 하고 싶은 생각이 들어서 〈네, 간지럼을 태워 봤습니다〉라고 했지요. 그러자 그 사람이 내게 간지럼을 태우는 것이 아니겠습니까……. 이건 이미 오래 전에 있었던 일이어서 이야기한다고 해도 부끄러울 것이 없습니다만. 저는 이렇게 언제나 손해만 보고 있다니까요!」

「당신은 지금도 그 짓을 하고 있는 거요.」 미우소프가 혐오감이 넘치는 목소리로 투덜거렸다.

장로는 말없이 두 사람을 번갈아 가며 둘러보았다.

「그럴지도 모르죠! 그건 저도 알고 있어요, 뾰뜨르 알렉산드로

---

11 러시아 어로 〈군(郡) 경찰서장〉이라는 뜻.

비치 씨. 뿐만 아니라 이야기를 꺼내자마자 그런 짓을 하게 될 거라는 예감이 들었고, 또 당신이 그걸 내게 가장 먼저 지적해 주시리라는 것까지 예감하고 있었는걸요. 제 농담이 먹혀 들어가지 않는다는 것을 알게 된 순간에 말입니다. 신부님, 저는 양쪽 볼이 아래 잇몸에 꽉 들러붙기 시작해서 거의 경련 같은 것을 일으키게 됩니다. 이건 귀족 집에 얹혀사는 식객으로서 밥을 빌어먹어야 했던 젊은 시절부터 생긴 겁니다. 태어날 때부터 선천적인 광대지요. 신부님, 유로지비임에 틀림없어요. 분명히 저의 내부에는 악마가 들어 있습니다. 어쩌면 대단한 놈은 아닌 것 같아요. 좀더 대단한 놈이었다면 다른 집을 택했겠지요. 당신 집은 아닙니다. 뾰뜨르 알렉산드로비치 씨. 당신 집은 대단치 않으니까요. 하지만 저는 믿습니다. 암, 하느님을 믿거든요. 최근 들어서는 회의에 빠지긴 했지만 그 대신 지금 이렇게 앉아서 위대한 말씀을 고대하고 있지 않습니까. 신부님, 저는 철학자 디드로나 다름없습니다. 너무도 성스러운 신부님, 철학자 디드로가 예까쩨리나 여제 시대에 플라톤 대주교를 찾아왔던 일을 알고 계시겠죠? 느닷없이 그자는 단도직입적으로 〈신은 존재하지 않습니다〉라고 말했지요. 그때 위대하신 대주교께서는 손가락을 쳐든 다음 〈미치광이가 자기 마음속에 신은 존재하지 않는다고 말하도다!〉라고 응답하셨지요. 그러자 그자는 당장 발 밑에 엎드려 〈믿습니다, 세례를 받겠습니다〉라고 소리쳤어요. 그래서 즉석에서 그자에게 세례를 내렸다고 합니다. 다쉬꼬바 공작 부인이 대모(代母)가 되고, 뽀쩸낀이 대부(代父)가 되었다지요…….」

「표도르 빠블로비치, 더 이상 들어 줄 수가 없군요! 당신은 거짓말을 하고 있으며 그건 엉터리 우스갯소리에 불과하다는 것을 누구보다 당신 자신이 잘 알고 있으면서도, 어째서 그렇게 고집을 피우는 겁니까?」 미우소프는 완전히 자제력을 잃은 채 떨리는 목소리로 말했다.

「그것이 거짓말이라는 건 평생에 걸쳐 이미 알고 있습니다!」 표도르 빠블로비치는 격앙된 목소리로 소리쳤다. 「여러분, 저는 여러분께 모든 진실을 대신 말씀드리죠. 위대하신 신부님! 용서해 주십시오, 마지막에 말씀드린 디드로의 세례 이야기는 제가 방금 꾸며 낸 것입니다. 이야기를 하던 바로 그 순간에 꾸며 낸 것이지, 그전에는 제 머릿속에 전혀 들어 있지 않던 이야깁니다. 주목을 끌어 보려고 그런 생각을 해낸 거지요. 그런 이야기를 했던 것은, 뾰뜨르 알렉산드로비치 씨, 좀더 친근하게 비치기 위해섭니다. 그리고 왜 그랬는지는 때때로 저도 잘 모르겠습니다. 하지만 이 〈미치광이의 말〉까지는 제가 젊었을 때 얹혀살던 이 고장 지주들로부터 스무 번 가량 들었던 내용입니다. 그러니까, 뾰뜨르 알렉산드로비치 씨, 당신의 고모 마브라 포미니쉬나로부터도 들은 적이 있습니다. 어쨌든 그들은 지금까지도 무신론자인 디드로가 신에 관한 논쟁을 하러 플라톤 대주교를 찾아갔다고 확신하고 있으니까요……」

인내심을 잃었을 뿐 아니라 제정신이 아닌 듯한 모습으로 미우소프는 자리를 박차고 일어났다. 그는 미칠 지경이었고, 이렇게 되면 자기만 웃음거리가 된다는 사실을 잘 알고 있었다. 사실 이 암자에서는 도저히 일어날 수 없는 일이 벌어지고 만 것이다. 이 암자에는 아마 40년 혹은 50년 동안에, 그러니까 과거의 장로들 시절부터 방문객들이 모여들었으나 그들은 대단히 경건한 사람들뿐이었다. 암자에 들어오도록 허가받은 사람들은 자신들에게 커다란 은총이 내려진 것이라고 생각했다. 방 안에 머무는 동안 많은 사람들이 무릎을 꿇은 채 자리에서 일어서지도 않았다. 〈상류층 인사들〉이나 최고의 학자들 중에서도 많은 사람들이, 게다가 호기심이나 다른 이유 때문에 찾아왔던 자유주의자들조차 여러 사람이 방문하든 단독 접견을 하든 간에 일단 암자에 들어오면 회견을 하는 동안 한결같이 깊은 존경심과 예의를 지키는 것을 자신들의 첫번째 의무로 간주했었다. 더구나 이곳에서는 돈 문제는 거론하지 않고 한쪽 편에는 사랑과 은총이, 다른 편에는 힘겨운 어떤 정신적인 문제나 자신의 심리적인 삶 속에서 가장 힘든 순간을 해결해 보려는 열망과 참회만이 있을 뿐이었다. 따라서 표도르 빠블로비치가 보여 준 그 자리를 모독하는 그런 광대극은 보는 이들로 하여금, 적어도 그중 몇 사람들에게는 의혹과 충격을 불러일으켰다. 수사 신부들은 장로가 무슨 이야기를 할까 진지하게 주시하면서 정색조차 하지 않았으나 곧 미우소프처럼 자리를 박차고 일어날 것만 같았다. 알료샤는 금방이라도 울음이 터져 나올 듯한 표정으로 고개를 푹 숙인 채 서 있었다. 그는 자기 형 이반 표도로비치가 무엇보다도 이상하게 여겨졌다. 아버지의 행동을 제지시킬 수 있는 영향력을 가진 유일한 인물이라고 희망을 걸었던 이반 형은 자신이 여기서 완전히 제3자라는 듯 이 상황이 어떻게 끝을 맺을지 궁금하다는 듯 호기심 넘치는 표정으로 눈을 내리깐 채 자기 자리에 꼼짝 않고 앉아 있었다. 알료샤는 자신과 가장 가깝게 지내는 라끼찐(신학생)조차 쳐다볼 수가 없었다. 알료샤는 그가 어떤 생각을 하고 있는지 잘 알고 있었기 때문이다(수도원 전체에서 그의 생각을 알고 있는 사람은 알료샤뿐이었다).

「용서해 주십시오…….」 미우소프가 장로를 향해 말하기 시작했다. 「아마도 장로님께서는 저도 이런 하잘것없는 광대극에 가담한 것이라고 여기시겠지요. 제 실수는 표도르 빠블로비치 같은 사람도 존경스런 분을 방문할 때는 자기가 지켜야 할 도리가 무엇인지 깨달아 주기를 기대했던 데에 있습니다……. 저 사람과 자리를 함께 했단 사실 때문에 사죄를 드리지 않으면 안 될 거라고는 생각하지 못했던 것입니다…….」

뾰뜨르 알렉산드로비치는 말을 끝맺기도 전에 너무나 부끄러운 나머지 방에서 나가고 싶어하는 듯했다.

「부디 아무 걱정 마십시오.」 장로는 갑자기 허약한 다리를 딛고 일어서서 뾰뜨르 알렉산드로비치의 두 손을 잡으며 그를 다시 의자에 앉혔다. 「제발 평정을 되찾으십시오, 부탁드립니다. 나는 당신이 내 손님이 되어 주실 것을 각별히 부탁드리는 바입니다.」 그는 고개를 숙인 채 다시 자리에 앉았다.

「위대하신 신부님, 혹시 저의 민감한 반응이 장로님을 욕되게 한 건 아닌가요?」 표도르 빠블로비치는 마치 대답 여하에 따라서 자리를 박차고 일어설 준비라도 되어 있다는 듯이 두 손으로 의자의 손잡이를 움켜쥔 채 소리쳤다.

「제발 부탁하오니 진정하시고, 또 아무 부담도 갖지 마세요.」 장로가 타이르듯이 그에게 말했다. 「아무 부담도 갖지 마세요, 부디 여러분의 집이라 생각하시고. 중요한 것은 자신에 대해 수치스럽게 생각하지 않는 것입니다. 왜냐하면 모든 문제가 거기서 비롯되니까요.」

「자기 집처럼 생각하라고요? 다시 말해 본래의 모습으로 돌아가라는 말씀이신가요? 오, 그건 너무나, 그건 너무나 관대하신 말씀이시군요. 하지만 기쁜 마음으로 받아들이죠! 경건하기 그지없는 신부님, 그렇지만 저에게 본래의 모습으로 돌아가라고 청하시지 않는 게 좋으실 겁니다. 그건 위험한 일이 될 테니……. 저는 본래의 모습까지 돌아가지 않겠습니다. 이건 제가 장로님을 보호해 드리려고 미리 말씀드리는 겁니다. 그렇지만 다른 것은 아직 미지의 암흑 속에 놓여 있습니다. 비록 어떤 분들께서는 제 이야기를 과장해서 하고 싶으시겠지만 말입니다. 이건 당신을 두고 하는 말입니다, 뾰뜨르 알렉산드로비치 씨. 하지만 지극히 성스러우신 존재이신 당신께는, 그렇습니다, 장로님께는 황홀한 기분을 느끼고 있다고 고백하는 바입니다.」 그는 두 팔을 위로 치켜 올리며 일어서서 이야기했다. 「〈그대를 밴 여인의 배에, 그대를 길러 준 젖꼭지에, 특히 그 젖꼭지에 복이 있을지라!〉 장로님께서는 〈자신에 대해 수치스럽게 생각하지 마라, 모든 것이 오직 거기에서 비롯되기 때문이다〉라는 의견을 말씀해 주셨지요. 그 의견은 제 마음을 정통으로 찌르는 듯합니다. 사실 제가 사람들 앞에 서게 되면 저는 누구보다도 비열하며 모두가 저를 어릿광대 취급한다는 생각이 들지요. 그래서 〈내가 정말로 어릿광대짓을 해주지. 너희들이 뭐라고 해도 두려워하지 않겠다. 왜냐하면 너희들 모두는 나보다 더 비열하기 때문이야〉라고 생각합니다. 그래서 저는 수치심 때문에 어릿광대가, 위대하신 장로님, 바로 그런 수치심 때문에 어릿광대가 된 겁니다. 그런 우려 때문에 소란을 피우는 겁니다. 제가 남들 앞에 섰을 때 사람들이 저를 누구보다 친절하고 현명한 사람으로 생각한다는 확신만 든다면, 주여! 그땐 제가 얼마나 착한 사람이 될까요! 스승님!」 그는 갑자기 무릎을 꿇었다. 「스승님, 영생을 얻으려면 어떻게 해야 하나요?」 이제는 그가 농담을 하고 있는 것인지, 아니면 정말로 그런 감동에 젖어 있는 것인지 판단하기 힘들 지경이었다.

장로는 그를 향해 고개를 들어 미소지으며 이렇게 말했다.

「어떻게 해야 할지는 이미 오래 전부터 당신 자신이 잘 알고 있습니다. 당신에게는 그만한 지혜가 충분히 있으니까요. 과음을 삼가하시고, 말씀을 자제하시며, 방탕한 길을 걷지 마십시오. 특히 돈을 숭배하지 마시고, 술집 문을 닫으십시오. 술집 문을 모두 닫는 것이 불가능하다면 두세 개라도 말입니다. 그렇지만 중요한 것은, 무엇보다 중요한 것은 거짓말을 하지 않는 것입니다.」

「디드로에 관한 말씀을 하시는 건가요?」

「아니오, 디드로에 관한 이야기가 아닙니다. 중요한 것은, 자기 자신에게 거짓말을 하지 않는 겁니다. 자신을 속이고 자신의 거짓말에 귀를 기울이는 사람은 자신의 내면이나 주변에 있는 진실을 감지하지 못하며, 반드시 자신이나 타인을 존경하지 않게 됩니다. 아무도 존경하지 않으며 사랑을 멈추게 되면 마음을 달래고 위안을 찾기 위해 애정이 결핍된 상태에서 욕망과 색정에 몰두하여 자신들의 결점이기도 한 야수성을 드러내게 됩니다. 이 모두가 타인들과 자신에게 끊임없이 거짓말을 하는 데서 비롯되지요. 자기 자신에게 거짓말을 하는 사람은 누구보다도 더 모욕감을 잘 느낄 수 있습니다. 물론 모욕당하는 것이 때로는 상당히 유쾌하게 느껴질 때도 있지요, 안 그렇습니까? 그런데 그런 사람은 누가 그를 모욕하는 것이 아니라, 자기 자신이 그런 모욕을 생각해 낸 다음 그것을 채색하려고 거짓말을 하고 그림을 완성시키기 위해 과장을 하고 말꼬리를 잡고 늘어지며 콩알만 한 것도 산처럼 부풀리지요. 이런 사실을 그 자신도 잘 알고 있으면서 제일 먼저 화를, 기분이 좋아지고 큰 만족감을 느낄 때까지 화를 내며 그러다가 상대에게 진짜 적개심을 품게 되는 것입니다……. 자, 일어나 자리에 앉으십시오, 제발 부탁드립니다. 이 또한 거짓 몸짓입니다……」

「거룩하신 분이시여! 손에 입을 맞출 수 있게 해주십시오.」 표도르 빠블로비치는 벌떡 일어나 장로의 여윈 손에 재빨리 쪽 소리를 내며 입을 맞추었다. 「모욕당하는 것은 정말로, 정말로 유쾌한 일입니다. 그 말씀은 정말 잘 해주셨습니다. 아직까지 그런 이야기를 들어 보지 못했거든요. 정말이지 저는 평생을 기분이 좋아질 때까지 미학을 위해서 모욕을 받아 왔습니다. 왜냐하면 모욕을 당한 사람이 된다는 것은 유쾌한 일일 뿐 아니라 때로는 아름다운 일이기도 하니까요. 하지만 이것만은 잊으셨군요, 위대하신 신부님. 아름다운 일이라는 말씀을! 그 말을 수첩에 써두지요! 물론 저는 거짓말을 해왔습니다, 평생에 걸쳐 하루도 한 시간도 빠지지 않고 거짓말을 해왔습니다. 진정으로 나는 거짓 자체이자, 거짓의 아버지입니다! 하지만 거짓의 아버지는 아닌 것 같기도 하고, 저는 인용을 할 때 딴 길로 빠지곤 하니까, 거짓의 아들 정도라면 마음에 들겠군요. 유일한…… 저의 천사시여……. 디드로

이야기는 때로는 있을 법한 것입니다! 디드로 이야기는 해롭지 않습니다. 물론 다른 이야기들은 해롭지만 말입니다. 위대하신 장로님, 잊어버릴 뻔했는데, 마침 잘됐습니다. 저는 이런 생각을 했었거든요. 벌써 3년 전부터 이곳에서 문의를 드리려고 했었습니다. 다시 말씀드려서 이곳에 들러 납득이 갈 만큼 질문을 드리려고 했던 거지요. 그러니 뾰뜨르 알렉산드로비치 씨가 제 이야기를 가로막지 못하게 조치를 내려 주십시오. 그럼 질문을 드리겠습니다. 위대하신 장로님, 『체찌-미네이』[12] 어딘가에 이런 이야기가 적혀 있다는 게 사실인가요? 기적을 만든 어떤 성자가 신앙 때문에 수난을 겪고 결국 머리가 잘렸을 때 자리에서 벌떡 일어나 자기 머리를 쳐들고는 〈정중하게 입을 맞춘〉 다음 두 손으로 머리를 받쳐든 채 한동안 돌아다녔다는 이야기 말입니다. 그리고 〈정중하게 입을 맞추었다뇨〉? 이 이야기가 사실입니까, 아닙니까, 고결하신 신부님?」

「아니오, 사실이 아닙니다.」 장로가 대답했다.

「『체찌-미네이』를 다 뒤져도 그것과 비슷한 이야기조차 나오지 않습니다. 대체 어떤 성자 이야기에 그렇게 적혀 있던가요?」 도서관 사서 신부가 물었다.

「누구 이야기인지는 저도 잘 모릅니다. 제가 모르니 말씀드릴 수 없군요. 거짓말에 속은 거라고 사람들은 말합니다. 다른 사람한테 들은 이야기이니까요. 누가 그런 이야기를 했는지 아십니까? 바로 뾰뜨르 알렉산드로비치 미우소프 씨지요. 디드로 이야기로 지금 화를 내셨던 분 말입니다. 바로 그분께서 말씀하셨지요.」

「나는 그런 이야기를 한 적이 없소. 또 당신과 만나서 이야기를 나눈 적도 없고.」

「사실입니다. 내게 그런 이야기를 하시지는 않으셨지요. 하지

[12] 성자들과 순교자들의 생애를 담고 있는 교회 달력으로 그들의 일화와 설교 등을 날짜별로 나누어 놓은 것.

만 내가 함께 어울렸던 어떤 자리에서 당신은 그런 이야기를 하셨습니다. 4년 전 일이지요. 제가 잘 기억하고 있는 것은 당신이 그런 우스꽝스런 이야기로 제 신앙을 뒤흔들어 놓았기 때문입니다. 뾰뜨르 알렉산드로비치 씨, 당신은 그런 사실을 모르실 겁니다, 모르시고말고요. 하지만 저는 신앙에 동요를 일으키며 집으로 돌아갔고 그때부터 더욱 마음의 동요를 겪고 있는 겁니다. 그렇습니다, 뾰뜨르 알렉산드로비치 씨, 당신은 위대한 타락의 원인 제공자입니다! 그건 이미 디드로 정도가 아니지요!」

표도르 빠블로비치가 다시 연극을 하고 있다는 사실이 모든 사람들에게 너무나 분명히 드러났음에도 불구하고 그는 감동 어린 목소리로 화를 내고 있었다. 그러나 어찌 됐건 미우소프는 몹시 기분이 상했다.

「그런 터무니없는 이야기를, 또 그런 터무니없는 이야기를 하고 있군.」 그가 중얼거렸다. 「사실 나는 언젠가 그런 이야기를 했는지도 모르겠소……. 하지만 당신한테만은 아니오. 나도 남한테 들은 이야기니까. 내가 파리에 있을 때 어느 프랑스 인으로부터 듣기로는 우리 나라에서는 미사 때 『체찌-미네이』에 있는 그 이야기를 낭독하는 것 같다고 하더군요……. 그 사람은 대단한 학자로서 특히 러시아 통계학을 전문적으로 연구하는 사람이지요……. 그는 오랫동안 러시아에서 살았습니다. 나 자신은 『체찌-미네이』를 읽지 않았습니다……. 그리고 앞으로도 읽지 않을 겁니다……. 게다가 식사를 함께 하다 보면 그런저런 말을 하게 마련 아닙니까……? 우리들은 그때 식사를 하고 있었는데…….」

「네, 당신은 그때 식사를 하고 계셨는지 모르지만 저는 신앙을 잃어버리고 말았죠!」 표도르 빠블로비치는 약을 올렸다.

「당신의 신앙이 나와 무슨 관계야!」 미우소프는 버럭 고함을 지르려 했으나 갑자기 꾹 참으며 경멸스런 어조로 이렇게 이야기했다. 「당신은 말 그대로 일단 손을 댄 것이면 모두 똥칠을 해대는군.」

장로는 갑자기 자리에서 일어났다.

「용서하십시오, 여러분, 잠시 자리를 비워야 하겠습니다.」 그는 자리에 앉은 사람들을 두루 돌아보며 말했다. 「여러분이 도착하시기 전부터 저를 기다리시는 분들이 있어서요. 어쨌든 당신은 거짓말을 하지 마세요.」 그는 밝은 표정으로 표도르 빠블로비치를 돌아보며 덧붙여 말했다.

장로는 암자 밖으로 나갔고, 알료샤와 견습 수도사는 그를 계단 아래로 부축하기 위해 급히 따라나섰다. 알료샤는 숨을 헐떡거렸고 그 자리를 벗어난 것이 기뻤지만, 장로가 화를 내지 않고 여전히 즐거워하는 모습이 더욱 기뻤다. 장로는 자신을 기다리는 사람들에게 축복을 내리기 위해 회랑으로 향했다. 그러나 표도르 빠블로비치는 막무가내로 암자 문 앞에서 장로를 붙잡았다.

「더할 나위 없이 거룩하신 분이시여!」 그는 감정을 섞어 가며 소리쳤다. 「다시 한번 당신의 손에 입을 맞추도록 허락해 주십시오! 아니, 장로님과는 다시 이야기를 나눌 수 있겠지요, 함께 시간을 보낼 수 있을 거예요! 장로님께서는 제가 항상 거짓말만 하고 농담이나 지껄인다고 생각하시나요? 저는 장로님을 시험해 보려고 내내 이렇게 고의로 연극을 했다는 점을 알아주십시오. 장로님과 사귈 수 있는지를 내내 살펴본 것이지요. 그리고 뾰뜨르 알렉산드로비치 씨, 저의 겸손이 당신의 오만 앞에서 자리잡을 수 있는지를 말입니다. 당신께 장로님과 사귈 수 있는 상을 드리지요. 그리고 이제부터는 입을 다물지요, 끝까지 입을 다물고 있겠습니다. 소파에 앉아 입을 다물겠습니다. 뾰뜨르 알렉산드로비치 씨, 이제 당신이 말씀하실 차례입니다. 이제부터는 당신이 가장 중요한 인물이 되었으니……. 그렇다고 10분을 넘겨서는 안 됩니다.」

3. 신앙심 깊은 시골 아낙네들

울타리 외벽에 지어진 목조 회랑 아래에는 이날따라 온통 여자들이, 약 20여 명의 시골 아낙네들이 몰려와 있었다. 마침내 장로가 바깥으로 나온다는 소식이 그들에게 전해지자 잔뜩 모여서 기다리고 있었던 것이다. 장로를 기다리면서 상류층 인사들을 위해 마련된 거처에 머물고 있던 지주 호흘라꼬바 일가도 회랑으로 나갔다. 그들은 어머니와 딸, 두 사람이었다. 어머니인 호흘라꼬바는 돈 많은 귀부인으로서 옷을 맵시 있게 잘 차려 입고 있었으며, 아직 상당히 젊고 매우 호감이 가는 용모였으나 약간 창백한 기색이 서려 있었고 매우 활기에 찬 거의 새까만 빛에 가까운 눈을 가지고 있었다. 그녀는 서른세 살이 넘지 않았으나 과부가 된 지 벌써 5년이나 되었다. 열네 살 먹은 그녀의 딸은 하반신 마비 증세로 고생하고 있었다. 가여운 그 소녀는 벌써 1년 반이나 혼자 걸어다닐 수 없어서 바퀴가 달린 긴 안락의자를 타고 다녔다. 그녀는 병 때문에 약간 여위기는 했지만 성격은 명랑하고 얼굴은 매력적이었다. 또한 속눈썹이 긴 그녀의 까맣고 큰 눈에는 장난기가 어려 있었다. 어머니는 그녀를 봄부터 외국으로 데려갈 생각이었으나 영지 정리 때문에 여름까지 지체되고 있었다. 그들은 벌써 일주일째 우리 읍내에 머물고 있었는데, 그것은 신앙 때문이라기보다는 일 처리 때문이었다. 그들은 사흘 전에 이미 장로를 한 번 방문한 적이 있었는데, 지금 갑자기 다시 찾아와서는 장로가 이젠 아무도 만날 수 없다는 것을 잘 알면서도 〈위대한 치료자를 만나 뵐 수 있는 행운〉을 갖게 해달라며 애걸복걸했다.

장로가 밖으로 나오기를 기다리던 어미는 딸의 안락의자 옆에 놓인 의자에 앉아 있었으며, 그녀로부터 두 걸음 정도 떨어진 곳에는 늙은 수도사 한 사람이 서 있었는데, 그는 이 수도원 출신이 아니라 멀리 북방의 이름 없는 어느 수도원에서 찾아온 사람이었다. 그도 또한 장로의 축복을 받고 싶어했다. 그러나 회랑에 나타난 장로는 그곳을 지나 곧장 민중들에게 다가갔다. 사람들은 회랑의 낮은 턱과 텃밭을 연결하는 세 단짜리 계단으로 몰려들었다. 장로는 계단 위층에 서서 영대(領帶)를 걸친 후 자신을 향해 몰려든 여인들에게 축복을 내리기 시작했다. 장로 앞에는 히스테리 증세를 보이는 한 여인이 두 손이 붙들린 채 끌려 나왔다. 그녀는 장로를 보자마자 괴상한 소리를 지르며 갑자기 딸꾹질을 하기 시작하더니 경기를 일으키듯 온몸을 떨었다. 장로는 그녀의 머리 위에 영대를 얹은 후 간단한 기도문을 외웠다. 그러자 그녀는 이내 입을 다물고 얌전해지는 것이었다. 지금은 어떨지 모르지만 어린 시절 나는 마을이나 수도원에서 그런 미치광이 여인들을 흔히 보았고 이야기도 자주 들어 왔다. 그런 여인들을 미사에 데려오면 교회가 떠들썩할 정도로 고함을 지르거나 개 짖는 소리를 내지만, 성찬이 나오고 그 성찬 앞으로 끌려 나가면 금방 그 〈광란〉은 중단되고 언제나 병자는 잠시나마 얌전해지곤 했다. 이런 광경은 어린 나에게 무척 인상적이었으며 충격적이기까지 했다. 그러나 당시 꼬치꼬치 캐묻는 나의 질문에 일부 지주들이나 선생들로부터 그것은 일을 하지 않으려는 꾀병이므로 그에 어울리는 엄격한 조치로 아주 근절해 버릴 수 있다는 답변과 더불어 그것을 뒷받침하는 여러 가지 우스갯소리도 함께 들었다. 그러나 나는 나중에 전문의들로부터 그것은 꾀병이 아니라 우리 러시아에 특히 많이 나타나는 무서운 부인병이며, 그 병이야말로 우리 시골 여인들의 비참한 운명을 입증하는 것이라는 말을 들었다. 그것은 아무런 의학적 도움도 받지 못한 채 힘겨운 난산을 하고 난 이후 곧장 과격한 노동에 시달리는 데서 비롯되었다는 충격적인 이야기였다. 그 밖에도 그것은 헤어날 길 없는 슬픔이라든지 구타 등에서 비롯되는 병으로서 일부 여인들의 체질로는 도저히 감당해 내지 못한다는 것이다. 발광을 하거나 자해를 하는 여인에 대한 괴이하고 순간적인 치료법은 그저 그녀를 성찬 앞으로 끌고 가는 것이었는데, 그것은 꾀병에다가 설상가상으로 교권론자들이 꾸민 눈속임이라고 설명하는 사람들도 있었지만 분명히 자연스럽게 일어나는 현상이었다. 그리고 병자를 성찬 앞으로 끌고 나가는 아낙네들이나, 무엇보다도 병자 자신이 그와 같이 하면 병자에게 깃들어 있던 악귀가 더 이상 견디지 못한다는 것을 확고한 진리처럼 믿고 있었다. 그래서 성찬에 절을 하는 순간 신경 질환에 걸려 있을 뿐만 아니라 심리적으로도 병적 상태에 놓여 있던 여인에게서 모든 신체 조직의 전율이 항상 일어났고(또 일어나야만 했다), 이러한 전율은 반드시 치료의 기적이 일어나리라는 기대감과 꼭 실현되고 말 것이라는 철저한 믿음에서 비롯되는 것이었다. 그리고 그것은 비록 한순간이나마 실현되었다. 바로 똑같은 일이 장로가 병자에게 영대를 얹는 이 순간에도 실현되었던 것이다.

장로에게 몰려든 많은 여인들은 순간적으로 강한 인상을 불러일으키는 감동과 환희의 눈물을 흘렸다. 다른 여인들은 장로의 옷자락에라도 입을 맞추려고 밀려들었고, 나머지 여인들은 소리 내어 울었다. 장로는 모든 사람들에게 축복을 내렸으며 어떤 사람들과는 대화를 나누었다. 장로는 그 히스테리 증세의 여자를 진작부터 알고 있었는데, 그녀는 수도원에서 기껏해야 6베르스따 정도밖에 떨어지지 않은 가까운 시골 마을에서 데려온 여자로 과거에도 그에게 온 적이 있었다.

「아, 멀리서 오신 분이로군!」 아주 늙었다고 할 수는 없지만 깡마르고 바싹 여위었으며 햇볕에 그을린 것도 아니면서 까맣게 얼굴이 탄 어느 여인을 장로는 가리켰다. 그녀는 무릎을 꿇은 채 뚫어질 듯 장로를 바라보았다. 그녀의 시선 속에는 극단적인 감동이 서려 있는 듯했다.

「멀리서 왔습니다, 신부님, 여기서 3백 베르스따나 떨어진 곳에서 왔습니다. 아주 먼 곳이지요, 신부님.」 그녀는 뺨에 손바닥을 대고 머리를 좌우로 연신 가로 저으며 말꼬리를 길게 끌었다. 그녀는 마치 통곡하고 있는 것처럼 말했다. 민중들에게는 필설로다 못하고 꾹 참고 있는 슬픔이 있는데 그것을 가슴속에 묻고 침묵하고 있을 뿐이다. 그러나 일시에 폭발해 버리는 슬픔도 있다. 그 슬픔이 만일 눈물로 폭발해 버리면 그 순간부터 통곡으로 변하게 된다. 특히 여자들이 그렇다. 그렇다고 해서 그것이 침묵하는 슬픔보다 덜 고통스러운 것은 아니다. 통곡은 가슴을 자극하고 폭발시킴으로써 위안을 가져다 준다. 그런 슬픔은 위안을 바라는 것이 아니라 억누를 수 없는(해소될 수 없는) 감각을 자양분으로 삼아 지탱된다. 통곡은 단지 상처를 끝없이 자극하려는 욕구에 불과한 것이다.

「소시민 계급 출신인 것 같은데?」 장로는 호기심이 가득 찬 눈으로 바라보며 물었다.

「저희들은 도회지 사람들입니다, 신부님. 농민 출신이지만 도회지에 살고 있는 도회지 사람들입니다. 신부님, 신부님을 뵈려고 이렇게 온 것이지요. 신부님에 관한 소문을 들었어요, 신부님. 어린 아들놈의 장례식을 마치고 난 뒤 하느님께 기도를 드리려고 길을 나섰지요. 수도원을 세 군데나 찾아다녔는데 한결같이 〈여기에, 다시 말해서 당신께 가보라〉고 이야기해 주더군요. 이곳에 도착한 다음 어제 여인숙에서 머물고 오늘 신부님께 찾아온 것입니다.」

「그런데 어째서 울고 있는 거요?」

「아들놈이 불쌍해요, 신부님. 겨우 세 살바기였어요. 세 달만 더 있으면 만 세 살이 되는 아이였어요. 아들놈 때문에, 신부님, 아들놈 때문에 괴롭습니다. 마지막 남은 아이였지요. 니끼뚜쉬까와 저 사이에는 자식이 넷 있었는데 모두 세상을 뜨고 말았습니다. 모두 말입니다, 장로님, 모두요. 처음 세 아이들은 제 손으로 장례식을 치렀지만 그렇게 애석하지는 않았어요. 하지만 막내놈은 장례를 치르고 나서도 잊혀지지가 않아요. 그 애는 세상을 뜬 것이 아니라 바로 내 앞에 살아 있는 것만 같아요. 제 영혼은 고갈되어 버렸어요. 그 애의 조그만 속옷이나, 저고리 혹은 장화만 보아도 울음이 터져 나오지요. 그 애가 남기고 간 물건들을 하나하나 늘어놓고 쳐다보면 눈물이 쏟아지는 겁니다. 저는 남편인 니끼뚜쉬까한테 순례를 떠나게 해달라고 이야기했지요. 그 양반은 마부이지만, 저희들은 살림이 그다지 쪼들리는 편은 아닙니다, 신부님, 살림이 쪼들리지는 않아요. 손수 마차를 끌고 있거든요. 모두 저희들 것이죠, 말도 마차도 말입니다. 하지만 이제 이 재산이 우리에게 무슨 소용 있겠어요? 니끼뚜쉬까 그 양반은 제가 없으니 술을 입에 대기 시작했을 거예요. 전에도 그랬으니 틀림없어요. 제가 조금만 한눈을 팔면 그 양반은 벌써 마음이 약해지거든요. 하지만 지금 그 양반 생각은 하지 않아요. 이제 벌써 석 달째 집을 떠나 있는 것이니까요. 잊었어요, 모두 잊어버렸고 기억도 하기 싫으니까요. 그리고 이제 와서 그 양반하고 산들 무슨 의미가 있겠어요? 그 양반하고는 끝장났어요, 완전히 끝장났어요. 집이고 뭐고 이제 와서 거들떠본들 뭘 하겠어요, 조금도 보고 싶지 않아요!」

「이것 봐요, 아기 어머니.」 장로가 말했다. 「옛날에 위대한 성자 한 분이 당신과 똑같이 하느님의 부름을 받은 자기 아들 때문에, 외아들 때문에 울고 있는 여인을 성당에서 발견했습니다. 그 성자께서는 이렇게 말씀하셨지요. 〈하느님의 옥좌 앞에서 아이들이 얼마나 대담한 행동을 하는지 알고 계시오? 하늘나라에서 아이들보다 더 대담한 사람은 아무도 없소. 아이들은 《하느님, 하느님께서는 저희들에게 생명을 주셨지만 세상 구경을 하기도 전에 도로 거두어들이셨어요》라면서 당장 천사의 지위를 달라고 하느님께 요구한다오.〉 그리고 성자께서는 이렇게 덧붙여 말씀하셨지요. 〈그러니 당신은 울지 말고 기뻐하시오, 당신의 아이는 하느님의 천사들과 함께 지내고 있다오.〉 이것이 그 옛날 성자께서 울고 있는 여인에게 들려주셨던 말씀입니다. 그분은 위대한 성자이셨으니 거짓말을 하실 리 없지요. 그러니 아기 어머니, 이 점을 알아 두세요. 당신의 아이는 지금 틀림없이 하느님의 옥좌 앞에서 기쁘고 즐거운 마음으로 지내면서 당신을 위해 하느님께 기도 드리고 있을 거예요. 그런데 당신은 어째서 울고 있는 거요, 오히려 기뻐해야 합니다.」

그 여자는 손을 뺨에 대고 고개를 숙인 채 장로의 이야기를 듣고 있었다. 그녀는 깊은 한숨을 몰아쉬었다.

「니끼뚜쉬까도 똑같은 식으로 저를 위로했어요. 장로님처럼 이렇게 말이에요. 〈어리석기는, 대체 왜 우는 거요. 우리 아이는 지금 틀림없이 하느님 곁에서 천사들과 함께 찬송가를 부르고 있을 텐데.〉 남편은 그렇게 말하고 있었지만 자신도 울고 있었어요. 저와 똑같이 울고 있다는 것을 전 알고 있었어요. 그래서 〈나도 알고 있어요, 니끼뚜쉬까, 그 애가 어디 있는지를. 하느님 곁에 없다면 여기에 있겠지요. 하지만 지금 우리 곁에 없지 않아요. 예전 같으면 바로 옆에 앉아 있을 텐데!〉라고 대답했지요. 저는 단 한 번만이라도 그 애를 보고 싶어요, 단 한 번만이라도. 그 애한테 가까이 다가가거나 말을 걸지 않아도 좋아요. 마당에서 놀다가 방에 들어와서는 귀여운 목소리로 〈엄마, 어디 있어?〉 하고 부르곤 하던 그 음성을 구석에 숨어서 잠시라도 바라보며 듣고 싶어요. 조그만 발로 방 안을 콩콩거리며 뛰어다니던 소리를 한 번만이라도, 단 한 번만이라도 듣고 싶어요. 그래요, 그 애가 종종 나를 부르며 달려와서는 웃곤 하던 모습이 생생해요. 그 애의 발자국 소리만이라도 듣고 싶어요. 그 소리만 들어도 그 애인지 아닌지 알 수 있으련만! 그런데 그 애는 이젠 없어요, 신부님, 죽고 없는 거예요, 그리고 다시는 그 애의 목소리를 들을 수도 없어요! 여기 그 애의 조그만 허리띠가 있지만, 그 애는 죽고 없어요. 이제 저는 결코 그 애를 볼 수도, 그 애의 목소리를 들을 수도 없어요!」

그녀는 품속에서 자기 아들의 장식 달린 조그만 허리띠를 꺼냈으며, 그것을 보자마자 흐느낌으로 몸을 떨었다. 얼굴을 가렸던 손가락 사이로 갑자기 강물처럼 눈물이 흘러내렸다.

「아, 그것은.」 장로가 입을 열었다. 「먼 옛날에 〈라헬이 자식들을 생각하며 눈물을 흘렸으되 위안을 얻지 못했으니, 그 자식들이 죽고 없었기 때문이라〉 했으니, 아기 어머니, 당신도 지상에서 그 같은 운명에 처한 것입니다. 그러니 위안을 얻으려 하지 말고 우시오. 단지 울 때마다 당신의 아들이 하늘나라의 천사가 되어 내려다보다가 당신의 눈물을 보고 기뻐하며 그것을 하느님께 알려 드린다는 사실을 반드시 기억하십시오. 그리고 앞으로도 오랫동안 당신은 어머니의 위대한 슬픔을 겪게 되겠지만 결국 그것은 고요한 기쁨으로 변하여 그 쓰라린 눈물도 죄악으로부터 구원해 주는 고요한 위안과 진정한 정화의 눈물이 될 겁니다. 그러면 저세상으로 떠난 당신의 어린 아들을 위해 기도해 드리겠습니다. 이름이 뭐지요?」

「알렉세이입니다, 신부님.」

「좋은 이름이로군. 성자 알렉세이의 이름을 딴 것인가요?」

「그렇습니다, 신부님. 성자의, 성자 알렉세이의 이름입니다!」

「참으로 성스러운 아기요! 기도해 드리겠습니다, 아기 어머니. 그리고 당신의 슬픔을 위해서도, 또 당신 남편의 건강을 위해서도 잊지 않고 기도해 드리겠습니다. 하지만 남편을 혼자 내버려 두는 것은 죄악입니다. 남편에게 돌아가 보살펴 드리십시오. 자기 아버지가 버림받은 사실을 당신의 아들이 알게 되면 〈엄마는 어째서 아빠의 행복을 깨뜨리는 거예요?〉라고 말하며 눈물을 흘릴 겁니다. 그 애는 살아 있습니다, 살아 있어요. 왜냐하면 영혼은 영원히 살아 있는 법이니까요. 그리고 그 애는 집에 없지만 늘

보이지 않게 당신 곁에 있습니다. 그런데 당신이 집을 싫어한다고 말한다면 그 애가 어떻게 집으로 찾아오겠습니까? 당신을, 아빠와 엄마를 함께 볼 수 없다면 그 애는 누구한테 가야 합니까? 이렇듯 당신은 지금 그 애를 꿈꾸며 괴로워하고 있으니 그 애는 당신에게 평화로운 꿈을 가져다 줄 겁니다. 남편한테 돌아가십시오, 아기 어머니, 오늘 당장 말입니다.」

「돌아가지요, 신부님. 당신 말씀대로 돌아가지요. 신부님께서는 제 마음을 헤아리셨어요. 니끼뚜쉬까, 오, 나의 니끼뚜쉬까, 기다려요, 사랑하는 사람이여, 기다려 줘요!」 시골 아낙네는 흐느끼기 시작했다. 그러나 장로는 이미 순례자 차림이 아닌 도회지풍의 옷차림을 한 다른 노파에게로 몸을 돌렸다. 그녀의 눈빛으로 봐서 어떤 용무 때문에 무슨 이야긴가 하고 싶어서 왔다는 것을 알 수 있었다. 그녀는 자신이 하사관의 미망인으로서 우리 읍에서 그리 멀지 않은 곳에서 왔노라고 말했다. 그녀에게는 바센까라는 아들이 있는데, 군사령부에 근무하다가 시베리아의 이르꾸츠끄로 전출을 떠났다고 한다. 그곳에서 편지 두 통이 날아왔으나 그 후 벌써 1년 동안이나 편지 연락이 끊긴 상태였다. 그녀는 아들 소식을 묻고 다녔지만, 실은 어디에 문의를 해야 좋을지조차 모르고 있었다.

「얼마 전에 스쩨빠니다 일리니쉬나 베드랴기나라는 부유한 장사꾼의 아내가 이렇게 말하더군요. 〈쁘로호로브나, 아드님을 추모하는 글을 써서 교회에 가져가요. 그리고 고인을 위해 기도드리세요. 그러면 아드님의 영혼이 향수 때문에 편지를 보내 올 거예요.〉 스쩨빠니다 일리니쉬나는 여러 차례 경험해 본 믿을 만한 이야기라는 거예요. 그렇지만 저는 아무래도 의심스러워서요……. 장로님께서는 저희들의 빛이시니, 그게 사실인지 거짓인지, 그렇게 하는 게 좋은 일인지 아닌지 말씀해 주시겠습니까?」

「그런 생각은 아예 하지 마세요. 그런 질문을 던지는 것조차 부끄러운 일이니까. 살아 있는 영혼에게 그것도 친어머니가 죽은 사람을 대하듯 명복을 빈다는 게 말이나 됩니까! 그건 큰 죄악이요 마법과도 같은 것이지만 단지 무지에서 비롯된 것이니 용서받을 수는 있습니다. 그러니 우리들의 옹호자이시며 수호자이신 성모님께 아드님의 건강을 기원하시고 당신의 그릇된 생각에 대해 용서를 비시는 편이 낫습니다. 다시 한번 말씀드리지요, 쁘로호로브나. 아드님은 곧 돌아오거나 틀림없이 편지를 보내 올 겁니다. 그러니 그렇게 아십시오. 어서 돌아가셔서 지금부터는 마음을 편히 가지십시오. 말씀드린 대로 아드님은 살아 있습니다.」

「사랑하는 신부님, 당신께 하느님의 은총이 함께 하소서. 장로님께서는 우리 모두를 위해 우리들의 죄를 위해 기도를 드리시는 은인이십니다……」

그러나 이미 장로는 마치 폐병이라도 앓는 듯 허약한 어느 젊은 농사꾼 부인이 자신을 향해 보내는 번뜩이는 시선을 군중 속에서 주목했다. 그녀는 아무 말 없이 쳐다보았으며, 그 두 눈은 무언가를 호소하고 있었지만 앞으로 나서기를 두려워하는 것처럼 보였다.

「무슨 일로 왔습니까, 형제여?」

「제 영혼을 용서해 주십시오, 신부님.」 그녀는 서두르는 기색 없이 낮은 목소리로 조용히 말하고 나서 무릎을 꿇고 장로의 발아래 절을 올렸다.

「저는 죄를 지었습니다. 신부님. 저의 죄가 두렵기만 합니다.」

장로는 아래 계단에 앉았고 그 여인은 무릎을 꿇은 채 그 앞으로 다가갔다.

「과부가 된 지도 3년이 됩니다.」 그녀는 몸을 떨기라도 하듯 들릴 듯 말 듯한 목소리로 말했다. 「결혼 생활이 너무 힘들었습니다. 그이는 늙은 데다가 저를 몹시 두들겨 패곤 했으니까요. 그이가 병들어 눕자, 그이를 바라보며 저는 이런 생각을 했습니다. 〈만일 건강을 회복해서 다시 자리에서 일어나면 그땐 어쩌지?〉 하고 말입니다. 그리고 그때 이런 생각이 문득 떠올랐습니다……」

「잠깐만.」 장로는 이렇게 말한 뒤 자신의 귀를 그 여인의 입에 바싹 갖다 댔다. 그 여인은 계속해서 낮은 목소리로 속삭였으므로 다른 사람들은 전혀 알아들을 수가 없었다. 그녀는 이내 이야기를 끝냈다.

「3년째라고요?」 장로가 물었다.

「3년째입니다. 처음에는 아무 생각도 없었는데 지금은 병이 나기도 하고 번민하게 되었습니다.」

「먼 지방에서 오셨나요?」

「여기서 5백 베르스따 떨어진 곳입니다.」

「고해 성사 때에 말씀하셨습니까?」

「말했습니다, 두 번이나요.」

「성찬을 허락하던가요?」

「그렇습니다. 저는 두렵습니다. 죽는 것이 두렵습니다.」

「아무것도 두려워하지 마십시오, 결코 두려워하지 마십시오, 번민하지도 마십시오. 회개하는 마음이 줄지만 않는다면 하느님께서도 용서하실 테니까요. 진실로 회개하면서도 하느님께 용서받지 못할 그런 죄는 이 세상에 존재하지도 않고 존재할 수도 없습니다. 하느님의 무한한 사랑으로도 감당하지 못할 그런 큰 죄를 인간은 결코 범할 수 없는 것입니다. 하느님의 사랑을 초월할 수 있는 그런 죄가 가능하겠습니까? 회개에 대해서만 끊임없이 배려하시고 두려움일랑 마음속에서 몰아내십시오. 하느님께서는 당신이 상상할 수도 없을 만큼 당신을 사랑하고 계시다는 것을 믿으십시오. 비록 당신이 죄를 짓기는 했지만, 죄 지은 모습 그대로를 하느님께서는 사랑하고 계십니다. 예로부터 하늘나라에서는 열 사람의 경건한 신도보다도 한 사람의 회개하는 자를 더 기쁘게 여기신다는 말씀이 전해 오고 있습니다. 아무 걱정 말고 돌아가십시오. 사람들 때문에 괴로워하지 마시고 모욕을 받더라도 화내지 마십시오. 죽은 남편이 모욕했던 그 모든 것을 마음속으로부터 용서하시고 진심으로 그분과 화해하십시오. 만일 당신이 회개하신다면 사랑하기 때문인 것입니다. 당신이 사랑하게 된다면 당신은 이미 하느님의 백성이 되는 것입니다……. 사랑을 통하면 얻지 못할 것이 없고 구원받지 못할 것이 없습니다. 당신과 똑같은 죄인에 불과한 나 같은 사람도 당신을 동정하고 불쌍히 여긴다면 하느님께서는 그 이상이시겠지요. 사랑은 너무나 귀중한 보화이며 그것으로는 온 세상도 살 수 있는 것이니 자신뿐 아니라 다른 사람들의 죄조차도 속죄할 수 있는 것입니다. 그러니 아무 걱정 말고 돌아가세요.」

장로는 그녀를 향해 세 번 성호를 그었고 자신의 목에서 조그만 성상을 벗어서 그녀에게 걸어 주었다. 그녀는 아무 말 없이 머리가 땅에 닿도록 절을 했다. 장로는 자리에서 일어나 갓난아이를 품에 안고 있는 건강한 여인을 즐거운 마음으로 바라보았다.

「비셰고리야에서 왔습니다, 장로님.」

「여기에서 6베르스따 떨어진 곳이긴 하지만 갓난아이를 안고 오느라 힘드셨겠군요. 그래, 무슨 일이신가요?」

「장로님을 뵈려고 왔습니다. 종종 찾아왔었는데 벌써 잊으셨는지요? 저를 잊으셨다면 장로님의 기억력도 별로 좋지 않으신 거예요. 몸져누우셨다는 소문이 있기에 손수 만나 뵈어야겠다는 생각이 들었지요. 그런데 이렇게 뵈니까 병환 중이신 게 아니네요. 아직도 20년은 더 사시겠어요. 정말이에요. 부디 하느님의 가호가 있으시길! 그리고 장로님을 위해 기도드리는 분들이 적지 않은데 병에 걸리시다뇨?」

「정말 고맙습니다.」

「이 기회에 조그만 부탁 하나 드리겠어요. 여기 60꼬뻬이까가 있으니, 신부님, 신부님께서 저보다 더 불쌍한 사람들에게 나눠 주세요. 여기에 온 이래 〈신부님을 통해 적선하도록 하자, 신부님께서는 누구에게 돈을 줘야 할지 아실 테니까〉라는 생각이 들었어요.」

「고맙습니다. 마음이 참 고우신 분이로군요. 고맙습니다. 당신을 사랑합니다. 반드시 그렇게 하지요. 품에 안긴 아이는 여자 아이인가요?」

「여자 아이예요, 신부님. 리자베따라고 하지요.」

「하느님께서 두 사람을, 당신과 어린 딸 리자베따를 축복해 주실 겁니다. 당신은 내 마음을 기쁘게 해주었습니다, 아기 어머니. 자, 안녕히들 가세요, 여러분. 안녕히들 가세요, 사랑하는 형제들.」

그는 모든 사람들을 축복한 뒤 공손히 머리 숙여 인사했다.

4. 신앙심이 부족한 귀부인

타지에서 온 지주 댁 귀부인은 장로와 평민 사이의 대화며 그의 축복 등 모든 장면을 눈여겨보면서 조용히 흘러내리는 눈물을 손수건으로 닦아 냈다. 그녀는 여러 면에서 정말 착한 마음씨를 가진 감수성 예민한 상류 사회의 귀부인이었다. 마침내 장로가 그녀에게로 다가가자, 그녀는 환희에 넘친 표정으로 그를 맞았다.

「저는 이 모든 감동적인 장면들을 보면서 얼마나, 얼마나 가슴이 벅차올랐는지 모릅니다…….」 그녀는 몹시 흥분하여 말을 채 잇지 못했다. 「오, 민중들이 당신을 사랑하고 있는 이유를 알 것 같습니다. 저도 민중들을 사랑하고 있으며, 또 그들을 사랑하고 싶습니다. 어떻게 민중들을, 아름답고 소박하고 위대한 우리 러시아 민중들을 사랑하지 않을 수 있겠습니까!」

「댁의 따님의 건강은 좀 어떻습니까? 나와 다시 상의하고 싶으신 모양인데?」

「오, 간절히 부탁도 드렸고 애원도 드렸지요. 장로님께서 저를 만나 주지 않으신다면 무릎을 꿇고 사흘이라도 당신 창문 앞에 서 있을 작정이었습니다. 저희가 당신을 찾아온 것은, 위대하신 치료자이시여, 저희들의 기쁨에 넘치는 감사의 말씀을 전하기 위해서입니다. 당신은 리자의 병을 고쳐 주셨습니다, 완전히 고쳐 주셨습니다. 그런데 당신은 목요일에 저 애를 위해 기도해 주신 다음, 머리에 손을 얹으셨던 것에 불과하지 않습니까? 저희들은 당신의 손에 입을 맞추고 저희들의 감회와 감사의 말씀을 전하기 위해 급히 서둘러 온 것입니다!」

「내가 어떻게 치료했단 말입니까? 저렇게 따님은 아직 의자에 앉아 있지 않습니까?」

「하지만 밤마다 오르던 열이 완전히 내린 것이 벌써 이틀째입니다. 바로 목요일부터 말입니다.」 귀부인은 침착성을 잃은 채 재빨리 말꼬리를 이어 갔다. 「게다가 저 애의 다리도 튼튼해졌습니다. 오늘 아침에는 건강한 모습으로 일어났고요. 밤새 잠을 푹 잔 것이지요. 홍조가 도는 얼굴하며, 저 초롱초롱한 눈빛을 좀 보세요. 내내 울기만 하더니, 지금은 미소를 지으며 마냥 즐거운 듯 기쁨에 젖어 있지 않습니까. 오늘은 제 발로 서 있게 해달라고 끈질기게 졸라 대다가 아무것도 잡지 않고 1분 동안이나 혼자 서 있었답니다. 2주 뒤면 카드리유도 출 수 있을 거라고 저에게 장담했답니다. 제가 이 지방의 의사 게르쩬쉬뚜베를 불렀더니, 그는 어깨를 추스르며 이렇게 말하더군요. 〈놀라운 일입니다, 이해할 수가 없어요.〉 그런데 당신께서는 저희들이 당신을 모른 체하고 이곳에 달려오지도 않고, 감사의 말씀도 드리지 않기를 바라고 계신 건가요? 리즈[13]야, 감사를 드려야지, 감사를!」

미소를 짓고 있던 귀여운 리즈의 얼굴이 갑자기 진지한 표정으

---

13 리자의 프랑스식 이름.

로 바뀌더니, 있는 힘껏 팔걸이 의자에서 몸을 일으켜 장로를 바라보며 두 손으로 합장을 했다. 그러나 더 이상 참지 못하고 웃음을 터뜨렸다.

「저분을, 저분을 좀 보세요!」리즈는 더 이상 참지 못하고 웃음을 터뜨린 자신에 대해 어린애 같은 짜증을 부리며 알료샤를 가리켰다. 장로로부터 한 걸음 뒤에 서 있는 알료샤를 보았더라면 한순간 그의 얼굴이 붉게 물든 것을 눈치챘을 것이다. 그는 두 눈을 반짝거리더니 곧 내리깔았다.

「그녀가 당신에게 보내는 편지를 부탁받았어요, 알렉세이 표도로비치…… 건강하시지요?」부인은 갑자기 알료샤를 향해 돌아서며 매혹적으로 쥐고 있던 손을 그에게 내밀며 말을 이어 갔다. 장로는 고개를 돌려 알료샤를 주의 깊게 바라보았다. 알료샤는 리즈에게 다가가 어딘가 어색하고 겸연쩍은 미소를 지으며 손을 내밀었다. 리즈는 엄숙한 표정을 지었다.

「까쩨리나 이바노브나가 절 통해서 이걸 전하더군요.」부인은 조그만 편지를 건넸다. 「그녀는 당신이 찾아 주기를, 가급적이면 빨리, 어기지 말고 꼭 찾아 주기를 간곡히 부탁하고 있어요.」

「그녀가 저의 방문을 원하신다고요? 저의 방문을…… 대체 무슨 일일까?」알료샤는 몹시 놀라는 표정을 지으며 중얼거렸다. 그의 얼굴은 갑자기 수심으로 가득 찼다.

「오, 그건 모두 드미뜨리 표도로비치와 관련해서…… 최근에 일어난 사건들 때문이죠.」부인은 대충 설명했다. 「까쩨리나 이바노브나는 지금 모종의 결심을 하고 있어요……. 하지만 그러기 위해선 당신을 꼭 만나야 한다는군요……. 왜냐고요? 물론 전 알지 못해요. 하지만 가능하면 빨리 와달랍니다. 그리고 당신도 그렇게 하실 테죠, 반드시, 그건 기독교적 신앙심의 지시이기도 하니까요.」

「저는 그저 딱 한 번 만나 본 적이 있을 뿐인데요.」알료샤는 여전히 망설이며 말했다.

「오, 그녀는 대단히 고상한, 대단히 특별한 사람이에요……! 그녀가 겪고 있는 고통 하나만 놓고 보더라도…… 그녀가 참아 왔고, 또 지금 참고 있는 일을 생각해 보세요. 어떤 일이 그녀에게 닥쳐오고 있는지 생각해 보세요……. 정말 끔찍해요, 정말로!」

「좋습니다, 가지요.」 찾아 달라는 간절한 부탁 이외에는 아무런 설명도 없는 수수께끼 같은 짤막한 쪽지를 훑어본 뒤 알료샤는 그렇게 마음을 굳혔다.

「아, 당신은 얼마나 자상하고 훌륭하신지 모르겠군요.」 리즈는 돌연 활기를 띠며 이렇게 소리쳤다. 「그런데도 전 엄마께 이렇게 말씀드려 왔어요. 당신은 구원의 길을 걷고 계시므로 절대 가시지 않을 거라고요. 당신은 정말, 정말로 훌륭한 분이세요! 저는 당신이 훌륭한 분이라고 늘 생각해 왔어요. 그리고 지금 이런 말씀을 드리게 돼서 얼마나 기쁜지 모르겠어요!」

「리즈야!」 부인은 꾸지람 섞인 말투로 불렀으나, 곧 이어 미소를 지었다.

「당신은 저희들을 잊으셨군요, 알렉세이 표도로비치, 저희 집에는 전혀 발길을 돌리시지 않는 걸 보면. 그런데 리즈는 당신과 함께 있을 때면 기분이 좋다고 두 번씩이나 이야기했거든요.」 알료샤는 내리깐 시선을 처들었으나 갑자기 다시 얼굴을 붉히더니 뜻 모를 미소를 지었다. 그러나 장로는 그를 지켜보지 않았다. 그는 이미 리즈의 팔걸이 의자 옆에서 순서를 기다리던 타지방 출신의 수도사와 대화를 시작하고 있었다. 외모상 그는 아주 평범한, 즉 신분이 높지 않은 수도사로서 부족하긴 하지만 확고한 세계관을 지녔으며 신앙심 깊고 자기만의 고집이 있는 사람처럼 보였다. 그는 먼 북쪽 지방 어딘가에 있는 <u>오브도르스끄</u>의 성(聖) 실베스뜨르 수도원에서 왔으며, 그 수도원은 수도사가 고작 아홉 명에 지나지 않는 가난한 곳이라고 소개했다. 장로는 그 수도사에게 축복을 내린 후 시간이 날 때 언제든지 암자로 찾아오라고 말했다.

「어떻게 그런 일을 하실 수 있는 겁니까?」 수도사는 갑자기 엄숙한 훈계조로 리즈를 가리키며 물었다. 리즈에 대한 〈치료〉를 두고 하는 말이었다.

「그 문제라면, 물론 아직 말씀드리기 이른 것 같습니다. 병이 좀 나았다고 해서 완전히 치료된 것도 아니고, 다른 원인 때문에 일어난 일일 수도 있으니까요. 그러나 만일 그것이 사실이라면 하느님의 뜻에 따른 것이지, 다른 어떤 권능이 있을 수 있겠습니까. 모두 하느님의 은총이지요. 부디 나를 찾아 주십시오, 신부님.」 그는 수도사에게 덧붙여 말했다. 「하지만 아무 때나 가능하지는 못할 겁니다. 병을 앓고 있는 몸이어서 내 명도 얼마 남지 않았다는 사실을 잘 알고 있으니까요.」

「오오, 아닙니다, 아니에요. 하느님께서는 우리들에게서 당신을 빼앗아 가시지 않을 거예요. 당신께선 아직 오래오래 사실 겁니다.」 부인이 소리쳤다. 「그리고 어디가 편찮으시다뇨? 이토록 건강하고 즐겁고 행복해 보이시는데.」

「오늘은 이상하리만치 기분이 좋지만, 그건 잠시뿐이라는 사실을 잘 알고 있습니다. 이제 난 내 병을 너무나 잘 알고 있으니까요. 지금 부인께 내가 유쾌하게 보인다면 부인의 그 말씀보다 저를 더 기쁘게 하는 것은 결코 아무것도 없을 겁니다. 왜냐하면 인간은 행복을 추구하기 위해 창조되었기에, 행복에 넘치는 인간은 〈나는 이 땅에서 하느님의 율법을 행했노라〉고 자신에게 말할 자격이 충분히 있기 때문입니다. 경건한 신앙인들, 성인들, 순교자들은 모두 행복했었답니다.」

「오오, 너무나 훌륭하신 말씀이며, 얼마나 용기 있고 고귀하신 말씀인지 모르겠습니다.」 부인이 소리쳤다. 「당신께서는 제 마음을 들여다보듯 말씀하고 계십니다. 그렇지만 행복이란, 행복이란 어디에 있는 것입니까? 자신이 행복하다고 말할 수 있는 사람이 대체 누구겠습니까? 오, 만일 우리가 오늘 다시 한번 당신을 만나 뵐 수 있도록 허락하실 만큼 선량하신 분이라면, 지난번에 미처 말씀드리지 못한 이야기를 들어 주십시오. 감히 말씀드리지 못했습니다만, 오래 전, 아주 오래 전부터 마음의 고통을 받아 오고 있습니다! 저는 괴롭습니다, 용서하세요, 저는 너무나 괴롭습니다……」 그녀는 알 수 없는 격정적이고 도발적인 감정에 사로잡힌 채 그 앞에 두 손을 모았다.

「무슨 특별한 일이라도 있으십니까?」

「저는 괴로워하고 있습니다…… 불신 때문에…….」

「하느님께 대한 불신인가요?」

「오오, 아니오, 아닙니다, 제가 어찌 감히 그런 생각을 할 수 있겠습니까. 하지만 내세(來世), 이것이야말로 풀 수 없는 문제입니다! 그리고 아무도, 아무도 그 문제에 대해 대답해 주는 사람이 없습니다! 당신은 치료자이자 인간 영혼의 징표이시니, 제 이야기를 들어 주십시오. 물론 제 이야기를 그대로 믿어 주시길 바랄 수는 없습니다. 그러나 지금 경솔히 말씀드리는 것이 아니라, 가장 진솔한 이야기를 드리고 있는 것입니다. 다가올 사후 세계에 관한 이런 생각은 고통스러울 만큼 저를 흥분시키고 있습니다. 두려움과 충격에 빠질 만큼……. 하지만 저는 누구에게 이런 이야기를 해야 할지 모르겠습니다. 저는 평생 용기가 없어서……. 그런데 지금 이렇게 당신께 말씀드릴 용기가 생긴 것입니다……. 오오, 당신께선 저를 어떤 여자로 생각하고 계실까요!」 그녀는 탁 하고 손뼉을 쳤다.

「내 생각 때문에 마음의 평정을 잃지는 마십시오.」 장로가 대답했다. 「나는 당신의 고뇌가 진실되다는 것을 진정으로 믿고 있습니다.」

「오오, 정말 감사합니다! 저는 눈을 감고 이런 생각에 빠져 들곤 합니다. 만일 모든 사람들이 신심을 가지고 있다면 그것은 어디에서 비롯된 것일까 하고. 그런데 사람들은 그 모든 것이 처음에 무서운 자연 현상에 대한 공포심에서 비롯되었을 뿐 그 이상은 아니라고 믿고 있습니다. 평생 신앙 속에서 살다가 죽음을 맞게 되면 갑자기 아무것도 남지 않게 되고, 제가 읽은 어느 책 속에서도 이야기하듯이 〈무덤 위에는 잡초만 무성히 자라게〉 될지 모른다는 생각이 듭니다. 그건 무서운 일이에요! 어떻게, 어떻게 하면 신심을 회복할 수 있을까요? 게다가 어린 시절에 아무 생각 없이 기계적으로 신앙을 가졌을 뿐인데……. 어떻게, 어떻게 하면 그것을 입증할 수 있을까요. 지금 저는 당신 앞에 엎드려 그것에 대해 부탁하고자 찾아온 것입니다. 만일 이 기회를 놓친다면 평생 제게 대답해 줄 사람은 아무도 없을 거예요. 어떻게 하면 입증도 하고 또 어떻게 하면 확신을 얻을 수 있을까요? 오, 저는 얼마나 불행한지 모르겠습니다! 이렇게 서서 주위를 둘러보면, 모두가 한결같아요. 거의 모두가, 아무도 그 문제를 염려하지 않아요. 단지 저만이 그걸 참을 수가 없어요. 죽을 지경입니다, 죽을 지경!」

「틀림없이 그럴 겁니다. 하지만 그걸 입증하지는 못해도 확신을 가질 수는 있습니다.」

「어떻게? 무엇으로요?」

「실천적 사랑의 실행으로 말입니다. 이웃을 실천적으로, 그리고 끊임없이 사랑하려고 노력하십시오. 그 사랑이 성공을 거두게 되면 신의 존재도, 자기 영혼의 불멸도 확신하게 될 것입니다. 이웃 사람들에 대한 사랑이 완벽한 자기 희생에까지 이르게 된다면, 그때는 틀림없이 확신을 얻게 되고, 또한 어떤 의혹도 당신의 영혼 속으로 찾아 들지 못하게 됩니다. 이것은 경험을 거친 사실이며 분명한 것입니다.」

「실천적 사랑이라뇨? 그렇다면 그건 다시 문제가, 문제가 되겠군요! 저는 인류를 너무나 사랑하고 있기 때문에, 믿어 주십시오,

모든 것을, 제가 소유하고 있는 모든 것을 버리고, 리즈마저도 남겨 둔 채, 자비심 넘치는 간호사의 길을 걷는 공상을 이따금씩 하곤 합니다. 눈을 감고 그런 생각에 골몰하다가 공상에 빠져 들면 저는 억제할 수 없는 힘을 내부에서 느끼게 됩니다. 어떤 상처나 어떤 악성 질병도 저를 겁먹게 하지는 못합니다. 제 손으로 붕대를 매주고, 상처를 소독해 주며, 그 고통받는 사람들의 손발이 되는 것이지요. 저는 그들의 상처에 입을 맞출 준비가 되어 있습니다……」

「다른 것도 아닌, 그런 생각을 하고 계시다는 것은 너무나 훌륭하신 일입니다. 실제로 그러다 보면 가끔씩 그리고 우연히 착한 일을 하시게 될 것입니다.」

「그렇습니다, 하지만 제가 그런 생활을 오랫동안 참아 낼 수 있을까요?」 부인은 극도의 흥분 상태에 빠지기라도 한 듯 열중하여 이야기를 이어 갔다. 「그것이 가장 중요한 문제예요! 그것이 저의 가장 괴로운 문제란 말이에요. 눈을 감고 이렇게 자문해 보지요. 네가 그런 길을 오래도록 견뎌 낼 수 있겠니? 네가 상처를 소독해 주는 그 환자가 감사를 표하기는커녕, 너의 인도주의적 봉사를 평가하지도 인정하지도 않고 오히려 짜증을 부리면서 너를 괴롭히고, 네게 고함을 질러 대면서 무리한 요구를 한 후 상관에게 불평을 털어놓으면(많이 고통받는 사람들에게서 흔히 일어나듯이) 그땐 어떻게 하겠어? 사랑을 계속 실천하게 될까, 혹은 그만둘까? 이런 상상을 하다가 저는 몸서리를 치며 이런 결심을 했지요. 인류에 대한 저의 〈실천적〉 사랑을 식게 만드는 일이 벌어진다면 그건 배은망덕 때문이다. 한마디로 말해서 나는 봉급을 받는 노동자이니, 당장 그 대가를, 즉 사랑에 대한 사랑의 보답과 칭찬을 요구하겠다. 그렇지 않고는 아무도 사랑하지 않겠다 하고 말입니다!」

그녀는 실제로 자학적 발작 증세를 보였으며, 이야기를 마치자

도전적 결의가 가득 찬 시선으로 장로를 바라보았다.

「그건 어느 의사가 오래 전에 내게 들려준 이야기와 똑같군요.」 장로가 지적했다. 「그는 나이가 지긋하고 대단히 머리가 좋은 사람이었습니다. 그는 당신이 했던 이야기와 똑같은 이야기를, 비록 농담이긴 하지만, 가슴 아픈 농담을 털어놓은 적이 있습니다. 말하기를, 나는 인류를 사랑한다. 하지만 나 자신에 대해 놀라게 된다. 왜냐하면 내가 인류를 사랑하면 할수록 개별적 인간, 다시 말해서 한 사람 한 사람에 대한 사랑은 줄어들기 때문이다. 공상을 할 때는 흔히 인류에 대한 지극한 봉사 정신에 빠져 들기도 하고, 만일 갑자기 그럴 필요가 생긴다면 사람들을 위해 실제로 십자가를 걸머지겠다고 생각하지만, 나는 단 이틀도 같은 방에서 어떤 사람하고든 함께 지낼 수 없으며, 이것은 내가 경험을 통해 알고 있는 바이다. 어떤 사람이 나와 가까이 있게 되면, 그의 개성은 바로 나의 자존심을 짓누르고 나의 자유를 구속한다. 아무리 훌륭한 사람일지라도 하루만 지나면 나는 그를 증오하게 된다. 어떤 사람은 식사 시간에 너무 오래 먹는다는 이유 때문에, 또 다른 사람은 감기에 걸려 계속 코를 풀어 댄다는 이유 때문이다. 일단 나를 아주 조금이라도 건드리게 되면 나는 사람들의 적이 되고 만다. 그래서 개별적 인간을 증오하면 할수록 인류에 대한 나의 보편적 사랑은 한층 타오르게 된다는 그런 이야기입니다.」

「그렇다면 어떻게 해야 하나요? 그런 경우에는 어떻게 해야 하나요? 그땐 절망에 빠져야 합니까?」

「아닙니다. 당신이 그 문제로 상심하는 것만으로도 충분합니다. 당신이 할 수 있는 일을 하십시오. 그러면 할 일을 다 하신 것입니다. 당신 자신을 그토록 깊이 그리고 진지하게 알 수 있으니, 이미 많은 일을 해내신 것입니다! 하지만 만일 당신의 진실성에 대해 지금처럼 나에게서 단지 칭찬을 받기 위해 이야기하신 거라면, 그땐 물론 실천적 사랑의 성과를 하나도 이룰 수 없을 것입니다. 그처럼 모든 것은 당신의 공상 속에만 머물게 되고, 모든 삶은 환영처럼 아른거리게 될 것입니다. 그렇게 되면 당연히 내세라는 것도 잊어버리게 되고 결국은 안일한 생활에 젖고 말겠지요.」

「당신은 저를 완전히 압도하고 계시는군요! 저는 바로 지금, 바로 이 순간, 당신께서 말씀하셨듯이, 배은망덕을 참을 수 없다고 말씀드렸을 때 저의 진실성에 대한 당신의 칭찬만을 기대했었다는 사실을 진정으로 깨닫게 되었습니다. 당신은 제가 어떤 사람인지 가르쳐 주셨습니다. 저의 실체를 파악하시고, 저의 인간 됨됨이를 설명해 주신 것입니다!」

「진정으로 하시는 말씀입니까? 그런 고백을 듣고 나니 이제 나도 당신을 진실되고 착한 마음씨를 가진 사람이라 믿겠습니다. 행복을 찾지 못하시더라도 자신은 훌륭한 길을 추구하고 계시다는 사실을 알아 두시고, 그 길에서 벗어나지 않도록 노력하십시오. 중요한 것은 거짓을, 온갖 거짓을, 특히 자신에 대한 거짓을 피해야 하는 것입니다. 자신의 거짓을 감시하시고, 매시각 매분 그것을 경계하십시오. 타인에 대해서건 자신에 대해서건 혐오감을 품지 마십시오. 왜냐하면 자신의 마음속에서 추악하게 느끼는 것은 그것을 자신이 스스로 깨달았다는 것만으로도 이미 정화되는 것이니까요. 두려움도 없애십시오, 비록 두려움이 온갖 거짓의 결과에서 비롯되는 것이라 할지라도 말입니다. 사랑을 성취하는 데 자신의 소심함을 결코 두려워해서는 안 되며, 그것을 실행하면서 자신의 어리석음을 두려워해서도 안 됩니다. 당신에게 위안이 될 수 있는 이야기를 해줄 수 없어서 유감스럽지만, 실천적 사랑은 공상적인 것에 비해 가혹하고 두려운 일이기 때문에 그런 것입니다. 공상적인 사랑은 사람들이 그것을 주목해 주는, 만족도가 빠른 성급한 성취를 갈망하게 됩니다. 그럴 때 실제로 자기 생명까지 바치겠지만 오래 지속되지 못하며 모든 사람에게서 주목받고 칭찬받기 위해 무대 위에서처럼 얼른 실행에 옮기게 됩니다. 그러나 실천적 사랑은 노동이자 인내이며, 어떤 사람들에게는 어쩌면 완벽한 학문이기도 합니다. 그러나 예언하는 바이지만, 당신이 온갖 노력을 다 기울였음에도 불구하고 목표에 다가가기는커녕 거기에서 더욱 멀어지고 있다는 사실을 두려움 속에서 목격하는 순간, 바로 그 순간 갑작스레 목표를 성취하게 되며, 언제나 사랑으로 보살피시며 언제나 보이지 않게 이끌어 주시는 하느님의 기적의 권능과 마주치게 될 것입니다. 실례합니다만, 당신과 더 이상 오래 이야기를 할 수 없군요, 저를 기다리는 사람들이 있어서요. 안녕히 가십시오.」

부인은 울고 있었다.

「리즈, 리즈에게 축복을 내려 주셔야죠, 축복을!」 그녀는 갑자기 자리에서 벌떡 일어섰다.

「그런데 이 아가씨는 사랑을 받을 자격이 없습니다. 보아하니 줄곧 장난만 치고 있군요.」 장로는 장난기 섞인 목소리로 물었다. 「왜 줄곧 알렉세이를 놀리는 거지요?」

사실 리즈는 줄곧 그런 장난에 몰두하고 있었다. 그녀는 이미 오래 전부터, 아니 지난번부터 알료샤가 자기 때문에 당황해 하며 애서 눈길을 피하고 있다는 사실을 눈치챘으며, 바로 그런 점이 너무나 재미있었던 것이다. 그녀는 뚫어질 듯 그의 시선을 좇다가 그와 마주치곤 했다. 알료샤는 끈질기게 자신을 바라보는 시선을 피하다가 이따금씩 불쑥 자신도 모르는 어떤 불가항력적인 힘에 이끌려 그녀를 바라보았다. 그때마다 그녀는 득의만면한 미소를 지어 보였고, 그러면 알료샤는 당황하여 더욱 화가 치밀어 올랐다. 결국 그는 완전히 얼굴을 돌려서 장로의 등 뒤로 숨었다. 얼마 후 다시 똑같은 불가항력적인 힘에 이끌려 그녀가 자기를 쳐다보고 있는지 아닌지 살피려고 고개를 돌리면, 리즈는 의자에 거의 매달리다시피 상체를 앞으로 내밀어 비스듬히 그를 바라보며 그가 눈길을 돌려 주기를 열심히 기다리고 있는 것이었다. 그러다가 그의 시선과 마주치면 참을 수 없다는 듯 껄껄거리며 웃어 댔다.

「장난꾸러기 아가씨, 왜 그를 무안하게 만드는 거요?」

뜻밖에도 리즈는 갑자기 얼굴을 붉혔고, 눈망울을 반짝이며 대단히 진지한 표정을 지었다. 그러더니 신경질적이고 바싹 약이 오른 목소리로 불만을 털어놓기 시작했다.

「그러면 저분은 왜 모든 것을 다 잊어버리신 거지요? 제가 어릴 때는 팔에 안고 다니시기도 하고, 함께 놀아 주시기도 하셨는데요. 저분이 제게 글을 가르치러 오시기도 했다는 사실을 알고나 계세요? 2년 전에 작별을 하면서 저분은 결코 잊지 않겠다, 우리는 영원히, 영원히 친구라고 말씀하셨단 말이에요! 그런데 저분은 갑자기 저를 두려워하고 계신 거예요. 제가 잡아먹기라도 하나요? 어째서 저분은 가까이 오려고도, 대화를 나누려고도 하지 않는 거지요? 어째서 저분은 저희 집에 들르려고 하시지 않나요? 신부님께서 허락하지 않으시는 건가요? 저분께서 여기저기 다니고 계신 걸 저희는 알고 있거든요. 제가 저분을 부르는 것은 예의에 어긋나는 일이니, 잊지 않고 계신다면 먼저 기억해 주셔야지요. 아니에요, 저분은 지금 구원의 길을 걷고 계시지요! 신부님께서는 어쩌자고 저분께 저렇게 긴 법의를 입히셨어요……. 뛰어다니다가는 넘어지겠어요…….」

이렇게 말한 후 그녀는 더 이상 참지 못하고 갑자기 손으로 얼굴을 가린 채 몸을 부들부들 떨면서 오랫동안 신경질적으로 소리 없이 웃어 댔다. 신부는 그녀의 이야기를 들은 후 미소를 지으며 부드럽게 축복해 주었다. 그녀는 신부의 손에 입을 맞추다가 갑자기 그 손을 자기 눈에 갖다 대고는 울기 시작했다.

「제게 화내시지 마세요, 저는 바보예요, 아무 쓸모도 없는…… 그러니 이렇게 우스운 계집애를 찾지 않으려는 알료샤가 옳아요, 정말 옳아요.」

「내가 꼭 보내 주겠소.」 장로가 말했다.

5. 아멘, 아멘!

신부는 약 25분간 암자에서 자리를 비웠다. 시간은 이미 열두 시 반이 지나고 있었으나, 정작 사람들을 모이게 한 드미뜨리 표도로비치는 아직도 도착하지 않았다. 그러나 그에 관해 거의 잊기라도 한 듯 신부가 다시 암자에 들어섰을 때 손님들 사이에서는 공동 화제로 대화가 활발히 전개되고 있었다. 그 대화에는 주로 이반 표도로비치와 두 수도 신부가 참여하고 있었다. 겉으로 보기에는 미우소프도 대화에 열심히 끼어들고 있는 듯 보였지만 이번에도 그에게는 행운이 따르지 않고 있었다. 그는 중요한 대화에는 참여하지 못했고, 그의 이야기에 대꾸하는 사람도 거의 드물었으며, 이러한 새로운 상황은 점차 누적되어 가는 그의 분노를 한층 더 격화시키고 있었던 것이다. 그는 이전부터 이반 표도로비치를 상대하며 서로의 지식을 비방하다가 자신이 소홀히 취급당하기라도 하면 냉정히 인내심을 발휘하는 경우가 없었다. 〈지금까지 나는 적어도 유럽 전체의 진보 진영에서 정상에 서 있었는데, 이 신세대들은 우리를 완전히 무시하는군〉 하고 그는 속으로 생각했다. 의자에 앉아서 침묵하겠다고 약속했던 표도르 빠블로비치는 사실 얼마 동안은 입을 다물고 있었으나, 곁에 앉은 뾰뜨르 알렉산드로비치에게 조롱 섞인 미소를 보내며 보아하니 상대의 분노를 즐기고 있는 듯했다. 그는 오래 전부터 모종의 복수를 꿈꾸고 있었으므로 지금 이런 기회를 놓칠 리 없었다. 마침내 더 이상 참지 못하고 그는 옆 사람 쪽으로 몸을 기울여 낮은 목소리로 다시 한번 조롱하기 시작했다.

「그런데 어째서 당신은 조금 전 〈정중하게 입맞춤〉을 한 연후에 돌아가지 않으시고 이처럼 무례한 친구들 사이에 남기로 하셨나요? 그 까닭이야, 당신이 모욕과 멸시를 받았다고 느꼈기 때문에 그에 대한 보복으로 자신의 지혜를 과시하려고 남으신 게지요. 이제 당신은 지혜를 과시할 때까지는 떠나지도 못하겠군요.」

「당신은 또다시? 아니, 곧 떠날 겁니다.」

「나중에, 누구보다도 나중에 돌아가시겠지요!」 표도르 빠블로비치는 다시 한번 빈정거렸다. 바로 그 순간 장로가 돌아왔다.

논쟁은 한순간 중단되었으나, 본래의 자리로 돌아온 장로는 이야기를 계속하라고 공손히 요청하기라도 하듯 사람들을 빙 둘러보았다. 장로의 거의 모든 얼굴 표정을 파악하고 있는 알료샤는 그가 무척 피곤하면서도 억지로 참고 있다는 사실을 분명히 알고 있었다. 최근에는 병 때문에 원기 부족으로 졸도하는 일도 종종 있었다. 졸도 전과 마찬가지로 지금 그의 얼굴에는 창백한 기운이 번져 갔고, 입술은 하얗게 질려 있었던 것이다. 그러나 그는 이 모임을 물리치고 싶지 않은 게 분명했다. 그리고 그는 어떤 목적을 가지고 있는 것 같았다. 과연 어떤 것일까? 알료샤는 조심스럽게 장로를 주시했다.

「이분의 흥미로운 논문에 관해 이야기를 나누던 중입니다.」 도서관 사서 신부 이오시프가 장로를 향해 고개를 돌리며 이반 표도로비치를 가리키면서 말했다. 「새로운 내용들을 많이 진술하고 있습니다만, 제 생각에 두 가지 결론이 나는 이념입니다. 당신은 교회의 사회 재판과 그 권리의 범위 문제에 관해 책 한 권을 저술한 어느 성직자에게 잡지 기고를 통해 답변하셨는데……」

「유감스럽게도 당신의 논문은 읽지 못했지만 이야기는 들었습니다.」 장로가 이반 표도로비치를 뚫어질 듯 바라보며 대답했다.

「이분은 흥미로운 관점을 가지고 계십니다.」 도서관 사서 신부가 말을 이어 갔다. 「교회의 사회 재판 문제에서 국가로부터의 교회 분리를 완전히 부정하고 있는 것 같습니다.」

「흥미롭군요. 하지만 어떤 의미에서 그런가요?」 장로가 이반 표도로비치에게 물었다.

이반은 마침내 장로의 질문에 대답하기 시작했다. 그러나 알료샤가 이미 전날 밤 걱정했던 바와는 다르게 위에서 건방지고 관대하게 내려다보는 것이 아니라 겸손하면서도 절제 있고 상냥하며 다른 저의는 조금도 없는 듯한 어조였다.

「저는 두 요소의 혼재, 즉 교회와 국가의 본질이 별도로 존재하며, 물론 영원히 지속되리라는 전제 아래에서 출발했습니다. 비록 그것은 불가능한 일이며, 정상적이며 어느 정도 합의된 상황으로 도저히 이끌 수 없을지라도 말입니다. 왜냐하면 그 근본에는 거짓이 놓여 있기 때문입니다. 예를 들면 재판과 같은 그런 문제에서 국가와 교회 사이의 절충이란, 제 생각으로는, 그것의 완벽하고 순수한 그 본질상 불가능한 것입니다. 제가 반박했던 그 성직자는 교회가 국가 내에서 명확하면서도 일정한 위치를 차지하고 있다고 주장하고 있습니다. 반대로 저는 교회가 국가 전체를 포함해야지 단지 국가의 한구석만을 차지해서는 안 되며, 만일 지금 현 상태에서 그것이 어떤 이유 때문에 불가능하다면 현상의 본질상 반드시 기독교 사회 장래의 모든 발전에 직접적이며 가장 중요한 목표가 되어야 한다고 반론을 폈었습니다.」

「아주 지당한 말씀입니다!」 말이 적고 해박한 지식을 가진 빠이시 신부가 단호하고도 짜증스런 어조로 말했다.

「철저한 교황 전권론Ultramontanism[14]이로군!」 초조해진 미우소프가 다리를 포개며 소리쳤다.

「아니, 우리 나라에는 산이 없는걸요!」 이오시프 신부는 이렇게 소리 지르더니 장로를 향해 고개를 돌리며 말을 이어 갔다. 「그런데 이분의 논문 중에서 논적(論敵)인 성직자의 〈기본적이며

---

14 〈산 너머〉라는 뜻의 라틴 어 〈Ultramontes〉에서 유래한 용어로, 로마가 알프스 산맥 너머에 있다는 뜻이다.

본질적인〉 그 다음 전제들에 대해 답변하고 있는 내용에 주목하시기 바랍니다. 그 전제란 첫째로, 〈어떤 사회 단체라 할지라도 그 구성원들의 정치적·시민적 권리를 지배하는 권력을 소유해서는 안 되며 소유할 수도 없다〉, 둘째로 〈형법적·민법적 권력은 교회에 속해서는 안 되며, 신의 법규이자 종교적 목적을 위한 인간들의 단체로서의 교회의 본질과 양립할 수 없다〉, 끝으로 세 번째는 〈교회는 이 세상에 속하지 않는다〉라는 것입니다……」

「성직자에게는 너무나 경멸적인 언어의 희롱입니다!」 빠이시 신부가 참지 못하고 다시 말을 가로막았다. 「당신이 논박했던 그 책을 읽고……」 그는 이반 표도로비치를 향해 몸을 돌렸다. 「〈교회는 이 세상에 속하지 않는다〉라는 성직자의 언어 해석 때문에 충격을 받았습니다. 만일 이 세상의 왕국이 아니라면, 자연히 이 땅에서는 전혀 존재할 수 없다는 말 아닙니까? 복음서 속에서 〈이 세상에 속하지 않았으니〉라는 말씀은 그런 의미로 사용된 것이 아닙니다. 그런 언어의 유희는 있을 수 없습니다. 우리 예수 그리스도께서는 이 땅에 교회를 세우기 위해 오신 것입니다. 천상의 왕국은 물론 이 세상에 속하지 않고 하늘에 있습니다만, 이 땅에 뿌리를 내리고 세워진 교회를 통하지 않고는 그곳에 들어갈 수 없는 것입니다. 따라서 그런 의미의 세속적 흰소리는 있을 수도 없으며 아무 가치도 없습니다. 교회야말로 진정한 왕국이고, 군림할 사명을 띠고 있으며, 종국에 가서는 반드시 전 지상의 왕국이 되어야 한다는 약속을 하느님께서 해주셨습니다……」

자제를 하려는 듯 그는 갑자기 입을 다물었다. 공손히 그리고 주의 깊게 그의 이야기를 경청하던 이반 표도로비치는 놀라울 만큼 침착하면서도 전처럼 열의에 넘치는 순박한 어조로 장로를 향해 말했다.

「제 논문의 전체적인 요지는 이렇습니다. 초창기, 그러니까 기독교가 세워진 첫 3세기 동안에 기독교는 단지 교회로서 지상에 등장했으며, 그저 교회에 지나지 않았습니다. 이교국인 로마 제국이 기독교 국가가 되기를 염원했을 때 다음과 같은 일이 필연적으로 벌어졌던 것입니다. 즉 기독교 국가가 된 후 로마는 교회를 국가에 복속시켰을 뿐이며, 수많은 국가 정책에는 전처럼 계속 이교국으로 남아 있었던 것입니다. 본질상 반드시 그렇게 될 수밖에 없었지요. 그러나 제국으로서의 로마는, 예를 들면 국가의 목적이나 기초와 같은 이교적 문명과 지혜에서 비롯된 것들이 엄청나게 많이 남아 있었습니다. 국가에 편입된 그리스도 교회는 의심할 여지 없이 자신의 기초, 그러니까 자신이 서 있는 그 반석으로부터 조금도 물러설 수 없었으며, 주님께서 굳건히 세우시고 지시하신 고유의 목적 이외의 것을 추구할 수는 없었던 것입니다. 온 세상을, 다시 말해 모든 고대 이교국들을 교회로 바꾸어 놓는 목적 말입니다. 그처럼 (즉 미래의 목적 속에서) 교회는 〈모든 사회 단체〉 혹은 〈종교적 목적을 갖는 인간들의 단체〉(제가 논박하고 있는 저자가 교회를 표현하고 있듯이)로서 국가 속에서 일정한 위치를 찾을 것이 아니라, 그와 반대로 모든 지상의 국가들이 마침내 완전히 교회로 바뀌어야 하며, 고유한 교회적 목표로부터 이질적인 모든 것들을 거부하는 다름 아닌 교회 그 자체가 되어야 합니다. 이 모든 것은 결코 국가를 멸시하는 일도, 위대한 국가의 명예와 영광이나 그 군주의 명예를 박탈하는 일도 아닙니다. 그것은 오히려 위선에 가득 찬 이교적 오류의 길로부터 영원한 목표를 향해 유일하게 이끌어 줄 수 있는 참된 진리의 길로 들어서게 할 것입니다. 따라서 『교회의 사회 재판의 원리』의 저자가 이러한 원리를 발견하고 제창하면서 그것은 죄악으로 뒤덮인 불완전한 우리 시대에 다름 아닌 잠정적이고도 필연적인 타협으로 보고 있다면 그는 올바르게 비판한 것일 수 있습니다. 그러나 그 원리의 제창자가 바로 이오시프 신부께서 지금 열거하신 부분들을 제시하면서 그 원리야말로 확고부동하고 본질적이며 영원한 것이라고 감히 공언하고 있다면, 그것은 교회와 교회의 성스럽고 영원불변하고 확고부동한 사명에 정면으로 반기를 드는 것이 됩니다. 이것이 제 논문의 전체적인 줄거리입니다.」

「이런 식으로 줄여서 말할 수 있겠군요.」한 마디 한 마디에 힘을 주며 빠이시 신부가 다시 입을 열었다. 「우리 19세기에 더욱 분명해진 어느 이론에 따르면, 교회는 훗날 과학 즉, 시대와 문명의 정신에 자리를 양보한 채 사라져 가기 위해서 하급 유형에서 상급 유형의 국가로 다시 태어나야 한다고 합니다. 만일 그것이 싫어서 저항한다면 국가 내에서 단지 한구석만을 할당받고 그 감독을 받게 되는데, 이것은 오늘날 유럽 근대 국가 어디에서나 볼 수 있는 것이지요. 러시아적 이해와 희망에 따르면 교회는 하급 형태에서 상급 유형으로 옮겨가듯 국가로 개조되는 것이 아니라, 반대로 국가는 오직 다름 아닌 교회가 되는 것으로 끝나야 하는 것일 뿐입니다. 그대로 이루소서, 아멘, 아멘!」

「듣고 보니, 당신이 내게 힘을 북돋아 주고 계신 점을 고백하지 않을 수 없군요.」미우소프는 다시 다리를 포개며 미소를 지었다. 「하지만 내 생각에 그것은 어쩌면 예수 재림의 요원한 시절에나 실현될 이상인 것 같습니다. 아무래도 좋습니다. 전쟁, 외교관, 은행 따위의 소멸을 기대하는 아름다운 유토피아적 공상이니까요. 어딘가 사회주의와 비슷하군요. 그런데 나는 그 이야기를 심각하게 받아들여 교회가 예를 들면 〈지금〉 형사 범죄를 재판하고 태형이나 유형, 그리고 어쩌면 사형까지도 선고하는 것이 아닌가 하는 생각이 드는군요.」

「만일 지금 현재 교회의 사회 재판만이 존재한다면 지금도 교회가 유형을 보내거나 사형에 처하는 일은 없을 것입니다. 그때는 범죄나 그에 대한 견해도 반드시 바뀌게 될 테니까요. 물론 지금 당장 갑자기 일어나는 것이 아니라 서서히 말입니다. 하지만 상당히 빠른 시일 내에 실현될 것입니다······.」이반 표도로비치는 침착한 표정으로 눈 하나 깜짝하지 않고 말했다.

「진정이오?」 미우소프는 그를 뚫어질 듯 응시했다.

「만일 모든 것이 교회로 바뀐다 해도 교회는 범죄자나 순종하지 않는 자를 파문시킬 뿐, 그들의 목을 치지는 않을 것입니다.」 이반 표도로비치는 말을 이어 갔다. 「그런데 당신께 묻습니다만, 파문당한 자는 어디로 가야 합니까? 그때 그는 지금처럼 사람들로부터는 물론 그리스도로부터도 떠나야 할 테니. 이렇게 그는 자신의 범죄로 말미암아 사람들에 대해서뿐만 아니라 그리스도 교회에 대해서도 반기를 들 것입니다. 물론 이런 점은 엄격한 의미로 볼 때 지금도 그렇지만, 어쨌든 명시화되지는 않고 있으며, 따라서 오늘날 범죄자들의 양심은 아주 흔히 자신과 타협하고 있지요. 〈내가 도둑질을 했다고 떠들어 대고 있어. 하지만 나는 교회에 맞서는 것도, 그리스도의 적이 되는 것도 아니야〉라고 말입니다. 오늘날 범죄자들은 끊임없이 이렇게 중얼거리고 있지만, 교회가 국가를 대신하게 될 때는 지상의 모든 교회를 부정하지 않는 한 〈모두가 잘못을 저지르고 있다고 하고, 모두가 바르지 못한 길로 가고 있다고 떠들고 있어, 모두가 가짜 교회야. 살인범이자 강도인 나만이 공명정대한 그리스도 교회일 뿐이야〉라는 말은 내뱉기 힘들 것입니다. 이런 말을 스스로에게 하기는 힘들 테니 흔치 않은 상황들, 커다란 조건들이 요구됩니다. 이제 다른 측면에서 범죄에 대한 교회 자체의 견해를 살펴보겠습니다. 사회 안녕을 위해서는 오늘날 시행되고 있듯이 전염병에 감염된 인간을 기계적으로 격리하는 현행의 이교에 가까운 것들을 바꾸지 않을 수 없을 것이며, 추호의 거짓도 없이 다시 한번 진정으로 그 인간의 갱생, 그러니까 그를 부활시키고 구원하려는 사상으로 개혁하지 않을 수 없을 것입니다……」

「대체 무슨 이야기요? 전혀 이해가 가질 않아요.」 미우소프가 끼어들었다. 「또다시 무슨 공상 같은 이야기람. 갈피를 잡을 수 없으니, 전혀 이해가 가질 않잖아. 어떻게 파문을 할 수 있지요? 대체 파문이란 것이 무언데? 그저 농담을 하고 있는 것은 아닌지 의심스럽군요, 이반 표도로비치.」

「그런데 지금도 바로 그와 똑같습니다.」 장로가 갑자기 입을 열었기 때문에 사람들의 시선은 모두 그를 향했다. 「만일 지금 그리스도 교회가 존재하지 않는다면 어떤 범죄도, 악행에 대한 제지도, 훗날 그에 대한 징벌도 존재하지 않을 것입니다. 다시 말씀드리자면 지금 말씀들 하셨듯이 기계적인 것이 아니라 진정한 징벌, 단지 마음을 자극할 뿐이며 자기 양심 속에 간직되어 공포를 불러일으키기도 하고 위안이 되기도 하는 정말로 효과적인 진정한 징벌 말입니다.」

「어째서입니까, 설명해 주시겠습니까?」 미우소프는 호기심에 부풀어 질문을 던졌다.

「그건 이렇습니다.」 신부가 이야기를 시작했다. 「어떤 유형도, 게다가 전에는 태형을 동반했었습니다만, 누구 하나 교화시키지 못할 뿐 아니라, 더욱 중요한 것은 거의 어떤 범죄자에게도 두려움을 심어 주지 못하며 범죄자들의 수는 줄어들지도 않고 시간이 흐를수록 점점 늘게 되는 것입니다. 이 점에 대해서는 당신도 동의하지 않을 수 없을 것입니다. 따라서 그런 방법으로는 사회가 결코 보호될 수 없다는 결론이 나옵니다. 왜냐하면 해로운 인간들을 기계적으로 도려내고 멀리 유형을 보내 눈앞에서 사라지게 할지라도 그자 대신 다른 범죄자가 그것도 두 배로 늘어나 나타나기 때문입니다. 만일 우리 시대에도 사회를 보호하고 범죄자를 교화시켜서 다른 사람으로 갱생시키고자 한다면, 역시 그것은 자기 양심 속에 내재한 그리스도의 율법뿐입니다. 그가 그리스도 공동체의 아들로서, 즉 교회의 아들로서 자신의 죄를 깨닫자마자 그는 바로 그 공동체, 즉 교회 앞에서 자신의 죄도 깨닫게 되는 겁니다. 그러므로 오늘날의 범죄자는 국가가 아니라 유일하게 교회 앞에서만 자기 죄를 깨달을 수 있습니다. 그런데 만일 재판이 교회라는 사회에 속해 있다면 그때는 어떤 사람을 파문에서 불러들여 다시 그 품에 맞아들여야 할지 잘 알 것입니다. 현재로서는 교회가 아무런 실질적 재판권을 갖지 않고 도덕적 판결의 가능성만을 가지고 있을 뿐 범죄자의 실질적인 처벌과는 거리가 있습니다. 그래서 그를 파문시키지도 않고 또 부모의 훈계로서만 머무르지도 않습니다. 한층 더 나아가 전체 그리스도 교회 사회는 범죄자들을 미사나 성찬식에 참여시키고 적선을 하기도 하여 죄인이라기보다는 오히려 악마의 포로 취급을 해주는 등 그들을 보호하려고 애쓰고 있습니다. 기독교 사회, 다시 말씀드려 교회가 속세의 법률처럼 그를 배척하고 추방한다면, 오, 주여! 범죄자는 어찌 되겠습니까? 만일 교회가 매번 세속적 법률의 처벌에 뒤이어 즉각 그들에게 파문이라는 징벌을 내린다면 어떤 일이 벌어질까요? 앞서 말한 그런 절망은 없을 것입니다. 적어도 러시아의 범죄자들에게는. 왜냐하면 그들은 여전히 신앙을 가지고 있기 때문이지요. 게다가 그때는 절망에 빠진 범죄자들의 가슴속에서 신앙이 사라지는 무서운 일이 벌어질지 누가 알 것이며, 그때는 또 어떻게 합니까? 그러나 교회는 자상하고 애정이 넘치는 어머니처럼 실질적인 처벌을 피하고 있으며, 그런 처벌이 아니더라도 죄인은 국법에 따라 너무나 고통스런 벌을 받고 있으니 누구든 그들에게 동정을 베풀어야 하는 것입니다. 중요한 사실은 교회 재판이 유일하게 그 내부에 진리를 포함하고 있는 재판이며, 따라서 다른 어떤 재판과도 본질적으로나 도덕적으로 일시적인 타협이 불가능하다는 것입니다. 거기에는 결코 어떤 거래도 있을 수 없습니다. 외국 범죄자는 회개하는 경우가 거의 드물다고 합니다. 왜냐하면 최근 학문들은 그의 범죄가 범죄가 아니라 부당한 압제에 저항하는 궐기라는 사상을 전개하고 있기 때문입니다. 사회는 엄청난 힘을 가지고 극히 기계적으로 그들을 격리시키고,

그 추방은 증오심(적어도 유럽에서는 자신에 대해 그렇게 이야기하고 있습니다), 그 증오심은 또한 자신의 형제와도 같은 자의 장래 운명에 대한 극단적인 무관심과 망각을 불러옵니다. 이처럼 모든 일이 교회로부터 최소한의 동정도 받지 못한 채 이루어지고 있는데, 그것은 대부분의 경우 외국에서는 교회가 이미 전혀 존재하지 않으며, 단지 교회파와 웅장한 교회 건물들만이 남아 있어서, 이미 오래 전부터 교회는 스스로 교회라는 하급 형태로부터 앞으로 그 속에서 사라지게 될 국가라는 상급 형태로의 전환을 모색하고 있기 때문입니다. 적어도 루터파 지역에서는 그런 것 같습니다. 그리고 로마에서는 이미 1천 년에 걸쳐 교회 대신 국가가 선포되어 있지 않습니까. 따라서 범죄자 스스로도 자신이 교회의 일원이라는 의식을 갖지 못하며 추방을 당하고 나면 절망에 빠지게 되는 것입니다. 혹 그가 사회로 다시 돌아온다고 해도 사회가 자신을 몰아내려 한다는 그런 증오심을 품게 되는 경우가 비일비재합니다. 그것이 어떤 결과를 불러올 것인지는 당신 스스로 판단하실 수 있을 것입니다. 대부분의 경우 우리 나라에서도 마찬가지인 것 같습니다. 그러나 문제는 우리 나라의 경우 기존의 재판소 이외에도 교회가 존재하며, 교회는 범죄자를 사랑스럽고 여전히 선량한 자식으로서 바라보며 그와의 교통을 단절하지는 않고 있습니다. 그뿐만 아니라 그저 마음속에만 자리잡고 있기는 해도 교회 재판이 존재하고 있으며, 그것은 지금 비록 실질적인 것은 못 되지만 미래를 위해 존재하는 모든 것인 동시에, 공상에 머물지라도 범죄자들 스스로도 틀림없이 정신적 본능으로 인정하고 있는 것입니다. 여기서 지금 주장하신 당신의 말씀이 옳습니다. 만일 교회 재판이 자기 역량을 충분히 발휘하면서 실제로 이루어진다면, 다시 말해서 모든 사회가 교회로 바뀌어 버린다면 교회 재판은 지금으로서는 상상할 수도 없을 만큼 범죄자들의 교정에 영향을 미칠 뿐 아니라 실제로 그 수효도 현저히 줄어들게 될 겁니다. 그렇게 되면 교회도 틀림없이 미래의 범죄자나 미래의 범죄를 많은 경우 지금과는 다른 방식으로 이해하게 될 것이며, 추방당한 자를 다시 불러들이고 음모를 꾸미는 자에게는 경고를 하며 타락한 자는 갱생시킬 수 있을 것입니다. 그러나 사실.」장로가 미소지었다. 「현재 기독교 사회는 일곱 분의 의인들을 토대로 서 있을 뿐 아직 그럴 준비가 되어 있지 못합니다. 그러나 그분들은 아직도 힘을 잃지 않았으므로 여전히 거의 이교적 결집체에 불과한 사회를 전세계에 군림하는 유일한 교회로 변혁시키려는 완전한 희망 속에 견고히 서 있는 것입니다. 그대로 이루소서, 아멘, 아멘, 비록 종말이라 해도 그것은 주의 뜻대로 이루어질 것이기 때문입니다! 그리고 시간이나 기한 때문에 쩔쩔매지는 마십시오, 왜냐하면 시간과 기한의 비밀은 신의 지혜와 그분의 예견과 그분의 사랑 속에 있기 때문입니다. 인간의 소견으로는 여전히 아주 먼 미래의 일일 수 있으나 신의 예정에 따르면 어쩌면 이미 그 실현이 코앞에 닥쳐와 문 앞에서 기다리고 있는지도 모를 일이지 않습니까. 최후에 이루소서, 아멘, 아멘!」

「아멘! 아멘!」빠이시 신부가 경건하고도 엄숙하게 따라 되뇌었다.

「이상하군, 정말 이상해!」미우소프가 말했다. 그는 열이 받쳤다기보다는 불만이 있는 듯했다.

「무엇이 그렇게 이상하신지요?」이오시프 신부가 조심스럽게 물었다.

「그게 정말 무슨 이야기입니까?」미우소프가 갑자기 침묵을 깨고 소리쳤다. 「국가가 지상에서 배척되고 교회가 국가의 지위에 오르다뇨! 이것은 교황 전권론이 아니라 초교황 전권론이에요! 교황 그레고리우스 7세조차 꿈도 꾸지 못할 일입니다!」

「당신은 완전히 거꾸로 이해하고 계시군요!」빠이시 신부가 엄숙히 말했다. 「교회가 국가로 바뀌는 것이 아닙니다. 이 점에 주목하십시오. 그것은 로마이고, 로마의 꿈입니다. 그것은 〈악마의 세 번째 유혹〉입니다! 그와는 반대로 국가가 교회로 바뀌어 교회의 수준에까지 이르고 전 지상의 교회가 되는 것이지요. 이것은 교황 전권론이나 로마는 물론 당신의 해석과도 상반되는 것이며, 지상에서 이룰 정교만의 위대한 사명인 것입니다. 그 별들은 동방으로부터 빛나게 될 것입니다.」

미우소프는 의미심장한 모습으로 입을 다물고 있었다. 그의 모습은 남다른 고상한 품위를 보여 주고 있었다. 그의 입가에는 관대하면서도 오만함이 깃든 미소가 떠올랐다. 알료샤는 가슴을 두근거리며 이 모든 광경을 주시하였다. 이 모든 대화는 그의 마음 속 깊은 곳까지 흥분시켜 놓았다. 그는 문득 라끼쩐을 바라보았다. 그는 문 앞의 제자리에 꼼짝 않고 서 있었으며 눈은 내리깔고 있었으나 주의 깊게 경청하며 관찰하고 있었다. 그러나 라끼쩐의 뺨에 번진 붉은 홍조를 통해 알료샤는 그가 자신 못지않게 흥분하고 있음을 알아차렸다. 알료샤는 그가 어째서 흥분하고 있는지 잘 알고 있었다.

「여기서 간단한 일화 하나를 소개해 드릴까 합니다, 여러분.」 갑자기 미우소프는 의미심장하면서도 대단히 엄숙한 표정을 지으며 말했다. 「파리에서 벌써 수년 전, 그러니까 12월 혁명 직후에 하루는 당시 대단히 중요한 한 지도급 인사를 방문하면서 그의 집에서 매우 흥미진진한 인물을 만난 적이 있습니다. 그 사람은 평범한 형사가 아니라 정치 수색대의 표적을 조정하는 상당히 영향력 있는 직책을 맡고 있었지요. 나는 굉장한 호기심에 이끌려 그와 대화를 나누게 되었습니다. 그런데 그는 사교적인 목적으로 방문한 것이 아니라 부하로서 모종의 보고를 하기 위해 들렀다가 자기 상관에게 초대받은 나를 보고는 어느 정도 솔직히 대해 주었지요. 물론 프랑스 인들은 정중한 태도를 취할 줄 알기 때문에 얼마만큼은 그가 솔직하다기보다는 정중한 태도를 취했다고 보는 편이 나을지도 모르고, 또 내가 외국인으로 비쳤기 때문에 더욱 그랬는지도 모릅니다. 그러나 나는 그의 의도를 잘 이해했던 것입니다. 이야기의 주제는 당시 추적을 받던 사회주의 혁명가들에 관한 것이었지요. 이야기의 요점은 생략하기로 하고, 그 사람이 느닷없이 던진 가장 흥미로운 대목만을 소개하겠습니다. 그 사람은 이렇게 말하더군요. 〈우리는 무정부주의자이며 무신론자인 동시에 혁명가라고 하는 그 따위 사회주의자들을 겁내지 않습니다. 우리는 그놈들을 추적하고 있으며 놈들의 행태도 잘 알고 있으니까요. 하지만 놈들 중에서도 비록 수적으로는 얼마 안 되지만 약간 특이한 놈들이 있습니다. 그놈들은 신을 믿는 기독교도이면서 동시에 사회주의자들이기도 합니다. 바로 그놈들을 우리는 가장 두려워하지요. 정말 겁나는 놈들입니다! 기독교 사회주의자들이야말로 사회주의 무신론자들보다 더욱 무서운 것입니다!〉 이 말은 당시 내게 큰 충격을 주었는데, 여러분, 지금 여러분과 함께 있으면서 갑자기 그 말이 생각나는군요……」

「말하자면 그 이야기는 우리들에게 초점을 맞춘 것이고, 우리들을 사회주의자로 보고 계시다는 말씀인가요?」 빠이시 신부가 단도직입적이고 노골적으로 물었다. 그러나 뾰뜨르 알렉산드로비치가 그 질문에 대답을 미처 하기도 전에 문이 열리면서 지각을 한 드미뜨리 표도로비치가 들어왔다. 사실 사람들은 더 이상 그를 기다리지 않고 있는 듯했고, 그의 돌발적인 출현은 잠시나마 그들을 약간 놀라게까지 하였다.

6. 저 따위 인간은 뭣 때문에 살고 있는 걸까!

드미뜨리 표도로비치는 28세의 젊은 사내이며, 보통 키에 수려한 용모를 갖추고 있었으나 나이에 비해 상당히 늙어 보였다. 근육질의 사내로서 비록 그의 얼굴에는 뭔가 병적인 것이 엿보였지만 뛰어난 체력의 소유자임을 알 수 있었다. 그의 얼굴은 여위었고 두 뺨은 움푹 꺼졌으며 안색에는 환자의 황달기 같은 것이 서려 있었다. 상당히 크고 검은 두 눈은 퉁방울처럼 튀어나와 있었고 대단한 고집을 가진 듯하지만 어딘지 초점이 흐려 있었다. 흥분하여 씩씩거리면서 말할 때조차 그의 시선은 자신의 심리 상태를 거역하고 있는 듯 무언가 당시 상황과는 전혀 맞지 않는 엉뚱한 표정을 짓고 있었다. 〈그가 무슨 생각을 하고 있는지 알기란 무척 어렵습니다〉라고, 그와 이야기를 해본 사람들은 그를 평하곤 했다. 어딘가 모르게 생각에 골몰하고 있는 듯한 우울한 눈빛을 하고 있다가도, 재미있고 장난기 어린 생각에 빠져 있다는 것을 증명하기라도 하듯 갑자기 호탕하게 터뜨리는 그의 웃음소리에 사람들이 놀라는 일도 적지 않았다. 하지만 지금 그의 얼굴에 서려 있는 약간의 병적인 기운은 그만한 이유가 있었다. 최근 우리 고장에서는 그가 몰입해 있던 너무나 불안정하고 〈방탕한〉 생활에 대해 모두가 잘 알고 있었고 소문이 자자했으며, 또한 골치 아픈 돈 문제 때문에 그가 아버지와 반목하는 매우 흥분된 상태에 놓여 있다는 사실도 익히 알려져 있었다. 읍내에는 이 일과 관련된 우스갯소리들이 나돌았다. 우리 고장의 뛰어난 재판관인 세몬 이바노비치 까찰니꼬프가 어느 모임에서 〈즉흥적이며 비정상적인 이성〉을 가진 인물이라고 주도면밀하게 평했듯이, 사실 그는 천성적으로 쉽게 발끈하는 성격을 지니고 있었다. 그는 단정하게 단추를 채운 프록코트 차림에 검은 장갑을 끼고 실크 모자를 손에 든 나무랄 데 없는 멋쟁이 복장을 하고서 들어왔다. 갓 퇴역한 군인들이 그렇듯 그는 콧수염만 남겨 둔 채 턱수염은 깎고 있었다. 짙은 아마빛 머리칼은 짧게 밀어 올려 관자놀이 옆으로 빗어 넘기고 있었다. 그는 군대식 큰 걸음으로 뚜벅뚜벅 걸어갔다. 잠시 문턱에서 걸음을 멈추고 좌중을 둘러본 그는 주인을 알아보고는 장로를 향해 곧장 걸어갔다. 그는 장로에게 깊이 고개 숙여 인사를 하고 나서 축복을 청했다. 장로는 자리에서 일어나 그에게 축복을 해주었다. 드미뜨리 표도로비치는 장로의 손에 공손히 입을 맞춘 다음 거의 분통을 터뜨리듯 몹시 흥분한 목소리로 이렇게 말했다.

「이렇게 기다리시게 한 점 깊이 사죄드립니다. 하지만 아버지가 보낸 하인 스메르쟈꼬프는 약속 시간을 그렇게 다그쳐 물었는데도 약속 시간은 1시라고 두 번씩이나 딱 잘라 대답했던 것입니다. 이제서야 비로소 알게 되었습니다만……」

「걱정하지 마십시오.」 장로가 그의 말을 막았다. 「괜찮습니다, 약간 기다리긴 했지만, 대수로운 일은 아니니까요……」

「정말 감사드립니다. 장로님의 인자하심은 기대했던 바와 같군요.」 드미뜨리 표도로비치는 이렇게 내뱉은 후 다시 한번 고개를 숙였고, 이어서 갑자기 자기 〈아버지〉를 향해 몸을 돌리더니 역시 똑같은 태도로 정중히 그리고 깊이 고개 숙여 인사했다. 그는 이런 인사를 미리 곰곰이 생각한 끝에 자신의 정중함과 선량한 의지를 표현하는 것이야말로 자신의 의무라고 여겼기 때문에 그렇게 하기로 결심한 것 같았다. 표도르 빠블로비치는 불의의 습격을 당하긴 했지만 이내 정신을 가다듬었다. 그리고 그는 드미뜨리 표도로비치의 인사에 대한 답례로 자리에서 벌떡 일어나 똑같은 방법으로 깊이 고개를 숙여 아들에게 인사했다. 그의 표정은 갑자기 엄숙하고 의미심장하게 변했지만 그의 모습을 더욱 악의에 가득차게 만들 뿐이었다. 뒤이어 드미뜨리 표도로비치는 입을 꼭 다물고는 미리 방에 자리잡은 사람들 모두에게 일일이 인사를 한 다음 창가를 향해 큰 걸음으로 뚜벅뚜벅 걸어가 빠이시 신부로부터 가까운 곳에 놓인, 하나 남은 빈 자리에 앉았다. 그리고는 의자에서 몸을 앞으로 잔뜩 내밀며 자기가 중단시킨 대화를 계속 들어 보겠다는 태도를 취했다.

드미뜨리 표도로비치의 출현에 따른 일련의 의례 절차는 채 2분도 걸리지 않았으므로 대화는 재개되었다. 그런데 이번에는 뾰뜨르 알렉산드로비치가 빠이시 신부의 끈질기고 거의 분노에 가까운 질문에 대해 답변할 필요가 없다고 여기고 있는 듯했다.

「그 주제는 이제 거론하지 않겠습니다.」 그는 귀족다운 태연자약한 표정을 지으며 말했다. 「게다가 그 주제는 대단히 미묘한 것이니까요. 보세요, 이반 표도로비치가 우리를 바라보며 웃고 있지 않습니까. 틀림없이 이 문제에 대해 흥미로운 생각을 가지고 있을 겁니다. 그러니 저 사람에게 물어보시지요.」

「특별한 것은 없습니다, 그저 조그만 소견 정도지요.」 이반 표도로비치가 즉각 대답했다. 「대체로 유럽 식 자유주의뿐만 아니라 러시아의 자유주의적 딜레탕티슴조차도 이미 오래 전부터 흔히 사회주의의 최종적 결과와 기독교도들을 혼동하고 있습니다. 물론 이렇게 투박한 결론이 그 본연의 특징이기도 합니다만. 게다가 사회주의와 기독교를 혼동하는 것은 자유주의자들과 그 애호가들뿐 아니라, 그들과 더불어 심지어 헌병들까지도 마찬가지입니다. 물론 그것은 외국의 경우이긴 하지만 말입니다. 아무튼 당신의 파리 이야기는 정말 특색이 있군요, 뾰뜨르 알렉산드로비치 씨.」

「어쨌든 이 문제는 이제 그만둬 주셨으면 합니다.」 뾰뜨르 알렉산드로비치가 되풀이해서 말했다. 「그 대신, 여러분, 이반 표도로비치에 관한 다른 우스갯소리를 해드리지요. 가장 흥미롭고 특색 있는 이야기가 될 것입니다. 그러니까 닷새 전쯤 주로 우리 고장의 귀부인들이 모인 자리에서 있었던 일이지요. 저분은 논쟁 중에 이 세상에서 사람들이 이웃들을 사랑하도록 강요하는 것은 아무것도 없고, 인간이 인류를 사랑해야 할 그런 자연의 법칙 따위도 존재하지 않으며, 만일 이 땅에 지금까지 사랑이 존재하고 있었고 지금도 존재하고 있다면 그것은 자연의 법칙 때문이 아니라 당연히 사람들이 영생을 믿었던 까닭이라고 당당히 공언했던 것입니다. 그때 이반 표도로비치는 모든 자연의 법칙이 그 안에 있으므로 영생에 대한 믿음을 인간으로부터 박탈해 버리면 당장 사랑뿐 아니라 인류의 생활을 지속시키는 모든 활력이 고갈되고 말 것이라는 내용을, 내친김에 덧붙였지요. 게다가 그때는 비도덕적인 것이 더 이상 존재하지 않게 되어서 모든 것이, 심지어는 사람을 잡아먹는 일까지도 허용될 것이라고 합니다. 하지만 이에 그치지 않고, 현재의 우리들처럼 신도, 자신의 영생도 믿지 않는 모든 개인에게서 자연의 도덕률은 과거의 종교적인 것과는 완전히 상충되도록 급격히 바뀌게 되고, 극악한 이기주의조차도 인간에게 인정될 뿐만 아니라, 인간의 입장에서 보면 필연적이고 가장 합리적이며 가장 고상한 결론으로 인정된다는 주장을 내세우며 말을 끝맺었던 것입니다. 이 같은 역설로 미루어, 여러분, 우리들의 사랑스런 기인이자 역설가인 이반 표도로비치가 지금 선언하고 있고 또 어쩌면 앞으로 선언하고자 하는 일들에 대해서도 결론을 내릴 수 있으리라 믿습니다.」

「실례합니다만.」 뜻밖에도 드미뜨리 표도로비치가 갑자기 소리쳤다. 「혹시 잘못 듣지 않았다면, 〈모든 무신론자들의 입장에서 악행은 허용되지 않을 수 없으며 가장 필연적이고 가장 합리적인 출구로 인정된다〉는 내용입니까? 맞습니까, 틀립니까?」

「바로 그렇습니다.」 빠이시 신부가 말했다.

「기억해 두겠습니다.」

그 말을 한 후 드미뜨리 표도로비치는 별안간 대화에 끼어들었던 것처럼, 별안간 침묵에 빠져 들었다. 사람들은 그를 호기심 어린 눈으로 바라보았다.

「당신은 사람들에게 영혼 불멸에 대한 믿음이 고갈되면 그런 결과가 생길 거라고 정말로 확신하십니까?」 갑자기 장로가 이반 표도로비치에게 물었다.

「그렇습니다, 저는 그렇게 확신했습니다. 만일 영생이 없다면 선행도 없는 것입니다.」

「그렇게 믿으신다면 당신은 매우 축복받았거나, 아니면 아마 매우 불행한 사람일 것입니다!」

「어째서 불행하다는 것이지요?」 이반 표도로비치는 미소를 지었다.

「왜냐하면, 틀림없이 당신은 자기 영혼의 불멸은 물론 교회와 교회 문제에 관해 스스로 썼던 것조차 믿지 않을 것이기 때문이지요.」

「어쩌면 그 말씀이 맞는지도 모르겠습니다! 하지만 저는 완전히 농담을 하고 있는 것은 아닙니다……」 이반 표도로비치는 갑자기 얼굴을 붉히며 이상한 말투로 실토했다.

「완전히 농담을 하고 있는 것은 아니라는 말은 사실이겠지요. 그 사상은 당신의 마음속에서 해결되지 않고 있으며 마음을 괴롭힐 뿐이니까요. 그러나 고통받고 있는 사람은 마치 절망 때문에 그러기라도 한 듯 때때로 자신의 절망을 즐기고 싶어합니다. 절망으로 고통스러워하면서도 당신은 잡지 기고나 사교계의 논쟁 등을 즐기고 있지만, 자신의 논리를 스스로도 믿고 있지 않으며 가슴 아파하면서 마음속으로는 그것을 비웃고 있는 겁니다……. 그 문제는 당신의 마음속에서 해결되지 않고 있으며, 바로 거기에 당신의 커다란 고뇌가 존재하는 겁니다. 왜냐하면 끈질기게 해결을 요구하고 있으니 말입니다…….」

「그것이 제 마음속에서 해결될 수 있을까요? 긍정적으로 해결될 수 있을까요?」 이반 표도로비치는 뭔지 알 수 없는 야릇한 미소를 머금은 채 장로를 바라보며 이상한 말투로 질문을 계속했다.

「만일 긍정적으로 해결될 수 없다면 부정적으로도 해결되지 않을 것이기에 당신은 자신의 내적 특성을 스스로도 잘 알고 있을 것입니다. 바로 여기에 당신의 모든 고뇌가 담겨 있습니다. 그러나 〈천상의 것을 생각하고, 천상의 것을 찾으라, 우리의 터전은 하늘나라에 있으니〉라는 말처럼 고통을 고통으로 받아들일 수 있게 당신에게 고결한 마음씨를 주신 조물주께 감사드리십시오. 이 세상에 머무는 동안 당신의 마음이 그 해결책을 찾을 수 있기를, 당신의 인생 길에도 신의 가호가 있으시길 기원합니다!」

장로는 손을 들어 그 자리에서 이반 표도로비치를 향해 성호를 그으려 했다. 그러나 그는 갑자기 자리에서 벌떡 일어나 장로에게 다가가서는 축복을 받은 후 그의 손에 입을 맞춘 다음 말없이 제자리로 돌아왔다. 그의 얼굴은 잔뜩 굳은 채 심각해져 있었다. 이런 행위와 이반 표도로비치에게도 전혀 뜻밖인 장로와의 대화는 수수께끼 같으면서도 심지어 어딘가 장엄한 구석이 있는 것 같아 모든 사람들을 깜짝 놀라게 하고 말았으며, 그 때문에 사람들은 입을 다물었고 알료샤의 얼굴에조차 놀란 기색이 서려 있었다. 그러나 미우소프는 갑자기 어깨를 움찔거렸고, 그 순간 표도르 빠블로비치는 의자에서 벌떡 일어났다.

「신성하고 거룩하신 장로님!」 그는 이반 표도로비치를 가리키며 소리쳤다. 「바로 제 자식입니다. 제 육신에서 떨어져 나온 친자식이요, 제가 가장 사랑하는 저의 육신이지요! 제가 존경하는 카를 모어라고나 할까요. 그런데 방금 들어온 자식, 장로님께 처분을 부탁드린 드미뜨리 표도로비치는 더 이상 존경받을 가치가 없는 프란츠 모어인 것입니다. 두 사람 모두 실러의 『군도』에 나오는 주인공들이지요. 그렇다면 저는, 그런 경우에 영주인 폰 모어 백작Regierender Graf von Moor이 되지 않겠습니까! 부디 잘 판단하셔서 구원해 주십시오! 장로님의 기도뿐만 아니라 예언까지도 필요한 상황이니까요.」

「그런 어리석은 말씀은 삼가십시오, 그리고 자기 가족들을 모욕하지도 마십시오.」 장로는 기력이 떨어진 조그만 목소리로 말했다. 그는 피로에 지친 듯했고, 시간이 흐르면 흐를수록 현저히 기운이 쇠약해지고 있었다.

「경멸스런 코미디입니다. 이곳에 오면서 이미 예감했던 바대로지요!」 드미뜨리 표도로비치는 분노를 참지 못하고 자리에서 벌떡 일어나면서 외쳤다. 「용서해 주십시오, 성스러운 신부님.」 그는 장로를 향해 몸을 돌렸다. 「저는 교육도 받지 못한 인간이며, 장로님을 어떻게 불러야 좋을지도 모릅니다. 그러나 당신은 속고 계십니다. 하지만 당신은 너무나 선량하신 분입니다. 저희들이 이곳에 모일 수 있도록 허락하기도 하셨고요. 아버지에게는 단지 스캔들이 필요할 뿐입니다. 무엇 때문인지는 아버지의 속셈에 들어 있습니다. 언제나 자기 계산이 서 있으니까요. 그러나 지금 저는 그 이유를 알 것 같습니다……」

「모두가 한결같이 나를 비난하고 있군, 모두가!」 이번에는 표도르 빠블로비치가 고함을 질렀다. 「바로 저기 저 뾰뜨르 알렉산드로비치 씨조차 나를 비웃고 있어. 비웃으셨죠, 뾰뜨르 알렉산드로비치 씨, 비웃으셨잖아요!」 그는 갑자기 미우소프를 향해 돌아섰다. 그렇지만 미우소프는 그의 이야기에 끼어들 생각이 없었다. 「제가 자식들의 돈을 장화 속에 감추고 요것밖에 없다며 꿀꺽 삼켰다고 비난하고들 계신 거예요. 그렇다면 재판소는 필요 없다는 말씀이신가요? 그곳에서 계산해 보시지요, 드미뜨리 표도로비치, 댁의 영수증이며 편지들이며 합의서를 살펴보시고 얼마를 가지고 계셨는지, 얼마를 탕진하셨는지, 얼마가 남으셨는지 말입니다! 어째서 뾰뜨르 알렉산드로비치 씨는 재판을 회피하고 계실까요? 드미뜨리 표도로비치 씨가 그에겐 남이 아니기 때문이지요. 그래서 모두가 나를 비난하는 겁니다. 하지만 드미뜨리 표도로비치 씨는 총액을 따지면 오히려 내게 빚을 지고 있지요, 그저 몇 푼이 아니라 수천 루블에 달하는 거금을. 저는 서류들을 몽땅 챙겨 놓았습니다! 그분의 방탕한 생활 때문에 읍내가 떠나갈 듯 시끄럽지 않습니까! 더구나 옛날에 근무했던 곳에서는 청순한 처녀들을 유혹하는 데 1천 루블씩, 2천 루블씩 돈을 뿌리기도 하셨지요. 드미뜨리 표도로비치, 당신의 세세한 비밀까지도 우린 잘 알고 있단 말이오, 증명해 드릴 수도 있고……. 신성하신 신부님, 믿으실지 모르겠습니다만, 그분은 처녀들 중에서도 지체 높고 가문 좋은 재산가의 규수에게 홀딱 빠졌었지요. 목에 성 안나 십자 훈장을 단 용감한 대령이자 자신의 이전 상관이기도 한 분의 따님이었는데, 그 처녀에게 청혼을 하는 치욕을 안겨 주었기에 그녀는 지금 이곳에 머물고 있으며, 고아인 그녀는 그분의 약혼녀가 되었지요. 그런데도 그분은 그녀의 눈앞에서 우리 고장의 어느 바람둥이 여인 집을 출입하고 있는 것입니다. 그 바람둥이 여인은 어느 존경받는 인사와 자유 결혼을 해서 살고 있으며, 독립심이 강하고 누구에게도 허물어지지 않을 성채 같은 여인이어서 합법적인 아내나 다름없는 상태지요. 왜냐하면 정숙한 여자이기 때문이지요, 그렇습니다! 신성하신 신부님들, 그녀는 정숙합니다! 그런데 드미뜨리 표도로비치는 그 요새를 황금 열쇠로 열려 하고 있으며, 그 때문에 지금 제 앞에서 추태를 부리고 있고, 제 돈을 뜯어내려 하고 있습니다. 벌써 수천 루블을 그 바람둥이에게 뿌리고도 말입니다. 그 일 때문에 끊임없이 돈을 누구에게서 얻어 내는지 아십니까? 어떻게 생각하십니까? 말해 버릴까, 미쨔[15]야?」

「입 다물어요!」 드미뜨리 표도로비치가 소리쳤다. 「내가 이곳에서 나갈 때까지 기다려요. 내 앞에서 고결한 아가씨의 이름을 더럽힐 수는 없어요……. 감히 그녀에 대해 입을 벙긋한 것만으로도 그녀에 대한 모욕이에요……. 용납할 수 없어요!」

그는 숨을 거칠게 몰아쉬었다.

「미쨔! 미쨔!」 표도르 빠블로비치는 약간 당황하여 눈물을 억지로 짜내면서 소리쳤다. 「아비의 축복은 무엇 때문이겠니? 내가 저주를 퍼붓게 되면, 그땐 어떤 일이 벌어지겠어?」

---

15 드미뜨리의 애칭.

「수치를 모르는 위선자!」드미뜨리 표도로비치는 미친 듯이 으르렁거렸다.

「저놈이 아비에게, 아비에게! 그러니 다른 사람들에게는 어떻겠습니까? 여러분, 자, 상상해 보십시오. 이 고장에 가난하지만 존경받는 퇴역 대위 한 사람이 살고 있습니다. 불행한 사건 때문에 퇴역하게 되었지만, 공개 재판을 받은 것도 아니므로 자신의 명예를 지키고 있었고, 대가족을 부양해야 하는 힘든 처지에 놓인 사람입니다. 그런데 3주 전에 우리의 드미뜨리 표도로비치는 선술집에서 그 사람의 턱수염을 움켜쥐고 거리로 끌어내 사람들이 보는 앞에서 주먹질을 해댔던 것입니다. 그 이유는 그 사람이 저의 사소한 일과 관련해서 비밀리에 대리인 역할을 맡았었기 때문이지요.」

「모두 거짓말입니다! 표면상으로는 사실이지만 내용은 거짓말입니다!」드미뜨리 표도로비치는 분노로 온몸을 부들부들 떨었다. 「아버지! 나는 내 행위들을 합리화시키지는 않겠어요. 그래요, 사람들이 보는 앞에서 고백하지요. 나는 그 대위에게 짐승 같은 짓을 했고, 지금은 후회하고 있으며, 짐승 같은 분노를 터뜨린 자신을 경멸하고 있습니다. 하지만 바로 그 대위, 당신의 그 대리인이 당신 스스로 바람둥이 여인이라고 말했던 바로 그 아가씨를 찾아가서, 당신이 가지고 있는 내 차용증을 그녀가 받아 두었다가 나를 위협하고, 내가 만일 재산권 청산 문제로 당신을 지나치게 괴롭힌다면 그때는 그 차용증으로 나를 재판에 넘기라고 당신 이름으로 부탁하게 만들지 않았습니까. 당신은 내가 그 여자에게 사족을 못 쓴다고 비난하고 있지만, 당신이야말로 그녀가 나를 유혹하도록 시켰잖아요! 그녀는 세상일을 똑바로 볼 줄 알아요. 당신을 비웃으면서 내게 모두 이야기했단 말입니다! 아버지가 나를 재판에 넘기려는 까닭이야 고작 그녀의 일로 나를 질투하기 때문이며, 당신 자신이 그 여자에게 흑심을 품게 되었기 때문이지요. 하지만 나는 다 알고 있었어요. 게다가 그녀도 비웃더군요, 아시겠어요, 당신을 비웃으면서 거듭해서 이야기를 하더란 말입니다. 자, 보십시오, 존경하는 여러분, 이분이 방탕한 아들을 나무라는 아버지입니다! 이곳에 계시는 여러분, 내가 화를 냈다면 용서해 주십시오. 하지만 나는 저 교활한 늙은이가 스캔들을 만들기 위해 여러분 모두를 이 자리에 모이게 했다는 예감이 들었습니다. 나는 저자가 악수를 청한다면 용서를 해주고 또 용서를 빌기 위해서 왔던 것입니다! 그러나 저자는 나뿐만 아니라, 감히 이름조차 입에 올리지 못할 만큼 존경하고 있는 어느 고결한 아가씨까지 이 자리에서 모욕했으므로, 그의 모든 농간을 만천하에 폭로하기로 했던 것입니다. 비록 저자가 내 아버지라 할지라도 말입니다……!」

그는 더 이상 말을 잇지 못했다. 그의 두 눈은 번뜩였고, 또 숨을 거칠게 몰아쉬었다. 암자에 모인 사람들 모두가 흥분하고 있었다. 신부를 제외한 모든 사람들은 평온을 잃은 채 자리에서 일어났다. 수사 신부들은 엄중한 눈초리로 바라보았으나 장로의 뜻을 기다렸다. 장로는 얼굴에 완전히 핏기를 잃은 채 앉아 있었다. 그것은 흥분 때문이 아니라 병으로 인한 기력 쇠진 때문이었다. 기도하는 듯한 미소가 그의 입가에 스쳐 갔다. 그는 미쳐 날뛰는 사람들을 제지시키려는 듯 간간이 손을 쳐들곤 했다. 물론 그의 손짓 하나만으로도 소동을 제지시키기에는 충분했다. 하지만 그는 알고 싶은 것이 더 있다는 듯, 아직도 자신에게는 분명치 않은 점이 남아 있다는 듯 무언가를 기다리고 있는 사람처럼 시선을 고정시키고 있었다. 마침내 뾰뜨르 알렉산드로비치 미우소프는 자신이 멸시당하고 모욕받았음을 통감하기에 이르렀다.

「지금 벌어진 스캔들은 우리 모두의 책임입니다!」그는 열을 올리며 말했다. 「하지만 나는 이곳에 오면서 전혀 눈치채지 못했습니다, 비록 어떤 작자와 관련된 일인지는 알고 있었다 하더라도 말입니다……. 이 일은 여기서 그쳐야 합니다! 신부님, 믿어 주십시오, 나는 이곳에서 폭로된 세세한 이야기들을 하나도 모르고 있었으며 믿고 싶지도 않았고, 지금 이 자리에서 처음으로 알게 된 것입니다……. 아버지가 행실 고약한 계집 때문에 아들을 질투하고 또 아들을 감옥에 집어넣을 음모를 그 잡년과 꾸미다니오……. 이런 패거리와 어울려 이곳에 오게 하다니오……. 나는 속았습니다, 여러분에게 공언하는 바이지만, 여러분 못지않게 속은 겁니다…….」

「드미뜨리 표도로비치!」 표도르 빠블로비치는 자신의 목소리와는 완전히 다른 목소리로 울부짖었다. 「만일 당신이 내 자식이 아니었더라면, 나는 지금 이 순간 당신한테 결투를 신청했을 거요……. 권총으로, 3보의 거리를 두고…… 수건으로 눈을 가린 채! 수건으로 눈을 가린 채!」 그는 두 발까지 구르며 소리쳤다.

평생을 광대짓으로 살아온 거짓말쟁이 늙은이도 잠시나마 진실로 몸을 부들부들 떨며 분노로 눈물을 흘리는 그런 모습을 보일 때가 있다. 비록 그 순간에도(혹은 단 1초 후에) 〈너는 거짓말을 하고 있는 거야, 이 파렴치한 영감아, 아무리 《신성한》 분노, 《거룩한》 분노의 순간이라 해도 지금 역시 배우 흉내를 내고 있잖아〉라고 속으로 중얼거릴 수도 있겠지만 말이다.

드미뜨리 표도로비치는 무섭게 인상을 찌푸리고, 형언할 수 없는 경멸에 찬 시선으로 아버지를 노려보았다.

「나는…… 나는.」 그는 나직하고 의미심장한 말투로 입을 열었다. 「저자의 여생을 위로하기 위해서 천사같이 고운 마음씨를 가진 내 약혼녀와 고향으로 돌아갈 생각이었습니다. 그러나 추악한 색마에다가 비열한 희극 배우의 모습만을 보게 된 것입니다!」

「결투다!」 늙은이는 숨을 헐떡이고 말끝마다 침을 튀기며 다시 울부짖었다. 「그런데 여보시오, 뾰뜨르 알렉산드로비치 미우소프나리, 당신 멋대로 잡년이라고, 지금 감히 잡년이라고 불러 댔던 그 여자보다 더 순결한, 아시겠소, 더 순결한 여자는 당신 집안을 모두 뒤져 봐도 없을 거요! 그리고 당신, 드미뜨리 표도로비치, 당신의 약혼녀를 그 〈잡년〉으로 바꾼 것은 당신의 원래의 약혼녀가 잡년의 발바닥만큼의 가치도 없다는 생각이 들었기 때문이겠지. 그렇다면 그 잡년도 굉장한걸!」

「부끄러운 일입니다!」 이오시프 신부가 갑자기 말했다.

「부끄럽고 또 치욕적인 일입니다!」 내내 침묵을 지키고 있던 깔가노프가 얼굴을 붉힌 채 흥분으로 떨리는 소년 같은 목소리로 갑자기 소리 질렀다.

「저 따위 인간은 뭣 때문에 살고 있는 걸까!」 드미뜨리 표도로비치는 숨을 죽이며 씩씩거리고 있었다. 그는 분노가 극에 달해 거의 광적인 상태에까지 이르렀고, 어깨를 잔뜩 치켜 올려 마치 곱사등처럼 보였다. 「불가능합니다, 저자가 이 대지를 욕보이게 내버려둘 수는 없다고 한마디 해주십시오.」 그는 늙은이를 손으로 가리키며 사람들을 빙 둘러보았다. 그는 천천히 그리고 또박또박 말하고 있었다.

「들으셨지요, 들으셨지요, 수사님, 제 아비 죽일 놈의 이야기를.」 표도르 빠블로비치는 갑자기 이오시프 신부에게 달려들었다. 「저게 바로 당신이 〈부끄러운 일〉이라고 말씀하신 것에 대한 대답입니다! 무엇이 부끄럽습니까? 그 〈잡년〉은, 그 〈행실 고약한 계집〉은 어쩌면 당신들보다, 구원의 길을 걷고 있는 수사 나리들보다 더 성스러울지도 모르지요! 그녀는 어쩌면 환경에 의해 상처를 입고 악의 구렁텅이에 빠져 들었는지 모르지만, 〈그녀는 너무 많이 사랑했다〉는 말입니다. 많이 사랑한 여인은 그리스도께서도 용서해 주시지 않았습니까……」

「그리스도께서 용서하셨던 것은 그런 사랑 때문이 아닙니다……」 얌전한 이오시프 신부도 더 이상 참지 못하고 이렇게 대답했다.

「아닙니다, 그런 사랑 때문이지요. 바로 그런 사랑, 수사님, 그렇습니다! 당신들은 여기서 양배추만 드시고 구원의 길을 걸으면서 참된 신앙인이란 무엇인가를 생각하고 계시지요! 꽁치나 잡수시면서, 하루에 한 마리씩 잡수시면서, 꽁치 따위로 하느님을 매수할 수 있다고 생각하고 계신 거지요!」

「어쩌면, 어쩌면 저럴 수가!」 암자 안의 사방에서 이런 소리가 들려왔다.

추악한 지경에까지 이른 장면은 너무나 뜻밖의 상황으로 인해 중단되고 말았다. 장로가 갑자기 자리에서 일어났던 것이다. 장로 때문에, 그리고 다른 사람들 때문에 공포에 사로잡혀 거의 정신을 잃을 지경이던 알료샤는 겨우 장로의 한 팔을 부축할 수 있었다. 장로는 드미뜨리 표도로비치를 향해 걸음을 옮겼고, 그에게 다가가자 그 앞에 무릎을 꿇었다. 알료샤는 장로가 기력이 쇠진하여 쓰러진 것이라고 생각했으나 그렇지는 않았다. 장로는 드미뜨리 표도로비치 앞에 무릎을 꿇더니 그의 발에 대고 이마가 땅에 닿도록 머리를 완전히 조아리며 분명히 의식적으로 절을 했다. 알료샤는 그가 일어날 때 부축하는 것조차 잊을 만큼 얼이 빠져 있었다. 그러나 장로의 입가에는 가냘픈 미소가 가늘게 빛나고 있었다.

「용서해 주십시오! 모든 것을 용서해 주세요!」 장로는 손님들을 향해 작별 인사를 하며 말했다.

드미뜨리 표도로비치는 한 대 얻어맞은 사람처럼 잠시 넋을 잃고 서서 〈장로가 발에 대고 절을 하다니, 대체 무슨 까닭일까?〉 하고 생각했다. 마침내 그는 두 손으로 얼굴을 가리더니 갑자기 〈오, 신이시여!〉 하고 소리 지르며 방에서 뛰쳐나갔다. 손님들은 당황한 나머지 주인에게 작별 인사를 하는 것도 잊은 채 우르르 그 뒤를 따라 몰려나갔다. 수사 신부들만이 다시 축복을 받으러 다가갔다.

「장로가 발에 대고 절을 하다니, 그건 무엇을 상징하는 걸까?」 어쩐 일인지 고분고분해진 표도르 빠블로비치가 갑자기 다시 대화를 시작하려고 했지만, 감히 어느 누구에게도 개인적으로 말을 걸 수가 없었다. 그때 그들은 암자의 울타리를 넘어서고 있었다.

「나는 정신 병원이나 정신병자들에 대해서는 책임지지 않겠소.」 미우소프가 성난 목소리로 냉큼 말을 받았다. 「하지만 그 대신 당신들로부터는 벗어나겠소, 표도르 빠블로비치. 아시겠소, 영원히 말이오. 그런데 아까 그 수도사는 어디로 간 거지?」

그러나 조금 전 그들을 수도원장의 식사에 초대했던 〈그 수도사〉는 그들을 기다리게 만들지 않았다. 그들이 신부의 암자 계단을 내려서자마자 그는 그곳에서 손님들을 맞았다. 그들을 내내 기다리고 있었던 것이다.

「청컨대, 존경하는 신부님, 수도원장님께 저의 심심한 존경의 뜻과 개인적인 사죄의 말씀을, 이 미우소프는 보내는 바입니다. 진심은 그렇지 않지만 돌발적인 사태로 인해 식사 초대에 응하는 영광을 가질 수 없다고 말입니다.」 뾰뜨르 알렉산드로비치는 짜증이 난 목소리로 수도사에게 말했다.

「돌발적인 사태라니, 나를 두고 하시는 말씀이군요!」 이번에는 표도르 빠블로비치가 말을 받았다. 「들으셨죠, 신부님, 뾰뜨르 알렉산드로비치 씨께서는 나와 함께라면 남아 있고 싶지 않으시다는군요. 그렇지 않으면 당장 가실 텐데. 어서 가보시죠, 뾰뜨르 알렉산드로비치 씨, 수도원장님의 환대를 받으시라고요. 그리고 맛있게 드십시오! 아시겠습니까, 사양하는 사람은 당신이 아니라 바로 나라는 사실을. 집으로, 집으로, 집으로 갈 겁니다. 나는 이곳에 있을 자격이 못 되는 것 같으니까요, 사랑하는 나의 친척이신 뾰뜨르 알렉산드로비치 씨.」

「나는 당신의 친척도 아니며, 그런 적도 없어, 이 저열한 인간아!」

「당신을 약올리려고 그냥 해본 소립니다. 왜냐하면 당신은 친척을 기피하기 때문이지요. 그렇지만 아무리 그렇지 않은 척하셔도 당신은 친척이십니다. 교회력(敎會曆)으로 입증해 드리지요. 그런데 이반 표도로비치, 시간이 되면 네게 말을 보내 줄 테니, 네가 원한다면 남아 있거라. 뾰뜨르 알렉산드로비치, 지금 수도원장님께 가셔서 내가 당신과 함께 망나니 짓을 했던 점을 사과드리십시오……」

「떠나겠다는 말이 사실이오? 거짓말을 하는 것은 아니오?」

「뾰뜨르 알렉산드로비치 씨, 그런 일이 일어난 후에 내가 어찌 감히 그럴 수 있겠습니까! 내가 너무 열중했던 겁니다, 용서해 주십시오, 여러분. 너무 열중했던 겁니다! 게다가 충격을 받기도 했습니다! 사실 부끄럽습니다. 여러분. 어떤 사람은 마케도니아의 알렉산더 대왕의 심장을 갖기도 하며, 또 어떤 사람은 반려견 피델카의 심장을 갖기도 하지요. 나는 피델카의 심장을 갖고 있지요. 나도 공포에 떨었습니다! 그런 난동을 부린 후에 다시 오찬 초대에 나가 수도원 소스를 먹을 수 있겠습니까? 부끄러운 일이지요, 그럴 순 없습니다, 죄송합니다!」

〈도대체 이해할 수 없는 작자로군. 그런데 속임수를 쓰는 것인지도 모르지!〉 멀어져 가는 어릿광대를 미심쩍은 눈초리로 쏘아보며 미우소프는 제자리에서 명상에 잠겼다. 표도르는 뒤를 돌아보다가 뾰뜨르 알렉산드로비치가 자신의 뒷모습을 바라보고 있음을 눈치채고는 손으로 키스를 보냈다.

「수도원장님께 가실 겁니까?」 미우소프가 이반 표도로비치에게 퉁명스럽게 물었다.

「가지 못할 이유가 어디 있겠습니까? 특히 저는 어제도 수도원장님의 초대를 받았는데요.」

「유감이로군요. 사실은 나도 그 저주받을 오찬에 꼭 가야 할 것 같은 느낌이 드니 말입니다.」 수도사가 듣고 있다는 사실을 조금도 의식하지 않은 채 미우소프는 여전히 화가 덜 풀린 목소리로 말했다.「이곳에서 우리가 추태를 부렸던 점을 그곳에 가서 사과하더라도, 그건 우리 때문에 벌어진 것이 아니라는 걸 밝혀야지요……. 당신은 어찌 생각하시오?」

「그렇습니다. 그건 우리 때문이 아니라는 걸 밝혀야지요. 더구나 아버지도 안 계시니 말입니다.」이반 표도로비치가 대답했다.

「당신 아버지가 함께 있다면 또 무슨 일이 벌어지고 말 거요! 저주받을 놈의 오찬!」

어쨌든 그들은 길을 따라 걸어갔다. 수도사는 입을 다문 채 이야기를 듣고만 있었다. 작은 숲을 지나는 길에 그는 단지 꼭 한 번 수도원장이 오래 전부터 기다리고 있으며 벌써 반시간 이상 늦었노라고 환기시켰을 뿐이다. 그에게 대꾸를 한 사람은 아무도 없었다. 미우소프는 증오에 가득 찬 눈초리로 이반 표도로비치를 바라보았다.

〈아무 일도 없었다는 듯이 오찬에 참석하러 가다니!〉그는 이런 생각에 잠겼다.〈정말 철면피에, 까라마조프적 양심이로군.〉

7. 출세주의자 신학생

알료샤는 장로를 침실로 인도하여 침대에 앉혔다. 그곳은 꼭 필요한 가구들만이 갖추어진 조그만 방이었다. 철제 침대는 작았으며, 그 위에는 이불 대신 펠트 모포가 달랑 놓여 있을 뿐이었다. 방구석의 성상 옆에는 독경대가 세워져 있고, 그 위에 십자가와 복음서가 놓여 있었다. 장로는 힘없이 침대 위에 앉아 있었다. 그의 눈은 반짝였으나 숨결은 거칠었다. 그는 마치 무슨 생각에라도 골몰하고 있는 것처럼 알료샤를 뚫어질 듯 바라보았다.

「어서 가보아라, 어서. 내겐 뽀르피리면 충분하니 서둘러 가봐. 그곳에서는 네가 필요할 테니, 어서 수도원장님께 가서 식사 시중을 들어 드리렴.」

「이곳에 남아 있게 해주십시오.」 알료샤가 간절한 목소리로 애원했다.

「넌 그곳에서 더 필요해. 그곳에는 평온이 없어. 시중을 들다 보면 네가 필요하게 될 거야. 악귀들이 냄새를 피우면 기도문을 외우도록 해라. 그리고 아들아(신부는 그를 이렇게 부르길 좋아했다), 앞으로 이곳은 네가 머물 곳이 아니라는 사실을 알아 두렴. 애야, 이 점을 명심해 두어라. 내가 하느님의 부르심을 받으면 곧 수도원을 떠나거라. 아주 떠나란 말이다.」

알료샤는 몸을 부들부들 떨었다.

「어째서 너에게 그런 말을 하느냐고? 이곳은 당분간 네가 머물 곳이 못 돼. 속세에서의 위대한 수행을 위해 네게 축복을 내려 주마. 너는 아직도 수없이 방황해야만 한다. 그리고 결혼도 해야지, 반드시. 다시 이곳으로 돌아올 때까지는 어떤 어려움도 견뎌 내거라. 그리고 할 일도 많겠지. 나는 너를 조금도 의심하지 않는다, 그래서 너를 내보내는 것이니. 언제나 그리스도께서는 너와 함께 하신단다. 그분을 지켜 드리면, 그분도 너를 지켜 주실 것이다. 큰 고난에 빠지겠지만, 그 고난 속에 행복이 있단다. 네게 주는 나의 유언은 고난 속에서 행복을 찾으라는 것이다. 가서 일해라, 부지런히 말이다. 내 말을 명심하고. 다시 너와 이야기할 시간이야 있겠지만, 내 명이 며칠, 아니 몇 시간 남지 않았기 때문이야.」

알료샤의 얼굴 근육이 다시 씰룩거렸으며, 그의 입술 끝은 바르르 떨렸다.

「또 무슨 일이냐, 아들아?」 신부는 조용히 미소를 머금었다. 「세상 사람들은 눈물로써 망자를 전송하지만, 이곳에서 우리들은 기쁜 마음으로 떠나 보내지 않느냐. 우리는 그 일을 기뻐하며 기도드려야지. 혼자 있게 해다오. 기도드려야 하니까. 서둘러 가서 형들 곁에 있거라. 그런데 한 사람 곁에만 있어서도 안 되고, 두 사람 곁에 있어야 한다.」

 신부는 축복을 내리려고 손을 들어올렸다. 알료샤는 남아 있고 싶은 마음이 간절했지만 군소리를 할 수가 없었다. 알료샤는〈드미뜨리 형에게 바닥에 엎드려 절한 것은 무엇을 암시하고자 하신 겁니까?〉라고 묻고 싶었고, 하마터면 입에서 그 질문이 튀어나올 뻔했으나 감히 물어볼 수가 없었다. 만일 대답할 수 있는 것이라면 굳이 질문하지 않더라도 장로가 스스로 밝혔으리라는 것을 그는 잘 알고 있었다. 하지만 장로는 그럴 생각이 없었던 것이다. 그러나 그 절은 알료샤에게 커다란 충격을 주었다. 그는 그 속에 신비스러운 의미가 함축되어 있다고 맹목적으로 믿을 뿐이었다. 신비스러우면서도 한편으로는 무서운 의미가 말이다. 수도원장의 식사가 시작되기 전에 수도원에 도착하려고(물론 단순히 식사 시중을 들기 위해서) 암자 울타리를 빠져나오다가 그는 갑자기 가슴이 조여 오는 통증을 느꼈다. 그래서 그는 제자리에 멈추어 서고 말았다. 머지않아 다가올 자신의 최후를 예언한 장로의 이야기가 그의 귓전에 다시 울려 퍼진 듯했기 때문이다. 장로가 예언했던, 그것도 그토록 분명히 예언했던 이야기는 틀림없이 실현되고 말 것이다. 알료샤는 그 말씀을 받들어 모셨다. 그러나 그분이 없는 상태로 어찌 살아갈 것이며, 그분을 뵙지도 못하고 그분의 말씀을 듣지도 못한다면 어찌 될 것인가? 그리고 어디로 가야 한단 말인가? 눈물을 흘리지도 말고 수도원에서도 떠나라고 분부하시지 않았던가. 오, 주여! 알료샤가 그런 고뇌에 빠져 본 것은 이미 오래 전 일이었던 것이다. 그는 수도원에서 한참 떨어진 숲을 서둘러 지나면서도 자신을 짓누르는 상념들을 떨쳐 버리지 못한 채 숲길 양 옆으로 늘어선 키 큰 소나무들을 바라보기 시작했다. 그 길은 그리 길지 않아서 5백 걸음도 채 되지 않았다. 이 시각에는 누구와도 마주칠 일이 없었으나 첫 모퉁이에서 갑자기

라끼찐이 눈에 띄었다. 그는 누군가를 기다리고 있었다.

「나를 기다리고 있는 건 아니겠지?」 그의 곁에 나란히 서면서 알료샤가 물었다.

「바로 너를 기다렸어.」 라끼찐이 미소를 머금었다. 「원장 신부님께 달려가는 길이지? 그분께서 식사 대접을 하신다는 걸 알고 있어. 대주교님과 빠하또프 장군을 영접하신 이래 지금까지 그런 성찬을 차려 본 적이 없으니 말이야. 나는 그곳에 가지 않을 테니, 너라도 가서 수프라도 가져다 드려 줘. 그런데 내게 한 가지만은 말해 주게. 그 꿈은 어떤 의미를 지니고 있는 거지? 바로 그게 묻고 싶었거든.」

「꿈이라니?」

「네 형 드미뜨리 표도로비치에게 땅에 대고 절을 하신 일 말이야. 그것도 이마를 찧을 정도였잖아!」

「조시마 신부님 이야기를 하는 건가?」

「그래, 조시마 신부 말이야.」

「이마가 어쨌다고?」

「그래, 말이 지나쳤군! 아니, 좀 지나치면 어때. 어쨌든, 그게 대체 무슨 뜻인가?」

「무슨 뜻인지는 나도 몰라, 미샤.[16]」

「장로가 네게 말해 주지 않으리란 걸 난 알고 있었어. 거기엔 물론 어떤 신비스러운 뜻도 없어. 모든 것이 늘 있어 온 바보짓이지. 하지만 그 속임수는 일부러 꾸며 낸 짓이야. 이제 읍내의 엉터리 신자들이 떠들어 대서, 〈대체 꿈이 어떤 의미를 지니고 있는 거지?〉 하는 이야기가 현(縣) 전체에 퍼지고 말 거야. 내 생각에 그 어른은 정말 범죄의 냄새를 맡는 통찰력을 지니고 있더군. 네 집에서 그런 냄새가 풍긴다고.」

---

16 라끼찐의 애칭.

「어떤 범죄?」

라끼찐은 무슨 이야긴가 꺼내고 싶어하는 듯했다.

「네 집안에서 그것이, 그 범죄가 일어날 거야. 네 형들과 돈 많은 아버지 사이에 일어날 거란 말이야. 그래서 조시마 신부도 앞으로 일어날 모든 사건에 대비해서 이마를 찧은 거라고. 나중에 〈아, 역시 성스런 신부님께서 예언하신 대로야〉라는 이야기가 나오겠지. 하지만 이마를 찧었다고 해서 거기에 무슨 예언이 들어 있겠나? 아니야. 그건 상징이고 비유라고 떠들어 댈지 누가 알겠어! 범죄를 미리 알고 있었고, 범죄자를 지적했었노라고 찬양하면서 그걸 기억해 내겠지. 바보들은 선술집을 향해 성호를 긋고, 성당을 향해 돌을 던지게 마련이니까. 네 신부도 마찬가지야. 정직한 사람에게는 몽둥이를 휘두르고 살인자에게는 발에 대고 절을 하니 말이야.」

「어떤 범죄 말인가? 살인자란 또 누군가? 너 무슨 말을 하고 있는 거지?」 알료샤는 못에 박힌 사람처럼 꼼짝 않고 제자리에 서 있었으며, 라끼찐도 가던 걸음을 멈추었다.

「누구라니? 정말 모르고 있단 말이야? 내기를 해도 좋아. 너도 그 문제를 생각해 본 적이 있을 거야. 아무튼 흥미진진한 일이지. 이봐, 알료샤, 비록 언제나 양다리를 걸치기는 하지만, 넌 언제나 솔직히 이야기하는 편이지. 대체 넌 그 문제를 생각해 본 적이 있어, 없어? 어디 대답해 봐.」

「생각해 본 적 있어.」 알료샤가 나직한 목소리로 말했다. 그의 대답을 듣자 라끼찐도 흠칫 놀라고 말았다.

「뭐라고? 너도 벌써 생각해 봤단 말이지?」 그가 소리쳤다.

「내가…… 내가 생각해 봤다는 게 아니야.」 알료샤는 기어 들어가는 목소리로 말했다. 「네가 그 문제에 대해 이상하게 이야기하니까, 나도 생각해 본 것 같은 기분이 드는 거야.」

「그것 봐, (너도 분명히 말했잖아) 그것 보라고? 오늘 아버지와 형 미쩬까[17]를 바라보면서 범죄에 대한 생각을 했었단 말이지? 그러니 내가 실수를 한 것은 아니잖아?」

「잠깐, 잠깐만.」 알료샤는 불안에 떨며 라끼찐의 말을 가로챘다. 「너는 어떤 점에서 그렇다고 생각한 거지? 너는 왜 그 일에 그토록 관심을 갖는 거지? 그게 가장 중요해.」

「두 질문은 별개의 것이지만 모두 당연한 질문이지. 그러면 따로따로 대답하겠어. 어째서 그렇게 생각하느냐고? 네 형 드미뜨리 표도로비치가 대강 어떤 인물인지 오늘 갑자기 깨닫지 못했다면, 그가 어떤 인물인지 단번에 이해하지 못했다면 내가 거기서 어떻게 그걸 알았겠어. 한 가지 성격만으로도 그의 성격 전모를 단번에 알아내기엔 충분한 거지. 대단히 정직하지만 정욕이 강한 사람들은 넘어서는 안 될 경계가 있는 법이야. 그렇지 않으면 그는 아버지를 칼로 찔러 버릴지도 모르지. 그런데 그 아버지란 작자는 주정뱅이에 절제를 할 줄 모르는 방탕한 사람이어서 무슨 일에서든 한도를 모르지. 결국 두 사람 모두 자기 자신을 다잡지 못해서 모두 도랑에 첨벙 빠지고 말 거야……」

「아니야, 미샤, 아니야. 만일 단지 그런 것뿐이라면 너는 오히려 내게 용기를 북돋아 준 셈이야. 그런 일은 일어나지 않을 거야.」

「그렇다면 넌 왜 그렇게 떨고 있지? 이런 사실을 알고 있어? 미쩬까는 정직한 사람이긴 해도(어리석긴 하지만 정직한 사람이야) 색마야. 이것이 그에 대한 정의이고 내적 본질의 전부라네. 그리고 그 아버지는 자신의 비열한 색욕을 물려주었지. 그런데 너만큼은 나를 놀라게 하는군, 알료샤. 넌 어떻게 동정일 수 있니? 너도 역시 까라마조프 집안 사람이잖아! 네 집안에서는 색욕이 잔뜩 곪아서 터지기 직전까지 이르렀잖아. 그 세 색마들은 지금 서로를 추적하고 있잖아……. 장화 속에 칼을 감추고 말이야.

17 드미뜨리의 애칭.

세 사람은 서로 머리를 들이받고 있는데, 어쩌면 너도 그 네 번째 인물일지도 모르지.」

「그 여자에 관한 것이라면 너는 실수를 저지르고 있어. 드미뜨리는 그녀를…… 경멸하고 있어.」 어찌 된 영문인지 알료샤는 몸서리를 치면서 말했다.

「그루셴까 말인가? 여보게, 형제, 아니야, 경멸하고 있지 않아. 자기 약혼녀를 이미 실제로 그녀로 교체한 이상, 경멸하고 있지는 않아. 거기엔…… 거기엔, 형제, 지금 네가 이해할 수 없는 그 무엇이 있는 거야. 다시 말해서 어떤 아름다움에, 여자의 육체에, 혹은 여자 육체의 한 부분에 빠져 들게 되면(색마들은 그걸 이해할 수 있지) 자기 친자식이라도 갖다 바치고, 아버지와 어머니는 물론 심지어 러시아와 조국까지도 팔아먹게 돼. 그래서 정직했던 사람도 도둑질을 하게 되고, 온순한 사람도 살인을 하게 되며, 신앙심이 깊은 사람도 변심을 하게 되지. 여자들의 발을 흠모했던 뿌쉬낀은 시 속에서도 발을 찬미했어. 다른 사람들의 경우 여자들의 발을 찬미하고 있지는 않지만 전율하지 않고는 바라볼 수 없어. 하지만 발뿐만이 아니야. 형제, 드미뜨리가 그루셴까를 경멸한다고 해도 그 경멸이란 것이 별 도움이 되지 못해. 경멸하면서도 헤어질 수 없으니 말이야.」

「나도 알고 있어.」 알료샤가 불쑥 말을 받았다.

「정말이야? 알고 있다고 서슴없이 대답하는 걸 보면 너도 틀림없이 알긴 아는군.」 라끼찐은 심술궂은 기쁨을 느끼며 말했다. 「너는 그 말을 무심코 내뱉었지. 그렇다면 그건 너에게 낯설지 않은 문제로군. 그것에 대해서, 색욕에 대해서 생각해 본 적이 있다고 인정하는 것은 한층 값진 일이거든. 아무튼 너, 동정이라더니! 이봐, 알료샤, 네가 얌전하고 고결한 성품을 지니고 있다는 것은 나도 동감이야. 하지만 네가 얌전하면서도 무슨 생각을 하고 있는지, 네가 무엇을 알고 있는지 아무도 모르고 있다는 이야기는 아니야! 너는 동정이면서도 벌써 그런 문제에 깊이 빠져 보았다니. 난 너를 오래 전부터 관찰해 왔어. 너도 까라마조프에 불과해. 너도 완전히 까라마조프라고. 선별적 성품이나 혈통이라는 점에서 틀림없는 일이야. 아버지를 본받아 색마이고, 어머니를 본받아 바보스러운 거지. 왜 떨고 있어? 내가 정곡을 찌르고 있는 건가? 그루셴까가 내게 이런 부탁을 했다는 것이나 알아 둬. 〈그분을(다시 말해 너를) 내게 데려오세요, 그분한테서 사제복을 벗겨 버리겠어요〉라고 말이야. 너를 데려오라고, 꼭 데려오라고 얼마나 부탁했는지 몰라! 나는 네가 어떻게 그녀에게 호기심을 불러일으켰을까 하는 것만 생각했지. 알겠어? 그년도 보통내기가 아니야!」

「안부나 전해 줘, 그리고 난 가지 않을 거라고 말해 줘.」 알료샤는 억지로 미소를 지었다. 「미하일,[18] 하던 얘기나 마저 하지. 그리고 나서 내 생각을 말할 테니.」

「무슨 이야기를 마저 하라는 건가, 모든 게 명백한데. 형제, 모두가 닳고 닳은 소리뿐이야. 만일 너마저 색마라면 한 배에서 난 네 형 이반은 어떻겠어? 아니, 그도 까라마조프야. 너의 까라마조프 집안 문제는 모두 바로 여기에 있는 거지. 호색한과 탐욕자와 유로지비 말일세! 네 형 이반은 매우 어리석은 타산 속에서 장난삼아 신학 논문을 기고했지. 무신론자이면서도 말이야. 그리고 자신도 그것이 비열한 짓이라는 걸 잘 알고 있어. 그게 바로 네 형 이반이야. 게다가 자기 형 미쨔의 약혼녀를 뺏으려 하는데, 어쩌면 그런 목적을 이룰 수 있을 거야. 그런데 일은 오히려 이런 식이 되고 말았지. 미쩬까 자신이 거기에 동의했던 거야. 왜냐하면 미쩬까는 그녀와 헤어지고 나서 조금이라도 빨리 그루셴까에게 달려가고 싶은 마음에 그녀를 동생에게 양보하려고 했으니까.

---

18 라끼찐의 이름.

그리고 그 모든 것을 자신의 고결한 성품과 청렴함 때문이라고 하니, 이 점을 주목해. 이처럼 그들은 모두가 숙명적인 존재들이야! 그렇게 되고 나니 도깨비나 해결할 수 있겠지. 자신의 비열함을 인식하면서도 그 비열함 속으로 기어들지 않는가 말이야! 더 들어 봐. 아버지라는 늙은이는 미쩬까의 길을 가로막고 있는 거야. 그 늙은이는 갑자기 그루셴까에게 미쳐서 그녀를 보기만 해도 침을 질질 흘리고 있잖아. 바로 오직 그녀 때문에 조금 전 암자에서 그런 스캔들을 일으켰던 거야. 단지 미우소프가 그녀를 행실 고약한 잡년이라고 함부로 말했다는 이유 때문에 말이야. 고양이보다 더 심한 발정을 일으키는 거지. 예전에 그녀는 급료를 받으며 술집의 잡다한 암거래로 그를 도왔는데, 이제 와서 네 아버지는 갑자기 일이 어떻게 돌아가는지 눈치채고는 분통을 터뜨리면서 결혼 신청을 하며 치근덕거리고 있는 거라고, 물론 불성실한 결혼 신청이지. 그러니 아비와 자식놈 두 사람은 그 길에서 충돌하지 않을 수 없었던 거지. 한편으로 그루셴까는 누구도 선택하지 않고, 아직은 이리저리 핑계를 대면서 두 사람을 약올리며 누가 더 유리한가 엿보고 있는 거야. 아버지에게서는 거액을 긁어낼 수 있겠지만 대신 그는 결혼을 하려 들지 않을 거고, 그러다가 끝내는 유대 인처럼 돈주머니를 내놓지 않을지도 모르지. 그렇다면 미쩬까도 장점을 가지고 있는 거야. 가진 돈은 없지만 대신에 결혼을 할 수는 있으니까. 그럼, 결혼할 수 있고말고! 돈 많은 귀족 출신에다가 대령의 딸인 약혼녀, 비교할 수 없을 만큼 아름다운 미인 까쩨리나 이바노브나를 버리고 도회지 물을 먹은 농부 출신의 방탕한 장사꾼 영감 삼소노프의 첩 노릇을 하던 그루셴까와 결혼을 하겠다는 말이지. 이런 점들로 미루어 보면 범죄 대결이 벌어질 수도 있는 거야. 네 형 이반은 바로 그걸 기다리고 있어. 그건 횡재나 다름없거든. 자신의 애를 태우고 있는 까쩨리나 이바노브나를 소유하게 될 뿐만 아니라, 약 6만 루블에 달하는 유산도 움켜쥐게 되니까. 그 사람처럼 땡전 한푼 없는 별 볼일 없는 인간이 기반을 닦을 수 있는 너무나 유혹적인 일이겠지. 그런데 이 점을 유의해. 그건 미쨔를 모욕하는 일이 아닐 뿐만 아니라 죽을 때까지 은혜를 베푸는 일이 된다는 것을. 바로 지난 주 미쩬까는 어느 술집에서 집시 여인들과 잔뜩 술에 취한 채, 자신에게 까쩨리나는 어울리지 않지만 동생 이반 표도로비치에게는 잘 어울린다며 자기 입으로 고래고래 소리 질렀다는 사실을 나는 분명히 알고 있거든. 까쩨리나 이바노브나도 물론 이반 표도로비치처럼 매력적인 남자를 끝내 거절하지는 않을 거야. 그녀는 이미 두 남자 사이에서 갈등을 일으키고 있으니까. 그런데 너희 식구 모두 이반에게 공손한 걸 보면, 그가 어떻게 모두의 마음을 사로잡았는지 궁금하군. 그는 너희 식구들을 비웃고 있는데도 말이야. 횡재지, 나는 가만히 앉아서 너희들의 손으로 차린 진수성찬이나 먹겠다는 식이니 말이야.」

「너는 어떻게 그런 사실들을 모두 알고 있지? 어째서 그렇게 자신 있게 말하고 있는 거지?」 알료샤는 인상을 찌푸리며 날카롭게 물었다.

「그런데 지금 너는 내게 질문을 던지면서도 내 대답에 미리 겁을 먹고 있는 거야? 그건 내가 진실을 이야기했다는 데 너도 동의하고 있다는 뜻 아니야?」

「너는 이반을 싫어하고 있군. 이반은 돈 따위에 현혹되지 않아.」

「그럴까? 그렇다면 까쩨리나 이바노브나의 미모에는? 6만 루블이 구미에 당기긴 해도 돈 때문만은 아니겠지.」

「이반은 더 높은 것을 바라보고 있어. 이반은 몇천 루블 따위에 현혹되지 않아. 이반은 돈을 추구하는 것도, 평온을 추구하는 것도 아니야. 그는 어쩌면 고뇌를 찾고 있을지도 몰라.」

「그건 또 무슨 꿈 같은 소리야? 아니, 네 식구들은…… 알고 보니 대단한 귀인들이로군!」

「이봐, 미샤, 그의 영혼은 폭풍우 같다고. 그의 이성은 포로가 되어 있어. 그의 사상은 위대하지만 아직 해결의 실마리를 풀지 못하고 있는 거야. 그는 수백만의 돈이 아니라 사상의 해결이 필요한 인물들 중의 한 사람이란 말이야.」

「그건 표절에 지나지 않아, 알료샤. 너는 장로의 말을 표절한 거라고. 이런, 이반이 너희 식구들에게 수수께끼를 냈구먼!」라끼찐은 분명한 악의를 가지고 소리쳤다. 그는 정색을 하며 입술을 삐죽거렸다. 「그래, 어리석은 수수께끼를 낸 거야. 풀 만한 가치도 없는 수수께끼를. 머리를 조금만 써도 곧 풀리는 그런 수수께끼 말이야. 그의 논문은 우스꽝스럽고 또 졸렬하기까지 해. 너도 그의 어리석은 이론을 조금 전에 들었겠지. 〈영생이 없다면 선행도 없는 것이며, 모든 것이 허용되는 것을 의미한다〉는 주장을. (그때 형 미쩬까가 〈기억해 두겠습니다!〉라고 외치던 것을 기억하겠지.) 그런 혹세무민의 이론은 비열한 놈들에게나…… 내가 말이 지나쳤군. 그건 바보 같은 짓이지……. 비열한 놈들이 아니라, 〈해결의 실마리를 찾지 못한 심오한 사상〉을 지닌 잘난 척하는 학생들에게나 필요하겠지. 잘난 척하는 놈의 본질이란 것은 〈한편으로는 수용하지 않을 수 없고, 또 다른 한편으로는 인정하지 않을 수 없다!〉는 식이야. 그의 이론은 전부가 비열해! 인간은 영생을 믿지 않으면서도 선행을 하며 살아갈 수 있도록 자기 자신에게서 그 힘을 찾아낼 거야! 자유와 평등과 박애에 대한 사랑을 찾아낼 거란 말이야…….」

라끼찐은 자신을 억누를 수 없을 만큼 열이 올라 있었다. 그러나 무슨 생각이 떠올랐는지 갑자기 말을 중단했다.

「좋아, 그만 해두지.」 그는 조금 전보다 더욱 쓴웃음을 지었다. 「자네는 무엇이 그리 우스운가? 내가 수준 낮은 인간이라고 생각하는 건가?」

「아니야, 나는 너를 수준 낮은 인간이라고 생각해 본 적이 없어. 너는 명석하지, 그러나…… 그만두겠어. 무심코 웃었을 뿐이야. 나는 네가 흥분할 수 있다고 생각해, 미샤. 너의 열띤 관심으로 미루어 보건대, 너도 까쩨리나 이바노브나에게 흥미가 있다는 사실을 알았어. 형제, 나는 오래 전부터 그걸 눈치채고 있었어. 그래서 이반 형을 싫어하는 거겠지. 너는 형을 질투하고 있어.」

「그녀의 돈은 왜 아니겠어? 계속해 봐, 또 뭐야?」

「아니, 나는 돈 이야기를 계속하려는 게 아니야. 나는 너를 모욕하고 싶지 않거든.」

「네 말을 그대로 믿겠어. 하지만 그래도 네 형 이반은 귀신이 물어 갈 거야! 까쩨리나 이바노브나 문제가 아니더라도 그는 사랑받기 힘든 인간이라는 사실을 네 식구들은 아무도 모르고 있어. 그런데도 날더러 그를 사랑하라니, 빌어먹을! 그는 내게 험담까지 퍼붓고 있단 말이야. 그렇다면 내가 그에게 험담을 퍼붓지 못할 이유가 어디 있겠어?」

「나는 좋은 이야기든 나쁜 이야기든 형이 너에 대해 말하는 것을 들어 본 적이 없어. 형은 너에 대해 아무 이야기도 하고 있지 않아.」

「그저께 까쩨리나 이바노브나의 집에서 그가 나를 극렬히 비난하더라는 이야기를 들었어. 네 집안의 충직한 하인에게 그토록 관심을 보였던 거지. 형제, 그 사건 이후로 누가 누구를 질투하고 있는 건지 알 수 없어! 이런 생각을 말했다더군. 만일 내가 가까운 장래에 수도원장의 직위에 오르려 하지도 않고 수도사로서 삭발하는 것도 포기한다면, 나는 반드시 뻬쩨르부르그로 가서 규모가 큰 잡지에, 그것도 다름 아닌 평론부에 빌붙어 한 10년쯤 글을 쓰다가 결국은 잡지를 내 손에 넣는다는 거야. 그리고 나서는 반드시 사회주의적 뉘앙스, 즉 약간의 사회주의적 색채를 띤 채 자유주의적이고도 무신론적인 경향으로 경계를 늦추지 않은 채, 다시 말해서 자기들처럼 우매한 사람들의 눈을 속이며 다시 잡지를 출판할 거라나. 네 형의 해석에 따르면, 내 출세의 최종적인 결과란 것은 사회주의적 뉘앙스가 잡지 신청금을 유동 자본으로 돌려놓는 데 전혀 장애가 되지도 않으며 경우에 따라서는 마음대로 전용할 뿐만 아니라, 그때는 유대 계 지배인을 고용하여 뻬쩨르부르그에 굉장한 건물을 지은 다음, 거기에 편집실도 옮기고 나머지 층에는 세도 놓을 거라는 거야. 건물 위치까지 지적하더라는군. 지금 건설 중인 리쩨이나야 거리에서 비보르그스까야 거리로 향하는 네바 강 건너의 노비 까멘니 다리 근처라나……」

「오, 오, 미샤, 그건 모두 어쩌면 틀림없이 실현될지도 몰라!」 알료샤는 더 이상 참지 못하고 유쾌하게 웃음을 터뜨리며 갑자기 소리쳤다.

「너마저 빈정대기야, 알렉세이 표도로비치.」

「아니, 아니야, 농담을 해봤을 뿐이야, 용서해. 나는 전혀 다른 생각을 하고 있었어. 그런데 대체 누가 그렇게 자세한 내막을 너한테 이야기할 수 있으며, 또 누구한테서 그런 이야기를 들었는지 어디 말해 봐. 형이 네 이야기를 하고 있을 때 네가 까쩨리나 이바노브나의 집에 있었을 리는 없는데?」

「난 그곳에 없었어. 대신 드미뜨리 표도로비치가 있었지. 나는 드미뜨리 표도로비치로부터 내 귀로 똑똑히 들었어. 더 알고 싶다면 말하겠지만, 그가 나한테 이야기했던 것이 아니라 엿들은 거야. 왜냐하면 내가 그루셴까의 침실에 앉아 있을 때, 드미뜨리 표도로비치가 갑자기 옆방으로 들이닥쳐서 내내 빠져나올 수가 없었거든.」

「아, 그러고 보니 내가 잊고 있었군. 그녀가 너의 친척이라는 사실을……」

「친척이라고? 그루셴까가 내 친척이라고?」 라끼찐은 얼굴이 새빨개진 채 갑자기 소리쳤다. 「너 미쳤어? 제정신이 아니로군.」

「왜 그래? 그럼 친척이 아니란 말이야? 난 그렇게 들었는데……」

「어디서 그런 소릴 들었어? 아니야. 너희 까라마조프 사람들은 뭐 유서 깊은 대단한 귀족인 척하지만, 네 아버지는 광대처럼 남의 식탁을 떠돌다가 간신히 동정을 받으며 부엌에 빌붙었었잖아. 나는 사제의 아들에 지나지 않기에 너 같은 귀족들 눈에는 벌레나 다름없는 존재지만 장난삼아 멋대로 모욕하지는 마. 내게도 역시 명예가 있단 말이야, 알렉세이 표도로비치. 내가 어떻게 창녀에 불과한 그루셴까와 친척이 될 수 있겠어? 이 점 명심해 둬!」

라끼찐은 대단히 화가 나 있었다.

「신의 이름으로 용서를 빌게. 네가 그럴 거라고는 전혀 생각하지 못했어. 그런데 어째서 그녀가 창녀야? 정말로 그녀는…… 그런 여자인가?」 알료샤는 갑자기 얼굴을 붉혔다. 「다시 말하지만, 나는 그녀가 너의 친척이라고 들었거든. 너는 종종 그녀를 찾아가기도 하고, 또 그녀와 사랑하는 관계가 아니라고 내게 말했었잖아……. 난 네가 그녀를 그토록 경멸하고 있는지는 전혀 생각하지 못했어! 정말 그녀는 그런 여자야?」

「내가 그녀를 찾아간다면, 거기에는 그럴 만한 이유가 있는 거야. 하지만 그 문제는 그만 덮어두기로 하지. 친척 이야기가 나왔으니 말인데, 오히려 네 형이나 아버지가 너를 그녀와 친척이 되게 해줄 거야, 내가 아니고 말이야. 벌써 다 왔군. 부엌으로 가는 게 낫겠네. 아니! 저기 저게 뭐지, 저게 뭐야? 우리가 너무 늦은 건가? 이렇게 일찍 오찬을 마쳤을 리 없는데? 아니면, 까라마조프 일가들이 소란을 피웠나? 그런 게 틀림없어. 저기 네 아버지가 오고 있잖아, 이반 표도로비치가 그 뒤를 따르고. 수도원장과 헤어지는 길일 거야. 저쪽 계단에서 이오시프 신부가 그들을 향해 무언가 고함치고 있군. 네 아버지도 주먹을 내저으며 고함치고 있는 걸 보면 욕설을 퍼붓고 있는 것이 분명해. 저런, 미우소프도 마차를 타고 떠나고 있군. 막시모프라는 지주도 달려가는 걸 보면 스캔들이 벌어진 거야. 당연히 오찬을 했을 턱이 있나!

저들이 수도원장을 때려 준 건 아니겠지? 아니, 때려 줬을지도 모를라? 그럴 만도 하니까……!」

라끼찐이 공연히 수선을 피우는 것은 아니었다. 실제로 스캔들이, 그것도 전대미문의 스캔들이 벌어지고 말았다. 모든 것이 〈영감대로〉 일어났던 것이다.

8. 스캔들

미우소프와 이반 표도로비치가 수도원장의 방으로 들어설 때 점잖고 세련된 신사로서 뾰뜨르 알렉산드로비치의 마음속에는 어떤 미묘한 심경의 변화가 일어났으며, 자신이 화를 냈다는 사실을 부끄럽게 생각하고 있었다. 그는 촌뜨기 표도르 빠블로비치가 전혀 존경받지 못할 인물이므로 자신이 장로의 암자에서 냉정을 잃어서도 완전히 이성을 잃어서도 안 됐으며 그와 같은 일이 다시는 벌어져서도 안 된다고 느끼고 있었다. 그는 수도원장실로 향하는 계단 위에서 이렇게 결심했다. 〈그곳에서 다른 사람들은 몰라도 수도사들은 아무 잘못도 없었어. 만일 이곳 사람들도 (니꼴라이 수도원장도 귀족 출신인 것 같아) 점잖은 분이라면, 그들에게 상냥하고 다정하고 정중하게 대하지 못할 이유가 어디 있겠어……? 논쟁 따위는 집어치우고 장단을 맞추면서 호감이나 사야지. 그리고…… 그리고…… 나중에는 내가 이솝 영감의 어릿광대인 그 삐에로와 한패가 아니라 그들과 마찬가지로 곤경에 빠졌던 거라는 사실을 그들에게 입증해야지…….〉

문제가 되고 있는 산림 벌목권과 어로권(그곳이 어딘지는 그도 모르고 있었다)은 별 가치도 없으니 오늘 당장 시원스레 아주 양보해 버리고 소송도 취하하기로 그는 결심했다.

수도원장의 식당에 들어섰을 때 그의 이런 호의는 더욱 굳어져

만 갔다. 장로의 숙소보다 훨씬 넓고 편안하긴 했지만, 원장실 전체를 합쳐 방이라고는 겨우 두 개밖에 없었으므로 식당이라고 할 만한 것이 따로 존재하지 않았다. 실내 장식도 특별히 더 나을 것이 없었다. 가구는 마호가니에 가죽을 씌운 20년대에 유행했던 낡은 것이었으며, 바닥은 니스 칠도 하지 않은 상태였다. 그 대신 모든 것이 정결하게 빛나고 있었으며, 창가에는 온갖 진귀한 꽃들이 놓여 있었다. 방에 들어섰을 때 특별한 장식이라고 할 수 있는 것은 물론 화려하게 꾸며진 식탁이었다. 그러나 방 안에 있는 다른 것에 비해 상대적으로 그런 것이었다. 식탁보는 깨끗했고 접시들은 빛이 났다. 그 위에는 아주 잘 구운 세 종류의 빵과 포도주 두 병, 수도원의 질 좋은 꿀 두 병, 이 근교에서는 꽤 이름이 있는 수도원 끄바스[19]가 담긴 커다란 유리 주전자가 놓여 있었다. 보드까는 전혀 눈에 띄지 않았다. 나중에 라끼찐은 그때 다섯 가지 요리가 준비됐었다고 귀띔해 주었다. 철갑상어 수프와 생선으로 만든 만두, 이어서 특별한 조리법으로 만든 생선찜, 그리고 나서는 연어로 만든 커틀릿과 아이스크림과 과일 음료, 마지막으로 흰 젤리 비슷한 푸딩이 마련되었다고 한다. 라끼찐은 그 냄새들을 맡고는 참지 못하여 전부터 자신도 관여하던 수도원장실 부엌을 일부러 기웃거렸던 것이다. 그는 어느 곳에나 인연을 맺고 있어서 어떤 정보도 쉽게 얻어낼 수 있었다. 그는 불안정하고 질투심이 많은 인간이었다. 자신이 남다른 재능을 가지고 있다는 것을 너무나 잘 알고 있었으나 자만에 빠져 그것을 신경질적으로 과장했다. 그는 자신이 나중에 사업가가 될 것이라는 사실을 믿어 의심치 않았다. 그러나 그와 가까운 인연을 맺고 있던 알료샤를 괴롭혔던 점은, 자기 친구인 라끼찐이 염치도 모르는 사람인 동시에 그것을 전혀 깨닫지도 못하고 있을 뿐만 아니라 자신은

---

19 곡류와 엿기름으로 만든 러시아의 전통 음료수.

테이블에서 돈을 훔치지 않으므로 대단히 정직한 인간이라고 판단하고 있었다는 사실이다. 그쯤 되었을 때는 알료샤뿐 아니라 어느 누구도 전혀 손을 쓸 수가 없었다.

라끼찐은 신분이 낮았으므로 오찬에 초대될 수 없었으며, 그 대신 이오시프 신부와 빠이시 신부 그리고 다른 한 수도 신부가 초대되었다. 그들은 뾰뜨르 알렉산드로비치, 깔가노프 그리고 이반 표도로비치가 들어섰을 때 이미 식당에서 수도원장을 기다리고 있었다. 지주 막시모프도 벌써 한구석에서 대기하고 있었다. 손님들을 맞기 위해 원장 신부가 방 한가운데로 걸어 나왔다. 그는 키가 크고 여위긴 했으나 아직 정정한 노인이었고, 검은 머리에는 백발이 섞여 있었고, 길쭉하고 음울한 얼굴에는 정중함이 서려 있었다. 그는 말없이 손님들에게 목례를 했으나, 이번에는 사람들이 축복을 받으려고 그에게 다가갔다. 미우소프는 손에 입을 맞추려고 했으나 그 순간 수도원장이 손을 거두었으므로 입을 맞출 수가 없었다. 대신 이반 표도로비치와 깔가노프의 경우는 제대로 축복을 받을 수 있었다. 그들은 그 손에 쭉 소리가 나도록 너무나 소박하고 서민적인 입맞춤을 했던 것이다.

「진심으로 사죄를 드리겠습니다, 수도원장님.」뾰뜨르 알렉산드로비치가 상냥하게 활짝 미소를 지으며 말을 꺼냈다. 그러나 그의 어조는 정중하면서도 공손했다. 「원장님께서 초대하신 우리 일행 중의 한 사람인 표도르 빠블로비치와 함께 자리하지 못한 점에 대해 사죄드리겠습니다. 그 사람은 식사 초대에 응할 수 없게 되었습니다. 그럴 만한 이유가 생겼지요. 조시마 장로님의 암자에서 불행한 집안 싸움에 몰두하던 끝에 그 사람은 입에 담지 못할 이야기를 내뱉고 말았던 것입니다······. 전혀 점잖지 못한 그런 이야기를 말입니다······. 제 생각에 (그는 신부들을 흘긋 바라보았다) 수도원장님께서도 이미 그 이야기를 들으셨을 줄로 압니다. 그래서 그 사람은 자기 잘못을 깨닫고 깊이 뉘우치더니 부끄럽다는 생각이 들었는지 수치심을 참지 못하여 우리, 저와 자기 아들 이반 표도로비치에게 진정으로 유감과 상심과 후회의 뜻을 원장님께 전해 달라고 부탁했습니다……. 한마디로 말씀드리자면, 그 사람은 나중에 모든 것을 보상할 수 있기를 희망하면서, 지금으로서는 원장님의 축복을 간구하면서 조금 전에 벌어졌던 사건에 대해서는 모두 잊어 주시기를 바라고 있는 것입니다…….」

미우소프는 입을 다물었다. 자신의 장황한 인사말을 마치면서 그는 너무나 흡족해 있었고, 얼마 전까지만 해도 부글부글 끓어오르던 그의 분노는 흔적도 없이 사라져 버렸다. 진정으로 그에게는 인류에 대한 사랑이 다시 싹트고 있었다. 그의 이야기를 근엄하게 경청하던 수도원장은 고개를 가볍게 끄덕이며 이렇게 대답했다.

「그냥 돌아가신 분에 대해서는 정말 유감으로 생각합니다. 식사를 함께 하다 보면 우리들이 그분을 사랑하듯이 그분도 우리들을 사랑하게 되었을지도 모르는 일인데 말입니다. 그럼 여러분, 음식을 드시지요.」

그는 성상 앞에 서서 큰 소리로 기도를 드리기 시작했다. 모두 정중하게 고개를 숙였고, 특히 지주 막시모프는 유달리 경건한 자세로 두 손을 합장한 채 앞으로 걸어 나왔다.

바로 그 순간 표도르 빠블로비치는 최후의 음모를 발동시켰다. 실제로 그는 수도원을 떠나려 했고, 장로의 암자에서 그렇게 부끄러운 짓을 연출한 후 아무 일도 없었던 것처럼 수도원장의 식사 초대에 모습을 나타낸다는 게 불가능하다고 느꼈던 것도 사실이다. 그러나 그가 수치심을 이기지 못했거나 속죄의 심정에서 그런 건 아니었다. 어쩌면 그와는 정반대였는지도 모른다. 하지만 식사를 한다는 것은 예의에 어긋나는 일이라고 느끼고 있었다. 그의 덜컹거리는 마차가 여인숙 현관 앞에 도착하자 그는 마차에 올라타다 말고 걸음을 멈추었다. 〈어디를 가더라도 저는 누구보다도 비굴한 인간이라는 생각이 들며, 또 모두가 저를 어릿광대 취급을 하고 있는 것 같습니다. 그렇다면 어디 정말로 어릿광대짓을 해 보이지, 너희들이야말로 모두 나보다 더 어리석고 더 비굴한 놈들이잖아!라는 생각이 드는 겁니다〉라며 장로를 향해 떠들어 대던 이야기가 문득 생각났던 것이다. 그는 자신의 비열한 언행에 대해 모든 사람들에게 복수하고 싶었다. 언젠가 〈어째서 당신은 그를 그토록 증오하시오?〉라는 질문을 받았던 일이 갑자기 생각났다. 그때 그는 어릿광대의 파렴치한 발작 증세를 일으키며 이렇게 대답했었다. 〈바로 이런 이유 때문이지요. 사실 그는 내게 아무 짓도 하지 않았어요. 오히려 내가 그에게 양심에 꺼리는 짓을 했지요. 그런데 그런 짓을 하고 나자 곧바로 그가 증오스러워지기 시작하더군요.〉 그런 생각이 머리에 떠오르자 그는 순간적으로 그것을 음미하며 말없이 그리고 심술궂게 미소를 지었다. 그의 두 눈은 번쩍거렸고 입술까지 경련을 일으켰다. 〈시작을 했으면 끝장을 봐야지!〉 그는 갑자기 이렇게 결심했다. 그 순간 그의 내밀한 감정은 이런 말로 표현할 수 있을 것이다. 〈이제 명예는 회복할 수 없어. 그러니 부끄러워할 것 없이 놈들에게 다시 한번 침을 뱉어 줘야지. 놈들에게 수치심을 느낄 것 없어. 그래, 그렇게 하자고!〉 그는 마부에게 기다리라고 지시한 후 잰 걸음으로 수도원으로 돌아가 곧장 수도원장실로 향했다. 그도 무엇을 어찌해야 좋을지 몰랐으나, 더 이상 자신을 억제할 수도 없고 조그만 자극이라도 받으면 순간적으로 어떤 극단적인 추태든 서슴지 않을 것이라는 점만은 잘 알고 있었다. 그러나 그것은 그저 추태에 지나지 않을 뿐, 범죄도 아니며 재판을 받아야 하는 행위도 아닐 것이다. 그는 언제나 최후의 상황에서 자신을 자제할 줄 알았으며, 상황이 바뀌고 나면 그런 사실에 대해 스스로도 감탄해 마지않았던 것이다. 그가 수도원장의 식당에 모습을 드러낸 것은 기도가 끝나고 모든 사람들이 식탁으로 자리를 옮기는 바로 그 순간이었다. 그는 문지방에 버티고 서서 동행자들을 용감무쌍하게 일일이 노려보면서 뻔뻔스럽고 심통 사나운 웃음을 길게 늘어 젖혔다.

「모두 내가 간 줄 알았겠지만, 난 여기 있소이다!」 그는 방 안을 향해 큰소리로 외쳤다.

사람들은 잠시 그를 뚫어질 듯 바라보며 입을 다물고 말았으나, 말할 나위도 없이 곧 스캔들과 더불어 혐오스럽고 추악한 사건이 벌어질 거라는 예감을 모두 다 떠올렸다. 더없이 온화한 기분에 잠겨 있던 뾰뜨르 알렉산드로비치는 곧 폭발 직전의 기분으로 바뀌어 갔다. 가슴속에 누그러들어 잠잠해져 있던 것들이 일순간 되살아나 고개를 쳐들었던 것이다.

「아니야, 절대로 안 돼. 난 참을 수가 없어!」 그는 소리쳤다. 「더 이상 참을 수가…… 참을 수가 없단 말이야!」

그의 머리에는 피가 솟구쳐 올랐다. 그는 극도의 혼란에 빠져서 입도 제대로 떨어지지 않았으나 곧 모자를 집어 들었다.

「저분은 도대체 뭘 참을 수 없다는 거지요?」 표도르 빠블로비치가 소리쳤다. 「〈뭐가 절대로 안 되고, 또 어째서 안 된다는 겁니까?〉 원장님, 들어가도 좋겠습니까? 한자리 끼워 주시겠습니까?」

「진심으로 환영합니다.」 수도원장이 대답했다. 「여러분! 원컨대,」 그는 갑자기 이렇게 말을 이어 나갔다. 「진정으로 여러분들의 일시적인 불화를 거두시고 저희들이 차린 보잘것없는 식사를 하면서 사랑과 가족적 화합의 길을 걸어 주시길 부탁드립니다. 여러분께 간곡히 부탁드리는 바입니다…….」

「안 돼요, 안 됩니다, 도저히 안 됩니다.」 뾰뜨르 알렉산드로비치는 제정신이 아닌 듯 고함을 질렀다.

「뾰뜨르 알렉산드로비치 씨께서 정말 안 되겠다고 하신다면, 저도 안 됩니다. 돌아가겠어요. 그럴 생각으로 온 것이니까. 저는 이제 어디서든 뾰뜨르 알렉산드로비치 씨와 함께 행동할 생각입니다. 가시죠, 뾰뜨르 알렉산드로비치 씨, 그러면 저도 떠나겠습니다. 만일 남으시겠다면, 저도 남겠습니다. 가족적 화합이라고 하신 말씀이 특히 저분의 가슴을 찔러 댄 겁니다. 원장님. 저분은 저를 친척으로 인정하지 않고 있으니까요! 그렇지 않습니까, 폰 존 씨? 폰 존 씨가 저렇게 서 계시는군요. 안녕하십니까, 폰 존 씨.」

「아니…… 저한테 하시는 말씀인가요?」 깜짝 놀란 지주 막시모프가 중얼거렸다.

「물론 당신한테 하는 말이오.」 표도르 빠블로비치가 소리쳤다. 「당신 말고 누가 있겠소? 수도원장님께서 폰 존은 아니잖소!」

「어쨌든 난 폰 존이 아니오. 나는 막시모프란 말이오.」

「아니야, 당신은 폰 존이야. 원장님, 폰 존이 어떤 작자인지 알고 계십니까? 이런 형사 사건이 있었지요. 그자는 어느 탕녀의 집에서 피살되었습니다. 이곳에서는 그렇게 불러야 할 것 같군요. 어쨌든 그자는 강도를 당해 피살되었지요. 점잖은 나이임에도 불구하고 말입니다. 그리고는 상자에 밀봉된 채 화물칸에 실려 뻬쩨르부르그에서 모스끄바로 탁송되었지요. 화물 표까지 붙은 채로 말입니다. 그런데 그가 상자에 밀봉될 때 탕녀들은 노래도 부르고 구슬리[20]도 연주했다더군요. 다시 말해서 피아노 춤곡을 연주했던 거지요. 폰 존이란 바로 그런 작자입니다. 그런데 그가 되살아난 모양이지요, 안 그런가, 폰 존?」

「저게 대체 무슨 소리야? 어떻게 저런 말을 할 수 있지?」 수도 신부들 사이에서 이 같은 소리가 들려왔다.

「갑시다!」 뾰뜨르 알렉산드로비치가 깔가노프를 돌아보며 소리쳤다.

「아니, 잠깐만요!」 표도르 빠블로비치가 방 안으로 한 걸음 더 내딛고는 날카로운 금속성 소리를 내며 가로막았다. 「제 이야기

---

20 고대 러시아의 현악기.

도 마저 들어 주셔야지요. 암자에서는 제가 마치 무례한 행동이라도 저지른 것처럼 모욕을 주셨는데, 다름 아닌 꽁치 이야기를 했기 때문이겠지요. 저의 친척이신 뾰뜨르 알렉산드로비치 미우소프 씨께서는 말 속에 진실보다는 고상함이 더 많기를 plus de noblesse que de sincérité 바라시지만, 저는 그와는 반대로 제 말이 고상함보다는 진실이 더 많기를 plus de sincérité que de noblesse 바랍니다. 고상함에는 침이나 뱉으라지! 그렇지 않은가, 폰 존? 원장 신부님, 제가 어릿광대에 지나지 않고 또 어릿광대짓을 하고 있다고 하셔도 좋습니다, 하지만 저는 명예를 존중하는 기사로서 제 의견을 말씀드리고 싶은 것입니다. 그렇습니다, 저는 명예를 존중하는 기사입니다만, 뾰뜨르 알렉산드로비치 씨에게는 꽉 막힌 자존심 이외에는 아무것도 없지요. 어쩌면 저는 제 눈으로 보고 또 제 의견을 말씀드리기 위해서 얼마 전 이곳에 왔는지도 모르겠습니다. 이곳에서 제 아들 알렉세이가 구원의 길을 걷고 있으니까요. 저는 아버지로서 그 애의 운명을 걱정하고 있으며, 또 당연히 걱정해야겠지요. 저는 줄곧 들었고 그리고 모습을 드러냈으며 또 조용히 지켜보았습니다. 그리고 지금은 공연의 마지막 장을 원장님께 보여 드리고 싶군요. 우리들은 어찌되어 있습니까? 우리에겐 뭔가 붕괴된다 싶으면 벌써 쫙 깔려 있습니다. 우리들이 한번 처한 상황은 영원한 장벽이 되고 있습니다. 그렇지 않은가요! 저는 일어서고 싶습니다. 거룩하신 신부님들, 저는 여러분에 대해 분개하고 있습니다. 고해 성사는 위대한 비밀인 것입니다. 그에 대해 저는 감사를 드리며 넙죽 엎드려 절을 할 준비도 되어 있습니다. 그런데 암자에서는 모두가 무릎을 꿇은 채 큰 소리로 고해 성사를 하고 있습니다. 큰 소리로 고해 성사를 하는 것이 정말 옳은 일인가요? 성인들께서는 고해 성사를 귀에 대고 하라고 정하셨습니다. 그럴 때만 고해 성사는 비밀이 지켜질 것이며, 그것은 이미 오래 전부터 내려오는 방식인 것입니다. 그런데 제가 어떻게 여러 사람들이 있는 자리에서 예를 들면, 제가 이런저런 일을…… 다시 말해서 이런저런 일을 했노라고 이야기할 수 있겠습니까? 때로는 수치스러운 이야기도 해야 하는데요. 그건 스캔들입니다! 안 됩니다, 신부님들, 당신들과 함께 있다가는 흘리스트[21]가 되고 말 겁니다……. 우선적으로 종무원에 편지를 쓸 겁니다. 그리고 제 아들 알렉세이는 집으로 데려가겠습니다……」

여기서 덧붙여 둘 이야기가 있다. 표도르 빠블로비치는 세상 풍문에 귀를 기울여 왔다. 그런데 언젠가 악의에 찬 헛소문이 떠돌았고(이 수도원뿐 아니라 장로제를 채택하고 있는 다른 수도원에서도), 대주교의 귀에까지 들어간 일이 있었다. 그 소문이란 장로들이 지나치리만큼 존경을 받아서 수도원장의 지위에 타격을 줄 정도이며, 더구나 장로들이 비밀스런 고해 성사를 악용하고 있다는 이야기 등이었다. 그런데 이런 비난은 아무 근거도 없는 것이어서 이곳뿐 아니라 다른 곳에서도 이내 사라져 버리고 말았다. 그러나 어리석은 악마는 표도르 빠블로비치의 마음을 사로잡아 그의 신경을 건드리면서 점점 추악한 구렁텅이로 몰고 갔으며, 표도르 자신이 손톱만큼도 이해하지 못하는 그 낡은 비난을 그의 귀에 속삭여 주었다. 그래서 그는 그것을 설득력 있게 이야기할 수도 없었으며, 더구나 그때 장로의 암자에서 무릎을 꿇고 큰 소리로 고해 성사를 한 사람은 아무도 없었다. 따라서 표도르 빠블로비치는 비슷한 장면도 목격할 수 없었고 단지 생각나는 대로 해묵은 헛소문이나 멋대로 짜깁기한 이야기를 늘어놓은 데 불과했다. 그러나 어리석은 이야기를 내뱉고 나자 그는 황당무계한 이야기를 떠벌렸다는 느낌이 들었고, 그것이 전혀 터무니없는 이야기가 아니라는 것을 사람들에게, 아니, 누구보다도 자기 자신

---

21 신비(神秘), 교회, 신부를 부정하고 자기 몸에 채찍을 가하는 러시아 그리스도교의 일파.

에게 당장 입증해 보이고 싶었다. 앞으로 하게 될 말 한 마디 한 마디가 이미 내뱉은 황당무계한 이야기에 점점 더 어리석은 이야기를 덧붙일 뿐이라는 것을 그는 잘 알고 있었다. 그러나 산 위에서 추락하듯이 더 이상 자신을 억제할 수가 없었다.

「저렇게 비열할 수가!」 뾰뜨르 알렉산드로비치가 소리쳤다.

「용서하십시오.」 수도원장이 갑자기 입을 열었다. 「옛날부터 이런 이야기가 있지요. 〈나에게 처음에는 많은 이야기로 시작하다가 마침내 추악한 것에까지 이르게 되도다. 내가 그 말씀에 귀를 기울이노라면 이는 그리스도의 치료약이니 나의 허영심을 고치시려 보내신 것일지니.〉 그러므로 우리들은 귀중한 손님이신 당신께 진심으로 감사드립니다!」

그리고 나서 그는 표도르 빠블로비치를 향해 고개 숙여 인사했다.

「쯧쯧! 위선에 낡은 사설까지! 낡은 사설에 낡은 몸짓이라니! 낡은 거짓말에 땅에 닿을 듯한 인사를 해대는 저 형식주의! 그런 인사는 우리도 알고 있어요! 실러의 『군도』에서처럼 〈입술에는 키스, 심장에는 비수〉로군. 신부님들, 나는 위선이 아닌 진실을 원합니다! 하지만 진실은 꽁치에 있는 것이 아니라고 말씀드렸지요! 신부님들, 당신들은 어째서 정진을 하고 계신가요? 어째서 그것으로 천국의 보상을 기대하십니까? 정말 그런 보상이 뒤따른다면 나도 정진할 겁니다! 아닙니다, 신부님들, 이미 마련된 빵을 공양받으며 수도원에 머무르지 않고 천국의 보상을 기대하지도 않으면서 생활 속에서 선을 행하고 사회에서 덕을 쌓는 편이 한층 힘들 겁니다. 신부님들, 이만하면 저도 조리 있게 말할 줄 알지요? 그런데 저기에는 무슨 음식을 차린 거지?」 그는 식탁으로 다가갔다. 「곽토리의 오래 묵은 포도주에 옐리세예프 형제 상점의 벌꿀이 넘치는군. 여어, 신부님들 좀 봐! 꽁치와는 전혀 딴판이군! 신부님들께서 술병을 차려 놓으셨군, 헤헤헤! 그런데 대체 누가 이런 것들을 여기에 가져왔을까? 그건 러시아 농민이, 노동자가 가족이나 국가의 요구는 묵살하고 굳은살 박힌 두 손으로 한 푼씩 갖다 바친 것이겠지! 신부님들, 여러분은 민중의 피를 빨고 계신 겁니다!」

「당신 입장에서도 그건 너무 도에 지나친 말씀입니다.」 이오시프 신부가 말했다. 빠이시 신부는 입을 꾹 다물고 있었다. 미우소프가 방에서 뛰쳐나갔고 깔가노프도 그 뒤를 따라나섰다.

「그럼, 신부님들, 나도 뾰뜨르 알렉산드로비치 씨를 따라가겠습니다! 다시는 여러분을 찾지 않겠습니다. 무릎을 꿇고 빌어도 오지 않겠어요. 내가 1천 루블씩이나 기부했으니 다시 목을 길게 빼고 계시겠지만 말입니다, 헤헤헤! 아니, 앞으론 더 기부하지 않겠어요! 지나간 내 청춘과 온갖 굴욕에 대해 복수하는 거지요!」 그는 어거지로 감정을 폭발시키며 주먹으로 식탁을 내리쳤다. 「이 수도원은 내 인생에 많은 의미를 지녔었소! 이 수도원 때문에 내가 얼마나 쓰라린 눈물을 많이 흘렸는지 아시오! 당신들이 내 여편네, 끌리꾸샤로 하여금 내게 반항하게 만들었던 거요. 당신들이 종교 회의에서 나를 저주하고 주위에 소문을 퍼뜨렸던 거란 말이오! 좋아요, 신부님들, 이제는 자유주의 시대, 기차와 기선이 다니는 시대입니다. 앞으론 1천 루블은커녕 1백 루블, 아니 단돈 1백 꼬뻬이까도, 아무것도 내게서 받아 내지 못할 거요!」

여기서 한 가지 더 지적해 둘 말이 있다. 이 수도원이 그의 인생에 어떤 특별한 의미를 지녔던 적은 결코 없었으며, 그로 인해 쓰라린 눈물을 흘렸던 적도 없었다. 그러나 그는 자신의 억지 눈물에 몰입하다가 한순간이나마 스스로도 그 눈물을 진실인 양 착각할 뻔했다. 그는 감격한 나머지 울어 버렸던 것이다. 그러나 바로 그 순간 그는 뒤로 물러나야 할 때라는 생각이 들었다. 수도원장은 그의 악의에 찬 거짓말을 듣고도 고개를 숙이며 다시 타이르듯 말했다.

「이런 말씀도 있지요. 〈네가 받는 모욕을 기쁜 마음으로 참아 내며, 가슴 아파하지도 말며, 너를 욕되게 하는 자들을 미워하지도 말라.〉 우리는 그렇게 행하고 있습니다.」

「쯧쯧쯧, 쓸데없는 말씀! 실없는 소리에 지나지 않소! 마음대로 떠드시오, 신부님들, 나는 갈 테니. 내 아들 알렉세이는 아버지의 권한으로 이곳으로부터 영원히 데려가겠소. 나의 가장 존경하는 아들, 이반 표도로비치, 나를 따르라고 명하겠네! 폰 존, 자네는 뭣 때문에 이곳에 남으려는 건가! 당장 읍내 우리집으로 가자고. 우리집은 재미있어. 고작해야 1베르스따나 될까, 기름기 없는 음식 대신 까샤[22]를 바른 새끼돼지 요리를 내놓지. 식사를 한 다음, 코냑을 내놓겠네. 그리고는 리큐어도 내놓지. 딸기술도 있다네...... 이봐, 폰 존, 행운을 놓치지 말라고!」

그는 요란한 몸짓으로 소리치며 나가 버렸다. 바로 그 순간 라끼찐이 그의 모습을 발견하고 알료샤에게 가르쳐 주었던 것이다.

「알렉세이!」 아들이 눈에 띄자 아버지는 멀리서 그를 향해 소리 질렀다. 「오늘부터 우리집으로 아주 돌아오너라. 베개랑 이불이랑 다 가지고 말이다. 이곳에 냄새도 풍겨서는 안 되니까.」

알렉세이는 못에라도 박힌 듯 제자리에 서서 입을 다문 채 그 광경을 유심히 바라보았다. 그러는 사이 표도르 빠블로비치는 마차에 올라탔고, 그 뒤를 이어서 이반 표도로비치가 알료샤를 향해 작별 인사도 하지 않은 채 퉁명스런 표정으로 말없이 마차에 올라탔다. 그런데 그곳에서 오늘의 에피소드를 보충해 주는, 도저히 믿기지 않는 광대극이 다시 벌어졌다. 갑자기 지주 막시모프가 마차 발판에 나타났던 것이다. 그들을 놓치지 않으려고 숨을 헐떡이며 달려온 참이었다. 라끼찐과 알료샤는 그가 달려가는 모습을 지켜보고 있었다. 그는 너무나 다급해서 아직도 이반 표

---

22 곡물과 우유로 만든 흰죽.

도로비치의 왼발이 얹혀 있는 발판을 잽싸게 딛고는 마차에 매달렸다가 뛰어들려고 했다.

「나도, 나도 당신들과 함께 가겠소.」 무슨 일이든 사양하지 않겠다는 듯이 밝은 표정에 주책스런 유쾌한 미소를 지으며 껑충껑충 뛰면서 소리쳤다. 「나도 데려가 주시오!」

「내가 말한 대로잖아.」 표도르 빠블로비치가 의기양양하게 소리쳤다. 「정말 폰 존이라니까! 죽은 폰 존이 정말 다시 살아 나왔다니까! 그런데 자네는 거기서 어떻게 빠져나왔나? 어떤 폰 존식 행동을 했으며, 어떻게 식사를 물리치고 도망나올 수 있었지? 자네도 철면피를 뒤집어쓴 것임에 틀림없군! 나도 그렇지만, 형제, 정말 놀랍군! 뛰어, 뛰라고, 더 빨리! 바냐,[23] 도와줘라, 재미있을 거다. 발 밑 아무 데나 앉히면 되니까. 앉겠나, 폰 존? 아니면 마부와 함께 마부대에 앉게 할까? 마부대로 오르게, 폰 존!」

그러나 이미 자리를 잡고 있던 이반 표도로비치는 갑자기 말없이 막시모프의 가슴을 있는 힘껏 떠밀어 버렸다. 그는 1사젠[24] 가량 밀려 나갔다. 그가 넘어지지 않았다면 그것은 정말 우연일 것이다.

「갑시다!」 이반은 마부를 향해 심통맞은 목소리로 소리쳤다.

「아니, 너 왜 그러니? 왜 그러는 거야? 그 사람에게 왜 그런 태도를 취하는 거냐?」 표도르 빠블로비치는 고함을 빽 질렀다. 그러나 마차는 이미 출발한 뒤였다. 이반 표도로비치는 아무 대답도 하지 않았다.

「정말 네가 바라던 바 아니냐!」 표도르 빠블로비치는 2분 가량 잠자코 있다가 아들을 흘긋 바라보며 다시 입을 열었다. 「수도원일을 꾸미고, 사람들을 부추겨 동의를 얻어 냈던 건 모두 넌데, 이제 와서 왜 화를 내는 거냐?」

23 이반의 애칭.
24 미터법 이전의 길이의 단위로 2.134미터.

「실없는 입방아는 그만 하시고, 이제라도 좀 쉬세요.」 이반 표도로비치는 날카롭게 쏘아붙였다.

표도르 빠블로비치는 다시 2분 가량 입을 다물었다.

「이럴 때 코냑이 있으면 좋으련만.」 그는 경구를 늘어놓듯 읊조렸다. 그러나 이반 표도로비치는 아무 대꾸도 하지 않았다.

「집에 도착하면, 너도 한잔해라.」

이반 표도로비치는 계속해서 침묵을 지켰다.

표도르 빠블로비치는 다시 2분 가량 기다렸다.

「그런데 당신한테는 그렇게 유쾌한 일은 아니겠지만, 어쨌든 알료쉬까를 수도원에서 데려와야겠네요, 존경해 마지않는 카를 폰 모어.」

이반 표도로비치는 경멸적인 몸짓으로 어깨를 으쓱 치켜 올린 다음 고개를 돌려 길을 바라보았다. 그리고 나서 두 사람은 집에 도착할 때까지 서로 아무 말도 하지 않았다.

제3권
색마들

1. 행랑채에서

표도르 빠블로비치 까라마조프의 집은 읍내 중심도 아니지만, 그렇다고 완전히 변두리에 있는 것도 아니었다. 비록 꽤 낡긴 했지만, 외관은 여전히 마음을 사로잡을 만했다. 고미다락방이 딸린 단층 건물은 회색 문양으로 장식되고, 붉은 양철 지붕으로 덮여 있었다. 게다가 한동안은 버텨 낼 것 같아 보였으며, 널찍하고 아늑했다. 그 집에는 크고 작은 헛간들과 밀실들이 많았고, 작은 계단들이 예기치 못한 곳에 산재해 있었다. 쥐들이 들끓기도 했으나, 표도르 빠블로비치는 〈저녁에 혼자 있더라도 별로 심심한 줄 모르겠단 말이야〉라면서 별로 개의치 않았다. 사실 그는 하인들을 별채로 내보내고 빗장을 채운 채 안채에 혼자 남아 밤을 보내는 습관을 지니고 있었다. 별채는 마당에 세워져 있었는데 넓고 튼튼했다. 표도르 빠블로비치는 안채에도 부엌이 있긴 했지만, 별채에 부엌을 지정해 두었다. 그는 음식 냄새를 싫어했으므로 여름이나 겨울이면 마당을 통해 음식을 날라 오게 하였다. 그 집은 대가족을 위해 만들어졌으므로 주인이나 하인들이 다섯 배는 더 거주할 수 있을 것이다. 그러나 우리의 이야기가 진행되는 동안 그 집에는 단지 표도르 빠블로비치가 이반 표도로비치와 함께 살고 있었고, 하인들의 별채에는 세 명의 하인, 그러니까 그리고리 영감과 그의 아내인 마르파 할멈 그리고 스메르쟈꼬프라는 젊은 하인이 살고 있었다. 이 세 하인들에 관해서는 좀더 자세히 이야기해 두지 않으면 안 된다. 그리고리 바실리예비치 꾸뚜조프 영감에 대해서는 이미 충분히 이야기한 바 있다. 그는 어떤 이유에서든(때로는 놀랄 만치 비논리적이기도 한데) 확고한 진리라고 여겨지기만 하면, 그 논리대로 끈질기게 밀어붙이는 고집불통의 강직한 사람이었다. 말하자면 그는 정직하고 매수하기 힘든 사람이었던 것이다. 그의 아내인 마르파 이그나찌예브나는 평생 남편에게 순종적이었음에도 불구하고, 끈질기게 그를 성가시게 했던 적이 있다. 예를 들면, 농노 해방 직후에 표도르 빠블로비치 집을 버리고 모스끄바로 떠나서 그곳에서 무슨 장사라도 시작하자고 졸라 댔던 것이다(그들은 약간의 돈을 가지고 있었다). 그러나 그리고리는 〈모든 여편네들은 정직하지 못하기 때문에〉 이 여편네도 거짓말을 하고 있으며, 주인이 어떤 사람이든 간에 주인집을 떠나서는 안 된다고, 〈왜냐하면 그것은 지금이야말로 그들의 본분이기 때문〉이라고 즉석에서 단호하게 말했다.

「당신은 본분이 뭔지 알기나 해?」 그는 마르파 이그나찌예브나를 향해 말했다.

「본분에 대해서라면 나도 알고 있어요, 그리고리 바실리예비치, 하지만 우리가 이곳에 남아 있어야 할 의무가 어디 있어요? 그건 도무지 이해할 수 없어요.」 마르파 이그나찌예브나는 강경하게 대답했다.

「그렇다면 이해하지 못해도 좋아, 하지만 그렇게 하겠어. 그러니 더 이상 떠들지 말라고.」

그리하여 그들은 그 집을 떠나지 않았으며, 표도르 빠블로비치는 별로 많지도 않은 급료를 정해 주고 급료를 지불하게 되었다. 그리고리는 자신이 주인에게 어떤 절대적인 영향력을 미치고 있다는 사실을 알고 있었다. 그는 이 점을 느끼고 있었고, 그것은 또한 정당했다. 교활하고 고집불통의 어릿광대인 표도르 빠블로비치는 〈삶의 어떤 일들에서〉 매우 강인한 성격을 보였으나, 다른 〈삶의 문제들〉에서는 자신도 말하고 있듯이 스스로도 놀랄 만큼 박약한 의지를 나타내곤 했다. 그는 자신이 어떤 일들에서 그렇다는 것을 알고 있었기 때문에 많은 일에 두려움을 가지고 있었다. 삶의 어떤 문제들에는 예민하게 귀를 곤두세워야 했으므로 그때 충직한 하인이 없다면 곤경에 빠지겠지만 그리고리는 가장 믿을 만한 하인이었다. 실제로 표도르 빠블로비치는 살아가는 동안 구타당할 뻔하거나 혹은 실제로 심하게 구타당하는 일이 부지기수로 일어났지만, 그때마다 그리고리가 구출해 주었고, 그 일이 끝나고 나면 그는 주인에게 설교를 늘어놓았다. 표도르 빠블로비치 스스로도 가끔씩 순간적으로 아주 희미하게 자기 자신 속에서 감지한 충직하고 가까운 사람에 대한 그 예사롭지 않은 욕망을 이해하기 어려운, 그러니까 매우 미묘하고 복잡한 경우가 종종 있었던 것이다. 그것은 거의 병적인 상황이었다. 누구 못지않게 음탕하고 자신의 색정에는 마치 사악한 벌레처럼 잔혹한 표도르 빠블로비치는 술에 취하게 되면, 말하자면 자신의 내부에서 거의 육체적으로도 느껴질 만큼의 정신적 공포와 도덕적 동요에 빠지게 되는 것이다. 〈그럴 때면 내 영혼이 바로 목구멍에서 부들부들 떨리게 되지〉라고 그는 종종 실토하곤 했다. 그가 자행하는 온갖 추태를 목격하고 또 모든 비밀을 다 알고 있으면서도 거역하지 않으며, 더욱 중요한 것은 싫은 소리를 하지도 않고, 또 지금 현재든 앞으로든 위협적인 존재가 되지 않으면서도, 누구로부터인지는 모르지만 필요할 경우에는 자신을 보호해 주는 충직하고 강인하며 자신과는 달리 음탕하지 않은 그런 사람이 그 순간에 같은 방은 아니더라도 바로 곁에 별채에라도 가까이 있어 주기를 바랐다. 누구인지는 알 수 없지만, 아무튼 무섭고 위험한 인물의 위협에 대비해서 말이다. 이른바 옛날 사고 방식을 가진 믿음직스런 〈다른〉 사람이 꼭 필요했으며, 병이 발작하는 순간에 단지 그의 얼굴을 바라보면서 정말 쓸데없는 이야기일지라도 몇 마디 주고받기 위해서는 그를 부를 수 있어야 했다. 그때 만일 그가 화를 내지 않으면 마음이 가벼워지지만, 화를 내면 마음이 더욱 우울해질지라도 말이다. 표도르 빠블로비치는 그리고리더러 자기에게 잠시 다녀가라고 이야기하기 위해 한밤중에 별채로 나가 그를 깨우는 일도(비록 아주 드문 일이긴 해도) 있었다. 그가 찾아오면, 표도르 빠블로비치는 쓸데없는 이야기를 늘어놓다가 보내 주기도 했으며, 때로는 우스갯소리나 농담을 해놓고는 자신은 침을 탁 뱉은 후 이내 잠자리에 들어가 신앙심이 깊은 신자처럼 편안히 잠에 곯아떨어지는 것이었다. 알료샤가 집에 올 때도 표도르 빠블로비치는 이와 비슷한 것을 느꼈다. 알료샤는 〈함께 지내면서 모든 일을 목격하고도 싫은 소리를 하지 않는다〉는 점에서 〈그의 가슴에 커다란 감명〉을 불러일으켰던 것이다. 게다가 알료샤는 쉽게 지워지지 않을 인상을 심어 주었다. 다시 말해서 늙은 자신에게 눈곱만큼도 멸시하는 내색을 드러낸 적이 없을 뿐만 아니라, 오히려 그럴 자격이라곤 거의 없는 자신에게 변함없는 애정과 극히 자연스럽고 소박한 애착심을 보여 주었던 것이다. 이러한 사실은 가정을 까마득하게 잊고 홀로 지내던 바람둥이에게는 신선한 충격이었으며, 지금까지 〈추악한 것〉에만 몰두했던 그에게 전혀 뜻밖의 일이었다. 알료샤가 떠나자, 그는 지금까지 이해하고 싶지 않았던 그 무엇을 이해하게 되었다고 스스로 인정하지 않을 수 없었다.

나는 이미 서두에서 그리고리가 표도르 빠블로비치의 첫번째 아내이자 그의 장남인 드미뜨리 표도로비치의 어머니이기도 한 아젤라이다 이바노브나를 얼마나 싫어했으며, 그와는 반대로 그의 두 번째 아내이자 끌리꾸샤인 소피야 이바노브나를 자기 주인으로부터는 물론 그녀에 대한 비방과 경솔한 이야기로 정신이 팔린 모든 사람들로부터 어떻게 보호해 주었는지 언급한 바 있다. 이 불행한 여인에 대한 그의 동정심은 마침내 성스러운 그 무엇으로 바뀌어, 20년이 지난 오늘날에도 변하지 않았고, 혹시 누가 그녀를 헐뜯는 이야기를 비치기만 해도 당장 그 무례한 자에게 달려들 태세였다. 겉으로 보기에 그리고리는 냉정하고 점잖으며 말수가 적은 데다가 묵직하고 신중하게 이야기를 하는 사람이었다. 언뜻 보기에 유순하고 순종적인 자기 아내를 사랑하고 있는지 아닌지 정확히 판별하기 힘들지만, 그는 아내를 진정으로 사랑했고, 그녀도 그것을 알고 있었다. 마르파 이그나찌예브나는 어리석은 여자가 아니었고, 어쩌면 자기 남편보다 더 현명한지도 모르며, 적어도 실생활에서는 그보다 분별력이 더 뛰어났다. 그렇지만 그녀는 결혼 초기부터 불평 한마디 없이 묵묵히 복종해 왔고, 남편의 정신적 우월성을 절대적으로 존중해 왔다. 주목할 만한 일은 평생 동안 꼭 필요한 일이나 일상사를 제외하면 이 두 사람은 대화를 나누는 일이 아주 드물었다는 것이다. 점잖고 위풍당당한 그리고리는 자신의 일이며 걱정거리를 늘 혼자서 처리해 왔고, 그래서 마르파 이그나찌예브나도 자신의 충고가 남편에게 전혀 필요치 않다는 사실을 이미 오래 전부터 잘 알고 있었다. 그녀는 남편이 자신의 침묵을 높이 평가하며, 그 때문에 자신을 현명한 여자로 여기는 거라고 느끼고 있었다. 그는 그녀에게 손찌검을 한 적이 없었다. 하기는 딱 한 번 있었는데, 그것도 아주 살짝 손을 댄 것이었다. 아젤라이다 이바노브나와 표도르 빠블로비치가 결혼한 첫해에 시골에서 아직 농노의 신분이었던 시골 처녀들과 아낙네들이 노래를 부르고 춤을 추기 위해 주인의 마당에 소집되었다. 「초원에서」라는 곡이 시작되자, 당시 아직은 젊은 여자였던 마르파 이그나찌예브나가 갑자기 합창대 앞으로 뛰어나가 〈러시아식〉 춤을, 그것도 시골 아낙네들의 촌스러운 춤이 아니라 부유한 미우소프 집안의 농노로 있을 때 모스끄바에서 초빙된 무용 선생이 배우들에게 가르쳤던, 지주

댁 가족 극장에서 눈여겨보았던 그런 춤을 추는 것이었다. 그리고리는 아내의 춤이 끝날 때까지 가만히 보고 있다가, 한 시간 가량이 지난 후 자기 집으로 돌아와서 머리채를 살짝 잡아당기며 설교를 늘어놓았다. 그러나 그것으로 그의 손찌검은 영영 끝나 버렸고, 평생 두 번 다시 되풀이되지 않았으며, 마르파 이그나찌예브나도 앞으로는 춤을 추지 않겠다고 맹세했다.

신께서는 이들에게 아이들을 점지해 주지 않으셨다. 아이가 하나 있긴 했는데 곧 죽고 말았다. 그리고리는 아이들을 좋아하는 것처럼 보였고, 그런 사실을 감추려고도 하지 않았다. 다시 말해서 그런 이야기를 꺼내는 것을 부끄럽게 여기지 않은 것이다. 아젤라이다 이바노브나가 집을 나갔을 때, 그는 세 살바기 드미뜨리 표도로비치를 거의 1년 동안이나 품에 안고 다니며 손수 빗으로 머리를 빗겨 주기도 하고 욕조에서 목욕을 시키기도 했다. 이어서 이반 표도로비치와 알료샤를 보살폈는데, 그것 때문에 뺨을 얻어맞은 일도 있었다. 그런 이야기는 이미 앞서 언급한 바 있다. 그가 자기 자식에 대한 기대감으로 들떠 있었던 것은 마르파 이그나찌예브나가 임신 중이었을 때뿐이었다. 그 아이가 태어났을 때, 슬픔과 두려움으로 그의 가슴은 찢어질 것만 같았다. 그 아이는 육손이였던 것이다. 그것을 본 그리고리는 그 아이가 세례받는 날까지 침묵으로 일관했을 뿐 아니라 아무 말도 하고 싶지 않아서 일부러 정원으로 나와 버렸을 만큼 심한 충격에 빠져 있었다. 그때는 봄철이어서 그는 연 사흘 동안 정원에서 채마밭을 갈았다. 사흘째 되는 날 갓난아이는 세례를 받아야 했다. 그리고리는 그때까지 자신이 무엇을 해야 할지 생각하고 있었다. 신부 일행과 손님들은 물론, 대부 자격으로 표도르 빠블로비치까지 모여 있는 집 안으로 들어서면서, 그는 갑자기 이 아이에게 〈세례를 해줄 필요가 조금도 없습니다〉라고 말했다. 장황한 설명을 늘어놓지 않고 크지 않은 목소리로 말 한 마디 한 마디를 천천히 내뱉은 다음, 말없이 멍청하니 신부를 바라볼 뿐이었다.

「왜 그러시는 겁니까?」 유쾌하면서도 한편으론 놀라는 표정으로 신부가 물었다.

「왜냐하면…… 용이기 때문입니다…….」 그리고리가 중얼거렸다.

「아니, 용이라니, 어떤 용이란 말입니까?」

그리고리는 잠시 입을 다물었다.

「천지 조화의 혼란이 일어난 겁니다…….」 그는 매우 희미하지만 아주 강경하게 중얼거렸으며, 더 이상 길게 이야기하고 싶지 않은 듯 보였다.

모두들 웃어넘기고는, 불행한 그 아이의 세례를 거행했다. 그리고리는 성수반(聖水盤) 옆에 서서 열심히 기도를 드렸으나, 갓난아이에 대한 자신의 생각을 고쳐 먹지는 않았다. 그렇지만 다른 사람들을 방해하지는 않았으며, 병든 아이가 살아 있던 2주 동안은 거의 쳐다보지도 않았고, 아이가 눈에 띄는 것조차 싫어서 대체로 집 밖에 나가 지냈다. 그러나 갓난아이가 2주 후에 아구창으로 죽자, 그는 손수 아이를 관 속에 눕히고는 깊은 슬픔에 잠긴 채 바라보았으며, 얕고 작은 무덤에 아이를 묻을 때에는 무릎을 꿇고 땅속 무덤을 향해 절을 올렸다. 그로부터 오랜 세월 동안 그는 죽은 자식에 대해서 이야기를 꺼내지 않았으며, 마르파 이그나찌예브나도 남편이 있을 때는 아이에 대한 이야기를 입 밖에도 내지 않았다. 혹 누군가와 자기 〈자식〉에 대해 이야기할 때면, 그리고리 바실리예비치가 거기에 없을지라도 목소리를 낮춰 이야기하곤 했다. 마르파 이그나찌예브나가 관찰한 바에 따르면, 그는 무덤에서 돌아온 이후부터 주로 〈신적인 것〉에 몰두하여 더욱 말이 없어졌고, 혼자서 커다랗고 둥근 은테 안경을 낀 채 성자전을 읽는다는 거였다. 그는 사순절을 제외하고는 소리내어 책을 읽는 일이 거의 없었다. 욥기를 즐겨 읽었으며, 어디선가 『우리의 거룩한 사제 이삭 시린의 잠언록과 설교집』을 구해서는 거의 아무것도 이해하지 못하면서도 여러 해 동안 끈기 있게 읽어 나갔다. 그러나 바로 그런 이유 때문에 그는 그 책을 얼마나 높이 평가하고 아꼈는지 모른다. 최근 이웃에 모습을 드러낸 홀리스트 교의 설교에 귀를 기울이고 또 몰두하여 깊은 감명을 받았지만, 그는 다른 종파로의 개종을 타당하게 여기지는 않았다. 물론 〈신적인 것〉으로부터 보상을 구하려는 행위는 그의 외모를 더욱 점잖게 만들어 주었다.

어쩌면 그는 신비주의적 경향을 가지고 있었는지도 모른다. 그런데 마치 고의로 꾸미기라도 한 듯 육손이의 출생, 사망과 때를 같이하여 뜻밖에도 예사롭지 않은 괴이한 사건이 일어났고, 그 사건은 훗날 그가 말했듯이 그의 영혼 속에 〈낙인〉을 찍어 놓았다. 육손이의 조그만 시체를 묻어 주던 바로 그날, 마르파 이그나찌예브나는 한밤중에 갓난아이의 울음소리 같은 것을 듣고는 잠에서 깨어났다. 그녀는 깜짝 놀라서 남편을 흔들어 깨웠다. 그리고리는 귀를 기울이고 있다가, 그것은 〈여자인 듯한〉 사람이 신음하는 것이라는 사실을 알아차렸다. 그는 자리에서 일어나 주섬주섬 옷을 주워 입었다. 때는 무척이나 따뜻한 5월의 한밤이었다. 현관 계단으로 나오자, 정원 쪽에서 나는 신음소리를 선명하게 들을 수 있었다. 그러나 밤중에 정원은 마당 쪽에서 자물쇠로 채워져 있었으며, 정원 둘레에는 견고하고 높은 울타리가 쳐져 있어서 그 문을 통하지 않고는 출입이 불가능했다. 그리고리는 다시 방으로 돌아와서 등불을 켰다. 그리고 그 신음소리는 어린아이의 울음소리이며 그것도 자기 자식이 울면서 엄마를 찾고 있는 것이라 믿고 있는 아내의 히스테릭한 공포 따위는 거들떠보지도 않은 채 정원 열쇠를 집어 들고 아무 말 없이 정원으로 발을 옮겼다. 그는 신음소리가 쪽문에서 그리 멀지 않은 정원에 세워진 목욕탕에서 나는 것이며, 그것은 여자의 신음소리가 틀림없다는 사실을 분명히 알아차릴 수 있었다. 문을 열어젖히는 순간, 그는 엄청난 광경을 목격하고는 온몸이 말뚝처럼 굳어 버렸다. 항상 거리를 헤매고 다니기 때문에 읍내의 모든 주민들이 익히 알고 있는 리자베따 스메르쟈쉬차야[25]라 불리는 읍내의 유로지비가 그들의 목욕탕에 숨어 들어 금방 해산을 했던 것이다. 갓난아이는 그녀 곁에 누워 있었으나, 그녀는 아이 곁에서 죽어 가고 있었다. 그녀는 아무 말이 없었는데, 그것은 그녀가 말을 할 줄 모르기 때문이었다. 그러나 이 일에 얽힌 상세한 내막에 대해서는 특별히 설명할 필요가 있을 것이다.

2. 리자베따 스메르쟈쉬차야

거기에는 그리고리가 얼마 전부터 그의 가슴속에 품어 온 불쾌하고 혐오스러운 의문점을 결정적으로 확신시켜 줌으로써 그를 깊은 충격에 빠지게 만든 특별한 상황이 있었다. 리자베따 스메르쟈쉬차야는 몹시 키가 작은 처녀여서, 우리 읍내의 믿음이 깊은 할멈들은 그녀가 죽은 후에 〈2아르신[26]도 안 됐지〉라며 탄식하듯 회상하곤 했다. 스무 살인 그녀의 얼굴은 넓적하고 홍조가 흘러 건강미가 넘쳤으나, 완전히 백치 같았다. 시선은 비록 유순하긴 했지만 늘 고정되어 있었고 불쾌한 인상을 주었다. 그녀는 여름이건 겨울이건 언제나 삼베로 만든 저고리 한 벌만을 걸치고 맨발로 돌아다녔다. 상당히 숱이 많은 그녀의 검은 머리칼은 양털처럼 북실북실하여 마치 머리 위에 커다란 모자를 뒤집어쓰고 있는 것처럼 보였다. 그 밖에도 늘 땅바닥과 진흙 구덩이에서 잠을 잤기 때문에 흙과 진흙으로 더럽혀져 있었고, 나뭇잎이나 나뭇조

---

25 악취를 풍기는 여자라는 뜻.
26 옛 러시아의 척도 단위로서 1아르신은 71.12센티미터. 그러므로 리자베따 스메르쟈쉬차야의 키는 144.24센티미터가 안 되었다.

각 그리고 대팻밥이 붙어 있었다. 파산하여 집을 잃은 데다가 병까지 걸린 장사꾼인 그녀의 아버지 일리야는 폭음을 일삼으며 이미 여러 해 동안 부유한 장사꾼들 집을 전전하며 머슴처럼 지내오고 있었다. 리자베따의 어머니는 이미 오래 전에 세상을 떠났다. 고질병을 앓고 있는 데다가 심술마저 사나운 일리야는 리자베따가 집에 들어오기만 하면 무자비하게 두들겨 팼다. 그러나 그녀는 읍내에서 신의 인간 유로지비로서 보살핌을 받으며 살아갔기 때문에 집에는 어쩌다가 한 번씩 들렀다. 일리야의 주인댁은 물론 일리야 자신이나, 주로 장사꾼들과 그 부인들인 읍내의 동정심 많은 사람들은 리자베따에게 저고리 하나만 입는 것보다는 더 점잖게 입혀 주려고 여러 차례 애를 썼다. 겨울철이 다가오면 모피 외투를 입혀 주고 긴 장화를 신겨 주기도 했다. 그러나 그녀는 옷을 입혀 주는 대로 얌전히 있다가, 머릿수건이며 치마며 모피 외투며 장화에 이르기까지, 얻어 입은 옷 전부를 벗어서 어딘가, 주로 성당 입구에 남겨 둔 채 옛날처럼 맨발에 삼베 저고리 하나만 달랑 걸치고 어디론가 사라져 버렸다. 이 고장의 신임 지사가 우리 읍을 시찰하다가 리자베따를 발견하고는 자신의 고결한 감정에 상처를 입게 되었다. 보고를 들은 신임 지사는 그 처녀가 〈유로지비〉라는 사실을 알게 되었음에도 불구하고, 젊은 처녀가 저고리 한 벌만 걸치고 다니는 것은 풍기를 문란하게 하는 것이므로 앞으로는 그런 일이 없도록 하라고 주의를 주었다. 그러나 지사가 떠나가 버리자, 리자베따는 이전과 조금도 다를 바 없었다. 마침내 그녀의 아버지가 세상을 뜨자, 그녀가 고아가 되었다는 바로 그것 때문에 읍내의 신앙 깊은 사람들은 그녀를 더욱 따뜻하게 보살펴 주었다. 사실 그녀는 모든 사람들의 사랑을 받고 있었던 것이다. 소년들, 특히 학교에 다니는 아이들은 장난기가 심한 법이지만, 그 아이들조차 리자베따를 골탕먹이거나 모욕하지는 않았다. 그녀가 낯선 집에 발을 들여놓아도 아무도 내

쫓지 않았으며, 오히려 따뜻하게 보살펴 주고 동전까지 쥐어 주었다. 그러면 동전을 받아 든 그녀는 곧장 무슨 자선함으로, 교회나 감옥의 자선함으로 가져가 그곳에 떨어뜨리는 것이었다. 시장에서 사람들이 가락지 모양의 빵이나 둥근 빵을 주면, 그녀는 길을 가다가 처음으로 마주치는 어린아이에게 돌려주었으며, 돈 많은 귀부인의 행차를 멈추게 하고 빵을 주는 일도 있었다. 그러면 그 귀부인도 기꺼이 받아들였다. 그러면서도 그녀 자신은 언제나 검은 빵[27]과 물만으로 끼니를 이어 갔다. 때때로 호사스런 상점에 들러 앉아 있기도 했는데, 그곳에는 비싼 상품이며 돈 등이 놓여 있어도 상점 주인은 그녀를 경계하는 법이 없었다. 비록 그녀 앞에 수천 루블을 놓아두고 깜박 잊어버렸다 해도 단 1꼬뻬이까도 훔치지 않으리란 것을 잘 알고 있었기 때문이다. 성당에는 잘 들르지 않았지만, 성당 입구나 남의 집 울타리(우리 고장에는 아직도 담장 대신 울타리를 친 집이 많다)를 타고 넘어가 남의 채마밭에서 잠을 잤다. 집에는, 즉 죽은 자기 아버지가 살던 주인집에는 일주일에 한 번씩 정기적으로 모습을 나타냈으나, 겨울이면 매일 밤에만 찾아와 현관이나 외양간에서 잠을 잤다. 그런 생활을 견디어 나가는 것을 보고 사람들은 놀라움을 금치 못했으나, 어느덧 그녀는 그런 생활에 익숙해져 있었다. 그녀의 키는 몹시 작았지만 그래도 체격은 이상할 정도로 탄탄했다. 우리 읍내의 일부 신사들은 그녀가 오만함 때문에 그런 생활을 해나가는 것이라고 주장하고 있지만, 그것은 어쩐지 이치에 맞지 않는 것 같았다. 그녀는 말을 한마디도 할 줄 몰랐으며 간혹 혀를 약간 놀려 웅얼거렸을 뿐이니, 이런 상황에 어떻게 오만함 운운할 수 있겠는가. 그런데 이런 사건이 일어났다. 보름달이 휘영청 밝은 9월의 어느 늦은 밤, 우리 고장의 젊은 신사 대여섯 명으로 구성된 한 패의 술

---

[27] 값싸고 질이 나쁜 빵.

꾼들이 한바탕 놀아 댄 다음 클럽에서 나와 〈뒷길〉을 통해 집으로 돌아가고 있었다. 골목 양쪽으로는 줄지어 늘어서 있는 집들의 채마밭을 경계짓는 울타리가 세워져 있었다. 그 골목에는 우리들이 때때로 농담삼아 개울이라고 부르는, 고약한 냄새를 풍기는 기다란 웅덩이를 가로지르는 다리가 놓여 있었다. 그 일행은 울타리 옆의 쐐기풀과 우엉 사이에 잠들어 있는 리자베따를 발견했다. 가던 길을 멈추고 그녀를 내려다보던 신사들은 깔깔거리며 온갖 상스런 이야기를 늘어놓기 시작했다. 그중 한 귀공자의 머릿속에 차마 상상하기도 힘든 해괴망측한 생각이 문득 떠올랐다. 〈누구라도 좋으니, 저 짐승을 여자로 다룰 수 있겠어? 지금 당장이라도 말이야?〉 일행들은 모두 극단적인 혐오감을 느끼면서 결코 불가능한 일이라고 단정했다. 그러나 그 패거리 중에는 마침 표도르 빠블로비치가 들어 있었다. 그는 성큼 앞으로 나서며, 물론 당연히 여자로 다룰 수 있을 뿐 아니라, 심지어 매우, 그러니까 거기서 아주 특수한 종류의 짜릿한 뭔가를 느낄 수도 있다는 등등의 선언을 하였다. 당시 그는 일부러 어릿광대 역을 자청했고, 신사들 사이에서 겉으로는 평등해 보이지만 실상은 완전히 천민 쓰레기에 불과했으므로 그들 앞에 나서서 웃기기 좋아했던 것은 사실이다. 그 무렵은 그가 뻬쩨르부르그에서 첫번째 아내 아젤라이다 이바노브나의 사망 소식을 전해 들었던 때였으며, 검은 상장을 모자에 단 채 술을 퍼마시고 온갖 추악한 일을 해대는 그를 읍내의 다른 사람들, 아니, 소문난 난봉꾼조차도 한심하게 여기던 시절이었다. 물론 그 패거리는 전혀 의외의 발상에 박장대소를 했다. 그중 한 사람은 표도르 빠블로비치를 부추겨 댔지만, 다른 사람들은 잔뜩 흥이 났으면서도 요란하게 침을 뱉은 후 결국 각자 집으로 돌아갔다. 나중에 표도르 빠블로비치는 당시 자신도 다른 사람들과 함께 자리를 떴다고 강경하게 주장했다. 어쩌면 그럴 수도 있겠으나, 그 누구도 그것이 진실인지 아닌지 모르고 있었고, 결코 알 수도 없었다. 그런데 5, 6개월이 지나자 리자베따가 임신한 채 돌아다닌다는 소문이 나돌았으며, 진정한 분노에 치를 떠는 사람들은 누구의 죄인지, 대체 그 무뢰한이 누구인지 서로 묻기도 하고 진실을 캐려고도 했다. 그런데 갑자기 읍내 전체에는 그 무뢰한이 다름 아닌 표도르 빠블로비치라는 이상한 소문이 퍼지게 되었다. 대체 그런 소문은 어디서 비롯되었을까? 당시 리자베따를 희롱하던 패거리 중 그때까지 마을에 남아 있던 사람은 단 한 사람뿐으로, 그는 지긋한 나이에 존경받는 5등 문관이었고 또 성숙한 딸까지 있는 한 집안의 가장이라서, 만일 그런 일이 실제로 벌어졌다고 해도 결코 누설할 인물이 아니었다. 그리고 나머지 다섯 사람은 그때 제각기 흩어지고 없었다. 그런데도 소문은 다름 아닌 표도르 빠블로비치를 정면으로 지적했고, 그런 소문은 계속 퍼져 나갔다. 물론 그는 그에 대해 전혀 해명을 하지 않았다. 장사꾼들이나 상점 주인들, 그 어느 누구에게도 변명을 늘어놓지 않았던 것이다. 당시 그는 대단히 자부심에 넘쳐 있어서 자신이 아양을 떨어 대는 관리나 귀족들 이외의 다른 사람들과는 대화도 나누려 하지 않았기 때문이다. 바로 그때 그리고리는 있는 힘을 다해서 열렬히 자기 주인을 두둔했고, 그 모든 중상모략에 반대하여 성가신 논쟁을 벌여 가면서까지 마침내 사람들이 생각을 고쳐 먹도록 만들었다. 〈천박한 그년 자신이 잘못을 저지른 거야〉라고 힘주어 말하면서, 무뢰한은 다름 아닌 〈나사못을 지닌 까프르〉(당시 읍내 전체에서 모르는 사람이 없는 무시무시한 죄수로서, 마침 이 고장의 감옥을 탈옥하여 우리 읍내에 몰래 살고 있던 사람을 이렇게 불렀다)라는 것이었다. 그때와 비슷한 무렵의 어느 가을 밤에 까프르가 읍내를 돌아다니다가 세 사람을 습격했던 사건이 여전히 사람들의 머릿속에 남아 있었으므로, 그 추측은 진실처럼 여겨졌다. 그러나 그 사건이나 소문이 가엾은 유로지비에 대한 주변 사람들의 동정심을 앗아 가기는커녕, 오히려 한층 더 그녀를 보호해 주고 보살펴 주는 계기가 되었다. 매우 부유한 상인의 미망인인 꼰드라찌예브나 같은 사람은 4월 말에 리자베따를 자기 집에 데려다가 해산할 때까지 바깥출입을 못하게 조치했다. 사람들이 엄중하게 감시했으나, 그런 노력에도 불구하고 리자베따는 바로 마지막 날 저녁 꼰드라찌예브나의 집을 몰래 빠져나왔고, 느닷없이 표도르 빠블로비치의 집 정원에 나타난 것이다. 그런 몸을 이끌고 어떻게 그처럼 높고 견고한 정원 울타리를 넘을 수 있었는가는 모종의 수수께끼일 수밖에 없다. 어떤 사람들은 〈누군가〉가, 또 다른 사람들은 〈알 수 없는 그 무엇이〉 그녀를 넘겨 주었다고 믿었다. 그러나 전적으로 불가사의하긴 하지만 그럼에도 자연스러운 방법으로 그런 일이 벌어졌을 가능성이 높다. 즉, 잠을 자기 위해서 남의 집 채마밭 울타리를 기어오를 줄 알았던 리자베따는 표도르 빠블로비치 집의 담장을 무슨 수를 써서든 기어올랐고, 자기 몸에 치명적임에도 불구하고 그런 몸으로 정원에 뛰어내렸을 것이다. 그리고리는 마르파 이그나찌예브나에게 달려가 리자베따를 보살피라고 한 후, 자신은 근처에 살고 있는 보잘것없는 늙은 산파에게로 달려갔다. 덕분에 갓난아이는 구할 수 있었으나, 리자베따는 새벽녘에 죽고 말았다. 그리고리는 갓난아이를 안고 방으로 돌아와서는 아내를 자리에 앉힌 다음, 아이를 그녀의 품에 안겨 주며 이렇게 말했다. 〈하느님의 아들인 고아는 만인에게 모두 친자식이 되니, 당신과 나에겐 더욱 말할 것도 없지 않겠소. 이 아이는 죽은 그 애가 보내 준 거요. 하지만 이 애는 악귀의 아들과 경건한 여자 사이에서 생긴 거요. 그러니 맡아 키우도록 하고 이젠 울지 마오.〉 그리하여 마르파 이그나찌예브나는 그 아이를 기르게 되었다. 그 아이는 세례를 받고, 빠벨이라는 이름이 붙여졌다. 그러나 누가 일부러 시킨 것도 아닌데 두 부부를 비롯하여 모두가 그 아이의 부칭을 표도로비치라 불렀다. 표도르 빠블로비치는 모든 것을 극구 부인하면서도 이에 반대하지 않았고, 오히려 어떤 놀이 정도로 생각했다. 그가 버려진 아이를 맡아 키우자 읍내 사람들은 만족스러워했다. 나중에 표도르는 그 아이에게 성까지 지어 주었다. 죽은 어머니 리자베따 스메르쟈쉬차야의 별명을 따서 스메르쟈꼬프라고 불렀던 것이다. 이리하여 그 스메르쟈꼬프는 표도르 빠블로비치의 두 번째 하인이 되었고, 이 이야기가 시작될 무렵에 그리고리 영감 그리고 마르파 할멈과 더불어 별채에서 거주하게 되었다. 그에게는 요리사 직책이 맡겨졌다. 그에 대해서는 무언가 특별히 덧붙일 이야기가 있지만, 평범한 하인들에 대해 너무 오랫동안 독자들의 주목을 집중시키는 것도 나에게는 부끄러운 일이므로 그에 대한 이야기를 할 기회는 소설이 진행되는 동안 자연히 돌아오리라 믿고 내 이야기로 넘어가도록 한다.

3. 열렬한 심경의 고백, 시 형식으로

알료샤는 아버지가 수도원을 떠나면서 마차에서 자신에게 고래고래 외치던 소리를 듣고는 깊은 의혹에 잠겨 돌처럼 굳은 채 제자리에 서 있었다. 잠시 후 불안한 생각에 사로잡힌 그는 곧장 수도원장실 부엌으로 들어가 아버지가 2층에서 무슨 일을 저질렀는지 알아보았다. 그러고 나서, 읍내로 가다 보면 자신을 괴롭혀 온 문제가 해결될지도 모른다는 기대감을 안고 길을 나섰다. 미리 밝혀 두지만, 알료샤는 〈베개와 이부자리〉를 가지고 집으로 돌아오라는 아버지의 외침이나 명령 따위가 조금도 마음에 걸리지 않았다. 남에게 잘 들리도록 그처럼 과시적으로 외쳐 댄 귀가령은 〈도취되어〉, 말하자면, 심지어 아름다움을 위해서라는 것을 그는 너무나 잘 알고 있었던 것이다. 얼마 전 이 고장의 방탕한 어느 장사꾼이 자기 명명일에 손님들을 초대한 자리에서 더 이상

보드까를 가져올 수 없다는 말에 벌컥 화를 내며, 갑자기 식기를 깬 후 자기 옷은 물론 마누라의 옷마저 찢어 놓고 끝내는 자기 집 가구와 유리창까지도 부수었으나, 이 모든 행동 역시 멋을 부리려던 것에 지나지 않았던 적이 있다. 이와 똑같은 현상이 지금 아버지에게도 일어난 것이다. 물론 방탕한 그 장사꾼은 다음날 술에서 깨어난 후, 깨진 찻잔과 접시들을 아까워했다. 아버지가 틀림없이 다음날이면 자기를 수도원으로 다시 되돌려 보내 주거나, 어쩌면 오늘 당장이라도 보내 줄 거라는 사실을 알료샤는 잘 알고 있었다. 게다가 아버지가, 다른 사람이라면 몰라도, 자신을 모욕할 리 없다고 확신하고 있었다. 알료샤는 세상 모든 사람들이 결코 자신을 모욕하려 들지 않고, 단지 모욕하기를 원하지 않을 뿐만 아니라 모욕할 수도 없다고 확신하고 있었던 것이다. 이것은 그에게 재고할 필요도 없는 영원불변의 자명한 공리였으며, 그런 의미에서 그는 추호의 망설임도 없이 앞으로 나아갈 수 있었다.

그러나 그 순간 그에게는 또 다른 유형의 두려움이 일어나고 있었으며, 그 자신이 그것을 무어라 단정할 수 없는 것이었기에 더욱 고통스럽게 느껴졌다. 그것은 여자에 대한 두려움, 즉 좀 전에 호흘라꼬바 부인을 통해 받은 쪽지에서 할 말이 있으니 꼭 와 달라고 간곡히 부탁한 까쩨리나 이바노브나에 대한 두려움이었다. 그녀의 요청, 그리고 반드시 가야 하는 어쩔 수 없는 상황이 갑자기 그의 가슴속에 어떤 고통으로 다가왔다. 이런 느낌은 수도원에서 연속해서 벌어진 여러 사건들과 지금 수도원장실에서 일어난 이런저런 일들에도 불구하고 오전 내내 지속되었으며, 시간이 흐르면 흐를수록 더욱 심하게, 더욱 고통스럽게 느껴졌다. 그녀가 무슨 말을 꺼낼 것이며, 또 자신은 어떤 대답을 해야 좋을지 몰라서 두려웠던 것은 아니다. 그가 그녀를 여자로서 두려워했던 것도 아니다. 물론 아직 여자에 대해 잘 모르지만, 어린 시절부터 수도원에 들어올 때까지 여자들 속에서만 살아왔던 그였다. 그가 두려워한 것은 바로 그 여자, 즉 까쩨리나 이바노브나였다. 그는 그녀를 처음 만난 순간부터 두려워했다. 그는 그녀를 한 두 번, 기껏해야 세 번 정도밖에 만나지 못했으며, 언젠가 우연히 몇 마디 대화를 나누었을 뿐이다. 그녀의 이미지는 아름답고 자존심 강하며 당당한 처녀로 남아 있었다. 그러나 그의 심사를 괴롭힌 것은 그녀의 아름다움이 아니라, 다른 그 무엇이었다. 이처럼 그의 두려움은 그 원인을 알 수 없었기에 점점 더 깊어만 갔다. 그 처녀의 목적은 아주 고결했으며, 그도 그것을 잘 알고 있었다. 그녀는 자신에게 잘못을 저지른 형 드미뜨리를 구원하려고 애썼으며, 오로지 관대한 마음으로 그토록 노력했던 것이다. 그녀가 아름답고 관대한 마음씨를 소유하고 있음을 깨닫고 또 인정하지 않을 수 없었음에도 불구하고, 그녀의 집에 가까워질수록 그는 점점 더 등골이 오싹해졌다.

그는 그녀와 가깝게 지내는 이반 표도로비치 형을 그녀의 집에서 만나지 못하리라 생각했다. 이반 형은 지금쯤 아버지와 함께 있을 것이 분명했기 때문이다. 드미뜨리를 만나지 못하리란 것은 더욱 확실했다. 어째서인지 그런 예감이 들었던 것이다. 그러니까 두 사람만의 대화가 이루어지게 되는 것이다. 이 운명적인 대화에 앞서 드미뜨리 형에게 달려가 잠시라도 그를 만나 보고 싶은 생각이 간절했다. 그녀의 편지는 보여 주지 않더라도 그와 몇 마디 대화를 나눌 수도 있을 것이다. 그러나 드미뜨리 형은 먼 곳에 체류하고 있었으며, 지금은 집에 없을 것이다. 잠시 걸음을 멈추고 제자리에 섰다가 그는 마침내 마음을 굳게 먹었다. 몸에 밴 익숙하고 빠른 동작으로 성호를 긋고 나서 뜻 모를 미소를 지은 다음 그는 그 두려운 여인의 집을 향해 뚜벅뚜벅 걸어갔다.

그는 그 집을 잘 알고 있었다. 하지만 볼샤야 거리를 통해 광장을 지나가면 길이 멀어질 수도 있었다. 우리의 작은 읍내는 건물들이 흩어져 있어서 때로는 꽤나 돌아가게 되어 있었다. 게다가 아버지가 자신을 기다리고 있으며, 어쩌면 그에게 했던 말을 잊지 않은 채 다시 변덕을 부릴 수도 있으므로, 이쪽 저쪽 모두 시간에 대기 위해서는 발걸음을 재촉해야만 했다. 이런저런 생각 끝에 그는 뒷길을 통해 길을 가로질러 가기로 결심했다. 읍내 도로들을 손바닥 들여다보듯 훤히 알고 있었던 것이다. 뒷길은 거의 길도 나 있지 않고 황량한 담장을 따라 가야 했으므로, 때로는 남의 집 담장을 타넘거나 남의 집 마당을 지나야 했다. 비록 모두가 그를 잘 알고 있어서 그에게 안부를 묻기야 하겠지만 말이다. 아무튼 그 길로 가면 볼샤야 거리까지 걸리는 시간의 반은 줄일 수 있었다. 도중에 그는 아버지 집과 매우 가까운, 즉 아버지 집과 바로 이웃한 집 정원도 지나야 했다. 그 집 정원에는 네 개의 창문이 달린 매우 낡고 등이 굽은 작은 건물이 서 있었다. 그 여자 주인은 알료샤가 알고 있기로는 읍내에서 장사를 하며 딸과 함께 살고 있는 앉은뱅이 할멈이었다. 할멈의 딸은 수도에서 문명의 맛을 본 하녀 출신으로, 얼마 전까지만 해도 장군 댁들을 전전했으나, 1년 전부터 할멈의 병 때문에 고향으로 돌아와서는 멋진 옷으로 치장하고 다녔다. 그러나 할멈과 그 딸은 쓴물 나는 가난에 빠지게 되어, 이웃인 표도르 빠블로비치의 부엌으로 매일 수프와 빵을 구걸하러 다녔다. 마르파 이그나찌예브나는 기꺼이 그들에게 먹을 것을 나누어 주었다. 그러나 그 딸은 수프를 구걸하러 다니면서도 치맛자락이 너무 긴 옷일지라도 자기 옷은 단 한 벌도 팔지 않았다. 알료샤는 읍내 일이라면 무엇이든 잘 알고 있는 친구 라끼찐에게서 그들의 최근 사정을 아주 우연히 듣게 되었다. 그러나 듣는 순간 곧 잊어버리고 말았다. 하지만 이웃집 정원에 들어서면서 그는 갑자기 그 긴 치맛자락이 생각나서 상념에 잠겨 떨구고 있던 고개를 번쩍 쳐들었다……. 그 순간 그에게는 전혀 뜻하지 않은 만남이 일어났다.

 이웃집 정원의 울타리 너머에서 무엇인가로 발판을 만들어 가슴을 앞으로 내민 채 서 있는 사람은 다름 아닌 그의 형 드미뜨리 표도로비치였으며, 있는 힘을 다하여 손짓으로 자기를 부르고 있는 것이 아닌가. 드미뜨리는 혹시 누가 듣지나 않을까 염려하는 듯 소리치기는커녕 입도 벙긋하지 않았다. 알료샤는 당장 울타리 쪽으로 달려갔다.

「네가 보았으니 참 다행이로구나, 그렇지 않았더라면 소리를 지르려고 했는데.」 드미뜨리 표도로비치는 무척이나 반가운 듯 급히 속삭였다. 「이리 넘어오너라! 어서! 네가 와주어서 얼마나 잘 됐는지 모르겠구나! 나는 지금 막 네 생각을 하고 있었단다……」

알료샤도 무척이나 반가웠으나 울타리를 어떻게 넘어야 좋을지 몰랐다. 그러자 〈미쨔〉가 용사같이 억센 팔로 그의 팔꿈치를 부축하여 울타리를 넘도록 도와주었다. 알료샤는 긴 승복 자락을 걷어 올리고 거리의 소년들처럼 날랜 동작으로 뛰어넘었다.

「이쪽이다. 자, 이제 저리로 가자!」 미쨔의 입에서는 기쁨에 넘치는 속삭임이 흘러나왔다.

「어디로 말입니까?」 알료샤는 사방을 둘러보고, 텅 빈 정원에 자기들 말고는 아무도 없다는 사실을 확인하면서 속삭였다. 정원은 작았으나, 주인집 건물까지는 그들이 서 있는 곳으로부터 적어도 50보는 넘어 보였다. 「이곳엔 아무도 없는데, 왜 속삭이시는 거죠?」

「왜 속삭이냐고? 아, 이런 빌어먹을!」 드미뜨리 표도로비치는 갑자기 있는 힘껏 소리쳤다. 「그래, 내가 왜 속삭이고 있는 거지? 너도 알다시피 인간의 본성이란 갑자기 혼란에 빠질 수도 있는 거란다. 나는 이곳에 숨어서 남의 비밀을 감시하고 있는 중이지. 긴 설명은 나중에 하겠지만, 아무튼 그 비밀에 대해 궁리를 하다 보니 갑자기 은밀하게 말을 하게 되고, 그럴 필요가 없는데도 바보처럼 속삭이기까지 했구나. 자, 가자! 저쪽으로! 그때까지는 아무 말도 하지 말아라. 네게 키스를 해주고 싶구나! 〈이 세상의 하느님께 영광이 있으소서 / 내 가슴속의 하느님께 영광이 있으소서!〉 나는 네가 오기 전까지 이곳에 앉아서 이 구절을 되풀이하고 있었단다…….」

정원은 1제샤찌나[28]가 약간 넘었으나, 담장의 네 벽을 따라서 그 주위에만 사과나무, 단풍나무, 보리수나무, 자작나무 등이 심어져 있을 뿐이었다. 정원 한복판은 여름이면 수십 킬로그램의 건초를 베어 낼 정도로 풀이 우거진 초지 밑에 있는 빈터였다. 여주인은 여름에 정원을 몇 루블씩 받고 빌려 주었다. 산딸기, 구스베리, 자두 등을 심은 밭도 있었으나 모두 담장 옆에 자리잡고 있었다. 집 건물에서 가장 가까운 곳에 채소밭도 있는데 최근에 만들어진 것이었다. 드미뜨리 표도로비치는 집 건물에서 가장 멀리 떨어진 정원 구석으로 동생을 데려갔다. 울창하게 서 있는 보리수나무 그리고 자두나무, 말오줌나무, 까마귀밥나무, 라일락 등의 오래된 나뭇가지 사이로 갑자기 폐허나 다름없는 케케묵은 녹색 정자가 나타났다. 그 정자는 검게 색이 바랬고 등이 굽어 있었으며 벽들은 부서져 있었다. 그러나 지붕은 남아 있어서 아직 비를 피할 수는 있었다. 이 정자가 언제 지어졌는지는 아무도 모르나, 전해지는 말에 의하면 50년 전쯤 알렉산드르 까를로비치 폰 슈미트라는 퇴역 중령이 당시의 집주인이었을 때였다고 한다. 그러나 이제는 완전히 낡아서 마루는 썩어 버렸고, 그 널판때기는 흔들리고 나무에서는 곰팡이 냄새가 났다. 정자 안에는 나무로 만든 녹색 탁자가 땅에 고정된 채 서 있었고, 그 주변에는 아직은 앉을 만한 녹색 벤치들이 놓여 있었다. 알료샤는 형이 환희에 들떠 있다는 것을 알아차렸으나 정자에 들어서면서 탁자 위에 조그만 코냑 병과 술잔이 놓여 있음을 발견했다.

「이건 코냑이야!」 미쨔는 껄껄거리며 웃어 댔다. 「너는 벌써부

---

28 1.092헥타르에 해당하는 러시아의 옛날 미터법 단위.

터 〈또 술에 취해 버린 건 아닌가?〉 하고 생각하는 게지. 유령에 홀리지 마라. 〈허황되고 위선적인 무리를 믿지 말며 / 그대의 의혹을 잊도록 하라……〉 나는 술에 취한 것이 아니라 그 돼지 새끼인 너의 라끼찐이 말하듯 〈즐기고 있을〉 뿐이란다. 놈은 5등관이 되기야 하겠지만 〈즐긴다〉는 말은 계속하겠지. 여기 앉거라. 너를 포옹하고 싶구나, 알료샤, 이 가슴이 터지도록 말이다. 왜냐하면 이 세상에서…… 진정으로…… 진정으로…… (잘 들어라! 잘 들어!) 너 하나만을 사랑하기 때문이란다.」

마지막 말을 했을 때 그는 극도의 흥분 상태에 놓여 있었다.

「너 하나만을 말이다. 그리고 또 〈추잡한 계집〉이 하나 더 있는데, 나는 그만 홀딱 반하고 말았고 그래서 파멸하게 되었단다. 하지만 반했다고 해서 사랑하는 것은 아니란다. 증오하면서도 반할 수는 있으니까. 꼭 기억해 둬라! 나는 아직까지는 즐거운 마음으로 이야기하고 있으니! 여기 식탁으로 와서 앉거라. 네 곁에 앉아 너를 바라보며 이야기를 다 털어놓을 테니. 네가 입을 다물고 있으면 이야기를 다 털어놓으마. 이젠 때가 됐기 때문이지. 그런데 말이다, 나는 정말 조용히 이야기해야 한다고 판단했지. 왜냐하면 이곳에는…… 이곳에는…… 아주 엉뚱한 놈들이 귀를 기울이고 있을지도 모르니까. 모두 설명해 주마, 앞으로 일어날 일까지도. 내가 왜 너를 만나려고 그토록 애를 썼고, 지금도 너를 목이 빠지도록 고대했는가를. 요 며칠 사이에, 그리고 지금도 말이다. (나는 벌써 닷새째 이곳에 진을 치고 있단다.) 왜 그렇게 여러 날을 기다렸겠니? 그건 너한테 한 가지 사실을 이야기해 주기 위해서이고, 그것은 그래야 하기 때문이란다. 네가 필요하기 때문이기도 하고, 내일이면 내가 구름 위에서 뛰어내리기 때문이기도 하지. 내일이면 내 인생이 전혀 새롭게 시작되기 때문이란다. 너는 꿈속에서라도 산꼭대기에서 구멍 속으로 굴러 떨어지는 듯한 기분을 경험해 본 적이 있니? 그런데 지금 내가 그런 걸 느끼는 것은 꿈속이 아니야. 하지만 나는 두렵지 않으니 너도 두려워할 건 없단다. 물론 두렵기는 하지만 달콤한 쾌감을 느끼지. 달콤하다기보다는 황홀한 느낌이지만……. 젠장, 어쨌든 마찬가지야. 강한 마음이건 약한 마음이건 여자 같은 마음이건 아무래도 좋아! 자연을 예찬할 수 있어야지. 저 태양, 하늘은 또 얼마나 청명하고, 나뭇잎들은 얼마나 푸르니! 벌써 완연히 여름이고, 오후 네 시경에다가, 이 고요함은 또 어때! 그런데 어디로 가던 길이냐?」

「아버지 댁에 가던 길이에요. 먼저 까쩨리나 이바노브나 댁에 들른 다음에요.」

「그 여자와 아버지한테 가던 길이라고! 이런 우연의 일치가! 그래, 내가 너를 왜 불렀고, 왜 너에게 기대를 걸었으며, 왜 마음 구석구석 그리고 갈비뼈 하나하나에 이르기까지 너를 갈망하고 속을 태웠겠니? 너를 아버지한테 그리고 그 여자, 바로 까쩨리나 이바노브나한테 보내서 그 여자건 아버지건 일을 매듭짓기 위해서란다. 천사를 보내는 거지. 아무나 보낼 수도 있겠지만, 나는 천사를 보내야 했단다. 그런데 네가 손수 그 여자와 아버지를 찾아가는 길이라니.」

「정말 저를 보내고 싶으셨나요?」 얼굴에 병적인 표정을 띤 알료샤에게서 이런 말이 불쑥 튀어나왔다.

「그만 해라, 그 사실을 알고 있었구나. 네가 모든 사실을 단숨에 이해하고 말았다는 것을 알겠구나. 하지만 입을, 입을 다물고 있거라. 가슴 아파할 일도 눈물을 흘릴 일도 아니니!」

드미뜨리 표도로비치는 자리에서 일어나 손가락을 이마에 갖다 대고는 생각에 잠겼다.

「그 여자가 너를 불러서 편지를 써주었거나 네가 그 여자를 찾아갈 만한 무슨 용무가 있었던 모양이지. 그렇지 않고서야 찾아갈 일이 없잖니?」

「여기 쪽지가 있어요.」 알료샤는 주머니에서 그것을 꺼냈다.

미쨔는 재빨리 훑어 내려갔다.

「네가 샛길로 가던 중이라니! 오, 하느님! 동생을 샛길로 지나가게 해주시고 마치 늙고 어리석은 어부에게 황금빛 물고기가 잡혔다는 옛이야기처럼 동생을 저와 마주치게 해주셔서 감사합니다. 들어 봐, 알료샤, 내 이야기를 들어 보렴, 내 동생아. 이제 나는 모든 이야기를 다 털어놓을 생각이다. 왜냐하면 누구에게든 이야기를 해야 하기 때문이지. 하늘에 있는 천사한테는 벌써 이야기했지만 지상에 있는 천사에게도 이야기해야만 하겠다. 그런데 네가 바로 지상의 천사가 아니겠니. 이야기를 들어 보고 잘 판단한 다음 나를 용서해 주렴……. 나는 훌륭한 사람으로부터 용서를 받아야만 해. 자, 들어 보렴. 만일 두 사람이 지상의 모든 것과 인연을 끊고 환상의 세계로 날아가 버리거나, 아니면 최소한 그중 한 사람이 날아가 버리거나 죽기 전에 다른 사람을 찾아가 평소에는 도저히 할 수 없는, 그러니까 임종시에나 할 수 있는 이러저러한 부탁을 한다면 어떻게 들어주지 않을 수 있겠니……. 만일 친구거나 형제라면 말이야!」

「저는 들어 드릴 테니, 그 대신 그게 뭔지 말씀해 보세요, 어서요.」 알료샤가 말했다.

「어서 말해 달라……. 흐음, 서두르지 마라, 알료샤. 너는 서두르고 있어, 불안해 하기도 하고. 이젠 서두를 것이 아무것도 없단다. 이제는 세계가 새로운 길로 들어섰으니까. 아, 알료샤, 너의 생각이 환희에 도달하지 못하는 것이 안타깝구나! 그런데 지금 무슨 말을 하고 있는 거냐? 네가 그런 생각에 미치지 못하다니! 내가 얼간이 같은 이야기를 하고 있구나. 〈인간이여, 고결해질지어다.〉 이건 누구의 시지?」

알료샤는 기다리기로 결심했다. 그는 자기가 해야 할 일 전부가 어쩌면 바로 여기에 있을지도 모른다는 생각이 들었다. 미쨔는 탁자에 팔꿈치를 괴어 손바닥으로 턱을 받친 채 잠시 생각에 잠겼다. 두 사람 다 아무 말도 하지 않았다.

「알료샤.」 미쨔가 말을 걸었다. 「비웃지 않는 건 너밖에 없구나! 난 이야기를 시작하고 싶어……. 내 고백을…… 실러의 환희의 송가로 말이다. 환희에 넘치는 송가An die Freude! 하지만 나는 독일어라고는 〈안 디 프로이데〉밖에 모른단다. 술에 취해서 헛소리를 늘어놓는 거라고 생각해서는 안 돼. 술주정하고는 거리가 머니까. 코냑은 코냑일 뿐이지만, 술에 취하려면 두 병은 마셔야 하거든. 〈얼굴이 벌겋게 달아오른 실레노스[29]는 / 비틀거리는 당나귀를 타고 있으니.〉 그리고 나는 반의 반 병도 마시지 않았으니 실레노스도 아니야. 실레노스가 아니라 실렌[30]이지. 왜냐하면 굳은 결심을 했거든. 흰소리를 용서해 다오. 오늘 너는 흰소리뿐만 아니라 아주 많은 것을 용서해 주어야 한단다. 염려할 건 없어. 허풍떨지 않고 곧 본론으로 들어갈 테니. 유대 인처럼 질질 끌지는 않겠어. 잠깐, 어떻게 시작하더라…….」

그는 고개를 들어 잠시 생각에 잠기더니 갑자기 기쁨에 넘친 목소리로 입을 열었다.

겁에 질린 벌거숭이 야만인은
동굴 속에 몸을 숨겼고
방랑자는 광야를 헤매며
벌판을 황폐하게 했도다
창과 화살을 든 사냥꾼은
위험을 무릅쓰고 숲속을 뛰어다녔으니……
슬픔은 밀려드는 파도처럼
몸 쉴 곳 없는 해안으로 달려간다!

---

29 술의 신 바커스의 양아버지.
30 러시아어로 〈힘센〉, 〈강한〉의 의미.

올림포스 산정에서
어머니 데메테르는 하산한다
유괴당한 페르세포네를 찾아[31]
그러나 눈앞에 펼쳐진 세상은 야만스러워라
쉴 곳도 맞아 주는 이도 없고
그곳 어디에서도 여신을 찾아볼 수 없으니
사원은 결단코
신을 숭배하는 곳이 아니었구나.

들판의 달콤한 과일과 포도는
주연에서 빛나지 않으며
피로 물든 제단 위에는
육신의 잔해만이 연기로 화하도다
데메테르는 슬픈 눈길로
어디를 둘러보아도
곳곳마다 깊은 굴욕에 빠진
인간이 눈에 띌 뿐이로다!

갑자기 미쨔의 가슴속에서 오열이 터져 나왔다. 그는 알료샤의 손을 덥석 붙잡았다.
「친구, 친구여, 나는 굴욕에, 지금 굴욕에 빠져 있단다. 인간은 이 세상에서 참고 지내야 할 것이 엄청나게 많아, 엄청나게 많은 불행이 그 앞에 놓여 있는 거야! 나를 코냑이나 마시며 방탕한 생활을 하는 천박한 장교놈이라고 생각하지는 말아 다오. 내가 거짓말을 하고 있는 게 아니라면, 이 형은 거의 그것만을, 굴욕에 빠진 인간만을 생각하고 있단다. 다행히도 지금 거짓말을 하거나

---

31 데메테르는 플루토(명부의 신)에게 납치당한 자신의 딸 페르세포네를 찾아 나선다.

자만에 빠져 있진 않아. 내가 그런 인간에 대해 생각하고 있는 건 바로 나 자신이 그런 인간이기 때문이지. 〈인간이 진창에서 그 영혼으로 / 딛고 일어서려거든 / 태고의 어머니 대지와 / 영원히 한 몸이 될지어다.〉 하지만 문제는 내가 어떻게 대지와 영원히 한 몸이 될 수 있다는 거냐? 농부나 목동들이 하듯이 나는 대지에 입을 맞추지도 않고 대지의 가슴을 파헤치지도 않는데? 나는 살아가면서 내가 악취와 치욕에 빠져 있는지 아니면 광명과 기쁨에 빠져 있는지 모르고 있단다. 바로 그것이 불행이지. 왜냐하면 세상만사는 수수께끼이니까! 가장, 가장 깊은 방탕의 치욕 속에 빠져 들 때면(나한테는 그런 일만 일어나거든) 나는 언제나 데메테르와 인간을 노래한 이 시를 낭송하지. 그것이 내 마음을 바로잡아 주었느냐고? 결코 그렇진 않아! 왜냐하면 나는 까라마조프거든. 왜냐하면 내가 어차피 심연 속으로 빠져 들 거라면 좌우간 곧바로, 머리를 아래로 처박고 발뒤꿈치를 위로 치켜 올리고 뛰어내리는 거야. 그편이 만족스러울 뿐만 아니라 바로 그런 굴욕스런 상태에 빠져 들면서도 그것을 아름다움이라고 생각하기 때문이지. 그리고 그런 치욕 속에서 갑자기 찬송가를 부르기 시작한단 말이야. 저를 저주받은 놈, 천박하고 비겁한 놈으로 남게 하옵소서, 하지만 저의 하느님이 휘감고 계신 그 성의(聖衣) 자락에 입을 맞추게 하소서. 동시에 제가 악마의 길을 좇는다 할지라도 당신의 아들이 틀림없으며, 주여, 당신을 사랑하옵고 그 기쁨이 없다면 세계는 지속될 수도, 존재할 수도 없겠지요.

영원한 기쁨은 피조물의 영혼을
촉촉히 적셔 주며
발효라는 신비의 힘으로
생명의 술잔에 불꽃을 일으키리라.
그것은 수풀도 빛으로 유혹했고

태양 속에서 카오스를 일으켰으며
점성가가 다스릴 수 없는 천상에도
풀어놓았구나.

인자한 자연의 품속에서
숨쉬는 만물은 기쁨을 들이키누나.
모든 피조물, 모든 민중을
그것은 생산했음이라.
불행한 우리들에게는 친구들을 주었고
포도즙 같은 미인과 정을 통하니
벌레에게는 정욕을……
천사는 하느님 앞에 서게 되리라.

시는 이만하면 충분하구나! 내가 눈물을 흘리고 말았군. 날 그냥 울게 내버려 두렴. 세상 사람들이 모두 비웃을 어리석은 짓이지만 너만은 비웃지 않겠지. 봐라, 네 두 눈도 불타고 있잖니. 그러니 시는 그만두자. 지금 나는 네게 벌레 이야기를 하고 싶은 거란다, 하느님으로부터 정욕을 선물받은 놈들 말이지. 〈벌레에게는 정욕을!〉 내가, 애야 바로 그 벌레에 해당된단다. 그건 특히 나를 지칭하는 말인 거야. 그리고 우리 까라마조프 집안 사람들도 다 마찬가지야, 천사 같은 너의 내부에도 벌레가 살고 있고 너의 피는 폭풍을 잉태하고 있단다. 그건 폭풍이지, 왜냐하면 정욕은 폭풍이고, 또 폭풍보다 더 엄청나기 때문이지! 아름다움이란 무시무시할 정도로 끔찍한 것이란다! 무서운 것이지, 아름다움은 규정되지 않은 것이고 결코 규정할 수도 없는 것이며 신이 던진 유일한 수수께끼이니까. 거기에는 양극단이 맞물려서 온갖 모순이 공존하고 있단 말이야. 이 형은 배운 것은 없지만 그 점을 여러모로 생각해 보았단다. 엄청나게 비밀이 많아! 엄청나게 많은 수수께끼가 지상에 있는 인간들을 괴롭히고 있어. 이 수수께끼를 푸는 것은 몸을 적시지 말고 물 속에서 나오라는 말이나 다름없지. 오, 아름다움이여! 더구나 내가 참을 수 없는 것은 남들과 달리 가슴이 뜨겁고 지혜가 뛰어난 인간도 마돈나의 이상에서 출발하여 소돔의 이상으로 끝을 맺는다는 사실이란다. 더욱 끔찍한 일은 소돔의 이상을 가진 인간은 마음속에서 마돈나의 이상을 부정하지 않고 순결한 청년 시절처럼 가슴속에서 진정으로, 진정으로 그것을 불태운다는 사실이란다. 아니야, 인간은 광활해, 너무나 광활해, 나는 그걸 축소시킬 거야. 나 원 참, 도대체 알 수가 없다니까! 이성의 눈에는 치욕으로 보이는 것도 마음의 눈에는 끊임없이 아름다움으로 보이니까. 그러니 아름다움은 소돔 속에 존재하는 것이 아니겠니? 대부분의 사람들에게서 아름다움은 소돔 속에 자리잡고 있는데, 넌 그 비밀을 알고 있니? 아름다움이란 무시무시한 것일 뿐 아니라 비밀스러운 것이란 사실은 정말 끔찍스러워. 거기에서는 악마가 신과 싸움을 벌이고 있고 그 싸움터는 다름 아닌 인간들의 마음이지. 하지만 고통받는 인간들은 그걸 털어놓는 거야. 자, 이젠 본론으로 들어가도록 하자꾸나.」

4. 열렬한 심경의 고백, 일화의 형식으로

「나는 그곳에서 방탕한 생활을 했단다. 얼마 전부터 아버지는 내가 여자들을 유혹하는 데 수천 루블을 탕진했다고 말했지. 그건 돼지 같은 환상에 불과해. 나는 결코 그런 짓을 한 적이 없을 뿐더러, 그런 짓을 했다고 해도 〈그것〉 때문에 돈이 필요했던 것은 아니야. 나한테 돈은 액세서리, 영혼의 열기, 소도구에 불과해. 오늘은 이 여자가 나의 부인이 되고 내일이면 그 여자의 자리에 거리의 아가씨가 들어오지. 이 여자 저 여자 모두 즐겁게 해주었고 음악 연주에 한 줌, 떠들썩한 분위기에 한 줌, 집시들한테 한 줌 돈을 뿌려 댔단다. 경우에 따라 여자에게도 돈을 주었지. 그건 눈에 불을 켜고 돈을 받아 가기 때문이야. 그건 인정해야 하겠지. 모두가 만족하고 고마워하니까. 귀족 부인들은 모두 나를 좋아했단다. 모두는 아니고 그런 일들이 간혹 일어나긴 했지. 그러나 나는 항상 골목을, 광장 뒤편에 있는 음침하고 인적이 드문 깊은 골목길을 좋아했는데 그곳에는 모험이, 그곳에는 예기치 않은 사건이, 그곳에는 그러니까 진흙 속의 천연광이 기다리고 있었지. 동생아, 비유적으로 이야기하마. 그런데 우리 읍내의 골목들은 그런 현실 세계의 골목이 아니라 정신 세계의 골목일 뿐이었단다. 하지만 너도 나 같은 인간이었다면 그게 무슨 뜻인지 이해할 수 있을지도 모른다. 나는 방탕한 생활을 좋아했고 방탕한 생활의 철면피 같은 수치심도 좋아했어. 잔혹한 짓도 좋아했지. 정말 나는 빈대나 심술궂은 벌레가 아닐까? 이른바 까라마조프인 게지! 한번은 마을 전체가 소풍을 가게 되어 일곱 대의 마차를 타고 떠났단다. 겨울에 어두운 마차 속에서 나는 이웃집 소녀의 손목을 잡기 시작했고 키스를 강요했지. 그녀는 어느 관리의 딸인데 가난하지만 사랑스럽고 상냥하고 온순한 소녀였어. 결국 어둠 속에서 내가 온갖 짓거리를 하게 허락했단다. 이 가엾은 소녀는 내가 내일 그녀에게 찾아가 청혼을 하리라고 생각했던 거야 (무엇보다도 나는 좋은 신랑감으로 평가받고 있었거든). 하지만 나는 그 일이 있은 후 그녀에게 청혼을 하기는커녕 다섯 달 동안 한 마디 말도 걸지 않았어. 동네 사람들이 춤을 출 때(우리 읍내에서는 자주 무도회가 열렸단다) 그 소녀의 두 눈동자가 홀 한구석에서 나를 지켜보는 것을, 그녀의 눈동자에서 작은 불꽃이, 잔잔한 분노의 불꽃이 일고 있는 것을 보았지. 그런 장난은 내 마음 속에서 무럭무럭 자라고 있는 벌레의 정욕을 만족시켜 줄 뿐이었어. 다섯 달 후 그녀는 어느 관리와 결혼해서 떠나고 말았지…….

어쩌면 원망을 하면서도 여전히 사랑하고 있었는지도 몰라. 지금 그들은 행복하게 살고 있단다. 한 가지 주목해 둘 것은, 내가 그 이야기를 아무에게도 발설하지 않았고 그녀의 명예를 실추시키지도 않았다는 거야. 나는 비록 욕망에 사로잡힌 저질스런 인간이고 비열한 짓을 좋아하긴 하지만 부정직한 인간은 아니거든. 넌 얼굴이 빨개져서 눈을 반짝이고 있구나. 그런 추잡한 이야기는 너한테 그만 해야 하겠구나. 그런데 잔혹한 벌레가 마음속에서 성장하고 벌써 번식했을지라도 그건 아직 폴 드 코크의 작은 꽃송이에 불과하단다. 알료샤, 추억의 앨범이 전부 펼쳐지는구나. 오, 하느님, 그 사랑스런 여인들에게 건강을 허락해 주옵소서. 여자들과 헤어질 때 말다툼하는 걸 나는 싫어했어. 그리고 배신을 한 적도, 상대방의 명예를 실추시킨 적도 없었지. 그래, 좋다. 너는 내가 그런 형편없는 이야기를 하기 위해 불렀다고 생각하진 않겠지? 아니, 내가 더 흥미진진한 이야기를 들려주마. 내가 수치스러워하기는커녕 오히려 즐거워하고 있다고 해서 놀라지는 말아라.」

「제 얼굴이 빨개졌다고 그런 말씀을 하시는 거지요.」 알료샤가 불쑥 입을 열었다. 「저는 형님 이야기 때문에 얼굴이 빨개진 게 아니에요. 형님 때문에 그런 것이 아니라 내가 형님과 똑같은 인간이기 때문에 그런 거예요.」

「네가? 이런, 그건 상당히 지나친 말인데.」

「아니에요, 그렇지 않아요.」 알료샤는 열을 올리며 말했다(그는 그런 생각을 이미 오래 전부터 품어 오고 있는 것이 분명했다). 「그것은 하나의 똑같은 사다리예요. 저는 가장 낮은 계단에, 형님은 열세 번째 계단의 어느 높은 곳에 있을 뿐이죠. 저는 그렇게 생각하고 있어요. 그런데 그것은 완전히 똑같은 부류일 뿐이죠. 맨 아래 계단에 발을 디딘 사람은 어쨌든 반드시 위의 계단으로 올라가게 마련이죠.」

「그렇다면 아예 발을 내디뎌서는 안 된다는 말이냐?」

「그게 가능한 사람이라면 절대로 발을 내디뎌서는 안 되죠.」

「그렇다면 너는 그게 가능하냐?」

「그렇지 않은 것 같아요.」

「가만히 좀 있거라, 알료샤, 입 다물고. 사랑하는 동생아, 나는 네 손에 입을 맞추고 싶구나, 너무나 감동을 받은 거란다. 그루셴까라는 나쁜 계집은 사람을 볼 줄 알기 때문에 한번은 내게 이런 이야기를 한 적이 있지. 언젠가 너를 꼭 잡아먹고 말겠다고. 그래, 더 이상 말하지 않으마! 추잡한 이야기에서, 파리 떼들이 들끓는 그 더럽혀진 황야에서 나의 비극으로, 또 다른 파리 떼들이 들끓는, 다시 말해서 온갖 추악한 이야기의 무대로 넘어가자. 이야기인즉, 그 영감탱이가 순진한 처녀들을 유혹했다고 거짓말을 늘어놓았지만, 사실 나의 비극 속에는 딱 한 번이긴 하지만 그런 일이 있었고 그것도 실현되지는 않았다. 그 영감은 허무맹랑한 이야기를 늘어놓으며 나를 비난하지만 이 사건만은 모르고 있어. 아무한테도 하지 않은 이야기지만 처음으로 너한테만은 털어놓겠다, 물론 이반만은 예외다. 이반은 모든 사실을 알고 있거든. 네가 알기 훨씬 전부터 알고 있는 거야. 하지만 이반은 무덤이야.」

「이반 형이 무덤이라고요?」

「그렇단다.」

알료샤는 매우 조심스럽게 이야기를 경청했다.

「나는 전선의 어느 부대에서 근무하고 있었는데 소위보라고는 하지만 유형수나 다를 바 없이 감시를 받고 있었지. 그런데 그 고장 사람들은 끔찍하리만치 나에게 잘 대해 주었다. 나는 많은 돈을 뿌려 댔고 사람들은 나를 부자라고 믿었으며 나 또한 그렇다고 믿었던 거지. 그 밖에도 내게는 그들 마음에 드는 구석들이 있었는지도 몰라. 모두들 고개를 가로저으면서도 나를 아껴 주었으니까. 그러던 중 우리 부대의 한 늙은 중령이 갑자기 나를 미워하게 되었단다. 내게 시비를 걸어 왔지만, 나도 주먹은 좀 쓰는 데다가 마을 사람 전체가 내 편이었기 때문에 그 시비라는 것은 그다지 심하지 않았어. 그건 내가 잘못했던 거야, 일부러 적당한 예우를 표시하지 않았으니 말이야. 내가 오만했던 거야. 그 고집불통의 노인네는 상당한 미남에다가 마음씨 좋고 사람들을 좋아하는 호인이었는데, 두 번 결혼했지만 부인들과 모두 사별하고 말았어. 첫번째 부인은 평범한 여자였는데 역시 평범한 딸을 남겨 놓고 세상을 떠난 상태였단다. 내가 그곳에 있을 때 그 처녀는 이미 스물네 살이나 된 과년한 처녀로서 아버지와 죽은 어머니의 동생인 이모와 함께 살고 있었지. 이모는 과묵하고 평범한 여자인 반면 조카, 그러니까 중령의 맏딸은 활달하면서도 평범했어. 지난날을 돌이킬 때 난 남들한테 좋은 평만 내리지. 하지만 그 처녀보다 더 매력적인 성격을 가진 여자를 본 적은 없어. 그녀의 이름은 아가피야, 아가피야 이바노브나였지. 그녀는 러시아적인 멋을 간직한 상당히 아름다운 여자였어. 키도 크고 살집이 올라 몸매는 풍만하고 얼굴은 투박하긴 해도 아름다운 눈매를 가졌지. 두 번이나 청혼을 받았지만 모두 거절하고 시집을 가지 않았으며 명랑함은 잃지 않고 있었어. 난 그녀와 가깝게 지냈지. 아니, 그렇다고 그런 식이 아니라, 소위 우정을 나누는 순수한 사이였지. 나도 종종 여자들과 아주 순수한 우정을 나누며 사귀곤 했으니까. 그녀한테 노골적인 이야기를 지껄여 대곤 했지만, 어휴! 그녀는 그저 웃기만 할 뿐이었어. 많은 여자들이 노골적인 것을 좋아하는데, 귀담아들어라, 더구나 그녀는 처녀였으니 나는 너무나 즐거울 수밖에. 게다가 그녀는 양가댁 규수들이 흔히 지니고 있는 오만함이 전혀 없었단 말이야. 그녀는 아버지 댁에서 이모와 살면서도 기꺼이 자기 몸을 낮추었고, 어느 곳을 가든 자신을 내세우려고 하지 않았어. 모든 사람들이 그녀를 사랑했고 그녀를 필요로 했는데, 왜냐하면 옷 만드는 솜씨가 뛰어났기 때문이지. 재주가 비상했지만 일한 대가로 돈을 요구하지도 않았으며 그저

고운 마음에서 일해 주었지. 그렇다고 굳이 주는 선물을 마다하지는 않았어. 그런데 그 중령은 영 딴판인 거야! 중령은 그 고장의 일급 명사들 중의 한 사람이었지. 발도 넓어서 온 동네 사람들을 초대해서 식사를 하고 춤도 즐겼어. 내가 그곳에 도착해서 대대에 배치되었을 때 미인들 중에서도 미인이자 수도의 어느 귀족 대학을 막 졸업한 중령의 둘째 딸이 수도에서 곧 돌아온다는 소문이 온 마을에 퍼졌지. 바로 그 둘째 딸이 까쩨리나 이바노브나인데 중령의 후처가 낳은 딸이야. 그런데 이미 고인이 된 그 후처는 어느 굉장한 장군 집안 출신이었으며, 내가 확실히 들은 바에 따르면 중령에게 지참금을 한 푼도 가져오지 않았다는 거야. 말하자면 친척들한테 어떤 희망을 품을 수는 있었겠지만 현찰은 한 푼도 없었던 셈이지. 그런데 그 여대생이 도착하자(아주 돌아온 것이 아니라 잠시 체류하러 왔던 거지) 그 마을 전체가 아연 활기를 띠었고, 그 지방의 가장 저명한 귀부인들을(장군 부인 두 사람과 대령 부인 한 사람) 비롯한 모든 사람들이, 모든 사람들이 나서서 그녀를 데려다가 비위를 맞추기 시작했어. 그녀는 무도회, 야유회의 여왕이 되었고, 한편으로는 어느 가정교사들을 돕는다는 명목으로 활인화(活人畵) 전시회를 여는 등 법석을 떨더군. 나는 말없이 방탕한 생활을 계속하다가 결국은 온 읍내가 법석을 떨 만한 사건을 일으켰지. 언젠가 그녀가 내게 눈길을 보낸 적이 있는데, 포병 중대장의 집에서 벌어진 일이었어. 그렇지만 나는 그녀한테 다가가지 않았지. 그녀와 사귀는 것을 무시했다고 할 수 있지. 어느 정도 시간이 흐른 뒤에 역시 야회석상에서 내가 그녀 곁에 다가가 말을 걸었더니, 그녀는 거들떠보지도 않으면서 경멸하듯 입술을 꼭 다물더군. 그래서 난 〈두고 보자, 언젠가는 복수하고 말 테니〉라고 생각했지. 말단 장교에 지나지 않던 나는 당시 성격이 매우 거칠어져 있었는데 그건 나도 잘 알고 있었어. 당시 내가 느낀 감정 중에서 중요한 것은 〈까쩬까〉가 마냥 순수한 여대생이 아니라 자부심이 강하고 덕망도 있는 데다가 머리도 좋고 교육도 많이 받은 아가씨였던 반면에 나는 무엇 하나 가진 바가 없었다는 거야. 너는 내가 청혼하고 싶어했다고 생각하는 모양이로구나? 천만에, 나는 그저 나처럼 멋진 젊은이한테 아무 감정도 느끼지 않는 그녀에게 복수하고 싶었을 뿐이야. 한동안 술판을 벌이고 난동을 부렸지. 결국 중령은 나를 체포해서 사흘 간 영창에 집어넣었어. 내가 아버지한테 모든 권리에서 손을 떼 겠다는, 다시 말해서 지금 〈청산〉하게 되면 앞으로는 더 이상 돈을 요구하지 않겠다는 공식적인 권리 포기증을 보낸 이후 아버지로부터 6천 루블이라는 돈이 도착한 것은 바로 그 무렵이었지. 당시 나는 아무것도 몰랐어. 내가 여기 올 때까지도, 요 며칠 전까지만 해도, 아니 오늘 이 순간까지도 아버지와의 금전 문제에 대해 모르고 있었어. 하지만 아무래도 좋아, 그건 나중 문제니까. 그런데 그 6천 루블을 받은 이후 나는 어느 친구가 보낸 한 통의 편지에서 매우 흥미진진한 사실을 알게 되었지. 다시 말해서 군기 문란죄의 혐의로 우리 중령한테 불만이 높아 갔지. 한마디로 그의 적들이 미끼를 던져 놓았던 거야. 그래서 사단장이 직접 와서는 책망을 하고 갔어. 그리고 얼마 후 퇴역 명령이 떨어졌지. 너한테 자세한 이야기를 일일이 다 할 수는 없지만 그 마을에는 그의 적들이 있었고, 갑자기 마을 사람들은 중령은 물론 그의 가족들 모두를 아주 냉정하게 대하게 되었어. 마치 파도가 밀려나가듯이 말이야. 그때 나의 첫 장난이 시작되었지. 나는 지속적으로 우정을 나누고 있던 아가피야 이바노브나를 만난 자리에서 이렇게 말했어. 〈아버님한테 공금 4천 5백 루블이 모자란답니다.〉〈아니 대체 무슨 말씀을 하시는 거예요? 얼마 전에 장군님께서 오셨을 때도 모두 있었는데…….〉〈그때는 그랬지만, 지금은 그렇지 않습니다.〉 그녀는 얼이 빠질 정도로 깜짝 놀랐지. 〈제발 사람을 놀라게 하지 마세요. 대체 그 소리는 어디서 들으신 거예요?〉〈진정하세요. 아무한테도 말하지 않을 테니. 물론 이 문제에 관해서는, 당신도 아시겠지만, 저는 무덤입니다. 그러나 《만일의 경우》를 대비해서 덧붙여 둘 말씀이 있습니다. 아버님한테 4천 5백 루블인가 하는 돈을 청구되었을 때 그 돈이 없어진 것이 들통 나면 아버님은 재판을 받게 되고 연로한 나이에 졸병으로 끌려가게 될 테니 댁의 그 여대생을 나한테 몰래 보내시는 편이 나을 겁니다. 그러면 당장 돈을 보내 드리지요. 그녀한테 4천 루블인가 얼마인가 하는 돈을 기꺼이 내놓을 뿐만 아니라 그 비밀은 맹세코 지켜 드리겠습니다.〉〈아, 당신은 정말 비열한 사람이로군요! (그렇게 말하더군.) 당신은 정말 지독히 비열한 사람이에요! 어떻게 그런 식으로 사람을 희롱할 수 있어요!〉 그녀는 화를 벌컥 내며 돌아갔지만 나는 그녀의 뒷전에다 대고 비밀은 무슨 일이 있어도 꼭 지키겠다고 다시 한번 소리쳤어. 미리 덧붙여 말해 두면 그 두 여자, 다시 말해서 아가피야와 그녀의 이모는 언제나 순결한 천사 같았고, 오만한 여동생 까쨔를 진심으로 존경하면서 그녀 앞에서는 몸을 낮추었어, 그녀의 하녀였지……. 그런데 아가피야가 그런 농담, 즉 우리들 사이의 대화를 그녀한테 말해 주었던 거야. 나중에 가서야 나는 그 모든 사실을 손바닥 들여다보듯 알게 되었지. 아무튼 그녀는 그 이야기를 숨기고 있을 수가 없었고, 물론 나도 그걸 노렸던 거야.

그런데 갑자기 신임 소령이 대대 업무를 인수하러 도착했지. 업무 인수가 시작되었어. 그런데 그 전임 중령은 갑자기 병이 나서 전혀 움직일 수가 없게 되었고, 이틀이나 집 안에 틀어박힌 채 공금 인계를 하지 않았어. 군의관 *끄라프첸꼬*는 그가 진짜로 병에 걸린 거라고 믿었지. 하지만 나만은 오래 전부터 그 비밀을 자세히 알고 있었어. 사령부의 심사를 받는 그 돈은 심사가 끝나게 되면 4년에 걸쳐 매번 얼마 동안 사라져 버리곤 했지. 중령은 믿을 만한 사람이라고 생각한 그 마을의 늙은 홀아비인 금테 안경을 낀 텁석부리 장사꾼 뜨리포노프에게 돈을 빌려 주고 있었던 거야. 그 장사꾼은 장터에 다니고 있었는데 그곳에서 그 돈을 회전시켰고 얼마 후 중령에게 원금을 갚는 동시에 장터에서 토산품을 가져다 주기도 했지. 토산품에 이자까지 붙여서 말이야. 그런데 바로 그때는(나는 뜨리포노프의 아들놈이자 상속자인 천하의 개망나니 코흘리개 애송이한테 어떤 일이 벌어졌는지 아주 우연한 기회에 들을 수 있었지), 바로 그때는 뜨리포노프가 장터에서 돌아와서도 돈을 갚지 않았어. 중령은 그 사람한테 달려갔고 〈나는 당신한테서 아무것도 받은 것이 없을 뿐만 아니라 또 받을 일도 없었어요〉라는 대답을 듣게 된 거야. 그러니 중령은 집 안에 틀어박혀서 수건을 이마에 동여맨 채 해가 저물도록 세 여자로부터 얼음 찜질로 간호를 받았던 거지. 그런데 갑자기 전령이 〈두 시간 이내에 즉각 공금을 반납할 것〉이라고 적힌 명령서와 장부를 들고 나타났어. 중령은 장부에 서명을 한 후(나는 나중에 장부에 적힌 그의 서명을 보았지) 자리에서 일어나더니 옷을 갈아입으러 가겠다며 자기 침실로 들어가서는 2연발 사냥총을 집어 들고 군용 탄약을 장전한 다음 오른쪽 장화를 벗어서 총구를 가슴에 대고 발로 방아쇠를 더듬기 시작했어. 그런데 이상하게 생각하던 아가피야가 문득 내 말이 생각나서 몰래 감시를 하다가 때마침 그 장면을 목격하게 되었지. 그녀가 갑자기 달려들어 자기 아버지를 뒤에서 껴안는 바람에 총알은 천장으로 발사되고 말았어. 아무도 다친 사람은 없었지. 나머지 집안 사람들이 달려와서 그의 몸을 붙들어 총을 빼앗고 팔을 제지시키는 등 소동이 벌어지고 말았어…… 그런데 이건 모두 나중에 들은 이야기란다. 그때 나는 집에 있다가 해질 무렵 이미 옷을 갈아입고 머리도 빗고 손수건에 향수도 뿌린 다음 모자를 집어 들고 막 나가려던 참이었어. 그런데 갑자기 방문이 열리더니 내 눈앞에, 내 아파트에 까쩨리나 이바노브나가 나타난 거야.

세상에는 이상한 일도 종종 벌어지는 법이어서 그때 그녀가 우리집에 찾아오는 걸 눈여겨본 사람은 아무도 없었고, 그래서 마을에 그 소문은 나돌지 않았어. 나는 그때 두 관리의 연로한 부인들에게서 아파트를 빌려 쓰고 있었는데 그들은 나를 잘 보살펴 주었고, 평소 내 이야기를 무엇이든 잘 들어 주던 점잖은 노파들은 내 지시에 따라 그 후 쇠기둥처럼 입을 다물었지. 물론 나는 한눈에 알아차렸어. 방에 들어온 그녀는 나를 빤히 쳐다보았지. 그 검은 눈에는 확고한 결단과 대담성까지 엿보였지만 입가에는 망설이는 기색이 역력했어.

〈언니는 제가 당신한테…… 직접 찾아오면 4천 5백 루블을 주실 거라고 하던데요. 이렇게 찾아왔으니…… 돈을 주세요……!〉 이렇게 말하더니 더 이상 참지 못하여 숨을 헐떡거리면서 무엇에 놀라기라도 한 듯 말을 잇지 못하는데, 그 입술 끝은 파르르 떨리고 있었어. 알료쉬카, 내 이야기를 듣고 있는 거니, 아니면 자는 거냐?」

「미쨔 형님, 저는 형님이 진실을 모두 이야기하실 거라는 사실을 알고 있어요.」 잔뜩 흥분한 알료샤가 말했다.

「진실 그대로 이야기해 주지. 이것저것 형편 가리지 않고 있었던 그대로 진실을 모두 이야기하마. 첫번째 떠오른 생각은 까라마조프 식이었어. 언젠가 지네한테 물린 적이 있는데 그것 때문에 열이 올라 2주 동안이나 앓아 누운 적이 있었지. 그런데 바로 그 순간 갑자기 지네한테, 그 고약한 벌레한테 심장을 물어뜯긴 거야. 무슨 이야긴지 이해하겠지? 나는 그녀의 눈동자를 자세히 살펴보았어. 넌 그녀를 본 적이 있니? 정말 미인이야. 그런데 당시 그녀의 아름다움은 그런 것이 아니었어. 당시 그녀의 아름다움은 그녀가 고상한 여자인 데 반해 나는 비열한 인간에 지나지 않으며, 그녀는 관용과 아버지를 위한 희생의 장엄한 모습을 보여 주는 데 반해 나는 빈대나 다를 바 없다는 생각에서 비롯된 것이었어. 그런데 내 손에, 한 마리 빈대에 불과한 이 비열한의 손에 그녀의 정신과 육체의 모든 것이, 〈모든 것이〉 달려 있었어. 그녀는 독 안에 든 쥐였어. 너한테 솔직히 고백하마. 그 생각, 바로 지네의 그 생각이 내 심장을 너무도 힘껏 움켜쥐어서 알 수 없는 고통 때문에 심장이 터질 지경이었어. 이미 갈등이고 뭐고 필요 없는 상황이었는지도 몰라. 동정 따위는 집어치우고 빈대나 독거미처럼 행동할 수도 있었을 테니까……. 숨이 가빠 오더군. 들어 보렴. 물론 나는 다음날 그녀를 찾아가 청혼함으로써 모든 문제를 아주 고상하게 해결할 수 있었고, 아무도 그런 사실을 모르게 또 알 수도 없게 처리할 수 있었지. 왜냐하면 나는 저급한 욕망을 가지고 있기는 하지만 정직한 사람이니까. 바로 그 순간 누군가 내 귀에 이렇게 속삭였어. 〈내일 청혼을 하러 그녀를 찾아간다면 그녀는 너를 맞아 주는 것이 아니라 마부를 시켜서 문 밖에서부터 쫓아내고 말 거야. 온 읍내에 소문을 내란 말이야, 너 따위는 하나도 두렵지 않다고!〉라고. 난 그 처녀를 바라보았지. 아무 말도 나오지 않았어. 물론 그녀는 그렇게 행동하고도 남아. 내가 목덜미를 붙잡혀 끌려 나오리란 것은 당시 그녀의 얼굴만 보아도 알 수 있었으니까. 그러자 내 마음속에 심술이 부글부글 끓어오르면서 돼지 새끼처럼 천하디천한 장사치들이나 하는 장난을 치고 싶어지더군. 그녀를 경멸 어린 눈초리로 바라보며 바로 이렇게, 그녀가 네 앞에 버티고 서 있는 동안 말야, 장사치들이나 하는 말투로 그녀를 당황하게 만들고 싶었던 거야.

〈웬 빌어먹을 4천! 농담 한번 해본 걸 가지고 대체 당신은 어쩌자는 거요? 아가씨, 너무 경솔하게 판단하셨군. 한 2백 정도라면 나도 기꺼이 내드리겠지만 4천이라니, 아가씨, 그건 이런 경솔한 일에 아무렇게나 내던질 수 있는 금액이 아니란 말이에요. 공연히 헛수고만 하셨군요.〉

그러나 이렇게 말한다면 그녀는 달아나 버릴 테고 나는 모든 것을 잃게 되겠지. 하지만 그 정도면 악랄한 복수를 하는 것이고 묵은 빚을 청산하는 셈이기도 하겠지. 나중에 가서 평생 동안 후회를 하게 될지도 모르지만 당장은 그런 장난질이 하고 싶어 미칠 지경이었어! 믿어 주렴, 나는 그런 순간에 어떤 여자한테도 증오의 눈빛으로 상대를 바라보았던 적이 없어. 십자가에 맹세하지. 그런데 당시 나는 3초 혹은 5초 가량 그녀를 끔찍한 증오의 눈빛으로 바라보았던 거야. 그런 증오는 사랑, 미칠 듯한 사랑과 종이 한 장 차이에 불과하지! 나는 창문으로 다가가서 얼어붙은 유리창에 이마를 갖다 댔지. 내가 내 이마를 얼음으로 마치 그것이 불인 양 데우고 있었던 일은 아직도 기억에 생생하구나. 염려하지 않아도 좋아. 나는 그녀를 오랫동안 붙잡지 않고 곧 몸을 돌려 책상으로 가서는 서랍에서 5퍼센트 이자가 붙은 5천짜리 무기명 수표를 꺼냈지(그건 프랑스 어 사전에 끼워져 있었어). 그리고 나서 말없이 수표를 보여 준 다음 반으로 접어서 그녀에게 건네주고는 현관문을 연 후 한 걸음 물러서서 그녀를 향해 허리를 깊이 숙여 아주 정중하고 품위 있게 인사했어. 믿어 주렴! 그러자 그녀는 온몸을 부르르 떨면서 나를 1초간 뚫어질 듯 쳐다보더니 얼굴이 백지장처럼 하얗게 변하여 갑자기 아무 말 없이 무슨 발작에서가 아니라 부드럽고 조용히 내 발을 향해 깊이 고개 숙여 인사를 하는 것이었어. 대학생들의 인사가 아니라 머리가 땅에 닿을 정도의 러시아 식으로 말이야! 그리고는 벌떡 몸을 일으켜 달아나 버렸어. 그때 나는 군도(軍刀)를 차고 있었는데, 그녀가 뛰어나갈 때 무엇 때문이었는지는 몰라도 군도를 꺼내어 그 자리에서 당장 내 목을 치고 싶어지더군. 끔찍하게 어리석은 일이기는 해도 틀림없이 환희 때문에 그랬을 거야. 사람은 어떤 환희 때문에 자살할 수도 있다는 것을 네가 이해할지 모르겠구나. 하지만 나는 군도를 휘두르지 않고 그냥 군도에 입을 맞춘 다음 다시 칼집에 집어넣었지. 사실 이런 이야기까지 네게 말할 필요는 없었는데. 게다가 온갖 갈등을 네게 털어놓으면서 자화자찬을 하려고 약간 허풍을 떨었는지도 모르는 일이고 말이야. 하지만 어쩔 수 없는 노릇이지. 사람의 마음에 숨어 있는 온갖 밀정들은 다 귀신이 물어 가야 해! 이것이 나와 까쩨리나 이바노브나 사이에 있었던 지난 〈사건〉의 전모란다. 이제는 너와 이반만이 그걸 알게 된 거지!」

드미뜨리 표도로비치는 몸을 일으키더니 잔뜩 흥분하여 한두 걸음 앞으로 내디딘 뒤 손수건을 꺼내 이마에서 흘러내리는 땀을 닦고 나서는 다시 자리에 걸터앉았다. 그러나 조금 전에 앉았던 그 자리가 아니라 맞은편 다른 벽 옆에 있는 다른 벤치에 앉았다. 그래서 알료샤도 형을 향해 몸을 돌려야만 했다.

5. 뜨거운 마음의 고백, 곤두박질

「이제는.」 알료샤가 말했다. 「그 사건의 전반부를 저도 알게 되었군요.」

「너도 전반부를 이해하게 된 거야. 그건 드라마이고 그곳에서 일어난 일이란다. 하지만 후반부는 비극이고 여기에서 일어나고 있거든.」

「후반부에 관해서는 지금도 전혀 이해가 가질 않는걸요.」 알료샤가 말했다.

「그러면 나는? 내가 정말 그걸 이해하고 있다는 거냐?」

「잠깐만요, 드미뜨리 형. 중요한 게 한 가지가 있어요. 말씀해 보세요, 형이 정말로 약혼자인가요, 지금 약혼자인가요?」

「내가 약혼자가 된 건 지금이 아니라, 그때의 그 일 이후 꼭 석 달 후였어. 사건이 일어난 다음날 나는 일은 끝났으며 완전히 종결된 것이니 그 일이 재론되는 일은 없을 거라고 스스로 다짐했단다. 청혼하러 간다는 것은 저열한 짓이란 생각이 들었거든. 그녀 쪽에서도 우리 읍에서 6주간이나 살았지만 아무런 언질도 주지 않았고. 사실 한 가지 예외가 있긴 했지만 말이다. 그녀가 찾아왔던 다음날 그 집 하녀가 나한테 몰래 찾아와서는 아무 말 없이 꾸러미를 전해 주더군. 꾸러미에는 누구누구 앞이라고 적혀 있었지. 열어 보니 5천 루블짜리 수표의 거스름돈이 들어 있었어. 필요했던 금액은 모두 4천 5백 루블이었는데 수표를 환전하면서 2백 루블 남짓 손해를 보았던 거지. 잘은 기억나지 않지만, 내게 보내 온 것은 모두 2백 60루블이었던 것 같아. 단지 돈만 들어 있었지, 쪽지도 아무런 언질도 무슨 설명도 없었던 거야. 나는 혹시 연필로 적은 흔적이라도 있지 않을까 해서 꾸러미를 뒤져 보았지만, 아무것도 없었어! 아무튼, 나는 나머지 돈으로 방탕한 생활을 했고, 그래서 신임 소령도 결국 내게 질책을 하지 않을 수 없었지. 어쨌거나, 중령이 공금을 내놓자 모두들 깜짝 놀라고 말았어. 그의 수중에 돈이 그대로 남아 있을 거라고 생각했던 사람은 이미 아무도 없었거든. 그는 돈을 내놓은 후 시름시름 앓더니 병석에 눕고야 말았어. 한 3주 정도 누워 있었는데, 갑자기 뇌연화증이 생겨서 5일 만에 돌아가셨지. 아직 은퇴하지 않은 상태였기 때문에 장례식은 군장(軍葬)으로 치러졌어. 까쩨리나 이바노브나는 그의 언니, 이모와 더불어 아버지의 장례식을 치르고 나서 열흘인가 만에 모스끄바로 떠나 버렸지. 그런데 그들이 떠나던 날 출발 직전에(나는 그들을 만나지도 전송하지도 않았어) 조그만 봉투 하나를 받았던 거야. 환히 비치는 파란색 종이에는 연필로 단 한 줄이 적혀 있을 뿐이었어. 〈편지 드릴 테니 기다려 주세요. K.〉라고 말이야. 그게 전부야.

이제 네게 간단히 설명해 주지. 모스끄바에서 그들의 상황은 무슨 아라비아 설화처럼 뜻하지 않게 번개처럼 빠른 속도로 돌변하고 말았어. 그녀와 가까운 친척이 되는 어느 장군 부인이 갑자기 한꺼번에 가장 가까운 상속자 두 사람을, 가장 가까운 조카 두 사람을 잃어버린 거지. 두 여자가 1주일 사이에 모두 천연두에 걸려 죽어 버린 거야. 충격에 빠져 있던 그 노파는 까쨔[32]를 마치 친딸인 양, 구세주라도 되는 양 반갑게 맞아들인 후 당장 그녀 앞으로 유서를 고쳐 쓰게 했지. 그러나 그건 나중 일이고, 우선은 8만 루블을 손에 쥐어 주면서 이건 너의 지참금이니 마음대로 써도 좋다고 했다는 거야. 나중에 모스끄바에서 그 부인을 관찰해 봤지만 히스테리가 심한 여자였어. 당시 나는 느닷없이 우편환으로 4천 5백 루블을 받게 되었는데, 물론 너무 놀라고 당혹스러워서 말을 잃고 말았어. 사흘 후에는 약속했던 편지도 도착했어. 그건 지금도 내가 가지고 있고 또 언제나 몸에 지니고 있는데, 죽을 때까지도 그렇게 할 거야. 보여 줄까? 꼭 읽어 보렴. 약혼녀가 되겠다는 거야, 그녀가 먼저 제안한 거야. 〈미칠 듯이 사랑하고 있습니다. 당신이 저를 사랑하지 않는다 해도 좋아요, 꼭 제 남편이 되어 주세요. 두려워하지 마세요, 저는 어떤 일로도 당신을 구속하진 않을 테니. 당신의 가구가 되고, 당신이 밟고 다니는 양탄자가 되겠어요……. 당신을 영원히 사랑하고 싶어요, 당신을 자신으로부터 구원해 드리고 싶어요…….〉 알료샤, 나는 나의 천박한 표현과 천박한 말투, 결코 고칠 수 없었던 천박한 말투로 그 문구들을 입에 담을 자격조차 없구나! 그 편지는 오늘도 내 폐부를 찌르고 있는데, 지금 정말 내 마음이, 정말 내 마음이 편할 수 있겠니? 그때 나는 곧장 답장을 써 보냈단다(내가 직접 모스끄바로 갈 형편이 아니었거든). 눈물로 편지를 썼던 거야. 한 가지 끝없이 부끄럽게 생각되는 것은, 그녀는 이제 지참금도 지닌 부자인 데 비해 나는 가난한 장교에 지나지 않는다며 돈 문제를 언급했던 거야! 그런 건 그냥 마음속에 품고 있어야 하는 건데 펜이 말을 듣지 않았어. 당시 나는 곧장 모스끄바에 있는 이반에게도 편지를 썼고,

32 까쩨리나의 애칭.

장장 여섯 장에 이르는 편지로 가능한 한 모든 설명을 한 다음, 이반을 그녀에게 보냈지. 왜 그러니, 왜 날 그런 눈으로 쳐다보는 거야? 그렇게 해서 이반은 그녀에게 반하게 되었고, 그건 지금도 변함없지. 나도 알고 있어, 너 같은 사람들의 눈에는, 세속적으로 봐서는 내가 어리석은 짓을 한 것처럼 보인다는 것을. 그러나 아마도 바로 이 어리석은 짓만이 지금 우리 모두를 구원해 줄 거야! 휴우! 너는 그녀가 이반을 얼마나 숭배하고 존경하는지 모르는 게로구나? 우리 두 사람을 비교하고 난 후에 어떻게 나 같은 놈을, 그것도 여기서 일이 벌어질 대로 벌어지고 난 후인데 어떻게 나 같은 놈을 사랑할 수 있겠니?」

「그녀가 사랑하는 사람은 형 같은 사람이지, 이반 형 같은 사람이 아니라는 걸 나는 확신해요.」

「그녀가 사랑하는 것은 자신의 선행이지, 내가 아니야.」 갑자기 드미뜨리 표도로비치는 무의식적이지만 심술 사나운 목소리로 이렇게 말했다. 그는 웃음을 터뜨렸다. 그러나 순간적으로 그의 눈동자는 번쩍 빛을 뿜어냈고, 얼굴이 온통 벌겋게 상기된 채 주먹으로 힘껏 탁자를 내리쳤다.

「맹세하마, 알료샤.」 그는 자신을 향해 무시무시하고 진지한 울분을 터뜨리며 소리쳤다. 「믿건 말건 나는 신성한 하느님과 그리스도 앞에 맹세하마. 나는 지금 그녀의 고상한 감정을 비웃기는 했지만, 내가 정신적으로 그녀보다 백만 배나 더 저속하다는 것도, 그녀의 훌륭한 감정은 정말이지 하늘나라의 천사의 감정과 같다는 것도 알고 있어! 비극은 내가 그것을 확실히 알고 있다는 사실, 바로 거기에 있는 거야. 사람이 좀 연설조로 이야기하면 어때? 그렇다고 내가 연설조로 이야기한 것은 아니겠지? 그렇지만 나는 진실하단다, 진실해. 이반에 대해 언급하면 그가 어떤 저주의 눈으로 자연을 바라보는지 이해할 수 있어. 게다가 두뇌까지 갖추고 있잖니! 그런데 운명의 주사위가 던져진 사람은 누구겠니, 무엇이겠어? 냉혈한한테 던져진 거야. 약혼자이면서 모든 사람들이 바라보는 가운데 약혼녀 앞에서, 약혼녀 앞에서 자신의 방탕한 난동을 억제할 줄 모르는 놈한테 말이야. 그런 내게 운명이 결정되었고 이반은 거절당한 거지. 하지만 왜 그랬겠니? 그건 감사의 마음을 품고 있는 그 아가씨가 자신의 인생과 운명을 어거지로 희생하고 싶어하기 때문이야! 어리석은 짓이지! 난 이반한테는 이런 생각을 결코 이야기한 적이 없고 이반도 내게 이것에 대해 일언반구도, 일말의 암시조차 내비친 적이 없단다. 그러나 운명의 판결은 완결되어 가치 있는 사람은 제자리에 남게 하지만 가치 없는 사람은 영원히 뒷골목으로, 더러운 자신의 뒷골목으로, 자신이 좋아하는 자신만의 뒷골목으로 꼬리를 감추고 그곳에서 진흙과 악취 속에 파묻혀 만족하면서 기꺼이 파멸해 가는 법이지. 내가 뭔가 속이고 있고 내 이야기는 모두 쓸데없는 것이며 함부로 지껄여 댄다고 할지도 모르지만 내가 말한 대로 실현될 거야. 나는 뒷골목에 빠져 들고 그녀는 이반에게 시집을 갈 거란 말이지.」

「형, 잠깐만.」 알료샤는 완전히 평정을 잃고 다시 입을 열었다. 「어쨌거나 거기에는 저한테 아직 설명되지 않은 일이 있어요. 형님은 아무튼 그분의 약혼자, 약혼자가 아니세요? 그렇다면 그분이 원치 않는데도 어떻게 그걸 파기하실 수가 있으세요?」

「나는 그녀의 약혼자지. 정식으로 축복도 받았고. 모두 다 모스끄바에 있을 때였어. 내가 도착한 직후에, 성상도 갖추고, 멋진 예식에, 정말 대단했지. 장군 부인도 축복을 내려 주고. 그리고 믿을 수 있겠니, 그녀는 심지어 까쨔에게도 축하를 했지. 〈너는 신랑을 참 잘 골랐구나, 난 그 사람의 마음을 꿰뚫어 보거든〉 하면서 말이야. 믿을 수 있겠니, 그런데 장군 부인은 이반을 싫어해서 축하도 해주지 않았어. 모스끄바에서 나는 까쨔와 많은 이야기를 나누었고 나의 모습 그대로를 귀족적으로, 정확하고 솔직하게 설명해 주었지. 그녀는 경청했어. 〈사랑의 망설임이 있었고 / 감미로운 말이 오갔지……〉 그런데 그녀의 말은 오만한 것이었어. 그때 그녀는 내가 개심해야 한다는 엄청난 약속을 강요했지. 나는 약속을 했고. 그런데…….」

「그런데 뭐예요?」

「내가 오늘 너를 이곳으로 불러낸 것은, 오늘, 잘 들어 둬라! 바로 오늘 날짜로 너를, 그러니까 말이다, 오늘 까쩨리나 이바노브나한테 보내서…….」

「뭐라고요?」

「그녀한테 전해 다오. 난 더 이상 그녀를 찾아가지 않을 것이며, 정중히 작별 인사를 드린다고 말야.」

「어떻게 그러실 수가 있으세요?」

「그럴 수가 없으니까 내 대신 너를 보내는 거야. 내가 그 이야기를 어떻게 직접 할 수 있겠니?」

「그렇담 형은 어디로 가는 거예요?」

「뒷골목이지.」

「그루셴까한테 가겠다는 말씀이신가요?」 알료샤는 깜짝 놀라 손바닥을 치며 슬픈 목소리로 외쳤다. 「그럼 라끼찐이 한 말이 정말 맞는 거로군요? 전 형님이 그 여자를 몇 번 찾아다니다가 끝냈다고 생각했어요.」

「약혼자가 어떻게 그 여자를 찾아가겠니? 어떻게 그런 일이 가능하겠어. 그것도 약혼녀가 보는 앞에서, 또 남들의 이목도 있는데? 나도 어느 정도는 명예심을 가지고 있어. 내가 그루셴까 집에 출입하기 시작하는 순간부터 나는 약혼자도 정직한 인간도 아닌 거야. 난 그걸 잘 알고 있지. 뭘 그렇게 쳐다보니? 처음에 난 그녀를 한 대 패주러 갔던 거야. 아버지의 대리인 노릇을 하던 그 이등 대위 녀석이 내 명의로 된 어음을 그루셴까한테 넘기면서 그녀더러 돈을 청구해서 나를 꼼짝 없이 파멸시키라고 했다는 사실을 알게 됐고, 지금은 확실히 알고 있지. 모두 나를 협박하려 들었지. 그래서 그루셴까를 패주러 쫓아갔어. 전에도 잠깐 그녀를 본 적은 있어. 그땐 별로 감동적이지 않더군. 그 장사꾼 영감에 대해서도 나는 알고 있었어. 게다가 그 영감은 지금은 병에 걸려 몸져누워 있지만 어쨌든 상당한 재산을 그녀에게 남겨 줄 모양이야. 그녀가 악착같이 돈을 끌어 모으고 악랄한 이자 놀이도 하는, 피도 눈물도 없는 천하의 교활한 악질이라는 것도 알고 있었어. 나는 그 여자를 때려 주러 갔다가 그만 그녀의 집에 눌러앉고 말았어. 벼락을 맞은 끝에 몹쓸 병이 들어 감염된 뒤 지금까지도 앓고 있는 거지. 물론 나는 만사가 이미 끝나 버렸고 다른 길은 결코 있을 수 없다는 사실을 알고 있어. 시간의 순환이 끝난 것이지. 바로 이게 나의 실상이야. 그런데 그때 우연히도 갑자기 빈털터리인 내 수중에 3천 루블이란 돈이 생겼던 거야. 그 길로 나는 그녀와 함께 여기서 25베르스따 정도 떨어진 모끄로예 마을로 가서 남녀 집시들을 모으고 샴페인을 구해서 농부들, 시골 아낙네들, 처녀들에게 샴페인을 진탕 먹이느라 수천 루블을 탕진해 버린 거야. 결국 사흘 만에 나는 빈털터리 신세가 되었지만 매가 된 기분이었어. 넌 그 매가 어떤 목적을 이루었을 거라 생각하고 있겠지? 그녀는 어떤 것도 주지 않았어. 말하자면, 곡선미라고나 할까. 악녀나 다름없는 그루셴까는 놀라운 육체적 곡선미를 가지고 있어서 그 곡선미는 그녀의 발 하나에도 나타나 있고, 심지어는 왼발 새끼발가락에서도 그걸 느낄 수 있지. 난 그걸 보고 거기에 입을 맞추었어. 하지만 그뿐이야. 맹세하마! 그녀는 〈원하신다면, 비록 당신이 가난뱅이라 해도 당신에게 시집을 가겠어요. 단지 앞으로 나를 때리지도 않고 내가 원하는 것은 무엇이든 허락하시겠다는 말씀만 해주신다면, 그땐 당신에게 시집가겠어요〉라고 하면서 웃지 않겠니. 그리고 지금도 그런 식으로 웃고 있다고!」

드미뜨리 표도로비치는 분기탱천하여 자리를 박차고 일어났다. 그는 갑자기 술에 취한 사람과도 같은 모습으로 변해 있었다. 갑자기 두 눈에는 핏발이 잔뜩 섰다.

「정말 그녀와 결혼하고 싶으신 건가요?」

「만일 그녀가 원한다면 당장이라도 결혼할 것이고, 그렇지 않다면 나는 그 집 문지기 노릇이라도 할 거야. 너…… 너 말이야, 알료샤.」 그는 불현듯 알료샤 앞에 서서 그의 어깨를 움켜쥐고 갑자기 흔들어 댔다. 「알겠니? 너같이 순수한 소년에게 이 모든 것은 헛소리야, 생각도 할 수 없는 헛소리야. 왜냐하면 이건 비극이니까! 알렉세이, 명심해 둬라, 나는 추악하고 타락한 욕정을 지닌 천박한 인간일 수는 있지만, 이 드미뜨리 까라마조프는 결단코 도적이나 소매치기나 좀도둑이 될 수는 없어. 하지만 명심해 둬라, 지금 나는 도적, 소매치기, 좀도둑이 되고 말았어! 그루셴까를 때려 주러 가기 직전인 그날 아침에 까쩨리나 이바노브나가 당시 아무도 모르게(그 이유는 알 수 없지만 그럴 필요가 있었던 모양이야) 나를 부르더니 이곳 사람들이 눈치채지 못하도록 현청 소재지로 가서 모스끄바에 사는 언니 아가피야 이바노브나에게 3천 루블을 우편으로 부쳐 달라고 부탁했었어. 바로 그 3천 루블이 당시 내가 그루셴까 집에 갔을 때 주머니에 들어 있던 돈이고, 그 돈으로 모끄로에 마을로 떠났던 거야. 그리고 나서 현청 소재지에 다녀온 척하면서 송금 영수증을 그녀한테 보여 주지도 않고 돈은 송금했고 곧 영수증을 가져다 주겠노라고 했지. 물론 지금까지도 가져다 주지 않았어. 잊어버린 거야. 지금 네 머릿속에도 언뜻 떠오르겠지만 오늘 네가 그녀를 찾아가서 〈정중히 작별 인사를 전하더라〉고 말하면 〈돈은 어떻게 됐지요?〉라고 물을 거다. 그러면 너는 이렇게 대답해도 좋아. 〈그자는 천박한 색마에 욕정을 절제할 줄 모르는 비열한 인간입니다. 그때 그는 당신의 돈을 송금하지 않고 모두 탕진해 버린 겁니다. 왜냐하면 짐승처럼 자신을 억제할 줄 모르는 인간이니까요〉라고 말이다. 게다가 이렇게 한마디 더 거들어도 괜찮아. 〈그래도 그는 도둑놈은 아니어서 그 3천 루블은 곧 돌려드릴 테니 손수 아가피야 이바노브나한테 송금하십시오. 그리고 그자는 정중히 작별 인사를 전해 달라고 부탁했습니다〉라고. 그러면 그녀는 당장 〈그 돈은 어디 있죠?〉라고 묻겠지.」

「미쨔, 형은 지금 불행하시군요, 정말로! 하지만 형님이 생각하시듯 그렇게 심한 건 아니에요. 절망 때문에 몸을 망치지는 마세요, 절대로!」

「너는 내가 그 3천 루블을 손에 넣지 못하면 권총 자살이라도 할 거라고 생각하는 모양이지? 그런 일로 권총 자살을 하지는 않아. 지금은 그럴 힘도 없고, 나중에라면 혹시 모르겠지만. 그리고 지금은 그루셴까한테 가야 해…… 나 같은 놈은 될 대로 되는 거야!」

「그러면 그녀의 집에서는요?」

「그녀의 남편이 되어 부부가 되는 영광을 누리면서 정부(情夫)가 찾아오면 다른 방으로 자리를 비켜 주는 거야. 그녀의 남자 친구들의 덧신이 더러우면 털어 주기도 하고 사모바르도 끓여 주고 심부름도 쫓아다니면서……」

「까쩨리나 이바노브나는 모두 이해해 줄 거예요.」 알료샤는 갑자기 엄숙한 표정으로 말했다. 「그 모든 슬픔의 깊은 곳까지 이해하고 관대하게 대하실 거예요. 그분은 너무나 총명하기 때문에 형님보다 더 불행한 사람은 없다는 것도 아실 거예요.」

「그녀는 만사를 관대하게 처리하지만은 않을 거다.」 미쨔는 이를 드러내며 히죽 웃었다. 「얘야, 여기에는 어떤 여자도 관대하게 대할 수 없는 그 무엇이 있단다. 너는 어떻게 하는 것이 가장 좋은지 알고 있니?」

「그게 뭔데요?」

「3천 루블을 돌려주는 거야.」

「그 돈을 어디서 구하시죠? 이런, 내가 2천 루블 가진 것이 있고 이반 형이 1천 루블을 내놓으시면 3천 루블이 되니 그걸로 돌려주세요.」

「너희들의 3천 루블이 언제 수중에 들어오겠니? 게다가 너는 아직 성인이 되려면 멀었잖아. 하지만 반드시, 반드시 오늘은 그녀한테 작별 인사를 전해 주어야 해. 돈을 마련했든 그렇지 못했든 문제를 더 이상 질질 끌 수는 없게 되었기 때문이야. 일이 그 지경에 이르고 말았어. 내일이면 너무 늦어, 너무. 그래서 너를 아버지한테도 보내려고 하는 거야.」

「아버지한테요?」

「그래, 그녀한테 가기 전에 아버지한테 먼저 들러 다오. 아버지는 3천 루블을 가지고 있을 테니 부탁해 보려무나.」

「하지만 미쨔, 아버지는 돈을 내놓지 않으실 거예요.」

「행여 돈을 내놓기야 하겠니. 아버지가 돈을 주지 않으리란 건 알고 있어. 얘야, 알렉세이, 절망이 뭔지 알고 있니?」

「알아요.」

「들어 보렴, 물론 법적으로 아버지는 나한테 아무런 채무 관계도 없어. 난 아버지한테서 돈을 모두 받아 갔고 또 그건 나도 알고 있으니까. 하지만 도덕적으로 아버지는 여전히 내게 그럴 만한 의무가 남아 있지 않을까? 아버지는 어머니의 재산 2만 8천 루블로 출발해서 10만 루블이라는 거액의 재산을 모았으니 말이야. 아버지가 2만 8천 루블 중에서 단돈 3천 루블만을, 3천 루블만을 건네준다면 내 영혼은 지옥에서 구원될 수 있을 것이고 자신도 많은 죄를 감할 수 있을 거야! 진정으로 네게 맹세하는 바이지만 나는 3천 루블로 모든 것을 청산할 것이고 아버지는 더 이상 내 소문을 듣지 않게 되겠지. 나는 마지막으로 그 영감이 아버지 구실을 할 수 있는 기회를 주는 거야. 아버지한테 가서 말해 주렴, 이건 천재일우의 기회라고.」

「미쨔, 아버지는 한 푼도 내놓지 않으실 거예요.」

「아버지가 돈을 내놓지 않으리란 건 알고 있다, 아주 잘 알고 있어. 더구나 지금 이 시점에서는 말이야. 게다가 이런 것도 알고 있지. 아버지는 불과 수일 전에, 아니 어쩌면 겨우 어제서야 처음으로 그루셴까가 농담이 아니라 정말로 나하고 불쑥 결혼해 버릴지도 모른다는 사실을 〈진정으로〉(〈진정으로〉라는 말에 유의해라) 깨닫게 된 거야. 아버지는 그녀의 성격을, 그 고양이를 잘 알고 있거든. 게다가 아버지 자신이 그녀한테 얼이 빠져 있는 판인데 일을 도와주려고 내게 돈을 내줄 리가 있겠니? 하지만 그것뿐만이 아니야. 내가 한 가지 이야기를 더 들려주지. 아버지는 닷새 전쯤에 3천 루블을 꺼내어 1백 루블짜리 지폐로 바꾸어서는 큰 봉투에 싸서 다섯 군데나 도장을 찍은 다음 그 위에 빨간 끈을 열 십자로 묶어 놓았어. 난 이 정도로 자세히 알고 있단 말이야! 그 봉투 위에는 이렇게 적혀 있지. 〈나의 천사 그루셴까, 만일 찾아온다면.〉 이건 아버지가 조용할 때 혼자 몰래 끼적거려 놓은 것이니 자기 자신처럼 정직하다고 믿고 있는 하인 스메르쟈꼬프를 빼놓고는 아버지한테 돈이 있다는 사실을 누구도 모를 수밖에 없지. 아버지는 벌써 사흘 혹은 나흘째 기다리면서 그녀가 돈봉투 때문에 찾아오기를 바라고 있거든. 그녀한테 그 이야기를 전했더니 〈어쩌면 갈지도 모른다〉고 말했다는 거야. 그러니 만일 그녀가 그 영감한테 찾아가면 어떻게 내가 그녀와 결혼할 수 있겠니? 이제 내가, 그러니까 여기 몰래 앉아서 바로 무엇을 감시하는지 이해가 가겠지?」

「그녀를 감시하시는 거로군요?」

「그래, 그렇단다. 포마란 놈이 여기 이 요부들의 집에서 방을 빌려 쓰고 있어. 포마는 이 고장 출신으로 한때 우리 연대에서 졸병으로 근무한 적이 있거든. 그놈은 이 집에서 시중을 들면서 밤이면 망을 보고 낮이면 멧닭 사냥을 해서 먹고 살지. 나는 그놈 집에 머물고 있기 때문에 그놈이나 여주인들은 이런 비밀을 눈치 채지 못하는 거야. 내가 여기서 망을 보고 있다는 사실 말이야.」

「스메르쟈꼬프 혼자만이 알고 있나요?」

「그래, 그놈만이 알고 있지. 만일 그녀가 영감을 찾아오면 그놈이 내게 알려 줄 거야.」

「형한테 돈 봉투 이야기를 한 것도 스메르쟈꼬프인가요?」

「그래. 하지만 절대로 비밀이야. 이반도 돈에 관해서는 아무것도 모르고 있으니까. 그런데 영감은 이반을 체르마쉬냐에 2, 3일 보내려고 하거든. 8천 루블에 숲의 벌채권을 사겠다는 작자가 나타났기 때문에 이반을 보내려는 거지. 〈날 도와주렴, 네가 직접 가보도록 해라〉하면서 2, 3일 정도 다녀오라는 거지. 그 영감은 이반이 없을 때 그루셴까가 찾아오기를 바라고 있거든.」

「그렇담, 아버지는 틀림없이 오늘도 그루셴까를 기다리고 계시겠군요?」

「아니다, 오늘은 찾아가지 않을 거야. 그럴 만한 조짐이 있지. 틀림없이 찾아가지 않을 거야!」 미쨔는 갑자기 목청을 높였다. 「스메르쟈꼬프도 그렇게 생각하고 있어. 아버지는 지금 술에 취해서 이반과 함께 식탁에 앉아 있단다. 그러니 알렉세이, 어서 가서, 아버지한테 그 3천 루블을 부탁해 보렴……..」

「미쨔 형, 대체 무슨 일이죠?」 알료샤는 자리에서 벌떡 일어나 초조한 빛을 감추지 못하는 드미뜨리 표도로비치의 얼굴을 바라보며 소리쳤다. 그는 한순간 형이 완전히 돌아 버렸다고 생각했다.

「왜 그러니? 난 정신이 돌지 않았어.」 드미뜨리 표도로비치는 뚫어질 듯하고 어딘가 엄숙하기까지 한 표정으로 바라보며 말했다. 「난 너를 아버지한테 보내고 있어. 그리고 무슨 이야기를 하고 있는지도 알아. 난 기적을 믿고 있는 거야.」

「기적이라고요?」

「하느님의 섭리대로 이루어지는 기적 말이야. 하느님께서는 내 마음을 잘 알고 계시고 내 절망의 모든 것을 보고 계시지. 그분은 이 모든 광경을 지켜보고 계신 거야. 그분께서 끔찍한 일이 벌어지도록 그냥 내버려 두시기야 하겠니? 알료샤, 나는 기적을 믿고 있어. 그러니 어서 가봐라!」

「가보겠어요. 그런데 형님은 여기서 기다리실 셈인가요?」

「그래. 금방 끝나지는 않을 거야. 그런 이야기를 가자마자 바로 불쑥 꺼낼 수는 없을 테니까! 아버지는 지금 술에 취해 있거든. 세 시간, 네 시간, 다섯 시간, 여섯 시간, 아니 일곱 시간이라도 기다리마. 하지만 한밤중이 되더라도 오늘 중으로 까쩨리나 이바노브나한테 찾아가야 한다는 사실을 잊어서는 안 돼. 〈돈을 구했든, 못 구했든〉 찾아가서 〈정중히 작별 인사를 전한다〉고 이야기해 다오. 난 네가 〈정중히 작별 인사를 전하셨습니다〉라는 시구를 전해 주기를 바라는 거야.」

「미쨔 형, 그루셴까가 오늘 찾아오면…… 오늘이 아니라 내일이나 모레라도 찾아오면 어떻게 하지요?」

「그루셴까가? 그럼 눈에 띄는 대로 몰래 숨어 들어가서 훼방을 놓는 거지…….」

「그런데 만일…….」

「만일의 경우에는 죽여 버리는 거야. 그런 것은 참을 수 없어.」

「누구를 죽이겠다는 말씀인가요?」

「그 영감 말이야. 그녀는 죽이지 않아.」

「형, 대체 무슨 말을 하는 거예요!」

「모르겠다, 나도 모르겠어……. 어쩌면 죽일지도 모르고, 어쩌면 죽이지 않을지도 모르지. 바로 그 순간 갑자기 그 얼굴 때문에 내 마음속에 아버지에 대한 증오심이 불타오르는 게 두려울 뿐이야. 난 아버지의 목덜미, 그 코, 그 두 눈, 그 파렴치한 조소를 증오해. 개인적인 혐오감이 느껴지거든. 바로 그걸 두려워하는 거야. 난 참을 수가 없어…….」

「가겠어요, 미쨔 형. 그런 끔찍한 일이 벌어지지 않도록 하느님께서 잘 돌봐 주시리라고 전 믿어요.」

「그럼 나는 여기 앉아서 기적을 기다리마. 하지만 기적이 일어나지 않으면, 그때는…….」

알료샤는 곰곰이 생각에 잠긴 채 아버지 집을 향해 걸어갔다.

6. 스메르쟈꼬프

그가 집에 갔을 때 아버지는 정말 아직도 식탁에 앉아 있었다. 집에는 진짜 식당이 있었지만 평소와 마찬가지로 홀 안에 식탁이 차려져 있었다. 이 홀은 집 안에서 가장 큰 방이었으며 고풍을 좋아하는 취향에 맞춰 가구가 배열되어 있었다. 그 가구는 너덜거리는 붉은 비단 덮개가 씌워진 아주 낡은 하얀 가구였다. 창문 사이의 벽에는 요란스러운 테두리에 흰색과 금박으로 장식되고 고풍스러운 조각이 새겨진 거울이 걸려 있었다. 흰 종이가 더덕더덕 붙어 있고 벽지가 여러 군데 찢긴 벽면에는 커다란 초상화 두 점이 걸려 있었다. 하나는 약 30년 전에 이 지방 총독을 지낸 어느 공작의 초상화이고, 다른 하나는 이미 오래 전에 타계한 어느 대주교의 초상화였다. 정면 구석에 성상 몇 개가 놓여 있었고 그 앞에선 밤마다 램프가 켜지곤 했다……. 그것은 신앙심 때문이라기보다는 방 안에 불을 밝히기 위해서였다. 표도르 빠블로비치는 밤마다 매우 늦게, 새벽 세 시나 네 시경에 잠자리에 들었으며 그때까지는 방 안에서 서성거리거나 안락의자에 앉아 생각에 잠기곤 했다. 그런 습관이 있었던 것이다. 그는 하인들을 별채로 내보내고 흔히 방 안에 혼자 남아 밤을 지새웠으나 대체로 스메르쟈꼬프만은 그와 함께 남아서 문간방에 있는 소파에서 잠을 자곤 했다. 알료샤가 집 안에 들어섰을 때 저녁 식사는 이미 끝난 상태였으나 커피와 잼이 차려져 있었다. 표도르 빠블로비치는 식후에 코냑과 함께 단것을 즐겨 먹었다. 이반 표도로비치도 식탁에 남아서 역시 커피를 들고 있었다. 하인 그리고리와 스메르쟈꼬프는 식탁 옆에 서 있었다. 주인들도 하인들도 평소와는 달리 분명 몹시 활기에 차 있었다. 표도르 빠블로비치는 호탕한 웃음을 터뜨리며 웃고 있었다. 알료샤는 현관에 들어섰을 때부터 귀에 익은 금속성의 웃음소리를 들었으며, 그 웃음소리로 봐서 아버지는 아직 전혀 술에 취하지 않았고 지금은 그저 상당히 여유를 부리고 있는 상태라고 결론을 내렸다.

「드디어 저놈이 왔군, 저놈이 왔어!」 표도르는 갑자기 알료샤를 너무나 반갑게 맞으면서 외쳤다. 「이리 가까이 앉아서 커피라도 들려무나. 커피는 기름기가 없단다, 기름기가 없어. 뜨겁고 훌륭한 커피란다! 코냑은 권하지 않겠다, 너는 발심자니까. 그래도 한잔하겠니, 한잔하겠어? 아니 너한테는 리큐어를 권하는 것이 낫겠다, 아주 좋은 것으로! 스메르쟈꼬프, 찬장에 가서 가져오너라, 두 번째 선반 오른쪽에 있으니, 자, 열쇠 받아라, 어서!」

알료샤는 리큐어를 거절하려고 했다.

「어차피 내올 것이니 아무려면 어떠냐. 네가 마실 것이 아니고 우리들이 마실 것인데.」 표도르 빠블로비치의 얼굴에는 화색이 돌았다. 「잠깐만, 그런데 너 저녁은 먹었지?」

「먹었습니다.」 알료샤는 이렇게 대답했으나 사실 그는 수도원장의 부엌에서 빵 한 조각과 끄바스 한 잔만을 들었을 뿐이다. 「따뜻한 커피나 한잔 마시겠어요.」

「귀여운 놈! 좋아! 이 아이는 커피를 마시겠다는구나. 데우지 않아도 괜찮을까? 아니다, 마침 끓고 있구나. 훌륭한 커피지. 스메르쟈꼬프의 커피란 말이야. 커피와 만두에 있어서 스메르쟈꼬프는 예술가야. 수프도 역시 그렇고. 너도 언젠가 수프를 맛보러 들르렴, 미리 통보를 하고 말이야……. 그런데 잠깐, 잠깐만, 너한테 오늘 중으로 베개와 이불을 싸 가지고 당장 집으로 들어오라고 명령했었지? 그런데 정말 이불을 꾸려 가지고 왔니? 헤헤헤!」

「아니오, 가져오지 않았어요.」 알료샤가 웃으며 말했다.

「그렇지만 놀랐었지, 조금 전에는 놀랐었지, 안 그래? 오, 내 자식아, 내가 어떻게 너를 모욕할 수 있겠니. 내 이야기 좀 들어봐라, 이반, 이 애가 내 눈을 쳐다보면서 미소를 지으면 나는 마주보고 있을 수가 없구나, 그럴 수가 없어. 내 배가 온통 그를 향해 웃기 시작하거든, 난 이 애를 사랑해! 알료쉬까, 네게 부모로서 축복을 내려 주마.」

알료샤는 자리에서 일어났다. 그러나 표도르 빠블로비치는 이런저런 생각을 굴렸다.

「아니, 아니다, 지금은 너한테 그저 성호만을 그어 줄 테니, 자리에 앉거라. 자, 이만하면 너도 만족스러울 테니 이제 네가 좋아하는 화제로 돌아가자. 그러니 어디 한번 실컷 웃어 보라고. 우리 발람의 당나귀[33]가 말문을 열었는데, 어찌나, 어찌나 말을 잘하는지 모르겠구나!」

발람의 당나귀는 머슴 스메르쟈꼬프를 가리키는 말이었다. 그는 아직 젊었으며 기껏해야 스물네 살 정도밖에 되지 않았는데 끔찍할 정도로 사람들을 싫어하고 말이 거의 없었다. 성격이 거칠다거나 수줍음을 많이 타기 때문이 아니었다. 그와는 정반대로 오만하고 모든 사람들을 경멸하는 듯했다. 그러나 여기서 그에 대해 한두 마디라도 덧붙이지 않고 넘어갈 수는 없다. 그를 키운 사람은 마르파 이그나찌예브나와 그리고리 바실리예비치였으며, 그리고리의 표현대로라면 그는 어려서부터 〈은혜라고는 눈곱만큼도 모르는〉 소년으로, 구석진 곳에서 세상을 바라보는 거친 소년으로 성장했다. 어렸을 때 그는 고양이들을 목매달아 죽인 뒤에 장례식을 치러 주기를 좋아했다. 그는 죽은 고양이에게 수의 비슷한 시트를 덮어씌우고 장송곡을 부르며 마치 향을 피우듯 죽

---

[33] 발람의 재앙을 경고한 성서 속의 당나귀. 「민수기」 22장.

은 고양이 위로 뭔가를 흔들어 댔다. 그는 아무도 모르게 조용히 이 모든 것을 행했다. 어느 날 그리고리가 이런 놀이를 하는 그를 발견하고는 채찍으로 몹시 두들겨 팬 적이 있었다. 그러자 그는 방구석에 틀어박혀 그곳에서 일주일이나 눈을 흘기는 것이었다. 〈저 짐승 같은 놈은 당신과 나를 좋아하지 않는구려〉라고 그리고리가 마르파 이그나찌예브나에게 말했다. 〈뿐만 아니라 아무도 좋아하질 않으니, 정말 너도 사람이냐?〉 그는 갑자기 스메르쟈꼬프를 향해 몸을 돌리며 말했다. 〈넌 사람도 아니야. 넌 목욕탕 수증기로 만들어졌어, 그게 바로 너란 말이야……〉 나중에 밝혀진 일이지만 스메르쟈꼬프는 자신에게 내뱉은 이 말을 결코 용서할 수 없었다. 그리고리는 그에게 철자법을 가르쳤고 열두 살이 넘었을 때는 성서의 역사를 가르치기 시작했다. 그러나 아무것도 제대로 끝마치는 것이 없었다. 공부가 고작해야 두 번이나 세 번쯤 진행될 무렵에 어린 스메르쟈꼬프는 갑자기 피식 웃어 댔다.

「대체 무슨 일이지?」 그리고리는 안경 너머로 그를 무서운 눈으로 노려보며 물었다.

「아무것도 아니에요. 주 하느님께서 창조 첫날에 빛을 만드시고, 넷째 날에 해와 달과 별들을 만드셨다면 첫날 빛은 어디서 비쳤을까요?」

그리고리는 아연실색하고 말았다. 소년은 조롱 섞인 눈초리로 선생을 바라보고 있었다. 그의 시선에는 오만불손한 기색조차 엿보였다. 그리고리는 참을 수가 없었다. 〈바로 여기서〉라고 외치며 그리고리는 힘껏 소년의 뺨을 갈겼다. 소년은 아무 대꾸도 하지 않은 채 모욕을 참았지만 다시 며칠간 구석에 틀어박혀 버렸다. 그런 일이 있은 후로 일주일이 지나자 나중에 그를 평생 괴롭힌 간질병 증세가 처음으로 나타나게 되었다. 이런 사실을 알게 된 후 표도르 빠블로비치는 갑자기 소년에 대한 태도를 완전히 바꾼 것 같았다. 그전까지 표도르는 소년에게 비록 욕 한번 한 적 없고 그와 마주치는 일이라도 있으면 늘 1꼬뻬이까를 손에 쥐어 주기도 했지만 어쩐지 무관심한 태도를 보여 왔었다. 이따금 기분이 몹시 좋아야 식탁에 차려진 달콤한 것을 소년에게 보냈을 뿐이다. 그러나 소년의 병을 알고 나자 소년을 끔찍이도 잘 돌보며 의사를 불러다가 치료하기 시작한 것이다. 그러나 완치는 불가능했다. 발작 횟수는 평균 한 달에 한 번꼴이었으며 발작 기간은 일정하지 않았다. 발작의 강도도 다양했다. 어떤 때는 경미하게 또 어떤 때는 매우 심하게 진행되었다. 표도르 빠블로비치는 소년에게 체벌을 가하지 말도록 그리고리에게 엄중히 경고하고는 소년에게 2층에 있는 자기 방 출입을 허용했다. 소년에게 무엇이든 가르치는 일도 금지되었다. 그러나 소년이 이미 열다섯 살이 되던 어느 날 표도르 빠블로비치는 소년이 책장 부근에서 서성거리면서 책장 유리를 통해 책 제목을 읽고 있는 것을 발견하였다. 표도르 빠블로비치는 1백여 권이 넘는 책을 소유하고 있었지만 그가 책을 읽는 모습을 본 사람은 아무도 없었다. 그는 당장 책장 열쇠를 스메르쟈꼬프에게 건네주면서 이렇게 말했다. 〈자, 마음놓고 읽어라. 정원에서 빌빌거리는 것보다는 도서관 직원이라도 돼야지. 여기 앉아서 읽도록 해라. 이 책을 읽어 보렴.〉 표도르 빠블로비치는 『지까니까 근교 야화』[34]를 그에게 꺼내 주었다.

녀석은 책을 다 읽었지만 전혀 마음에 들지 않았는지 한번도 웃지 않고 오히려 인상을 찌푸리며 책을 내려놓았다.

「왜 그러니? 웃기지 않니?」 표도르 빠블로비치가 물었다.

스메르쟈꼬프는 입을 다물고 있을 뿐이었다.

「대답해 봐, 이 멍청아.」

「온통 허황된 이야기만 씌어 있는걸요.」 스메르쟈꼬프는 싱글거리며 중얼거렸다.

---

34 러시아의 문호 고골의 초기 단편집.

「도깨비한테 물려 갈 놈 같으니, 넌 하인 근성을 가지고 있는 거야. 잠깐만, 그럼 스마라그도프의 『만국사』를 읽어 봐라, 거기에는 모든 게 사실대로 씌어 있으니, 자, 읽어 봐.」

그러나 스메르쟈꼬프는 스마라그도프의 책을 1백 페이지도 읽지 못했는데 지루해 하는 것 같았다. 그리하여 책장 문은 다시 자물쇠로 채워지고 말았다. 얼마 지나지 않아서 마르파와 그리고리는 스메르쟈꼬프의 성미가 갑작스럽게 점점 더 까다로워지고 있다고 표도르 빠블로비치에게 보고했다. 그는 식탁에 앉아 숟가락으로 수프를 휘젓기도 하고 고개를 처박은 채 숟가락을 쳐다보기도 하며 또 수프를 연신 퍼올려서 숟가락을 빛에 비추어 보기도 하였다.

「바퀴벌레라도 들어간 거냐?」 그리고리는 이렇게 묻곤 했다.

「파리라도 들어간 모양이죠.」 마르파가 말했다.

결벽증이 심한 젊은이는 아무 대꾸도 하지 않았으나 빵이든 고기든 모든 음식에 대해 똑같은 짓을 되풀이했다. 그는 마치 현미경을 들여다보듯 포크로 음식 조각을 들어올려 빛에 비추어 본 후 오랫동안 망설이다가 마침내 입 안에 집어넣곤 했다. 〈이런, 대단한 도련님이 나타나셨군.〉 그리고리는 그를 바라보며 이렇게 중얼거렸다. 스메르쟈꼬프의 새로운 자질에 대해 전해 들은 표도르 빠블로비치는 당장 그를 요리사로 만들기로 작정하고 모스끄바로 유학을 보냈다. 요리 수업으로 몇 해를 보낸 뒤 집으로 돌아왔을 때 그의 용모는 완전히 바뀌어 있었다. 그는 급격히 늙어 버렸고 나이에 걸맞지 않는 주름살이 뒤덮여 있는 데다가 누런 황달기가 감돌기까지 하고 스꼬뻬쯔[35]처럼 걸어다니는 것이었다. 그러나 정신적인 측면에서는 거의 모스끄바로의 출발 이전과 다름없는 상태로 되돌아왔다. 다시 말해서 여전히 사람을 싫어할 뿐 아

---

35 성욕을 부정하여 거세한 후 수도를 하는 기독교 한 종파의 교도.

니라 어떤 모임에도 참석할 필요성을 느끼지 않았다. 나중에 들려오는 이야기로는 모스끄바에서도 그는 내내 침묵으로 일관했다는 것이다. 모스끄바조차 그에게는 아무런 흥미도 불러일으키지 못했으므로 그는 그곳에 대해 아는 것도 없고 다른 일에 대해서도 관심을 돌리지 않았었다. 극장에 한번 다녀온 일이 있으나 아무 말 없이 불만투성이가 되어 되돌아왔다. 그 대신 깨끗한 프록코트와 와이셔츠를 걸친 훌륭한 옷차림으로 모스끄바에서 돌아왔을 때 그는 언제나 하루에 두 번씩 손수 옷을 조심스럽게 털었고 송아지 가죽으로 만든 멋진 장화를 영국제 고급 구두약으로 마치 거울처럼 윤이 나게 닦는 일을 무척이나 좋아했다. 요리사로서는 대단히 뛰어나다는 것이 판명되었다. 표도르 빠블로비치는 그에게 봉급을 주었는데 스메르쟈꼬프는 봉급의 대부분을 옷가지며 포마드며 향수 등을 사는 데 써버렸다. 그러나 그는 남자들뿐만 아니라 여자들도 경멸하는 것 같았으며, 자기 자신은 단정하게, 타인이 접근하기 어렵도록 행동했다. 표도르 빠블로비치는 그를 약간 다른 관점에서 바라보기 시작했다. 문제는 그의 간질 증세가 더욱 심해져서 그런 날에는 마르파 이그나찌예브나가 음식을 준비했는데 표도르 빠블로비치는 그게 마음에 들지 않았던 것이다.

「어째서 너는 발작이 그리 자주 일어나는 거냐?」 그는 새로운 요리사의 얼굴을 빤히 들여다보며 그에게 슬쩍 곁눈질을 했다. 「어떤 여자라도 좋으니 장가를 들어 보면 어떠냐? 어때, 아내를 얻고 싶으냐?」

그러나 스메르쟈꼬프는 그 말에 부아가 치민다는 듯이 얼굴빛이 핼쑥해져서 아무 대답도 하지 않았다. 표도르 빠블로비치는 손을 내저으며 물러섰다. 중요한 것은 표도르가 그의 정직성을, 결코 남의 돈을 훔치거나 빼앗지 않는다는 점을 끝까지 믿고 있었다는 사실이다. 언젠가 한번은 술에 만취한 표도르 빠블로비치가 진창이 된 자기 집 마당에 금방 받은 보라색 지폐 석 장을 떨어뜨렸다가 다음날에야 비로소 돈이 없어진 사실을 알게 되었다. 그는 황급히 주머니를 뒤지는 등 소란을 피워 댔으나 뜻밖에도 무지갯빛 지폐 석 장은 고스란히 책상 위에 놓여 있었다. 어디서 나왔을까? 스메르쟈꼬프가 주워 이미 어제 가져다 놓았던 것이다. 〈이런, 난 너 같은 놈은 보질 못했어.〉 당시 표도르 빠블로비치는 이렇게 말하고 나서 그에게 10루블을 상금으로 주었다. 덧붙여 둘 말은 표도르는 그의 정직성을 믿었을 뿐만 아니라 그가 다른 사람을 대할 때와 마찬가지로 눈을 흘기면서 입을 다물고 있었음에도 불구하고 무슨 이유에선지 그를 사랑하기까지 했다는 사실이다. 그가 먼저 입을 여는 경우는 거의 드물었다. 만일 그때 누군가에게 그의 얼굴을 바라보며 이 젊은이는 대체 어떤 일에 관심을 가지고 있으며 그의 머릿속에는 무슨 생각이 들어 있을까 하는 질문이 떠오른다고 해도 그를 바라보면서 어떤 실마리를 풀기란 불가능한 일이었다. 그런데 그는 이따금씩 집 안에 있을 때나 마당 혹은 거리에 있을 때에 걸음을 멈춘 채 10분 가량 제자리에서 곰곰이 생각에 잠겨 서 있곤 했다. 관상쟁이가 그의 얼굴을 본다면 그는 어떤 명상이나 생각이 아니라 그저 관조에 잠겨 있을 뿐이라고 이야기했을 것이다. 화가 끄람스꼬이의 작품 중에는 「관조자」라는 제목의 뛰어난 그림이 있다. 그 그림 속에는 겨울 숲이 그려져 있고, 그 숲 사이로 난 숲길에는 낡은 농부복에 짚신을 신은 지독하게 외로워 보이는, 깊디깊은 고독 속에서 길을 잃은 농부가 서 있는데 마치 깊은 생각에 잠겨 있는 것처럼 보이지만 사실은 무슨 생각을 하고 있는 것이 아니라 그저 〈관조하고〉 있는 것이다. 만일 그와 부딪힌다면 그는 깜짝 놀라서 마치 잠에서 깨어난 듯 넋이 빠진 채 당신을 바라볼지도 모른다. 물론 곧 정신을 차리기야 하겠지만 거기 서서 무슨 생각을 하고 있느냐고 물으면 틀림없이 아무 기억도 해내지 못하고 자기가 관조하고 있는 동안 받은 인상만을 마음속에 숨겨 놓을 것이다. 그 인상은 그에게 매우 소중한 것이어서 마음속에 그 인상들을 차곡차곡 쌓아 두기야 하겠지만 왜, 무엇 때문에 그러는 건지 전혀 알지 못할 것이다. 여러 해 동안 그 인상들을 쌓아 두던 그는 어쩌면 어느 날 갑자기 만사를 내동댕이치고 방랑과 구원의 길을 찾아 예루살렘으로 떠날지도 모르며 어쩌면 갑자기 고향 마을에 불을 지를지도 모르고 또 어쩌면 두 가지 일을 한꺼번에 저지를지도 모르는 일이다. 민중들 사이에는 이런 관조자들이 상당히 많이 존재한다. 바로 스메르자꼬프는 그런 관조자들 중의 한 사람임에 틀림없으며 스스로도 그 이유를 모른 채 자신의 인상을 하나하나 쌓아 가고 있는 게 분명하다.

7. 논쟁

그러나 갑자기 발람의 당나귀가 말을 꺼내기 시작했다. 그 주제 또한 이상한 것이었다. 그리고리 영감이 아침 일찍 물건을 사러 상인 루끼야노프의 가게에 들렀다가 가게 주인한테서 들은 어느 러시아 병사에 관한 이야기였다. 그 병사는 아시아의 어느 먼 국경에서 근무하다가 포로로 잡혔는데 기독교에서 이슬람교로의 개종을 거절하게 되면 당장 참혹한 죽음을 당하리라는 위협을 받았지만 개종에 응하지 않고 형벌을 받아들여 살가죽이 벗겨지면서도 그리스도를 찬미하며 죽어 갔다는 것이다. 그러한 위업은 그날 도착한 신문에도 실려 있었다. 그리고리 영감은 바로 그 이야기를 식탁에서 떠벌리기 시작했던 것이다. 표도르 빠블로비치는 옛날부터 식사 후 디저트 시간마다 상대가 비록 그리고리 영감이라 할지라도 함께 웃고 떠드는 것을 좋아했다. 이번에는 마음도 가볍고 기분도 유쾌하던 차였다. 코냑을 마시며 이야기를 듣고 있던 그는 당장 그 병사를 성인으로 봉하고 그의 살가죽은 어느 수도원에든 모셔야 한다며 〈그러면 민중들이 몰려들어 돈을 벌게 될 것〉이라고 한마디 거들었다. 그리고리는 표도르 빠블로비치가 감동을 받기는커녕 평소 늘 그렇듯이 습관적으로 신성 모독적인 이야기를 꺼내자 얼굴을 찌푸렸다. 마침 문 옆에 서 있던 스메르쟈꼬프가 갑자기 씨익 웃었다. 스메르쟈꼬프는 전에도 흔히 식사 끝 무렵에는 식탁 옆에서 시중을 들 수 있도록 허락되어 있었다. 그런데 우리 읍내에 이반 표도로비치가 도착한 날부터 그는 거의 매번 식사 때마다 모습을 나타내기 시작했다.

「넌 또 왜 그래?」 순간적으로 그의 조소를 눈치챈 표도르 빠블로비치는 그 조소가 그리고리를 향한 것이라는 사실을 깨닫자 이렇게 물었다.

「그 문제에 대해서 저는,」 뜻밖에도 스메르쟈꼬프는 갑자기 큰 소리로 이야기를 꺼냈다. 「그 감동적인 병사의 위업이 정말 위대한 것이라면, 제 생각으로는 어쨌든 그럴 경우 남은 여생 동안 자신의 비겁한 행동을 보상할 수 있는 선행을 실천하기 위해 자신의 목숨을 구하려고 그리스도의 이름을, 예를 들어 자신의 고유한 세례를 부정한다고 할지라도 그건 죄가 되지 않을 겁니다.」

「어떻게 죄가 되지 않는다는 거지? 넌 거짓말을 하고 있어. 그것 때문에 너는 지옥으로 곧장 떨어져 거기에서 양고기처럼 튀겨지고 말 거야.」 표도르 빠블로비치가 말을 되받았다.

바로 그때 알료샤가 들어왔다. 우리가 보아 왔듯이 표도르 빠블로비치는 알료샤를 보자 대단히 반가워했다.

「네 화제다, 네 화제야!」 그는 알료샤를 자리에 앉혀 이야기를 듣게 하면서 즐거운 듯 킬킬거렸다.

「아주 공정하게 말하면 양고기 신세가 되지는 않을 겁니다. 그런 이야기 때문에 그렇게 될 리도 없고 또 그렇게 되어서도 안 됩니다.」 스메르쟈꼬프는 강경한 어조로 말했다.

「뭐가 아주 공정하다는 거야.」 표도르 빠블로비치는 점점 더 재미있다는 듯이 알료샤를 무릎으로 쿡쿡 찌르며 목청을 높였다.

「넌 비열한 놈이야. 그렇지 않으면 대체 뭐란 말이야!」 그리고리 영감의 입에서 갑자기 이런 이야기가 튀어나왔다. 그는 분노에 가득 찬 시선으로 스메르쟈꼬프의 눈을 뚫어질 듯 노려보았다.

「비열한 놈이라는 말씀만은 좀 참아 주세요, 그리고리 바실리예비치.」 스메르쟈꼬프는 침착하면서도 신중하게 대답했다. 「스스로 판단하시는 편이 나을 겁니다. 만일 내가 기독교의 박해자들 손에 포로로 넘어가서 그들이 내게 하느님의 이름을 저주하고 신성한 세례를 부정하라고 강요했을 때 내 스스로의 판단에 따라 모든 일을 처리한다고 해도 그것은 죄악이 되지 않기 때문입니다.」

「그건 벌써 한 이야기잖아. 쓸데없는 말 하지 말고 어서 증명해 봐!」 표도르 빠블로비치가 소리쳤다.

「부엌데기 같으니!」 그리고리는 경멸적으로 중얼거렸다.

「부엌데기라는 말도 좀 참아 주세요. 욕설만 퍼붓지 마시고 스스로 잘 판단해 보세요, 그리고리 바실리예비치. 그건 왜냐하면 내가 박해자들한테 〈아니오, 나는 기독교도가 아닙니다. 나는 진심으로 나의 하느님을 저주합니다〉라고 말하는 순간에 당장 나는 지고하신 하느님의 법정에 의해 저주받을 파문자가 되어 신성한 교회에서 이교도들과 마찬가지로 쫓겨나고 말 것이기 때문입니다. 그러니까 바로 그 찰나에도, 말을 막 꺼내는 순간이 아니라 말을 꺼내기로 생각한, 아직 입 밖으로 말을 꺼내기도 전인 그 4분의 1초도 되지 않는 짧은 순간에 나는 이미 파문을 당해 버린 겁니다. 그렇다고 생각하지 않으세요, 그리고리 바실리예비치?」

그는 만족스런 표정으로 그리고리를 향해 고개를 돌렸다. 실제로는 단지 표도르 빠블로비치의 질문에 대답하면서도, 이것을 매우 잘 이해하면서도 고의로 그리고리가 그에게 질문을 던진 듯한 태도를 취했던 것이다.

「이반!」 표도르 빠블로비치가 갑자기 소리쳤다. 「귀 좀 가까이 가져오너라. 저놈은 너한테 칭찬을 받으려고 저런 이야기를 하고 있어. 그러니 칭찬해 주거라.」

이반 표도로비치는 기쁨에 들뜬 아버지의 이야기를 아주 진지하게 경청했다.

「잠깐, 스메르쟈꼬프, 잠시 입을 다물고 있거라.」 표도르 빠블로비치가 다시 소리쳤다. 「이반, 다시 너의 귀 좀 빌리자꾸나.」

이반은 다시 한번 너무나 진지한 표정으로 몸을 구부렸다.

「난 알료쉬까와 마찬가지로 너도 사랑하고 있단다. 넌 내가 너를 사랑하지 않는다고 생각하고 있지? 코냑 한잔 들겠니?」

「그러죠.」 이반은 〈당신 자신이 벌써 취했잖아〉라고 속으로 생각하며 아버지를 뚫어질 듯 쳐다보았다. 그는 또한 스메르쟈꼬프도 굉장한 호기심을 가지고 바라보았다.

「네 놈은 저주받은 파문자야, 지금도.」 그리고리가 갑자기 분노를 터뜨렸다. 「그러고도 너 같은 악당이 감히 그런 말을 내뱉다니, 만일……」

「나무라지 말게, 그리고리, 나무랄 것 없어!」 표도르 빠블로비치가 끼어들었다.

「기다려 주세요, 그리고리 바실리예비치, 시간이 없으시더라도 제 이야기가 아직 끝나지 않았으니 마저 들으셔야지요. 그러니까 제가 당장 하느님의 저주를 받게 되는 그 순간에, 바로 그 고귀한 순간에 나는 이교도와 똑같아지고 제 세례는 효력을 잃게 되므로 어떤 죄도 물을 수 없겠지요, 그렇지 않은가요?」

「결론을 말해, 어서 결론을 말하라고.」 표도르 빠블로비치는 기분 좋게 술잔을 들이키며 재촉했다.

「만일 내가 더 이상 기독교도가 아니라면, 다시 말해서 〈너는 기독교도냐, 아니냐?〉라고 물었을 때 나는 박해자들을 속인 것이 아닌 것입니다. 왜냐하면 박해자들에게 내 의사를 밝히기도 전에 그런 생각을 가졌다는 이유만으로도 나는 하느님으로부터 이미 기독교도로서의 자격을 박탈당했기 때문이지요. 그리고 만일 내가 그 자격을 박탈당했다면, 어떤 방식으로, 그리고 무슨 근거로 저승에서 기독교도로서 왜 그리스도를 부인했는가, 즉 당시 어째서 그런 생각을 함으로써 그리스도를 부인하기도 전에 세례명을 상실하게 되었는가라고 물을 수 있겠습니까? 만일 내가 이미 기독교도가 아니라면 나는 그리스도를 부인할 수도 없는 것이죠. 왜냐하면 이미 나는 부정할 만한 것이 아무것도 없기 때문입니다. 이교도 따따르 인이 만일 하늘나라에 갔다고 하더라도, 그리고리 바실리예비치, 어째서 기독교도로 태어나지 못했느냐고 물을 사람은 없을 것이며, 황소 한 마리에서 두 장의 소가죽을 얻을 수 없다는 사실을 아는 사람이라면 그로 인해 그 사람에게 벌을 내리지는 않을 테니까요. 전지전능하신 하느님께서도 그 따따르 인이 이교도 부모들로 인해 세상에 이교도로 태어났기 때문에 그에게는 아무 죄도 없다는 것을 아시고는 그에게 질문을 하신다 해도 언제 세상을 하직했느냐 정도를 물으신 다음 아주 가벼운 벌(아주 벌을 내리지 않을 수는 없으므로)을 내리실 겁니다. 아무리 주 하느님이시라 해도 따따르 인을 강제로 붙잡고 너도 기독교도였느냐고 말씀하실 수야 있겠습니까? 그런 일이 벌어진다면 전지전능하신 주님께서도 완전히 거짓말을 하시는 게 될 테니까요. 하늘과 땅의 전지전능하신 주님께서 설혹 단 한 마디일지라도 거짓말을 입 밖에 내신다는 것이 가능할까요?」

그리고리는 눈을 치켜뜨고 제자리에 꼿꼿이 선 채 이 웅변가를 바라보았다. 그는 사람들이 하는 이야기를 잘 이해하지는 못했지만 이런 터무니없는 이야기 속에서 무언가 깨달은 바가 있어서 느닷없이 벽에 이마를 쾅 하고 부딪힌 사람처럼 멍청히 서 있었던 것이다.

「알료쉬까, 알료쉬까, 저것 좀 봐라! 오, 넌 정말 궤변가로구나! 저놈은 예수회였던 모양이로구나, 이반. 너, 이 냄새나는 예수회 놈아, 누가 네게 그런 걸 가르쳐 주었지? 하지만 너는 거짓말을 하고 있어, 예수회 놈아, 거짓말, 거짓말을 말이야. 슬퍼하지 말게, 그리고리, 곧 우리는 저놈을 먼지와 티끌처럼 박살내 버릴 테니까. 어디 대답해 봐라, 이 당나귀야. 네가 박해자들 앞에서 정당했다고 하더라도 너 자신은 신앙을 부인했고, 그와 동시에 너는 파문자가 된 거라고 스스로도 말하지 않았니. 그러니 일단 파문자가 되었다면 지옥에서 파문자가 된 네 놈의 머리를 아무도 쓰다듬어 주지는 않을 거야. 이 점은 어떻게 생각하나, 위대한 예수회 나리?」

「제가 그리스도를 부인했다는 사실은 의심할 여지가 없겠지만 그렇다고 특별한 죄가 되지도 않을 겁니다. 또 조금 죄가 된다고 해도 그저 평범한 죄에 지나지 않습니다.」

「그저 평범한 죄에 지나지 않는다고!」

「거짓말 말아라, 이 저주받을 놈아!」 그리고리는 씩씩거렸다.

「잘 생각해 보세요, 그리고리 바실리예비치.」 자신의 승리를 깨닫자 패배한 상대방에게 관대함을 과시하듯이 스메르쟈꼬프는 또박또박 그리고 차근차근 이야기를 이어 나갔다. 「잘 생각해 보세요, 그리고리 바실리예비치. 성서에서 말하기를, 설혹 좁쌀만한 신앙이라도 가지고서 태산을 향해 바다로 들어가라고 명하면 그 이야기가 떨어지기가 무섭게 태산은 조금도 지체하지 않고 바다로 들어가리라고 했습니다. 그런데, 그리고리 바실리예비치, 만일 제가 무신론자이고, 당신은 저를 쉬지 않고 비난할 수 있을 정도의 성실한 신자라면 태산더러 바다가 아니라(바다까지는 멀기 때문에) 우리집 정원 뒤편에 흐르는 악취 풍기는 개천으로 들어가라고 직접 말씀해 보시지요. 그때는 당신이 아무리 악을 써도 아무것도 움직이지 않고 제자리에 그대로 서 있다는 것을 아시게 될 거예요. 그렇다면 그것은 당신이 올바른 자세로 하느님을 믿는 것이 아니라 늘 다른 사람들한테 욕설만을 퍼붓고 있다는 이야기가 되겠지요, 그리고리 바실리예비치. 그러나 그런 사람은 당신뿐만이 아닙니다. 우리 시대의 아무도, 가장 지위가 높은 인물들로부터 가장 천박한 농부들에 이르기까지 어느 누구도 태산을 바다로 옮겨 놓지는 못합니다. 예외가 있다면 이 세상에서 한 사람 정도, 많아 봐야 두 사람 정도 있을지 모르지만 그들은 이집트 사막 어딘가에 숨어서 구원의 길을 걷고 있을 테니 결코 찾아내지 못할 겁니다. 만일 그게 사실이라면, 만일 나머지 사람들이 모두 신앙이 없는 사람들이라면 하느님께서는 두 명의 은둔자를 제외한 나머지 사람들, 즉 이 세상의 모든 사람들을 저주하고 계시며, 그토록 명성이 자자한 자비를 베푸실 때에 그들 중 어느 누구도 용서해 주시지 않을까요? 그래서 나는 하느님을 의심했더라도 회개의 눈물을 흘리게 되면 구원을 받게 되리라고 기대하고 있는 겁니다.」

「잠깐만!」 환희가 절정에 달한 표도르 빠블로비치가 빽 소리를 질렀다. 「태산도 움직일 수 있는 그런 두 사람이라니, 어쨌거나 너는 그런 사람들이 존재한다고 생각하는 거냐? 이반, 절대로 잊지 말고 기억해 둬라. 과연 러시아 사람다운 이야기로구나!」

「아버지는 정말 잘 지적하셨어요, 그게 민중 신앙의 특징이거든요.」 이반 표도로비치는 경탄의 미소를 지으며 이에 동의했다.

「동의하는구나! 너도 동의하고 있어! 알료샤, 그게 사실이냐? 러시아적 신앙이란 정말 그런 것이냐?」

「아니에요, 스메르쟈꼬프에게는 러시아적 신앙이 전혀 없어요.」 알료샤는 진지하면서도 강경하게 말했다.

「나는 저놈의 신앙에 대해 말하는 것이 아니라 그런 특징에 대해, 두 은둔자에 대해, 바로 그 같은 한 가지 특징에 대해 말하고 있는 거야. 그건 정말 러시아 식이지, 러시아 식이야.」

「그렇습니다, 그런 특징은 완전히 러시아 식입니다.」 알료샤는 미소를 지었다.

「당나귀야, 네 이야기는 10루블짜리 금화의 가치가 있으니 오늘 네게 그걸 보내 주마. 하지만 나머지 이야기는 어쨌든 거짓말이야, 거짓말, 거짓말이라고. 명심해 둬, 이 바보야. 우리는 모두 경솔함 때문에 신앙을 갖지 못하는 거라고. 왜냐하면 그럴 만한 시간이 없거든. 첫째로 할 일이 너무 많고, 둘째로 하느님께서는 시간을 너무 조금 주셨어. 기껏해야 하루가 스물네 시간에 불과하니 회개는커녕 잠잘 시간도 부족한 거야. 하지만 네가 박해자들 앞에서 자신의 신앙을 부인한 시점은 신앙이란 대체 무엇인가 하고 생각해 볼 겨를조차 없을 때이고 자신의 신앙을 과시해야 할 때였단 말이야! 이것도 일리가 있는 말이라고 생각하는데, 어떠냐?」

「그 말씀도 일리가 있지만, 잘 생각해 보세요, 그리고리 바실리예비치. 그 말씀이 일리가 있다는 것 때문에 제 마음은 한결 더 가벼워집니다. 만일 당시 내가 진정으로 참된 신앙의 길이 지시하는 바대로 자신의 신앙을 믿고 있었다면, 자기 신앙으로 인한 고통을 감수하지 않고 더러운 이슬람교로 개종하는 것이 그야말로 죄가 될 겁니다. 그러나 고통도 겪지 않았겠지요. 왜냐하면 그 순간 태산을 향해 〈일어나 박해자들을 무찔러 다오〉 하고 주문하기만 하면 태산이 움직여서 박해자들을 바퀴벌레처럼 짓이겨 놓을 테니 저는 찬송가를 부르고 하느님의 영광을 찬양하며 아무 일도 없었다는 듯이 그곳을 떠날 수 있을 테니까요. 그러나 만일 바로 그 순간에 온갖 방법을 다 써보고 또 쓸데없이 태산을 향해 〈저 박해자들을 무찔러 다오〉라고 외쳤는데도 태산이 움직이지 않는다면, 어쩌겠습니까, 말씀해 보세요. 위대한 죽음의 공포 앞에 떨고 있는 그 끔찍한 시간에도 어떻게 아무런 의혹에 빠지지 않을 수가 있겠습니까? 그렇지 않아도 하늘나라로의 승천을 완전히 얻어낼 수 없다는 것을 알고 있던 차에(태산이 제 주문대로 움직이지 않는 걸로 봐서 제 신앙도 별로 대단한 것이 못 되니 저 세상에서 보상을 받는다 해도 대수로울 게 없지 않겠습니까) 분에 넘치게 자기 살가죽까지 벗기는 일이 무슨 소용이 있겠습니까? 그건 제 등가죽이 반쯤 벗겨지는 순간까지 제가 아무리 이야기를 하고 고함을 질러 대도 산은 꿈쩍도 하지 않을 것이기 때문입니다. 그리고 그 순간에는 의혹이 생기는 정도가 아니라 공포심 때문에 판단이 흔들릴지도 모르며 어쩌면 판단하는 것조차도 불가능해질 수도 있겠죠. 그렇다면 이승이든 저승이든 자신에게 아무런 이득도, 포상도 생기지 않는다는 것을 알기 때문에 적어도 자기 살가죽만큼은 보존하겠다는 것인데 어째서 그토록 유별난 죄인이 되어야만 합니까? 그래서 저는 하느님의 자비를 열망하면서 완전히 죄를 사면받을 수 있다는 희망을 품고 있는 것입니다……」

8. 코냑을 마시며

논쟁은 끝났으나 이상하게도 그토록 기분이 좋았던 표도르 빠블로비치는 끝 무렵에 가서 갑자기 인상을 찌푸렸다. 그는 인상을 쓴 채 코냑을 단숨에 들이켰다. 그것은 이미 완전히 주량을 넘어선 잔이었다.

「모두 꺼져, 이 예수회 놈들 같으니, 썩 꺼지란 말이야.」 그는 하인들에게 큰 소리로 고함을 질렀다. 「나가, 스메르쟈꼬프. 오늘 약속한 10루블짜리 금화는 보내 줄 테니, 넌 나가. 울지 마, 그리고리, 마르파한테 가봐. 할망구가 위로도 해주고 잠도 재워 줄 테니. 불한당 같은 놈들, 식사 후에 조용히 쉴 수 있도록 내버려 두질 않는다니까.」 분부대로 하인들이 물러가자 그는 갑자기 화가 치미는 듯 이렇게 말했다. 「스메르쟈꼬프는 식사 때마다 여기 나타나는데 너한테 무척 관심이 많은 모양이야. 대체 넌 어떻게 그놈을 구워삶은 거냐?」 그는 이반 표도로비치에게 한마디 던졌다.

「아무 짓도 하지 않았어요.」 그는 이렇게 대답했다. 「갑자기 날 존경하기로 한 모양이지요. 그놈은 쓰레기 같은 머슴에 불과하거든요. 하지만 때가 되면 선두에 설 고깃덩어리죠.」

「선두에 서다니?」

「훌륭한 사람들도 나오겠지만 저런 놈들도 있어요. 먼저 저런 놈들이 나오고 그 뒤를 이어 훌륭한 사람들이 나오는 법이니까요.」

「그때가 언제라는 거냐?」

「봉화가 오를 때인데, 어쩌면 끝내 다 타버리지 않을지도 몰라요. 민중들은 지금 저런 부엌데기의 말을 들으려 하지 않으니까요.」

「그래, 그래. 애야, 하지만 저 발람의 당나귀는 늘 생각에 잠겨 있으니 속으로 무슨 생각을 하는지, 무슨 생각에 도달했는지 알 수가 있어야지.」

「사상을 쌓아 두는 거예요.」 이반은 빙그레 웃었다.

「애야, 그놈은 지금 다른 사람들에게 그렇듯이 나를 존경할 수도 없고 또 네가 그놈이 널 〈존경하기로 한 모양〉이라고 생각하는지는 몰라도 그 점은 분명히 너에게도 마찬가지라는 걸 나는 알고 있어. 알료쉬카한테는 훨씬 전부터 그래 왔어. 알료쉬카를 경멸한다니까. 하지만 그놈은 돈을 훔치지도 않고, 또 수다쟁이가 아니라 입이 무거워서 집안 문제를 밖으로 소문내지도 않으면서 만두도 잘 만들지. 아무래도 좋아, 그게 사실이라고 해도 그놈이 화제에 오를 가치가 어디 있겠어?」

「물론 아무 가치도 없죠.」

「그런데 그놈이 생각하는 바는 대체로 러시아 농부놈들은 채찍으로 두들겨 패야 한다는 거야. 그건 나도 항상 주장하는 바이거든. 사기꾼 같은 우리 나라 농부놈들은 조금도 동정할 만한 가치가 없어서 예나 지금이나 두들겨 패는 게 장땡이야. 러시아의 대지는 자작나무 때문에 굳건한 거라고. 그런데 그 숲을 벌목한다니

러시아 땅은 사라져 버릴 거야. 난 현명한 사람들 편이란다. 우리들은 굉장한 지혜를 발휘해서 두들겨 패는 일을 그만두었지만 그놈들은 스스로 자신에게 계속 채찍질을 가하고 있거든. 그건 잘하는 짓이지. 네가 헤아린 그 자로 다시 헤아림을 당하리라고나 할까, 아니면 어떤 표현이 좋을까……. 한마디로 말해서 판결을 받는 거야. 그런데 러시아는 돼지 우리에 지나지 않아. 이봐, 네가 만일 내가 러시아를 얼마나 증오하는지 알면 좋으련만……. 다시 말해서 러시아가 아니라 그 모든 결점들 말이야……. 아니, 어쩌면 러시아 자체를 증오하는지도 모르지. 모두가 돼지 우리야Tout cela c'est de la cochonnerie. 내가 뭘 좋아하는지 알고 있니? 나는 재치를 좋아해.」

「다시 술잔을 비우시는군요. 이젠 그만 하세요.」

「기다려라, 한 잔, 한 잔만 더 하고 끝낼 테니. 집어치워, 넌 내 이야기를 가로막고 있어. 모끄로예 마을을 지나는 길에 한 노인에게 물었더니 이렇게 대답하더구나. 〈우리는 판결에 따라 처녀애들을 채찍질하는 일을 제일 좋아한답니다. 채찍질은 언제나 젊은 청년들한테 맡기지요. 그런데 오늘 채찍질을 했던 처녀애를 내일이면 그 청년놈이 신부로 데려가니 우리 마을의 처녀애에겐 좋은 일이지요.〉 그러니 드 사드 후작[36]의 후예들이 아니겠어? 어떠냐, 상당히 재치 있지? 어때, 우리 구경하러 가볼까? 알료쉬까, 넌 얼굴이 빨개졌구나? 그렇다고 애야, 부끄러워할 건 없어. 아까 수도원장의 식사 초대석에 남아서 모끄로예 마을의 처녀애들 이야기를 하지 않은 것이 유감이로구나. 알료쉬까, 아까 내가 수도원장을 모욕했다고 해서 화내지는 말아라. 악마가 씌었던 것이니까. 만일 하느님께서 존재하신다면 그땐 물론 내가 죄인이고 책임을 져야 하겠지만, 그렇지 않다면 너의 신부놈들에게 본때를

36 도나티앵 알퐁스 프랑수아 드 사드(1740~1814)는 프랑스 작가로서 그의 저술은 사디즘의 기원이 되었다.

보여 줘야 하지 않겠니? 그때는 그놈들의 목을 치는 것으로는 부족해. 왜냐하면 발전을 가로막고 있으니까. 믿어 다오, 이반, 이런 문제가 내 마음을 괴롭히고 있다는 것을. 아니, 너는 내 말을 믿고 있지 않아, 그 눈을 보면 알 수 있지. 넌 나를 어릿광대라고 부르는 사람들의 말을 믿을 뿐이야. 알료샤, 너는 내가 어릿광대에 지나지 않는다고 생각할 거냐?」

「아버지가 어릿광대에 지나지 않는다고는 생각지 않아요.」

「네가 그런 믿음을 갖고 있고 또 진정으로 말하고 있다는 것을 나도 믿는다. 진실된 마음으로 날 바라보고 또 이야기하고 있으니까. 그런데 이반은 그렇지 않구나. 이반은 오만 방자해……. 어쨌든 나는 너희 수도원과는 손을 끊겠다. 멍텅구리들을 모두 몰아 내기 위해서는 전 러시아 땅에서 그 따위 신비주의를 몽땅 싸잡아 일거에 없애 버려야 하니까. 그러면 얼마나 많은 금은보화가 조폐국으로 들어갈까!」

「어째서 그걸 없애 버려야 한다는 겁니까?」 이반이 말했다.

「진리가 좀더 빨리 빛을 발휘하기 위해서지, 그것이 그 이유란다.」

「만일 그 진리가 빛을 발휘하게 된다면 그땐 무엇보다도 아버지부터 노략질하고, 그 다음에…… 없애 버릴 겁니다.」

「뭐라고! 아니, 어쩌면 네 말이 맞을지도 모르지. 오호, 나도 당나귀란 말이로군.」 표도르 빠블로비치는 자기 이마를 가볍게 툭 치면서 갑자기 소리쳤다. 「그렇다면 너희 수도원도 그대로 내버려 두기로 하자, 알료쉬까. 그리고 우리처럼 현명한 사람들은 따뜻한 방구석에 처박혀서 코냑이나 즐기면 되겠지. 이반, 그건 하느님께서 일부러 그렇게 되도록 만들어 놓으신 것은 아닐까? 이반, 말해 봐라, 하느님은 존재하는 거냐, 아니냐? 잠깐만, 진지하게 대답해라, 진지하게! 또 뭐가 그리 우스운 거냐?」

「내가 웃는 것은 태산을 움직일 수 있는 장로가 두 사람이나 존재한다는 스메르쟈꼬프의 믿음에 대해 아버지가 아까 재치 있는 생각을 하셨기 때문이에요.」

「그렇다면 지금도 그때와 유사하단 말이냐?」

「매우 유사하죠.」

「그렇다면 나도 러시아 인이고 또 러시아 인의 특성을 지니고 있으며 그런 면에서 대체로 너 같은 철학자의 특성도 포착해 낼 수 있겠구나. 좋다, 그렇게 하지. 내기를 해도 좋다, 내일이면 그렇게 해줄 테니. 어쨌든 말해 봐라. 신은 존재하는 거냐, 아니냐? 진지하게 말이다! 나한테는 지금 진지한 게 필요하니까.」

「아니오, 신은 존재하지 않습니다.」

「알료쉬까, 신은 존재하는 거니?」

「신은 존재합니다.」

「이반, 불멸은 존재하는 거니? 뭐, 저기에 뭐든, 조금, 아주 조금이라도 말이다?」

「불멸도 존재하지 않아요.」

「전혀?」

「전혀요.」

「다시 말해서 그런 것은 완전히 하나도 존재하지 않는다는 말이로군. 혹시 뭔가라도 존재하지 않을까? 그런 게 전혀 없을 수는 없지 않느냐!」

「전혀 없어요.」

「알료쉬까, 불멸은 존재하는 거니?」

「존재합니다.」

「그렇다면 하느님과 불멸은?」

「하느님도 불멸도 존재합니다. 하느님 안에 불멸이 존재합니다.」

「흐음. 아마도 이반 말이 맞는 것 같군. 맙소사, 인간들은 얼마나 신앙에 공을 들였고 그런 공상에 얼마나 많은 힘을 쏟아 부었으며 또 얼마나 오랜 세월 동안 그런 짓을 해왔는지 모르겠구나!

누가 그토록 인간들을 희롱했단 말이냐? 응, 이반? 정말 마지막 질문이다. 신은 존재하는 거냐, 아니냐? 마지막으로 묻는 거다!」

「마지막 질문이라고 해도 역시 존재하지 않아요.」

「누가 사람들을 희롱한 거냐, 이반?」

「악마겠지요, 당연히.」 이반 표도로비치는 빙그레 웃었다.

「그럼 악마는 존재한다는 말이냐?」

「아니오, 악마도 존재하지 않아요.」

「유감이야. 젠장, 하느님을 처음으로 고안해 낸 놈들 때문에 내가 무슨 짓을 하고 있는 거냐! 쓰디쓴 사시나무에 목을 매달아도 시원치 않을 놈.」

「신을 고안해 내지 않았다면 문명이란 것도 전혀 존재하지 않았을 거예요.」

「전혀 존재하지 않는다? 신이 없으면?」

「그래요. 코냑도 존재하지 않을 거예요. 어쨌든 아버지가 코냑 드시는 걸 말려야 하겠어요.」

「잠깐, 잠깐, 잠깐만 기다려라, 사랑스런 아들아, 딱 한 잔만 더 할 테니. 내가 알료샤를 모욕한 모양이로군. 화가 난 건 아니겠지, 알렉세이? 오, 나의 사랑스런 알렉세이치끄, 알렉세이치끄!」

「아니에요, 화나지 않았어요. 아버지 생각을 알고 있어요. 아버지의 가슴은 머리보다 더 선량해요.」

「내 가슴이 머리보다 더 선량하다고? 이런, 너 말고 누가 그런 말을 하겠니? 이반, 넌 알료쉬까를 사랑하니?」

「사랑해요.」

「사랑하도록 해라. (표도르 빠블로비치는 매우 취해 있었다.) 잘 들어 둬, 알료샤, 아까 난 너희 장로한테 무례를 범했구나. 하지만 난 몹시 흥분한 상태였단다. 그런데 그 장로한테는 재치가 있다고 생각하냐, 이반?」

「어쩌면 있을지도 모르죠.」

「있다. 있어. 그의 내면에는 피롱[37]이 들어 있어il y a du Piron là-dedans. 그는 예수회야. 러시아 식이긴 해도. 고상한 귀인처럼, 그 사람의 마음속에는 성의(聖衣)를 껴입고 억지로 연극을 해야 한다는 사실에 대한 남모르는 분노가 끓고 있을 거야……」

「그분은 진정으로 하느님을 믿고 계세요.」

「전혀 그렇지 않아. 넌 모르고 있었니? 그 사람은 자기 입으로 모든 사람들에게, 아니 모든 사람들은 아니고, 그곳을 찾아가는 현명한 사람들 모두에게 그렇게 말하고 있어. 현지사 슐츠에게 믿는다credo, 하지만 무엇을 믿는지 자기도 모르겠다고 솔직히 털어놨다는 거야.」

「정말이에요?」

「정말이고말고. 하지만 난 그 사람을 존경한단다. 그 사람의 내면에는 메피스토펠레스적인, 아니, 『우리 시대의 영웅』[38]에 나오는…… 아르베닌 같은 점이 들어 있어……. 말하자면 색마인 셈이지. 내 딸이나 마누라가 고해 성사를 하러 그 사람을 찾아간다면 마음이 불안해서 견딜 수 없을 정도로 색마라니까. 어떻게 이야기가 시작되는지 아니……. 그러니까 2년 전에 그 사람은 우리들을 다과회에 초대했었고 과일주도 나왔었지(과일주는 귀부인들이 그 사람한테 갖다 바치거든). 그 사람은 예전 이야기를 꺼냈는데 우린 배꼽을 잡고 웃지 않을 수 없었어……. 특히 병약한 한 부인을 치료하던 대목이 그랬지. 그 사람은 〈만일 다리만 아프지 않다면 여러분 앞에서 춤을 한 곡 출 수 있을 텐데요〉라는 거야. 자, 어떠냐? 그리고 이런 말도 하더군. 〈한때는 나도 적지 않게 놀아났지요〉라고. 그 사람은 장사꾼 제미또프한테서 6만 루블을 빼앗

---

37 A. 피롱(1689~1773). 프랑스의 극작가로서 그의 에피그램과 희극 『작시벽(作詩癖)』(1738)으로 유명해졌다.

38 레르몬또프(1814~1841)의 마지막 소설. 주인공 이름은 뻬초린. 표도르는 「가면 무도회」의 남자 주인공과 혼동하고 있음.

기도 했지.」

「어떻게요, 강탈했나요?」

「제미또프는 그 사람을 착한 사람으로 알고 이렇게 말했지. 〈이걸 맡아 주세요, 내일 가택 수사를 받거든요.〉 그래서 돈을 보관하게 되었어. 그리고는 이렇게 말하는 거야. 〈당신은 그 돈을 교회에 희사하셨잖아요.〉 그래서 내가 그 사람에게 이렇게 말해 줬지. 당신은 비열한이라고. 그랬더니 자기는 비열한이 아니라 마음이 넓은 사람이라는 거야……. 그런데 그건 그 사람 이야기가 아니라…… 다른 사람 이야기로군. 다른 사람하고 혼동을 하고 만 거야, 몰랐군……. 자, 한 잔 더 해야지, 이젠 됐으니 술병을 치워라, 이반. 내가 거짓말을 하는데도 너는 왜 날 말리지 않는 거냐, 이반…… 왜 거짓말이라고 지적하지 않았어?」

「아버지 스스로 그만두실 줄 알고 있었어요.」

「거짓말, 너는 나한테 원한을 품고 있는 거야, 한 가지 원한을. 넌 나를 경멸하고 있어. 나한테 찾아와서 우리집에서 날 경멸하고 있는 거야.」

「그래서 저는 떠날 겁니다. 그런데 코냐에 너무 취하셨어요.」

「난 너한테 체르마쉬냐에 하루나 이틀 정도 다녀오라고 그렇게 여러 차례 부탁했건만…… 가지 않는구나.」

「그게 그렇게 소원이시라면 내일 가지요.」

「넌 가지 않을 거야. 여기서 날 감시하고 싶을 테니까. 그게 네가 바라는 바지? 고얀 놈, 어째서 가지 않으려는 거냐?」

노인은 분노를 삭이지 않았다. 얌전했던 주정뱅이가 갑자기 노발대발 화를 내며 자기 자신을 과시하고 싶어질 정도로 그는 취해 있었다.

「왜 그런 눈으로 쳐다보는 거냐? 네 눈이 왜 그 따위야? 네 눈은 나를 노려보면서 〈술에 취한 저 상판대기 좀 보라고〉라고 말하고 있어. 네 눈은 의혹과 경멸로 가득 차 있어……. 넌 무슨 속셈이 있어서 여기에 온 거지? 자, 알료쉬까를 한번 봐라, 저 초롱초롱 빛나는 눈을. 알료샤는 나를 경멸하지 않아. 알렉세이, 이반을 사랑해서는 안 된다……」

「형한테 역정내지 마세요! 형을 모욕하지 마세요.」 알료샤는 갑자기 집요하게 말했다.

「좋아, 그러지. 어이구, 머리가 쑤시는군. 코냑 병을 치워, 이반, 벌써 세 번째 말한다.」 그는 잠시 생각에 잠기더니 교활한 미소를 길게 흘렸다. 「늙은 골통한테 화내지 마라, 이반. 난 네가 나를 사랑하지 않는다는 사실을 알고 있기는 하다만 어쨌든 화를 내지는 말아라. 나도 남의 호감을 살 만한 구석이라곤 전혀 없는 놈이긴 하지만 말이다. 체르마쉬냐로 네가 떠나면 내가 토산품을 하나 가지고 직접 너를 찾아가마. 그곳에서 계집년 하나를 네게 점지해 주마. 벌써 오랫동안 점찍어 둔 것이 있어. 아직도 맨발로 다니는 년이지. 맨발로 다닌다고 놀라지는 말아라, 그렇다고 경멸해서도 안 되고. 진주 같은 아이니까……!」

그리고 그는 손가락을 쪽 소리가 나게 빨았다.

「나한테는.」 일순간 술에서 깨기라도 한 듯 그는 갑자기 아연 활기를 띠며 자신이 좋아하는 화제로 이야기를 돌렸다. 「나한테는 말이다……. 으흠, 이놈들아! 이 돼지 새끼 같은 애송이 녀석들아, 나한테는 말이다……. 추하다고 생각된 계집은 평생에 걸쳐 하나도 없었어, 이게 내 원칙이야! 네 놈들이 그걸 이해나 할까? 그래 네 놈들이 이걸 어떻게 알겠어. 너희들의 몸 속에는 피대신 젖이 흐르고 있고 아직 머리 꼭대기에 피도 마르지 않았어! 내 원칙에 따르면, 젠장, 어떤 계집이든지 다른 계집한테서는 발견할 수 없는 아주 흥미로운 요소를 지니고 있다는 거야. 어떤 곳이 쓸 만한지 찾아내야 한단 말이지. 그게 재능이야! 나한테는 모베쉬까[39]란 존재하지 않아. 계집이란 사실 하나만 가지고도 벌써 절반은 된 거야……. 그래 네 놈들이 이걸 어떻게 알겠어. 벨필끼[40]

들도 마찬가지야. 때로는 그년들한테도 멍텅구리 같은 놈들을 놀라게 만드는 그런 점이 있는데도 어떻게 지금까지 몰라보고 그냥 늙도록 내버려 두었는지 몰라! 맨발의 계집이나 모베쉬까를 처음부터 놀라게 만드는 것, 이것이 그년들을 얻는 비결이지. 넌 그걸 모르고 있었냐? 저토록 훌륭한 나리께서 자기 같은 숯검정이 계집에게 흠뻑 빠졌다는 황홀감과 짜릿함과 부끄러움이 동시에 일 만큼 놀라게 만들어야 하는 거야. 세상에는 언제나 천박한 놈들과 귀인들이 있듯이 아무리 바닥이나 닦는 천한 계집에게도 그 주인이 있는 법이니 정녕 멋진 일이 아니냐. 인생의 행복에 필요한 것은 바로 그것뿐이야! 잠깐…… 내 이야기 좀 들어 봐라, 알료쉬까. 난 네 어미를 다른 방법이긴 하지만 언제나 놀라게 만들었지. 전혀 귀여움을 베풀지 않다가도 어느 때가 되면 갑자기 네 어미 앞에서 연거푸 웃음을 터뜨리며 무릎을 꿇은 채 기어다니기도 하고 발에다 입을 맞추기도 하여 언제나, 언제나 (바로 어제 일처럼 기억에 생생하구나) 들릴 듯 말 듯 가늘고 신경질적이고 날카로우면서도 엷은 독특한 웃음을 짓게 만들었지. 그건 네 어미만의 특이한 웃음이었어. 그러면 네 어미에겐 언제나 병이 시작되고 또 다음날이면 히스테리 증세를 보여 고함을 질러 댈 것이란 사실, 억지로 참았던 그 작은 웃음소리에는 실제로 황홀이라곤 전혀 깃들지 않았다는 사실도 나는 알고 있었지. 하지만 그것이 비록 꾸며 낸 것이라 해도 황홀해 하긴 했어. 무엇에서든 그 장점을 찾아낼 줄 안다는 것은 바로 이걸 두고 하는 말이거든! 한번은 벨랴프스끼라는 돈 많은 미남이 네 어미 뒤꽁무니를 쫓아다니며 우리집을 출입하기 시작했는데 어느 날 갑자기 내 집에서, 그러니까 네 어미가 보는 앞에서 내 따귀를 후려갈기는 것이

---

39 〈나쁜〉, 〈쓸모없는〉이라는 뜻의 프랑스 어 〈mauvais〉에서 유래한 말로 못생긴 여자를 지칭한다.

40 〈노처녀〉라는 뜻의 프랑스 어 〈vieille fille〉에서 유래한 말이다.

었어. 그러자 그렇게 양순하던 네 어미가 이 따귀 때문에 나를 마구 때려 댈 듯이 달려들며 〈당신, 얻어맞았군요, 얻어맞았어요, 저 사람한테 따귀를 얻어맞았어요! 당신은 저 사람한테 날 팔아 버린 거예요……. 어떻게 저 사람이 감히 내 앞에서 당신을 때릴 수가 있단 말이에요! 앞으로는 내 앞에 얼씬할 생각도 하지 말아요, 절대로! 지금 달려가서 결투를 신청하세요……〉라는 거야. 그래서 그때 나는 네 어미를 진정시키려고 수도원에 데려다 주고 신부들한테 네 어미에게 훈계를 해달라고 부탁했지. 그러나 천만의 말씀, 알료샤. 난 나의 끌리꾸셰취까를 모욕한 적이 한 번도 없었어! 사실 딱 한 번 있었군, 결혼 첫해에. 네 어미가 성모 축일에 너무 열심히 기도를 드려서 나는 서재로 내쫓기고 말았지. 그래서 나는 네 어미의 신비주의를 부숴 버려야겠다는 생각을 하게 되었단다! 〈이봐, 여기 네 성상이 있지, 자, 내가 치워 버리겠어. 잘 보라고, 넌 이것이 무슨 기적을 만들어 내는 것인 양 생각하는 모양인데 네가 보는 앞에서 당장 침을 뱉어도 내겐 아무 일 일어나지 않을 거야……!〉라고 말했지. 네 어미가 날 노려봤을 때, 맙소사, 당장이라도 날 죽일 것 같은 생각이 들더구나. 그런데 네 어미는 자리에서 벌떡 일어나 손뼉을 탁 치더니 갑자기 두 손으로 얼굴을 가린 채 사지를 부들부들 떨다가는 마룻바닥에 쓰러지고 말았어……. 그대로 졸도해 버린 거지……. 알료샤, 알료샤! 대체 무슨 일이냐, 대체 무슨 일이야!」

노인은 깜짝 놀라 자리에서 일어났다. 알료샤는 노인이 자기 어머니의 이야기를 하던 바로 그 순간부터 점점 얼굴색이 변하기 시작했던 것이다. 결국 그는 얼굴이 홍당무처럼 빨개지고 두 눈에서는 불똥이 튀며 입술을 부들부들 떨었다……. 술에 잔뜩 취한 노인은 알료샤에게 갑자기 뭔가 아주 이상한 일이 벌어질 때까지 아무것도 눈치채지 못하고 침을 튀기며 떠들어 대고 있었다. 그에게는 금방 노인이 〈끌리꾸샤〉이야기를 하던 것과 아주 똑같은 일이 갑자기 일어났던 것이다. 알료샤는 갑자기 일어나더니 자기 어머니 이야기와 마찬가지로 손뼉을 탁 치고 나서 두 손으로 얼굴을 가린 채 짚단처럼 의자 위로 쓰러져 갑작스레 북받쳐 오르는 소리 없는 눈물로 인해 갑자기 온몸을 부들부들 떨었다. 그것이 그의 어머니와 너무나 흡사했기 때문에 노인은 커다란 충격을 받고 말았다.

「이반, 이반! 어서 물을 떠 와라. 바로 제 어미를, 바로 제 어미를 꼭 닮았구나! 입으로 물을 뿜어 줘야 해, 내가 제 어미한테 했듯이! 이건 제 어미 탓이야, 제 어미 탓이라고……」 그는 이반을 향해 이렇게 중얼거렸다.

「그러니까 내 어머니이기도, 내 생각에는 알료샤의 어머니가 내 어머니이기도 한 것 같은데, 무슨 말씀이세요?」 이반은 갑자기 부글부글 끓어오르는 분노를 참지 못하여 경멸적인 목소리로 말했다. 노인은 번뜩이는 그의 눈초리를 바라보며 몸을 떨었다. 그런데 정말 1초 동안 아주 이상한 일이 벌어졌다. 노인은 알료샤의 어머니가 이반의 어머니이기도 하다는 생각을 까맣게 잊고 있었던 것이다…….

「어떻게 네 어미가 된단 말이냐?」 그는 이해가 가지 않는다는 듯 중얼거렸다. 「그건 무슨 소리냐? 넌 어떤 어미 이야기를 하고 있는 거냐? 그래, 그 여자가……. 이런 젠장할! 그년이 네 어미이기도 하구나! 아아, 젠장! 머리통이 이렇게 일시에 캄캄해진 적이 없었는데, 미안하구나. 나는 생각하기를, 이반…… 헤헤헤!」 그는 말을 멈추었다. 술기운이 역력한 공허하고도 긴 조소가 그의 얼굴에 번져 나갔다. 바로 그 순간 갑자기 현관에서 무시무시할 만큼 요란한 소음과 굉음이 들리고 이어서 사나운 고함소리가 들리더니 문이 벌컥 열리면서 드미뜨리 표도로비치가 나는 듯 홀 안으로 뛰어들었다. 노인은 잔뜩 겁에 질려 이반 뒤로 숨었다.

「죽일 거다, 죽일 거야! 나를 죽이게 그냥 내버려 두지 마, 내

버려 두지 마!」 그는 이반 표도로비치의 프록코트 자락에 매달리며 비명을 질러 댔다.

9. 색마들

드미뜨리 표도로비치에 뒤이어 곧 그리고리와 스메르쟈꼬프가 홀 안으로 달려왔다. 그들은 현관에서 드미뜨리를 들여보내지 않으려고 몸싸움을 벌였던 것이다(벌써 며칠 전 표도르 빠블로비치로부터 그런 지시를 받은 것이다). 홀 안에 들어선 드미뜨리 표도로비치가 사방을 둘러보느라고 잠시 서 있는 틈을 이용해 그리고리 영감은 식탁을 돌아, 입구 맞은편에 있는 두 짝의 홀 문을 달아 버렸고 두 팔을 벌린 채, 말하자면 마지막 피 한 방울도 아끼지 않고 입구를 사수할 만반의 태세를 갖추고 닫힌 문 앞에 버티고 섰다. 이걸 본 드미뜨리는 고함도 지르지 못하고 마치 쇳조각이 만반의 태세를 갖추고 부딪히듯 날카로운 소리를 내며 그리고리에게로 달려들었다.

「그 여자가 거기 있다는 말이지, 그 여자를 거기 숨긴 거지! 비켜, 이 불한당 같으니!」 그는 그리고리를 밀치려고 했으나 오히려 그리고리가 그를 떠밀어 버렸다. 화가 머리끝까지 치민 드미뜨리는 주먹을 쳐들어 있는 힘을 다해 그리고리 영감을 내리쳤다. 영감은 짚단처럼 풀썩 쓰러졌고 드미뜨리는 그를 뛰어넘어 억지로 문을 밀고 들어갔다. 홀의 다른 쪽 구석에는 스메르쟈꼬프가 하얗게 질린 채 부들부들 떨면서 표도르 빠블로비치를 꼭 붙들고 서 있었다.

「그 여자는 여기 왔어.」 드미뜨리 표도로비치가 소리쳤다. 「금방 내 눈으로 직접 보았단 말이야. 따라잡지 못했을 뿐이지 이 집 쪽으로 돌아서 갔다고. 그 여자는 어디 있지? 그 여자는 어디 있어?」

〈그 여자는 어디 있어〉라는 그 외침은 표도르 빠블로비치에게 기묘한 감정의 변화를 일으켰다. 전신을 압도하던 공포심이 온데간데없이 완전히 사라져 버린 것이었다.

「저놈 잡아라, 저놈 잡아!」 그는 악을 쓰며 드미뜨리 표도로비치를 향해 달려들었다. 그동안 그리고리는 마루에서 일어나긴 했지만 아직 제정신이 아닌 듯싶었다. 이반 표도로비치와 알료샤는 아버지의 뒤를 쫓아갔다. 세 번째 방에서 갑자기 무언가 마룻바닥에 떨어져 박살이 나는 소리가 들려왔다. 그것은 대리석 선반 위에 놓인 커다란 유리 꽃병이(비싼 물건은 아니다) 깨지는 소리였는데, 드미뜨리 표도로비치가 그 옆을 달려 지나가다가 건드렸던 것이다.

「저놈 잡아라!」 노인은 악을 썼다. 「경비원!」

이반 표도로비치와 알료샤는 결국 노인을 따라잡아 온 힘을 다해 홀 안으로 다시 끌고 왔다.

「어쩌자고 형 뒤를 쫓아가시는 겁니까! 형은 당장이라도 아버지를 죽이고 말 거예요.」 이반 표도로비치는 아버지에게 화를 벌컥 내며 소리쳤다.

「바네츠까,[41] 료셰츠까,[42] 그 여자가 여기 온 게 틀림없어. 그루셴까가 여기 왔어. 저놈 입으로 그루셴까가 우리집으로 달려오는 걸 봤다고 하잖니…….」

그는 숨을 헐떡거렸다. 그가 지금 그루셴까를 기다린 것은 아니었지만 그녀가 여기 왔다는 이야기를 듣자 단숨에 넋이 나가 버렸다. 그는 실성한 사람처럼 온몸을 부르르 떨었다.

「그녀가 여기 오지 않았다는 사실은 아버지도 알고 계시잖아요.」 이반이 소리쳤다.

「어쩌면 저 문을 통해서 왔을 수도 있지 않겠니?」

41 이반의 애칭.
42 알료샤의 애칭.

「저 문은 잠겨 있고 그 열쇠는 아버지가 갖고 계세요……」

갑자기 드미뜨리가 다시 홀에 나타났다. 그는 당연히 잠겨 있는 다른 문을 발견했지만 사실 그 열쇠는 표도르 빠블로비치의 주머니에 들어 있었다. 모든 방의 창문도 역시 모두 잠겨 있어서 그루셴까가 들어올 구멍도 없었고 어디로 빠져나갈 수도 없었다.

「저놈 잡아라!」 드미뜨리가 다시 눈에 띄자 표도르 빠블로비치는 씩씩거렸다. 「저놈이 침실에서 내 돈을 훔쳤어!」 그는 이반의 손을 뿌리치고 다시 드미뜨리에게 달려들었다. 그러나 드미뜨리는 두 손을 들어올려 노인의 관자놀이에 겨우 붙어 있는 한 줌의 머리카락을 잡아당겨 쾅 소리가 날 정도로 마룻바닥에 메다꽂았다. 이어서 그는 쓰러진 노인의 얼굴을 두세 번 구둣발로 걷어찼다. 노인은 목청이 째지도록 비명을 질러 댔다. 이반 표도로비치는 드미뜨리만큼 기운이 세지는 않았지만 그의 손을 붙들고 온 힘을 다해 노인으로부터 그를 떼어 놓았다. 알료샤도 앞에서 큰형을 껴안고 사력을 다해 이반을 도왔다.

「미쳤어요, 이러다가 아버지를 죽이겠군!」 이반이 소리쳤다.

「저 영감은 이래도 싸!」 드미뜨리는 숨을 거칠게 몰아쉬며 외쳤다. 「행여 목숨이 붙어 있는 날이면 다시 죽이러 찾아오겠어. 날 말릴 생각은 하지 말아!」

「드미뜨리 형! 당장 여기서 나가 주세요!」 알료샤가 당당하게 소리쳤다.

「알렉세이! 내가 믿을 사람은 너뿐이니 한 가지만 말해 다오. 지금 그 여자가 여기 온 거냐, 안 온 거냐? 그 여자가 이쪽 골목 담장 옆으로 살짝 들어가는 걸 내 이 두 눈으로 직접 목격했단 말이야. 내가 고함을 지르니까 그 여자는 달아나 버렸어……」

「맹세코 그 여자는 여기에 오지 않았어요. 여기서 그 여자를 기다린 사람도 없고요!」

「하지만 난 그 여자를 봤는데…… 틀림없이 그 여자였어……

그 여자가 지금 어디 있는지 찾아내고 말겠어……. 잘 있거라, 알렉세이! 이젠 이숖 영감한테 돈 이야기는 꺼내지도 마라. 하지만 까쩨리나 이바노브나한테는 지금 꼭 〈정중히 작별 인사를 전하더라고, 정중히 작별 인사를 전하더라고, 작별 인사를! 꼭 머리를 숙여 작별 인사를 전하더라고〉 말해 다오. 여기서 일어난 일도 그녀한테 모두 이야기하고.」

그러는 사이에 이반과 그리고리는 노인을 부축해서 의자에 앉혔다. 그의 얼굴은 온통 피범벅이 되었지만 의식만은 또렷해서 드미뜨리가 외치는 소리를 신경을 곤두세워 귀담아듣고 있었다. 그는 그루셴까가 집 안 어느 구석엔가 정말로 와 있다고 생각하는 것 같았다. 드미뜨리 표도로비치는 발길을 돌리면서 증오에 가득 찬 눈으로 그를 바라보았다.

「당신의 피를 봤다고 해서 후회하지는 않아!」 그는 소리쳤다. 「조심하라고. 이 영감아, 꿈을 잘 간직해. 나한테도 꿈은 있으니까! 당신을 저주해. 당신과는 완전히 인연을 끊겠어…….」

그는 방에서 뛰어나갔다.

「그 여자는 여기 있어. 그 여자는 분명히 여기 있어! 스메르쟈꼬프, 스메르쟈꼬프!」 노인은 스메르쟈꼬프에게 손가락질을 하며 다 죽어 가는 목소리로 말했다.

「그 여자는 여기 없어요, 없다고요. 아버지는 정신 나간 사람이에요.」 이반이 그를 향해 악의에 가득 차 소리쳤다. 「아니, 기절해 버렸잖아! 물하고 수건을 가져와! 어서, 스메르쟈꼬프!」

스메르쟈꼬프는 물을 뜨러 달려갔다. 결국 노인의 옷을 벗긴 다음 침실로 옮겨 침대에 뉘고는 이마에 젖은 물수건을 올려 주었다. 그는 코냑에 취하기도 하고 심한 마음의 충격에 구다까지 당했기 때문에 베개에 머리를 올려놓자마자 곧 눈을 감고 정신을 잃어버렸다. 이반 표도로비치와 알료샤 둘이 되돌아왔다. 스메르쟈꼬프는 깨진 꽃병 조각을 치웠고, 그리고리는 음울한 모습으로 고개를 숙인 채 식탁 옆에 서 있었다.

「할아범도 머리에 물 찜질을 좀 하고 침대에 누워 쉬셔야죠.」 알료샤가 그리고리를 향해 말했다. 「우리가 여기 남아 아버질 돌보겠어요. 형님이 무자비하게 머리에…… 주먹질을 하던데.」

「저한테 그러실 수가!」 그리고리는 느릿한 어조로 침통하게 말했다.

「형님이 아버지한테도 〈감히 그런 짓을〉 했는데 할아범한테는 오죽했겠어요!」 이반 표도로비치가 입술을 씰룩거리며 한마디 내뱉었다.

「그분을 목욕까지 시켜 가며 키워 드렸는데…… 저한테 그러실 수가!」 그리고리는 되풀이해서 말했다.

「제기랄, 만일 내가 형을 떼어 놓지 않았다면 아마 정말로 죽이고 말았을 거야. 이솝 영감 따위를 해치우는 일이 뭐가 그리 어렵겠어?」 이반 표도로비치는 알료샤를 향해 조그맣게 속삭였다.

「아니, 무슨 말씀이세요!」 알료샤가 소리쳤다.

「무슨 말씀이라니?」 이반은 심술 사납게 얼굴을 일그러뜨리며 냉담한 목소리로 계속 속삭였다. 「파충류 한 마리가 다른 파충류를 잡아먹을 거야. 두 사람 모두 똑같은 길에서 마주친 것뿐이지!」

알료샤는 온몸을 부르르 떨었다.

「물론 나는 살인이 나도록 하진 않겠어, 지금 그랬던 것처럼. 여기 좀 남아 있겠니, 알료샤? 뜰에 좀 나가 봐야겠다. 머리가 아프기 시작하는구나.」

알료샤는 아버지 침실로 가서 침대 가리개 옆의 머리맡에 한 시간 가량 앉아 있었다. 노인은 별안간 눈을 번쩍 뜨더니 기억을 되살리려는 듯 이리저리 생각에 잠긴 채 아무 말 없이 한동안 알료샤를 쳐다보았다. 그러다가 그의 얼굴에는 갑자기 이상한 걱정의 기미가 감돌았다.

「알료샤.」 그는 미심쩍은 목소리로 물었다. 「이반은 어디 있니?」

「뜰에 나갔어요. 두통이 있대요. 우리들을 위해 바깥을 살피고 있는 거예요.」

「거울을 가져오너라. 바로 저기 있으니, 어서!」

알료샤는 장롱 위에 있는 조그맣고 예쁜 둥근 거울을 가져다 주었다. 노인은 이리저리 거울을 들여다보았다. 코가 심하게 부어올랐고 왼쪽 눈썹 위의 이마에는 불그죽죽한 멍이 들어 있었다.

「이반은 무슨 이야기를 하더냐? 알료샤, 사랑하는 나의 유일한 아들아. 이반이 두렵구나. 나는 이반을 그놈보다 더 두려워한단다. 너만이 두렵지 않을 뿐이야…….」

「이반 형을 두려워하지 마세요. 이반 형은 화가 나 있긴 하지만 아버질 지켜 드릴 거예요.」

「알료샤, 그놈은 어딨냐? 그루셴까한테로 달려간 게로구나! 사랑하는 천사야, 사실대로 말해 다오. 조금 전에 그루셴까가 왔었니, 안 왔었니?」

「그 여자를 본 사람은 아무도 없어요. 그건 거짓말이에요, 그 여자는 오지 않았어요!」

「미찌까[43]가 그 여자하고 결혼하려 해, 결혼을 말이다!」

「그 여자는 형님과 결혼하지 않을 거예요.」

「결혼할 리 없지, 결혼할 리 없어, 암, 절대로.」 그 순간 그보다 더 위안이 되는 이야기는 없다는 듯 노인은 기쁨에 넘쳐 온몸에 경련을 일으켰다. 환희에 젖은 그는 알료샤의 손을 잡아 자기 가슴에 꽉 밀착시켰다. 그의 눈에는 눈물까지 어른거렸다. 「조금 전에 너한테 말한 성상을, 성모상을 줄 테니 가져가거라. 그리고 수도원에 돌아가도 좋다……. 조금 전에는 농담을 해본 것뿐이니 화내지 말아라. 머리가 아프구나, 알료샤…… 알료샤, 마음의 짐

---

43 드미뜨리의 애칭.

을 덜어 주려무나. 나의 천사야, 사실대로 말해 다오!」

「그 여자가 왔었는지 안 왔었는지를 물으시려는 거지요?」 알료샤는 슬픈 표정으로 말했다.

「아니, 아니다. 난 너를 믿어. 이건 다른 문제란다. 네가 직접 그루셴까를 찾아가든지 아니면 무슨 수를 쓰더라도 그 여자를 만나 보렴. 그래서 빨리, 가능하면 빨리 네가 직접 물어보도록 해라, 그 여자가 누구를 원하는지를. 난지 아니면 그놈인지. 어때, 뭐라고? 할 수 있다는 거냐, 없다는 거냐?」

「그 여자를 만나면 물어보겠어요.」 알료샤는 곤혹스런 표정으로 중얼거렸다.

「아니, 그 여자는 너한테 대답해 주지 않을 거다.」 노인은 말을 가로챘다. 「그 여자는 성미가 너무 급해. 당장 너에게 키스를 퍼부으면서 원하는 사람은 바로 너라고 대답할 거다. 그 여자는 부끄러움을 모르는 거짓말쟁이니 절대로 그 여자를 찾아가지 마라, 절대로!」

「그리고 그건 별로 좋은 일이 아니에요, 아버지, 별로 좋은 일이 아니에요, 결코.」

「그놈이 너를 어디로 보내는 것 같던데, 뛰어나가면서 〈다녀오라〉고 외치지 않았니?」

「까쩨리나 이바노브나한테 다녀오라고 했어요.」

「돈 때문에? 돈을 부탁했던 게로구나?」

「아니에요, 돈 때문이 아니에요.」

「그놈은 돈이 없어. 땡전 한푼 가진 게 없다고. 자, 알료샤, 난 밤에 잠자리에 누워서 곰곰이 생각해 볼 테니 이젠 돌아가도 좋다. 어쩌면 넌 그 여자를 만날지도 모르지······. 단 내일 아침 일찍 나한테 꼭 들르도록 해라, 꼭 말이다. 내일 너한테 들려줄 말이 있구나. 와주겠지?」

「오겠어요.」

「여기 올 때는 네가 자진해서, 네가 스스로 원해서 오는 것처럼 하고 오너라. 내가 너를 불렀다는 이야기는 아무한테도 하지 말고. 더욱이 이반한테는 아무 소리도 해서는 안 된다.」

「알겠어요.」

「잘 가거라, 천사야. 넌 조금 전에 내 편을 들어 주었지, 영원히 잊지 않으마. 내일 너한테 한 가지 이야기를 들려주마……. 한번 더 생각해 봐야 하니까…….」

「지금은 좀 어떠세요?」

「내일, 내일이면 자리에서 일어날 거다. 아주 건강한 모습으로, 아주 건강한 모습으로……!」

뜰을 지나다가 알료샤는 현관 옆 벤치에 앉아 있는 이반 형과 마주쳤다. 그는 의자에 앉은 채 연필로 노트에 무언가를 적고 있었다. 알료샤는 이반에게 아버지가 의식을 회복해서 수도원에 돌아가서 자도 좋다고 허락했다고 알려 주었다.

「알료샤, 내일 아침 일찍 너를 만날 수 있으면 정말 좋겠다만.」 이반은 자리에서 일어나 친절하게 말했다. 그런 친절은 알료샤에게 전혀 의외의 일이었다.

「내일 저는 호흘라꼬바 부인 댁에 가요.」 알료샤가 대답했다. 「까쩨리나 이바노브나 댁에는 지금 들르지 못하면 아마 내일쯤 들르게 될 거고요…….」

「그럼 넌 지금 까쩨리나 이바노브나 댁에 가는 길이로구나! 〈정중히 작별 인사를, 작별 인사를 전하기〉 위해서 말이냐?」 이반이 갑자기 빙그레 웃는 바람에 알료샤는 당황하고 말았다.

「아까 오가던 고함소리며 지금까지 일어났던 일들을 모두 이해할 수 있을 것 같구나. 드미뜨리 형은 틀림없이 너한테 그 여자를 찾아가서 그러니까…… 으흠…… 흠…… 한마디로 말해서 〈정중한 작별 인사〉를 전해 달라고 부탁한 것 아니겠니?」

「형! 아버지와 드미뜨리 형님 사이의 이 무서운 사건은 대체 어떻게 끝을 맺을까요?」 알료샤가 소리쳤다.

「전혀 해결의 실마리를 찾을 수 없을 거야. 어쩌면 문제가 더 확대될 수도 있고. 그 여자는 짐승이야. 어찌 됐든 노인은 집 안에 붙들어 두고 드미뜨리 형은 집 안에 들여보내서는 안 돼.」

「형, 한 가지만 더 묻겠어요. 정말로 인간은 누구나 다른 사람들을 보면서 그들 중 누구는 살 가치가 있고 누구는 그럴 가치가 없다고 결정할 권리를 가질 수 있는 걸까요?」

「그런 가치 판단의 문제를 어째서 불쑥 꺼내는 거냐? 그 문제는 그런 가치에 바탕을 둔 것이 아니라 훨씬 더 자연스러운 다른 이유로 인해 흔히 사람들의 마음속에서 결정되는 거란다. 그러나 권리에 대해 말하자면 무엇이든 희망할 권리를 갖지 않은 사람이 어디 있겠니?」

「다른 사람의 죽음도?」

「다른 사람의 죽음이라고 해도 마찬가지 아니겠니? 모든 사람들이 그렇게 살고 있고, 어쩌면 그 방법 말고는 달리 살아갈 수 없는데도 자기 자신에게 거짓말을 할 이유가 있을까? 너는 조금 전에 내가 말한 〈두 마리 파충류가 서로 잡아먹는다〉는 말을 염두에 두고 있는 거지? 그렇다면 나도 질문을 던지겠다. 넌 나를 드미뜨리 형처럼 이솝 노인의 피를 흘리게 할 수 있는, 그를 살해할 수 있는 인간이라고 생각하고 있는 거냐?」

「무슨 말씀이세요, 이반 형! 난 꿈에도 그런 생각을 해본 적이 없어요! 드미뜨리 형의 경우도 나는 그렇게 생각하지 않아요······.」

「그 말 고맙구나.」 이반은 씨익 웃었다. 「나는 언제나 아버지를 보호할 거다. 그러나 이 경우 나의 희망은 나 자신을 위해 충분한 가능성을 남겨 두는 것이다. 내일 만나도록 하자. 나를 책망하지 말고 나쁜 놈이라고 생각하지도 말아 다오.」 그는 미소를 지으며 이렇게 덧붙여 말했다.

그들은 전과는 달리 굳게 악수를 나눴다. 알료샤는 형 자신이 먼저 자기에게 한 걸음 가까이 다가왔으며 틀림없이 뭔가를 위해서, 어떤 속셈 때문에 그런 행동을 취한 것이라는 생각이 들었다.

10. 두 여인이 한자리에

알료샤는 조금 전 아버지의 집을 찾았을 때보다 한층 더 암울하고 참담한 심정으로 그 집을 나섰다. 그의 이성 역시 조각조각 부서진 채 곳곳에 흩어져 있는 것 같았으며, 그때 알료샤 자신은 오늘 하루 동안 자신이 겪은 온갖 고통스러운 모순들 속에서 조각난 단편적인 이야기들을 연결시켜 일반적인 생각을 끌어내기가 두렵다는 느낌이 들었다. 알료샤의 가슴속에 있는 그 어떤 감정은 지금까지 결코 겪어 본 적이 없는 그런 절망에까지 이르고 있었다. 마치 산처럼 거대하고 운명적이며 해결할 길 없는 문제가 모든 사람들 위에 버티고 서 있었던 것이다. 그것은 그 무시무시한 여인 앞에 서 있는 아버지와 드미뜨리 형의 반목이 어떻게 종결될 것인가 하는 문제였다. 이제 그 자신은 이미 한 사람의 목격자였다. 그 자신도 그 문제에 개입했으며 대결하고 있는 한 사람 한 사람을 만나기도 했던 것이다. 그런데 불행에 빠진 사람은, 참담하고 무서운 불행에 빠진 사람은 드미뜨리 형뿐이었다. 두말할 나위 없이 무서운 불행이 그를 호시탐탐 노리고 있었다. 알료샤가 전에 생각했던 것보다 어쩌면 이 사건과 훨씬 더 관련이 깊을지도 모를 사람들도 나타난 것이다. 마치 어떤 수수께끼와도 같았다. 이반 형은 오래 전부터 알료샤가 바라던 대로 자신을 향해 한 걸음 가까이 다가왔으나 이젠 어찌 된 일인지 가까이 다가선 그 한 걸음이 충격적으로 느껴졌다. 그렇다면 그 여인들은 어떤가? 이상한 일이었다. 조금 전 까쩨리나 이바노브나의 집을 향해 갈 때는 엄청난 곤혹스러움에 빠져 있었으나 지금은 아무런 느낌도 일어나지 않았던 것이다. 그와는 반대로 마치 그녀로부터 어떤 지시를 받을 기대에 부풀어 있는 듯 걸음을 재촉하고 있었다. 그러나 부탁받은 말을 그녀에게 전하는 것은 조금 전보다 더 힘들다는 생각이 들었다. 3천 루블 문제가 완전히 결판났기 때문에 드미뜨리 형은 지금 자신을 정직하지 못한 인간이라고 생각하면서 이미 아무 희망도 갖지 못한 채 어떤 타락 앞에서도 더 이상 걸음을 멈추지 않을 것이다. 게다가 형은 금방 아버지 집에서 일어난 사건을 까쩨리나 이바노브나에게 그대로 전해 주라고 부탁하지 않았던가.

볼샤야 거리에 한 채 덩그러니 서 있는 크고 안락한 까쩨리나 이바노브나의 저택에 알료샤가 도착했을 때 시계는 일곱 시를 가리키고 있었고 어스름이 내려 있었다. 알료샤는 그녀가 두 이모와 함께 살고 있다는 것을 알고 있었다. 그중 한 사람은 배다른 언니인 아가피야 이바노브나의 이모로서 그녀가 대학을 마치고 아버지 집으로 돌아왔을 때 언니와 함께 아버지를 돌보던, 당시 그 집에서 말이 적은 부인이었다. 다른 이모는 비록 가난한 집안 출신이긴 해도 도도하면서도 점잖은 모스끄바 귀부인이었다. 소문에 따르면 이모들은 까쩨리나 이바노브나에게 철저히 복종하는 동시에 예의마저 깍듯이 지키고 있다는 것이다. 까쩨리나 이바노브나는 병 때문에 모스끄바에 머물고 있는 자신의 은인인 장군 부인에게만 순종하고 있었으며, 자신의 근황을 상세하게 적은 편지를 그녀에게 매주 두 통씩 보내고 있었다.

알료샤는 현관에 들어서서 문을 열어 준 하녀에게 자기가 방문했다는 사실을 알려 달라고 부탁했다. 그때 홀 안에서는 그가 도착한 사실을 알고 있는 것이 분명했으나 (어쩌면 창문을 통해서 그를 내려다보았는지도 모른다) 알료샤는 갑작스럽게 부산떠는 소리, 여자들이 이리저리 뛰어다니는 소리, 옷깃이 스치는 소리 등을 들었을 뿐이다. 아마도 두세 명의 여자가 뛰어다니는 것 같았다. 알료샤는 자신의 방문이 그 같은 소란을 불러일으킬 수 있다는 데 놀라지 않을 수 없었다. 잠시 후 그는 홀 안으로 안내되었다. 그곳은 촌티가 전혀 나지 않는 우아한 가구들이 가득한 커다란 방이었다. 거기에는 많은 안락의자와 소파, 작은 의자들 그리고 크고 작은 탁자들이 놓여 있었다. 벽에는 그림들이 걸려 있었고 탁자 위에는 꽃병들과 램프가 풍성한 양의 꽃들로 장식되어 있었으며, 창문 옆에는 어항도 놓여 있었다. 방 안은 약간 어두컴컴했다. 조금 전까지 누군가 앉아 있던 것이 분명한 안락의자 위에는 부인용 망토가 아무렇게나 내던져져 있었고, 안락의자 앞에 놓인 탁자 위에는 마시다 만 코코아 잔 두 개와 푸른 건포도와 비스킷 등이 담긴 크리스탈 접시가 놓여 있었다. 누군가를 대접하고 있었던 것이다. 알료샤는 다른 손님이 찾아왔다는 사실을 알게 되자 인상을 찌푸렸다. 그러나 그 순간 커튼이 열리면서 까쩨리나 이바노브나가 종종걸음으로 달려나왔고, 얼굴 가득 기쁨에 넘친 미소를 지으며 알료샤를 향해 두 손을 내밀었다. 그리고 그때 하녀가 불이 켜진 촛대 두 개를 가져다가 탁자 위에 올려놓았다.

「이럴 수가, 드디어 와주셨군요! 나는 하루 종일 당신만을 위해 기도드렸답니다! 여기 앉으세요.」

까쩨리나 이바노브나의 미모는 3주 전 그녀의 간곡한 부탁 때문에 드미뜨리 형이 알료샤를 그녀에게 데려와 처음으로 소개시켰을 당시에 이미 그를 놀라게 한 바 있었다. 처음 만났을 때 두 사람 사이에는 대화가 이루어지지 않았었다. 알료샤가 몹시 당황하고 있다고 판단했는지 당시 까쩨리나 이바노브나는 그를 소중히 대하기라도 하듯 내내 드미뜨리 표도로비치와 이야기를 나누었다. 알료샤는 아무 말도 않고 있었으나 이모저모를 잘 뜯어보았다. 위압적인 태도, 당당한 행동거지, 오만한 아가씨의 자기 확신은 그를 놀라게 했었다. 그 모든 것은 조금도 의심할 여지가 없는 것이었다. 알료샤는 자신이 과장된 생각을 품고 있는 것이 아니라고 믿었다. 그녀의 불타오르는 크고 검은 두 눈은 매우 아름다우며, 그 창백한 두 눈은 약간 누르스름한 기색이 비치는 갸름한 얼굴에 특히 잘 어울린다는 사실을 그는 발견하였다. 그러나 그 두 눈과 매혹적인 입술의 윤곽에는 자기 형이 한때 무서운 사랑에 빠질 수밖에 없었지만 그 사랑이 결코 오래 지속될 수 없을 것 같은 무언가가 깃들어 있었다. 그 방문 이후에 드미뜨리 형이 자신의 약혼녀를 보고 어떤 인상을 받았는지 끈질기게 물었을 때 알료샤는 자신의 생각을 거의 그대로 말해 주었다.

「형님은 그분과 행복하게 지내실 수 있겠지만, 그러나 어쩐지…… 그 행복은 평온하지만은 않을 것 같아요.」

「그래, 바로 그거다. 그런 여자들은 항상 그렇지. 그런 여자들은 운명 앞에 순종할 줄 모르거든. 그러니까 너는 내가 그 여자를 영원히 사랑할 수 없을 거라고 생각하는 게로구나?」

「아니에요, 어쩌면 형님은 그분을 영원히 사랑하실 거예요. 하지만 그분과 언제나 행복하게 지내실 수는 없을 것 같은 생각이 들어요……」

알료샤는 당시 얼굴이 빨개진 채 자기 생각을 말하면서도 형의 부탁을 거절하지 못하여 그런 〈어리석은〉 생각을 토로했던 자신에게 짜증이 났다. 그것은 그런 이야기를 한 순간 자신의 의견이 너무나 어리석은 것 같았기 때문이다. 그리고 자신이 여자에 대해서 그토록 자신만만하게 말할 수 있다는 것이 부끄럽게 여겨지기도 했다. 자신을 맞으러 달려나오는 까쩨리나 이바노브나를 처음 보는 순간 당시 자신이 잘못 생각했을 수도 있다는 것 때문에 더욱 충격적인 생각이 들었다. 지금 그녀의 얼굴에는 가식이라고는 전혀 찾을 수 없는 순박한 선의와 솔직하면서도 열정적인 진실이 빛나고 있었다. 당시 알료샤를 그토록 놀라게 만들었던 지난날의 그 〈당당함과 오만함〉은 지금은 단지 대범하고 귀족적인 에너지와 자신에 대한 어떤 뚜렷하고 강력한 확신으로 비쳤다.

알료샤는 그녀를 처음 보는 순간, 그녀가 그토록 사랑하는 남자와의 사이에 일어난 비극적인 처지는 결코 비밀이 될 수 없으며 어쩌면 그녀 자신도 모든 것을 속속들이 알고 있을지 모른다는 생각이 들었다. 그러나 그럼에도 그녀의 얼굴에는 그만큼의 빛이, 그만큼의 미래에 대한 믿음이 있었다. 알료샤는 갑자기 자신이 그녀 앞에서 고의로 죄를 저지르고 있는 것 같은 기분이 들었다. 그는 한순간에 압도당하고 매혹되었던 것이다. 그것 말고도 알료샤는 그녀의 첫마디부터 그녀가 엄청난 흥분 상태, 그녀로서는 좀처럼 보기 힘든 어떤 환희와도 같은 흥분 상태에 빠져 있다는 것을 알 수 있었다.

「내가 그토록 당신을 기다렸던 것은 오로지 당신한테서만 모든 진실을 들을 수 있기 때문이에요. 정말이지 다른 사람들한테는 불가능해요!」

「제가 온 것은……」 알료샤는 멈칫거리며 중얼거렸다. 「저는…… 형님이 보내서…….」

「아, 그분께서 당신을 보내셨군요. 나도 그런 예감이 들었어요. 이제 나는 모든 것을 알고 있어요, 모든 것을!」 까쩨리나 이바노브나는 갑자기 눈망울을 반짝이며 소리쳤다. 「잠깐만요, 알렉세이 표도로비치. 왜 당신을 그토록 기다렸는지 내가 먼저 이야기할게요. 어쩌면 나는 당신보다 훨씬 더 많은 사실을 알고 있는지도 몰라요. 당신의 정보는 나한테 필요 없어요. 내가 당신한테 알고 싶은 것은, 내게 들려주셔야 할 것은 그분의 근황에 대한 최근 당신 자신의 개인적인 인상이에요. 정리되지 않은 대로라도(오, 정리되지 않은 대로라도 말씀하고 싶으시다면 말이에요!) 솔직하고 꾸밈없이 이야기해 주세요. 당신은 지금 형님을 어떻게 보시며 또 오늘 형님을 만나신 이후로 그분의 처지를 어떻게 보고 계신 거죠? 그분이 더 이상 날 찾아오고 싶어하지 않으니 아마 내가 직접 그분과 개인적으로 대화를 나누는 것보다 이 편이 더 나을지도 몰라요. 이제 내가 당신한테 무엇을 바라는지 이해하시겠지요? 지금 그분께서 무슨 일로 당신을 내게 보내셨는지(그분께서 당신을 보내시리란 걸 나는 알고 있었어요!) 간단히 말씀해 주세요, 요점만 간단히 말이에요……!」

「형님은 당신께…… 정중히 작별 인사를 전해 달라고 하셨습니다. 그리고 앞으로는 찾아오지 않으시겠다면서…… 당신께 정중히 인사를 전해 달라고 하셨습니다.」

「작별 인사라고요? 그분께서 그렇게 말씀하셨나요? 그렇게 표현하셨어요?」

「그렇습니다.」

「어쩌면 실수로 무심코 하신 말씀일 거예요. 그렇지 않으면 무슨 말씀을 해야 좋을지 모르셨을 수도 있고요.」

「아닙니다, 형님은 〈정중한 작별 인사〉를 전해 달라고 부탁하신 겁니다. 제가 잊어버릴까 봐 세 번이나 말씀하신걸요.」

까쩨리나 이바노브나는 얼굴이 화끈 달아올랐다.

「날 좀 도와주세요, 알렉세이 표도로비치. 나는 지금 당신의 도움이 필요해요. 내 생각을 말씀드릴 테니 내 생각이 맞는지 틀리는지 말씀해 주세요. 들어 보세요. 만일 그분이 정중한 작별 인사를 전해 달라는 말을 힘주어 말하지도 강조하지도 않은 채 나한테 그저 전해 주라고 부탁했다면 그것으로 모든 것이…… 거기서 끝장이에요! 그러나 그분이 그 말에 힘주어 말했다면, 나한테 그 〈인사〉를 전하는 것을 잊지 말라고 당신께 특별히 부탁했다면 분명히 그분은 흥분 상태에 있는 것이고 어쩌면 제정신이 아닐 수도 있지 않겠어요? 그렇게 결심하고 나서 자신의 결심에 충격을 받았을 테니까요! 그분은 확신에 찬 걸음으로 나한테서 떠나간 것이 아니라 절벽 아래로 굴러 떨어진 거예요. 그 말을 힘주어 이야기했다면 그것은 허세를 의미하니까요…….」

「그렇습니다, 그래요!」 알료샤는 확신에 찬 어조로 열렬하게 말했다. 「저도 지금 그런 생각이 듭니다.」

「만일 그렇다면 그분은 아직 완전히 가망이 없는 것은 아니에요! 그분은 비록 절망에 빠져 있지만 나는 아직 그분을 구원해 드릴 수 있어요. 잠깐만, 혹시 그분이 당신한테 3천 루블인가 하는 돈 이야기를 하지 않던가요?」

「당연히 말했지요. 뿐만 아니라 그것이 가장 형의 목을 조르는 문제인 것 같습니다. 형은 명예를 잃어버린 이상 이제는 아무래도 좋다는 식으로 말했거든요.」 알료샤는 정말로 자기 형을 위한 출구와 구원이 열릴 수도 있다는 희망이 가슴속에 솟구치는 것을 느끼면서 열을 내며 대답했다. 「그런데 어떻게 당신이…… 그 돈 문제를 알고 계시죠?」 그는 덧붙여 말한 후 갑자기 입을 다물었다.

「나는 오래 전부터, 그것도 아주 잘 알고 있었어요. 나는 모스끄바에 전보로 문의했기 때문에 돈이 도착하지 않았다는 사실을 오래 전부터 알고 있었던 거예요. 그분은 돈을 보내지 않았지만 나는 아무 말도 하지 않았어요. 지난 주에 나는 그분한테 돈이 필요했으며 아직도 돈이 필요하다는 것을 알게 되었어요……. 그 문제로 나는 그분이 누구한테 되돌아가야 하는지, 누가 자신에게 가장 믿음직스런 친구인지를 깨닫게 해주려는 한 가지 목표를 세웠어요. 아니에요, 그분은 내가 자신의 가장 믿음직스런 친구라는 사실을 믿고 싶어하지 않으며 나를 인정하려 들지도 않고 한낱 보잘것없는 여자로만 여기고 있어요. 나는 어떻게 하면 그분이 3천 루블의 지출 때문에 나한테 수치심을 느끼지 않게 할 수 있을까 하고 일주일 내내 무척 고민했어요. 다시 말해서 세상 사람들이나 자신한테는 수치심을 느끼면서도 나한테는 수치심을 느끼지 않도록 말이에요. 사실 그분은 하느님께만은 수치심을 느끼지 않고도 모든 것을 털어놓을 수 있을 거예요. 그런데 어째서 내가 그분을 위해서라면 무엇이든 참고 견뎌 낼 수 있다는 것을 지금까지도 모르고 계실까요? 어째서, 어째서 내 마음을 그토록 몰라주며, 또 그런 일이 있은 후에는 내 마음을 알려고도 하지 않을까요? 나는 영원히 그분을 구원해 드리고 싶어요. 그분이 나를 약혼녀로 기억하지 않아도 좋아요! 그런데도 그분은 내 앞에서 자신의 명예를 염려하고 있으니! 알렉세이 표도로비치, 그분은 당신한테 모든 걸 솔직히 털어놓지 않으셨나요? 어째서 나는 지금까지 그런 대접을 받을 수 없었을까요?」

그녀는 눈물을 글썽거리며 마지막 말을 끝냈다. 마침내 그녀의 눈에서는 눈물이 주르르 흘러내렸다.

「당신한테 알려 드릴 말씀이 있습니다. 조금 전에 아버지와 형님 사이에 벌어졌던 일입니다.」 알료샤도 떨리는 목소리로 말했다. 알료샤는 사건 전모를, 자신도 돈 때문에 보내졌고, 형이 불시에 들이닥쳐 아버지를 구타했던 이야기며, 그 일이 있은 후 자신에게 〈정중한 작별 인사를 전한다〉는 이야기를 꼭 전하라고 간절히 부탁했던 이야기들을 모두 털어놓았다. 「그리고 형님은 그 여자를 찾아갔습니다……」 알료샤는 나직한 목소리로 덧붙였다.

「그런데 당신은 내가 그 여자 문제를 참지 못한다고 생각하시나요? 그분은 내가 참을성이 없다고 생각하고 계신가요? 하지만 그분은 그 여자와 결혼하지 못할 거예요.」 그녀는 갑자기 신경질적으로 웃음을 터뜨렸다. 「까라마조프가 그런 열정을 영원히 불태울 수 있을까요? 그건 열정이지 사랑이 아니에요. 그분은 그녀와 결혼할 수 없어요. 왜냐하면 그녀가 그분과 결혼하지 않을 테니까요……」 별안간 다시 까쩨리나 이바노브나는 이상한 웃음을 터뜨렸다.

「형님은 아마도 결혼하실 거예요.」 알료샤는 눈을 내리깔고 슬픈 목소리로 말했다.

「단언하지만 그분은 결혼하지 못해요! 그 처녀는 천사 같은 분이에요, 아시겠어요? 이 점을 알아 두셔야 해요!」 까쩨리나 이바노브나는 별안간 이상한 열기에 휩싸이며 소리쳤다. 「그건 환상적인 창조물들 중에서도 가장 환상적인 것일 뿐이에요. 그녀가 얼마나 매력적인 여자인지 나는 알고 있어요. 하지만 그녀가 얼마나 착하고 강인하고 고상한 여자인지도 알고 있어요. 왜 그런 눈으로 나를 바라보는 거지요, 알렉세이 표도로비치? 내 이야기에 놀랐나요, 아니면 내 말을 믿지 못하겠다는 건가요? 아그라페나 알렉산드로브나, 나의 천사여!」 그녀는 다른 방을 향해 갑자기 누군가를 불러 댔다. 「이리 오세요, 나의 귀한 친구여. 이분은 알료샤 씨예요. 우리 일을 모두 알고 계시죠. 인사드리세요!」

「커튼 뒤에서 당신이 불러 주기를 기다리고 있었어요.」 부드럽고, 약간은 달착지근하기까지 한 여자의 목소리가 들려왔다.

커튼이 열리면서 바로…… 그루셴까가 기쁨에 넘친 듯 활짝 미소를 지으며 탁자를 향해 다가왔다. 알료샤는 마치 속이 뒤집힐 것 같은 기분이 들었다. 알료샤는 그녀를 응시한 채 눈을 뗄 수가 없었다. 바로 그녀다, 그 끔찍한 여자. 이반 형이 30분 전에 〈짐승〉이라고 불렀던 그 여자다. 그 여자가 바로 자기 앞에 서 있다. 그런데 그 여자는 지극히 평범하고 소박하게 보이는 착하고 사랑스러운 여자가 아닌가. 아름답기는 하지만 다른 아름다운 여자들과 조금도 다를 바가 없는 〈평범한〉 여자가 아닌가! 사실 그녀는 매우, 매우 아름다운 여자였으며 많은 사내들의 정열을 자극할 수 있는 사랑스러운 러시아적 미인이었다. 그녀는 상당히 큰 키였으나 까쩨리나 이바노브나보다는(그녀는 매우 키가 컸다) 약간 작은 편이었다. 몸매도 풍만한 데다가 몸 동작도 거의 소리가 들리지 않을 만큼 부드러웠고, 목소리도 어떤 달착지근한 향기를 뿜어내듯 여성스러웠다. 그녀는 까쩨리나 이바노브나처럼 의기양양하고 힘있게 걷는 것이 아니라 그와는 반대로 소리가 들리지 않을 정도로 사뿐히 걸어서 다가왔다. 마룻바닥에 스치는 발자국 소리조차 거의 들리지 않았다. 그녀는 화사한 검은 비단 옷을 사각거리며 안락의자에 사뿐히 걸터앉아 거품처럼 하얗고 토실토실한 목과 넓은 어깨를 검은 모직 숄로 얌전히 감쌌다. 그녀의 나이는 스물두 살이었으며 얼굴은 자신의 나이를 그대로 보여 주었다. 그 얼굴은 매우 흰 편이었고 뺨에는 연분홍빛 홍조가 돌고 있었다. 얼굴형이 너무 넓은 게 아닌가 싶고 아래턱은 살짝 앞으로 튀어나와 있었다. 윗입술은 얇았으나 약간 튀어나온 아랫입술은 두 배 가량 두꺼워 마치 부어오른 것처럼 보였다. 그러나 그녀의 놀라우리만치 매혹적인 검은 머리칼, 짙은 검은색 눈썹, 속눈썹이 긴 아름답고 푸른 눈 등은 혼잡한 군중 속을 거니는 아무리 무심하고 부주의한 남자라 할지라도 일단 마주치기만 하면, 갑자기 그 앞에 걸음을 멈추어 서서 오랫동안 그 얼굴을 못 잊을 것이다. 그리고 무엇보다 알료샤를 놀라게 만든 것은 그녀의 어린애처럼 천진난만한 표정이었다. 그녀는 천진난만한 눈으로 바라보며 무엇이 그리 좋은지 즐거운 표정이었고, 재미있는 일이 벌어지리라는 확신에 가득 차서 조바심내는 어린애처럼 호기심 어린 눈으로 〈벙글거리며〉 바로 탁자 쪽으로 다가왔다. 알료샤는 그녀의 시선이 마음을 즐겁게 해준다고 느꼈다. 그녀에게는 알료샤로서는 이해가 되지도 않고 이해할 수도 없는 그저 천성적이라고밖에 말할 수 없는 그 무엇이 있었는데, 그것은 고양이처럼 아무 소리도 내지 않는 유연하고 부드러운 몸 동작이었다. 그러나 그녀의 몸매는 풍만하고 힘이 넘쳐흘렀다. 숄 밑으로는 넓고 풍만한 양 어깨와 아름다움의 절정에 다다른 젊은 처녀다운 볼록한 젖가슴이 드러나 있었다. 그녀의 몸은 분명히 비율이 약간 과장되긴 했지만 밀로의 비너스 상의 형태를 그려 나가는 듯했다. 그걸 예감할 수 있었다. 러시아 여성의 아름다움에 대해 알고 있는 사람들이라면 그루셴까를 보면서 그 싱싱하고 젊음이 넘치는 아름다움도 서른 살이 되면 조화를 잃어 뚱뚱해지고 얼굴은 살이 쪄 축 늘어지며 눈가와 이마에는 얼마 안 되어 주름살이 가득하고 얼굴빛은 윤기가 사라져 어쩌면 불그죽죽해질지도 모르는, 한마디로 말해서 러시아 여자들에게서 흔히 볼 수 있는 찰나적인 아름다움, 무상한 아름다움에 지나지 않는다고 반드시 예언할 것이다. 물론 알료샤는 그런 생각을 하지는 않았지만 그녀에게 매혹되어 있으면서도 어째서 이 여자는 자연스럽게 말하지 못하고 말꼬리를 질질 끄는 것일까 자문하면서 불쾌하고 유감스런 기분에 빠져 들었다. 그녀는 말꼬리를 늘이며 음절 하나하나와 발음에서 억지로 달착지근한 뉘앙스를 만들어 내는 것이 아름다움이라고 생각하고 있었다. 물론 그것은 낮은 교육 수준과 어린 시절부터 몸에 밴 저속한 예의 관념을 입증하는 나쁜 언어 습관에 지나지 않았다. 그러나 알료샤에게는 그녀의 이런 말투와 억양 따위가 어린애처럼 순진하고 즐거운 얼굴 표정이나 갓난아이처럼 평온하고 행복에 겨워 초롱초롱 빛나는 눈망울과는 양립 불가능한 모순처럼 보였다. 까쩨리나 이바노브나는 얼른 그녀를 알료샤의 맞은편에 있는 안락의자에 앉힌 다음 웃고 있는 그녀의 입술에 여러 차례 환희에 가득 차 입을 맞추었다. 까쩨리나 이바노브나는 꼭 그녀를 사랑하고 있는 것 같았다.

「우리는 처음 만나는 거예요, 알렉세이 표도로비치.」 그녀는 신이 나서 말했다. 「나는 이분에 대해서 알고 싶었고 또 만나고 싶어서 찾아가려고 했어요. 그런데 내가 먼저 초청하자 이렇게 손수 찾아오신 거예요. 난 알고 있었어요, 이분과 함께라면 만사가, 만사가 잘 해결될 거라는 걸! 그런 예감이 들었어요……. 모두가 우리의 만남을 그만두라고 만류했지만 나는 그 결과를 예감했고 결국 틀리지 않았어요. 그루셴까는 내게 모두 말해 주었어요, 자기 계획까지도. 그녀는 착한 천사처럼 여기로 날아와 평화와 기쁨을 가져다 주었어요…….」

「당신은 나 같은 계집도 멸시하지 않으셨어요, 지체 높으신 아가씨.」 그루셴까는 변함없이 사랑스럽고 기쁨에 넘치는 미소를 지으며 노래 부르듯 말꼬리를 길게 늘였다.

「그런 말씀은 하지 마세요, 나의 매혹적인 천사, 요술쟁이 아가씨! 당신을 멸시하다뇨? 자, 당신의 아랫입술에 다시 한번 입을 맞추겠어요. 당신 입술은 부어 있으니 조금 더 붓게 만들어야지요. 조금 더, 조금 더……. 이분이 어떻게 웃는지 잘 보세요, 알렉세이 표도로비치. 이런 천사를 바라보고 있으면 마음이 즐거워지죠…….」 알료샤는 남의 눈에 띄지 않을 만큼 가늘게 몸을 떨며 얼굴을 붉혔다.

「사랑스런 아가씨, 당신은 나를 귀여워해 주시지만 난 그런 귀여움을 받을 자격이 없어요.」

「그럴 자격이 없다뇨! 이분이 그럴 자격이 없나요!」 까쩨리나 이바노브나는 다시 열을 올리며 소리쳤다. 「알렉세이 표도로비치, 이분은 환상적인 생각을 품고 있고 자유분방하지만 마음은 자부심으로 가득 차 있지요! 알렉세이 표도로비치, 이분이 얼마나 고상하고 아량이 넓은지 아세요? 이분은 한때 불행했어요. 이분은 너무나 일찍이 볼품없는, 아니 어쩌면 경박한 한 남자를 위해 어떤 희생도 감수할 생각이었지요. 한 남자가 있었는데, 그도 장교였어요. 이분은 그 사람을 사랑했었고 모든 것을 바쳤지요. 오래 전 일이에요. 벌써 5년이나 됐죠. 그런데 그 사람은 이분을 잊어버리고 다른 여자와 결혼해 버렸어요. 이제 그 사람은 상처한 후 이곳으로 오겠다고 편지를 보내 왔어요. 이분은 지금까지도 그 남자 한 사람만을, 그 남자 한 사람만을 사랑하고 있고 평생에 걸쳐 사랑해 왔어요! 그 사람이 도착하면 그루셴까는 다시 행복해질 것이고 불행은 그 5년으로 그칠 거예요. 그런데 누가 이분을 질책하며 또 누가 이분의 넓은 아량을 칭찬할 수 있겠어요! 한 사람이 있다면 그건 늙은 절름발이 상인뿐이지만 그는 오히려 이분의 아버지요, 친구요, 은인이었다고 할 수 있겠지요. 그는 이분이 그토록 사랑했던 남자한테 버림받고 절망과 고뇌에 빠져 있을 때 만났어요……. 이분은 그때 투신 자살을 하려고 했는데 그 노인이 이분을, 이분을 구해 준 거예요!」

「나를 무척이나 두둔해 주시는군요, 사랑스런 아가씨. 모든 면에서 너무나 서두르고 계세요.」 그루셴까는 다시 말꼬리를 길게 늘였다.

「내가 두둔하고 있다고요? 당신을 두둔하다니, 그 대목에서 내가 어떻게 두둔할 수 있단 말이에요? 그루셴까, 나의 천사여, 손을 이리 주세요. 이 포동포동하고 매력적인 자그마한 손 좀 보세요. 알렉세이 표도로비치. 이것 좀 보세요. 이 손이 내게 행복을 가져다 주었고 나를 부활시켜 주었어요. 이제 이 손에 입을 맞추겠어요, 손등에도 손바닥에도, 자, 자, 이렇게!」 그녀는 기쁜 마음으로 정말로 매력적이고 어쩌면 지나치게 포동포동한 그루셴까의 손에 세 번 입을 맞추었다. 손을 내민 그루셴까는 신경질적이고도 상냥한 너무나 매력적인 웃음소리를 내며 〈사랑스런 아가씨〉를 바라보았다. 그녀는 자기 손이 입맞춤을 당하는 것이 즐거운 모양이었다. 알료샤의 머리에는 〈어쩌면 그녀가 지나치게 들떠 있는 것 같다〉는 생각이 스치고 지나갔다. 그는 얼굴이 빨갛게 달아올랐고 마음은 내내 불편했다.

「날 부끄럽게 만들지 마세요, 사랑스런 아가씨. 알렉세이 표도로비치 앞에서 내 손에 이렇게 입을 맞추시다뇨.」

「내가 당신을 부끄럽게 만들 생각인 줄 아시는군요?」 까쩨리나 이바노브나는 다소 놀란 표정으로 말했다. 「이런, 귀여운 아가씨, 당신은 나를 잘못 이해하고 있어요!」

「당신이야말로 나를 전혀 잘못 이해하고 계시는 것 같군요, 사랑스런 아가씨. 나는 당신이 겉으로 보시는 것보다 훨씬 더 나쁜 여자예요. 마음씨가 고약하기도 하고 자유분방하기도 하죠. 나는 가엾은 드미뜨리 표도로비치를 한때 그저 장난삼아 유혹했던 거예요.」

「하지만 당신은 지금 그분을 구원하고 있잖아요. 당신은 약속하셨어요. 오래 전부터 다른 사람을 사랑하고 있으며 그 사람이 당신에게 청혼하고 있다는 사실을 드미뜨리 표도로비치한테 알려서 정신을 차리게 하겠다고요……」

「오, 아니에요. 나는 그런 약속을 한 적이 없어요. 모두 당신 스스로 하신 이야기지 나는 그런 약속을 하지 않았어요.」

「그럼 내가 당신 말을 잘못 이해한 건가요?」 까쩨리나 이바노브나는 다소 창백해진 얼굴로 기어 들어가는 목소리로 말했다. 「당신이 약속했잖아요……」

「오, 아니에요. 천사 같은 아가씨, 당신한테 아무런 약속도 하지 않았어요.」 그루셴까는 즐겁고 천진스런 표정을 지으며 조용히 그리고 또박또박 말했다. 「이젠 아셨죠, 지체 높으신 아가씨. 당신에 비해 내가 얼마나 비열하고 안하무인 격인지를. 나는 내가 마음먹은 대로 행동하는 사람이에요. 조금 전에는 내가 무슨 약속을 했을지도 모르지만 지금 다시 생각을 고쳐 먹었죠. 미쨔, 그분이 갑자기 마음에 들기 시작한 거예요. 거의 한 시간 동안이나 내 마음에 들었다니까요. 자, 그럼 나는 가겠어요. 그리고 그분한테 오늘부터 우리집에 와서 눌러 살라고 말해 주겠어요…… 난 정말 변덕이 심한 편이죠…….」 「조금 전에 당신 입으로 말했잖아요……. 그런 이야기가 아니라…….」 까쩨리나 이바노브나는 겨우 말을 이어 갔다.

「아, 조금 전에! 정말 나는 마음 약한 바보예요. 지금 나는 그분이 나 때문에 얼마나 마음 고생이 심할까 하는 생각뿐이에요! 이렇게 갑자기 집으로 돌아가 그분이 가엾어지면 그땐 어쩌죠?」

「전혀 뜻밖이로군요…….」

「이봐요, 아가씨, 당신은 나에 비해서 너무나 착하고 고상하게 행동하시는군요. 이젠 나 같은 바보에게, 나의 이런 성격에 신물이 나셨겠죠. 그 아름다운 손을 이리 주세요, 천사 같은 아가씨.」 그녀는 부드러운 목소리로 청한 다음 마치 축복이라도 하려는 듯 까쩨리나 이바노브나의 손을 잡았다. 「사랑스런 아가씨, 당신 손을 잡고 당신이 내게 했듯이 입을 맞추겠어요. 내 손에 세 번 입을 맞추어 주셨으니 그 빚을 갚으려면 3백 번은 입을 맞추어 드려야 하겠지요. 당연히 그래야 하고, 다음은 하느님께서 보내셨듯이 완전히 당신의 노예가 되어 모든 것에서 기꺼이 노예처럼 당신의 비위를 맞춰야겠지요. 신이 정하신 대로 어떤 협정이나 약속 없이도 그렇게 되도록 내버려 두라지요. 당신의 손을, 그 아름다운 손을 이리 주세요! 사랑스런 절세의 미인이시여!」

그녀는 입맞춤으로 〈빚을 갚는다〉는 이상한 목적으로 까쩨리나 이바노브나의 손을 자기 입에 갖다 댔다. 까쩨리나 이바노브나는 손을 뿌리치지 않았다. 그녀는 최후까지 희망을 잃지 않고 매우 이상한 표현이긴 해도 〈노예처럼〉 그녀의 비위를 맞춰 줄 거라는 그루셴까의 마지막 약속에 귀를 기울였다. 그녀는 바싹 긴장하여 그루셴까의 눈을 바라보았다. 그녀에게서는 여전히 순진하고 신의에 넘치는 표정과 변함없이 티없는 명랑함이 엿보였다…… 〈이 여자는 어쩌면 너무나 순진한지도 몰라!〉 까쩨리나 이바노브나의 마음속에는 이런 희망이 고개를 들었다. 그루셴까는 〈사랑스런 손〉에 감탄하기라도 한 듯 그 손을 서서히 자기 입술을 향해 들어올렸다. 그러나 그녀는 무슨 생각이 떠올랐는지 입술 가까이 가져갔던 손을 2, 3초 동안 쥐고만 있었다.

「아시겠어요, 천사 같은 아가씨.」 그녀는 갑자기 너무나 부드럽고 감미로운 목소리로 말꼬리를 늘였다. 「저는 당신 손을 잡고 있지만 입을 맞추지는 않겠어요.」 그녀는 무엇이 그리 즐거운지 조그맣게 웃어 댔다.

「좋으실 대로 하세요……. 그런데 무슨 일이죠?」 까쩨리나 이바노브나는 갑자기 몸을 떨었다.

「그리고 이 점을 기억해 두세요, 당신은 내 손에 입을 맞추었지만 나는 당신에게 그렇게 하지 않았다는 것을.」 그녀의 눈에서는 갑자기 무언가가 번쩍 스치고 지나갔다. 그녀는 까쩨리나 이바노브나를 무서운 눈으로 노려보고 있었던 것이다.

「염치없는 계집애!」 까쩨리나 이바노브나는 갑자기 무엇인가 깨닫기라도 한 듯 이렇게 내뱉고 나서 온몸에 열이 올라 자리에서 벌떡 일어났다. 그루셴까도 서두르지 않고 자리에서 일어났다.

「지금 당장 미쨔한테 전해 주겠어요. 당신은 내 손에 입을 맞추었지만 나는 결코 그러지 않았다고. 그러면 그분은 얼마나 웃어 대실까!」

「더러운 계집애, 썩 꺼져!」

「아, 부끄럽지도 않으세요, 아가씨, 부끄럽지도 않으세요. 그건 당신 같은 분한테는 너무 상스러운 말이에요. 어떻게 그런 말을 하실 수가 있지요, 사랑스런 아가씨.」

「썩 꺼져 버려, 갈보 같은 잡년아!」 까쩨리나 이바노브나는 울부짖고 있었다. 완전히 일그러진 그녀의 얼굴은 선 하나하나까지 온통 부들부들 떨고 있었다.

「그러고 보니 갈보가 되고 말았군요. 하지만 당신이야말로 처녀의 몸으로 돈 때문에 저녁 무렵 건달을 찾아갔잖아요. 자신의 아름다움을 팔려고요. 난 그 사실을 알고 있어요.」

까쩨리나 이바노브나는 악을 쓰며 그녀에게 달려들었으나 알료샤가 있는 힘을 다해 그녀를 말렸다.

「제발 고정하세요! 아무 말도 말고 대꾸도 하지 마세요! 이분은 가실 겁니다, 지금 곧 가실 겁니다!」

그 순간 까쩨리나 이바노브나의 고함소리를 듣고 그녀의 두 이모가 방으로 뛰어왔고, 이어서 하녀가 뛰어왔다. 모두 그녀를 향해 달려갔다.

「그렇다면 가겠어요.」 그루셴까가 소파에서 망토를 집으며 말했다. 「사랑스런 알료샤, 날 좀 바래다 주세요.」

「가세요, 어서요!」 알료샤는 애원하듯 그녀를 향해 두 손을 모았다.

「사랑스런 알료샤, 데려다 줘요! 가는 길에 당신한테 아주 유익한 말을 해드릴 테니! 알료샤, 이건 당신을 위해서 무대를 만들어 본 것뿐이에요. 이봐요, 데려다 주세요, 나중에는 당신도 좋아하실 거예요.」

알료샤는 두 손을 풀며 몸을 돌렸다. 그루셴까는 깔깔거리며 집 밖으로 달려나갔다.

까쩨리나 이바노브나는 발작을 일으켰다. 그녀는 엉엉 소리내어 울었고 경련 때문에 헐떡거렸다. 모든 사람들이 그녀의 주위에서 부산을 떨었다.

「그러기에 내가 사전에 말했잖아.」 큰이모가 그녀에게 말했다. 「그런 짓을 하지 말라고……. 너는 성미가 너무 불 같아서 탈이야……. 어쩌자고 그런 쓸데없는 짓을 한 건지! 너는 그런 년들에 대해 전혀 모르고 있어. 사람들 말로는 정말 나쁜 여자라는 거야……. 아니, 네가 너무 자유분방한 거야!」

「그년은 호랑이예요!」 까쩨리나 이바노브나는 울부짖었다. 「왜 날 말리신 거예요, 알렉세이 표도로비치. 그렇지만 않았다면 그년을 마구 패주었을 텐데, 패주었을 텐데!」

그녀는 알료샤 앞에서 자제력을 잃고 있었다. 아니, 어쩌면 자제하고 싶지 않았는지도 모른다.

「그런 년은 교수대에 매달아 놓고 사람들 앞에서 망나니들한테 채찍으로 두들겨 맞아야 해……!」

알료샤는 문 쪽으로 물러섰다.

「하지만 오, 하느님!」 까쩨리나 이바노브나는 갑자기 손뼉을 치며 소리쳤다. 「그분이 그럴 수가! 그분이 그토록 불성실하고 무정하다니! 그분은 그년한테 옛날의 영원히 저주받을, 저주받을 운명의 그날을 말해 버렸어요! 〈아름다움을 팔러 가지 않았나요, 사랑스런 아가씨〉라고. 그년은 모두 알고 있어요! 당신 형님은 정말 비열한 사람이에요, 알렉세이 표도로비치!」

알료샤는 무슨 말을 하려 했으나 한 마디도 생각이 나지 않았다. 그는 고통으로 가슴이 조여 왔다.

「이젠 돌아가세요, 알렉세이 표도로비치. 난 부끄러워 죽겠어요, 너무나 끔찍해요! 내일…… 이렇게 무릎을 꿇고 부탁드리니, 내일 와주세요. 미안해요, 그렇다고 나무라지는 말아 주세요. 무엇을 어떻게 해야 할지 나도 모르겠어요!」

알료샤는 비틀거리며 거리로 나왔다. 그도 그녀처럼 울고 싶었다. 그때 갑자기 하녀가 뒤쫓아왔다.

「아가씨는 호흘라꼬바 부인의 편지를 당신한테 전하는 걸 잊으셨답니다. 점심때부터 맡겨 둔 건데.」

알료샤는 작은 장밋빛 봉투를 받아 든 다음 아무 생각 없이 주머니에 쑤셔 넣었다.

11. 또 하나의 파괴된 명예

읍내에서 수도원까지는 1베르스따도 되지 않는 가까운 거리였다. 알료샤는 그 시각이면 인적이 드물어지는 거리를 급히 서둘러 걸어갔다. 이미 밤이 다가왔기 때문에 30보 앞의 사물도 구별하기가 어려울 지경이었다. 길 중간쯤에 교차로가 있었다. 교차로에 황량하게 서 있는 버드나무 아래 어떤 형체가 눈에 띄었다. 알료샤가 교차로에 들어서자마자 그 형체는 갑자기 튀어나와 청천벽력처럼 고함을 질렀다.

「지갑을 내놓겠느냐, 목숨을 내놓겠느냐?」

「아니, 미쨔 형이군요!」 알료샤는 몸을 부들부들 떨 정도로 깜짝 놀랐다.

「하하하! 놀랐지? 어디서 너를 기다릴까 생각했어. 그녀의 집 부근으로 갈까 생각도 했었지. 그 집에서는 길이 세 방향으로 나 있으니 널 놓칠지도 모르는 일이고 해서 결국 여기서 기다리기로 했단다. 왜냐하면 여길 빼고는 수도원으로 가는 길이 없으니 반드시 이곳을 지나갈 거라고 생각한 거지. 자, 이젠 사실대로 말해도, 나를 바퀴벌레처럼 짓밟아도 좋단다……. 그런데 너, 무슨 일이냐?」

「아무 일도 아니에요, 형…… 너무 놀랐을 뿐이에요. 아아, 드미뜨리 형! 조금 전에 아버지한테 피를 흘리게 하고도.」 알료샤는 눈물을 흘렸다. 그는 오래 전부터 울고 싶었는데 지금 가슴속에 있는 어떤 응어리가 갑자기 터져 나오고 말았다. 「형님은 아버지를 죽일 뻔했어요……. 아버지를 저주하기도 하고요……. 그런데 지금…… 장난을 치고 있다니……〈지갑을 내놓겠느냐, 목숨을 내놓겠느냐〉라뇨?」

「아니, 그래서? 예의에 벗어난다는 거냐? 내 처지에 맞지 않는다는 거지?」

「아니에요…… 나는 단지…….」

「잠깐만. 저 밤하늘을 좀 봐라. 얼마나 칠흑 같은 밤이며, 구름에다가, 바람까지 부는구나! 나는 여기 버드나무 밑에 숨어서 너를 기다리다가 갑자기 이런 생각을 했단다. (이건 사실이다!) 더 이상 뭘 망설이고 뭘 기다리는 거냐? 여기 버드나무도 있고, 수건도 윗도리도 있으니 지금 당장 밧줄을 만들자, 게다가 멜빵도 있지 않은가, 구차스런 존재로 대지에 더 이상 부담을 주지도, 더럽히지도 말자고 말이다! 그런데 그 순간 네가 걸어오는 소리가 들려왔고 문득 나는 어떤 생각이 떠올랐단다. 저기 바로 저 사람이야말로 내가 사랑하는 사람이다, 저기 저 사람, 바로 내 동생놈이야말로 내가 이 세상에서 가장 사랑하는 사람이고 유일하게 사랑하는 사람이다라는 생각이! 네가 그만큼 사랑스러웠고, 그 순간 네가 너무나 사랑스러워서 목에 매달리고 싶은 생각이 들었단다. 그런데 갑자기 어리석은 생각이 떠오른 거란다. 〈어디 저 애를 놀라게 해야겠다. 그럼 아주 재미있을 거다.〉 그래서 나는 바보처럼 고함을 질렀단다. 〈지갑을 내놔라!〉 하고 말이다. 바보 같은 짓을 해서 미안하다, 용서해 다오. 부질없는 짓일 뿐이야, 하지만 내 마음도…… 역시 편치가…… 이런 쓸데없는 이야기를 하다니. 참, 그런데 거기에서는 무슨 일이 있었니? 그녀가 뭐라고 하던? 날 위해서라도 인정사정 보지 말고 내 목을 졸라 다오. 어때, 깜짝 놀라더냐?」

「아니에요, 그게 아니라…… 그 아가씨는 전혀 그러지 않았어요, 미쨔 형. 거기서, 오늘 나는 거기서 두 여자를 동시에 만났어요.」

「두 여자라니?」

「까쩨리나 이바노브나 집에 그루센까가 와 있었어요.」

드미뜨리 표도로비치는 충격을 받아 어안이 벙벙했다.

「그럴 리가 없어!」 그는 소리쳤다. 「무슨 잠꼬대 같은 소리를 하는 거냐? 그루센까가 그 여자 집에 와 있었다니?」

알료샤는 자기가 까쩨리나 이바노브나 집에 들어갔을 때 벌어졌던 일을 하나도 빼지 않고 모두 들려주었다. 그는 청산유수처럼 유창하고 조리 있게 말하지는 못했지만 가장 중요한 대목, 가장 중요한 동작을 빠뜨리지 않고 분명히, 자주 〈얼굴 표정이며 동작까지 섞어 가며〉 명확하게 10분 동안에 걸쳐 이야기했다. 드미뜨리는 묵묵히 이야기를 들었고 온몸이 돌처럼 굳은 채 뚫어져라 바라보았다. 그러나 알료샤는 형이 이미 모든 것을 이해하고 사건의 내막까지도 간파했다는 사실을 깨달았다. 이야기가 진행됨에 따라 그의 얼굴은 침통해진다기보다는 무섭게 변해 갔다. 그는 미간을 찌푸리고 이를 악물었으며 고정된 시선은 움직일 줄 모른 채 더욱 무섭고 집요해지는 것이었……. 그런데 전혀 뜻밖에도 지금까지 분노에 가득 차 흥폭했던 드미뜨리 표도로비치의 얼굴은 일순간 이해할 수 없을 만큼 빠른 속도로 변하여 꽉 다물었던 입술이 벌어지더니 도저히 참기 힘들다는 듯이 갑자기 소탈한 웃음을 터뜨렸다. 그는 문자 그대로 웃음을 터뜨렸기 때문에 오랫동안 웃음으로 인해 말을 할 수가 없었다.

「손에 입을 맞추지 않았단 말이지! 입을 맞추지 않고 뛰어가 버렸단 말이지!」그는 어떤 병적인 쾌감을 느끼며 소리쳤다. 그 환희가 그토록 자연스러운 것이 아니었다면 그것은 파렴치한 것이라고 말할 수 있었을 것이다.「그래, 그 여자가 그년은 호랑이라고 소리쳤단 말이지! 호랑이임에 틀림없지! 그렇다면 그 여자를 교수대에 올려놓아야 할까? 그래, 그래, 나도 오래 전부터 그래야만 한다고 생각했어! 얘야, 교수대에 올려놓을 수도 있지만 먼저 병부터 치료해 주어야 하겠지. 난 그 파렴치의 여신을 이해해. 그 여자의 모든 것은 거기에 있어, 그 손이 그녀의 모든 것을 말해 주지, 정열적이고 악마 같은 여자라고! 세상의 어느 누구보다도 정열적이고 악마 같은 여자란 말이야! 거기서 환희를 느끼고 있는 거야! 그런데 그 여자는 집으로 돌아갔니? 지금 나는…… 아…… 그 여자한테 달려가겠어! 알료쉬까, 날 욕하지 마. 나도 동의해, 그 여자는 목을 비틀어도 시원치 않거든…….」

「그럼 까쩨리나 이바노브나는요!」알료샤는 슬픈 목소리로 목청을 높였다.

「그 여자 생각도 알고 있어, 속속들이 다 알고 있다고. 이번에야말로 다 알게 되었지! 세계 사대주(四大州), 아니 오대주(五大州)의 완벽한 발견이라고나 할까! 정말 놀라운 행동이야! 끔찍히 모욕을 당하리라는 위험을 무릅쓰고 아버지를 구하겠다는 관대한 일념으로 난폭하고 무례한 장교한테 달려왔던 바로 그 여대생 까쩬까인 거야! 하지만 그 자존심, 그 모험에의 욕망, 운명에 대한 도전, 무한으로의 도전! 그녀의 이모도 말렸다고 했던가? 그 이모는, 너도 알겠지만, 오만 방자해. 모스끄바에 있는 장군 부인의 친동생이지. 원래는 그 여자보다도 콧대가 셌는데, 남편의 공금 유용이 밝혀지자 땅이고 뭐고 재산을 몽땅 날린 뒤 갑자기 저

자세가 되어 그때부터 기가 죽어 있지. 그래, 그 이모가 까쨔를 말렸는데 듣지 않았단 말이지. 〈난 무엇이든 정복할 수 있어요, 무엇이든 손에 넣을 수 있다고요. 원하기만 한다면 그루셴까한테도 마법을 걸 수 있어요〉라며 자신만만해서 건방을 떨고 있었으니, 누구 잘못이겠어? 그녀가 먼저 일부러 그루셴까의 손에 입을 맞춘 것은 간교한 속셈 때문이라고 생각하지 않니? 아니야, 그녀는 진실해, 진정으로 그루셴까를 사랑한 거야. 다시 말해서, 그루셴까가 아니라, 자신의 꿈, 자신의 꿈을, 자신의 미망(迷妄)을 사랑한 거야. 그 꿈, 그 미망은 〈내 것이라고요!〉라고 할 테지. 사랑하는 알료샤, 넌 어떻게 그 여자들로부터 탈출했니? 법의를 걷어붙이고 도망나왔겠지? 하하하!」

「형, 형은 그날 그 사건 이야기를 그루셴까한테 털어놓은 것이 얼마나 까쩨리나 이바노브나를 모욕한 것인지에는 전혀 관심이 없군요. 조금 전에 그 여자는 까쩨리나 이바노브나한테 눈을 치뜨고, 당신이야말로 〈건달한테 자신의 아름다움을 팔러 다녔잖아요!〉라고 했단 말이에요. 형, 그것보다 더 큰 모욕이 어디 있겠어요?」 무엇보다 알료샤를 괴롭힌 생각은 물론 있을 수 없는 일임에도 불구하고 형이 까쩨리나 이바노브나가 받은 모욕을 꼭 기뻐하고 있는 것만 같다는 사실이었다.

「그런 일이!」 드미뜨리 표도로비치는 갑자기 무섭게 얼굴을 일그러뜨리며 손바닥으로 이마를 때렸다. 조금 전에 알료샤는 사건의 자초지종은 물론 까쩨리나 이바노브나의 모욕감과 〈당신 형님은 비열한 사람이에요!〉라는 그녀의 절규까지 모두 이야기했음에도 불구하고 그는 이제서야 거기에 관심을 기울였다. 「그래, 사실 나는 까쨔가 말했듯이 〈운명적인 그날〉에 대해 그루셴까한테 이야기했는지도 몰라. 맞았어, 이야기했던 거야, 이제 기억나는군! 그건 모끄로예에서 있었던 일인데, 난 술이 취해 있었고, 집시들이 노래를 부르고 있었지……. 하지만 나는 흐느껴 울고 있었어, 흐느껴 울면서 무릎을 꿇고 성상 앞에서 까짜를 위해 기도드렸지. 그루셴까도 이해해 주더군. 그때 그녀는 모두 이해해 주었어. 기억이 나는군, 그 여자도 울고 있었던 거야……. 아, 이럴 수가! 이제 와서 그 따위가 무슨 소용이 있겠어? 그때는 그 여자도 눈물을 흘렸는데, 지금에 와서는…… 지금에 와서는 〈심장에 비수〉를 꽂다니! 여자들이란 그런 거야.」

그는 고개를 숙인 채 생각에 잠겼다.

「그래, 나는 비열한이야! 틀림없는 비열한이야.」 그는 갑자기 음침한 목소리로 말했다. 「눈물을 흘렸건 안 흘렸건 마찬가지야. 비열한이기는 매한가지라고! 가서 전해 다오, 그것으로 위안이 된다면 그런 호칭을 받아들이겠노라고. 이제 그만 헤어지자, 모두 쓸데없는 이야기야! 즐거운 이야기라곤 하나도 없잖아. 너는 네 길로, 나는 내 길로 가는 거야. 최후의 순간이 올 때까지 다시 만나고 싶지 않군. 잘 가거라, 알렉세이!」 그는 알료샤의 손을 꽉 움켜쥐었다. 그는 꼭 목이 떨어져 나간 것처럼 수그린 고개를 들지 않고 급히 읍내로 걸어갔다. 알료샤는 형이 그렇게 갑작스레 떠나리라고는 생각하지 못했는지 그 뒤를 물끄러미 바라보았다.

「잠깐만, 알렉세이. 네게 고백할 것이 한 가지 더 있단다.」 드미뜨리 표도로비치는 갑자기 되돌아왔다. 「너 한 사람에게만! 날 쳐다보거라, 똑바로. 자, 바로 여기다, 바로 여기에 끔찍한 치욕이 마련되어 있다(드미뜨리는 〈바로 여기〉라는 말을 하면서 가슴을 주먹으로 탁탁 내리쳤다. 그는 치욕이 그의 가슴 어딘가에, 혹은 목에 꿰매서 만든 주머니에 들어 있다는 듯이 이상한 표정을 지었다). 넌 비열한, 모두가 다 알고 있는 그런 비열한이라는 내 말을 알아들었겠지! 그러나 내가 과거에나 현재 그리고 미래에 무슨 짓을 하더라도 바로 지금, 바로 이 순간 여기 내 가슴속에, 자, 여기, 여기에 들어 있는, 지금 꿈틀대며 실현되려는 파렴치에 비하면 아무것도 아니야, 비열한 축에도 못 들어가. 그건 내 손에 달려 있으므로 멈출 수도 실현할 수도 있지. 이 점을 명심해 두렴! 그렇지만 나는 중지하지 않고 그걸 실현할 거라는 사실도 알아 줘. 조금 전에 네게 모두 이야기했지만 이것만은 이야기하지 않았어. 그 문제에 있어서 완전한 철면피는 아니니까! 난 아직도 멈출 수 있어. 그걸 멈추면 내일쯤 잃어버린 명예의 절반은 회복하겠지만 나는 멈추지 않고 비열한 생각을 실현할 테니 앞으로 네가 증인이 되어 다오. 난 미리 꿰뚫어 보고 이런 말을 하는 거야! 파멸과 암흑! 설명할 것도 없이 때가 되면 자연스럽게 알게 될 거야. 악취를 풍기는 뒷골목과 악녀라! 잘 가라! 날 위해 기도를 드리지는 마라, 그럴 만한 가치도 없는 위인이니까. 전혀 그럴 필요가 없어, 전혀 그럴 필요가⋯⋯ 나도 그럴 필요성을 느끼지 않고! 어서 가라고!」

그는 갑자기 돌아서 가버렸는데 이번엔 완전히 가버렸다. 알료샤는 수도원을 향해 걸어갔다. 〈내가 다시는, 다시는 형을 만날 수 없다니, 대체 무슨 말씀을 하신 걸까?〉 그는 의아한 생각이 들었다. 〈내일은 형을 꼭 만나서, 꼭 찾아내서 무슨 말을 하는 건지 한번 알아봐야지⋯⋯!〉

그는 수도원을 빙 돌아 솔밭 너머 암자로 곧장 들어갔다. 그곳에서는 이 시간에 누구의 출입도 허용하지 않았지만 그에게는 문을 열어 주었다. 장로의 방에 들어서자 그의 가슴은 떨리기 시작했다. 〈왜, 왜 나는 밖으로 나갔으며, 장로님께서는 왜 나를《속세》로 내보내신 걸까? 이곳은 고요하고 성스러운 데 반해 그곳은 혼란스럽고 음침해서 곧 길을 잃고 헤매게 되는데⋯⋯.〉

암자에는 조시마 장로의 용태를 알기 위해 매시간 찾아오는 발심자 뽀르피리와 빠이시 신부가 와 있었다. 알료샤는 장로의 병세가 무섭게 더욱 나빠지고 있다는 사실을 알게 되었다. 수도사들과의 일상적인 저녁 강론도 이날은 열리지 않았다. 예배 후면 매일 저녁 수도원 수도사들이 잠자기 전에 장로의 암자에 모여서 저마다 그날 지은 자신의 죄과와 혹시 그런 일이 있을 경우 잘못된 공상이나 사상, 유혹, 서로간의 논쟁까지도 장로 앞에서 큰소리로 고백하곤 했다. 어떤 이들은 무릎을 꿇고 고백하기도 했다. 장로는 문제를 해결해 주기도, 화해시키기도, 훈계하기도 하고 때로는 참회의 벌을 내리며 축복을 내리기도 하여 돌려보내곤 했다. 장로제의 반대자들은 사실과 다르게 성례(聖禮)로서의 고해 성사가 거의 신성 모독에 이를 만큼 속화(俗化)되었다고 말하면서 사제들의 〈고해 성사〉에 반기를 들기도 했다. 게다가 그런 고해 성사는 올바른 목적을 이룰 수 없을 뿐 아니라 실제로 사람들을 공연히 죄악과 유혹으로 이끈다고 교구장에게 진정하기도 했다. 수도사들 중에서 많은 사람들은 장로한테 가는 일을 고역으로 생각하면서도 어쩔 수 없이 찾아다녔다. 그것은 오만하고 반항적인 의도를 품고 있다는 이야기를 듣고 싶지 않았기 때문이다. 수도사들 중 어떤 이들은 저녁 고해 성사 시간에 참석하면서, 〈오늘 아침에 자네한테 화를 냈다고 말할 테니, 자네는 그렇다고 하면 되는 거야〉라며 무슨 이야기를 할지 미리 짜고 그저 그 자리를 모면하려고만 했다. 알료샤는 간혹 실제로 그런 일이 벌어지고 있다는 사실을 알고 있었다. 또한 수도사들 중에는 관습상 은자들에게 온 편지를 수신인들이 읽기 전에 장로에게 먼저 가져다주어 봉투를 뜯게 하는 것에 대해 대단히 분개하는 사람들이 있다는 사실도 알고 있었다. 물론 이런 것은 자발적인 겸양과 구체적 차원의 교훈이라는 명목 아래 마음속으로부터 자유롭고 진실되게 실행할 것을 전제로 하고 있다. 그러나 실제로는 때때로 매우 무성의할 뿐만 아니라 오히려 가식적이고 위선적으로 행해졌다. 그러나 수도사들 중에서 나이 많고 경험 풍부한 이들은 〈구원의 길을 걷기 위해 이 담장 안으로 들어온 사람들에게 이러한 속죄의 노역과 공적은 틀림없이 구원의 힘으로 작용할 것이므로 그들은 큰 복을 얻게 될 것이다. 그런데 그와는 반대로 힘들어하고 불평하는 자들은 수도사가 아닌 것이나 다름없으며, 속세에 있어야 할 그런 자가 쓸데없이 수도원에 들어와 있는 것에 불과하다. 따라서 속세에서뿐만 아니라 수도원 경내에서도 죄악과 악마의 유혹으로부터 보호받을 수 없게 되었으므로 당연히 죄악을 묵인해서는 안 된다〉는 주장을 펴기도 했다.

「몸이 너무 쇠약해지셔서 혼수 상태에 빠지셨단다.」빠이시 신부는 알료샤에게 속삭임으로 이렇게 알려 주고는 그를 축복해 주었다. 「장로님을 깨우기도 힘들단다. 물론 그래서도 안 되겠지만 말이야. 5분 가량 눈을 뜨셨을 때는 수도사들에게 축복을 전해 주고 자신을 위해 저녁 예배를 드려 달라고 부탁하셨지. 내일은 다시 한번 성찬을 받으실 생각이신 거야. 장로님께서 너를 기억하시고는, 알료샤, 네가 이곳을 떠났느냐고 물으시기에 읍내에 나가 있다고 대답해 드렸지. 〈내가 그 애를 축복한 것도 그것 때문이야. 그곳이 그 애가 있을 곳이야, 아직은 이곳이 아니야〉라고 근엄하게 네 이야기를 하셨어. 너를 사랑과 배려로 기억해 주셨으니, 넌 그게 어떤 영광을 누린 것인지 알기나 하니? 그런데 장로님께서는 어째서 너를 당분간 속세로 내보내기로 하신 걸까? 네 운명 속에서 무언가 짚이는 게 있으셨을 거야! 알렉세이, 명심해 두거라, 만일 네가 속세로 나간다면 그것은 장로님께서 네게 부여하는 노역인 것이니 허망한 경솔과 공허한 속세의 쾌락을 쫓아서는 안 된다는 것을…….」

빠이시 신부는 밖으로 나갔다. 장로가 하루나 이틀 더 산다고 해도 결국 세상을 뜨고 말리라는 것은 알료샤에게 자명한 사실이었다. 알료샤는 아버지, 호흘라꼬바 부인, 형과 까쩨리나 이바노브나 등과 약속을 했지만 내일 수도원 밖으로는 한 발자국도 나가지 않고 장로의 타계 직전까지 그 곁에 남아 있겠다고 확고하고 굳게 결심했다. 그의 가슴은 사랑으로 불타올라, 읍내에 나가 있는 동안, 비록 순간이나마 세상에서 누구보다도 존경하는 분의 임종을 앞두고 있는 시점에서 그분을 수도원에 남겨 두었다는 사실을 까맣게 잊고 있었던 자신을 꾸짖었다. 그는 장로의 침실로 들어가 무릎을 꿇고 잠들어 있는 사람을 향해 땅에 머리가 닿도록 절을 했다. 장로는 거의 들리지 않을 정도로 조용히 숨을 쉬며 미동도 하지 않고 잠들어 있었다. 그의 얼굴은 평온하기만 했다.

다른 방으로, 아침에 장로가 손님들을 맞던 방으로 돌아온 알료샤는 구두만 벗었을 뿐 옷도 벗지 않은 채, 이미 오래 전부터 밤마다 베개만 가져다가 잠을 자던 딱딱하고 좁은 가죽 소파에 몸을 눕혔다. 얼마 전 아버지가 고함을 질러 댔던 그 이부자리를 잠자리에 펴지 않고 지낸 지 이미 오래였다. 그는 법의만을 벗어 그것으로 이불을 삼았다. 그러나 잠에 들기 전 그는 무릎을 꿇고 오랫동안 기도를 드렸다. 하지만 그는 자신의 열렬한 기도 속에서 하느님께 자신의 곤혹스런 처지를 해명해 달라고 간청한 것이 아니라, 평소 잠들기 전에 했던 대로 하느님의 영광을 찬미한 후면 언제나 마음속에 자리잡던 즐거운 환희를, 지난날의 환희를 열망했을 뿐이다. 그는 기도를 드리다가 문득 호주머니 속에서 까쩨리나 이바노브나의 하녀가 길 한복판까지 쫓아 나와 전해준, 작은 장밋빛 봉투가 손에 느껴졌다. 그는 당황스러웠지만 끝까지 기도를 드렸다. 그리고 나서 잠시 머뭇거리다가 봉투를 뜯었다. 그 속에는 오늘 아침 장로 앞에서 그를 그토록 조롱하던 호흘라꼬바 부인의 아주 어린 딸, 리즈가 서명한 편지가 들어 있었다. 그녀는 이런 편지를 보내 온 것이다.

알렉세이 표도로비치, 나는 지금 아무도 모르게, 물론 엄마도 모르게 당신께 편지를 쓰고 있고 그것이 얼마나 나쁜 짓인 줄도 알고 있어요. 하지만 내 가슴속에 꿈틀거리는 그것을 당신께 말씀드리지 않고는 살 수 없어요. 이건 우리 두 사람을 제외하곤 당분간 아무도 알아서는 안 되는 문제예요. 하지만 아무리 말씀드리고 싶다 한들 어떻게 그걸 전할 수 있을까요? 편지지는 부끄러움을 타지 않는다지만 그건 거짓말이에요. 편지지는 마치 지금의 제 모습처럼 온통 새빨갛게 물들어 있어요. 사랑스러운 알료샤, 난 당신을 사랑하고 있어요. 어린 시절부터, 당신이 지금과는 아주 다른 모습이었던 모스끄바 시절부터 당신을 사랑해 왔고 또 한평생 사랑할 거예요. 나는 당신과 하나로 결합해서 백년해로하려고 마음속으로 당신을 선택했어요. 물론 당신이 수도원을 떠나야 한다는 조건으로 말이에요. 우리의 나이가 문제라면 법률로 정해진 나이까지 기다려요. 그때까지 난 꼭 건강해져서 걸어다니기도 하고 춤도 출 테니까요. 이건 말만으로 끝나지는 않을 거예요.

당신은 내가 얼마나 곰곰이 생각한 것인지 아실 거예요. 하지만 이것 한 가지만은 알 수 없군요. 이 편지를 읽는 동안 당신이 저를 어떻게 생각하실지 말이에요. 난 언제나 웃고 장난을 치기 때문에 얼마 전에도 당신을 화나게 했어요. 하지만 믿어 주세요, 펜을 잡기 직전에 나는 성모 마리아 상(像) 앞에 기도를 드렸고 지금도 울고 싶은 심정으로 기도를 드리고 있어요.

나의 비밀은 당신 손에 들어 있어요. 내일 당신이 오시면 당신을 어떤 얼굴로 쳐다봐야 좋을지 모르겠군요. 아, 알렉세이 표도로비치, 나는 바보처럼 참지 못하고 얼마 전처럼 당신을 바라보며 웃어 버리지나 않을까요? 당신은 나를 남이나 비웃는 못난 여자라고 생각하셔서 이 편지도 믿지 않으실 거예요. 그래서 제발 부탁드리는 것이니, 나를 동정하신다면 내일 우리집에 들어오실 때 나를 너무 똑바로 바라보지 말아 주세요. 그건 당신을 만나면 반드시 웃음을 터뜨리고 말 것이기 때문이에요. 게다가 당신은 그 치렁치렁한 옷을 걸치고 계시니까요……. 지금도 그런 생각을 하면 소름이 끼쳐요. 그러니 들어오셔서 얼마 동안은 나를 아예 쳐다보지 마시고 엄마나 창문을 쳐다보세요…….

나는 당신께 연애 편지를 쓰고 말았군요. 오, 하느님, 내가 무슨 짓을 저지른 걸까요? 알료샤, 나를 경멸하지 말아 주세요. 내가 너무 바보 같은 짓을 저질러서 당신을 슬프게 만들었다면 사과드려요. 지금 어쩌면 영원히 파괴되었을지도 모를 내 명예의 비밀은 당신 손안에 들어 있어요.

난 오늘 꼭 울어 버릴 것만 같아요. 안녕, 《두려운》 재회까지.
리즈.

추신 — 알료샤, 당신은 꼭, 반드시, 반드시, 반드시 와주셔야 해요. 리즈.

알료샤는 놀라운 마음으로 편지를 읽었고, 다시 한번 읽어 내려갔다. 그는 잠시 생각에 잠기더니 갑자기 조용하고 달콤하게 웃고 말았다. 그러다가 그는 몸을 부르르 떨고 말았는데, 그 미소가 죄악처럼 느껴졌던 것이다. 그러나 잠시 후 다시 너무나 조용하고 행복하게 웃었다. 그는 천천히 편지를 조그만 봉투 속에 집어넣은 다음 성호를 긋고 나서 잠자리에 들었다. 그러자 영혼의 불안감은 갑자기 사라져 버렸다. 〈주여, 얼마 전에 만난 모든 사람들에게 자비를 베푸소서. 불행한 사람들, 주님을 거역하는 사람들을 지켜 주시고, 그들에게 올바른 길을 가르쳐 주소서. 당신 안에 길이 있나이다. 그들에게 길을 인도하시고 구원해 주소서. 당신은 사랑이시니, 모든 사람들에게 기쁨을 주소서!〉 알료샤는 이렇게 중얼거린 후 성호를 긋고 나서 평화스런 꿈길로 빠져 들었다.

2
제2부

제4권
발작

1. 페라뽄뜨 신부

이른 새벽, 날이 미처 밝기도 전에 알료샤는 자리에서 일어났다. 잠에서 깬 장로는 침대에서 안락의자로 옮겨 앉기를 원했음에도 불구하고 몸이 탈진 상태에 이르렀다는 것을 느끼고 있었다. 그의 기억은 또렷했다. 얼굴에는 피로한 기색이 역력했으나 마치 즐겁기라도 한 듯 표정만은 밝았고, 유쾌하고 정다운 눈매는 사람을 끌어들이는 힘이 있었다.「어쩌면 오늘을 넘기기 힘들지도 모르겠구나.」그는 알료샤에게 이렇게 말했다. 그리고 나서 그는 한시 바삐 고해 성사를 한 다음 성찬을 받고 싶어했다. 장로의 고해 신부는 언제나 빠이시 신부였다. 두 개의 성례가 끝난 후 도유식(塗油式)이 시작되었다. 수도 신부들이 모였고, 암자는 점차 은자들로 가득 찼다. 그 사이에 날이 밝았다. 수도원으로부터도 사람들이 모여들기 시작했다. 예식이 끝났을 때 장로는 모든 사람들과 작별 인사를 나누고 싶다며 사람들에게 입을 맞추었다. 암자가 비좁았기 때문에 먼저 도착한 사람들은 밖으로 물러 나가 다른 사람들에게 자리를 양보했다. 알료샤는 다시 안락의자로 옮겨 앉은 장로 곁에 서 있었다. 장로는 기력을 다해 설교를 시작했다. 그의 목소리는 비록 약하긴 했지만 아직은 상당히 단호했다.「여러 해 동안 여러분에게 설교를 해왔고, 그 세월 동안 큰 소리로 말해 왔기 때문에 나는 말을 하는 습관이 들었고 지금처럼 몸이 쇠약해 있을 때조차, 신부님들 그리고 사랑하는 형제들, 침묵하는 것이 말하는 것보다 더 힘이 든다는 점을 말씀드리는 바입니다.」 그는 자기 주위에 빽빽이 들어찬 사람들을 다정한 눈길로 바라보며 이런 농담으로 이야기를 시작했다. 알료샤는 장로가 당시 이야기한 내용의 일부를 나중에도 기억했다. 그러나 장로가 충분히 또렷한 목소리로 이해하기 쉽게 말했음에도 불구하고 그의 설교는 조리가 없었다. 장로는 많은 이야기를 했고, 죽음을 앞둔 순간에 모든 이야기를 다 해버리기를, 또 생전에 미처 하지 못한 이야기를 해주고 싶어하는 듯했다. 그것은 단순히 어떤 교훈을 남기는 것이 아니라, 모든 사람들과 더불어 자신의 기쁨과 환희를 함께 나누며 살아 있는 동안에 다시 한번 진심을 토로하고 싶어하는 것처럼 보였다…….

「서로 사랑하십시오, 신부님들.」 장로는 설교하기 시작했다. (훗날 알료샤가 기억한 바에 따른 것이다.) 「하느님의 백성들을 사랑하십시오. 우리가 이곳에 몸담고 담장 안에 은거한다고 해서 세상 사람들보다 더 성스러운 것은 아니며, 오히려 그 반대로 이곳에 몸담고 있는 사람들은 이미 이곳에 몸담았다는 사실 때문에 자신이 모든 세상 사람들, 이 지상에 살고 있는 모든 사람들과 모든 일보다 못하다는 점을 깨달았습니다……. 그러므로 수도자는 모름지기 이 담장 안에 더 오래 머물수록 이 점을 더욱 절실하게 명심해야 합니다. 그렇지 않다면 이곳에 찾아올 이유가 전혀 없는 것입니다. 세상 사람들보다 못할 뿐만 아니라, 그들 앞에서 모든 사람들에게, 모든 일에, 즉 사람의, 세계의, 개개인의 모든 죄에 대해 자신이 죄인이라는 것을 깨달을 때만이 우리 은둔 생활의 목적이 달성됩니다. 왜냐하면 우리들 한 사람 한 사람은 이 지상의 모든 사람들에 대하여, 모든 일에 대하여, 세계의 보편적 죄악뿐 아니라 이 지상의 만인들에 대하여, 각각의 개인들에 대하여 분명히 죄인이기 때문입니다. 이러한 자각은 수도자뿐 아니라 세상 모든 사람들이 걸어야 할 길의 화관(花冠)입니다. 왜냐하면 수도자들이란 특별한 인간들이 아니라 세상 사람들이 당연히 그렇게 되어야 할 인간의 모습이기 때문입니다. 그래야 우리의 마음은 채울 길 없는 영원한 우주의 사랑 속에서 감동하게 될 것입니다. 그래야만 여러분 개개인은 사랑으로 전세계를 얻을 수 있고, 자신들의 눈물로 세계의 죄악을 씻어낼 수 있는 힘을 갖추게 됩니다……. 저마다 자신들의 가슴에서 멀어지지 말며, 저마다 끊임없이 참회를 하십시오. 자신의 죄를 자각하고 단지 참회할 뿐 그것을 두려워하지는 말며, 하느님과 계약을 맺어서는 안 됩니다. 다시 말씀드리거니와 자만해서는 안 됩니다. 작은 일 앞에서도 자만하지 말며, 큰 일 앞에서도 자만하지 마십시오. 여러분을 배척하는 자, 여러분을 멸시하는 자, 여러분을 모욕하는 자, 여러분을 중상하는 자들을 증오하지 마십시오. 무신론자, 악의 교사자, 유물론자, 그들 중 선한 사람들뿐 아니라 악한 사람들까지도 증오하지 마십시오. 왜냐하면 특히 현대에는 그들 중에도 선한 사람들이 많기 때문입니다. 이런 기도로 그들을 추모하십시오. 〈하느님, 아무도 그를 위해 기도해 주지 않는 모든 사람들을 구원하소서, 당신께 기도드리려 하지 않는 사람들을 구원하소서.〉 그리고 이런 말씀을 덧붙이십시오. 〈하느님, 이런 기도를 드리는 것은 저의 자만심 때문이 아니라, 저 자신이 누구보다도 더 비천하기 때문입니다…….〉 하느님의 백성들을 사랑하시고, 이방인들이 양떼를 침범하게 해서는 안 됩니다. 왜냐하면 나태와 결벽성이 심한 자만 속에서, 특히 탐욕 속에 잠들게 되면 사방에서 그들이 몰려와 여러분의 양떼를 약탈해 갈 것이기 때문입니다. 쉬지 말고 복음을 민중들에게 전하십시오……. 돈을 갈취하지 마십시오……. 황금에 마음을 빼앗기지 마시고, 그것에 집착하지도 마십시오. 하느님을 믿고 깃발을 꼭 움켜쥐십시오. 그리고 그것을 높이 치켜드십시오…….」

그러나 장로는 알료샤가 나중에 기록한 대로 여기에 묘사된 것보다 훨씬 단속적(斷續的)으로 말을 이어 갔다. 때때로 그는 완전히 이야기를 중단하고 마치 원기를 회복하기라도 하려는 듯 숨을 몰아쉬었으나 환희로 가득 차 있는 것처럼 보였다. 사람들은 그의 이야기에 감동하여 경청하고 있었으나, 적지 않은 사람들은 그의 이야기에 충격을 받고 거기에서 암흑을 감지하기도 했다……. 훗날에 가서야 모든 사람들은 그 이야기를 마음속에 되새길 수 있었다. 알료샤가 잠시 암자 밖으로 나왔을 때 그는 암자 내부와 주변에 몰려든 수사들의 한결같은 흥분과 기대감에 깜짝 놀라고 말았다. 이러한 기대감은 일부 사람들의 눈에 거의 불안한 것처럼 비쳤으나 다른 사람들의 눈에는 장엄한 모습으로 비쳤다. 모든 사람들은 장로가 타계하면 즉각적으로 위대한 어떤 일이 벌어지리라 기대하고 있었다. 어떤 관점에서 보면 그 기대감은 거의 경솔한 것이기까지 했으나 가장 엄숙한 표정을 짓고 있는 늙은 수도사들조차 그런 기대에 차 있었다. 그중에서도 가장 엄숙한 표정을 짓고 있는 사람은 늙은 빠이시 수사 신부였다. 알료샤가 암자 밖으로 나온 것은 호흘라꼬바 부인이 알료샤에게 보내는 이상한 편지를 가지고 읍내에서 돌아온 라끼찐이 어느 수사를 통해 그를 불러냈기 때문이다. 그녀는 지금 상황에 꼭 어울리는 흥미로운 소식 한 가지를 알료샤에게 전해 주었다. 그 소식이란 어제 장로에게 경배를 드리고 축복을 받으러 왔던 평민 출신의 여신도들 중 읍내에 사는 쁘로호로브나라는 하사관 미망인 노파에 관한 이야기였다. 노파는 시베리아의 이르꾸츠끄로 군복무차 떠난 바센까라는 아들놈이 벌써 1년이나 아무 소식도 전하지 않고 있으니 죽은 놈이라 치고 교회에서 명복을 빌어 주는 것이 어떤가 하고 장로에게 물었다. 장로는 그런 종류의 추모가 마법과 비슷한 것이라고 하면서 금지시킨 후 준엄한 어조로 대답해 주었다. 그러나 장로는 무지의 소치라며 그녀를 용서한 후 〈마치 미래서라도 읽듯이〉〈편지에 씌어진 호흘라꼬바 부인의 표현에 따르면) 〈그녀의 아들 바샤는 분명히 살아 있으며 빠른 시일 내에 그가 손수 그녀를 찾아오거나 편지를 보내 올 테니 집으로 돌아가서 아들을 기다리시오〉라는 위로의 말을 덧붙였다. 〈그런데 어떻게 되었을까요?〉 호흘라꼬바 부인은 감격적인 어조로 덧붙였다. 〈예언이 말 그대로, 아니 그 이상으로 실현되었던 거예요.〉 노파가 집으로 돌아가자마자 학수고대하던 편지가 시베리아에서 곧 날아왔던 것이다. 그뿐만이 아니었다. 바샤는 돌아오는 길에 예까쩨린부르그에서 부친 그 편지를 통해 그가 어느 관리와 함께 러시아로 돌아가고 있는 중이므로 편지를 받고 나서 약 3주 후면 〈어머니를 포옹할 수 있다〉는 소식을 전하고 있었다. 호흘라꼬바 부인은 새로 실현된 이 〈예언의 기적〉을 수도원장과 모든 수도사들에게 즉시 전해 달라며 완강하고 간절하게 부탁하고 있었다. 〈이 사실을 모든 사람들에게, 모든 사람들에게 알려야만 해요!〉 그녀는 편지를 끝맺으면서 이렇게 외치고 있었다. 그녀의 편지는 급히 서둘러 쓴 것이어서 문구마다 편지를 쓴 사람의 흥분이 그대로 드러나 있었다. 그러나 알료샤는 수도사들에게 알려 줄 말이 없었다. 왜냐하면 이미 모두가 다 알고 있었기 때문이다. 그 밖에도 알료샤를 불러 달라고 부탁했던 수도사에게 라끼찐은 〈존경하옵는 빠이시 신부님께 라끼찐이 어떤 일로, 하지만 잠시도 지체할 수 없는 매우 중요한 용무로 전해 드릴 말씀이 있으며, 이런 무례에 대해서는 용서를 구한다〉는 말을 부탁했다. 그런데 그 수도사는 알료샤보다 빠이시 신부에게 먼저 라끼찐의 부탁을 전했기 때문에 제자리로 돌아온 알료샤는 빠이시 신부에게 편지를 읽어 주며 공식 보고서 형식으로 그 사실을 알리는 일만 남았다. 근엄하고 남의 말을 잘 믿지 않는 그 신부도 인상을 찌푸리며 그 〈기적〉에 관한 소식을 읽은 다음에는 어떤 내적인 감정을 억누를 수가 없었다. 그의 두 눈에는 섬광이 스쳤고 입가에는 갑자기 엄숙하고도 감동적인 미소가 감돌았다.

「우리는 다른 기적도 보게 될 겁니다!」 그의 입에서는 갑자기 이런 말이 튀어나왔다.

「우리는 또 다른 기적도, 또 다른 기적도 보게 될 겁니다!」 주위에 모여 있던 수도사들이 맞장구를 쳤으나 빠이시 신부는 다시 얼굴을 찌푸리며, 〈속세에는 경솔한 일들이 많이 벌어지니 아직 좀더 확인되어야 하며, 이번 경우도 자연스럽게 일어난 것인지도 모른다〉면서 당분간 아무한테도 말하지 말라고 부탁했다. 그는 나중에 후회할 일을 남기지 않으려는 듯 이런 이야기를 덧붙였지만 그 자신도 그런 단서를 믿지 않는다는 사실을 듣는 사람들도 잘 알고 있었다. 바로 그 시각 그 〈기적〉은 수도원 전체와 미사에 참여하려고 수도원에 모여든 많은 세상 사람들 사이에 알려졌다. 그런데 이 같은 기적이 일어난 사실에 대해 가장 충격을 받은 사람은 먼 북방에 위치한 오브도르스끼의 한 작은 수도원인 〈성 실베스뜨르 수도원〉에서 어제 도착한 수도사였다. 그는 어제 호흘라꼬바 부인 곁에서 장로에게 인사를 드린 후에 〈치료를 받은〉 부인의 딸을 가리키며, 〈어떻게 감히 이런 일들을 할 수 있으신지요?〉 하고 감동적으로 질문을 던졌었다.

문제는 지금 그가 어떤 의혹의 질곡에 빠져 있어서 무엇을 믿어야 좋을지 거의 모르는 상태에 있다는 것이다. 게다가 어제 저녁 무렵 그는 양봉장 뒤편에 있는 다른 암자에서 이 수도원의 페라뽄뜨 신부를 찾아갔다가 너무나 무서운 인상을 심어 준 그 면담으로 충격을 받은 바 있다. 늙은 페라뽄뜨 신부는 최고령의 수도사이자 대단한 금욕주의자이며 침묵 수행자로서 우리는 벌써 조시마 장로의 호적수로 언급한 바 있는데, 중요한 사실은 그가 장로제를 해롭고 경박한 신제도라고 생각하고 있다는 점이다. 이 호적수는 어떤 사람과도 거의 말을 하지 않았음에도 불구하고 매우 위험한 인물이었다. 그를 위험한 인물로 보는 까닭은 그가 틀림없는 유로지비라는 사실이 알려져 있음에도 불구하고 많은 수도사들이 그와 생각을 같이하였고 수도원을 찾는 속세의 신자들 중 적지 않은 사람들이 그를 위대한 의인이며 고행자라고 여기는 데 있었다. 아니, 오히려 유로지비라는 사실이 사람들의 마음을 사로잡았던 것이다. 이 페라뽄뜨 신부는 조시마 장로를 찾아간 적이 없었다. 그는 비록 암자에 거주하고 있긴 했지만 암자의 규칙으로 그를 성가시게 하는 일이 별로 없었는데, 그것은 그 자신도 완전한 유로지비처럼 처신했기 때문이다. 그는 대략 일흔다섯 살을 넘지 않은 나이였으며, 암자의 양봉장 뒷담 모퉁이에 있는 거의 무너진 낡은 목조 승방에 살고 있었다. 그것은 지금까지도 그 공적에 대해 수도원과 인근에서 흥미로운 소문이 자자한, 지극히 위대한 고행자이자 침묵 수행자이며 백다섯 살의 천수를 누린 이오나 신부를 위해 아주 오랜 옛날, 그러니까 지난 세기에 지어진 것이었다. 7년 전 페라뽄뜨 신부는 결국 인적이 드문 그 조그만 승방에 기거하게 되었다. 그곳은 오두막에 불과했지만 작은 예배당과 아주 흡사해서 내부에는 다수의 기증받은 성상들과 희미하게 불을 밝히고 있는 등불들이 놓여 있어서, 페라뽄뜨 신부는 등불을 켜고 감독하도록 딸려 있는 것이나 다름없었다. 사람들의 이야기에 따르면(그것은 사실이었다) 그는 사흘에 2푼뜨[44]의 빵 이외에는 아무것도 먹지 않는다는 것이었다. 그곳 양봉장에 사는 꿀벌지기가 사흘마다 그에게 빵을 날라다 주었지만, 페라뽄뜨 신부는 자신에게 그런 시중을 들어 주는 그 꿀벌지기 수사와도 좀처럼 말을 하는 법이 없었다. 이 4푼뜨의 빵과 일요일 저녁 예배 이후에 수도원장이 유로지비에게 정기적으로 보내 주는 성찬용 떡이 그의 일주일치 식량의 전부였다. 그렇지만 물그릇의 물만큼은 매일 갈아 주었다. 페라뽄뜨 신부는 예배에 참석하는 일이 드

---

44 옛날 러시아의 중량 단위로, 1푼뜨는 0.41킬로그램.

물었다. 방문객들은 때때로 하루 종일 무릎을 꿇은 채 자리에서 꿈쩍도 하지 않고 주위에 아무 관심도 없이 열심히 기도드리는 그의 모습을 목격하곤 했다. 그러나 아주 드문 경우지만 혹시 방문객들과 토론이라도 하게 되면 그것은 짤막하고 단편적이며 이상하기도 하고 언제나 거의 무례하기까지 했다. 방문객들을 미궁 속으로 몰아넣는 이상한 이야기만 지껄였고 나중에 아무리 간청을 해도 설명해 주는 법이 없었다. 그는 성직에 올라 있지 않은 평범한 수도사에 불과했다. 무식한 사람들 사이에서 떠도는 이상한 소문에 의하면 페라뽄뜨 신부는 하늘나라의 영혼들과 의사 소통을 하고 또 오직 그들하고만 토론을 하기 때문에 사람들과는 말을 하지 않는다는 것이었다. 오브도르스끼에서 온 수도사는 양봉장에 도착하여 역시 너무나 말이 없고 무뚝뚝한 꿀벌지기 수사가 가리키는 대로 페라뽄뜨 신부의 조그만 승방이 있는 후미진 구석으로 찾아갔다. 〈외부에서 오신 손님이기 때문에 입을 여실 수 있지만, 아무 말씀도 듣지 못하실 수도 있습니다.〉 꿀벌지기 수사는 이렇게 귀띔해 주었다. 본인 자신이 전하는 바에 의하면, 그는 엄청난 두려움을 안고 찾아갔다고 한다. 이미 상당히 늦은 시간이었다. 페라뽄뜨 신부는 그때 승방 문 옆에 있는 나지막한 벤치에 앉아 있었다. 그의 머리 위로 거대한 느릅나무 고목이 바람에 가볍게 흔들리고 있었다. 저녁 한기가 감돌았다. 오브도르스끼에서 온 수도사는 고행자 앞에 엎드려 축복을 빌었다.

「수도사님, 나도 당신 앞에 엎드릴까요?」 페라뽄뜨 신부는 이렇게 말했다. 「자, 일어나시오!」

수도사는 자리에서 일어났다.

「축복을 하고 축복을 받은 다음, 옆자리에 와 앉으시오. 그런데 어디서 오신 게요?」

가엾은 그 수도사를 가장 놀라게 한 점은 두말할 필요도 없이, 위대한 정진을 하고 있을 페라뽄뜨 신부가 상당한 고령임에도 불구하고 외모상 약간 여위기는 했어도 싱싱하고 건강한 용모에 정력도 왕성하고 키도 크며 자세가 곧다는 사실이었다. 그가 남다른 체력을 가지고 있다는 것도 의심할 나위가 없었다. 체격은 운동 선수처럼 우락부락했다. 상당한 고령임에도 그의 머리카락은 전혀 백발로 변하지 않았고, 머리와 턱은 무엇보다도 완전히 검은 머리카락으로 무성하게 뒤덮여 있었다. 그의 번뜩거리는 커다란 잿빛 두 눈은 너무나도 휘둥그스름해서 충격적이기까지 했다. 이야기를 할 때는 〈오〉 음에 강세를 찍었다.[45] 그는 죄수용 옷감이라는 옛 명칭을 갖고 있는 투박한 나사천으로 지은 길고 불그스레한 농민복을 입고 두꺼운 노끈을 허리에 두르고 있었다. 목과 가슴은 풀어헤치고 있었다. 벌써 여러 달째 갈아입지 않아 거의 새카맣게 변한 아주 두터운 삼베 내의가 농민복 밑으로 드러나 있었다. 사람들 이야기로는 농민복 속에 30푼뜨짜리 쇠사슬을 달고 다닌다는 것이다. 그는 맨발에 낡아서 거의 해질 지경에 이른 나막신을 신고 있었다.

「오브도르스끼의 성 셀리베스뜨르라는 조그만 수도원에서 왔습니다.」 외지에서 찾아온 수도사는 약간 놀라기는 했지만 호기심에 넘치는 눈알을 재빨리 굴려 은자를 관찰하면서 공손히 대답했다.

「셀리베스뜨르 수도원에는 나도 가본 적이 있소. 살기도 했지. 그래, 셀리베스뜨르 수도원에는 별고 없소?」

수도사는 망설였다.

「내 말 못 알아듣는 게요! 재계(齋戒)는 준수하고 있느냐 이 말이오?」

「수도원 음식 담당 수사는 옛날 암자식을 따르고 있습니다. 사순절 때에 월요일, 수요일, 금요일에는 식사를 제공하지 않습니다. 화요일, 목요일에는 흰 빵, 꿀을 바른 과일 조림, 산딸기나 소

---

45 강세 없는 〈o〉를 〈a〉로 발음하는 것을 아까니예라고 하며, 이것이 표준 발음이다. 따라서 페라뽄뜨 신부가 하는 발음은 표준어 발음이 아니다.

금에 절인 양배추, 그리고 귀리죽을 승단에 차립니다. 토요일에는 흰 배춧국, 완두로 만든 국수, 과일즙으로 만든 흰죽을 차리는데 모두 기름을 친 음식입니다. 주일날에는 마른 생선을 넣은 국과 죽을 차립니다. 그리스도 수난 주간[46]에는 월요일부터 토요일 저녁까지 엿새 동안 빵과 물 그리고 조리하지 않은 채소만을 먹으며 절제합니다. 그것도 가능하면 매일 음식을 먹지는 않는데, 그것은 첫째 주에 관해 말씀드린 것과 비슷합니다. 그리스도 수난일에는 아무것도 먹지 않으며, 성 토요일에도 세 시까지 절제를 하다가 약간의 빵과 물을 먹고 포도주를 한 잔씩 마십니다. 성 목요일에는 기름기 없는 음식과 포도주를 먹으며 간혹 조식을 합니다. 왜냐하면 라오디끼 종교 회의에서 〈사순절 마지막 주 목요일을 지키지 않으면 사순절 전체를 욕되게 하는 것이다〉라고 성 목요일을 정의하셨기 때문입니다. 저희들은 이렇게 하고 있습니다. 이것은 신부님과 비교하면 대수롭지 않은 일입니다, 위대하신 신부님.」 수도사는 용기를 내어 이렇게 덧붙였다. 「부활절을 포함해서 1년 내내 빵과 물만으로 식사를 하시며, 그것도 저희들의 이틀치 빵으로 일주일 식사를 하시니 말입니다. 진정 놀랍고도 위대한 절제가 아닐 수 없습니다.」

「그러면 그루지[47]는?」 페라뽄뜨 신부는 〈그〉 음을 거의 〈흐〉에 가깝게 발음하며 느닷없이 질문을 던졌다.

「그루지라뇨?」 영문을 모르는 수도사가 되물었다.

「바로 그것 말이야. 나는 그자들의 빵도 거부할 거요. 그건 전혀 필요 없는 것이야. 숲속에 들어가면 그루지나 산딸기가 있는데도, 여기 있는 자들은 빵을 거부하지 못하고 있어. 마귀에 홀린 게지. 요즘은 흉악한 놈들이 정진이 아무 소용도 없는 일이라고 떠들어대고 있어. 놈들의 생각이야말로 오만불손하고 추악한 것이지.」

46 사순절의 다섯 번째 주간.
47 버섯.

「오, 옳으신 말씀입니다.」 수도사는 감탄하며 말했다.

「그놈들한테서 악마를 발견했소?」 페라뽄뜨 신부가 물었다.

「그놈들이라뇨?」 잔뜩 겁을 집어먹으며 수도사가 되물었다.

「난 작년 성 금요일에 수도원장한테 다녀온 후로 가보지 않았어. 악마가 가슴에 들어 있는데, 법의 속에 숨어서 겨우 뿔만 내밀고 있는 걸 발견한 거야. 어떤 놈은 호주머니 속에서 눈알을 잽싸게 굴려 나를 쳐다보더니 겁을 집어먹더군. 다른 놈은 뱃속에, 그 더러운 뱃가죽 속에 들어앉아 있기도 하고, 또 목에 착 달라붙어 대롱대롱 매달려 있기도 하던데, 그걸 못 봤단 말인가?」

「당신께선…… 그게 보인다는 말씀이신가요?」 수도사가 다시 물었다.

「보이고말고, 모두 훤히 꿰뚫어 볼 수 있지. 수도원장실에서 나오는데 한 놈이 나를 피해 문 뒤로 숨더군. 이만한 어미 악마였는데, 1아르신 반[48]도 넘었소. 굵고 길며 무서운 꼬리를 가진 놈이었는데, 꼬리 끝이 문틈으로 나와 있기에 나도 바보가 아니어서 갑자기 문을 쾅 하고 닫아 버렸더니 놈의 꼬리가 끼고 말았지. 그랬더니 비명을 지르며 날뛰기 시작하더군. 그래서 놈을 향해 성호를 세 번 그었더니, 짓눌린 거미처럼 그 자리에서 뒈져 버리더군. 지금은 한쪽 구석에서 썩어 냄새를 피우고 있겠지만, 그자들은 그걸 보지도 킁킁거리지도 못하는 거야. 나는 1년간이나 그곳에 가지 않았어. 지금은 당신이 외부 손님이기 때문에 그 사실을 공개하는 것일 뿐이오.」

「너무나 끔찍한 말씀이시로군요! 그런데 성스럽고 고결하신 신부님.」 수도사는 점점 더 용기를 내었다. 「신부님께서 끊임없이 성령들과 대화를 나누고 계시다는 소문이 자자한데 그게 사실입니까?」

---

48 1미터 가량. 1아르신은 71.12센티미터

「날아오지. 종종 그러곤 해.」

「어떻게 날아옵니까? 어떤 모습으로?」

「새의 모습이지.」

「비둘기의 모습을 한 성령인가요?」

「때로는 성령이기도 하고 때로는 신령이기도 하지. 신령은 달라서 다른 새의 모습을 하고 내려오는데, 때로는 제비, 때로는 꾀꼬리, 또 때로는 박새의 모습을 하고 있지.」

「박새가 신령인 줄은 어떻게 아시죠?」

「말을 해.」

「어떻게 이야기합니까, 어떤 말로?」

「인간의 말로.」

「그러면 신부님께 무슨 이야기를 합니까?」

「오늘은 이런 이야기를 하더군. 어느 바보가 찾아와서 쓰잘데없는 질문을 던질 거야. 이봐, 당신은 너무 많은 걸 알고 싶어하는군.」

「너무나 놀라운 말씀이십니다, 지극히 성스러우시고 고결하신 신부님.」 수도사는 고개를 끄덕였다. 겁먹은 그의 두 눈에는 불신의 기색이 역력했다.

「그런데 저 나무가 보이나?」 페라뽄뜨 신부는 잠시 입을 다물었다가 이렇게 말했다.

「보입니다, 성스러우신 신부님.」

「당신한테는 느릅나무지만, 나한테는 전혀 다른 모습이야.」

「어떤 모습인가요?」 수도사는 헛된 희망 속에서 입을 다물어 버렸다.

「종종 밤에 그런 일이 일어나지. 저기, 나뭇가지 두 개가 보이나? 밤이면 그리스도께서 나를 향해 손을 벌리시고 나를 찾고 계신 거야. 너무나 뚜렷하게 보이기 때문에 전신이 떨려. 두려워, 오, 너무나 두려워!」

「만일 그리스도라면 어째서 두려워하십니까?」

「날 붙잡아서 끌고 가시려는 거니까.」

「산 채로 말인가요?」

「엘리야의 영혼과 영광 속으로. 이런 말 들어 봤나? 나를 품에 안아 데려가실 거요……」

그런 대화가 끝난 뒤 오브도르스끼의 수도사는 자신에게 배정된 한 수도사의 작은 승방으로 돌아왔는데, 여전히 강한 의혹에 휩싸여 있으면서도 마음은 분명히 조시마 신부보다 페라뽄뜨 신부에게 더 끌리고 있었다. 오브도르스끼 수도사는 무엇보다도 재계에 찬성하고 있었으므로 페라뽄뜨 신부 같은 위대한 고행자야말로 〈기적 같은 안목을 가진 사람〉이라는 점을 조금도 이상하게 여기지 않았다. 물론 그의 이야기는 헛소리 같기도 했지만, 그 속에, 그 이야기 속에 담긴 의미는 누구도 알 수 없는 것이고, 대체로 유로지비들은 그보다 심한 말과 행동을 하는 경우가 비일비재했던 것이다. 그는 문틈에 낀 악마의 꼬리 이야기를 단지 비유로서만 이해한 것이 아니라, 곧이곧대로 마음속에서 기꺼이 믿을 준비가 되어 있었다. 게다가 그는 이 수도원에 도착하기 이전부터 많은 선입관을 가진 장로제 반대자로서, 지금까지는 소문만 듣고 다른 사람들의 뒤를 좇아 장로제를 너무나 유해한 신제도라고 생각하고 있었다. 수도원에서 벌써 하루를 보낸 그는 장로제를 반대하는 경박한 수도사들의 불만 섞인 밀담을 엿들었던 것이다. 그는 천성적으로 호기심이 많아 여기저기 쫓아다니며 참견하기 좋아하는 그런 수도사였다. 그래서 조시마 장로가 새로운 〈기적〉을 행했다는 소문은 그를 커다란 의혹에 빠뜨렸다. 나중에 알료샤는 장로를 찾아서 모여든 사람들과 다른 수도사들의 승방 주변에서 여기저기 참견하고 다니며 사람들의 이야기에 귀를 기울이기도 하고 이것저것 묻기도 하던 오브도르스끼 출신 수도사의 모습을 기억했다. 그러나 그 당시에는 그에게 별로 주의를 기울이지 않았던 것이 나중에 가서야 하나하나 기억에 떠올랐다……. 그리고 그에게는 그럴 만한 경황도 없었다. 다시 피로감에 싸여 침대에 누운 조시마 장로는 눈을 감으려다 말고 갑자기 알료샤 생각이 나서 그를 불러 달라고 했다. 알료샤는 황망히 달려갔다. 그때 장로 주변에는 빠이시 신부, 수도 사제 이오시프 신부, 발심자 뽀르피리가 모여 있었다. 장로는 피로에 지친 눈을 들어올려 알료샤를 응시하며 갑자기 이렇게 물었다.

「가족들이 너를 기다리고 있지, 아들아?」

알료샤는 망설였다.

「사람들이 너를 필요로 하지 않느냐? 그리고 오늘 가겠다고 어제 누구한테 약속하지 않았느냐?」

「약속했습니다……. 장로님…… 형님들에게…… 친구들에게도…….」

「그것 봐라. 꼭 가야 해. 슬퍼하지 말고. 너한테 이 땅에서의 마지막 유언을 남기지 않고는 죽지 않을 테니. 너한테 이 말을 들려줄 터이니, 아들아, 너에게 유언을 남길 거야. 너한테 말이다, 사랑하는 아들아, 왜냐하면 너는 나를 사랑하고 있기 때문이다. 하지만 지금은 약속한 사람들에게 가보도록 해라.」

알료샤는 그 자리를 뜨기가 괴로웠지만 곧 장로의 말에 복종했다. 그러나 이 땅에서의 마지막 말씀을 들려주겠다는 약속, 그것도 알료샤 자신에게 유언을 남기겠다는 약속은 그의 마음을 환희에 떨게 했다. 그는 읍내에서 용무를 마치고 빨리 돌아올 욕심에 급히 서둘렀다. 그때 빠이시 신부도 그에게 뜻밖의 강한 인상을 심어 주는 작별의 말을 건넸다. 그것은 두 사람이 장로의 승방에서 함께 나올 무렵이었다.

「알료샤, 항상 명심해 두어라.」 빠이시 신부는 아무런 서두도 달지 않고 이렇게 단도직입적으로 이야기를 꺼냈다. 「강력한 힘으로 결집한 속세의 과학은 특히 지난 세기에 이르러 성서 속에서 약속한 모든 것을 연구하기 시작했고, 엄밀한 분석 이후에 속세의 과학자들에게는 지난날의 신성한 모든 것이 깡그리 사라져 버리고 말았단다. 그러나 그들은 각 부분들을 분석했으면서도 전체를 간과했으니, 그들의 맹목이란 가히 놀라울 정도란다. 그런데 그 전체는 과거와 마찬가지로 지금도 그들의 눈앞에 굳건히 버티고 서 있어서 지옥의 문도 그걸 정복할 수는 없는 거란다. 그리고 그 전체란 지난 19세기 동안 살아왔고, 개개인의 정신적 활동 속에, 민중의 활동 속에 지금도 여전히 살아 있지 않을까? 맞아, 그것은 과거와 마찬가지로 바로 그자들, 모든 것을 파괴해 버린 그 무신론자들의 정신 활동 속에서도 요지부동으로 살아 있는 거란다! 왜냐하면 기독교에 반기를 든 자들이나 그에 거역하는 자들도 본질상 그리스도와 외모가 다를 바 없이 똑같은 모습으로 남아 있기 때문이며, 지금까지 그들의 지혜도 그들의 열정도 이미 옛날에 그리스도께서 모범으로 제시한 인간의 형상과 덕성보다 더 우수한 것을 창조해 낼 능력은 없었기 때문이지. 물론 그런 시도도 있었지만 오직 기형적인 것만을 만들어 냈을 뿐이란다. 특히 이 점을 명심해 두렴, 알료샤. 왜냐하면 곧 타계하실 장로님께서 너를 속세로 내보내도록 결정하셨으니 말이다. 아마도 넌 이 위대한 날을 회상하며 가슴속으로부터 우러나오는 나의 고별의 말을 잊지 말아야 할 게다. 왜냐하면 넌 아직 젊고 속세의 유혹은 너무나 힘겨워서 네 혼자 힘으로 견뎌 내기 어렵기 때문이지. 자, 이젠 가보거라, 부모 없는 아이야.」

이야기를 마치며 빠이시 신부는 그를 축복해 주었다. 수도원을 나서는 길에 알료샤는 갑작스런 그 이야기들을 곰곰이 생각하다가 자기에게 지금까지 엄격하고 냉혹하기만 했던 그 신부의 모습에서 지금은 전혀 기대하지도 않던 친구, 자신을 열렬히 사랑하는 새로운 스승을 만나게 되었다는 사실을 문득 깨달았다. 마치 조시마 장로가 운명하시면서 그에게 빠이시 신부를 남겨 놓으신 것 같았다. 〈어쩌면 두 분 사이에 뭔가 얘기가 있었는지도 모르지.〉 알료샤는 갑자기 그런 생각이 들었다. 지금 그가 뜻밖에 듣게 된 학문적인 견해는 다름 아니라 빠이시 신부의 마음속에서 우러나오는 뜨거운 열정을 입증하는 것이었다. 그는 장로의 유언에 따라 그에게 맡겨진 한 젊은 영혼을 위해 가능하면 빨리 알료샤의 젊은 지성을 세상 유혹과 맞서 싸울 수 있도록 무장시키며, 그 자신이 상상도 할 수 없을 만큼 견고한 울타리를 쌓아 주려고 서둘렀던 것이다.

2. 아버지의 집에서

알료샤는 우선 아버지의 집으로 갔다. 집 근처에 다다랐을 때 그는 어떻게든 이반 형 몰래 들어오라는 전날 밤 아버지의 간절한 부탁이 생각났다. 〈대체 왜 그랬을까?〉 지금 갑자기 알료샤의 머릿속에는 그 생각이 맴돌았다. 〈아버지께서 나한테 몰래 하실 말씀이 있다고 해도 어째서 혼자 남의 눈에 띄지 않게 들어오라고 하신 걸까? 분명히 어제 너무 흥분하셔서 다른 말씀을 하시려다가 미처 못하신 말씀이 있으신 거겠지.〉 그는 이렇게 단정지었다. 어쨌든 그의 물음에 대해 쪽문을 열어 주는 마르파 이그나찌예브나로부터(그리고리 영감은 몸이 불편해서 별채에 누워 있었다) 이반 표도로비치는 벌써 두 시간 전에 외출하고 집에 없다는 대답을 듣게 되자 그는 무척 반가웠다.

「아버지는요?」

「일어나셔서 커피를 들고 계세요.」 어찌 된 셈인지 마르파 이그나찌예브나는 무뚝뚝하게 대답했다.

알료샤는 방 안으로 들어갔다. 노인은 낡은 외투에 슬리퍼를 신은 채 식탁에 혼자 앉아 심심풀이로 별다른 주의를 기울이지 않고 어떤 장부를 하릴없이 들여다보고 있었다. 집 안에는 완전히 그 혼자뿐이었다(스메르쟈꼬프도 점심 찬거리를 사러 외출 중이었다). 그러나 장부에는 전혀 마음이 없었다. 그는 비록 아침 일찍 잠자리에서 일어나 기력을 회복하긴 했지만 그의 얼굴에는 피로와 쇠약 증세가 역력히 엿보였다. 밤새 커다랗고 검붉게 피멍이 든 그의 이마에는 붉은 수건이 칭칭 동여매어져 있었다. 코도 밤새 몹시 부어오른 데다가 조그맣긴 하지만 군데군데 생긴 멍 자국 때문에 결정적으로 그의 얼굴 전체에서는 남달리 심통스럽고 짜증스런 인상이 풍겼다. 노인은 스스로도 자신의 꼬락서니를 잘 알고 있었으므로 방 안으로 들어서는 알료샤를 못마땅한 눈초리로 바라보았다.

「커피가 식었군.」 그는 신경을 날카롭게 곤두세우며 소리쳤다. 「너한테는 권하지 않겠다. 나는 오늘 기름기 없는 수프만 차렸고, 또 아무도 초대하지 않았지. 그런데 무슨 일로 온 거냐?」

「병세가 어떠신지 알아보려고요.」 알료샤가 말했다.

「그렇군. 게다가 어제 들러 달라고 부탁하기도 했었지. 그건 모두 부질없는 짓이었어. 괜히 골치만 아프게 만드는구나. 하지만 나는 네가 기어올 줄 알고 있었지……」

그는 불쾌감을 드러내며 말했다. 그러면서 자리에서 일어난 그는 거울에 비친 자기 코를 조심스럽게 살폈다(어쩌면 아침부터 마흔 번 정도는 살폈는지도 모른다). 그리고는 이마에 쓴 붉은 수건을 보기 좋게 고쳐 쓰려고 매만지기 시작했다.

「붉은색이 더 낫지, 흰색은 병원 냄새가 나거든.」 그는 뜻밖의 반응을 보였다. 「그래, 그곳은 좀 어떠냐? 장로는 좀 어때?」

「매우 위독하세요. 어쩌면 오늘을 넘기시기 힘들 것 같아요.」 알료샤는 이렇게 대답했지만 아버지는 듣는 둥 마는 둥이었고 자기가 던진 질문도 곧 잊고 말았다.

「이반은 가버렸다.」 그가 갑자기 말했다. 「이반은 미찌까의 약혼녀를 수단 방법 가리지 않고 빼앗으려는 거야. 여기 살고 있는 것도 그것 때문이고.」 그는 심술궂은 말투로 이렇게 덧붙인 다음, 입술을 일그러뜨리며 알료샤를 바라보았다.

「형이 정말로 아버지한테 그렇게 이야기하던가요?」 알료샤가 물었다.

「그래, 벌써 오래 전 일이지. 3주 전에 그런 이야기를 했는데, 너는 어떻게 생각하느냐? 나를 몰래 죽이려고 여길 찾아온 것은 아니겠지? 뭔가 속셈이 있어서 왔을 테지?」

「무슨 말씀이세요! 어쩌자고 그런 말씀을 하시는 거예요?」 알료샤는 몹시 당황했다.

「그놈은 내게 돈을 요구하지도 않고, 실제로 나한테서 땡전 한 푼 받아 내지 못할 거야. 내가 가장 아끼는 알렉세이 표도로비치, 가능하면 나는 더 오래 살 생각이고, 너는 잘 모르겠지만, 그래서 내겐 한 푼이라도 더 필요한 거란다. 오래 살수록 돈은 더 필요한 법이니까.」 그는 누런 삼베로 만든 꾀죄죄하고 헐렁한 여름 코트 주머니에 두 손을 찔러 넣은 채, 방구석을 이리저리 서성거리며 말을 이어 갔다. 「어쨌거나 나는 아직도 사내야, 기껏 쉰다섯밖에 안 됐거든. 그래서 20년은 더 사내 노릇을 하고 싶은데 이렇게 나이를 먹어 가고 또 추해지면 계집들이 제 발로 찾아오지는 않을 거거든. 바로 그때 돈이 필요한 거야. 그래서 지금 나는 나 자신의 앞날을 위해 한 푼 한 푼 모아 두고 있단다. 알렉세이 표도로비치, 너도 알다시피 그건 내가 끝까지 나의 추악한 세계에 살고 싶기 때문이란다. 그 점은 너도 잘 알 거다. 추악한 세계가 더 달콤하거든. 모두 그 세계를 비난하지만 모두 그 세계에 살고 있고, 남들은 몰래 그 짓을 하지만 난 드러내 놓고 하고 있을 뿐이란다. 그런 나의 정직한 태도를 빌미로 그 추잡한 놈들은 내게 달려들고 있지. 하지만 너의 천국을, 알렉세이 표도로비치, 나는 원치 않아. 너도 알다시피 행여 저 세상에 너의 천국이 존재한다고 해도 점잖은 사람이 거기에 간다는 것은 어울리지 않거든. 내 생각에는 한 번 잠들면 깨어나지 않아, 아무것도 없는 거야. 만일 원한다면 내 명복을 빌어 주되, 그렇지 않으면 제기랄, 제멋대로 되라지. 이게 내 철학이란다. 어제 이반은 여기서 멋들어지게 이야기를 하더구나. 비록 우리가 모두 취해 있긴 했지만. 이반은 교만한 허풍쟁이야. 게다가 이렇다 할 만한 학식이 있는 것도 아니고…… 그리고 대단한 교육을 받은 것도 없으면서 입을 꽉 다물고 너를 말없이 비웃고 있는데 그것이 바로 그놈의 수법이란다.」

알료샤는 아버지의 이야기를 말없이 듣고만 있었다.

「그놈은 왜 나하고 이야기를 하려고 들지 않는 거지? 말을 한다 해도 거드름만 피우니, 네 형 이반은 비열한 놈이야! 아무튼 내가 마음만 먹으면 당장이라도 난 그루쉬까와 결혼할 수 있어. 돈만 가지고 있으면, 알렉세이 표도로비치, 원하는 건 무엇이든 얻을 수 있기 때문이란다. 이반은 그게 두려워서 내가 결혼하지 못하게 하려고 감시를 하는 것이고, 그것 때문에 미찌까에게 그루쉬까와 결혼하도록 옆구리를 찔러 대는 거야. 일이 그렇게 돌아가고 있기 때문에 나를 그루쉬까로부터 떼어 놓으려는 것이고 (내가 그루쉬까와 결혼하지 못하면 자기한테 돈이라도 줄 거라고 생각하는 모양이지!), 다른 한편으로 미찌까가 그루쉬까와 결혼하게 되면 이반 그놈은 돈 많은 미찌까의 약혼녀를 빼앗겠다는 거지. 그게 그놈의 속셈이야! 네 형 이반은 악당이야!」

「너무 흥분하고 계세요. 모두 어제 일 때문이니 들어가셔서 좀 누우세요.」 알료샤가 말했다.

「네가 그 이야기를 꺼내는구나.」 노인은 처음으로 그 일이 머리에 떠올랐다는 듯 갑자기 이렇게 말했다. 「그 이야기를 꺼낸 사람이 네가 아니라 이반이었다면, 난 참지 못하고 화를 벌컥 냈을 거다. 너하고 있을 때만 유쾌한 시간을 보내게 되거든. 난 그런 사악한 인간이란다.」

「아버지는 사악한 인간이 아니라 삐뚤어진 것뿐이에요.」알료 샤는 빙그레 웃었다.

「얘야, 나는 오늘 그 강도 같은 미쨔 놈을 감옥에 처넣을 생각이었는데, 지금은 어떻게 해야 좋을지 모르겠구나. 물론 요즘처럼 유행을 좇는 세상에 아비나 어미는 편견을 가지고 있다고 생각하겠지만, 부모 집에서 늙은 아비의 머리채를 잡아당기고 마룻바닥에 쓰러진 아비의 얼굴을 구둣발로 걷어찬다는 것은 우리 시대의 법으로도 용납되지 않을 게다. 게다가 여러 증인들이 보는 앞에서 다시 찾아와 죽이고 말겠다고 으르렁대지 않더냐. 내가 마음만 먹으면 어제 일로 그놈을 포박해서 당장 감옥에 처넣을 수도 있어.」

「고소하실 생각은 없으시단 말씀이죠?」

「이반이 말렸단다. 이반 따위에게는 침을 뱉었다만 이런 장난 하나가 떠오른 거야……」

그는 알료샤를 향해 몸을 굽힌 다음 신뢰에 찬 목소리로 속삭이듯 말했다.

「내가 악당 같은 그놈을 감옥에 처넣으면 그 계집은 내가 그놈을 감옥에 처넣었다는 소문을 듣자마자 당장 그놈한테 달려가고 말 거야. 그런데 만일 그놈이 나를, 이 연약한 노인네를 반죽음이 되도록 두들겨 팼다는 소문을 오늘 듣게 되면 아마도 그 계집은 그놈을 버리고 내게 병문안을 올 거다……. 사람들은 정반대로 나가려는 성질을 가지고 있거든. 난 그 계집의 마음을 꿰뚫어 보고 있는 거라고! 그런데, 코냑 좀 들겠니? 차가운 커피에다 4분의 1잔쯤 코냑을 부으면, 애야, 그야말로 맛이 그만이거든.」

「아니에요, 감사하지만 들지 않겠어요. 괜찮으시다면 이 빵이나 가져가지요.」알료샤는 이렇게 말한 다음, 3꼬뻬이까짜리 프랑스 빵을 집어서 법의 호주머니에 집어넣었다. 「코냑은 드시지 마세요.」그는 아버지의 얼굴을 바라보며 조심스럽게 충고했다.

「네 말이 맞다. 술은 짜증만 나게 할 뿐, 평안을 가져다 주지는 않으니까. 그래도 딱 한 잔만 하겠다……. 찬장에서 가져와야지…….」

그는 〈찬장〉을 열쇠로 열고 술을 한 잔 따르더니, 쭈욱 들이킨 다음 다시 찬장을 잠그고 열쇠를 주머니에 집어넣었다.

「이 정도면 충분하다, 한 잔 술에 돼지지는 않을 테니.」

「그런데 아버지는 지금 한결 착해지셨어요.」 알료샤가 미소를 지었다.

「으흠! 코냑을 안 마셔도 너는 사랑하지만, 악당을 상대할 때면 악당이 되지. 반까[49]는 체르마쉬냐에 가지 않는데, 왜인 줄 아니? 그루쉬카가 날 찾아오면 돈을 많이 주지나 않을까 간첩질을 해야 하거든. 모두가 악당들이야! 난 이반을 전혀 이해할 수가 없어. 어디서 그런 놈이 굴러 떨어졌을까? 우리들의 생각하고는 전혀 다르니 말이야. 그렇다고 내가 그놈한테 무엇 하나 남겨 줄 것 같아? 너도 알아 두어야 할 게다, 난 유서 따위는 남기지 않을 거야. 미쨔 놈은 바퀴벌레처럼 짓뭉개 버리고 말겠어. 나는 밤마다 슬리퍼로 망할 놈의 바퀴벌레들을 짓뭉개는데, 밟기만 하면 뿌지직 소리가 나지. 네 형 미쨔도 그렇게 뿌지직 소리를 내게 될 거다. 〈네〉 형 미쨔라고 부르는 건 네가 그놈을 사랑하고 있기 때문이다. 넌 그놈을 사랑하고 있다만 그렇다고 네가 그놈을 사랑하는 걸 두려워하지는 않아. 만일 이반이 그놈을 사랑한다면 난 그걸 두려워하겠지. 그러나 이반은 아무도 사랑하지 않아. 이반은 우리 같은 인간이 아니야. 이반 같은 사람들은, 애야, 우리 같은 사람들과 달라. 그놈은 허공을 맴도는 먼지란다……. 바람이 불면 날아가는 먼지 같은 존재지……. 어제 나한테 와달라고 네게 부탁했을 때 바보 같은 생각이 떠올랐단다. 널 통해서 미쨔의 속셈

---

[49] 이반의 애칭.

을 알아내고 싶었던 거야. 만일 내가 그놈한테 1천 루블이나 2천 루블 정도 계산해 주면 그 천박하고 더러운 놈이 여기서 완전히 떠나는 데 동의하지는 않을까? 한 5년쯤, 아니 35년쯤이면 더욱 좋고. 물론 그루쉬까한테서는 완전히 손을 뗀 채 말이야. 어떠냐?」

「한번…… 한번 물어보지요.」 알료샤가 중얼거렸다. 「만일 3천 루블을 준다면 혹시 형도……」

「바보 같은 소리 작작해라! 이젠 물어볼 필요 없다, 절대로 그럴 필요 없어. 난 생각을 고쳐 먹었다. 어제 어리석게도 그런 바보 같은 생각이 떠올랐던 것뿐이니까. 한 푼도 줄 수 없어, 땡전 한푼도. 정말 돈이 필요한 사람은 나란 말이야.」 노인은 손을 내저었다. 「오히려 그놈을 바퀴벌레처럼 짓뭉개 버리고 말겠어. 그놈한테는 아무 소리도 하지 마라, 헛물을 켜게 될 테니까. 그리고 너도 나한테 무슨 용무가 있는 것은 아니니, 어서 가보도록 해라. 그런데 그놈은 자기 약혼녀인가 뭔가 하는 까쩨리나 이바노브나에 관해서 나한테 계속 쉬쉬하고 있는데, 그년이 그놈한테 시집갈 것 같으냐, 어떠냐? 너, 혹시 어제 그 여자 집에 다녀온 게 아니냐?」

「그분은 형 문제를 절대 그대로 보고만 있지는 않을 거예요.」

「상냥한 아가씨들은 그런 놈팽이들이나 사랑한다니까, 방탕한 악당놈들 같으니! 너한테 말해 두지만 얼굴색이 창백한 그런 아가씨들은 모두 쓰레기에 지나지 않는단다. 원래 그런 법이지……. 그런데! 내게 그놈 같은 젊음과 한창때의 인물만 있다면(내가 스물여덟 살 때는 그놈보다 나았기 때문이지), 그놈 못지않게 여자들을 정복하련만. 사기꾼 같은 놈! 하지만 무슨 일이 있어도 그루쉬까만큼은 안 된다, 그렇고말고…… 진창에 메다꽂고 말겠어!」

그는 마지막 이야기를 끝내면서 다시 분통을 터뜨렸다.

「너도 가봐라, 오늘은 나한테 볼일이 있는 것도 아니니.」 노인은 강경히 말했다.

알료샤는 작별 인사를 하러 다가가서 아버지의 어깨에 입을 맞추었다.

「이게 뭐 하는 짓이냐?」 노인은 흠칫 놀라고 말했다. 「우리 두 사람은 다시 만날 텐데. 아니, 다시 만나지 못하리라고 생각하는 거냐?」

「절대 그렇지 않아요. 저는 그냥 무심코.」

「나도 괜찮아, 나도 그저…….」 노인은 그를 바라보았다. 「내 말, 내 말 좀 들어 봐라.」 그는 알료샤의 등 뒤에서 소리쳤다. 「언제고 빠른 시일 내에 다시 찾아와 다오, 수프를 먹으러. 내가 수프를 만들어 주마. 오늘 같은 것이 아니라 특별한 걸로 만들 테니, 꼭 찾아와야 한다! 내일, 내일 찾아와 다오!」

알료샤가 문 밖을 나서자마자 그는 다시 찬장으로 다가가서 또 술을 반 잔 가량 들이켰다.

「이제 그만 마셔야지!」 이렇게 중얼거린 그는 꺼억 하고 트림을 한 다음 찬장 문을 잠근 후 다시 열쇠를 호주머니에 집어넣었다. 그리고 침실로 가서 힘없이 침대 위에 눕더니 순식간에 잠들어 버렸다.

3. 초등 학생들과 사귀다

〈정말 다행이야, 아버지가 그루쉬까에 대해 묻지 않으셔서.〉 아버지 집에서 나와 호흘라꼬바 부인 집을 향해 걸음을 옮기면서 알료샤는 알료샤대로 그렇게 생각했다. 〈그렇지 않았더라면 어제 그루쉬까와 만났던 일을 그대로 실토해야 했을 거야.〉 알료샤는 밤새 두 적수가 기력을 회복해서 새로 날이 밝자마자 마음을 돌처럼 굳힌 것이 몹시 가슴 아팠다. 〈아버지는 초조하신 데다가 원한까지 품고 계시며, 또 무슨 생각을 짜내신 다음 거기에 골몰하고 계신 거야. 그런데 드미뜨리 형은 대체 어떻게 된 거지? 형도 밤사이에 기력을 회복했을 것이고, 분명히 초조한 마음으로 원한을 품으면서 역시 뭐든 궁리를 했을 텐데……. 아아, 오늘은 무슨 일이 있어도 형을 꼭 찾아내야만 해…….〉

그러나 알료샤는 그런 생각을 오랫동안 하고 있을 수 없었다. 길을 걸어가는 도중 갑자기 겉으로는 대수롭지 않지만 그에게는 큰 충격을 준 매우 중대한 사건이 벌어진 것이다. 광장을 지나 운하를 가운데 두고(운하들이 우리 읍내 전체를 관통하고 있었다) 볼샤야 거리와 나란히 놓여 있는 미하일로프스까야 거리로 들어서려고 골목으로 돌아섰을 때, 기껏해야 아홉 살에서 열두 살 정도로밖에 보이지 않는 나이 어린 초등 학생들이 다리 맞은편 아래에 한 덩어리로 뒤엉켜 있는 모습이 눈에 띄었던 것이다. 그 아이들은 학교 수업을 마치고 집으로 돌아가던 길이어서, 양 어깨에 책가방을 메기도 하고, 어깨 너머 끈으로 가죽 책보따리를 둘러메기도 했으며, 어떤 아이들은 반코트를, 다른 아이들은 긴 외투를 입기도 했고, 그중에는 돈 많은 부모가 오냐오냐하며 키운 꼬마들이 딴에는 멋을 부린다고 즐겨 신는, 구두 목에 주름이 잡힌 긴 가죽 구두를 신은 아이들도 있었다. 그 아이들은 무엇인가 열심히 설명해 가며 쑥덕공론을 벌이고 있었다. 알료샤는 아이들 옆을 그냥 지나쳐 버리는 일이 결코 없었다. 모스끄바에 있을 때에는 그런 일이 자주 있었는데 그는 서너 살짜리 아이들을 가장 좋아했지만, 열 살이나 열한 살짜리 아이들도 무척 좋아했다. 그래서 지금 알료샤는 걱정거리가 너무 많았음에도 불구하고 아이들이 있는 곳으로 되돌아가서 그들의 대화에 끼어들고 싶은 충동을 느꼈다. 아이들이 있는 곳으로 다가가면서 볼이 빨갛게 달아올라 생기에 찬 그들의 얼굴을 바라보는 순간, 그는 어떤 아이들은 한 개, 다른 아이들은 두 개씩 손에 돌멩이를 쥐고 있다는 사실을 발견하였다. 아이들이 모여 있는 곳에서 30보쯤 떨어진 운하 저편의 난간 위에는 그 키로 짐작컨대 열 살이 넘어 보이지 않고 어쩌면 그보다 더 어려 보이는 한 어린 사내아이가 역시 책가방을 등에 멘 채 서 있었다. 그 사내아이는 얼굴빛이 창백하고 병색이 완연했지만 까만 두 눈동자만은 유난히 반짝거리고 있었다. 그는 그 자신의 학급 친구인 것이 분명한 떼지어 있는 여섯 아이들을 유심히 바라보았다. 그들은 지금 막 학교를 파하고 함께 집으로 돌아가는 길이었으나, 그와는 사이가 좋지 않은 것임에 틀림없었다. 알료샤는 가까이 다가가 검은 반코트를 입은 얼굴이 빨갛게 달아오른 금발의 고수머리 소년을 바라보며 이렇게 말했다.

「내가 그런 책보따리를 들고 다닐 때는 오른손으로 쉽게 책을 꺼내려고 이렇게 왼쪽에 가방을 메고 다녔는데, 너는 오른쪽에 메고 있구나. 너처럼 오른쪽에 가방을 메고 다니면, 책을 꺼내기 거북할 텐데.」

알료샤는 의도적인 잔꾀를 부리려는 생각에서가 아니라, 이렇게 실무적인 지적으로 말을 붙였다. 사실 어른들이 어린아이의 신임을, 특히 여러 아이들이 모여 있는 자리에서 신임을 얻으려면 다른 방법은 통하지 않는 법이다. 그들과 똑같이 보조를 맞추기 위해서는 진지하고도 실무적인 태도로 이야기를 꺼내야만 한다. 알료샤는 본능적으로 이런 사실을 잘 알고 있었다.

「그 아이는 왼손잡이인걸요.」 건강하고 활달해 보이는 열한 살가량의 다른 사내아이가 얼른 대답했다. 나머지 다섯 사내아이들도 알료샤를 뚫어질 듯 쳐다보았다.

「그 아이는 돌멩이도 왼손으로 던져요.」 또 다른 사내아이가 말했다. 그 순간 아이들이 모여 있는 곳으로 돌멩이가 날아들어 왼손잡이 사내아이의 몸을 살짝 스치고 지나갔다. 돌이 비켜 지나가기는 했지만 그 솜씨는 제법 뛰어나고 힘이 넘치는 것이었다. 운하 저편에 있는 사내아이가 돌멩이를 던진 것이었다.

「뭉개 버려, 스무로프, 저놈한테 한 방 날리라고.」 다른 사내아이들이 모두 소리쳤다. 스무로프는 그 말이 미처 끝나기도 전에 당장 돌멩이를 날려 보냈다. 그 사내아이는 운하 건너편에 있는 아이를 향해 돌멩이를 던졌지만 맞히지는 못했다. 돌멩이가 땅에 떨어지고 만 것이다. 운하 건너편에 있는 사내아이는 곧바로 돌멩이를 아이들 쪽을 향해, 이번에는 바로 알료샤를 겨냥하고 집어 던졌으므로 그의 어깨를 상당히 세게 맞혔다. 운하 건너편에 있는 사내아이의 호주머니에는 미리 준비한 돌멩이가 가득 차 있었다. 30보 떨어진 거리에서도 그의 외투 주머니가 불룩한 것이 눈에 띄었다.

「저놈은 당신을, 일부러 당신을 맞춘 거예요. 당신은 바로 까라마조프 씨니까요. 까라마조프 씨 맞지요?」 아이들은 깔깔거리며 소리쳤다. 「자, 저놈을 향해 일제히, 발사!」

한꺼번에 여섯 개의 돌멩이가 날아갔다. 돌멩이 하나가 상대 아이의 머리에 맞았다. 그 사내아이는 넘어졌으나 금방 벌떡 일어나서 악에 받쳐 아이들이 모여 있는 곳으로 돌팔매 응수를 시작했다. 양편에서 쉬지 않고 투석전이 시작되었다. 여럿이 모여 있는 아이들의 주머니에도 준비해 둔 돌멩이들이 들어 있었던 것이다.

「너희들 이게 대체 무슨 짓이야! 이봐, 부끄럽지도 않아! 여섯 사람이 한 사람과 대결하다니, 이러다간 저 아이를 죽이고 말겠다!」 알료샤가 목청을 높였다.

그는 운하 건너편에 있는 사내아이를 보호해 주려고 몸을 날려 돌멩이가 날아드는 쪽을 향해 섰다. 아이들 중에서 서너 명은 잠시 돌팔매질을 멈추었다.

「저놈이 먼저 돌멩이를 던지기 시작했어요!」 붉은 셔츠를 입은 사내아이가 흥분한 어린애 목소리로 소리쳤다. 「저놈은 나쁜 자식이에요, 조금 전에도 교실에서 끄라소뜨낀을 연필 깎는 칼로 찔러서 피가 나게 했단 말이에요. 끄라소뜨낀은 고자질할 생각을 하지 않았지만, 저놈은 두들겨 맞아야 해요……」

「그런데 왜 그랬던 거냐? 분명히 너희들이 저 아이를 놀렸기 때문이겠지?」

「저놈은 당신 등에도 돌멩이를 던졌어요. 저놈은 당신을 알고 있거든요.」 아이들이 소리쳤다. 「저놈은 이제 우리가 아니라 당신을 향해 돌멩이를 던지고 있는 거예요. 자, 모두 다시 저놈을 향해 돌멩이를 던지는 거다. 실수하지 마, 스무로프!」

다시 투석전이 시작되었으며 이번에는 매우 악에 받쳐 있었다. 운하 건너편에 있는 사내아이가 가슴에 돌멩이를 맞고 말았다. 그 아이는 비명을 지르더니 엉엉 울면서 미하일로프스까야 거리 쪽으로 난 언덕 위로 달려갔다. 아이들은 욕설을 퍼붓기 시작했다. 「아하, 겁이 나니까 도망가는 거야, 수세미 같은 자식!」

「저놈이 얼마나 비열한 놈인지 당신은 몰라요, 까라마조프 씨. 죽여 버려도 시원치 않을 정도예요.」 그중에서 가장 나이가 들어 보이는 반코트를 입은 사내아이가 눈동자를 부라리며 거듭 말했다.

「대체 어떤 아이인데?」 알료샤가 물었다. 「고자질쟁이인 게지?」

아이들은 마치 비웃기라도 하듯 서로의 얼굴을 쳐다보았다.

「당신은 미하일로프스까야로 가는 길 아니세요?」 바로 그 아이가 물었다. 「그럼 그놈을 따라가 보세요……. 저것 좀 보세요, 다시 걸음을 멈추고 당신을 노려보고 있잖아요.」

「당신을 노려보고 있어요, 당신을!」 다른 아이들도 맞장구를 쳤다.

「저놈한테 물어보세요, 〈그가 다 닳아빠진 목욕탕 수세미를 좋아하는지 어떤지〉 말이에요. 자, 그렇게 물어보세요.」

일제히 깔깔거리기 시작했다. 알료샤는 그 아이들을 바라보았고, 아이들은 알료샤를 바라보았다.

「가지 마세요, 저놈은 당신한테 상처를 입히고 말 테니.」 스무로프가 귀띔을 하듯 이렇게 소리쳤다.

「얘들아, 나는 저 애한테 수세미 이야기는 묻지 않겠다. 왜냐하면 너희들은 틀림없이 저 애를 그런 식으로 놀렸을 테니까. 하지만 너희들이 왜 그렇게 저 애를 미워하는지 알아봐야겠구나……」

「한번 알아보세요, 알아보시라고요.」 아이들은 깔깔거렸다.

알료샤는 다리를 건너 난간 옆을 지나 외롭게 서 있는 소년을 향해 곧장 걸어갔다.

「주의하세요.」 아이들이 등 뒤에서 경고하듯 소리쳤다. 「그놈은 당신을 무서워하지 않아요. 그놈은 갑자기 달려들어 칼로 푹 찌를 거예요, 몰래요……. 끄라소뜨낀한테 했듯이 말이에요.」

그 아이는 제자리에서 꼼짝도 하지 않은 채 알료샤를 기다렸다. 아주 가까이 다가가서야 알료샤는 자기 앞에 서 있는 그 사내아이가 만으로 아홉 살을 넘지 않은 소년임을 알 수 있었다. 그 사내아이는 키가 작고 허약했으며 얼굴은 창백하고 바싹 마르고 갸름했고, 크고 검은 두 눈동자는 원한에 사무친 눈초리로 알료샤를 바라보고 있었다. 입고 있는 외투는 너무 낡아 헐어 있었고 게다가 옷이 너무 작아서 기형적인 모습을 하고 있었다. 짧은 소맷자락 사이로 맨팔이 뻗쳐 나온 것이다. 바지 오른쪽 무릎은 커다란 헝겊으로 기워져 있었고, 엄지발가락이 있는 오른쪽 장화 코끝에 난 커다란 구멍에는 잉크로 열심히 칠한 흔적이 눈에 띄었다. 불룩한 외투 양쪽 주머니에는 돌멩이가 가득 채워져 있었다. 알료샤는 그 아이의 두 발자국 앞에 멈추어 서서 궁금증이 발동한 표정으로 그를 바라보았다. 알료샤의 눈빛을 통해 그가 자신을 때릴 의사가 없다는 것을 알아차린 아이는 허세를 부리며 먼저 말을 걸었다.

「난 혼자인데, 저 애들은 여섯이나 되는걸요……. 나 혼자서도 저 애들을 모두 해치울 수 있어요.」 그 사내아이는 눈을 반짝이며 불쑥 말을 꺼냈다.

「너는 돌멩이 하나를 아주 심하게 맞은 것 같은데.」 알료샤가 말했다.

「나도 스무로프 머리통을 맞췄다고요!」 사내아이가 소리쳤다.

「저 아이들은 네가 나를 알고 있다고 하던데, 왜 나한테 돌을 던진 거지?」 알료샤가 물었다.

사내아이는 시무룩한 표정으로 알료샤를 바라보았다.

「난 너를 몰라. 그런데 넌 정말 날 알고 있는 거니?」 알료샤가 마침내 이렇게 물었다.

「귀찮게 굴지 마세요!」 사내아이는 갑자기 짜증스러운 목소리로 소리치더니, 무엇을 기다리기라도 하듯 제자리에서 꼼짝도 하지 않고 다시 원망스런 시선으로 눈동자를 반짝였다.

「좋아, 돌아가마.」 알료샤가 말했다. 「난 네가 누군지도 모르고 또 놀려 주려는 것도 아니야. 저 아이들은 너를 어떻게 놀리고 있는지 말해 주었지만, 난 그러고 싶지 않아. 그럼, 잘 가!」

「수도사가 양복바지를 입었군!」 사내아이는 원망스럽고 도전적인 눈초리로 알료샤의 등 뒤를 노려보며 비아냥거렸다. 사내아이는 이번엔 알료샤가 틀림없이 자기한테 달려들 거라고 생각했는지 방어 자세를 취했다. 그러나 알료샤는 고개를 돌려 아이를 한번 쳐다보고는 그냥 걸어갔다. 그러나 세 걸음도 내딛기 전에 아이의 주머니에 들어 있던 돌멩이 중 가장 큰 것이 그의 잔등을 세차게 때렸다.

「등 뒤에서 그런 짓을 하다니? 몰래 등 뒤에서 달려들 거라고 한 아이들 말이 맞구나?」 알료샤가 다시 고개를 돌리자, 이번에는 씩씩거리며 다시 정통으로 알료샤의 얼굴을 향해 돌을 던졌다. 그러나 알료샤는 재빨리 몸을 피했기 때문에 돌멩이는 그의 팔꿈치에 맞고 말았다.

「넌 부끄럽지도 않니! 내가 너한테 뭘 어쨌다는 거야!」 그는 이렇게 소리를 질렀다.

사내아이는 이제 알료샤가 틀림없이 자신에게 달려들기만을 묵묵히 그리고 도전적으로 기다리고 있었다. 그러나 이번에도 알료샤가 자신에게 달려들지 않자, 짐승 새끼처럼 울화통을 터뜨렸다. 아이는 몸을 날려 알료샤에게 달려들었고, 알료샤는 악에 받친 아이가 두 손으로 자신의 왼손을 붙잡고 머리를 숙여 가운뎃손가락을 힘껏 무는 것을 피하지 못했다. 사내아이는 손가락을 이빨로 깨문 채 10초 가량이나 놓아주지 않았다. 알료샤는 있는 힘을 다해 손가락을 잡아 빼면서 고통 때문에 비명을 질렀다. 결국 사내아이는 손가락을 놓아준 다음, 조금 전처럼 거리를 두고 물러났다. 그의 손가락은 손톱 아래 뼈 속까지 닿을 만큼 깊이 물려서 피가 줄줄 흘러내렸다. 알료샤는 손수건을 꺼내 상처 입은 손을 꽁꽁 싸맸다. 상처를 처매는 데 거의 1분이란 시간이 걸렸다. 그러나 사내아이는 내내 그 자리에서 꼼짝도 하지 않고 기다리고 있었다. 마침내 알료샤는 아이를 부드러운 시선으로 바라보았다.

「좋아.」 그가 말했다. 「이것 좀 보라고, 네가 날 얼마나 심하게 물었는지. 자, 이젠 됐어? 그럼 말해 봐, 내가 너한테 뭘 어쨌는지.」

사내아이는 잔뜩 놀란 표정으로 바라보았다.

「난 네가 누군지도 모르고, 처음 볼 뿐이란 말이야.」 알료샤는 한결같이 조용하게 말을 이어 갔다. 「하지만 너한테 틀림없이 무슨 짓인가를 한 모양이로군. 아무 이유도 없이 나를 이렇게 못살게 굴지는 않을 테니까. 그러니 내가 너한테 무슨 짓을 했는지, 무슨 죄를 지었는지 말해 보라고.」

사내아이는 대답 대신 갑자기 목을 놓아 엉엉 울기 시작하더니 알료샤로부터 달아나 버렸다. 알료샤는 그 아이의 뒤를 따라 미하일로프스까야 거리로 조용히 걸어가면서 멀리 사라져 가는 아이의 뒷모습을 오랫동안 바라보았다. 발걸음을 늦추지도 않고 뒤도 돌아보지 않고 달아나는 그 아이는 여전히 엉엉 울고 있는 것 같았다. 알료샤는 틈이 나는 대로 아이를 찾아서 너무나 충격적인 그 수수께끼를 풀기로 작정했다. 지금은 전혀 시간이 없었던 것이다.

4. 호흘라꼬바 부인 댁에서

잠시 후 알료샤는 호흘라꼬바 부인의 사택에 도착했다. 그 집은 우리 읍내에서 가장 아름다운 저택 중의 하나로서 2층으로 된 석조 건물이었다. 호흘라꼬바 부인은 주로 자신의 영지가 있는 다른 지방이나 자신의 집이 있는 모스끄바에서 거주했지만, 우리 읍내에도 선조 때부터 대대로 내려오는 자기 집이 있었다. 우리 지방에 있는 영지가 그녀의 영지 세 군데 중에서도 가장 컸으나, 그녀는 지금까지 우리 고장에 거의 찾아오지 않았었다. 그녀는 알료샤를 맞으러 현관까지 뛰어나왔다.

「새로운 기적에 대한 편지를 받으셨나요, 받으셨어요?」 그녀는 빠른 어조로 신경을 곤두세우며 말했다.

「네, 받았습니다.」

「모든 사람들한테 알리셨나요, 그걸 보여 주셨어요? 장로님께서 그 어머니에게 아들을 돌려보내신 거예요!」

「그분은 오늘 안으로 돌아가실 겁니다.」 알료샤가 말했다.

「소문을 들어서 알고 있어요. 오, 난 얼마나 당신과 이야기를 나누고 싶었는지 몰라요! 당신이든 누구든 그 이야기를 나누고 싶었어요. 아니, 당신이에요, 당신! 다시는 장로님을 뵙지 못하게 되어서 정말 유감스럽군요! 읍내 전체가 흥분 상태에 놓여 있어요, 모두 기대감에 들떠 있는 거지요. 하지만 지금…… 알고 계세요, 까쩨리나 이바노브나가 우리집에 와 있는 것을?」

「아, 다행입니다!」 알료샤는 소리쳤다. 「댁에서 그분을 뵙게 되겠군요. 그분은 제게 오늘 와달라고 부탁했었는데.」

「난 모든 것을 알고 있어요, 모든 것을. 어제 아가씨 댁에서 일어난 일까지 상세하게 전해 들었어요……. 그…… 짐승 같은 여자가 한 짓 모두를. 그건 비극이에요C'est tragique, 내가 만일 아가씨 입장이었더라면, 아가씨 입장이었더라면 무슨 일이든 저질렀을 거예요! 하지만 당신 형님이신 드미뜨리 표도로비치는, 어쩌면 그러실 수가, 오, 하느님! 내가 제정신이 아니군요, 알렉세이 표도로비치, 알려 드릴 말씀이 있어요. 지금 저기에 당신 형님이 와 계세요. 그분, 어제의 그 끔찍한 분이 아니라, 다른 형님이신 이반 표도로비치가 와서 아가씨와 이야기를 나누고 있어요. 두 분 사이의 대화는 매우 심각하지요……. 당신이 만일 두 분 사이에 무슨 일이 벌어지고 있는지 아시게 된다면 그건 정말 끔찍한 일이라는 생각이 드실 거예요. 말씀드리자면 그건 파국이고 결코 믿을 수 없는 끔찍한 이야기이지요. 두 분은 웬일인지 모르지만 자신들을 망치고 있고, 자신들도 그걸 알면서 즐기고 있는 거예요. 난 당신을 기다렸어요! 애타게 기다렸어요! 문제는 내가 그걸 더 이상 보고만 있을 수 없다는 거예요. 당장 당신에게 모두 말씀드려야 하지만, 지금은 더 중요한 다른 일이 있어요. 아아, 그만 가장 중요한 것을 잊고 있었지 뭐예요. 말씀해 주세요, 리즈가 어째서 히스테리를 일으키는 거지요? 당신이 왔다는 소리를 듣자마자 당장 히스테리를 일으키기 시작했거든요!」

「엄마Maman, 지금 히스테리를 일으키는 건 엄마지, 내가 아니에요.」 옆방에서 갑자기 리즈가 문틈으로 참새처럼 재잘거렸다. 문틈은 아주 좁았지만 작은 목소리는 너무나도 웃고 싶은데 웃음을 억지로 참고 있을 때와 마찬가지로 발작적이었다. 알료샤는 그 문틈을 발견하고는 틀림없이 리즈가 안락의자에 앉아 자신을 내다보고 있다는 사실을 알 수 있었으나, 그녀를 볼 수는 없었다.

「현명하지 못한 짓이야, 리즈, 현명하지 못한 짓이라고……. 너의 변덕 때문에 나도 히스테리를 일으키는 거란 말이야. 저 애는 병을 앓고 있어요, 알렉세이 표도로비치, 밤새도록 열에 들떠 신음을 했지요! 아침에 게르쩬쉬뚜베 선생님이 왕진오실 때까지 간신히 참아 냈답니다. 선생님께서는 지금으로서는 도무지 이해할 수 없다며 좀더 두고 봐야 한다는 거예요. 게르쩬쉬뚜베 선생님은 오실 때마다 도무지 이해할 수 없다고만 하세요. 당신이 우리집에 오시자마자 저 애는 고함을 지르며 옛날 자기 방으로 데려다 달라고 떼를 쓰는 거예요…….」

「엄마, 난 저분이 오시는 걸 전혀 모르고 있었어요. 내가 이 방으로 데려다 달라고 한 것은 저분과는 아무 상관도 없는 일이에요.」

「거짓말 말아라, 리즈. 율리야가 네게 달려가서 알렉세이 표도로비치가 오신다고 알려 줬잖아. 그 애는 네 방에서 망을 보며 서 있던걸.」

「사랑하는 엄마, 엄마도 조금도 예리하지 못하시군요. 문제를 똑바로 알고 뭔가 현명한 말씀을 하고 싶으시다면, 사랑하는 엄마, 우리집에 오신 대단히 관대하신 알렉세이 표도로비치에게 이렇게 말씀해 주세요. 어제 일 이후 모두가 그를 조롱하는데도 오늘 우리집에 찾아오기로 결심하신 걸 보니 재치라고는 조금도 없는 분이 분명하다고요.」

「리즈, 말이 너무 지나치구나. 그러다가는 나한테 크게 혼날 줄 알아라. 누가 이분을 조롱하고 있단 말이냐? 이분이 찾아와 주셔서 난 얼마나 기쁜지 모르겠다. 이분은 내게 필요한 분이셔, 절대로 없어서는 안 될 분이란 말이야. 오, 알렉세이 표도로비치, 난 왜 이다지도 불행할까요!」

「뭐가 불행하다는 거예요, 엄마?」

「아, 너의 그 변덕, 리즈야, 이랬다저랬다 하는 그 성미, 너의 병, 신열을 앓던 그 무서운 밤, 언제나 마찬가지인 그 끔찍한 게르쩬쉬뚜베 선생, 중요한 것은 언제나 마찬가지인, 언제나 마찬가지인 그 선생이지! 그러다가 결국 모든 것이, 모든 것이…… 그런데요, 마침내 기적이 일어났어요! 오, 그 기적이 나를 얼마나 감동시키고 내 마음을 흔들어 놓았는지 몰라요, 알렉세이 표도로비치! 내가 도저히 눈뜨고는 볼 수 없는, 미리 말씀드릴 수도 없는 그런 비극이 지금 저쪽 응접실에서 벌어지고 있는 거예요. 어쩌면 희극이지, 비극이 아닐지도 몰라요. 말씀해 주세요, 조시마 장로님께서는 내일까지 살아 계실까요, 그럴까요? 오, 하느님! 도대체 내게 무슨 일이 일어나려는 걸까, 잠시 눈을 감으면 모두가 쓸데없는, 쓸데없는 것인데.」

「부탁 좀 드리겠습니다.」 알료샤가 갑자기 말을 가로막았다. 「손가락을 동여맬 만한 깨끗한 헝겊을 좀 주십시오. 손가락에 심한 상처를 입었는데, 무척이나 아프군요.」

알료샤는 깨물린 손가락에서 손수건을 풀었다. 손수건은 피로 흥건히 젖어 있었다. 호흘라꼬바 부인은 비명을 지르며 눈살을 찌푸렸다.

「이런 세상에, 몹시 다치셨군요, 정말 끔찍해요!」

그때 문틈으로 알료샤의 손가락을 본 리즈는 당장 문을 활짝 열어젖혔다.

「들어오세요, 이리로 들어오세요.」 그녀는 명령하듯 끈질기게 소리쳤다. 「지금 농담을 할 때가 아니라고요! 이런 세상에, 그런데도 당신은 그렇게 오랫동안 아무 말도 않고 서 계셨단 말이에요? 이분은 피를 뚝뚝 흘릴 정도로군요, 엄마! 어디 계세요, 뭐 하시는 거예요? 먼저 물, 물을 가져다 주세요! 상처를 씻어야 해요, 통증이 멎으려면 일단 찬물에 담그고, 그대로, 그대로 있어야……. 빨리, 빨리 물 갖다 주세요, 엄마. 양치질하는 컵에 말이에요. 어서요.」 리즈는 신경질적으로 말을 끊었다. 그녀는 완전히 공포에 질려 있었다. 알료샤의 상처에 큰 충격을 받은 것이었다.

「게르쩬쉬뚜베 선생님을 모셔 오라고 할까요?」 호흘라꼬바 부인이 소리쳤다.

「엄마, 날 죽일 작정이세요? 그 잘난 게르쩬쉬뚜베 선생님이 오면, 도무지 이해할 수 없다고 말할 거예요! 물, 물 가져다 주세요! 엄마, 제발 직접 가셔서 율리야 좀 다그치세요. 그 애는 어디선가 허둥거리기만 하지 제때 달려오는 걸 못 봤다니까요! 어서요, 엄마, 안 그러면 난 못 살아요……」

「대수롭지 않습니다!」 알료샤는 모녀의 경악에 깜짝 놀라 이렇게 소리쳤다.

율리야가 물을 가지고 달려왔다. 알료샤는 물 속에 손가락을 담갔다.

「엄마, 제발, 가제 좀 가져다 주세요. 가제하고 상처에 바르는 그 따가운 물약 말이에요. 이름이 뭐더라! 우리집에, 우리집에 있단 말이에요……. 엄마, 엄마는 그 약병이 어디에 있는지 아시잖아요, 엄마 침실 찬장의 오른쪽 말이에요. 거기에 약병과 가제가 있어요…….」

「그래, 모두 가져올 테니, 리즈, 제발 소리 좀 지르지 말고, 얌전히 있거라. 봐라, 알렉세이 표도로비치는 아픈 것도 잘 참고 계시잖니. 그런데 어디서 이렇게 심하게 다치셨어요, 알렉세이 표도로비치?」

호흘라꼬바 부인이 황급히 문 밖으로 나갔다. 리즈는 그 순간이 오기만을 기다렸던 것이다.

「먼저 제 질문에 대답부터 하세요.」 그녀는 알료샤에게 빠른 말투로 말을 걸었다. 「어디서 이런 상처를 입으신 거지요? 그 대답부터 듣고 난 다음, 다른 문제에 대해 말씀드리겠어요. 자, 대답하세요!」

부인이 돌아올 때까지의 시간이 그녀에게 얼마나 소중한 것인지 본능적으로 느낀 알료샤는 이런저런 이야기는 생략하고, 초등 학생들과의 수수께끼 같은 만남에 대해 간단명료하면서도 빠른 어조로 말했다. 그의 이야기를 듣고 있던 리즈는 손바닥을 쳤다.

「어떻게, 당신은 어떻게 그런 옷을 입고 초등 학생들과 어울릴 수 있어요!」그녀는 마치 알료샤에 대해 어떤 권리라도 갖고 있는 것처럼 벌컥 화를 내며 소리쳤다.「그런 짓을 하는 걸 보면 당신도 어린애예요, 어린애들 중에서도 가장 철없는 어린애 말이에요! 하지만 어떻게든 그 나쁜 녀석에 대해 알아내시면 대체 그 비밀이 뭔지 내게 말씀해 주세요. 이제 다른 이야기를 해요. 하지만 먼저 묻고 싶은 것이 있어요. 손가락 통증이 심하시더라도 시시한 대화를 하실 수 있으시겠어요, 알렉세이 표도로비치, 그것도 진지하게 말이에요?」

「그야 물론이죠. 그리고 이젠 그리 아프지도 않습니다.」

「그건 손가락을 물에 담그고 있어서 그래요. 이제 미지근해졌으니 물을 갈아야겠어요. 율리야, 어서 지하실에 가서 얼음 덩어리를 가져와, 양치질하는 컵에 물도 담아 오고. 자, 이젠 그 애도 나갔으니 본론으로 들어가요. 얼른, 알렉세이 표도로비치, 어제 제가 보낸 편지를 어서 돌려주세요. 어서요, 엄마가 곧 돌아오면, 나는 더 이상……」

「지금은 편지를 갖고 있지 않습니다.」

「거짓말, 당신은 편지를 갖고 계세요. 당신이 그렇게 대답하리라는 것을 난 알고 있었어요. 편지는 당신 주머니에 들어 있어요. 난 그런 바보 같은 짓에 대해 밤새도록 후회했어요. 이제 편지를 돌려주세요, 어서요!」

「편지는 두고 왔습니다.」

「그렇게 어리석은 내용이 담긴 편지를 읽고 당신은 나를 어린 소녀로, 철부지 소녀로 생각하지 않을 수 없었겠죠! 어리석은 짓에 대해서는 용서를 구하겠지만, 정말로 당신이 지금 편지를 갖고 계시지 않다면, 꼭 가져오세요, 오늘 중으로요, 반드시, 반드시 말이에요!」

「오늘 중으로는 안 되겠습니다. 수도원으로 돌아가게 되면 이틀이나 사흘, 어쩌면 나흘 정도 당신을 찾아올 수 없을 테니까요. 왜냐하면 조시마 장로님께서……」

「나흘이나요, 그런 엉터리가! 당신은 저를 비웃고 계신 거죠?」

「결코 당신을 비웃은 적이 없습니다.」

「어째서죠?」

「왜냐하면 전 모든 내용을 완전히 믿었기 때문입니다.」

「절 모욕하고 계시는군요?」

「그럴 리가 있나요. 편지를 읽고 나서 나는 모든 것이 거기 씌어진 대로 이루어질 거라고 생각했습니다. 왜냐하면 조시마 장로님께서 돌아가시면 곧 나는 수도원에서 나와야 하니까요. 그 후에 학업을 계속하여 시험도 보고, 법적인 연령에 도달하면, 우리는 결혼을 하는 겁니다. 난 당신을 사랑하게 될 거예요. 아직 그런 생각을 해본 적은 없지만, 당신보다 더 나은 신붓감은 찾을 수 없을 거라는 생각이 들었고, 장로님께서도 결혼을 하라고 명하셨으니……」

「난 이렇게 불구자이고 의자에 끌려 다니는 몸이라고요!」 리자는 뺨을 붉히며 미소를 지었다.

「내가 직접 당신의 의자를 밀지요. 하지만 그때쯤이면 당신의 병은 완쾌되리라 믿습니다.」

「미쳤군요.」 리자는 신경질적으로 말했다. 「그런 농담 때문에 느닷없이 흰소리를 하시다니……! 어머나, 저기 엄마가 오네요. 어쩜 이렇게 때를 잘 맞추시는지. 엄마, 왜 이렇게 늑장을 부리세요, 오래 기다렸단 말이에요! 율리야는 벌써 얼음을 가져왔는데!」

「얘, 리즈야, 소리 좀 지르지 마라, 제발 소리 좀 지르지 마. 그 소리 때문에 나는……. 그런데 어쩌겠니, 네가 다른 곳에 가제를 숨겨 놓았는데……. 얼마나 찾았는지…… 네가 일부러 그런 짓을 했기 때문에 이렇게 늦은 거란 말이야.」

「이분이 손가락을 깨물려서 오실 줄 내가 어떻게 알고 일부러 그런 짓을 했단 말이에요. 천사 같은 엄마, 엄마는 아주 재치가 넘치는 말씀을 하신 거예요.」

「재치는 아무래도 좋아, 철없는 것 같으니. 리즈, 넌 무엇보다 알렉세이 표도로비치의 손가락을 생각해야지! 아, 알렉세이 표도로비치, 제가 괴로운 것은 시시콜콜한 문제도, 게르쩬쉬뚜베니 하는 사람 때문도 아니고 그 모든 것이 동시에, 그 모든 것이 한데 얽혀 있기 때문이니, 어떻게 견딜 수가 있겠어요.」

「그만 하세요, 엄마, 게르쩬쉬뚜베 선생님 이야기는 그만 하세요.」 리즈가 즐거운 미소를 지었다. 「어서 붕대를 주세요, 엄마, 물도요. 이건 평범한 초산연수(醋酸鉛水)예요, 알렉세이 표도로비치. 이제 이름이 생각났어요. 하지만 이건 아주 좋은 물약이에요. 엄마, 어디 상상해 보세요. 이분은 거리에서 꼬마 아이들과 주먹질을 하다가 한 녀석한테 물리셨다는 거예요. 그러니 이분은 어른이 아니라 꼬마 아이, 꼬마 아이가 아닌가요? 엄마, 그러고도 이분이 결혼을 할 수 있을까요? 상상해 보세요, 이분은 결혼하고 싶어하시거든요, 엄마. 상상해 보세요, 이분이 결혼하면 우스꽝스럽거나 끔찍하지 않겠어요?」

리즈는 알료샤를 얌체같이 바라보며 조그맣고 신경질적인 특유의 웃음을 터뜨렸다.

「아니, 결혼이라니, 리즈. 대체 뭣 때문에 그런 엉뚱한 이야기를 하는 거냐……. 어쩌면 그 아이는 공수병에 걸렸을지도 모르는 판에.」

「아니, 엄마! 공수병에 걸린 아이도 있어요?」

「왜 없겠니, 리즈. 내가 틀린 말을 했다는 거니? 공수병에 걸린 개가 그 녀석을 물었다면 공수병에 걸렸을 것이고, 자기도 주위 사람들을 아무나 막 물어 대겠지. 저 애가 붕대를 잘 감아 드렸군요, 알렉세이 표도로비치. 난 그렇게 감을 줄 모르거든요. 지금은 통증이 좀 어떠세요?」

「지금은 거의 아프지 않습니다.」

「물이 무섭지 않으세요?」 리즈가 물었다.

「이런, 그만 해라, 리즈. 사실 얼떨결에 공수병에 걸린 아이 이야기를 했더니, 당장 써먹는구나. 까쩨리나 이바노브나는 당신이 여기에 오셨다는 이야기를 듣자마자, 알렉세이 표도로비치, 곧장 우리집에 달려와서는 당신을 목이 빠지게 기다리고 있어요.」

「아니, 엄마! 엄마 혼자 가세요. 이분은 너무 아파서 가실 수가 없다고요.」

「조금도 아프지 않아요. 갈 수 있습니다……」 알료샤가 말했다.

「뭐라고요! 가시겠다고요? 그런 상태로? 그런 상태로 어떻게?」

「왜 그러시죠? 그곳에서 볼일을 보고 돌아오겠습니다. 그때 우리는 당신이 원하는 만큼 다시 대화를 나눌 수 있을 겁니다. 지금은 까쩨리나 이바노브나를 빨리 만나고 싶군요. 왜냐하면 무슨 일이 있어도 오늘 중으로 가능하면 빨리 수도원으로 돌아가고 싶기 때문이죠.」

「엄마, 어서 이분을 데리고 가세요. 알렉세이 표도로비치, 까쩨리나 이바노브나를 만나신 다음 나한테 오려고 애쓰지 마시고, 곧장 수도원으로 돌아가세요. 그곳이 당신이 가야 할 길이에요! 나는 자고 싶어요. 밤새 한숨도 자지 못했거든요.」

「아, 리즈, 농담하고 있는 것은 아니겠지. 하지만 정말로 네가 한숨 잤으면 좋겠다!」 호흘라꼬바 부인이 소리쳤다.

「어떻게 해야 좋을지 모르겠군요……. 만일 원하신다면 3분쯤 더 남아 있겠습니다. 아니 5분이라도.」 알료샤가 중얼거렸다.

「5분이라고요! 어서 이분을 데려가세요, 엄마, 이 괴물 같은 분을!」

「리즈, 너 미쳤구나. 나갑시다, 알렉세이 표도로비치. 저 애는 오늘 변덕이 너무 심해서 신경을 건드리지나 않을까 염려되는군요. 오, 신경질적인 여자를 만난다는 것은 정말 괴로운 일이죠, 알렉세이 표도로비치! 그렇지만 저 애는 당신을 만나고 있던 순간에 정말로 한숨 자고 싶었는지도 몰라요. 아무튼 저 애가 금방 잠을 청할 수 있도록 해주어서 정말 기뻐요!」

「아, 엄마, 정말 다정하게 말씀하시는군요. 그 보답으로 입맞춤을 해드릴게요.」

「나도 입을 맞춰 주마, 리즈. 내 이야기 좀 들어 보세요, 알렉세이 표도로비치.」 호흘라꼬바 부인은 알료샤와 함께 방에서 나오며 빠른 어조로 비밀스럽고 신중하게 속삭이기 시작했다. 「당신한테 무슨 귀띔을 해줄 생각도 그 장막을 걷어 올릴 생각도 없으니, 당신이 들어가셔서 무슨 일이 벌어지고 있는지 두 눈으로 직접 확인해 보세요. 이건 끔찍한 일이고, 너무나 환상적인 희극이에요. 그분은 당신의 형 이반 표도로비치를 사랑하면서도 온 힘을 다해 자신은 당신의 형 드미뜨리 표도로비치를 사랑하고 있다고 스스로에게 확신을 불어넣고 있거든요. 정말 끔찍한 일이죠! 나도 당신과 함께 들어가겠어요. 그리고 쫓아내지만 않으신다면 끝까지 지켜보겠어요.」

5. 응접실에서의 파국

그러나 응접실에서의 대화는 이미 끝나 있었다. 까쩨리나 이바노브나는 단호한 태도를 취하고 있었지만 몹시 흥분한 상태였다. 알료샤와 호흘라꼬바 부인이 응접실로 들어서는 순간 이반 표도로비치는 마침 나가려고 자리에서 일어서고 있었다. 그의 얼굴빛은 다소 창백했으며 알료샤는 그런 형을 불안한 마음으로 바라보았다. 문제는 지금 여기에서 알료샤의 의문들 중 하나, 얼마 전부터 그를 괴롭혀 왔던 당혹스런 수수께끼 하나가 풀렸다는 점에 있다. 벌써 한 달 전부터 알료샤는, 이반 형이 까쩨리나 이바노브나를 사랑하고 있으며 더욱이 미쨔 형으로부터 정말 그녀를 〈빼앗을〉 것이라는 암시를 여러 차례 그리고 여러 곳에서 받아 왔던 것이다. 최근까지만 해도 알료샤는 그 소문 때문에 마음이 뒤숭숭하기는 했지만 정말 터무니없는 이야기라고 생각했었다. 그는 두 형을 모두 사랑했으므로 두 사람 사이의 그런 경쟁이 두려웠다. 그런데 어제 갑자기 드미뜨리 표도로비치는 자기 입으로 직접 이반의 경쟁을 반갑게 생각하며 그것이 드미뜨리 자신에게도 여러 면에서 도움이 된다고 선언했던 것이다. 무슨 도움이 된다는 걸까? 그루셴까와 결혼하는 데 있어서? 그러나 알료샤는 그것이 단지 절망적인 최후의 수단으로 여겨졌다. 게다가 알료샤는 어제 저녁때까지만 해도 까쩨리나 이바노브나가 드미뜨리 형을 끈질기면서도 열렬하게 사랑하고 있다고 확신하고 있었다. 그러나 어제 저녁때까지만 그렇게 믿었을 뿐이다. 더구나 알료샤는 어쩐 일인지 그녀가 이반 같은 사람은 사랑할 수 없으며, 그 사랑이 아무리 허무맹랑하게 보여도 드미뜨리를, 현재 모습 그대로의 그를 사랑하고 있다는 생각이 들었다. 하지만 어제 그루셴까와의 장면 때문에 그는 갑자기 다른 생각이 떠올랐다. 바로 오늘 새벽에 선잠에서 깨어나면서 갑자기 〈파국, 파국이야!〉라며 꿈에 응답이라도 하듯이 외쳐 대기도 했었기 때문에 금방 호흘라꼬바 부인이 말한 〈파국〉이라는 단어를 듣자 그는 거의 전율하지 않을 수 없었다. 어제 까쩨리나 이바노브나 집에서 일어났던 소동이 밤새도록 꿈속에 그대로 나타났던 것이다. 그런데 까쩨리나 이바노브나가 이반 형을 사랑하고 있고, 어떤 유희 때문에, 〈파국〉 때문에 그녀 자신이 고의적으로 자신을 속이면서 보은의 정에서 비롯된 드미뜨리에 대한 억지 사랑으로 스스로 고통받는 것이라는 갑작스럽고 단정적인 호흘라꼬바 부인의 확신은 지금 알료샤에게 매우 큰 충격으로 다가왔다. 〈그래, 어쩌면 그 말 속에 모든 진실이 담겨 있는지도 몰라!〉 하지만 그런 경우에 이반 형의 입장은 어떤 것일까? 까쩨리나 이바노브나와 같은 기질을 가진 여자는 반드시 누군가를 지배해야 하는데, 그녀가 지배할 수 있는 사람은 결코 이반 같은 사람이 아니라 드미뜨리 같은 사람일 거라고 알료샤는 본능적으로 느꼈다. 왜냐하면 드미뜨리의 경우는 (비록 시간이 오래 걸릴지라도) 〈그것을 자신의 행복으로 여기며〉 (이것은 알료샤가 원하는 바이기도 하다) 결국 그녀에게 굴복하겠지만, 이반의 경우는 달라서 그녀에게 굴복하지도 않을 것이며, 설혹 굴복한다고 해도 행복해지지는 않을 것이기 때문이다. 알료샤는 웬일인지 자기도 모르게 이반에 대해 그런 관념을 갖게 되었다. 그래서 지금 응접실에 들어서는 순간 그의 머릿속에는 그런 동요와 온갖 상상이 날갯짓하며 명멸했던 것이다. 불현듯 그의 머릿속에는 〈만일 그녀가 그 누구도 사랑하고 있지 않다면 어찌 될까? 이쪽도, 저쪽도 아니라면?〉 하는 생각이 스치고 지나갔다. 여기서 지적해 둘 것은, 알료샤가 지난 한 달 동안 이런 생각들을 부끄럽게 여기고 자신을 책망했다는 사실이다. 알료샤는 그와 유사한 상념이나 이러저러한 추측을 해보고 나서는, 〈내가 어떻게 사랑이니 여자니 하는 문제를 이해할 것이며, 또 어찌 감히 그런 결론을 내릴 수 있겠어〉라며 자신을 꾸짖곤 했다. 하지만 그런 생각을 하지 않을 수도 없었다. 예를 들어서 현재 이런 경쟁은 두 형의 운명에 너무나 중대한 문제이며 그 결과에 따라 많은 것이 좌우될 것임을 알료샤는 본능적으로 이해했던 것이다. 이반 형은 잔뜩 화가 난 상태에서 아버지와 드미뜨리 형에 대해 말할 때, 〈한 파충류가 다른 파충류를 잡아먹는 것이다〉라고 하지 않았던가. 그렇다면, 그의 눈에 드미뜨리 형은 한 마리 파충류에 불과하다는 것인데, 이미 오래 전부터 한 마리 파충류였을까? 이반 형이 까쩨리나 이바노브나를 알게 된 후부터 그랬던 것은 아닐까? 물론 그런 말은 어제 이반이 무심코 내뱉은 것이지만, 무심코 그랬기 때문에 더욱 중요한 것이다. 만일 그렇다면 거기에는 어떤 평화가 있겠는가? 그것은 오히려 우리 집안에서 증오와 적의의 새로운 원인이 되는 것은 아닐까? 그런데 무엇보다도, 알료샤는 누구를 동정해야 하는가? 두 사람에게서 뭘 바랄 수 있겠는가? 두 사람 모두 사랑하지만 이 엄청난 모순 속에서 두 사람에게 어떤 기대를 품을 수 있겠는가? 이런 혼란 속에서는 완전히 방향을 잃게 마련이고 알료샤는 이런 불확실한 상태를 참을 수가 없었다. 그의 사랑은 언제나 적극적인 성격을 가졌기 때문이다. 소극적으로 사랑하는 것이 그에게는 불가능했으며, 일단 사랑하게 되면 그는 곧 도움의 손길을 뻗기 시작했다. 그러기 위해서는 목표를 설정하고 어떤 사람에게 어떤 것이 좋고 또 어떤 것이 필요한지 확실히 알아야 했고, 목표에 대한 확신이 서면 자연히 그들을 도울 수 있게 된다. 그러나 지금은 확고한 목표는커녕 모든 것이 불투명하고 혼란스럽기만 하지 않은가. 조금 전에 〈파국〉이란 말까지 나오지 않았던가! 하지만 그 파국이란 말조차 이해하지 못하고 있지 않은가? 이런 혼란 속에서 그는 첫 단어조차 이해하지 못하고 있었다!

알료샤를 발견한 까쩨리나 이바노브나는 막 밖으로 나가려고 자리에서 일어서는 이반 표도로비치에게 즐거운 목소리로 황급히 말을 걸었다.

「잠깐만! 1분만 참아 주세요. 난 이분의 의견을 듣고 싶어요. 내가 마음속 깊이 신뢰하는 분이거든요. 까쩨리나 오시쁘브나,[50] 당신도 나가지 마세요.」 그녀는 호흘라꼬바 부인을 향해 몸을 돌리며 이렇게 덧붙였다. 그녀는 알료샤를 자기 옆 자리에 앉히고, 호흘라꼬바 부인은 맞은편 자리에 이반 표도로비치와 나란히 앉았다.

---

50 호흘라꼬바 부인의 이름.

「이 자리에 계신 분들은 모두 나의 친구분들, 세상에서 가장 친한 친구분들이죠.」 그녀는 열이 오른 목소리로 말문을 열었고 그 목소리에는 진정한 고뇌의 눈물이 어려 있었다. 순간적으로 알료샤의 마음은 다시 그녀에게로 기울었다. 「알렉세이 표도로비치, 당신은 어제 그 끔찍한 사건의 목격자이시고……. 내가 어떤 처지에 놓였었는지도 보셨지요. 이반 표도로비치, 당신은 그걸 보지 못하셨지만, 이분은 보셨어요. 어제 이분이 나를 어떻게 생각하셨는지는 모르겠지만, 한 가지 분명한 사실은 바로 오늘, 지금 이 자리에서 똑같은 일이 반복되더라도 나는 어제와 똑같은 감정을 표현할 거라는 사실입니다. 똑같은 감정, 똑같은 말, 똑같은 행동을 말이죠. 당신은 내 행동을 기억하실 거예요, 알렉세이 표도로비치. 당신이 직접 그런 행동 중의 하나를 제지하셨으니까……. (이 말을 하면서 그녀의 얼굴은 빨갛게 물들었고, 두 눈은 빛나기 시작했다.) 딱 잘라 말하지만, 알렉세이 표도로비치, 난 어떤 것도 용납할 수 없어요. 알렉세이 표도로비치, 지금 내가 〈그분〉을 사랑하고 있는지 아닌지 나 자신도 모르겠어요. 나는 그분이 〈가엾다는〉 생각을 하게 됐어요. 이건 사랑의 증거로는 좋지 못하죠. 만일 내가 그분을 사랑하고 그런 관계가 지속됐다면 아마도 난 지금 그분을 동정하지 않고 반대로 증오했을 거예요…….」

그녀의 목소리는 가늘게 떨렸고 눈썹 사이로는 눈물 방울이 반짝거렸다. 알료샤는 가슴이 떨렸다. 〈이 아가씨는 진실되고 솔직한 거야〉라고 그는 생각했다. 〈그러니까…… 그러니까 그녀는 드미뜨리 형을 더 이상 사랑하지 않아!〉

「맞아요! 맞아요!」 호흘라꼬바 부인이 소리쳤다.

「기다려 주세요, 까쩨리나 오시쁘브나. 난 아직 중요한 사실을, 어젯밤에 내린 결론을 이야기하지 않았어요. 어쩌면 이 결심이 나에게 아주 무서운 것일지도 모른다는 생각도 들지만, 어떤 일이 있어도, 어떤 일이 있어도 한평생 이 결심을 바꾸지 않고 그대로 실행할 거라는 예감을 가지고 있어요. 나의 친애하는, 나의 친애하는, 나의 관대하고 변함없는 충고자이자, 내 마음을 깊이 이해해 주시는 분, 이 세상에 둘도 없는 나의 유일한 친구, 이반 표도로비치께서도 모든 면에서 나에게 격려를 아끼지 않으셨고, 내 결심을 칭찬하셨어요……. 이분도 그 내용을 알고 계시죠.」

「그래요. 나도 격려를 보냅니다.」 이반 표도로비치는 나지막하면서도 확고한 어조로 말했다.

「하지만 내 바람은 알료샤가(어머나, 알렉세이 표도로비치, 미안해요. 무심결에 알료샤라고 부르고 말았군요), 내 바람은 알렉세이 표도로비치께서 지금 두 친구분들 앞에서 내가 옳은지 틀린지 말씀해 주시는 거예요. 나의 본능적인 예감은, 알료샤, 내 사랑스런 동생(왜냐하면 당신은 나의 사랑스런 동생이기 때문이죠).」 그녀는 자신의 뜨거운 손으로 다시 알료샤의 차가운 손을 잡으며 환희에 넘친 표정으로 말했다. 「내 예감은 나의 고통이 어떤 것이 될지라도 당신의 결정, 당신의 격려는 날 평안하게 만들어 주리라는 거예요. 왜냐하면 당신이 말씀하신 다음에 난 입을 다물고 그 말씀에 따를 것이기 때문이죠. 난 그런 예감이 들어요!」

「저한테 무엇을 물어보시려는 건지 모르겠군요.」 알료샤는 얼굴을 붉히며 말했다. 「제가 알고 있는 것은 저는 당신을 사랑하며, 당신이 지금 이 순간 저보다 더 행복해지기를 바란다는 것뿐입니다! 하지만 그 문제는 저로서는 전혀 알지 못하는…….」 그는 무엇 때문인지 갑자기 서둘러 말했다.

「그 문제에서, 알렉세이 표도로비치, 그 문제에서 중요한 것은 명예와 의무이고, 나도 무엇인지는 잘 모르지만, 아마도 그보다 더 고상한 무엇이, 바로 그 의무보다 더 중요한 무엇이 있는 것 같아요. 내 마음은 내 자신에게 그 억제할 수 없는 감정에 대해 이야기하고 있고, 그것은 감당할 수 없을 만큼 나를 끌어당기고 있어요. 하지만 간단히 말씀드려서, 난 벌써 결심했어요. 만일 그분이…… 내가 절대로, 절대로 용서할 수 없는 그 잡년과 결혼하게 된다면.」 그녀는 엄숙해졌다. 「〈무슨 일이 있어도 난 그분을 내버려 두지 않겠어요.〉 지금 이 순간부터 나는 결코, 결코 그분을 내버려 두지 않겠어요!」 그녀는 〈억지를 부려 짜낸 창백한 환희의 어떤 열기 속에서〉 말했다. 「다시 말씀드려서 그분을 쫓아다니며 그 앞에 계속 나타나서 괴롭히려는 게 아니에요. 오, 아니에요, 나는 그분이 원하시는 다른 도시로 가겠어요. 하지만 나는 한평생, 한평생 끈기를 가지고 그분을 주시할 거예요. 그분이 그 여자와 불행해지면, 얼마 후 틀림없이 그렇게 되겠지만요, 그때는 내게로 오시게 해서 친구로서 누이동생으로서 그를 맞이할 거예요……. 물론 그저 누이동생에 지나지 않고 그런 관계가 영원히 지속되겠지만, 결국에 가서는 자신을 사랑하기도 하고 한평생을 희생하기도 한 진정한 누이동생이라고 확신하시게 될 거예요. 난 그렇게 하고야 말 것이고, 마침내 그분도 나를 인정하시고 아무 수치심도 느끼지 않고 모든 것을 고백하도록 만들겠어요!」 그녀는 흥분이 극도에 달해서 소리쳤다. 「나는 그분의 신이 될 것이고, 그분은 내게 기도를 드리게 될 거예요. 그것은 적어도 그분이 배신에 대해서, 어제 내가 그분 때문에 겪어야 했던 것에 대해서 내게 빚을 지고 있기 때문이에요. 그분은 내게 성실하지 않았고 또 배신했지만, 내가 그분께 바친 신의와 맹세를 평생 지키고 있는 모습을 일생 동안 보게 될 거예요. 나는 그렇게 할 거예요……. 나는 오로지 그분의 행복의 수단(아니, 어떻게 표현하면 좋을까요), 행복의 도구, 행복의 기계가 될 것이고, 한평생, 한평생 그럴 작정이에요. 앞으로 그분이 일생 동안 그걸 목격하도록 말이에요! 이게 나의 결심이에요! 이반 표도로비치께서는 나를 대단히 격려해 주셨어요.」

그녀는 숨을 몰아쉬었다. 그녀는 더욱 당당하고 기술적이며 자연스럽게 자기 생각을 표현하고 싶어했지만 그녀의 말은 오히려 너무도 성급하고 너무도 노골적으로 끝났다. 그녀는 상당 부분 젊은 처녀로서 자제력을 잃고 있었고, 상당 부분 어제의 격분과 자존심을 회복하려는 욕망이 엿보였으며, 그것은 그녀 자신도 느끼고 있던 바였다. 그녀의 얼굴은 갑자기 어두워졌고 눈길이 사나워졌다. 알료샤는 그 모든 것을 눈치챘으므로 가슴속에서 연민의 정이 일기 시작했다. 바로 그때 이반 형이 입을 열었다.

「그저 내 생각을 말씀드렸던 것뿐입니다.」 그가 말했다. 「다른 여자들의 경우라면 모두가 허탈감에서 억지로 꾸며 낸 이야기에 지나지 않겠지만 당신은 다릅니다. 다른 여자라면 틀릴지 모르지만 당신은 옳습니다. 그 이유를 설명할 수는 없지만 당신이 너무나 진실하다는 것을 알고 있습니다. 그렇기 때문에 당신이 옳습니다…….」

「그러나 바로 이 순간뿐이겠지요……. 그렇다면 이 순간이란 대체 뭘까요? 모두가 어제의 모욕 때문이고, 그것이 바로 이 순간을 의미하는 거예요!」 호흘라꼬바 부인이 더 이상 참지 못하고 이렇게 말했다. 그녀는 말을 가로막고 싶지는 않았으나 참을 수가 없어서 갑자기 자신이 믿는 바를 털어놓고 말았다.

「그래요, 바로 그렇습니다.」 이반은 자기 이야기를 가로챈 것에 화가 났는지, 갑자기 격앙된 말투로 부인의 이야기를 가로막았다. 「그래요, 그렇습니다. 하지만 다른 여자라면 이 순간은 단지 어제의 인상일 뿐, 그러니까 그야말로 순간에 불과하지만, 까쩨리나 이바노브나에게는 그 성격상 이 순간이 평생토록 지속될 겁니다. 다른 여자들한테는 그저 약속에 지나지 않겠지만, 이분한테는 영원하고 고통스러우며 참담하고 변하지 않는 의무가 되는 것입니다. 그리고 이분은 의무를 충실히 이행했다는 만족감으로 살게 될 것입니다! 까쩨리나 이바노브나, 당신의 인생은 이제 자신의 감정, 헌신적 행위, 슬픔 등이 가득 찬 괴로운 의식의 터널을 지날 것이지만, 나중에는 그 고통도 줄어들 것이고 당신의 인생도 영원히 실천에 옮겨진 확고하고 자부심 넘치는 의도의 달콤한 명상에 빠져 들게 될 것입니다. 사실 그런 경우 그것은 대체로 어쨌거나 자부심이 넘치는 절망감에서 비롯된 것일 수 있겠지만, 당신은 그것을 극복했기 때문에 그런 의식은 결국 당신을 가장 완벽한 만족감에 젖게 할 것이고, 그 밖의 나머지 것들과도 화해하게 만들 것입니다……」

사실 어쩌면 그는 분명히 고의적으로, 다시 말해 그가 고의로 조롱하며 말하고 있다는 것을 숨기려고 하지도 않으면서 어떤 심술이 발동하여 이렇게 단호하게 이야기하고 있는지도 모른다.

「맙소사, 전혀 그런 게 아니에요!」 호흘라꼬바 부인이 다시 소리쳤다.

「알렉세이 표도로비치, 당신이 한번 말씀해 보세요! 당신이 무슨 이야기를 하실지 비록 고통스럽더라도 알아야 되겠어요!」 까쩨리나 이바노브나는 이렇게 소리를 지르고 나서 갑자기 눈물을 주르르 흘렸다. 알료샤는 소파에서 일어났다.

「아니에요, 그런 게 아니에요!」 그녀는 울먹이는 목소리로 말을 이어 갔다. 「그건 혼란 때문에, 지난밤의 일 때문에 그런 거예요. 하지만 당신과 형님 같은 좋은 친구분들이 곁에 있어 주시니, 아직은 마음이 든든해요……. 나는 알고 있거든요……. 당신 두 분은 결코 나를 버리지 않으실 거란 사실을…….」

「유감스럽게도 어쩌면 내일 나는 모스끄바로 떠나야 하고 당신을 오랫동안 혼자 남겨 두어야 할지 모르겠습니다……. 유감스럽게도 꼭 그래야만 하니까요……」 이반 표도로비치가 갑자기 이렇게 말했다.

「내일요, 모스끄바라고요!」 까쩨리나 이바노브나의 얼굴이 완전히 일그러졌다. 「하지만…… 하지만, 오, 하느님, 정말 다행이로군요!」 그녀는 순식간에 목소리를 완전히 가다듬어 소리쳤으며 또한 빠르게 울음을 쫓아 버려 눈물 자국도 찾아볼 수 없었다. 그야말로 순식간에 그녀에게서 놀라운 변화가 일어났기 때문에 알료샤는 몹시 당황하였다. 조금 전까지만 해도 어떤 감정의 파열 때문에 눈물을 흘리던 모욕당한 가련한 처녀는 어느새 사라져 버리고 별안간 자신의 감정을 자제하고 갑자기 기쁜 일이라도 생긴 듯 몹시 만족스러운 여자가 나타났다.

「아, 당신을 버린다고 다행이라는 건 아니에요, 물론 그런 뜻이 아니에요.」 그녀는 갑자기 부드럽고 붙임성 있는 미소를 지으며 자기 이야기를 번복하는 듯한 태도를 취했다. 「당신 같은 나의 친구는 그렇게 생각하지 않으실 거예요. 그와 반대로 난 당신을 잃게 되어서 너무나 불행해요. (그녀는 별안간 이반 표도로비치에게 달려들어 그의 두 손을 뜨겁게 움켜쥐었다.) 그러나 내가 다행이라고 말한 것은 당신이 직접 모스끄바로 가서서 내 처지를, 지금의 끔찍스런 내 처지를 아가샤[51] 언니와 이모한테 직접 전해 줄 수 있는 입장이기 때문이에요. 아가샤 언니한테는 솔직히 말씀드리시고, 이모한테는 적당히 둘러대세요. 당신은 그 일을 해내실 수 있어요. 내가 어제 그리고 오늘 아침에 얼마나 불행에 빠져 있었는지 당신은 상상도 못하실 거예요. 그런 끔찍한 내용을 어떻게 편지로 쓸 수 있을까 하고 주저해 왔거든요……. 편지로는 결코 그런 내용을 전할 수 없기 때문이죠……. 이제는 편안한 마음으로 편지를 쓸 수 있을 거예요. 왜냐하면 당신이 직접 가셔서 자초지종을 말씀드려 주실 테니까요. 오, 난 정말 기뻐요! 다시 말씀드리지만 내가 기뻐하는 것은 오로지 그것 때문이에요. 물론 당신은 무엇과도 바꿀 수 없는 소중한 분이세요……. 지금 편지를 쓰러 달려가야겠어요.」 갑자기 이런 결론에 도달한 그녀는 방에서 나가려고 걸음을 옮기고 있었다.

「그럼, 알료샤는? 당신이 꼭 듣고 싶었다는 알료샤의 의견은 어쩌고요?」 호홀라꼬바 부인이 소리쳤다. 그녀의 목소리는 분노

---

[51] 아가피야의 애칭. 까쩨리나 이바노브나의 이복 언니.

로 가득 차 독기가 서려 있었다.

「그걸 잊은 건 아니에요.」 까쩨리나 이바노브나가 갑자기 가던 걸음을 멈추었다. 「그런데 당신은 지금 왜 나한테 그렇게 악감정을 품고 계신 거죠, 까쩨리나 오시쁘브나?」 그녀는 기분이 상한 듯 톡 쏘아붙였다. 「내가 한 이야기는 그대로 지켜 나갈 거예요. 나는 그분의 의견을 들어야 해요. 게다가 그분의 결정이 꼭 필요해요! 저분께서 말씀하시는 대로, 그대로 될 거예요. 오히려 난 당신의 이야기를 갈망하고 있어요, 알렉세이 표도로비치…… 그런데 왜 그러시는 거지요?」

「저는 결코 생각도 못했고, 그걸 상상할 수도 없습니다!」 알료샤는 갑자기 비탄에 젖은 목소리로 외쳤다.

「무엇을요, 무엇을 말이죠?」

「형이 모스끄바로 떠나고, 또 당신은 기쁘다고 소리치고 계시잖아요. 당신은 일부러 목청을 높이고 계신 겁니다! 그런 말씀을 하신 다음에 당신이 기뻐하는 것은 그것 때문이 아니라고, 오히려 친구를 잃는 것이 안타깝다고 금방 변명하셨잖아요……. 하지만 당신은 일부러…… 연극 무대처럼 코미디를 연출하고 계신 겁니다!」

「연극 무대라고요? 아니, 어떻게? 대체 무슨 뜻이죠?」 얼굴이 홍당무처럼 빨개지고 양미간을 잔뜩 찌푸린 까쩨리나 이바노브나는 몹시 당황한 듯 이렇게 소리쳤다.

「형 같은 친구를 잃어서 가슴이 아프다고 형을 설득하면서도, 형이 떠나게 되어 기쁘다고 형 면전에서 고집을 피우고 계시잖습니까…….」 알료샤는 어찌 된 영문인지 거의 숨을 헐떡이며 이렇게 말했다. 그는 앉지도 않고 탁자 뒤에 서 있었다.

「무슨 말씀을 하시는 건지 이해가 가질 않는군요…….」

「저도 무슨 말인지 모르겠습니다……. 문득 어떤 인상을 받았습니다……. 이런 이야기를 하는 것이 잘하는 짓인지는 모르겠습니다만, 어쨌든 모두 말씀드리죠.」 알료샤는 떨리는 목소리로 더

듬거리며 이야기를 이어 나갔다. 「제가 받은 인상이라는 것은 아마도 당신은 드미뜨리 형님을 전혀 사랑하시지 않았다는 것입니다……. 처음부터 말입니다……. 그리고 드미뜨리 형님도 당신을 전혀 사랑하시지 않는 것 같습니다……. 역시 처음부터요……. 단지 존경하고 계셨지요……. 사실 지금 제가 감히 이런 이야기를 드리고 있다는 것이 저 자신도 이해가 가질 않습니다만, 누구든지 진실을 말해야 할 것 같아서……. 왜냐하면 여기에 있는 사람들은 아무도 진실을 말하고 싶어하지 않으니까요…….」

「어떤 진실 말인가요?」 이렇게 소리치는 까쩨리나 이바노브나의 목소리는 신경질적으로 울리고 있었다.

「바로 이런 겁니다.」 알료샤는 마치 지붕에서 떨어지는 기분으로 중얼거렸다. 「지금 드미뜨리 형을 불러 주십시오, 제가 찾아올 테니. 그리고 형이 이곳에 와서 당신 손을 잡게 하고 이어서 이반 형의 손을 잡으신 다음, 당신들의 손을 하나로 합치게 하는 겁니다. 왜냐하면 당신은 단지 이반 형을 사랑하기 때문에, 그래서 그를 괴롭히고 있기 때문에…… 그렇지만 드미뜨리 형을 파멸적으로 사랑하고 있기 때문에, 괴롭히는 겁니다……. 진리가 아닌 것을 사랑하고 있는 겁니다……. 왜냐하면 당신 스스로 그렇게 자신을 설득시켰기 때문에…….」

알료샤는 이야기를 끝내고 입을 다물었다.

「당신은…… 당신은…… 어린 유로지비로군요, 당신이란 그런 사람이군요!」 까쩨리나 이바노브나는 얼굴이 하얗게 질리고 악에 받쳐 입술을 부르르 떨며 갑자기 이렇게 내뱉었다. 이반 표도로비치는 갑자기 미소를 짓더니 자리에서 일어났다. 그는 모자를 손에 들었다.

「넌 잘못 생각하고 있어, 사랑하는 알료샤.」 그는 알료샤가 전에는 결코 느껴 보지 못한 그런 표정을 지으며 이렇게 말했다. 그 표정에는 어떤 젊은 진실과 억누를 수 없을 만큼 강렬하고 솔직한 심정이 담겨 있었다. 「까쩨리나 이바노브나는 나를 결코 사랑하지 않았어! 내가 그녀를 사랑하고 있다는 이야기를 한 적은 없지만 내가 사랑하고 있다는 사실을 그녀는 줄곧 알고 있었어. 그걸 알면서도 나를 사랑하지는 않았던 거야. 그리고 나는 한번도, 단 하루도 그녀의 친구였던 적이 없어. 자존심이 강한 여인에게 나의 우정 따위는 필요 없으니까. 그녀는 끊임없는 복수를 위해서 나를 잡아 두었던 거야. 그녀는 나에게, 나를 향해 복수를 해왔어, 드미뜨리 형으로부터 여태 받아 왔던 모든 모욕 때문에, 두 사람이 처음 만났을 때부터 받아 왔던 모욕 때문에…… 왜냐하면 두 사람의 첫 만남은 그녀의 가슴속에 모욕으로 남아 있었기 때문이지. 그녀는 그런 속마음을 가지고 있는 거야! 난 형에 대한 그녀의 사랑의 푸념만을 들어온 거야, 늘 그것만 한 거야. 이젠 가겠습니다, 하지만 까쩨리나 이바노브나, 이것만은 알아 두십시오. 당신은 정말로 형만을 사랑하고 계시다는 사실을. 형의 모욕이 심해질수록 당신의 사랑은 더욱더 커질 것입니다. 당신의 파열이란 바로 그런 것이니까요. 당신은 형의 현재 모습 그대로를, 당신을 모욕하는 사람으로서 사랑하고 계십니다. 만일 형이 마음을 고쳐 먹는다면 당신은 곧 형을 버릴 것이고 또 그 사랑도 식어 버릴 겁니다. 그러나 형이 당신한테 필요한 것은 형에 대한 변함없는 당신의 신의를 만끽하고 싶기 때문이고, 당신에 대한 형의 배신을 책망하고 싶기 때문입니다. 이 모든 것은 당신의 자존심에서 비롯되는 것입니다. 오, 거기에는 많은 굴욕과 자기비하가 따르겠지만, 그 모든 것은 자존심 때문에 비롯되는 것입니다……. 나는 너무나 젊었고, 너무나 강렬하게 당신을 사랑했습니다. 이런 말씀을 드릴 필요가 없다는 사실을, 내 입장에서는 그냥 당신 곁을 떠나는 편이 당신한테도 모욕이 되지 않을 테니 가장 좋은 일이라는 사실을 잘 알고 있습니다. 하지만 나는 멀리 떠나가면 다시는 돌아오지 않겠습니다. 아주 영원히…… 나는 파국이 일어나는 곳 옆에 머물고 싶은 생각이 없습니다……. 더 이상 말을 할 수가 없군요. 모두 말씀드렸으니…… 안녕히 계십시오. 까쩨리나 이바노브나, 나한테 화를 내지는 마십시오. 나는 당신보다 백 배 이상으로 벌을 받았으니까요. 앞으로는 당신을 결코 만날 수 없다는 것만으로도 이미 벌을 받은 거니까. 안녕히 계십시오. 당신의 악수도 필요 없습니다. 당신은 너무나 의식적으로 나를 괴롭혔기 때문에 지금은 당신을 용서해 드릴 수가 없군요. 나중에는 용서하게 되겠지만, 지금은 당신의 악수도 필요 없습니다. 〈부인이여, 나는 감사의 말도 구하지 않노라Den Dank, Dame, begehr ich nicht.〉」

그는 일그러진 미소를 지으며 자신도 실러의 시구를 암송할 수 있다는 사실을 입증하려는 듯 전혀 뜻밖에도 이렇게 덧붙였다. 이전 같으면 알료샤도 믿지 않았을 것이다. 그는 집주인인 호흘라꼬바 부인에게도 작별 인사를 하지 않은 채 나가 버렸다. 알료샤는 손뼉을 내리쳤다.

「이반 형!」 그는 정신 나간 사람처럼 이반의 등 뒤에 대고 이렇게 소리쳤다. 「돌아오세요, 이반 형! 아니, 아니야, 형은 이제 다시는 돌아오지 않을 거야!」 그는 다시 슬픈 생각에 잠겨 소리쳤다. 「내 잘못이야, 내가 그런 이야기를 꺼냈기 때문이야! 이반 형은 화가 나서 싫은 소리를 떠들어 댄 거야. 옳지 못한 고약한 이야기를…….」 알료샤는 반쯤 정신이 나간 사람처럼 소리쳤다.

까쩨리나 이바노브나는 훌쩍 방에서 나가 버렸다.

「당신은 아무 잘못도 저지르지 않았어요, 천사처럼 훌륭하게 행동하신 거예요.」 호흘라꼬바 부인은 슬픔에 잠긴 알료샤에게 환희에 넘친 목소리로 재빨리 이렇게 속삭였다. 「이반 표도로비치가 떠나가지 않도록 힘써 보겠어요…….」

부인의 얼굴에 빛나고 있는 만족감은 알료샤를 더욱 슬프게 만들었다. 그때 갑자기 까쩨리나 이바노브나가 되돌아왔다. 그녀의 손에는 백 루블짜리 무지갯빛 지폐 두 장이 쥐어져 있었다.

「당신한테 꼭 부탁드릴 것이 있어요, 알렉세이 표도로비치.」 그녀는 알료샤를 정면으로 바라보며 마치 조금 전에는 아무 일도 없었다는 듯이 침착하고 고른 목소리로 이렇게 이야기를 꺼냈다. 「일주일, 그래요 일주일 전 일이에요. 드미뜨리 표도로비치는 몹시 흥분해서 나쁜 짓을 저질렀답니다. 아주 추악한 일이지요. 그것도 썩 좋지 못한 장소에서, 어느 선술집에서 일어난 일이지요. 거기에서 그분은 퇴역한 이등 대위를 만났는데, 그 사람은 당신 아버지께서 어떤 용무로 고용했던 사람이에요. 무슨 까닭인지는 몰라도 드미뜨리 표도로비치는 그 이등 대위한테 화를 내며 그의 턱수염을 붙잡고는 사람들이 보는 앞에서 추한 모습으로 오랫동안 거리로 끌고 다녔다는 거예요. 들리는 이야기로는 여기 지방 학교에 다니는 그 이등 대위의 아들이, 글쎄 아직 어린애에 지나지 않는데, 그 장면을 목격하고는 당장 그 곁으로 달려가 목놓아 울면서 아버지를 용서해 달라고 애걸하기도 하고, 사람들한테 자기 아버지를 도와달라고 부탁하기도 했지만, 사람들은 그저 웃어 넘기기만 했다지 뭐예요. 용서해 주세요, 알렉세이 표도로비치, 나는 〈그분〉의 치욕적인 행동을 생각할 때마다 분노를 참을 수가 없어요……. 그런 행동은 분노에 찬…… 흥분 상태에 있는 드미뜨리 표도로비치가 아니고는 도저히 생각할 수 없는 것이지요! 나는 그런 이야기를 꺼낼 수 없어요, 그럴 상태도 아니고…… 엉뚱한 이야기나 할 테니까요. 내가 모욕당한 그 사람에 대해 알아봤더니 무척 가난한 사람이더군요. 그의 성이 스네기료프라더군요. 그 사람은 업무상 과실로 파면당했다고 하는데, 그 이야기는 나도 말씀드릴 수가 없군요. 그 사람은 지금 병든 자식들과 정신 이상자인 아내와 함께 살고 있는데, 비참한 가난 속에서 허덕이고 있다고 해요. 그 사람은 이 고장에서 오래 전부터 살면서 옛날에는 서기 노릇도 했지만 지금은 갑자기 수입이 완전히 끊겼다는군요. 그런데 문득 당신 생각이 나는 거예요……. 다시 말씀드려서 내 생각에, 아니, 내가 왜 이렇게 갈팡질팡하는지 모르겠군요. 아시겠어요. 내가 부탁드리고 싶은 말씀은, 알렉세이 표도로비치, 너무나 선량한 알렉세이 표도로비치, 그 사람한테 찾아가서 적당한 구실을 만들어 집 안으로 들어가시는 거예요, 그 이등 대위 집 말이에요. 오, 하느님! 어쩌자고 이렇게 자꾸 말이 헛나오는 건지, 품위 있고 조심스럽게 행동하세요. 오직 당신만이 그렇게 하실 수 있으니까(알료샤는 갑자기 얼굴을 붉혔다). 이 위로금을 그 사람한테 전해 주세요, 자, 여기 2백 루블이 있어요. 분명히 그 사람은 이 돈을 받을 거예요······. 즉, 돈을 받도록 잘 설득해 주시는 거예요······. 그런데 돈을 받지 않을 때는 어떻게 하지요? 그렇다고 그 사람이 고소를 하지 않게끔(왜냐하면 그 사람은 고소할 생각인 것 같으니까요) 화해금으로 주는 것은 아니에요. 그저 단순히 동정심에서, 돕고 싶은 마음에서 내가, 드미뜨리 표도로비치의 약혼녀가 보내는 것이라고 하세요, 하지만 그분이 직접 보내는 것이라고 하셔서는 안 돼요······. 당신은 그 일을 잘 해내실 수 있어요······. 당신이 직접 가주세요, 나보다 훨씬 더 잘 해내실 수 있을 테니까요. 그 사람은 오제르나야 거리에, 깔미꼬바라는 하층민 집에 살고 있답니다······. 제발 부탁이니, 알렉세이 표도로비치, 이 일을 처리해 주세요, 지금요······ 지금 나는······ 몹시 피곤하거든요. 안녕히 가세요······.」

그녀는 갑자기 몸을 홱 돌려 다시 커튼 뒤로 숨어 들었기 때문에 알료샤는 무슨 말이든 꺼내고 싶었으면서도 할 수가 없었다. 그는 자신을 책망하고 용서를 빌고 싶었던 것이다. 뭐든 말을 하고 싶어서, 그의 마음이 터질 것 같아서 그러지 않고는 밖으로 나갈 마음이 생기지 않았다. 그러나 호흘라꼬바 부인이 그의 손을 붙잡고 직접 그를 데리고 나왔다. 현관에서 그녀는 조금 전처럼 다시 알료샤를 멈춰 세웠다.

「자존심이 강한 여자라 갈등을 겪고 있지만, 착하고 매혹적이며 관대한 여자랍니다!」 호흘라꼬바 부인이 속삭이는 듯한 목소리로 탄성을 질렀다. 「오, 나는 얼마나 그분을 사랑하는지 몰라요. 특히 간혹 그럴 때가 있는데, 지금 다시 모든 것이, 그분의 모든 것이 나를 기쁘게 해요! 알렉세이 표도로비치, 이것만은 모르실 거예요. 우리들은 모두, 나나 그분의 두 이모들은, 그리고 리즈를 포함해서 우리 모두는 한 달 내내 이것만을 기원하고 빌었어요. 그분이 당신이 사랑하고 계신 형님 드미뜨리 표도로비치와 헤어지기만을요. 형님은 그분을 알고 싶어하지도 사랑하지도 않기 때문이에요. 그 대신 교육도 많이 받은 대단한 청년인 이반 표도로비치와 결혼하는 거예요. 그 청년은 세상에서 누구보다도 그분을 사랑하고 계시거든요. 우리들은 모두 거기에 완전히 합의를 보았고, 어쩌면 나 자신도 그것 때문에 이곳을 떠나지 않는지도 몰라요……」

「하지만 그분은 다시 모욕을 느끼며 울고 있지 않습니까!」 알료샤가 소리쳤다.

「여자의 눈물을 믿으시면 안 돼요, 알렉세이 표도로비치. 그런 경우 나는 항상 여자들 편이 아니라 남자들 편이랍니다.」

「엄마, 엄마는 그분을 타락의 구렁에 빠뜨려 파멸시키고 있어요.」 문 뒤에서 리즈의 가느다란 목소리가 들려왔다.

「아닙니다, 모든 원인은 나한테 있습니다, 모두 제 탓이지요!」 알료샤는 자신의 행동에 대해 고통스런 수치심이 발동하여 얼굴을 두 손으로 가리며 이렇게 되풀이했다.

「아니에요, 당신은 천사처럼 행동하셨어요, 천사처럼요. 나는 이 말을 수천, 수만 번 반복할 용의가 있어요.」

「엄마, 어째서 그분이 천사처럼 행동하셨다는 거지요?」 다시 리즈의 목소리가 들려왔다.

「그 모든 장면을 목격하면서 어찌 된 셈인지 갑자기 이런 생각이 들더군요.」 리즈의 이야기는 귀에 들리지도 않는다는 듯이 알료샤는 이야기를 계속했다. 「그분이 이반 형을 사랑하고 계시다는. 그런데 난 그만 바보 같은 이야기를 하고 말았으니…… 대체 앞으로 어떻게 될까요!」

「누구하고요, 누구 말이에요?」 리즈가 목청을 높였다. 「엄마, 엄마는 날 죽이시려는 모양이군요. 이렇게 묻고 있는데도 대답하지 않으시니.」

그 순간 하녀가 뛰어 들어왔다.

「까쩨리나 이바노브나께서 더 악화되셨어요……. 그분은 울고 계세요……. 히스테리를 부리며 벌벌 떨고 계세요.」

「뭐라고요.」 리즈는 벌써 불안한 목소리로 소리쳤다. 「엄마, 그분이 아니라, 내가 히스테리를 일으키겠어요!」

「리즈, 제발 소리 좀 지르지 마라, 그러다가 이 어미 죽겠다. 네 나이 때에는 어른들 이야기를 다 알아서도 안 돼. 다녀와서 네게 해줄 수 있는 이야기는 모두 다 이야기해 주마. 오, 하느님! 어서, 어서 달려가야지……. 히스테리는 좋은 징조죠, 알렉세이 표도로비치. 그분한테 히스테리가 일어난 것은 아주 좋은 일이에요. 꼭 그래야만 해요. 그런 경우 나는 언제나 여자들한테, 그런 부류의 히스테리에 대해, 그리고 여자들의 눈물에 대해 편을 들지 않아요. 율리야, 내가 곧 달려갈 거라고 가서 전해라. 그런데 이반 표도로비치가 가버렸으니 그건 까쩨리나 이바노브나의 잘못이에요. 하지만 형님은 떠나시지 않을 거예요. 리즈, 제발 소리 좀 지르지 마라! 아, 소리를 지른 사람은 네가 아니라 나였구나, 이 엄마였어, 미안하다. 하지만 나는 기쁨에 넘쳐 있단다, 기쁨에 넘쳐 있어! 알렉세이 표도로비치, 이반 표도로비치가 조금 전에 얼마나 당당한 젊은이의 모습으로 나가셨는지 당신도 보셨겠지요? 할 말은 다 하고 나가신 거예요! 나는 형님을 그렇고 그런 학자에 아카데미 회원 정도로만 알았는데, 갑자기 그토록 열정적이고 당당하고 패기 넘치며, 미숙하지만 젊은이다운 데가 있으니 정말 모든 것이 너무나 멋있는 분이에요, 당신처럼……. 독일 시구를 읊던 모습은 바로 당신과 꼭 빼닮았어요! 이러고 있을 때가 아니라 어서, 어서 가봐야지. 알렉세이 표도로비치, 그 부탁을 어서 처리하시고 곧장 다시 와주세요. 리즈, 너 필요한 것 없니? 제발 부탁이니, 잠시라도 알렉세이 표도로비치를 잡아 두지 마라, 곧 네게 돌아오실 테니…….」

호흘라꼬바 부인은 마침내 밖으로 달려나갔다. 알료샤는 그 집을 떠나기 전에 리즈의 방문을 열려고 했다.

「안 돼요!」 리즈가 소리 질렀다. 「지금은 절대 안 돼요! 창문을 통해서 말씀하세요. 어째서 당신은 천사가 되셨죠? 난 그게 알고 싶을 뿐이에요.」

「정말 어리석었기 때문입니다, 리즈! 잘 있어요.」

「그런 식으로 떠나시겠단 말씀이지요!」 리즈가 다시 소리쳤다.

「리즈, 아주 슬픈 일이 있습니다! 곧 돌아오겠지만 나한테는 정말, 정말 슬픈 일이 있어요!」

그는 바깥으로 뛰쳐나갔다.

6. 오두막에서의 파국

그는 지금까지 거의 겪은 바 없는 그런 큰 슬픔에 젖어 있었다. 공연히 자신이 뛰어들어 〈바보 같은 짓〉을 하고 말았던 것이다. 사실 그것은 애정 문제가 아니었던가! 〈내가 그 일을 어떻게 이해하며, 그런 문제들을 어떻게 판단할 수 있단 말인가?〉 그는 얼굴을 붉히면서 수백 번 혼자 되뇌었다. 〈오, 부끄러운 것쯤이야 아무래도 괜찮고 오히려 내겐 당연한 벌이겠지만, 진짜 큰 문제는 확실히 내가 새로운 불행의 불씨가 되리라는 거야……. 장로님께서 나를 보내신 것은 화해와 결합을 위해서였는데. 과연 그런 식으로 결합이 될 수 있을까?〉 그때 그는 〈손을 마주잡게 하려던〉 일이 불현듯 생각나자 다시 견딜 수 없을 만큼 부끄러워졌다. 〈내가 진심으로 그 일을 처리하려고 하긴 했지만 앞으로는 더욱 현명해지지 않으면 안 되겠어.〉 그는 갑자기 이런 결론에 도달했으나 자신의 결론에 미소를 보낼 수가 없었다.

까쩨리나 이바노브나의 부탁을 받은 곳은 오제르나야 거리였으며, 드미뜨리 형은 오제르나야 거리에서 그리 멀지 않은 길가의 어느 골목에 살고 있었다. 알료샤는 이등 대위한테 가기 전에 형을 먼저 찾아가 봐야겠다고 결심했지만 형을 만나지 못할 것 같은 예감이 들었다. 게다가 어쩐 일인지 형이 자기를 피할 것 같은 의혹이 생겼다. 하지만 무슨 일이 있어도 형을 찾아내야만 했다. 시간은 자꾸 흘러갔다. 임종을 앞둔 장로에 대한 걱정은 수도원을 떠나온 이래 잠시도, 한순간도 그의 머릿속에서 떠나지 않고 있었다.

한편, 까쩨리나 이바노브나의 부탁 중에는 상당히 그의 관심을 끄는 이야기가 한 가지 있었다. 이등 대위의 아들인 초등 학교에 다닌다는 그 조그만 소년이 자기 아버지 곁에서 엉엉 울었다고 했는데, 이 소년이 알료샤가 대체 무슨 잘못을 한 거냐고 물었을 때 손가락을 깨물었던 바로 그 소년이 아닐까 하는 생각이 문득 떠올랐던 것이다. 그 이유야 알 수 없지만 지금 알료샤는 거의 그런 확신이 생겼다. 이러저러한 생각에 젖어 있노라니 마음이 한결 가벼워졌고, 조금 전에 자기가 저지른 〈잘못〉만을 생각하며 후회할 것이 아니라 용무를 마쳐야 한다는 확신이 들었다. 그곳에서 어떤 일이 벌어질지가 더 문제였던 것이다. 여기까지 생각이 미치자 그에게는 용기가 생겼다. 드미뜨리 형 집으로 가는 골목길로 돌아서자 알료샤는 시장기가 느껴져 아버지 집에서 가져온 빵을 호주머니에서 꺼내 먹으면서 걸어갔다. 그 빵은 그의 원기를 북돋아 주었다.

드미뜨리는 집에 없었다. 집주인인 목수 영감과 그의 아들 그리고 아내인 할멈, 이 세 사람은 미심쩍은 눈초리로 알료샤를 쳐다보았다. 〈벌써 사흘째 집을 비우고 계신 걸로 봐서, 어딘가로 떠나신 모양입니다〉라고, 영감은 알료샤의 끈질긴 질문에 대답했다. 알료샤는 영감이 사전에 지시를 받은 대로 대답하고 있다는 사실을 눈치챘다. 알료샤는 또 이렇게 물었다. 〈그루센까 집에 계시거나, 다시 포마 집에 숨어 계신 것은 아닐까요?〉 (알료샤는 일부러 이렇게 노골적인 질문을 던져 봤다.) 집주인은 깜짝 놀라는 표정으로 그를 바라보았다. 〈형님을 사랑하고 있기 때문에 형님 편을 들고 있는 게 틀림없군, 그건 좋은 일이지〉라고 알료샤는 생각했다.

마침내 알료샤는 오제르나야 거리에 있는 하층민 깔미꼬프의 집을 찾아냈는데, 그 집은 매우 낡아서 기울어져 있었다. 창문 세 개는 모두 거리 쪽으로 나 있었고 마당은 지저분했으며 그 한복판에는 암소 한 마리가 외롭게 서 있었다. 입구는 마당을 통해 난 현관에 있었다. 현관 왼편으로는 늙은 여주인이 나이 먹은 딸과 함께 살고 있었는데, 두 사람 모두 귀머거리인 것 같았다. 이등 대위가 어디 사느냐고 여러 차례 질문을 되풀이한 끝에 결국 그중 한 사람이 세 들어 사는 사람들을 찾는다는 사실을 눈치채고는 그야말로 오두막 같은 집 문을 손으로 가리켰다. 이등 대위의 집은 정말로 보잘것없는 오두막이었다. 알료샤가 문을 열려고 쇠로 된 문고리를 잡은 순간, 문 저편에서 느껴지는 이상한 정적은 그의 가슴을 서늘하게 만들었다. 그러나 그는 까쩨리나 이바노브나의 말을 통해 이등 대위가 가족을 거느리고 있다는 사실을 알고 있었으므로, 〈모두 자고 있는 걸까, 아니면 내가 여기 왔다는 소리를 듣고는 문을 열고 들어오기를 기다리는 것일까, 다시 문을 두드려 나의 도착을 그들에게 알리는 게 낫겠다〉하고 생각하며 문을 두드렸다. 대답 소리가 들려오긴 했지만 금방이 아니라 대략 10초는 지나서였다.

「누구요?」 누군가 몹시 짜증스런 목소리로 크게 고함을 질렀다.

알료샤는 그제서야 문을 열고 문지방을 넘었다. 오두막에 들어가 보니 공간은 상당히 넓은 편이었으나 사람들과 온갖 가재 도구들로 꽉 차 있어 발 디딜 틈이 없었다. 왼편에는 러시아 식 뻬치까가 있었다. 뻬치까에서 왼쪽 창문까지 방 안 전체를 가로질러 노끈이 묶여 있고 거기에 갖가지 넝마 조각들이 걸려 있었다. 왼쪽과 오른쪽 양 벽면에는 털실로 누빈 이불이 덮인 침대가 하나씩 놓여 있었다. 그중에서도 왼편에 놓인 침대 위에는 네 개의 무명천 베개가 언덕처럼 볼록 튀어나와 있었는데, 하나가 다른 것보다 좀 작았다. 오른쪽에 있는 다른 침대에는 아주 조그만 베개 하나가 달랑 놓여 있었다. 그리고 정면 구석에는 비스듬히 쳐진 노끈 위에 커튼인지 홑이불인지 모를 물건이 걸쳐져 장막을 이루었다. 그 장막 뒤로는 역시 소파에 의자를 붙여서 만든 침대가 나란히 놓여 있었다. 시골풍의 투박한 사각형 목재 식탁은 정면 구석에서 가운데 창문으로 옮겨 놓은 것이었다. 푸른곰팡이가 낀 작은 유리창이 각각 네 개씩 달려 있는 세 개의 창문은 모두 다 몹시 희뿌옇고 꽉 닫혀 있었기 때문에 방 안은 아주 후텁지근하고 그다지 밝지도 않았다. 식탁 위에는 먹다 만 계란 프라이가 들어 있는 프라이팬이 놓여 있었고, 역시 먹다 만 빵 조각과 그 밖에도 지상의 행복[52]이라는 바닥만 조금 남아 있는 빈 술병이 세워져 있었다. 왼쪽 침대 옆에 놓인 의자에는 안주인처럼 보이는 여인이 포플린 천으로 만든 옷을 입은 채 자리잡고 있었다. 그녀의 얼굴은 매우 수척하고 누르스름한 빛을 띠었다. 움푹 꺼진 그녀의 두 볼은 첫눈에 그녀가 병환 중이라는 사실을 말해 주었다. 그러나 무엇보다도 알료샤를 놀라게 한 것은 그 가련한 부인의

---

52 보드까 상표.

시선이었다. 그녀의 시선은 궁금증으로 가득 차 있었으며, 동시에 대단히 오만한 기색이 서려 있었다. 그녀는 알료샤가 바깥주인과 이야기를 하고 있는 동안 아무 말도 하지 않은 채 오만하고 궁금증에 가득 찬 커다란 갈색 눈을 굴려 가며 대화를 나누고 있는 사람들을 번갈아 쳐다보았다. 그 부인 옆에 있는 왼쪽 창문가에는 숱이 적은 붉은 머리카락을 가진 아주 못생긴 처녀가 초라하지만 아주 단정한 옷차림을 하고 서 있었다. 그녀는 집 안으로 들어오는 알료샤를 혐오스런 눈초리로 훑어보았다. 그 오른편 침대 옆에도 역시 여자로 보이는 사람이 앉아 있었다. 그 여자는 스무 살 가량의 젊은 처녀였지만 나중에 알료샤가 들은 바에 의하면 가엾게도 곱사등에 양다리가 마비된 앉은뱅이라는 것이었다. 그녀의 지팡이는 바로 곁 구석에, 침대와 벽면 사이에 세워져 있었다. 안색이 창백한 그 처녀는 차분하고 유순하게 놀랄 만큼 아름답고 착한 시선으로 알료샤를 바라보았다. 식탁에는 마흔다섯 살 가량의 한 사내가 계란 프라이를 먹고 있었다. 그는 그리 크지 않은 키에 다소 말랐고 몸도 약해 보이며, 머리카락이나 듬성듬성한 수염이 모두 붉은빛을 띠었는데, 그 턱수염은 닳아빠진 수세미와 거의 흡사했다(알료샤의 머릿속에는 어쩐 일인지 그 비유, 〈수세미〉라는 그 말이 문득 떠올랐다. 그는 나중에 이것을 기억했던 것이다). 문 뒤에서 〈누구요!〉 하고 소리친 사람은 바로 그 사내임에 틀림없었다. 방 안에는 그 사내 말고 다른 남자는 아무도 없었기 때문이다. 그러나 알료샤가 방 안에 들어섰을 때 그는 식탁에 앉아 있다 말고 자리에서 벌떡 일어나 구멍 뚫린 냅킨으로 얼른 입가를 훔치며 알료샤를 향해 달려나왔다.

「수도원의 수도사가 적선을 나오셨지만 집을 잘못 찾아오셨어요!」 왼쪽 구석에 서 있던 처녀가 큰 소리로 외쳤다.

그러나 알료샤를 향해 다가서던 사내는 딸을 향해 얼른 몸을 돌리며 흥분을 가누지 못하고 어쩐지 떨리는 목소리로 이렇게 말했다.

「아니다, 바르바라 니꼴라예브나, 그게 아니야. 네가 잘못 생각한 거야! 한마디 여쭙겠습니다만.」 그는 갑자기 알료샤를 향해 고개를 돌렸다. 「대체 무슨 일로 오셨는지요……. 이렇게 누추한 집에?」

알료샤는 그를 조심스런 눈길로 바라보았다. 그 사람과 처음으로 대면했던 것이다. 그에게는 어딘가 무뚝뚝하고 성급하며 초조한 기색이 드러나 있었다. 분명히 술을 마신 것 같기는 하지만 그렇다고 술에 취해 있는 것은 아니었다. 그의 얼굴 표정에는 극도의 파렴치와 더불어(이상한 일이지만) 감추기 힘든 비굴함이 역력히 나타나 있었다. 그 모습은 오랫동안 복종하며 참고 살아오다가 갑자기 반기를 들고 일어나 자신의 존재를 드러내려는 사람처럼 보였다. 아니, 더 정확히 말하면 상대방을 때려 주고 싶은 마음이 굴뚝 같으면서도 오히려 자기가 얻어맞지나 않을까 하여 몹시 겁에 질려 있는 모습이었다. 그의 말에서나, 귀청을 따갑게 울리는 억양에서나 유로지비의 유머 같은 것이 느껴졌으나, 심술기가 역력하면서도 잔뜩 겁을 집어먹어 목청을 가다듬지 못하고 한 마디 한 마디를 툭툭 내던지는 식이었다. 〈누추한 집〉이라는 표현을 쓸 때도 그는 몸을 부르르 떨면서 눈을 치뜨고는 알료샤를 향해 달려드는 바람에 반사적으로 한 걸음 물러서지 않을 수 없었다. 그 사내는 아주 초라한 검은 무명 외투를 걸치고 있었는데, 그마저 누덕누덕 기운 데다가 얼룩이 져 있었다. 그가 입고 있는 바지는 상당히 밝은 색이었지만 요즘은 아무도 입지 않는 구식으로 체크 무늬의 아주 얇은 천으로 만든 것이었으며, 바지 아랫단은 구겨진 채 위로 치켜 올려져 있었으므로 마치 키가 많이 자라 옷이 너무 작아진 어린아이 같았다.

「나는…… 알렉세이 까라마조프라고 합니다…….」 알료샤는 이렇게 대답했다.

「잘 알고 있습니다.」 그 사내는 그런 소개를 하지 않아도 누군지 알고 있다는 듯이 얼른 알료샤의 말을 가로챘다. 「내가 스네기료프 대위입니다만, 대체 무슨 일로 오셨는지요…….」

「그냥 지나는 길에 들렀습니다. 사실 당신한테 한 가지 말씀을 드릴 것도 있고 해서…… 괜찮으시다면…….」

「그러시다면 의자에라도 함께 앉으시지요. 옛날 희극에 이런 말이 있지요. 〈함께 자리를 하시지요〉라고…….」 이등 대위는 빠른 동작으로 빈 의자를 집어(겉에 아무것도 입히지 않은 나무로 된 평범하고 투박한 목조였다) 방 한가운데에 갖다 놓았다. 그리고는 다른 의자를 하나 더 가져와 알료샤의 맞은편에 자리를 잡았는데, 조금 전과 마찬가지로 거의 무릎이 맞닿을 정도로 바싹 붙여 놓았다.

「전(前) 러시아 보병 이등 대위 니꼴라이 일리치 스네기료프입니다. 비록 몇 가지 잘못 때문에 창피를 당하고 있긴 하지만, 어쨌든 이등 대위입니다. 이렇게 말씀드리는 편이 낫겠지요. 스네기료프가 아니라 이등 대위 슬로보예르소프[53] 말입니다. 왜냐하면 인생의 후반부터는 슬로보예르스를 붙이며 살아왔으니까요. 슬로보예르스란 비천한 생활 속에서 생겨나는 표현입니다.」

「확실히 그렇습니다.」 알료샤는 미소를 지었다. 「그런데 무의식적으로 그러시는 겁니까, 아니면 의식적으로 그러시는 겁니까?」

「물론 무의식적으로 그렇게 하지요. 한평생 슬로보예르스를 붙여서 말해 본 적은 없습니다만, 갑자기 넘어졌다가 슬로보예르스를 쓰면서 재기하게 되었지요. 이젠 어지간해서는 극복하기 힘들게 되었습니다만. 도련님은 현재 많은 문제들에 흥미가 있으신 것 같군요. 하지만 어째서 그런 호기심이 발동하신 겁니까? 나는 손님 접대라고는 불가능한 처지입니다.」

---

53 〈비굴한 사람〉이라는 뜻.

「내가 찾아온 것은…… 바로 그 일 때문입니다…….」

「바로 그 일 때문이라뇨?」 이등 대위는 더 이상 참지 못하고 말을 가로챘다.

「당신께서 우리 형님 드미뜨리 표도로비치와 만나셨던 일 말입니다.」 알료샤는 거북한 표정으로 말했다.

「어떤 만남 말씀이신가요? 그럼 바로 그 일 때문에? 다시 말해서 수세미, 목욕탕의 수세미 사건 때문이신가요?」 그는 갑자기 몸을 앞으로 내밀었기 때문에 이번에는 정말로 알료샤의 무릎과 맞닿고 말았다. 그의 입술에는 실처럼 팽팽한 긴장이 감돌았다.

「수세미라뇨?」 알료샤가 중얼거렸다.

「아빠, 그 사람은 나 때문에 온 거예요, 야단을 치려고요!」 커튼 뒤편 한쪽 구석에서 얼마 전 그 소년의 낯익은 목소리가 들려왔다. 「내가 그 사람 손가락을 깨물었어요!」 커튼이 걷히자 방 한 구석 성상 아래 소파와 의자를 붙여서 만든 침대에 누운, 조금 전 자기를 원수로 대하던 그 소년이 눈에 들어왔다. 소년은 외투를 입은 채 그 위에 다시 낡은 솜이불을 덮고 누워 있었다. 건강이 좋지 않아 보였으며, 충혈된 눈으로 보아 오한이 나고 있는 것임에 분명했다. 아까와는 달리 지금 소년은 겁내는 기색도 없이 알료샤를 바라보았다. 〈우리집이니, 이젠 당신 마음대로 되지 않을 걸요〉라는 태도였다.

「손가락을 물었다고?」 이등 대위는 식탁에서 벌떡 일어섰다. 「저 애가 도련님의 손가락을 물었나요?」

「그건 사실입니다. 얼마 전에 저 애는 거리에서 다른 아이들과 돌팔매질을 했습니다. 그쪽은 여섯 명이었고, 저 애는 혼자서 상대했지요. 내가 저 애한테 다가가자, 저 애는 나한테 돌멩이를 던졌는데 그중 하나가 내 머리에 맞았습니다. 그래서 〈내가 너한테 무슨 짓을 했다고 이러는 거냐?〉라고 물어보았지요. 그랬더니 갑자기 내게 달려들어 손가락을 힘껏 깨물더군요. 난 그 이유를 모르겠습니다.」

「당장 혼을 내야겠군! 지금 당장 혼을 내야겠어.」 이등 대위는 식탁에서 벌떡 일어섰다.

「그러지 마십시오, 그냥 말씀드린 것뿐이니까요……. 저 애를 혼내시는 걸 난 전혀 원치 않습니다. 게다가 저 애는 지금 몸이 불편한 것 같은데……」

「도련님은 내가 저 애를 혼낼 거라고 생각하셨나요? 도련님을 만족시켜 드리기 위해서 저 애를 끌어다가 도련님이 보는 앞에서 혼낼 거라고요? 도련님은 당장 그래야 한다는 말씀인가요?」 이등 대위는 이렇게 말하면서 알료샤에게 당장이라도 달려들 듯한 태도로 몸을 홱 돌렸다. 「도련님, 그 손가락은 정말 유감입니다만, 일류셰츠까[54]를 때려 주기 전에 도련님이 만족하시도록 내 손가락 네 개를 당신이 보는 앞에서 지금 당장 이 칼로 베어 버리길 원하시는 것은 아닙니까? 내 생각에 손가락 네 개면 복수심을 해소하는 데 충분할 것 같은데, 설마 다섯 번째 손가락까지 요구하시지는 않으시겠죠?」 그는 갑자기 말을 멈추고는 숨을 몰아 쉬었다. 그의 안면 근육 하나하나가 꿈틀거리며 부르르 떨렸고, 몹시 도전적인 태도로 알료샤를 바라보았다. 대단히 흥분해 있는 것이 분명했다.

「이제 모든 것을 이해할 것 같군요.」 알료샤는 자리에 앉은 채 나직하고 슬픈 목소리로 대답했다. 「댁의 아이는 착한 소년이고, 아버지를 사랑하기 때문에 아버지에게 모욕을 가한 불한당의 동생인 내게 달려들었던 것이로군요……. 이제 이해가 됩니다.」 알료샤는 곰곰이 생각에 잠기며 이렇게 말했다. 「하지만 우리 형님 드미뜨리 표도로비치는 자기 잘못을 뉘우치고 있으며, 내가 알기론 분명히 그렇습니다. 만일 당신께서 형님의 방문을 허락하신다

---

54 일류샤의 애칭.

면, 아니, 바로 그 장소에서 당신과 다시 대면하는 게 좋을 것 같은데, 그럴 경우 형님은 용서를 빌 거라고 생각합니다만……. 만일 당신이 원하신다면 말입니다.」

「수염을 잡아 뽑고서 용서를 빈단 말씀이로군요……. 볼일을 다 봤으니 만족하셨던 모양이지요?」

「아아, 그런 게 아닙니다. 그와는 반대로 형님은 당신이 원하시는 대로 무엇이든 다 할 것입니다!」

「그렇다면 바로 그 선술집 〈스똘리츠니 고로드〉[55]나 광장에서 내 앞에 무릎을 꿇으라고 그 나리한테 말하면, 과연 그렇게 할까요?」

「물론 형님은 무릎이라도 꿇으실 겁니다.」

「정말 감동했습니다. 정말이지 눈물이 나올 정도로 감동했습니다. 이제 잘 알겠습니다. 자, 내 가족들을 소개해 드리지요. 딸 둘과 아들 하나를 두었는데, 모두 내 새끼들이지요. 그러니 내가 죽어 버리면 대체 누가 저 애들에게 사랑을 베풀겠습니까? 반대로 내가 살아 있는 동안에는 저 애들 말고 누가 나처럼 추악한 인간에게 사랑을 베풀겠습니까? 이것은 나 같은 부류의 모든 인간을 위해 하느님께서 만들어 놓으신 위대한 사업인 것입니다. 왜냐하면 나 같은 인간도 누군가의 사랑을 받아야 하기 때문이지요…….」

「오오, 정말 옳으신 말씀입니다!」 알료샤가 소리쳤다.

「또 광대짓을 하시는군요, 아무 멍청이나 찾아와도 창피하게 만드니!」 창가에 있던 처녀가 혐오스럽고도 경멸적인 태도로 아버지를 향해 고개를 돌리며 느닷없이 소리쳤다.

「잠시면 끝난다, 바르바라 니꼴라예브나. 이야기를 마저 끝내야지.」 아버지는 딸을 바라보며 소리쳤다. 그것은 명령조였으나 딸의 이야기에 수긍하는 그런 목소리였다. 「저 애는 본래 성격이 저렇답니다.」 그는 다시 알료샤를 향해 고개를 돌리며 말했다. 「〈세

---

[55] 수도라는 뜻.

상 누구의 본심도 / 그는 찬미하려 들지 않았도다.〉 이 시구의 주어를 여성으로 바꾸어야 할 판이지요. 〈그녀는 찬미하려 들지 않았도다〉라고 말입니다. 그러면 내 집사람을 소개해 드리겠습니다. 아리나 뻬뜨로브나라고 발을 못 쓰는 마흔세 살 먹은 여자지요. 걷기는 하지만 그저 약간 돌아다니는 정도입니다. 평민 출신이고요. 아리나 뻬뜨로브나, 얼굴을 좀 펴요. 여기 이 사람이 알렉세이 표도로비치 까라마조프야. 일어서시죠, 알렉세이 표도로비치.」 그는 전혀 예기치 못한 완력으로 알료샤의 팔을 끌어당겨 갑자기 그를 일으켜 세웠다. 「부인한테 소개를 할 때는 자리에서 일어나셔야죠. 여보,[56] 그 까라마조프가 아니라...... 그자하고는 다른, 그자의 동생 되시는 사람인데, 마음씨 착하고 훌륭한 분이셔. 자, 아리나 뻬뜨로브나, 여보 우선 당신 손에 입을 맞추게 해주구려.」

그리고 나서 그는 정중하게 아내의 손에 입을 맞췄다. 창가에 서 있던 처녀는 화가 잔뜩 나서 등을 돌렸고, 뻔뻔스러울 정도로 의심을 품고 있던 부인의 얼굴은 갑자기 상냥한 모습으로 일변했다.

「안녕하세요, 이리 앉으시죠, 체르노마조프[57] 씨.」 그녀가 입을 열었다.

「까라마조프 씨라니까, 여보. 까라마조프 씨라고(우린 평민 출신이라서요).」 그는 나지막하게 소곤거렸다.

「까라마조프든 아니든 나한테는 언제나 체르노마조프일 뿐이에요....... 자, 앉으세요. 그런데 저이는 어째서 당신을 일어나게 했을까요? 저이가 다리를 못 쓰는 부인이라고 했지만, 다리가 없는 것이 아니라 통나무처럼 부어오른 것뿐이죠. 반대로 몸은 바싹 여위고 말이에요. 한때는 꽤 뚱뚱했는데 이제는 마치 바늘을

56 원서를 직역하면 〈엄마〉. 스네기료프의 특이한 말버릇 중 하나.
57 피부가 검은 것을 빗대어 부른 말. 〈체르노〉는 〈검은〉이란 뜻의 형용사 〈쵸르니〉의 어간.

꿀꺽 삼킨 사람 같지 뭐예요……」

「우리들은 평민 출신입니다, 평민 출신이에요.」 이등 대위가 다시 속닥거렸다.

「아빠, 어휴, 아빠!」 지금까지 입을 다문 채 얌전히 의자에 앉아 있던 곱사등이 처녀가 갑자기 손수건으로 눈을 가리며 한마디 내뱉었다.

「어릿광대라니까!」 창가에 서 있던 처녀가 쏘아 댔다.

「우리집 소문은 들으셨겠지요?」 부인은 손을 들어 딸들을 가리켰다. 「구름이 떠다니는 것이나 다름없어요. 구름이 지나가면 다시 우리의 음악 같은 고성이 오가죠. 옛날에 저이가 군인 생활을 할 때는 훌륭한 손님들이 많이 찾아오셨죠. 그때와 비교하자는 것은 아닙니다. 남을 사랑하는 사람은 그 사람의 사랑을 받는 법이니까요. 그 당시 보제(補祭)의 부인이 찾아오곤 했는데 늘 이런 이야기를 했어요. 〈알렉산드르 알렉산드로비치는 너무나 마음씨 착한 사람이지만, 나스따시야 뻬뜨로브나는 지옥의 자손이군요〉라고 말입니다. 그래서 〈사람은 누구든 자기를 따르는 사람이 있는 법이지만, 당신은 그런 사람이 별로 없는 것 같군요, 게다가 몸에서 고약한 냄새까지 나고요〉라고 응수해 주었죠. 그랬더니 〈넌 고분고분 듣고나 있어〉라고 하지 않겠습니까. 나도 〈이런 악마 같은 년을 한 칼에, 넌 대체 누구한테 설교하러 온 거냐?〉라고 해주었지요. 〈난 깨끗한 공기를 마시고 있지만, 너야말로 더러운 공기를 마시고 있잖아〉라고 하기에, 〈어떤 장교한테든 물어봐, 내 몸속에 더러운 공기가 있는지 아니면 다른 게 있는지?〉 하고 대꾸했지요. 그 이후로 그 생각이 머릿속을 떠나지 않는군요. 그리고 얼마 전에 지금처럼 여기에 앉아 있는데, 진짜 장군님이 부활절을 지내러 오셨다가 우리집에 들르셨기에, 〈그런데 각하, 지체 높은 귀부인이 집 안에 자유롭게 공기를 넣어도 좋을까요?〉라고 물었더니, 〈그럼요, 댁에는 통풍구를 만들든지 출입구를 열어 놓으셔야 하겠습니다. 집 안의 공기가 신선하지 못한 건 바로 그 때문이니까요〉라고 말씀하시더군요. 글쎄, 모든 사람들이 한결같다니까요! 어째서 그 사람들은 우리집 공기에 신경을 쓰는 걸까요? 송장 썩는 냄새보다 더 고약하다는 거예요. 〈난 당신네 공기를 더럽히고 싶지 않으니, 신발을 구해다 신고 여기서 나갈 거야〉라고 한마디 해주었죠. 애들아, 너희들을 낳아 준 이 어미를 나무라지는 말아라! 니꼴라이 일리치, 당신은 나를 언짢게 생각하고 있어요. 나한테는 오직 일류셰츠까라는 아들뿐이에요. 그 애는 학교에서 돌아오면 나를 보살펴 주지요. 어제는 사과 한 개를 가져다 주었어요. 미안하구나, 애들아, 이 어미를 용서해 다오, 너무나 외로운 이 어미를 용서해 줘. 그런데 당신도 우리집 공기에 거부감을 일으키고 계시군요!」

가엾은 그 부인은 갑자기 목 놓아 울었고, 그 눈물은 시냇물처럼 흘러내렸다. 이등 대위는 그녀에게로 얼른 달려갔다.

「여보, 여보, 그만 해요, 그만 해! 당신은 외롭지 않아. 모두가 당신을 사랑하고 또 존경한다고!」그는 다시 아내의 손등에 입을 맞추었고, 자신의 손바닥으로 아내의 얼굴을 곱게 어루만지기 시작했다. 그는 냅킨을 집어 아내의 얼굴에 흐르는 눈물을 얼른 닦아 주었다. 「자, 보셨지요? 이야기를 다 들으셨지요?」갑자기 그는 가엾은 정신 쇠약증 환자를 손으로 가리키며 알료샤를 향해 몸을 홱 돌렸다.

「다 보고 다 들었습니다.」알료샤가 중얼거렸다.

「아빠, 아빠! 아빠는 정말 저런 사람과…… 저런 사람과는 상대도 하지 마세요, 아빠!」침대에서 일어난 소년이 이글거리는 눈길로 아버지를 바라보며 갑자기 소리쳤다.

「이젠 광대짓 좀 그만 하세요. 바보같이 뺑뺑이를 돌아도 아무 소용 없단 말이에요!」바싹 약이 오른 바르바라 니꼴라예브나는 한쪽 구석에서 발까지 구르며 고함을 질렀다.

「그래, 바르바라 니꼴라예브나, 네가 지금 화를 내는 것도 당연하겠지. 네 말대로 하겠다. 모자를 쓰시죠, 알렉세이 표도로비치, 나도 모자를 쓸 테니. 자, 밖으로 나갑시다. 당신한테 솔직하게 말씀드릴 것이 있는데, 집 안에서는 안 되겠습니다. 여기 앉아 있는 아이가 우리 딸, 니나 니꼴라예브나입니다. 소개드리는 것을 잊을 뻔했군요. 인간의 모습을 한 천사지요…… 죽음의 세계로 날아와 떨어진…… 무슨 이야기인지 이해하실지 모르겠습니다…….」

「왜 저렇게 부들부들 떨고 있을까, 마치 경련이라도 일으킬 것 같아.」 바르바라 니꼴라예브나는 분노를 삭이지 못하고 계속해서 화를 냈다.

「그리고 지금 발을 구르며 나한테 어릿광대라고 욕을 해댄 아이도 역시 인간의 모습을 한 천사입니다. 나를 비꼬아 부르는 것도 당연한 일이지요. 나가실까요, 알렉세이 표도로비치, 이야기를 마무리지어야 하니까…….」

이등 대위는 알료샤의 손을 잡고 곧장 거리로 데리고 나왔다.

7. 맑은 공기를 마시며

「공기가 맑군요. 사실 그 잘난 우리집은 어느 면으로 보나 공기가 탁하지요. 조금 서둘러 걸으시죠, 도련님. 도련님한테 무척 흥미로운 이야기를 해드리고 싶은데.」

「사실 나는 당신한테 중요한 용무가 있습니다…….」 알료샤가 말했다. 「하지만 어떻게 이야기를 시작해야 좋을지 모르겠군요.」

「나한테 용무가 있으시다는 걸 모를 턱이 있습니까? 용무가 없으시다면 나 같은 놈을 거들떠보시지도 않으셨겠죠. 아니면 정말 우리 아들놈을 고자질하려고 오신 건가요? 그렇진 않으신 것 같은데. 그럼 우리 아들놈 이야기를 해드리겠습니다. 집에서는 미주 알고주알 말씀드릴 수가 없었습니다만, 지금 여기서는 그때 그 장면을 설명해 드리겠습니다. 보세요, 이 수세미는 일주일 전만 해도 숱이 더 많았습니다. 내 턱수염 이야기를 하는 겁니다. 그런데 도련님의 형 드미뜨리 표도로비치가 내 턱수염을 움켜잡고 선술집에서 광장까지 끌고 다녔습니다. 그때 마침 초등 학생들이 학교를 마치고 나오는 길이었는데 그중에 일류샤도 섞여 있었지요. 그 애는 내가 그렇게 당하는 모습을 보고, 〈아빠, 아빠!〉 하고 외치며 달려왔어요. 그 애는 품에 안겨 나를 껴안은 채 떼어 놓으려고 발버둥치면서 나한테 모욕을 주고 있는 사람에게 〈놓아주세요, 놓아달란 말이에요, 이분은 우리 아빠예요, 아빠라고요, 제발 용서해 주세요〉라고 외쳤지요. 〈용서해 달라고〉 말입니다. 그리고 조그만 손으로 도련님 형한테 매달려 그의 손에, 바로 그의 손에 입을 맞추었던 것입니다……. 그 애가 어떤 표정을 짓고 있었는지 나는 그 순간을 똑똑히 기억합니다, 잊혀지지도 않고 또 잊을 수도 없으니까요.」

「맹세합니다.」 알료샤는 목청을 높였다. 「형님은 진정한 마음으로, 모든 노력을 다 해서, 바로 그 광장에서 무릎을 꿇고서라도 당신한테 잘못을 빌 것입니다……. 내가 그렇게 만들겠습니다, 그렇지 않으면 나한테는 형님도 아니니까요!」

「오호라, 그렇다면 그건 아직 도련님 생각에 지나지 않는 거로군요. 그 사람 스스로 그런 생각을 한 것이 아니라, 단지 도련님의 고결하고 열렬한 마음에서 우러나온 것뿐이로군요. 진작 그렇게 말씀해 주셨어야죠. 아니, 그런 경우라면 나는 도련님 형이 기사도 정신이 넘치는 대단한 장교라는 사실을 입증하겠습니다. 왜냐하면 그 사람은 그때 그런 식의 표현을 썼으니까요. 그 사람은 나를 수세미처럼 끌고 다니다가 놓아주면서, 〈너도 장교라면 나도 장교란 말이야, 결투 입회인으로 적당한 사람을 찾아서 보내면 네가 비록 더러운 놈이긴 해도 기꺼이 상대해 주마!〉라고 말하더군요. 정말 대단한 기사도 정신이지요! 나는 일류샤와 함께 그 자리를 벗어나긴 했지만, 족보에 기록될 만한 그 광경은 일류샤의 가슴속에서 영원히 지워지지 않을 겁니다. 아니, 우리가 이제 어디에서 귀족 행세를 할 수 있겠습니까. 사실 조금 전에 그 대단한 우리집에 들르셨지만 거기서 무엇을 목격하셨는지 어디 한번 말해 보십시오? 세 여자가 앉아 있는데, 한 사람은 다리를 못 쓰는 정신 쇠약증 환자, 또 한 사람은 다리를 못 쓰는 데다가 곱사등이, 그리고 세 번째는 몸이야 튼튼하지만 머리가 너무 좋은 여학생이어서 뻬쩨르부르그로 다시 돌아가 그곳 네바 강변에서 러시아 여성의 권리를 찾겠다고 아우성이지요. 일류샤에 대해서는 아무 말도 하지 않겠습니다. 겨우 아홉 살밖에 되지 않은 데다가 외톨박이로 지내고 있으니까요. 그러니 내가 죽는다면 이런 꼴을 하고 있는 집안에 대체 무슨 일이 벌어질지, 이것만이라도 어디 한번 묻고 싶습니다? 그런데도 내가 그 사람을 결투장으로 불러냈다가 총에 맞아 그 자리에서 죽기라도 한다면 그땐 대체 어찌 되겠습니까? 그땐 우리 가족들한테 어떤 일이 벌어지겠습니까? 만약 그가 나를 죽이지 않고 그냥 불구자로 만들어 버린다면 문제는 더 고약해지겠지요. 일이라고는 전혀 할 수 없는데도 입만은 여전히 벌리고 있을 테니, 누가 나를 먹여 살리겠습니까? 그리고 누가 그들 모두를 먹여 살리겠느냐 이 말씀입니다. 일류샤는 학교 대신에 매일 동냥이나 얻으러 다니지 않겠습니까? 도련님 형한테 결투 신청을 한다는 것이 내게는 바로 이런 것을 의미하기 때문에 세상에 둘도 없이 어리석은 짓일 뿐이죠.」

「형님은 당신한테 용서를 구하실 겁니다. 광장 한복판에서 당신의 발 아래 몸을 숙일 겁니다.」 알료샤는 열기 가득한 시선으로 바라보며 다시 목청을 높였다.

「도련님 형을 재판에 넘기고 싶은 마음이 굴뚝 같았지요.」 이등 대위는 말을 계속했다. 「하지만 법전을 살펴보면 아시겠지만,

내가 받은 개인적인 모욕에 대해 가해자로부터 만족할 만큼의 처분을 받아낼 수 있을 것 같습니까? 그런데 그때 갑자기 아그라페나 알렉산드로브나[58]가 나를 불러서, 〈그런 생각은 꿈도 꾸지 마세요! 만일 그 사람을 재판소에 고발하면, 당신이 사기를 쳤기 때문에 때려 준 거라고 온 세상에 폭로할 테니, 그땐 바로 당신이 재판소에 끌려가게 될 거예요〉라고 고함을 지르는 겁니다. 그 사기가 누구 머리에서 나온 것인지, 내가 누구의 지시로 형편없는 하수인 노릇을 한 것인지 하느님만은 알고 계십니다. 그 여자와 표도르 빠블로비치의 지시에 따른 것 아닙니까? 그 여자는 이런 말도 덧붙이더군요. 〈그뿐 아니라 나는 당신을 영원히 내쫓아서 다시는 우리집에서 일을 하지 못하도록 할 거예요. 우리 상인한테도(그 여자는 그 늙은이를 우리 상인이라고 부르더군요) 말해서 당신을 해고시키라고 할 거예요〉라고 말입니다. 생각해 보세요, 만일 그 상인이 나를 해고시키면 그때는 내가 어디에서 밥벌이를 할 수 있겠습니까? 사실 내게는 그 두 사람만이 남아 있는 처지입니다. 당신 아버지이신 표도르 빠블로비치는 어떤 다른 이유로 더 이상 나를 신용하지 않을 뿐더러, 또 내 영수증을 입수한 후로는 나를 재판에 넘길 생각까지 하고 있지요. 그런 이유 때문에 입을 다물 수밖에 없었던 겁니다. 그리고 집안 속사정은 보신 그대로입니다. 그런데 다시 묻겠습니다만, 그 애가 정말로 도련님 손가락을 심하게 물어뜯었나요, 일류샤가요? 집에서는 그 애가 있어서 꼬치꼬치 캐물을 수가 없었거든요.」

「네, 무척 심하게 물었지요. 그 애는 몹시 화가 나 있었으니까요. 그 애는 내가 까라마조프라서 복수를 했나 본데, 이제는 모든 것이 명백해졌군요. 하지만 그 애가 학교 친구들하고 돌팔매질하던 광경을 보셨어야 합니다. 너무나 위험했어요. 철없는 아이들

---

58 그루셴까의 이름과 부칭.

이어서 자칫 잘못하면 그 애를 죽일 수도 있고, 또 돌멩이로 머리를 깨뜨릴 수도 있으니까요.」

「벌써 한 대 맞았습니다. 머리가 아니라 심장 바로 위 가슴 부위를 오늘 돌멩이로 한 대 맞아서 멍이 들어 있는데, 집에 들어와서는 한숨을 푹푹 내쉬며 울더니 저렇게 병이 나고 말았지요.」

「그 애가 먼저 다른 아이들한테 달려들었던 겁니다. 당신 때문에 약이 올랐던 거지요. 아이들 이야기로는 그 애가 얼마 전에 끄라소뜨낀이라는 아이의 옆구리를 연필깎이 칼로 찔렀다고 하더군요……」

「그 이야기는 들었습니다. 위험한 짓이지요. 끄라소뜨낀이라는 아이의 아버지는 이 지방의 관리이니 아마도 성가신 일이 생길 거예요……」

「충고의 말씀을 드리면,」 알료샤는 열을 올리며 말했다. 「그 애의 마음이 진정될 때까지 당분간 학교에는 보내시지 않는 게 좋겠습니다……. 그러다 보면 분노도 삭을 테니까요……」

「분노라고요!」 이등 대위는 말을 되받아쳤다. 「그래요, 바로 분노죠. 어린아이지만 위대한 분노를 느끼고 있는 겁니다. 도련님은 무슨 이야긴지 전혀 모르시겠지요. 그럼 그 이야기를 해드리겠습니다. 그 사건이 벌어진 후에 학교에서 아이들은 한결같이 그 애를 수세미라고 놀려 대기 시작한 겁니다. 학교에 다니는 아이들은 잔인한 집단이지요. 제각기 떨어져 있으면 천사 같지만, 함께 어울릴 때는, 특히 학교에서는 말입니다. 잔인해지는 일이 예사이지요. 아이들이 놀려 대기 시작하니까, 일류샤 가슴속의 고결한 영혼이 고개를 쳐들었던 것입니다. 보통 아이들처럼 마음이 약한 애였다면 풀이 죽어서 자기 아버지를 창피스럽게 여겼겠지만, 그 애는 아버지를 위해 혼자 몸으로 여러 아이들에게 맞섰던 것입니다. 아버지를 위해서, 진리를 위해서, 진실을 위해서 말입니다. 그 애가 도련님 형의 손에 입을 맞추면서, 〈아빠를 용서해 주세요, 아빠를 용서해 주세요〉라고 애원했을 때 그 애가 얼마나 인내심을 발휘했는지 아는 사람은 하느님과 나밖에 없을 겁니다. 그렇게 우리 아이들은, 도련님 같은 사람들의 아이들이 아니라 우리 아이들 말입니다. 비록 멸시를 받고 있기는 하지만 고결한 마음씨를 지닌 우리 헐벗은 아이들은 겨우 아홉 살에 불과한 나이에 벌써 이 땅의 진실을 배우게 되는 겁니다. 부자들은 평생에 걸쳐서도 그런 깊이에 이르지 못하지만 우리 일류샤는 광장에서 도련님 형의 손에 입을 맞추는 순간, 바로 그 순간에 모든 진실을 깨달은 겁니다. 그 진실이 그 애의 마음속에 파고들어 영원히 치료되지 않는 상처를 남기고 만 것이지요.」 이등 대위는 다시 극도의 흥분 상태에 빠져 그 〈진실〉이 자기 아들 일류샤에게 어떤 상처를 남겼는지 실제로 보여 주려는 듯이 자신의 오른쪽 주먹으로 왼쪽 손바닥을 내리쳤다. 「바로 그날 그 애는 오한이 나고 밤새 헛소리를 해댔습니다. 그 애가 나하고는 거의 이야기도 나누지 않은 채 입을 꽉 다물고 있던 모습을 그저 지켜볼 수밖에 없었지요. 방구석에서 나를 바라보며, 하염없이 바라보며 창문 쪽으로 몸을 돌리더니 공부하는 척했지만, 나는 그 애가 공부에는 마음이 없다는 사실을 알고 있었습니다. 다음날은 술을 마셨기 때문에 별로 기억나는 게 없습니다. 죄 많은 놈이지요, 슬픔에 잠겨 있었기 때문이지만 말입니다. 그 애 어미도 울기 시작하더군요 ─ 난 그 애 어미를 무척 사랑하고 있습니다 ─ 슬픔을 가누지 못해 마지막 남은 돈을 털어 술을 마셔 버렸거든요. 도련님, 날 경멸하진 마십시오. 러시아에서는 주정꾼들이야말로 가장 착한 사람들이니까요. 우리 나라에서 가장 착한 사람들은 주정꾼들이란 말입니다. 그래서 나는 몸져누워 있었기 때문에 그날 일류샤의 모습을 제대로 기억하지는 못합니다만, 다음날 아침부터 학교에서 아이들이 그 애를 웃음거리로 만들었던 것이지요. 〈야, 수세미, 너의 아버지는 수세미를 붙잡혀서 선술집에서 끌려 나오고,

넌 그 옆을 쫓아가면서 용서해 달라고 빌었지〉라고 말입니다. 사흘째 되던 날 그 애가 학교를 마치고 돌아왔는데, 내가 자세히 살펴보니 얼굴이 말이 아닌 게 새하얗게 질려 있었습니다. 대체 무슨 일이 있었니 하고 물었지요. 말이 없더군요. 사실 뭐 집에서는 아무 이야기도 할 수 없었지요. 그랬다가는 어미와 누이들이 끼어들게 될 테니까요. 사실 딸들도 첫날부터 모두 알고 있었거든요. 바르바라 니꼴라예브나는 〈꼭두각시, 광대짓이나 하니, 아버지가 하시는 일이 사리에 맞을 수 있겠어요?〉라고 투덜대는 것이었어요. 〈그래, 네 말이 맞다, 바르바라 니꼴라예브나, 내가 하는 일이 사리에 맞을 리 있겠니?〉라고 대답할 수밖에요. 그렇게 해서 그 순간을 대충 넘긴 겁니다. 그날 저녁 나는 그 애를 데리고 산책을 나갔습니다. 미리 알아 두실 것은, 나와 그 애는 그전에도 매일 저녁 지금 당신과 걷고 있는 이 길로, 우리집 쪽문에서부터 울타리 옆 길가에 고아처럼 외로이 서 있는 저 큰 바위까지 산책을 다녔다는 점입니다. 그 바위에서부터 목장이 시작되는데 인적이 드문 아름다운 곳이지요. 나는 평소와 다름없이 일류샤의 손을 잡고 걷고 있었습니다. 그 애의 손은, 조그맣고 가느다란 손가락은 차가웠지요. 가슴을 앓고 있었으니까요. 그 애는 〈아빠, 아빠!〉 하고 부르더군요. 그래서 〈왜 그러니〉 하고 대답하며 바라보니까, 그 애의 눈동자는 반짝반짝 빛나는 것이었어요. 〈아빠, 그때 그자가 어떻게 아빠한테 그런 짓을 할 수 있었지요, 아빠!〉라고 하기에, 〈무슨 짓 말이냐, 일류샤〉 하고 물었죠. 〈그자와 화해하지 마세요, 아빠, 화해해선 안 돼요. 우리 반 아이들 말로는 그자가 아빠한테 그 일 때문에 10루블을 주었다고 하던데요〉라는 것이 아니겠습니까. 〈아니다, 일류샤, 난 그자로부터 절대 돈을 받지 않을 거야〉라고 대답해 주었더니, 그 애는 몸을 부르르 떨며 자신의 두 손으로 내 손을 꼭 쥐고는 다시 입을 맞추는 거예요. 〈아빠, 아빠, 그자한테 결투를 신청하세요. 우리 반 아이들은 아빠가

겁쟁이라서 그자한테 결투 신청을 하지 못할 뿐만 아니라 그자로부터 10루블을 받았다고 놀려 대거든요〉라더군요. 〈일류샤, 아빠는 그자한테 절대 결투 신청을 하지 않을 거다〉라고 대답한 다음, 지금 도련님한테 말씀드린 내용 그대로 대충 설명을 해주었지요. 그 애는 가만히 듣고 있다가, 〈아빠, 아빠, 어쨌든 화해하지 마세요. 내가 이 다음에 크면, 그자한테 결투를 신청해서 죽여 버릴 테니까요!〉라고 말하더군요. 그 애의 눈동자는 반짝반짝 빛나며 불타오르고 있었지요. 하지만 나는 그 애의 아버지로서 바른 이야기를 해줘야 했습니다. 그래서 〈아무리 결투라고 해도 사람을 죽이는 것은 죄악이란다〉라고 했더니, 〈아빠, 아빠, 내가 크거든 그자를 때려눕히겠어요. 내 칼로 그자의 칼을 날려 버린 후에 그자한테 달려들어서 쓰러뜨린 다음, 칼을 휘두르며 《당장이라도 널 죽일 수 있지만 용서해 줄 테니 그렇게 알아라!》라고 말이에요〉. 아시겠습니까, 아시겠습니까, 도련님, 그 이틀 동안에 그 애가 머릿속에서 무슨 궁리를 했는지? 그 애는 밤낮으로 복수의 칼을 갈면서, 밤에는 헛소리까지 했던 모양입니다. 그 애가 학교에서 크게 상처를 입고 돌아온 것을 나는 사흘째 되는 날에야 알게 되었습니다. 도련님 말씀이 옳아요. 난 더 이상 그 애를 학교에 보내지 않겠습니다. 그 애가 혼자서 학급 동료 전부를 상대로 분통을 터뜨리며 가슴을 불사르고 있다는 것을 알게 됐으니, 그 애 때문에 내가 얼마나 놀랐겠습니까! 우리는 다시 산책을 나갔는데, 그 애는 〈아빠, 아빠, 세상에서 부자가 가장 힘이 센가요?〉라고 묻는 것이었어요. 〈그래, 일류샤, 부자보다 힘센 사람은 없단다〉라고 대답해 주었더니, 〈아빠, 난 부자가 되겠어요. 장교가 되어서 적들을 모두 물리친 다음, 황제의 상을 받아 돌아오면 그땐 아무도 우리를 멸시하지 않을 거예요〉라고 말한 다음 한참 입을 다물고 있다가, 아까와 마찬가지로 줄곧 자그마한 입술을 파르르 떨면서 〈아빠, 이 마을은 정말 마음에 들지 않아요, 아빠!〉라고 덧붙이더군요. 〈네 말이 맞다, 일류샤, 이 고장은 그리 좋은 곳이 못 된다〉라고 해주었더니, 〈아빠, 다른 곳으로 이사가요. 아무도 우리를 알아보지 못하는 살기 좋은 고장으로요〉라고 하더군요. 〈이사를 가자, 우리 이사를 가는 거야, 일류샤, 하지만 그러려면 돈을 모아야만 해〉라고 대답했지요. 난 그 애가 괴로운 생각에서 마음을 돌리게 된 것이 너무 기뻐서, 말과 마차를 사서 다른 도시로 이사하는 모습을 그 애와 함께 공상하기 시작했답니다. 〈엄마와 누나를 마차에 태우고, 그 위에 덮개를 씌워 주는 거야. 그리고 우리 두 사람은 그 옆에 서서 걸어가자, 너도 이따금씩 태워 주지. 아빠는 그냥 걸어가겠어, 말을 소중히 다루어야 하니까. 우리 식구 모두가 탈 수는 없잖니. 그렇게 이곳을 떠나는 거야〉라는 말도 했지요. 이 이야기를 듣자, 그 애는 너무나 기뻐했어요. 더구나 우리 말이 생겨서 그걸 타고 간다고 말입니다. 아시다시피 러시아 소년들은 말과 함께 세상에 태어나지 않습니까. 우리들은 오랫동안 그런 이야기를 나누었고, 그렇게 해서라도 그 애의 마음을 달래 주고 위로해 줄 수 있어서 다행이라고 생각했지요. 그저께 저녁때는 그랬는데, 어제 저녁때는 상황이 전혀 달라지고 말았어요. 아침에 다시 학교에 가더니 우울한 모습으로, 아주 우울한 모습으로 돌아온 것이었어요. 저녁때 그 애의 손을 잡고 산책을 나갔지만 입을 꽉 다문 채 아무 말도 않는 거예요. 그때는 바람도 불고 해도 들어가서 가을 정취가 물씬 풍기는 가운데 땅거미가 지기 시작하여 우리 두 사람은 걸어가면서도 처량한 생각이 들더군요. 〈그런데 애야, 우리는 길 떠날 준비를 어떻게 해야 할까?〉 하고 말을 건넨 것은 전날의 화제로 돌아가려는 의도 때문이었지요. 그래도 그 애는 입을 다물고 있었습니다. 단지 그 애의 손가락이 내 손 안에서 떨리고 있는 것을 느낄 수 있을 뿐이었죠. 〈어, 무슨 새로운 일이 생긴 모양이로군〉 하는 불길한 생각이 들더군요. 그러는 사이 지금처럼 바로 저 바위에 도착해서는 그 위에 앉았습니다. 하늘에 연들이 펄럭거리며 높이 날고 있는데 한 서른 개쯤은 되어 보였습니다. 지금이 바로 연 날리는 계절이거든요. 〈자, 일류샤, 우리도 작년에 쓰던 연을 날려야 할 때인 것 같구나. 내가 고쳐 줄게, 그런데 어디다 숨겨 놓았니?〉 하고 물었지만, 우리 아이는 입을 다물고는 등을 돌린 채 다른 쪽만 바라보고 있는 거예요. 그때 갑자기 바람이 모래 먼지를 일으키며 불어왔지요……. 그 애는 느닷없이 내게 달려들어 두 팔로 내 목을 꼭 끌어안는 것이었어요, 으스러질 듯이. 입을 다물고 있는 자존심 강한 아이들은 속으로는 눈물을 꾹 참고 있지만, 슬픔이 견딜 수 없을 만큼 커지면 한순간에 설움이 폭발하여 눈물이 그냥 흘러내리는 게 아니라 마치 강물처럼 물거품을 내며 넘쳐나는 법입니다. 그 애의 뜨거운 눈물로 내 얼굴은 갑자기 흠뻑 젖고 말았지요. 온몸을 부들부들 떨면서 흐느껴 우는 그 애는 나를 꼭 부여안고 있었기 때문에 그냥 바위 위에 앉아 있을 수밖에 없었습니다. 〈아빠, 아빠, 사랑하는 아빠, 그자가 아빠를 얼마나 심하게 모욕했는지!〉 하고 울부짖더군요. 그때 나도 눈물이 솟구쳐 올라, 우리 두 사람은 서로 끌어안은 채 온몸을 부들부들 떨며 앉아 있었답니다. 그 애가 〈아빠, 아빠!〉 하고 울부짖으면, 〈일류샤, 일류샤!〉 하고 응답하면서 말입니다. 우리들을 지켜본 사람은 아무도 없었지만, 하느님만은 알고 계실 테니 아마도 십중팔구는 제 장부에 기입해 놓으셨을 겁니다. 도련님 형한테 감사를 드려야겠지요, 알렉세이 표도로비치. 안 돼요, 도련님을 만족시키기 위해 우리 애한테 손찌검을 할 수는 없습니다!」

그는 조금 전과 마찬가지로 심술궂은 유로지비 식의 말투와 몸짓으로 자신의 이야기를 끝맺었다. 알료샤는 그가 이미 자신을 신뢰하고 있으며, 만약 다른 사람이 이 자리에 있었다면 그가 이런 식으로 〈대화〉를 나누지도 않았을 것이며, 지금 막 자신에게 들려주었던 이야기를 털어놓지도 않았을 것이란 점을 느낄 수 있었다. 이런 생각은 알료샤의 마음을 고무시켰고, 그의 영혼을 눈물로 떨게 만들었다.

「아아, 난 정말로 댁의 아이와 화해를 하고 싶습니다!」 알료샤는 소리쳤다.「혹시 당신이 그런 기회를 만들어 주신다면 말입니다……」

「꼭 그렇게 하지요.」 이등 대위는 중얼거렸다.

「하지만 지금은 그게 문제가 아니니, 전혀 그게 문제가 아니니, 잘 들어 보십시오.」 알료샤는 계속 목청을 높였다. 「잘 들어 보십시오! 난 한 가지 부탁을 받고 당신을 찾아온 것입니다. 당신도 분명히 들으셨겠지만, 나의 형님 드미뜨리는 자신의 약혼녀인 지극히 고상한 아가씨한테도 모욕을 가했습니다. 나는 그분이 받은 모욕에 대해 당신한테 털어놓을 권리를 갖고 있습니다. 아니, 그렇게 해야만 하겠지요. 왜냐하면 그분은 당신이 모욕당하신 것을 아시고는, 당신이 현재 처한 어려움을 아시고는 지금…… 아니, 조금 전에…… 당신께 조그만 물질적 도움이라도 주도록 부탁하셨으니까요……. 하지만 이건 그분 혼자서 보내신 겁니다. 그분을 버린 드미뜨리가 아니라요. 드미뜨리의 동생인 내가 드리는 것도 절대 아닙니다. 다른 누구도 아닌, 바로 그분, 그분 혼자서 보내시는 겁니다! 그분은 당신이 그분의 도움을 받아들이길 바라고 계십니다……. 당신과 그분은 똑같은 사람한테서 모욕을 받았습니다……. 형님한테서 당신이 받은 것과 똑같은 그런 모욕을(참기 힘든 온갖 모욕을) 그분 자신이 받게 되자, 비로소 당신 생각을 하셨던 것입니다! 그러니 이것은 누이동생이 오빠한테 보내는 도움이나 다를 바 없습니다……. 그분은 누이동생으로서 보내는 이 2백 루블을 당신이 꼭 받아 주도록 잘 말씀드려 달라고 부탁하셨습니다. 이 일에 대해서는 아무도 모르고 있으니, 부당한 헛소문이 퍼질 위험도 전혀 없습니다……. 자, 여기 2백 루블이 있으니, 받아 주십시오, 꼭 받으셔야만 합니다. 그렇지 않으면…… 그렇지 않으면, 세상 사람들은 틀림없이 모두 서로 원수가 되지 않겠습니까! 하지만 이렇게 세상에는 형제들도 있는 법입니다……. 당신은 고결한 마음씨를 가진 분이시니…… 그 점을 이해하셔야 합니다, 반드시!」

그리고 나서 알료샤는 1백 루블짜리 무지갯빛 새 지폐 두 장을 내밀었다. 그때 그 두 사람은 울타리 부근의 큰 바위 옆에 서 있었으며, 주변에는 아무도 보는 사람이 없었다. 그 지폐는 이등 대위를 끔찍이도 동요시킨 것 같았다. 그는 몸을 부르르 떨었으나, 처음에는 단지 놀라움 때문인 것 같았다. 그에게는 전혀 의외의 일이었고, 그런 결과를 전혀 기대하지 않은 듯했다. 누군가로부터 도움을 받는다는 것, 그것도 상당한 거액을 받는다는 것은 꿈도 꿀 수 없는 일이었다. 그는 지폐를 받아 든 채 잠시 아무 대답도 하지 못했다. 그의 얼굴에는 아주 새로운 무언가가 스치고 지나갔다.

「이건 내게, 내게 너무 과한 돈입니다, 2백 루블이라뇨! 맙소사! 이런 거액은 지난 4년 동안 구경해 본 적도 없습니다! 게다가 누이동생이라고 했다뇨……? 그게 정말입니까, 정말이에요?」

「당신한테 맹세하지만, 내가 말씀드린 것은 모두 진실입니다!」

알료샤는 목청을 높였다. 이등 대위는 얼굴을 붉히고 말했다.

「내 이야기를 좀 들어 보세요, 도련님, 내 이야기를요. 돈을 받게 되면 난 비열한이 되지 않을까요? 알렉세이 표도로비치, 도련님 눈으로 보기에, 그러니까 비열한이 되는 건 아닐까요? 아니, 알렉세이 표도로비치, 내 이야기 좀 잘 들어 보세요, 내 이야기 좀.」 그는 시시각각 두 손으로 알료샤의 몸을 건드리며 이야기를 서둘렀다. 「도련님은 〈누이동생〉이 보낸 돈이니 받으라고 설득하지만, 속으로는 내가 이 돈을 받게 되면 나를 경멸하시려는 게 아닙니까?」

「아닙니다, 그럴 리가 있습니까! 당신 앞에서 하느님께 맹세하지만, 절대 그렇지 않습니다! 그리고 우리들을 빼고는 아무도 모르는 일입니다. 나와 당신, 그녀, 그리고 또 그분의 절친한 친구인 한 부인 말고는……」

「부인이라뇨! 들어 보십시오, 알렉세이 표도로비치, 잘 들어 보세요. 이제 내 이야기를 들으실 순간이 온 겁니다. 왜냐하면 도련님은 지금 이 2백 루블이 내게 어떤 의미를 갖고 있는지 이해하지 못하실 테니까요.」 불쌍한 그 사내는 너무나 기쁜 나머지 점점 혼란을 일으키며 말을 이어 갔다. 마음에 혼란을 일으킨 그는 자기 이야기를 끝까지 다하지 못할 것을 염려하여 황급히 말을 서둘렀다. 「이것이 너무나 존경스럽고 거룩한 〈누이동생〉이 보내 온 결백한 돈이란 사실 이외에도, 마누라와 나의 천사 같은 곱사등이 딸 니노츠까를 치료할 수 있다는 점을 알고 계십니까? 게르**쩬쉬뚜베**라는 의사가 와서는 너그럽게도 이 두 환자를 한 시간 가량이나 진찰한 다음 〈도무지 이해할 수가 없군요〉라고 말했지만, 이 고장 약국에서 파는 광천수(마누라한테 그렇게 처방전을 써주었죠)가 틀림없이 효험이 있을 것이라고 했고, 발 찜질을 하는 약도 처방해 주었습니다. 광천수는 가격이 30꼬뻬이까나 하는데, 마흔 병은 먹어야 할 거예요. 나는 처방전을 받아서 성상 밑 선반 위에 놓아두었으니까 아직도 그곳에 있을 겁니다. 그리고 니노츠까는 매일 아침저녁으로 무슨 약물을 탄 뜨거운 물에 목욕을 시키라는 처방을 받았으니, 우리로서는 엄두도 내지 못할 치료인 데다가, 우리 오두막에는 하녀도, 도와줄 사람도, 욕조나 물도 없는 형편 아닙니까? 니노츠까는 심한 류머티즘을 앓고 있는데, 아직 말씀드리지는 않았습니다만, 밤마다 오른쪽 몸이 쑤셔서 괴로워하고 있습니다. 천사 같은 내 딸은 우리들을 걱정시키지 않으려고 꾹 참고 있으며, 혹시 잠자는 것을 방해하지나 않을까 하여 신음소리조차 내지 않고 있답니다. 식사 때도 우리들은 음식을 가져오는 대로 먹어 대지만, 그 애는 개한테나 던져 줘야 할 마지막 음식 찌꺼기만 먹고 있지요. 〈나는 그 음식을 먹을 자격이 없어요. 그러잖아도 음식을 빼앗아 먹는 것이나 다름없는 처지이고, 식구들한테 짐이 되고 있잖아요.〉 그 애의 천사 같은 눈길은 바로 이런 이야기를 하고 싶어하는 듯합니다. 식구들이 그 애의 시중을 들어 줄 때도 몹시 부담스러워하지요. 그 애는 〈나는 그럴 자격이 없어요. 그럴 자격이 없다고요. 아무짝에도 쓸모없는 병신이란 말이에요〉라는 눈길을 보내지만, 천사 같은 상냥한 마음씨로 우리들을 위해 하느님께 기도드리고 있으니 어찌 그럴 자격이 없겠습니까? 그 애가 없으면, 그 애의 평온한 말이 없으면 우리집은 지옥이나 다름없는데, 바랴[59]의 마음까지 누그러뜨려 주었으니 말입니다. 바르바라 니꼴라예브나도 비난하지는 말아 주십시오. 그 애도 천사, 모욕받은 천사이니까요. 그 애는 여름에 집에 왔는데, 가정교사를 해서 번 돈 16루블을 가지고 있었는데, 그 돈은 9월에, 그러니까 지금쯤 뻬쩨르부르그로 돌아가려고 남겨 둔 것이었죠. 그런데 우리가 그 돈을 생활비로 써버렸기 때문에 이제는 돌아가지도 못할 처지입니다. 게다가 돌아갈 수도 없지요. 왜냐하면 우리들을 위해 죄수처럼 일하고 있으니까요. 지금은 우리들이 그 애한테 말 안장을 얹어 놓고 올라탄 꼴입니다. 우리들을 위해 그 애는 분주히 돌아다니며, 옷을 손질하고 걸레질을 하고 마루도 쓸고 제 어미를 침대에 눕히기도 하지만, 제 어미는 변덕이 심한 데다가 툭하면 울기도 잘하는 정신병자가 아닙니까……! 하지만 이제는 이 2백 루블로 하녀를 고용할 수도 있을 겁니다. 아시겠습니까, 알렉세이 표도로비치. 사랑하는 가족들을 치료해 줄 수도 있고, 여학생 딸을 뻬쩨르부르그로 보내고, 쇠고기도 사고, 새로운 식생활을 꾸려 나갈 수 있는 겁니다. 하느님, 혹시 이건 꿈이 아닐까요!」

알료샤는 그런 행복을 안겨 줄 수 있었고, 그 가엾은 사내도 행

---

[59] 바르바라의 애칭.

복을 받아들이기로 했기 때문에 너무나 기뻤다.

「잠깐, 알렉세이 표도로비치, 잠깐만요.」 갑자기 나타난 새로운 꿈에 다시금 사로잡힌 이등 대위는 극도의 흥분 상태에 빠져 다시 빠른 어투로 지껄여 댔다. 「아시겠습니까, 나와 일류샤는 지금 당장 꿈을 실현할 수 있는 것입니다. 말과 마차를 사고, 말은 검은 말로 말입니다, 그 애가 꼭 검은 말이어야 한다고 부탁했기 때문이죠. 그리고 그저께 계획한 대로 이사를 가는 겁니다. K현(縣)에는 죽마고우인 잘 아는 변호사 한 사람이 살고 있는데, 믿을 만한 사람을 통해 알려 온 바로는 내가 그곳에 가기만 하면 그 친구가 자기 사무실에 서기로 근무할 수 있게 해주겠다는 겁니다. 그를 잘 아는 사람의 이야기니, 어쩌면 일자리를 줄지도 모르는 일이지요……. 그러니 마누라와 니노츠까는 마차에 태우고, 일류쉬까는 마부대에 앉힌 다음 나는 걸어서, 걸어서 식구들을 모두 데려가는 것입니다……. 오, 하느님, 여기서 내가 꿈도 꿀 수 없는 빚을 받기만 한다면, 아마 이것도 실현될 수 있을 것입니다!」

「그렇게 될 것입니다. 그렇게 될 거예요!」 알료샤가 소리쳤다. 「까쩨리나 이바노브나는 당신에게 필요한 돈을 보내 주실 것이고, 나도 가진 돈이 있으니 형제로서, 친구로서 필요한 만큼 빌려 드리겠습니다, 나중에 되돌려주시면 되니까요……. (당신은 진짜 부자가 되실 겁니다, 부자가 되실 거예요!) 다른 고장으로 이사하기로 생각하신 것보다 더 좋은 일은 없습니다! 그렇게 되면 당신은 구원을 받는 것이 되고, 그 애를 위해서는 더욱 그렇지 않습니까. 겨울이 되기 전에, 추위가 닥치기 전에 어서 서두르십시오, 그리고 그곳에 가시면 편지나 보내 주십시오, 우리들은 언제까지나 형제 관계를 유지하게 되지 않겠습니까……. 아니, 이건 꿈이 아닙니다!」

알료샤는 그를 끌어안고 싶을 정도로 만족스러웠다. 그러나 그를 흘긋 바라본 순간, 갑자기 다음 동작을 멈추고 말았다. 이등 대위는 목을 길게 뽑고 입술을 씰룩거리면서 몹시 흥분한 창백한 얼굴로 무언가 말을 꺼내고 싶다는 듯이 알 수 없는 말을 중얼거리며 서 있었다. 그 소리는 들리지 않았으나, 입술을 삐죽거리는 모습이 어쩐지 심상치 않았다.

「왜 그러시죠!」 알료샤는 저도 모르게 갑자기 몸을 부르르 떨었다.

「알렉세이 표도로비치…… 나는…… 당신은…….」 이등 대위는 마치 절벽에서 몸을 던지려고 결심한 사람처럼 이상하고 기묘한 눈길로 그를 뚫어질 듯 응시하며 더듬거렸다. 그 순간 그의 입술은 마치 미소를 짓고 있는 것처럼 보였다. 「나는…… 당신은…… 그런데 나는 지금 당신에게 한 가지 요술을 보여 드리고 싶군요!」 그는 갑자기 빠르고 단호한 어조로 중얼거렸는데, 그의 말은 더 이상 더듬는 것이 아니었다.

「요술이라뇨?」

「요술이라야 뭐 별것도 아닙니다.」 이등 대위가 중얼거렸다. 그는 입을 왼쪽으로 일그러뜨리고 왼쪽 눈을 반쯤 감고서 알료샤에게서 눈길을 떼지 않은 채 뚫어질 듯 바라보고 있었다.

「대체 무슨 일이십니까? 요술이라뇨?」 너무나 놀란 알료샤는 이렇게 소리쳤다.

「자, 바로 이겁니다. 잘 보십시오!」 이등 대위는 갑자기 꽥 하고 고함을 질렀다.

그리고 나서 그는 이야기를 계속하는 동안 내내 오른손 엄지와 검지로 그 귀퉁이를 함께 쥐고 있던 무지갯빛 지폐 두 장을 내보이더니 별안간 분노에 휩싸인 듯 그것을 움켜쥐고 마구 구긴 다음, 오른손 주먹으로 꽉 눌렀다.

「보셨습니까, 보셨어요?」 이등 대위는 알료샤를 향해 울부짖었다. 몹시 흥분하여 얼굴이 백지장처럼 창백해진 그는 갑자기 주먹을 위로 치켜들더니 구겨진 지폐 두 장을 흙바닥에 힘껏 팽개쳤다. 「자, 보셨습니까?」 그는 손가락으로 돈을 가리키며 다시 울부짖었다. 「바로 이겁니다……!」

그리고 그는 갑자기 오른발을 들어 악에 받친 표정을 지으며 구두 뒤축으로 돈을 짓밟기 시작했다. 그는 돈을 짓밟을 때마다 고함을 지르며 거친 숨을 토해 냈다.

「바로 당신의 돈입니다! 바로 당신의 돈이란 말이에요! 당신의 돈! 당신의 돈!」 그는 갑자기 뒤로 물러나더니 알료샤 앞에 버티고 섰다. 그의 모습에는 온통 자기 자신도 뭐라고 설명하기 힘든 자부심이 넘쳐흐르고 있었다.

「당신을 보낸 사람한테 전해 주시오, 수세미는 자기 명예를 팔지 않더라고!」 그는 허공을 향해 손을 뻗으며 소리쳤다. 그리고는 재빨리 몸을 돌려 뛰어갔다. 그러나 그는 채 다섯 걸음도 뛰지 않아서 다시 몸을 돌리고는 갑자기 알료샤를 향해 손을 흔들었다. 하지만 또다시 다섯 걸음도 가지 못하고, 이제 마지막으로 몸을 완전히 돌렸는데, 이번에는 얼굴에 일그러진 미소조차 없었고, 오히려 온통 눈물 범벅이 되어 경련을 일으키고 있었다. 그는 울먹이는 목메인 목소리로 황급히 이렇게 내뱉었다.

「치욕의 대가로 당신들의 돈을 받는다면 내가 우리 아이한테 무슨 말을 할 수 있겠소?」 이렇게 말하고 나서 그는 결국 뒤도 돌아보지 않고 달려갔다. 알료샤는 말할 수 없는 슬픔에 잠긴 채 그의 뒷모습을 바라보았다. 오, 그는 이등 대위가 마지막 순간까지도 자신이 돈을 구겨서 팽개치리라고는 생각하지도 못했을 것임을 이해했다. 달려가던 이등 대위는 다시는 되돌아오지 않았으며, 알료샤도 그가 되돌아오지 않으리란 사실을 알고 있었다. 알료샤는 그의 뒤를 쫓아가서 불러 세우고 싶지도 않았다. 그 까닭도 잘 알고 있었다. 그의 모습이 시야에서 사라지자, 알료샤는 두 장의 지폐를 집어 들었다. 돈은 몹시 구겨져서 납작해진 채 모래 속에 파묻혀 있었으나, 전혀 파손되지 않았고, 알료샤가 돈을 곱게 펴서 문지르자 새 돈처럼 빠닥빠닥 소리가 났다. 돈을 들여다보던 알료샤는 그것을 잘 추스려서 호주머니에 집어넣은 다음, 까쩨리나 이바노브나가 부탁한 일의 결과를 알리기 위해 그녀의 집으로 향했다.

제5권
찬반론[60]

1. 공모

 알료샤를 가장 먼저 맞아 준 사람은 역시 호흘라꼬바 부인이었다. 그녀가 허둥대는 걸로 봐서 어떤 중대한 사건이 벌어진 것임에 틀림없었다. 까쩨리나 이바노브나의 히스테리는 졸도로 막을 내렸고, 이어서 다른 상황이 벌어졌던 것이다. 「끔찍하고 무서운 쇠약 증세를 보이며 몸져눕더니 눈을 감은 채 헛소리를 해댔어요. 이제 열이 나서 의사 게르쩬쉬뚜베 씨를 부르러, 이모들을 부르러 사람들이 달려갔지요. 이모들은 벌써 이곳에 와 있지만 게르쩬쉬뚜베 씨는 아직 도착하지 않았어요. 모두 그녀의 방에 앉아 기다리고 있어요. 꼭 무슨 일인가 일어날 것 같은데, 그녀는 아직 의식 불명이거든요. 이러다가 열병이라도 걸리면 어떡한담!」
 이렇게 소란을 떠는 호흘라꼬바 부인은 정말 겁을 집어먹은 표정이었다. 「정말 심각해요, 심각하다고요!」 마치 조금 전까지 벌어졌던 일들은 전혀 심각한 일이 아니라는 듯 그녀는 말끝마다 이렇게 덧붙였다. 알료샤는 깊은 슬픔에 잠긴 채 그녀의 이야기에 귀를 기울였다. 알료샤가 자신의 모험담을 털어놓으려고 하자

---

60 pro et contra.

그녀는 입을 열기가 무섭게 말을 가로막았다. 그녀는 시간이 없으니 리즈 방에서 자기를 기다려 달라는 것이었다.

「리즈 말이에요, 친애하는 알렉세이 표도로비치.」 그녀는 거의 귀에 닿을 듯이 다가와 속삭였다. 「리즈는 지금 나를 깜짝 놀라게도 했지만 감동시키기도 했어요. 그래서 내 마음은 그 애 일을 모두 용서하고 있답니다. 당신이 떠나자마자 그 애는 어제도 오늘도 당신을 비웃은 것 같다며 별안간 진심으로 후회하기 시작했어요. 사실 그 애는 비웃었던 것이 아니라 그저 장난을 쳐본 것에 지나지 않아요. 그러나 눈물을 글썽거릴 정도로 정말 후회하고 있으니 내가 깜짝 놀랄 수밖에요. 나를 비웃었을 때는 진심으로 후회하는 걸 본 적이 없어요, 한결같이 비아냥거리는 식이었죠. 아시겠지만 그 애는 늘 나를 비웃고 있거든요. 그런데 지금 그 애는 진지해요, 하나에서 열까지 진지하단 말이에요. 그 애는 당신 의견을 상당히 존중해요, 알렉세이 표도로비치. 그러니 가능하면 그 애한테 화내지 마시고 기분 나쁘게 생각하지도 말아 주세요. 난 그 애를 늘 너그럽게 대해 왔죠. 왜냐하면 그 애는 너무나 총명하니까요, 안 그런가요? 그 애는 지금 당신이 자기의 어린 시절부터 친구였으며, 그것도 〈어린 시절부터 가장 절친한 친구〉였는데, 생각해 보세요, 가장 절친한 친구였는데 대체 자기는 뭐냐고 말하더군요. 그런 점에서 그 애는 정말 진지한 감정, 게다가 추억까지 갖고 있지만, 더욱 중요한 사실은 그 표현과 이야기, 전혀 예상하지 못한 그런 뜻밖의 이야기가 그 애 입에서 갑자기 튀어나온다는 거예요. 예를 들면 얼마 전에 소나무 이야기를 했어요. 그 애가 아주 어렸을 적에 우리 집 정원에는 소나무가 한 그루 서 있었는데, 아니, 아직도 서 있을 테니 과거 시제로 말할 필요가 없겠군요. 소나무는 사람과는 달리 오랜 세월이 지나도 변하지 않죠, 알렉세이 표도로비치. 그 애는 〈엄마, 마치 꿈을 꾸듯 그 소나무가 생각나요〉라고 말하는 것이었어요. 다시 말해 〈소 스나 소스나〉[61]가 생각난다는 거예요. 그 애는 뭔가 달리 표현하고자 했는데, 그것은 그런 표현이 혼란스럽기도 하고 〈소스나〉라는 단어가 시시했기 때문이죠. 하지만 그 애는 이런 식으로 아주 독창적인 말을 너무 많이 해댔고, 그래서 일일이 말씀드리기 불가능할 정도랍니다. 게다가 지금은 모두 잊어버리기도 했고요. 그럼, 실례합니다. 난 너무 충격을 받아서 거의 미칠 지경이에요. 오, 알렉세이 표도로비치, 난 평생 두 번에 걸쳐 정신병에 시달려 치료를 받은 적이 있거든요. 리즈한테 가보세요. 그리고 그 애에게 용기를 북돋아 주세요. 당신은 언제나 그 일을 잘 해내실 수 있으니까요. 리즈!」 부인은 그녀의 방문으로 다가서며 소리쳤다. 「자, 여기 네가 그토록 망신을 줬던 알렉세이 표도로비치를 모셔 왔는데 이분은 조금도 화가 나지 않으셨구나. 내가 보증하마, 오히려 네가 그런 생각을 했다고 놀라고 계셔!」

「고마워요, 엄마Merci, maman. 들어오세요, 알렉세이 표도로비치.」

알료샤는 방으로 들어갔다. 리즈는 당혹스런 기색으로 바라보더니 갑자기 얼굴을 붉혔다. 무언가 부끄러운 생각이 난 것 같았으며, 이럴 때엔 언제나 그렇듯이 마치 그 순간 그런 엉뚱한 이야기만이 그녀의 관심거리인 양 전혀 엉뚱한 이야기를 빠르디빠른 어조로 늘어놓기 시작했다.

「조금 전에 엄마는 그 2백 루블 이야기며, 당신이 부탁받은 이야기 등을 불쑥 꺼내셨어요, 알렉세이 표도로비치……. 그 가엾은 장교한테 전해 주라는……. 그리고 그 장교가 모욕당했던 그 끔찍한 이야기도 전부 해주셨고요. 하지만 엄마 이야기는 너무 애매모호해서요……. 언제나 이야기를 건너뛰시거든요……. 그렇지

---

61 둘 다 러시아어로 앞의 〈소 스나〉는 전치사와 〈꿈〉이라는 뜻의 명사로 이루어진 단어로서 〈꿈을 꾸듯이〉라는 뜻이고, 뒤의 〈소스나〉는 명사로 〈소나무〉라는 뜻이다. 따라서 〈꿈을 꾸듯 그 소나무〉라는 뜻으로 일종의 언어유희이다.

만 난 그 이야기를 듣고는 울고 말았어요. 그래, 그 돈을 전해 주셨나요. 또 그 불행한 사람은 지금 좀 어떤가요?」

「돈은 전해 주지 못했죠, 거기엔 긴 사연이 있기도 하고요.」 알료샤는 자기 입장에서도 돈을 전하지 못한 것이 못내 안타깝다는 듯이 대답했다. 그때 리즈는 그가 딴 곳을 바라보며 화제를 돌리고 싶어한다는 것을 금방 눈치챘다. 알료샤는 탁자 가까이로 의자를 당겨 앉아 이야기를 꺼내기 시작했으나, 첫마디 말부터 당황하는 기색은 사라져 버렸고 오히려 리즈의 관심을 집중시켰다. 그는 조금 전에 받은 강렬한 감동과 깊은 인상에서 헤어나오지 못한 채 이야기를 끌어 나갔고 그의 이야기는 훌륭하고 조리 있게 진행되었다. 옛날 리즈가 어렸을 때 그는 모스끄바에서 그녀의 집을 즐겨 찾아다니며 자신에게 일어났던 일이나 독서한 책의 내용이나 자신의 어린 시절 이야기를 들려주곤 했었다. 때때로 그 두 사람은 함께 공상의 나래를 펼치다가 이야기를 지어내기도 했는데, 그 이야기의 대부분은 재미있고 우스운 내용이었다. 그런데 지금 그 두 사람은 갑자기 2년 전의 모스끄바 시절로 되돌아간 듯한 착각에 빠져 들고 있었다. 리즈는 그의 이야기에 커다란 감동을 받고 있었다. 알료샤가 그녀에게 〈일류셰츠까〉의 모습을 열정적으로 묘사했던 것이다. 그 불행한 사나이가 돈을 짓밟는 장면을 상세히 설명했을 때, 리즈는 손뼉을 탁 치면서 자신의 감정을 억누르지 못한 채 소리쳤다.

「그러니까 돈을 전하지 못하셨군요, 그러니까 당신이 그가 그렇게 달아나 버리도록 한 거로군요! 저런, 뒤쫓아가서 붙드시지 그러셨어요…….」

「아닙니다, 리즈, 내가 쫓아가지 않는 편이 나았어요.」 알료샤는 이렇게 말한 후 의자에서 일어나 근심스런 표정으로 방 안을 이리저리 서성거렸다.

「어떤 점에서, 무엇이 더 낫다는 거죠? 지금 그들은 빵을 먹지 못해 굶어 죽을 판인데!」

「굶어 죽지는 않을 겁니다. 어쨌든 그 2백 루블을 받지 않을 수 없을 테니까요. 아무튼 그 사람은 내일이면 그 돈을 받을 겁니다. 내일이면 틀림없이 받을 거예요.」 알료샤는 곰곰이 생각에 잠겨 발걸음을 옮기며 말했다. 「이것 봐요, 리즈.」 알료샤는 갑자기 그녀 앞에서 걸음을 멈추며 말했다. 「그때 내가 한 가지 실수를 저질렀는데, 그 실수 때문에 오히려 일이 더 잘됐어요.」

「어떤 실수를 저지르셨고, 또 왜 일이 잘됐다는 거죠?」

「왜냐하면 그는 겁이 많고 마음 약한 사람이기 때문입니다. 심한 고초를 겪은 아주 착한 사람이지요. 지금 난 이런 생각을 했습니다. 그는 왜 화를 내며 돈을 짓밟았을까 하고 말입니다. 그건 왜냐하면 단언컨대 마지막 순간까지 자신이 돈을 짓밟으리란 걸 몰랐기 때문이지요. 내 생각으로는 그런 사실에 여러모로 화가 치밀었던 것 같아요……. 그리고 자기 입장에서는 다른 방법도 없었고……. 첫째로, 그는 돈을 보자 너무 기뻐했고, 내 앞에서 그걸 숨기지도 않았던 데 화가 났던 겁니다. 설사 기뻤더라도 너무 지나칠 정도로 기뻐하지는 않고, 또 그걸 드러내지 않으면서 그저 다른 사람들처럼 얼굴을 일그러뜨리며 돈을 받았더라면 꾹 참고서 돈을 받을 수 있었겠지만, 그는 너무나 진정으로 기뻐했기 때문에 바로 그것이 모욕적이었을 것입니다. 오, 리즈, 그는 솔직하고 선량한 사람입니다. 바로 거기에 이 일의 모든 불행이 있는 겁니다! 이야기를 하는 동안 그의 목소리는 너무나 기운이 없고 떨렸으며 또 성급하게 주절거렸고, 웃음이 새어 나와 키득거리다가도 눈물을 짓곤 했습니다……. 정말이지, 그는 눈물을 흘릴 정도로 환희에 넘쳐 있었어요……. 자기 딸들 이야기도 하고요……. 다른 도시로 가면 얻을 수 있다는 일자리 이야기도 하면서 말이죠……. 그런데 자기 속마음을 털어놓고 나자, 내게 속마음을 그대로 드러냈던 것이 갑자기 부끄러워지기 시작한 겁니다. 그래서 그는 그때 내가 증오스러웠던 거예요. 그만큼 그는 너무나 부끄러움을 잘 타는 가난한 사람이었어요. 하지만 무엇보다도 그가 나를 너무 빨리 친구로 여기고 쉽게 자신을 맡겼다는 점에 화가 치밀어 올랐겠지요. 다시 말해서 처음에는 내게 달려들어 위협을 하다가 갑자기 돈을 보자마자 나를 껴안았던 점 말입니다. 그는 나를 껴안았어요, 두 팔로 나를 힘껏 껴안았지요. 바로 그런 모습에서 그는 자신의 초라함을 느끼지 않을 수 없었을 텐데, 그 순간 그만 내가 실수를, 중대한 실수를 저지른 겁니다. 나는 갑자기 다른 도시로 이사해서 직장을 구하는 데 돈이 부족하면, 그러면 그에게 돈을 더 주겠다, 심지어 내 수중에 있는 돈까지도 필요한 대로 내주겠다고 말한 겁니다. 그러자 그는 갑자기 충격을 받은 거예요. 어째서 내가 그를 도우려고 나서느냐 하는 것입니다. 이봐요, 리즈, 모욕받은 사람들은 상대가 마치 은인이나 되는 것처럼 자신을 바라보기 시작할 때 얼마나 괴롭고 힘겨워하는지 몰라요……. 나는 우리 장로님께서 그런 말씀을 하시는 걸 들은 적이 있습니다. 그걸 어떻게 말로 표현해야 좋을지는 모르겠지만, 종종 내 눈으로 직접 목격하기도 했습니다. 그리고 나 자신도 그와 똑같은 감정을 느낀답니다. 중요한 사실은 그가 마지막 순간까지 그 지폐들을 짓밟을 줄 몰랐다고 하더라도 반드시 그런 예감을 하고 있었을 거라는 점입니다. 그런 예감이 들 정도로 너무나도 강렬했던 환희도 바로 그 때문인 거예요……. 일이 이렇게 꺼림칙하게 끝나기는 했지만 어쨌든 잘된 겁니다. 나는 일이 너무 잘됐다, 더 이상 바랄 나위 없을 만큼 잘됐다고 생각합니다……」

「어째서, 어째서 더 이상 바랄 나위 없을 만큼 잘됐다는 거죠?」 리즈는 깜짝 놀란 눈으로 알료샤를 바라보며 소리쳤다.

「왜냐하면 리즈, 만일 그가 돈을 짓밟지 않고 받았다면, 집에 돌아가서 한 시간도 지나기 전에 자신의 굴욕을 슬퍼하며 울었을 테니까요, 틀림없이 그렇게 했을 것이기 때문입니다. 울고 나서는,

아마도 내일 이른 새벽 나한테 와서 지폐를 집어 던지며 말씀드렸던 것처럼 짓밟을지도 모릅니다. 〈자신을 파멸로 이끌고 있다〉는 사실을 잘 알면서도 그는 끔찍할 정도로 자신만만하게 승리감에 도취되어 떠났습니다. 그러므로 이제 내일 그가 이 2백 루블을 받도록 하는 것보다 더 쉬운 일은 없습니다. 왜냐하면 그는 돈을 팽개치고 짓밟음으로써 자신의 명예를 입증했으니까요……. 그는 자신이 돈을 짓밟았을 때 내일 내가 다시 돈을 가져다 주리라고는 꿈도 꾸지 못하고 있을 겁니다. 하지만 이 돈은 그에게 꼭 필요합니다. 비록 지금은 자부심에 넘쳐 있겠지만, 아무튼 오늘은 도움을 잃어버렸다는 생각을 하겠지요. 밤이면 그런 생각이 더욱 간절해지고 꿈에까지 나타날지 모르며, 아마도 내일이면 내게 달려와서 용서를 빌 겁니다. 그때 내가 나타나서, 〈정말 당신은 자존심이 강한 분입니다. 당신은 그걸 입증해 주셨습니다. 자, 이제는 이 돈을 받으시고 우리들을 용서해 주십시오〉라고 말하는 것입니다. 그러면 그도 돈을 받을 수밖에요!」

알료샤가 몹시 기뻐하며, 〈그러면 그도 돈을 받을 수밖에요!〉라고 소리치자, 리즈는 손뼉을 쳤다.

「아아, 정말 그렇군요. 아아, 난 이제서야 겨우 깨달았어요! 아아, 알료샤, 당신은 어떻게 그 모든 것을 알고 계시죠? 아직 젊은 나이에 사람들의 마음까지 꿰뚫어 보시니……. 난 꿈에도 그런 생각을 해내지 못할 거예요……」

「중요한 사실은, 그가 우리 돈을 받더라도 우리들과 대등한 입장에 있다는 확신을 갖도록 하는 겁니다.」 알료샤는 기쁨에 넘쳐 이야기를 계속했다. 「우리들과 대등할 뿐만 아니라, 우리들보다 더 고상하다는……」

「〈더 고상하다〉고요? 멋지군요, 알렉세이 표도로비치, 말씀하세요, 말씀하세요!」

「더 고상하다는…… 그런 표현을 하려던 것은 아닌데……. 그건 아무래도 괜찮습니다, 왜냐하면……」

「아아, 괜찮아요, 괜찮고말고요, 정말 괜찮다니까요! 용서하세요, 알료샤……. 지금까지 나는 당신을 별로 존경하지 않았어요……. 존경하기는 했지만, 대등한 입장에서죠. 그런데 지금은 더 고상한 입장에서……. 알료샤, 내가 〈비아냥거리고 있다〉고 화내지 마세요.」 그녀는 감정에 북받쳐서 얼른 말했다. 「난 우스운 어린애에 지나지 않아요, 하지만 당신은, 당신은……. 알렉세이 표도로비치, 우리들이라고 하기보다는, 당신의 판단 속에서……. 아니, 우리들이라고 하는 편이 낫겠어요……. 그 사람, 그 불행한 사람에 대한 경멸이 들어 있는 건 아닐까요? 지금 우리가 마치 위에서 내려다보듯 그 사람의 마음을 해부하고 있는 것에 말이에요? 그가 돈을 받을 거라고 단정해 버린 것이요?」

「아닙니다, 리즈, 경멸이라뇨?」 알료샤는 그 질문에 이미 답변을 준비해 두었다는 듯이 단호히 대답했다. 「이곳으로 오면서 이미 그 점에 대해 생각해 봤죠. 잘 생각해 보세요, 우리 모두가 그와 다를 바 없고, 다른 사람들 모두가 그와 다를 바 없다면 여기에 어떻게 경멸이 있을 수 있겠습니까? 왜냐하면 우리들이 더 나을 게 없기 때문입니다. 만일 더 나은 점이 있다고 하더라도 그의 입장에 서고 보면 모두 마찬가지일 테니……. 당신은 어떨지 모르지만, 리즈, 나 자신은 여러 면에서 저열한 심성을 가지고 있다고 스스로 생각하고 있습니다. 하지만 그는 저열한 심성이 아니라, 오히려 매우 섬세한 심성을 가지고 있는 것입니다……. 아닙니다, 리즈, 거기에는 그에 대한 어떤 경멸도 없습니다! 리즈, 우리 장로님께서는 언젠가 이런 말씀을 하신 적이 있습니다. 사람들에게 어린애 대하듯이 해야 하고, 병원에 입원한 환자처럼 대해야 한다고.」

「아아, 알렉세이 표도로비치, 아아, 사랑스러운 분, 우리 사람들을 환자 대하듯이 해요!」

「그럽시다, 리즈, 나는 그럴 마음의 준비가 되어 있소. 단지 완벽하게 준비된 것이 아니어서, 때로는 참을성이 없기도 하고 또 때로는 제대로 판단하지 못하지요. 하지만 당신은 다릅니다.」

「아, 믿을 수가 없어요! 알렉세이 표도로비치, 난 정말 행복해요!」

「그렇게 말해 주니 정말 기분이 좋군요, 리즈.」

「알렉세이 표도로비치, 당신은 정말 훌륭한 분이세요. 비록 때로는 현학자 냄새를 풍기시긴 하지만……. 그렇지만 잘 관찰해 보면 현학자와는 전혀 거리가 멀지요. 문 앞에 한번 가보세요. 문을 살며시 연 다음, 혹시 엄마가 엿듣고 있지 않나 살펴보세요.」 갑자기 리즈는 신경질적이고 다급한 목소리로 속삭였다.

알료샤는 문 앞에 가서 열어 본 다음, 아무도 엿듣는 사람이 없다고 말했다.

「이리로 와주시겠어요, 알렉세이 표도로비치.」 리즈는 이렇게 말하곤 얼굴이 점점 더 빨개졌다. 「손을 이리 주시겠어요, 네, 그렇게요. 당신한테 커다란 고백을 해야겠어요. 어제 당신한테 드린 편지는 장난으로 쓴 것이 아니라, 정말 진심으로…….」

그리고 그녀는 한 손으로 눈을 가렸다. 그런 고백을 하는 것이 그녀로서는 너무나 부끄러운 듯했다. 그러더니 갑자기 그의 손을 움켜쥐고 맹렬히 입을 세 번 맞추었다.

「아, 리즈, 정말 멋지군요.」 알료샤는 기쁨에 넘쳐 소리쳤다. 「나는 당신이 진심으로 편지를 썼다고 확신하고 있었습니다.」

「확신하고 계셨다고요! 그랬다고요!」 그녀는 갑자기 그의 손에서 입을 떼었으나 여전히 손을 잡은 채 끔찍할 정도로 얼굴을 붉히면서 행복에 겨운 작은 웃음을 웃고 있었다. 「내가 그의 손에 입을 맞췄더니 그는 〈정말 멋지군요〉라고 말하네요.」 그러나 그녀의 질책은 온당치 못했다. 알료샤의 마음도 극도의 혼란에 빠지고 말았다.

「나는 언제나 당신 마음에 들고 싶지만, 리즈, 어떻게 해야 좋을지 모르겠습니다.」 그는 얼굴을 붉히면서 더듬더듬 중얼거렸다.

「알료샤, 사랑스러운 분, 당신은 냉정하고도 뻔뻔스러운 분이시군요. 아시겠어요? 당신은 자기 마음대로 나를 아내로 정해 놓고서 그렇게 마음 편하게 계셨으니 말이에요! 내가 진심으로 편지를 썼다고 확신하고 계셨다니, 세상에 그럴 수가 있어요! 그러니 뻔뻔하다고 할 수밖에요!」

「내가 그런 확신을 가졌던 것이 정말 잘못된 일인가요?」 알료샤는 갑자기 웃음을 터뜨렸다.

「오오, 알료샤, 그 반대로 너무나 잘하신 일이에요.」 리즈는 행복에 겨운 다정한 시선으로 그를 바라보았다. 알료샤는 아직도 그녀에게 자신의 손을 맡긴 채 서 있었다. 그러다가 갑자기 몸을 굽혀 그녀의 입술에 입을 맞추었다.

「어머나, 왜 이러시는 거예요?」 리즈는 비명을 질렀다. 알료샤는 어찌할 바를 몰랐다.

「용서하십시오, 이렇게 하지 않으면……. 아마도 내가 너무 어리석은 것 같군요……. 당신이 나더러 냉정하다고 하기에, 갑자기 키스를 하려 했던 것입니다……. 내 생각에도 바보 같은 짓을 저지르고 말았군요…….」

리즈는 미소를 지으며 두 손으로 얼굴을 가렸다.

「그런 옷을 입으신 채 말이에요!」 리즈는 웃음을 머금은 채 이렇게 말했으나, 갑자기 웃음을 멈추고 엄숙할 정도로 심각한 표정을 지었다.

「그런데 알료샤, 우리 키스는 아직 더 기다려요. 우리 두 사람은 아직 그럴 입장이 못 되기 때문이죠. 우린 한참 더 기다려야 해요.」 그녀는 갑자기 이런 결론을 내렸다. 「그보다도, 말씀해 주세요, 당신은 어째서 나 같은 맹꽁이, 바보 같은 병자와 결혼하시려는 거지요? 당신처럼 현명하고 사려 깊고 훌륭하신 분이 말이에요? 아아, 알료샤, 난 정말 행복해요, 왜냐하면 난 그만한 자격이 없는 여자이기 때문이에요!」

「그만 해요. 며칠 후 나는 수도원에서 완전히 나올 겁니다. 속세로 나오면 그때는 결혼해야 한다는 것도 알고 있지요. 그분께서 그렇게 분부하셨어요. 당신보다 더 나은 여자가 어디 있겠습니까……. 당신 말고 누가 나를 택하겠습니까? 이미 그런 생각을 해봤습니다. 첫째로, 당신은 나를 어린 시절부터 잘 알고 있습니다. 둘째로, 당신은 내가 갖지 못한 재능을 많이 가지고 있습니다. 당신은 나보다 활달한 성격을 가지고 있는 겁니다. 중요한 사실은 당신이 나보다 더 순수하다는 겁니다. 나는 너무 많은 일을, 너무 많은 일을 겪었거든요……. 아아, 당신도 모르고 있진 않겠죠, 내가 까라마조프라는 사실을! 당신이 깔깔거리기도 하고 장난을 치기도 하는 것이, 나에게도 그렇게 하는 것이 뭐 어떻다는 겁니까. 당신의 웃음은 오히려 나를 즐겁게 한답니다……. 그러나 당신은 어린 소녀처럼 티없이 웃으면서도 자신을 수난자로 생각하고 있어요…….」

「수난자라뇨? 그건 무슨 이야기지요?」

「그래요, 리즈, 조금 전에 당신은 이런 질문을 던졌어요. 이등대위의 속마음을 해부하는 것이 그 불행한 사람을 경멸하는 것 아니냐고. 그것은 수난자들의 질문입니다……. 난 그것을 말로 표현할 수는 없지만, 그런 질문을 던질 수 있는 사람은 바로 고통받을 수 있는 사람입니다. 의자에 앉아서 당신은 지금도 많은 문제를 거듭 생각했을 겁니다…….」

「알료샤, 손을 이리 주세요, 왜 손을 움츠리시는 거지요?」 리즈는 행복에 겨워 나른한, 어딘지 가라앉은 듯한 목소리로 중얼거렸다. 「내 말씀을 들어 보세요, 알료샤, 당신이 수도원에서 나오시면, 그땐 뭘, 그러니까 어떤 옷을 입으시겠어요? 웃지 마세요, 그렇다고 화내지도 마시고요. 이건 나한테 아주, 아주 중요한 문제예요.」

「옷 문제라면 말입니다, 리즈. 나는 아직 생각해 본 적이 없지만, 당신이 입으라는 대로 입지요.」

「나는 당신이 감청색 비로드 양복에 흰 누비 조끼, 부드러운 회색 털모자를 썼으면 해요……. 이리 앉으세요. 당신은 내가 조금 전에 어제 드린 편지 내용을 부정했을 때 내가 당신을 사랑하지 않는다고 생각하셨겠지요?」

「아뇨, 그렇게 생각하지 않았습니다.」

「오오, 못 말릴 사람이군요. 정말 어쩔 수 없는 분이세요!」

「난 알고 있었습니다. 당신이 나를……. 당신이 나를 사랑하고 있지만, 나를 사랑하지 않는다는 당신의 말을 그대로 믿는 척했지요. 그것이 당신한테…… 더 편할 것 같아서…….」

「그건 더 나쁜 짓이에요! 아주 나쁜 짓이긴 하지만, 다른 한편으로는 가장 좋은 일이기도 하고요. 알료샤, 난 당신을 너무나 사랑해요. 조금 전에 당신이 오셨을 때 난 점을 치고 있었어요. 내가 어제 보낸 그 편지를 당신한테 돌려달라고 했을 때 얌전히 꺼내서 돌려주면(당신은 언제나 그럴 가능성이 있는 사람이니까요), 당신은 나를 전혀 사랑하지도 않으며, 아무런 감정도 느끼지 못하는 아주 어리석고 미숙한 소년에 불과하고 나는 끝장이다라고요. 하지만 당신이 편지를 암자에 두고 오셨기 때문에, 그게 난 너무 기뻤어요. 내가 편지를 달라고 할 것을 눈치채고는, 돌려주지 않으려고 일부러 암자에 두고 오신 거죠? 그렇죠? 그렇지 않은가요?」

「오오, 리즈, 전혀 그렇지 않습니다. 조금 전과 마찬가지로 지금도 나는 편지를 가지고 있습니다. 바로 이 주머니 속에요. 자 보세요.」

알료샤는 미소를 지으며 편지를 꺼낸 다음, 거리를 두고 보여 주었다.

「돌려주지 않을 테니, 거기서 보기만 하십시오.」

「이럴 수가? 조금 전에는 거짓말을 하셨군요. 당신 같은 수도사님이 거짓말을 하시다뇨?」

「거짓말을 한 셈이지요.」 알료샤는 웃었다. 「당신한테 편지를 돌려주지 않으려고 말입니다. 그래서 거짓말을 했지요. 이 편지는 나한테 무척 소중한 것이랍니다.」 그는 얼굴을 붉히며 갑자기 감정을 강하게 드러냈다. 「이 편지는 앞으로 영원히, 그 누구한테도 내놓지 않을 겁니다!」

리즈는 환희에 넘친 표정으로 그를 바라보았다.

「알료샤.」 그녀는 다시 말을 더듬거렸다. 「문 앞에 가서 엄마가 엿듣는지 살펴봐 주세요.」

「좋아요, 리즈, 살펴보지요. 하지만 살펴보지 않는 게 더 낫지 않을까요? 왜 당신 어머니께서 그렇게 치사한 행동을 하실 거라고 의심하시는 겁니까?」

「치사한 행동이라뇨? 뭐가 치사한 행동이라는 거예요? 엄마는 딸이 하는 이야기를 엿듣는 것이고, 그건 엄마의 권리이지, 치사한 행동이 아니에요.」 그녀는 발끈했다. 「알아 두세요, 알렉세이 표도로비치, 나도 이 다음에 엄마가 되어서 나 같은 딸을 갖게 되면, 무슨 이야기를 하는지 반드시 엿들을 거예요.」

「정말입니까, 리즈? 그건 좋지 못한 짓이에요.」

「아, 맙소사, 그게 어떻게 나쁜 짓이라는 거예요? 내가 어떤 평범한 세속적 이야기를 엿듣는다면 그건 치사한 짓이 되겠지만, 자기 딸이 젊은 남자와 함께 방 안에 있는데……. 내 말씀 좀 들어 보세요, 알료샤, 우리가 결혼식을 올리자마자 나는 당신의 이야기를 엿들을 거예요. 또 당신의 모든 편지를 내가 직접 열어서 모두 다 읽을 거예요……. 이 점은 미리 알아 두세요…….」

「네, 물론이죠. 만일 그렇다고 해도…….」 알료샤는 중얼거렸다. 「그건 나쁜 짓입니다.」

「아아, 그건 모욕이에요! 알료샤, 우리 처음부터 싸우지는 말아요. 진실을 말씀드리는 편이 차라리 낫겠군요. 물론 남의 이야기를 엿듣는 것은 나쁜 짓이에요, 물론이죠. 그런 점에서 내 말이 틀리고 당신 말씀이 옳아요. 하지만 어쨌든 나는 엿들을 거예요.」

「그렇게 하십시오. 나한테는 감시할 게 아무것도 없으니까.」 알료샤는 웃고 말았다.

「알료샤, 당신은 나한테 순종하실 건가요? 이것도 미리 결정해야 해요.」

「기꺼이 그러지요, 리즈, 틀림없이. 하지만 중요한 문제는 다르지요. 중요한 문제에서 당신이 내 말에 동의하지 않는다면, 나는 내게 부여된 의무대로 행동할 겁니다.」

「당연히 그러셔야죠. 아니, 오히려 나는 중요한 문제에서 당신한테 순종할 뿐만 아니라, 대부분의 경우에도 당신한테 양보할 거예요. 이 점에 대해서는 맹세드리겠어요. 모든 일에서, 한평생 말이에요.」 리즈는 열기를 토하며 소리쳤다. 「그것이 행복, 행복이니까요! 그 밖에도 결코 당신 이야기를 엿듣지 않고, 편지도 뜯어 보지 않겠다고 맹세하겠어요. 당신이 옳고, 나는 그렇지 못하니까요. 내가 당신 이야기를 얼마나 엿듣고 싶어할지 잘 알고 있어요. 하지만 어쨌든 그런 짓은 하지 않겠어요. 당신이 점잖은 일이라고 여기지 않으시니까요. 지금 당신은 나의 하느님이나 다름없어요······. 알렉세이 표도로비치, 어째서 요즘 당신은 그렇게 슬픈 표정을 하고 계신가요, 어제도 또 오늘도요? 당신한테 마음이 많이 쓰이는 괴로운 일이 있다는 것을 알고 있지만 그것 말고도 특별히 말 못할 아픔이 있으신 것 같아요, 그렇죠?」

「그래요, 리즈, 말 못할 슬픔이 있지요. 당신은 정말 나를 사랑하고 있나 보군요.」 알료샤는 슬픈 목소리로 이렇게 대답했다.

「어떤 슬픔인데요? 무슨 일이죠? 이야기해 줄 수 있으세요?」 리즈는 조심스럽게 애원하듯 말했다.

「나중에 이야기하지요, 리즈······. 나중에······.」 알료샤는 곤혹스러워하고 있었다. 「아마도 지금은 이해하지 못할 겁니다. 그리고 내 입으로는 이야기를 꺼낼 수도 없을 것 같군요.」

「알고 있어요. 아버지와 형님들이 당신을 못살게 하시는 거지요?」

「네, 형님들이.」 알료샤는 생각에 잠기는 듯 대답했다.

「난 당신 형님, 이반 표도로비치가 마음에 들지 않아요.」 리즈는 갑자기 이렇게 말했다.

알료샤는 그녀의 생각에 다소 놀랐지만, 아무 이의도 달지 않았다.

「형님들은 자신을 파멸시키고 있습니다.」 그는 계속해서 말을 이어 갔다. 「아버지도 그렇고요. 게다가 다른 사람들까지도 자신들과 함께 파멸시키고 있습니다. 거기에는 일전에 빠이시 신부님께서 말씀하신 대로 〈까라마조프적인 대지의 힘〉이 들어 있는 것입니다. 광적이고도 채 다듬어지지 않은 대지의 힘이……. 하느님의 정기가 과연 그 힘 위로 퍼져 나갈 수 있을지, 그건 알 수가 없군요. 내가 알고 있는 사실은 나도 역시 까라마조프라는 것이죠……. 내가 수도사, 수도사입니까? 내가 수도사, 수도사입니까, 리즈? 지금 당신은 나를 수도사라고 부르지 않았던가요?」

「네, 그렇게 말했죠.」

「어쩌면 나는 하느님을 믿지 않는지도 모릅니다.」

「하느님을 믿지 않으신다뇨. 대체 왜 그런 말씀을 하시는 거예요?」 리즈는 잔뜩 겁에 질려 나직이 말했다. 그러나 알료샤는 그 질문에 대답하지 않았다. 거기에는, 알료샤의 갑작스런 이야기 속에는 너무나 신비롭고 너무나 주관적인 동시에, 어쩌면 그 자신에게조차 명확하지 않지만 의심할 여지 없이 오래 전부터 그를 괴롭혀 온 그 무엇이 담겨 있었다.

「그런데 그것 말고도, 나의 벗이 세상을 하직하시려 합니다. 세상에서 가장 훌륭한 분이 이 지상을 떠나시려 한다는 말씀입니다. 당신은 모르실 겁니다. 리즈, 당신은 모르실 거예요. 내가 그분과 어떤 관계를 맺고 있으며 정신적으로 얼마나 굳게 결합되어 있는지를! 난 이렇게 혼자 남게 되는 겁니다……. 당신한테 찾아오겠습니다. 리즈……. 앞으로 우리는 함께…….」

「그래요, 함께, 함께해요! 앞으로는 한평생 함께해요. 자, 키스해 주세요, 허락할 테니.」

알료샤는 키스했다.

「그리스도의 가호가 있으시길 빌겠어요(이렇게 말하고 나서 그녀는 성호를 그었다). 어서 〈그분한테〉 가보세요, 아직 살아 계실 때. 매정하게도, 당신을 너무 오래 붙잡은 것 같군요. 나는 오늘 그분과 당신을 위해 기도드리겠어요. 알료샤, 우리는 앞으로 행복할 거예요! 우린 행복할 거예요, 그렇죠?」

「그럴 겁니다, 리즈.」

리즈의 방에서 나온 알료샤는 호홀라꼬바 부인한테 들르지 않는 편이 더 낫겠다고 생각하여 작별 인사도 생략한 채 그 집에서 나오려고 했다. 그러나 그가 문을 열고 계단으로 들어서자, 어디서 나타났는지 호홀라꼬바 부인이 그의 앞에 서 있었다. 알료샤는 첫마디부터 그녀가 그곳에서 일부러 자신을 기다리고 있었다는 사실을 알아차렸다.

「알렉세이 표도로비치, 정말 끔찍한 일이군요. 그건 어린아이들의 소꿉장난 같은 헛소리예요. 나는 당신이 그런 허망한 꿈을 꾸시지 않기를 바라겠어요……. 어리석은, 아주 어리석은 일이에요!」 부인은 그에게 달려들었다.

「리즈한테는 그런 말씀을 하지 마십시오.」 알료샤가 말했다. 「몹시 흥분하고 말 테니. 그러면 지금 그녀한테 해롭습니다.」

「사리 판단이 분명한 젊은이의 분별 있는 이야기로 들어 두겠어요. 당신이 그 애의 말에 동의한 것은 그 애의 병세를 동정해서 화를 돋우지 않게 하려는 배려라고 이해해도 괜찮겠습니까?」

「아, 아닙니다, 전혀 그렇지 않습니다. 난 그녀와 진지한 대화를 나눈 것입니다.」 알료샤는 강경한 태도로 말했다.

「이 문제에 있어서 진지한 태도란 불가능하고, 또 꿈도 꿀 수 없어요. 첫째, 앞으로 나는 당신의 방문을 허용하지 않겠어요. 둘째, 나는 이곳을 떠나겠어요, 그 애를 데리고요. 이 점을 명심해 두세요.」

「왜 그러시는 겁니까?」 알료샤가 말했다. 「그건 앞으로 한참 후의 일이에요. 아직 1년 반 정도는 더 기다려야 될 텐데, 기다려야 될 텐데.」

「아, 알렉세이 표도로비치, 물론 그 말씀이 옳아요. 그렇지만 그 1년 반 동안에 당신은 그 애와 수천 번도 더 싸우다가 결국은 갈라서고 말겠지요. 그러니 난 너무나 불행한 여자예요, 너무나 불행한 여자! 그런 소꿉장난을 즐기셨겠지만, 난 충격을 받고 말았어요. 지금 나는 마지막 장면의 파무소프[62] 같은 처지이고, 당신은 차쯔끼, 그 애는 소피야나 다름없군요. 생각해 보세요, 난 당신을 만나려고 일부러 계단으로 달려나왔는데, 계단에서는 운명적인 일이 벌어지고 말았으니 말이에요. 난 당신들이 나누는 이야기를 모두 들으면서, 거의 숨이 넘어갈 지경이었어요. 어젯밤의 그 공포도, 조금 전의 히스테리도 바로 거기에 원인이 있었던 거예요! 딸자식이 사랑에 빠지면 어머니에게는 죽음이 찾아온다고 하지요. 관 속에 누워 있듯 해야 하니까요. 그 다음으로, 가장 중요한 문제는 그 애가 당신한테 썼다는 그 편지가 대체 뭐냐하는 거예요. 지금 내게 그걸 보여 주세요, 지금 당장요!」

「아니, 절대 안 됩니다. 그건 그렇고 까쩨리나 이바노브나의 건강은 좀 어떠신가요, 몹시 궁금한데.」

「계속 헛소리를 하면서 자리에 누워 있어요, 깨어나지 못하고 있어요. 그녀의 이모들도 이곳에 와 있는데 한숨만 내쉬면서도

---

[62] 파무소프, 차쯔끼, 소피야 등은 러시아의 극작가 그리보예도프의 작품 『지혜의 슬픔』에 등장하는 주인공들.

나한테는 허세를 부리고 있어요. 게르쩬쉬뚜베 선생도 왕진을 오셔서는 허둥대기만 하니, 그 양반과 대체 무엇을 할 수 있으며, 뭘로 그 양반을 구제할 수 있겠어요. 그래서 다른 의사를 부르려고까지 했다니까요. 결국 그분을 내 마차로 돌려보냈지요. 그런데 설상가상으로 느닷없이 편지 사건이 튀어나오고 말았어요. 그 모든 게 아직도 1년 반 후의 일이라는 당신의 말씀이 옳아요. 위대한 모든 성인들의 이름으로, 임종을 앞두고 계신 당신의 장로님의 이름으로 맹세하니, 내게 그 편지를 보여 주세요, 알렉세이 표도로비치, 내게요, 난 그 애의 어머니예요! 원하신다면 편지를 손가락으로 잡고 계세요, 난 눈으로만 읽을 테니까.」

「안 됩니다, 보여 드리지 않겠어요, 까쩨리나 오시쁘브나. 설혹 그녀가 허락한다 해도, 난 보여 드리지 않겠어요. 내일 다시 찾아올 테니, 원하신다면 내일 다시 많은 말씀을 나누도록 하지요. 하지만 지금은 안 되겠습니다. 안녕히 계십시오!」

이렇게 말한 후 알료샤는 계단을 나와 거리로 뛰어나갔다.

2. 기타를 든 스메르쟈꼬프

사실 그에게는 시간이 없었다. 리즈와 작별 인사를 나누는 순간 그의 머릿속에는 한 가지 생각이 떠올랐던 것이다. 자기를 피하는 게 틀림없는 드미뜨리 형을 지금 어떤 묘책을 써야 붙잡을 수 있을까 하는 생각이었다. 시간도 이른 것이 아니어서 오후 2시를 지나고 있었다. 알료샤의 마음은 온통 수도원에서 임종을 앞두고 있는 〈거룩한〉 장로를 향해 달려가고 있었지만 드미뜨리 형을 만나야 한다는 절박감 때문에 참고 있을 뿐이었다. 알료샤의 머릿속에서는 피할 길 없는 끔찍한 재앙이 곧 일어나리라는 확신이 시시각각으로 굳어졌던 것이다. 그러나 그 재앙이 어떤 것인지, 또 지금 형한테 무슨 이야기를 하고 싶은 것인지는 그 자신도 알지 못했다. 〈내가 없는 사이에 은사께서 돌아가신다고 할지라도, 적어도 내 손으로 구원할 수 있었을 것을 구원하지 않고 그냥 지나쳐 집으로 돌아가고 말았다는 자책감에 평생 괴로워하지는 않을 거야. 이렇게 하는 것이 장로님의 분부대로 따르는 길이야……〉

알료샤는 우연한 기회에 드미뜨리 형을 붙잡을 계획을 세우고 있었다. 다시 말해서 어제처럼 울타리를 넘어 정원으로 들어가서 그 정자를 찾아가겠다는 것이었다. 〈만일 형님이 그곳에 안 계시면〉 하고 알료샤는 생각했다. 〈포마나 집주인에게도 이야기하지 말고 밤중이 되더라도 정자에 숨어서 기다리자. 만일 형님이 예전처럼 그루셴까가 오는 것을 감시한다면 정자로 올 가능성이 많으니까……〉 알료샤는 구체적인 계획을 검토해 보지 않은 채 오늘 수도원으로 돌아가지 못하더라도 계획대로 실행에 옮기기로 결심했다…….

만사가 순조롭게 진행되었다. 그는 어제와 거의 같은 장소에 있는 울타리를 넘어 몰래 정자로 숨어 들었다. 그는 남의 눈에 띄지 않기를 바랐다. 여주인과 포마가(만일 그가 그곳에 있다면) 형의 편을 들어 형의 지시대로 따를 수도 있었으므로, 그렇다면 알료샤를 정원으로 들여보내지 않거나 형을 찾으며 소재를 묻더라고 형에게 미리 알려 줄 수도 있었기 때문이다. 정자에는 아무도 없었다. 알료샤는 어제 그 자리에 앉아 형을 기다리기 시작했다. 그가 정자를 둘러보니 어찌 된 일인지 정자는 어제보다 훨씬 낡아 보였고 매우 시시하다는 생각이 들었다. 그러나 날은 어제처럼 청명했다. 녹색 탁자 위에는 어제 코냑 잔이 엎질러져서 생긴 것이 틀림없는 둥근 반점이 새겨져 있었다. 지루하게 사람을 기다릴 때면 언제나 그렇듯이 공허하고 쓸데없는 상념이 떠올랐다. 예를 들면 왜 자신이 지금 이곳에 와서 다른 자리도 아니고 어제 앉았던 그 자리에 앉아 있어야 하는가 하는 문제였다. 마침내 그는 알 수 없는 불안감 때문에 몹시 슬픈 생각이 들었다. 그러나 기다리며 앉아 있기 15분도 지나지 않았을 때 어디선가 매우 가까운 곳에서 갑자기 기타 소리가 들려왔다. 알료샤로부터 기껏해야 약 20보 정도 떨어진 매우 가까운 수풀 속에 누군가 앉아 있거나 지금 막 자리를 잡고 앉은 것이 분명했다. 어제 정자에서 형과 헤어질 때 울타리 왼쪽 수풀 사이에 있는 녹색의 낡고 나지막한 정원 벤치가 눈앞에 어른거리던 일이 문득 생각났다. 지금 그곳에 누군가 자리를 잡고 앉아 있는 것이 분명했다. 누굴까? 한 사내가 기타 반주에 맞추어 감미로운 가성으로 시구절을 노래하기 시작했다.

억누를 수 없는 힘으로
나는 사랑스런 여인을 따르나니.
주여, 불쌍히 여기소서
그녀와 나를!
그녀와 나를!
그녀와 나를!

노랫소리가 멈추었다. 머슴풍의 투박한 테너와 역시 머슴풍의 간들거리는 노랫가락이었다. 그런데 갑자기 수줍은 듯하면서도 몹시 새침을 떠는 부드러운 여자 목소리가 들려왔다.

「어째서 그렇게 오랫동안 우리집에 오시지 않으셨나요, 빠벨 표도로비치? 우리들을 경멸하고 계신 건가요?」

「그럴 리가 있습니까.」 남자의 목소리는 정중하면서도 어디까지나 완강하고 강경했다. 남자가 우위에 있고 여자는 아양을 떨고 있는 것이 분명했다. 〈적어도 목소리로 보아서 남자는 스메르쟈꼬프인 것 같은데〉 하고 알료샤는 생각했다. 〈그렇다면 여자는 모스끄바에서 왔다는 이 집 여주인의 딸이 분명해. 치맛자락이

질질 끌리는 옷을 입고 마르파 이그나찌예브나한테 수프를 얻으러 다니는 그 여자…….〉

「저는 어떤 것이든 시라면 끔찍하게 좋아해요, 균형만 잡혀 있다면요.」 여자의 목소리가 들려왔다. 「어째서 계속 부르지 않는 거죠?」

목소리는 다시 노래를 부르기 시작했다.

황제의 왕관이란 다름 아닌
내 사랑하는 여인이 건강한 것.
주여, 불쌍히 여기소서
그녀와 나를!
그녀와 나를!
그녀와 나를!

「지난번이 더 좋았어요.」 여자의 목소리가 말했다. 「왕관에 대해 〈내 연인[63]이 건강한 것〉이라고 부르셨죠. 그때가 더 감미로웠는데 오늘은 그걸 잊어버리신 모양이죠?」

「시란 잠꼬대에 불과합니다.」 스메르쟈꼬프가 잘라 말했다.

「오, 아니에요, 저는 시를 무척 좋아해요.」

「이런 것을 시라고 하지만 실상은 잠꼬대에 불과합니다. 잘 생각해 보세요, 이 세상에서 운율을 밟아 가며 말하는 사람이 어디 있는지를? 그리고 만일 정부의 훈령이라도 있어서 우리가 운율을 밟아 가며 말을 하게 된다면 어떻게 많은 대화를 나눌 수가 있겠습니까? 시란 쓸데없는 겁니다, 마리야 꼰드라찌예브나.」

「정말 만사에 현명하세요, 정말 만사에 통달하셨어요.」 여자의 목소리는 점점 더 애교를 떨었다.

---

[63] 〈내 사랑하는 여인〉과 〈내 연인〉은 둘 다 한 단어이고 의미도 비슷하지만, 전자는 중성적 표현이고 후자는 주관적 뉘앙스가 가미된 애칭이다.

「어려서부터 다른 운명을 타고났더라면 이 정도가 아니라 더 많은 능력을 가졌을 것이고, 더 많은 것을 알았을 겁니다. 아비가 누군지도 모른 채 스메르쟈쉬차야 뱃속에서 태어났다는 이유로 나를 악당이라고 불러 대는 놈은 결투를 신청해서 권총으로 쏘아 죽였을 겁니다. 모스끄바에서도 내 눈에다 대고 그 소리를 지껄인 놈들이 있었는데, 여기에서 그리고리 바실리예비치가 소문을 낸 덕분이지요. 그리고리 바실리예비치는 내가 출생에 반기를 든다고, 〈넌, 그년의 자궁을 찢어 놓았어〉라며 저주를 퍼붓는답니다. 자궁을 찢어 놓기야 했겠지만 세상에 태어나지 않으려고 나는 뱃속에 있을 때 이미 자살했을 겁니다. 장터 사람들은 물론이고 당신 어머니까지도, 어머니가 머리에 둥지를 틀고 다녔다느니 키가 기껏해야 2아르신을 〈겨우 넘었다〉느니 하며 너무나 모욕적인 이야기를 내게 해댔죠. 보통 사람들이 말하듯이 그냥 〈작다〉라고 말하면 될 텐데 도대체 뭣 때문에 〈겨우 넘었다〉고 말하는 겁니까? 애처롭게 표현하고 싶기야 하겠지만 그런 것은 시골 여인의 눈물, 시골 여인의 감상에 지나지 않는 것이겠지요. 러시아 농민들이 교육받은 사람들에게 반대하는 감정을 가질 수 있을까요? 자신의 무지 때문에 그들은 아무런 감정도 가질 수 없는 것입니다. 난 아주 어려서부터 〈겨우 넘었다〉라는 말을 들을 때마다 벽에 머리를 찧고 싶었죠. 나는 러시아 전체를 증오합니다, 마리야 꼰드라찌예브나.」

「당신이 사관 후보생이나 젊은 경기병이라면 그런 말을 하지 않고 군도를 꺼내 들고 전 러시아를 지키려 하시겠죠.」

「난 경기병이 될 생각이 추호도 없을 뿐더러, 마리야 꼰드라찌예브나, 반대로 모든 군인들의 파멸을 기원합니다.」

「그럼 적군이 쳐들어올 때 누가 우리들을 지켜 주나요?」

「그런 건 아예 필요가 없습니다. 1812년 현재 프랑스 황제의 아버지인 나폴레옹 1세가 러시아에 대침공을 했을 때 그 프랑스

인들한테 정복당했더라면 좋았을 겁니다. 현명한 국가가 어리석은 국가 전부를 정복하여 합병시키는 거지요. 그랬더라면 사정이 완전히 달라졌을 테니까요.」

「그 나라 사람들이 우리들보다 더 훌륭하다는 말씀이신가요? 저는 우리 나라의 신사 한 사람을 영국의 젊은이 세 사람과도 바꾸지 않겠어요.」 마리야 꼰드라찌예브나는 이런 이야기를 하는 순간에 너무나 지친 듯한 눈길로 바라보며 부드러운 목소리로 말했다.

「사람에 따라 취향이 다른 법이겠지요.」

「하지만 당신은 외국인이나 다름없어요. 아주 고상한 외국인이세요. 부끄러움을 무릅쓰고 말씀드리는 거예요.」

「알고 싶으시다면 말씀드리겠지만, 방탕이라는 면에서 외국인들이나 우리 나라 사람들이나 모두 마찬가지입니다. 모두가 악당이지만 외국 악당들은 번쩍거리는 구두를 신고 다니고 우리 나라 악당들은 거지꼴로 냄새를 피우면서도 그런 바보 같은 차림을 아무렇지도 않게 여긴다는 점이 다를 뿐이죠. 러시아 민중들은 어제 표도르 빠블로비치가 제대로 말했듯이 그저 두들겨 패야 해요. 하긴 그 사람이나 그 자식들이나 모두 미친놈들이긴 마찬가지이지만 말입니다.」

「이반 표도로비치를 존경한다고 말씀하셨잖아요?」

「하지만 그 사람은 나를 악취나는 하인처럼 취급하고 있습니다. 그 사람은 내가 반란을 일으킬 수 있다고 생각하는 모양이지만 그건 잘못 생각하고 있는 거예요. 내 주머니에 어느 정도 돈만 들어 있었다면 이미 오래 전에 이곳을 떠났을 테니까요. 드미뜨리 표도로비치는 행실로 보나 지혜로 보나 하인들만도 못한 거지나 다름없고 아무것도 할 줄 모르는 인간이면서도 오히려 사람들로부터 존경을 받고 있지요. 난 부엌데기에 불과하지만 운이 좋으면 모스끄바의 뻬뜨로프까 거리에 카페나 레스토랑을 열 수도 있습니다. 왜냐하면 나는 전문적으로 요리를 할 수 있기 때문이지요. 모스끄바에서 외국인들을 제외하고 그런 전문적인 요리를 내놓을 수 있는 사람은 아무도 없거든요. 드미뜨리 표도로비치는 가난뱅이지만 그자가 최고의 백작집 아들에게 결투를 신청하면 결투가 이루어지겠지요. 그렇다고 그자가 나보다 나은 점이 있습니까? 그자는 나와는 비교가 안 될 정도로 어리석어요. 쓸데없는 일에 얼마나 많은 돈을 써버렸는지 모른다니까요.」

「제 생각에 결투는 정말 멋진 것 같아요.」 갑자기 마리야 꼰드라찌예브나가 말했다.

「어떤 점에서 그렇죠?」

「무서우면서도 용감하기 때문이죠. 특히 젊은 장교들이 어떤 여자 때문에 손에 권총을 들고 서로 상대를 겨눈다면 더욱 그럴 거예요. 그야말로 멋진 광경이죠. 아, 여자들에게도 구경을 시켜준다면 전 꼭 보고 싶어요.」

「자기가 총구를 겨눌 때야 좋겠지만 상대가 자기 낯짝을 겨눌 때를 고려한다면 그건 어리석은 생각이겠죠. 당신은 그 자리에서 도망치고 말 겁니다, 마리야 꼰드라찌예브나.」

「당신은 도망치실 건가요?」

그러나 스메르쟈꼬프는 대꾸할 가치를 느끼지 못했다. 얼마간의 침묵이 흐른 후 다시 기타 반주가 울리고 마지막 소절을 부르는 가성이 흘러나왔다.

매달리지 마시오
나는 떠나리니
인생을 즐기겠소
수도에서 살겠소!
슬퍼하지 않을 거요.
조금도 슬퍼하지 않을 것이며

슬퍼할 생각도 전혀 없소!

그때 뜻밖의 일이 벌어지고 말았다. 알료샤가 재채기를 하고 만 것이다. 벤치에서는 그 순간 정적이 감돌았다. 알료샤는 자리에서 일어나 그들이 있는 쪽으로 걸어갔다. 그 사람은 정말 스메르쟈꼬프였으며, 옷을 잘 차려 입고 고수머리에는 포마드를 바랐으며 번쩍거리는 구두를 신고 있었다. 기타는 벤치 위에 놓여 있었다. 상대 여자는 역시 여주인의 딸인 마리야 꼰드라찌예브나였다. 그녀는 2아르신이나 되는 꼬리가 달린 연청색 옷을 입고 있었다. 그녀는 아직 젊고 예쁜 편이었으나 얼굴이 지나치게 둥글고 주근깨투성이였다.

「드미뜨리 형님은 곧 돌아오실까?」 알료샤는 될 수 있는 대로 차분하게 말했다.

스메르쟈꼬프는 벤치에서 천천히 일어났다. 마리야 꼰드라찌예브나도 자리에서 일어났다.

「어떻게 제가 드미뜨리 표도로비치에 대해 알 수 있겠습니까? 제가 그분들의 문지기도 아닌데 말입니다.」 스메르쟈꼬프는 나직하면서도 퉁명스런 목소리로 또박또박 대답했다.

「혹시 알고 있는지 그냥 물어본 것뿐이야.」 알료샤가 변명을 늘어놓았다.

「그분의 거처에 대해서는 알지도 못하거니와 알고 싶은 생각도 없습니다.」

「당신이 집에서 일어나는 일은 무엇이든 형한테 알려 주고 또 아그라페나 알렉산드로브나가 집에 오면 통보해 주기로 약속했다고 형님이 말씀하시던데요.」

스메르쟈꼬프는 그를 향해 서서히 그리고 태연하게 시선을 들어올렸다.

「그런데 당신은 어떻게 이곳에 들어오셨죠? 이 집 문들은 이미

한 시간 전에 빗장으로 잠가 놓았는데?」 그는 알료샤를 뚫어질 듯 쳐다보며 물었다.

「난 골목길에서 울타리를 넘어 곧장 정자로 들어왔어요. 그 점은 당신께 사죄를 드립니다.」 그는 마리야 꼰드라찌예브나를 향해 몸을 돌리면서 말했다. 「형님을 빨리 찾아야 하거든요.」

「아, 저희들이 어떻게 당신한테 화를 낼 수 있겠어요. 드미뜨리 표도로비치께서도 종종 그런 식으로 정자에 다니시기 때문에 저희도 모르는 사이에 정자에 앉아 계시곤 하지요.」 알료샤의 사과에 기분이 좋아진 마리야 꼰드라찌예브나가 말꼬리를 길게 늘였다.

「난 지금 형님을 열심히 찾고 있고, 또 꼭 만나고 싶어서 지금 형님이 어디 계신지 당신들한테 묻는 겁니다. 사실은 형님한테 매우 중대한 용무가 있거든요.」

「그분은 저희들한테 어떤 말씀도 하지 않으세요.」 마리야 꼰드라찌예브나가 중얼거렸다.

「저도 안면이 있는 사이여서 이곳에 들르곤 합니다만…….」 스메르쟈꼬프가 다시 입을 열었다. 「주인 나리에 대한 끝없는 질문 때문에 저도 정말 괴로워 죽겠습니다. 집안은 어떻게 돌아가고 있느냐, 누가 찾아왔느냐, 누가 돌아갔느냐, 그것말고 더 알려 줄 소식은 없느냐면서 말입니다. 두 번이나 죽여 버리겠다는 위협을 받았어요.」

「죽여 버리겠다고요?」 알료샤는 깜짝 놀랐다.

「어제 당신도 보셨겠지만 그분의 성격으로 봐서 정말 그러고도 남으실 겁니다. 만일 아그라페나 알렉산드로브나를 집 안에 들여보내 거기서 밤을 지내게 했다가는 누구보다도 먼저 제가 살아남지 못할 거라더군요. 저는 너무나 두렵습니다. 더 이상 두려움에 떨지 않으려면 사직 당국에 고발하는 수밖에 없지요. 무슨 일을 저지르실지 아무도 모르는 일이니까요.」

「최근에는 〈절구에 넣어 찧어 버리겠어〉라고까지 하시던걸요.」 마리야 꼰드라찌예브나가 거들었다.

「절구에 찧겠다는 말은 아마 그냥 내뱉은 말이겠지요……」 알료샤가 말했다. 「지금 내가 형님을 만나게 된다면 그 이야기도 할 수 있을 텐데…….」

「제가 알려 드릴 수 있는 거라고는…….」 스메르쟈꼬프는 갑자기 무슨 생각이 떠오른 것 같았다. 「저는 이 집과 친한 이웃이어서 종종 왔다갔다하는데, 그게 어떻다는 건 아니지요? 그건 그렇고, 이반 표도로비치께서 오늘 이른 새벽에 저를 오제르나야 거리에 있는 그분 댁에 보내셨죠. 드미뜨리 표도로비치와 이곳 광장에 있는 선술집에서 함께 점심을 들고 싶으시다는 이야기를 편지도 없이 그냥 구두로 전하라는 분부셨지요. 제가 그 집에 갔을 때 드미뜨리 표도로비치께서는 집 안에 안 계셨어요. 아침 여덟 시인데도 말이죠. 집주인은 〈방금 계셨는데 나가신 모양이지요〉라고만 대답할 뿐이었어요. 그들끼리 서로 입을 맞춰 놓은 것 같더라고요. 그러니 어쩌면 지금 이 순간에 그분께서는 선술집에서 이반 표도로비치와 함께 식사를 하고 계실지도 모르는 일이지요. 이반 표도로비치께서 식사를 하러 집에 돌아오지 않으셔서, 표도르 빠블로비치는 한 시간 전에 혼자 식사를 마치시고 지금은 침대에 누워 계세요. 제발 부탁이니, 제가 이런 말씀을 드렸다고 말하지는 말아 주십시오. 그렇지 않으면 저를 죽일지도 모르니 말입니다.」

「이반 형이 오늘 선술집으로 드미뜨리 형을 불러냈다고요?」 알료샤는 얼른 되물었다.

「그렇습니다.」

「광장에 있다면, 〈스똘리츠니 고로드〉라는 선술집인가?」

「바로 거기입니다.」

「정말 그럴지도 모르겠군!」 알료샤는 몹시 흥분하여 소리쳤다. 「고맙습니다, 스메르쟈꼬프, 중요한 소식을 알려 준 겁니다. 난 지금 그곳에 가봐야겠군요.」

「제 이야기는 하지 말아 주세요.」 스메르쟈꼬프는 그의 뒤를 따라가며 소리쳤다.

「오, 천만에. 난 우연히 선술집에 들른 것처럼 할 테니 아무 염려 하지 말아요.」

「어디로 가세요? 제가 문을 열어 드릴게요.」 마리야 꼰드라찌예브나가 소리쳤다.

「아니, 이쪽이 가깝습니다. 다시 울타리를 넘겠어요.」

그 소식은 알료샤를 몹시 흥분시켰다. 그는 선술집으로 달려갔다. 그런 차림으로 선술집에 들어간다는 것이 점잖은 일은 아니었지만 현관에서 형들을 불러내는 일 정도야 안 될 것도 없었다. 그러나 선술집에 다가갔을 때 갑자기 창문 하나가 열리면서 이반이 창문 밑으로 소리쳤다.

「알료샤, 이리로 들어오지 않겠니? 자, 어서.」

「들어갈 수야 있지만, 이런 차림으로 어떨지 모르겠어요.」

「마침 별실에 앉아 있으니 층계로 들어오너라. 내가 밑으로 뛰어 내려가마……」

1분쯤 지나서 알료샤는 형과 나란히 앉아 있었다. 이반은 혼자 식사를 하고 있었던 것이다.

3. 형제가 서로 사귀다

그러나 이반이 있던 곳은 별실이 아니었다. 그곳은 가리개로 막아 놓은 창문 옆 자리였지만 다만 가리개 때문에 다른 사람들이 자리에 앉은 사람들을 볼 수 없었다. 그 방은 옆 벽에 찬장이 달려 있고 출입구가 나 있는 첫번째 방이었다. 식당 급사들이 그 방을 시시각각 빠르게 돌아다녔다. 손님이라고는 퇴역 군인인 한 노인만이 구석에 앉아 차를 마시고 있을 뿐이었다. 대신 선술집의 다른 방들에서는 흔히 선술집들이 그렇듯 사람을 부르는 소리, 맥주병을 따는 소리, 당구공 튀기는 소리 등이 소란스럽게 들려왔고 오르간 소리가 울려 퍼졌다. 알료샤는 이반이 이 선술집을 출입한 적이 없었고 아예 선술집이라는 것 자체를 싫어한다는 사실을 알고 있었다. 그러니까 그가 이 술집에 있는 것은 드미뜨리 형과의 약속을 지키기 위해서라고 그는 생각했다. 그러나 드미뜨리 형은 그곳에 없었다.

「생선 수프든 뭐든 주문해 주마. 너라고 해서 차만 마시고 사는 건 아닐 테니까.」 이렇게 소리치는 이반은 알료샤를 끌어들인 것에 대해 너무나 흡족해 하는 것처럼 보였다. 그는 이미 점심 식사를 마치고 차를 마시고 있었다.

「생선 수프로 하지요, 그리고 차도요. 무척 배가 고팠거든요.」 알료샤는 유쾌하게 떠들었다.

「딸기 잼은 어때? 이 집에 있는데. 뽈레노프 집에 살던 어린 시절에 너는 딸기 잼을 좋아했었는데, 기억나겠지?」

「형도 그게 기억나세요? 그럼 잼도 먹겠어요, 지금도 좋아하거든요.」

이반은 급사를 불러 생선 수프와 차 그리고 잼을 주문했다.

「나는 모두 기억한단다, 알료샤. 열한 살 때까지의 네 모습을 그대로 기억해. 그때 나는 열다섯 살이었거든. 열한 살과 열다섯 살은 차이가 크기 때문에 그 시절에는 형제들끼리 친구가 될 수 없는 법이란다. 내가 너를 좋아했는지 어땠는지도 모르겠구나. 모스끄바로 떠난 다음 처음 몇 년 동안은 전혀 네 생각을 하지 못했단다. 그리고 나서 네가 모스끄바에 왔을 때엔 어디선가 한번쯤 만나기도 했었지. 그리고 내가 여기 머물기 시작한 지도 벌써 넉 달째 접어드는데 지금까지 너와 한마디도 하지 못했구나. 내일이면 떠나야 하는 참이어서 지금 여기 앉아 어떻게든 널 만나서 작별 인사라도 해야겠다고 생각했는데, 마침 네가 이 근처로 지나가더구나.」

「형이 저를 무척 만나 보고 싶어했다고요?」

「그래. 난 너와 처음이자 마지막으로 한번 사귀어서 너에게 나라는 존재를 알리고 싶었어. 그것과 함께 작별을 하는 거야. 내 생각으로는 이별 직전이 서로를 사귀는 데 가장 좋을 것 같아. 나는 요 석 달 사이에 네가 나를 관찰했고 네 눈에는 끊임없이 어떤 기대감이 가득 차 있다는 것을 알고 있었지. 난 그걸 참을 수 없어서 네게 접근하지 않았던 거야. 하지만 결국 젊은 녀석이 확고하게 버티고 서 있다는 생각이 들어서 널 존경하게 되었지. 지금 비록 미소는 머금고 있다만 내 이야기만은 진지한 것이란다. 넌 확고한 입장을 취하지, 그렇지 않니? 어떤 입장을 취하든 간에 그리고 비록 너 같은 젊은 녀석들일지라도 나는 확고한 입장을 취하는 인간들을 좋아하지. 결국 기대감에 넘치는 너의 눈길이 전혀 거슬리지 않게 되었어. 아니, 아예 너의 기대감에 넘치는 시선을 좋아하게 됐단다……. 어쩐지 너도 나를 좋아하는 것 같은 생각이 드는구나, 알료샤?」

「좋아해요, 이반 형. 드미뜨리 형은 이반 형을 가리켜서 무덤이라고 말씀하세요. 하지만 저는 형을 수수께끼라고 말하죠. 지금도 형은 내게 수수께끼이지만 바로 오늘 아침부터 형의 어떤 면을 이해하게 되었어요!」

「그게 대체 뭔데?」 이반이 웃음을 터뜨렸다.

「화내지 않으시겠죠?」 알료샤도 웃었다.

「대체 뭔데?」

「그건 형이 스물세 살 먹은 다른 청년들과 조금도 다를 바 없는 젊은 청년이고, 소년 티가 가시지 않은 싱싱하고 영특한 소년, 단지 풋내기 소년에 불과하다는 사실이에요! 뭐, 너무 모욕적인 것은 아닌지 모르겠군요?」

「반대로 내 생각과 똑같아서 놀랄 지경이구나!」 이반은 열을 올리며 즐겁게 소리쳤다. 「얼마 전 그녀의 집에서 우리가 만난 이후로 나는 자신에 대해서 그런 생각을, 스물세 살짜리 풋내기라는 생각을 했었는데, 네가 지금 갑자기 정확하게 알아채고 바로 그것부터 말해 주었구나. 난 여기 앉아서 이런 생각을 하고 있었지. 내가 지금 인생에 대한 신념을 잃고 사랑하는 여인에 대한 신의가 흔들리며, 사물의 이치에 대한 믿음도 사라져 만사가 무질서하고 저주받은, 어쩌면 악마의 카오스 같은 상태에 놓였다고 굳게 믿으며 인간적 환멸의 모든 공포에 충격을 받는다고 할지라도, 나는 살기를 원할 것이며, 일단 그 술잔에 입을 댄 이상 그걸 모두 마셔 버리기 전에는 입을 떼지 않겠다라고 말이야! 그런데 서른 살까지는 틀림없이 그 술잔을 내던지고 떠날 거야, 비록 다 마시지 못했다 할지라도……. 어디로 갈지는 나도 몰라. 하지만 내 나이 서른 살까지는 확실히 그걸 알게 될 거고, 내 젊음은 그 모든 것을, 모든 환멸, 삶에 대한 모든 혐오감을 극복할 거야. 나는 수없이 자문해 보았어. 내 마음속에 들어 있는 이처럼 열렬하고 거친 삶을 향한 갈망을 이길 만한 그런 절망이 이 세상에 존재할까 하고 말이야. 내 생각에 그런 것은 없는 것 같아, 적어도 서른 살까지는 말이야. 그때쯤이면 내가 원치 않을지도 모르지, 그럴 것 같아. 폐병을 앓고 있는 코흘리개 도덕군자들은 이런 삶에 대한 갈망을 흔히 저속한 것이라 말하지, 특히 시인이라는 작자들 말이야. 이러한 삶의 갈망은 부분적으로는 까라마조프적 특성이지, 그건 사실이야. 그건 네 마음속에도 틀림없이 숨어 있지. 그런데 그게 왜 저속하다는 걸까? 이 지상에는 아직 엄청나게 많은 구심력이 남아 있단다, 알료샤. 나는 살고 싶고 또한 살고 있어. 비록 논리를 거스르고 있다 할지라도. 비록 사물의 질서를 믿지 않는다고 해도 봄이면 새싹을 틔우는 작은 이파리들이 내겐 소중하고, 파란 하늘이 소중하고, 때로는 이유 없이 좋아지는 그런 사람이 소중하며, 이미 오래 전부터 그런 믿음을 버리긴 했지만 어쨌든 아득한 기억에 따라 사람들이 진정으로 존경해 온 인간의 또 다른 위업이 소중한 거야. 자, 생선 수프가 나왔군, 어서 들어라. 생선 수프 맛이 괜찮아, 요리를 잘해. 난 유럽에 다녀오고 싶구나, 알료샤, 여기를 떠날 생각이야. 난 알고 있어, 내가 가는 곳이 그저 공동 묘지, 그러니까 가장 귀중한 공동 묘지에 불과하다는 것을, 바로 그렇지! 거기에는 소중한 고인들이 잠들어 있고 그들 아래 놓인 비석 하나하나는 그토록 열렬히 살아온 지난 세월을, 자신의 위업, 자신의 진실, 자신의 투쟁과 자신의 과학에 대한 열정적인 신념을 말해 주고 있지. 지금부터도 예상할 수 있지만, 나는 땅바닥에 엎드려 그 비석들에 입을 맞추고 그 앞에서 눈물을 흘릴 거야. 물론 그것이 그저 공동 묘지에 지나지 않을 뿐, 결코 그 이상이 아니라는 사실을 마음 깊이 확신하면서도 말이다. 절망 때문에 눈물을 흘리는 것이 아니라 내가 흘리는 눈물로 행복해지고 싶기 때문이겠지. 내 자신의 감동에 도취되는 것이라고나 할까. 끈끈한 봄날의 새싹, 푸른 하늘을 나는 사랑해, 바로 그거야! 이건 이성도 논리도 아니야, 속 깊은 곳에서, 뱃속에서부터 사랑하는 거야, 자신의 젊은 태초의 힘을 사랑하는 거지……. 내 허튼소리에서 뭘 좀 알아듣겠니, 알료샤?」 이반은 갑자기 웃음을 터뜨렸다.

「잘 이해해요, 이반 형. 속 깊은 곳에서, 뱃속에서부터 사랑하고 싶으시다는 말씀은 참 잘하셨어요. 그렇게 살기를 원하신다니 나도 정말 기뻐요.」 알료샤는 소리쳤다. 「이 세상에 사는 모든 사람들은 무엇보다 삶을 사랑해야 한다고 생각해요.」

「삶의 의미 이상으로 삶을 사랑해야 한다는 거지?」

「반드시 그래야죠, 형이 말씀하신 대로 논리 이전에 사랑해야 해요. 반드시 논리 이전에라야만 그 의미를 깨닫게 되죠. 그건 이미 오래 전부터 내가 생각해 왔던 바예요. 이반 형, 형은 일의 절반을 실행에 옮겼고 성취했어요. 삶을 사랑하니까요. 이제는 나머지 절반을 위해 노력해야지요. 그러면 구원받으실 거예요.」

「그래, 네가 날 구원하고 있는 거냐? 하지만 난 아직 죽지 않았어, 어쩌면 말이야! 그러나저러나 나머지 절반이란 대체 뭘 말하는 거냐?」

「형이 말씀하신 그 죽은 자들을 부활시키는 일이죠, 어쩌면 그들은 결코 죽은 자들이 아니겠지만요. 그럼, 차를 들어요. 함께 이야기해서 기뻐요, 이반 형.」

「내가 보기에 넌 어떤 영감을 느끼고 있는 것 같구나. 난 너 같은 수도사들로부터 신앙 고백profession de foi을 듣는 걸 좋아하지……. 넌 올곧게 바로 선 인간이로구나, 알렉세이. 그런데 정말 수도원에서 나올 생각이냐?」

「정말이에요. 저의 장로님께서 저를 속세로 내보내시는 거랍니다.」

「그렇다면 다시 만나게 되겠구나. 내가 그 술잔에서 입을 뗄 무렵인 서른 살쯤에 다시 속세 어딘가에서 만나게 될 거야. 그런데 아버지는 일흔이 될 때까지도 자신의 술잔에서 입을 떼려 하지 않고 여든까지도 그럴 꿈을 꾸고 있어. 비록 어릿광대에 불과하지만 매우 진지하게 말씀하시거든. 육욕 위에 서 있으면서도 반석 위에 서 있다고 생각하시니……. 하긴 서른 살이 지나면 어쩌면 그것 말고는 어떤 것에도 기댈 것이 없는지도 몰라……. 그렇긴 해도 서른까지라면 몰라도 일흔까지는 추악해. 서른 이후에, 자신을 기만하면서도 〈고상한 여운〉을 간직할 수는 없을 테니까. 오늘 드미뜨리 형 못 봤니?」

「아니오, 못 봤어요. 하지만 스메르쟈꼬프는 봤어요.」 알료샤는 스메르쟈꼬프와 만난 일을 빠른 어조로 자세하게 이야기했다. 이반은 갑자기 매우 신경을 쓰면서 듣기 시작했는데 어떨 때는 되묻기까지 했다.

「그 친구는 드미뜨리 형님한테 자기가 한 이야기를 비밀로 해 달라고 부탁하더군요.」 알료샤가 덧붙여 말했다.

이반은 인상을 찌푸리며 생각에 잠겼다.

「스메르쟈꼬프 때문에 인상을 찌푸리시는 건가요?」 알료샤가 물었다.

「그래, 그놈 때문이야. 망할 놈, 사실 난 드미뜨리 형을 만나고 싶지만 지금으로선 안 되겠다……」 이반은 마음에 내키지 않는 듯 이렇게 내뱉었다.

「정말로 이렇게 빨리 이곳을 떠나실 생각이신가요, 형?」

「그래.」

「그럼 드미뜨리 형님과 아버지는요? 두 사람 사이는 어떻게 끝을 맺게 될까요?」 알료샤가 걱정스러운 표정으로 중얼거렸다.

「넌 또 그 지겨운 이야기냐! 그래 내가 뭘 어떻게 할 수 있겠니? 내가 드미뜨리 형의 파수꾼이라도 된다는 거냐?」 이반은 짜증스럽게 이야기를 끊었으나 어찌 된 영문인지 갑자기 쓴웃음을 지었다. 「자기 동생을 죽인 카인이 하느님께 했던 답변이라? 넌 지금 그 생각을 하고 있는 거냐? 젠장, 하지만 내가 두 사람 사이의 파수꾼으로 남을 수 있겠니? 용무도 다 마쳤으니 이제 떠나야겠다. 행여 내가 드미뜨리 형을 질투하고 있다거나 지난 석 달 동안 아름다운 까쩨리나 이바노브나를 형한테서 뺏으려 했다고 생각하지는 말아 다오. 젠장, 나한테는 내 일이 있었던 거야. 용무를 다 마쳤으니 떠나는 거지. 아까 용무를 마쳤고 또 네가 그 증인이잖니.」

「아까 까쩨리나 이바노브나 댁에서 말이죠?」

「그래, 그녀 집에서, 완전히 손을 끊었지. 그래서 어쨌다는 거냐? 그 일이 드미뜨리 형과 관련된 일인 줄 아니? 드미뜨리 형과는 아무 관련도 없어. 난 단지 까쩨리나 이바노브나와 개인적인 용무가 있었을 뿐이야. 그런데 너도 알다시피 드미뜨리 형은 나와 무슨 밀약이라도 있었던 것처럼 처신했지. 난 아무 부탁도 한 적이 없는데 형은 엄숙하게 그녀를 넘겨 주면서 축복까지 했으니 말이야. 모두가 웃음거리지. 아니다, 알료샤, 아니야. 넌 지금 내가 얼마나 마음이 홀가분한지 모르고 있어! 난 지금 여기 앉아서 점심을 들었고, 믿어 주렴, 나의 첫 자유의 시간을 축하하기 위해 샴페인을 주문하고 싶었던 거야. 쳇, 거의 반년 동안이나 끌던 문제를 단숨에, 단숨에 처리한 거지. 마음만 먹으면 쉽게 끝낼 수 있는 일을 어제까지도 생각하지 못했으니!」

「형의 사랑을 두고 하시는 말씀인가요, 이반 형?」

「원한다면 사랑이라고 해두자. 난 그 아가씨, 그 여학생한테 반했었으니까. 그녀 때문에 괴로워했고, 그녀도 나를 괴롭혔지. 그녀한테 열중했었는데…… 한순간에 모두 날아가 버린 거야. 조금 전 난 열을 올리며 말했지만 밖에 나와서는 껄껄 웃고 말았어. 믿어 다오. 아니, 난 있는 그대로 말하는 거야.」

「형은 지금도 너무나 유쾌하게 말씀하고 계시는군요.」 정말로 갑자기 환하게 밝은 표정을 짓고 있는 그의 얼굴을 바라보며 알료샤가 말했다.

「더구나 내가 그녀를 전혀 사랑하고 있지 않다는 걸 어떻게 미리 알 수 있겠어! 헤헤! 이제 알고 보니, 그렇지 않았던 거야. 사실 그녀가 얼마나 내 마음에 들었는지 몰라! 내가 일장 연설을 늘어놓을 때만 해도 난 그녀를 좋아하고 있었던 거야. 이 점을 알아 둬라, 지금도 너무나 좋아하면서도 그녀 곁을 떠나는 게 이토록 홀가분하다는 것을. 넌 내가 허세를 부린다고 생각하는 거냐?」

「아뇨, 단지 그건 어쩌면 사랑이 아니었는지도 몰라요.」

「알료쉬까.」 이반은 웃음을 터뜨렸다. 「사랑에 대한 토론은 그만 접어 두기로 하자! 너한테는 맞질 않아. 아까, 아까 넌 갑자기 나타났었지, 다행히도! 그 점에 대해 네게 입을 맞추는 걸 잊고 있었구나……. 그녀가 날 얼마나 괴롭히고 있었는지 몰라! 정말이지, 난 발작하는 여자 옆에 앉아 있었던 거야. 오, 그녀는 알고 있었어, 내가 자기를 사랑하고 있다는 걸! 그녀는 드미뜨리 형이 아니라 나를 사랑했던 거야.」이반은 유쾌하게 말했다.「드미뜨리 형은 단지 파열 때문에 사랑한 거야. 아까 내가 그녀한테 했던 이야기는 모두 진정한 진실이야. 하지만 가장 중요한 문제는 어쩌면 그녀가 자신은 드미뜨리 형을 조금도 사랑하지 않으며 그녀가 괴롭히고 있는 나만을 사랑하고 있다는 사실을 깨닫는 데 15년 혹은 20년은 걸릴 거라는 점이지. 그래, 아마도 그녀는 오늘 얻은 교훈에도 불구하고 그 사실을 결코 깨닫지 못할지도 몰라. 그러니 자리를 털고 일어나 영원히 퇴장해 버리는 편이 낫겠지. 그런데 그녀는 지금 무얼 하고 있지? 내가 떠난 후로 그곳엔 무슨 일이 벌어졌지?」

알료샤는 그녀가 히스테리를 일으켰으며 지금쯤 혼수 상태에서 헛소리를 하고 있을지 모른다는 이야기를 들려주었다.

「호흘라꼬바 부인이 거짓말을 한 것은 아닐까?」

「그런 것 같지는 않아요.」

「알아봐야겠군. 그렇지만 히스테리로 죽은 사람은 아직 없어. 하느님께서는 사랑하는 마음에서 여자들에게 히스테리를 선사하신 거야. 난 그곳엔 결코 찾아가지 않겠어. 뭐 하러 다시 기어가겠니.」

「형은 아까 그분이 형을 결코 사랑하지 않았다고 말씀하셨잖아요.」

「괜히 그래 본 거다. 알료쉬까, 샴페인을 주문해서 나의 자유를 위해 축배를 들도록 하자꾸나. 넌 내가 얼마나 기뻐하고 있는지 모를 거야!」

「아니에요, 형, 마시지 않는 편이 낫겠어요.」알료샤가 갑자기 말했다.「웬일인지 우울한 생각이 들어서요.」

「그래, 넌 오래 전부터 우울했었지, 난 그걸 알고 있었어.」

「꼭 내일 아침에 떠나셔야 하나요?」

「아침이라고? 난 아침이라고 말한 적 없어……. 하지만 아침일 수도 있겠지. 알겠니, 난 오직 그 노인과 식사를 하지 않으려고 이렇게 여기 와서 점심을 들었던 거란다. 그만큼 난 그 노인이 보기 싫은 거야. 이미 오래 전에 그로부터 떠났어야 했어. 내가 떠난다니까 불안한 모양이로구나. 출발하기 전까지 너와 나 사이에 시간은 얼마든지 있어. 완벽한 영원의, 불멸의 시간이!」

「내일 떠나신다면서 영원이라뇨?」

「너와 나 사이에 그게 무슨 문제가 되겠니?」 이반은 웃음을 터뜨렸다. 「어쨌든 우리는 우리 이야기를 나눌 수 있어, 그렇지 않으면 뭣 하러 여기 왔겠니? 왜 그렇게 놀란 눈으로 쳐다보는 거냐? 대답해 보렴, 우리가 무엇 때문에 여기 온 거지? 까쩨리나 이바노브나에 대한 사랑이나 노인과 드미뜨리 문제 때문에? 외국 이야기? 러시아의 운명적 상황? 나폴레옹 황제 이야기? 그래, 그런 것들 때문이냐?」

「아니, 그런 것들 때문은 아니죠.」

「그럼, 너도 뭣 때문인지는 알고 있구나. 다른 사람들한테는 그들 나름의 문제가 있을 것이고 우리처럼 주둥이가 샛노란 놈들에게는 또 나름대로의 문제가 있는 법인데, 우리는 무엇보다도 먼저 태곳적 문제를 해결해야 하는 거야. 그게 우리가 신경 쓸 일이지. 오늘날 러시아의 모든 젊은이들은 오로지 영구적인 문제에 대해서 떠들고 있어. 노인들이 갑자기 실질적인 문제에 매달리고 있는 바로 이 시점에 말이야. 넌 지난 석 달 동안 무엇 때문에 나를 기대에 찬 눈으로 바라보았지? 〈어떤 신앙을 가지고 있느냐, 혹은 아무 신앙도 갖고 있지 않으냐〉라는 질문을 던지기 위해서? 지난 석 달 동안의 네 눈길은 그런 뜻을 담고 있었어, 알렉세이 표도로비치, 그렇지 않니?」

「그럴지도 몰라요.」 알료샤는 미소를 지었다. 「지금 절 비웃고

409

계신 건 아니겠죠, 형?」

「내가 비웃고 있다고? 지난 석 달 동안 그렇게 기대에 찬 눈으로 날 바라보던 내 동생을 난 슬프게 만들고 싶지는 않아. 알료샤, 똑바로 쳐다보아라. 난 단지 수도사가 아닐 뿐, 너와 조금도 다를 바 없는 어린 소년에 불과해. 러시아 소년들은 지금까지 어떤 짓을 해왔을까? 다른 부류도 있을까? 예를 들어 이곳 악취가 풍기는 선술집을 보자고. 그들은 이전처럼 죽이 잘 맞아서 구석에 자리를 잡지. 그전에는 한평생 전혀 모르고 지내 왔고, 이 선술집을 나가게 되면 40년 동안은 다시 모르고 지낼 거야. 그러니 그들은 선술집에서 잠시 서로 사귀는 동안 어떤 토론을 벌일까? 신은 존재하는가, 불멸은 가능한가라는 세계적인 문제겠지. 신을 믿지 않는 자들은 사회주의니 무신론이니 혹은 새로운 인물들에 의한 인류의 변혁 따위의 이야기를 꺼내지만 모두 한결같아. 단지 반대쪽 끝에서 시작했을 뿐 모두 똑같은 문제에 불과해. 대부분의, 대부분의 독창적인 러시아 소년들은 우리 시대의 영구적인 문제에 관한 토론을 벌이는 데 몰두하고 있지. 그렇지 않니?」

「맞아요, 현재의 러시아 인들한테 신은 존재하는가와 불멸은 존재하는가라는 문제는, 형님이 말씀하셨듯이 출발점이 다르긴 해도 가장 우선되어야 할 문제이며, 또 당연히 그래야지요.」 알료샤는 조용하면서도 상대의 의중을 헤아리려는 미소를 지으며 형을 바라보았다.

「그런데 알료샤, 러시아 사람이 된다는 것은 때때로 전혀 현명하지 못하지만 어쨌건 지금 러시아 소년들이 매달리고 있는 것보다 더 어리석은 것은 도저히 상상할 수가 없지. 하지만 나는 한 러시아 소년만은, 알료샤만은 너무나 사랑하고 있단다.」

「무척이나 유창하게 이야기를 끌고 가시는군요.」 알료샤가 불쑥 웃음을 터뜨렸다.

「그럼 말해 봐, 어디서부터 시작해야 좋을지. 주문해 보라고.

신 문제? 신은 존재하는가 하는 문제?」

「형이 원하는 것부터 하세요. 〈반대쪽 끝〉에서 시작해도 상관 없어요. 그런데 형은 어제 아버지 댁에서 신은 존재하지 않는다고 선언하셨지요.」 알료샤는 형을 이리저리 살피며 바라보았다.

「어제 나는 우리 노인네 집에서 식사 중에 그런 이야기를 해서 고의로 너를 약올렸는데, 네 눈에서는 불똥이 튀더구나. 하지만 지금은 너와 다시 이야기를 나누고 싶은데, 이건 아주 진지하게 하는 이야기다. 너하고 친하게 지내고 싶단 말이다, 알료샤. 왜냐하면 난 친구가 없어서 그렇게 해보고 싶은 거야. 어쩌면 나는 신을 인정하는지도 몰라.」 이반은 웃었다. 「너한테는 이게 의외의 일인 모양이구나?」

「물론이죠, 형이 지금 농담을 하고 있는 게 아니라면 말이에요.」

「농담이라고? 어제 장로의 암자에서도 사람들은 내가 농담을 하고 있다고 말했지. 얘야, 18세기에 어느 늙은 파계자가 살았는데 그는 이렇게 말했지. 만일 신이 존재하지 않는다면 고안해 내야만 할 거다S'il n'existait pas Dieu il faudrait l'inventer. 그러고 보면 사실 인간이 신을 고안해 낸 거지. 그런데 기묘하고 놀라운 것은 신이 실제로 존재한다는 사실이 아니라, 놀라운 것은 말이다, 신이 반드시 필요하다는 그런 생각이 인간처럼 야만스럽고 사악한 동물의 머리에서 떠올랐다는 거야. 그런 생각은 그만큼 성스럽고 감동적이며 현명한 것인 동시에 그만큼 인간에게 명예를 안겨 주기도 하지. 하지만 나는 신이 인간을 창조했느냐, 인간이 신을 창조했느냐의 문제를 오래 전부터 생각하지 않기로 했단다. 나는 이 점에 관해서 유럽의 가설들에서 끊임없이 파생된 러시아 젊은이들의 모든 현대적 공리(公理)들을 일일이 들춰보지 않겠다. 왜냐하면 그곳에서는 가설에 불과한 것이 러시아 소년에게는 곧 공리가 되며, 그것은 러시아 소년뿐만 아니라 어쩌면 그들을 가르치는 러시아 교수들에게도 그럴지 모르니까. 그것은 지금 러시아 교수들이란 흔히 러시아 소년들과 다를 바 없기 때문이지. 그래서 모든 가설들을 회피하려는 거야. 그러면 우리의 과제는 어떤 것일까? 가능한 한 빨리 내가 너에게 나의 본질을, 다시 말해 나는 어떤 인간이며 무엇을 믿고 있으며 또 어떤 희망을 갖고 있는가를 설명하도록 하는 것이 그 과제인 거냐, 그런 거냐? 그렇다면 나는 밝히겠어, 솔직히 그리고 기꺼이 신을 인정한다고. 그러나 이 점을 유의해라. 만일 신이 존재하며, 신이 정말로 지구를 창조했다면 신은 우리가 완전히 알고 있듯이 유클리드 기하학에 입각해서 지구를 창조했으며, 인간의 이성은 3차원적 공간 개념만을 지니고 있는 것이 되겠지. 그렇지만 아주 뛰어난 학자 중에서도 전 우주 혹은, 훨씬 더 광범위하게 말해 전 존재가 단지 유클리드 기하학에 의해서만 창조되었다는 것에 의혹을 품고서 심지어, 유클리드에 따르면 아마도 지상에서는 절대로 만날 수 없는 두 평행선이 무한 속의 어느 곳에서는 만날 수 있으리라는 대범한 몽상을 하는 기하학자와 철학자가 과거에도 있었고 심지어 지금도 있단다. 그래서 나는 이렇게 결심했지, 애야, 내가 만일 그것조차 이해하지 못한다면 어떻게 신을 이해하겠는가 하고 말이야. 겸허하게 고백하건대 난 그런 문제들을 해결할 어떤 능력도 없어, 내 지성은 유클리드적인 지상의 것인데 어떻게 우리가 이 세상의 것이 아닌 것을 해결할 수 있겠느냔 말이다. 그래서 네게 충고해 두는 바이지만, 내 친구 알료샤야, 이런 문제는 생각하지 않는 게 좋아, 신에 대한 문제, 다시 말해서 신은 존재하는가 아닌가 하는 문제는 더 더욱 그렇고. 그런 문제들은 3차원의 개념만으로 창조된 지성으로는 전혀 해결할 수 없는 거야. 그래서 나는 기꺼이 신을 인정할 뿐 아니라, 게다가 우리들이 도저히 간파할 수 없는 신의 지혜와 목적까지도 인정하며, 인생의 질서와 의미를 믿고 또 우리들을 하나로 합치게 할 듯한 영원한 조화를 믿기도 하며, 전 우주가 지향하고 〈하느님과 함께 있었고〉

또 그 자체가 신이기도 한 그 말씀 등등을 믿으며 종국에 가서는 무한성을 믿는 거지. 그것에 관해서는 많은 말들이 만들어져 있잖니. 그렇다면 나도 좋은 길을 걷고 있는 것 같은데, 어때? 하지만 궁극적으로 내가 신이 존재한다는 것을 알면서도 신의 이 세계를 인정하지 않는다고, 그래, 아예 용납하지 않는다고 생각해 보렴. 난 신을 받아들이지 않겠다는 게 아니야, 이 점을 알아 둬, 난 그가 창조한 세계를, 신의 그 세계를 받아들이지 않겠다는 거야. 받아들이는 것에 동의할 수가 없어. 단서를 달아 두자면, 그 고통은 점차 아물어 사라지며 인간적 모순의 온갖 모욕적 희극도 애처로운 신기루처럼, 무력하고 볼품없는 인간의 추악한 허구처럼, 인간의 유클리드적 지성의 원자처럼 사라지게 되고, 결국 세계의 종말에 가서는, 영원한 조화의 시점에 가서는, 너무도 고귀한 현상이 나타나서 그것이 모든 사람들의 가슴에 넘쳐 모든 분노를 해소시키고, 사람들의 모든 악행과 서로 흘렸던 모든 피에 대해 보상하며, 사람들한테서 일어났던 모든 일을 용서할 뿐만 아니라 정당화할 수도 있으리라는 걸 나는 확신해. 그런 일이, 그런 일이 일어날지도 모르지. 하지만 나는 그걸 받아들이지도 않을 것이며 또 그러고 싶지도 않아! 두 개의 평행선이 한 곳에서 만나는 것을 내 눈으로 직접 목격할지라도, 두 평행선이 만난 것을 목격하여 내 입으로 만났다고 말하게 될지라도 어쨌든 나는 그것을 받아들이지 않을 거야. 바로 이것이 나의 본질이란다. 알료샤, 바로 이것이 나의 명제란 말이야. 난 이 얘기를 너에게 아주 진지하게 털어놓는 거야. 나는 고의로 우리의 대화를 더할 나위 없이 어리석은 보잘것없는 것에서 시작했지만 결국 나의 고백에까지 이른 것은 너에게는 오직 그것이 필요하기 때문이야. 너한테 필요한 것은 신의 문제가 아니라 너의 사랑하는 형이 어떻게 살아가는가 하는 문제인 것이지. 그래서 하는 이야기란다.」

이반은 예상치 못한 어떤 특별한 감정을 품은 채 자신의 장황한 이야기를 끝맺었다.

「왜 그렇게 〈더할 나위 없이 어리석은 보잘것없는 것에서〉 이야기를 시작하신 거죠?」 알료샤는 곰곰이 생각에 잠긴 듯 형을 바라보며 물었다.

「그래, 그건 첫째로 러시아 식 때문이지. 러시아 사람들은 이런 주제의 대화를 말할 수 없이 어리석은 방법으로 이끌잖니. 그리고 두 번째로 그 방법이 어리석으면 어리석을수록 문제에는 가까이 접근하게 되는 법이니까. 어리석을수록 더 선명해진다는 말이지. 어리석음은 간결하면서도 결코 교활할 수 없는 법이지만, 지성은 요리조리 핑계를 대고 꼬리를 잘 감추지. 지성은 비열하지만, 어리석음은 솔직하고 정직하잖니. 나는 사태를 나의 절망으로까지 몰고 갔으니 어리석게 보일수록 내게는 더욱 도움이 되겠지.」

「어째서 세상을 받아들일 수 없다는 건지 설명해 줄 수 있어요?」 알료샤가 말했다.

「물론 설명해 줄 수 있지, 여기까지 왔으니 비밀이랄 것도 없어. 내 동생아, 난 너를 타락시켜서 너의 원칙으로부터 끌어내리고 싶지는 않구나. 어쩌면 난 너를 통해 나 스스로를 치료하고 싶은 것인지도 몰라.」 이반은 마치 얌전한 어린 소년처럼 씨익 웃었다. 알료샤는 형에게서 그런 미소를 본 적이 없었다.

4. 반역

「너한테 한 가지 고백할 게 있단다.」 이반은 이렇게 이야기를 꺼냈다. 「자기와 가까운 사람들을 사랑할 수 있다는 말을 난 도무지 이해할 수가 없었어. 가까운 사람들이란, 내 생각으로는 멀리 떨어져 있지 않으면 사랑한다는 것이 불가능한 것 같거든. 어떤 기회에 어디선가 나는 성자 『자비로우신 요한』을 읽은 적이 있는

데, 굶주리고 추위에 떠는 한 행인이 그를 찾아와 몸을 녹이게 해 달라고 부탁하자, 요한은 그를 자기 침대에 나란히 눕도록 한 다음 그를 품에 안고 어떤 무서운 병 때문에 고약한 악취가 풍기는 그의 입에 입김을 불어넣기 시작했다는 거야. 난 그가 사랑에 대한 의무감 때문에, 자신에게 부여된 천벌 때문에 기만의 발작에서 이런 일을 했다고 확신해. 한 인간을 사랑하기 위해서는 그가 몸을 숨겨야 하는데, 그가 자기 얼굴을 드러내려고 하면 사랑은 사라져 버리고 말지.」

「조시마 장로님께서도 그 문제에 대해 여러 차례 말씀하셨습니다.」 알료샤가 지적했다. 「그리고 이런 말씀도 하셨습니다, 사람의 얼굴은 사랑에 경험이 없는 사람들이 사랑을 할 때 종종 장애가 된다고요. 그러나 인류는 많은 사랑을 지니고 있습니다. 거기에는 그리스도의 사랑과 거의 유사한 것도 있는데, 그것은 나도 잘 압니다, 이반 형……」

「그렇지만 나는 아직 그런 것을 알지도 못하거니와 이해할 수도 없구나. 수많은 사람들이 나와 같은 입장인 거야. 문제는 사람들의 못된 성격 때문에 그런 일이 벌어지느냐, 그들의 타고난 천성이 그렇기 때문에 벌어지느냐 하는 것이지. 내 생각으론 인간에 대한 그리스도의 사랑은 지상에서는 불가능한, 일종의 기적이라는 거야. 그분은 신이었다는 말이 맞아. 하지만 우리들은 신이 아니야. 예를 들면 내가 힘겨운 고통에 빠질 수는 있겠지만, 그렇다고 다른 사람이 내가 겪는 수준만큼 고통을 느낄 수는 없는 법이지. 왜냐하면 그는 다른 사람이지, 내가 아니기 때문이야. 게다가 인간은 다른 사람의 고통을 인정하는 데 아주 인색하거든(마치 무슨 특권인 양 말이야). 너는 어째서 인간이 그 문제에 인색하다고 생각하지? 예를 들면 그건 나한테서 고약한 냄새가 풍긴다든지, 내 얼굴이 멍청하게 생겼다든지, 아니면 언젠가 내가 그의 발을 밟았다는 이유 때문이겠지. 그리고 고통도 고통 나름이지. 예를 들면, 나에게 치욕을 주는 굴욕적인 고통인 굶주림은 나를 돕는 자선가도 관대히 여기겠지만, 이념 문제 같은 약간 고차원적인 고통은 그렇지 않아서, 아주 드문 경우에나 용납되겠지. 왜냐하면 예컨대 자선가가 나를 쳐다보고는 갑자기 내 얼굴이 자신의 환상 속에 있는, 어떤 이념 때문에 고통받는 자의 얼굴이 아니라는 사실을 발견하기 때문이지. 그래서 그는 얼른 자신의 호의를 거두어들이지만, 그렇다고 악의로 그러는 것도 아니란 말이야. 그러니 거지들, 특히 고상한 거지들은 절대 겉으로 드러내지 말고, 신문을 통해 구걸을 해야 할 형편인 거지. 추상적으로라면, 그리고 때때로 멀리 떨어져 있다면 가까이 있는 사람도 사랑할 수 있지만, 바로 곁에 두고서는 거의 절대로 사랑할 수 없어. 만일 발레 무대에서 거지로 분장한 주인공들이 갈기갈기 찢어진 비단 레이스를 아무렇게나 걸치고 우아하게 춤을 추면서 동냥을 하고 다닌다면 넋을 잃고 그들의 모습을 즐길 수도 있겠지. 그러나 넋을 잃고 즐긴다고 해서 거지들을 사랑하는 것은 아니야. 이런 얘기는 그만 하자. 나로서는 단지 너에게 나의 관점을 보여 주면 되는 거니까. 나는 대체로 인류의 고통에 대해 이야기하고 싶었지만, 일부 아이들의 고통에 대해서만 이야기하는 편이 더 낫겠어. 그것이 내 논증의 범위를 10분의 1로 축소시키겠지만, 그래도 일부 아이들에 대해서만 이야기하는 편이 더 나을 거야. 물론 그것이 나한테 더 불리할 수도 있겠지. 하지만 첫째로, 아이들은 바로 곁에 있든, 아무리 더럽든 또 심지어는 얼굴이 못생겼더라도(그러나 내 생각에 얼굴이 못생긴 아이들은 없는 것 같구나) 사랑할 수 있는 거란다. 둘째로, 내가 어른들에 대해 이야기를 하지 않으려는 것은 그들이 너무 추악해서 사랑을 받을 만한 자격이 없다는 주장 말고도, 그들은 천벌을 받고 있기 때문이야. 그들은 사과를 따 먹었기 때문에 선과 악을 구별할 수 있게 되었고, 〈하느님과 닮게〉 되었지. 그리고 지금도 여전히 그것을 먹고 있는 거야. 그러나 아이들은 아직 아무것도 먹지 않았기 때문에 죄라곤 전혀 짓지 않았지. 너는 아이들을 사랑하지, 알료샤? 난 네가 아이들을 사랑하고 있다는 것을 알고 있어. 그러니까 내가 왜 아이들에 대해서만 이야기하고 싶어하는지 이해할 거다. 그런데 만일 아이들이 지상에서 고통을 겪고 있다면, 그것은 물론 아버지들, 선악과를 따 먹은 아버지들 때문에 벌을 받는 것이겠지. 하지만 이런 판단은 저 세상에서나 가능한 것이고, 지상의 인간들에게는 통용될 수 없는 것이란다. 죄 없는 사람이, 그것도 그토록 죄 없는 사람이 다른 사람 때문에 고통을 겪을 수는 없어! 내 이야기에 놀라지 말아라. 사실은 나도 아이들을 무척 좋아하거든. 그리고 잔혹한 인간들, 색욕이 강하고 음탕한 까라마조프 놈들도 때로는 아이들을 무척 좋아한다는 사실을 주목할 필요가 있어. 예를 들어 일곱 살 이전의 아이들은 아직은 아이들로 남아 있잖니. 그 애들은 어른들과는 너무나 거리가 멀어. 다시 말해서 그 애들은 전혀 다른 존재들이고, 전혀 다른 성품을 가지고 있단 말이야. 나는 감옥에 수감 중인 강도 한 사람을 알고 있지. 그런데 그자의 전력을 살펴보면, 밤마다 강도짓을 하러 잠입했던 집의 일가족을 몰살했는데, 한꺼번에 여러 아이들을 찔러 죽이기도 했어. 그러나 감옥에 갇혀 있는 동안 이상할 정도로 아이들을 좋아했다는 거야. 그자는 감옥 창문을 통해서 형무소 마당에서 뛰놀고 있는 아이들을 바라보는 것을 유일한 일과로 삼았을 정도니까. 그자는 어느 조그만 소년을 자기 창살 밑으로 불러서는 깊은 우정을 나누었다고 하거든……. 넌 내가 왜 이 모든 이야기를 하는지 모르지, 알료샤? 아, 어쩐지 머리가 아프고 기분도 울적하구나.」

「말씀하시는 표정이 너무 이상하시군요.」 알료샤는 불안한 마음으로 지적했다. 「형은 넋이 빠진 사람 같아요.」

「말이 나온 김에 한마디 더 덧붙이면, 얼마 전 모스끄바에서 한 불가리아 사람이 이런 이야기를 했단다.」 이반은 동생의 이야기

따위는 들리지 않는 듯 이야기를 계속했다. 「불가리아에서는 터키 인들과 체르께스 인들이 슬라브 인들의 대대적인 폭동을 두려워하여 전국 방방곡곡에서 잔악한 행위를 저지르고 있다는 거야. 다시 말해서 불을 지르고, 사람을 죽이고, 여자들과 아이들을 폭행하고, 사로잡은 사람들의 귀를 담장에 못박아 놓은 채 아침까지 방치했다가 아침에는 교수형에 처하는 등 상상할 수도 없는 잔인한 짓을 저지르고 있다는 거야. 사실 인간의 〈동물적인〉 잔혹성에 대해서는 간혹 이야기를 하지만, 그것은 동물들에게 너무나 천부당만부당하고 모욕적인 이야기겠지. 동물들은 결코 인간들처럼 그렇게 잔인할 수 없어, 기교적이고 예술적일 정도로 잔인할 수는 없거든. 호랑이는 그저 물어뜯고 찢어 놓는 것밖에 못해. 호랑이한테 설혹 그런 능력이 있다고 하더라도, 인간의 귀를 밤새도록 못으로 박아 놓을 생각은 하지도 못할 거야. 그렇지만 그 터키 인들은 배를 갈라 내장을 꺼내는 것부터 젖먹이 어린애를 공중으로 던졌다가 그 어머니가 보는 앞에서 총검으로 찌르는 것에 이르기까지 음욕에 가까운 쾌락을 느끼면서 아이들도 괴롭혔대. 어머니가 보는 앞에서라야 쾌감도 가장 크다나. 하지만 내 흥미를 강하게 끄는 한 가지 장면이 있지. 자, 상상해 보렴, 습격해 온 터키 인들한테 둘러싸여 부들부들 떨고 있는 어머니의 품속에 안긴 젖먹이를. 그런데 바로 여기서 그들은 재미있는 장난거리를 생각해 냈지. 어린아이를 웃기려고 그들은 머리를 쓰다듬어 주기도 하고 웃어 보이기도 하다가 마침내 아이가 웃으면, 한 터키 놈이 아이로부터 고작 4베르쇼끄[64] 떨어진 거리에서 권총을 겨누는 거야. 어린아이가 헤헤거리면서 자그마한 손으로 권총을 잡으려고 손을 뻗치면, 갑자기 그 예술가는 아이의 얼굴에 대고 방아쇠를 당겨서 머리통을 부수어 놓지…… 어때, 예술적이지 않니? 한

---

64 1베르쇼끄는 4.445센티미터이다.

마디 더 덧붙여 두자면, 터키 인들은 달콤한 음식물을 무척 좋아한다는 거야.」

「형, 왜 그런 말씀을 하는 거지요?」 알료샤가 물었다.

「나는 악마가 실제로 존재하는 것이 아니라 필경 인간이 창조해 낸 것이라면, 자신의 모습과 흡사하게 창조해 냈을 거라고 생각하거든.」

「그건 하느님의 경우와 마찬가지겠지요.」

「넌 『햄릿』의 폴로니어스처럼 정말 잘도 둘러대는구나.」 이반이 웃었다. 「넌 내 말꼬리를 붙잡았지만, 그래도 난 무척 기쁘단다. 인간이 자신의 모습과 흡사하게 너의 하느님을 창조해 냈다면, 그분은 훌륭하실 거야. 넌 금방 내가 왜 그런 말을 하느냐고 물었지? 알다시피 나는 어떤 사실들의 수집가이자 애호가이기도 해서 신문이나 소문을 통해 들은 일화들을 수집해서 기록해 두는데, 이미 상당한 수준으로 수집해 놓았어. 물론 터키 인들의 이야기도 그 수집 내용 속에 들어 있는 것이지만 이건 어쨌건 외국인들이지. 터키 인들에 대한 이야기보다 더 멋지기까지 한 우리 나라 장난들도 많이 수집해 놓았지. 알고 있겠지만, 우리 나라에는 태형이 심하고 그것도 회초리나 채찍을 사용하는 경우가 많은데, 이건 민족적인 특성이야. 하지만 우리 나라에서 귀에 못질을 한다는 것은 상상할 수도 없는 일이지. 우리들이 유럽 인들이긴 하지만 회초리나 채찍은 우리들만의 것이 되어 버려서 우리들한테서 그것을 빼앗아 갈 수는 없는 거란다. 지금 현재 외국에서는 태형이 완전히 사라져 버렸는데, 그건 그런 풍습이 정화되었거나 인간이 인간에게 매질을 가할 수 없다는 법률이 제정되었기 때문이지. 하지만 우리 나라의 경우처럼 순수히 민족적인 다른 어떤 것으로 대체하고 있지. 그 민족적이라는 것은 우리 러시아에서는 거의 불가능한 것이지만, 우리 나라에서도 특히 상류 사회에서 종교 운동이 시작된 이래로 확산되어 가고 있는 것 같아. 나는 프랑스 어가 러시아 어로 번역된 소책자 한 권을 가지고 있는데, 거기에는 최근 그러니까 5년 전쯤 제네바에 살던 리샤르라는 한 살인마의 이야기가 담겨 있어. 스물세 살의 젊은 그 청년은 단두대 앞에서 자기 죄를 뉘우치고 기독교로 귀의했다는 거야. 리샤르라는 자는 누군가의 사생아로, 부모들은 여섯 살밖에 안 된 그 아이를 스위스 산악 지방의 목동들에게 〈선물로 주어〉 버렸고, 목동들은 일이나 부려먹을 심산으로 그 아이를 키웠지. 목동들의 손에서 야생 동물처럼 자라던 그 아이는 아무런 교육도 받지 못했고, 일곱 살 때부터 비가 오는 날이든 혹한이 심한 날이든 거의 헐벗고 굶주린 채 양치기로 내몰렸던 거야. 물론 그런 짓을 하면서도 그들은 누구도 심각하게 생각하지 않았고, 뉘우치지도 않았을 뿐만 아니라, 오히려 그것을 자신들의 당연한 권리라고 생각했지. 그것은 그들이 그 아이를 마치 무슨 물건처럼 선물받은 것으로 생각할 뿐 그를 먹여 살리는 게 불가피하다고 생각하지 않았기 때문이지. 리샤르가 증언한 바에 따르면, 그 세월 동안 그는 성서에 나오는 돌아온 탕아처럼, 시장에 내다 팔려고 사육시키는 돼지의 사료라도 실컷 먹어 보고 싶어서 돼지 사료를 훔쳐 먹었는데, 그들은 사료를 빼앗고 두들겨 패기만 했다는 거야. 그 아이는 그렇게 어린 시절과 청년 시절을 보냈는데, 몸에 힘이 붙을 만큼 성장하자 도둑질을 하러 길을 떠나게 되었지. 그 야만인은 제네바에서 날품팔이로 생계를 꾸려 가기 시작했는데, 그나마 번 돈을 건달처럼 술 마시는 데 탕진하다가 결국은 어느 노인을 살해하고 강도짓을 하게 되었지. 그자는 곧 체포되어 재판을 받은 끝에 사형 선고를 받고 말았어. 그러자 감옥에는 목사들, 각종 기독교 사회 단체들, 자선 사업을 하는 귀부인 등이 줄을 섰던 거야. 그들은 감옥에서 그에게 읽고 쓰는 법을 가르치고, 성서를 가르치고, 훈계하고, 설교하고, 위협을 가하기도 하고, 잔소리를 해대는 등 온갖 압력을 가했지. 그래서 그는 마침내 진지하게 자기 죄를 자인하게 되었던 거야. 그자는 손수 편지를 써서 법정에 보냈지. 자신은 천하의 악당이지만 그리스도의 광명을 받고 은총을 입었노라고 말이야. 제네바 사람들은 모두 흥분의 도가니에 빠졌으며, 제네바 전체가 자비심으로 넘치고 경건한 분위기에 휩싸이게 되었지. 지체 높고 고상하다는 사람들은 모두 리샤르를 찾아 감옥으로 달려가서는 그를 얼싸안고 입을 맞추면서, 〈자넨 우리의 형제야, 자네한테 은총이 내린 거야!〉라고 떠들어댔어. 그렇지만 리샤르는 감격의 눈물을 흘릴 뿐이었지. 〈그렇습니다, 제게 은총이 내린 겁니다! 어린 시절이나 청년 시절에는 돼지죽 먹는 것만으로도 제겐 기쁨이었는데 지금은 은총이 내렸으니, 주님의 품 안에서 죽을 수 있게 되었습니다〉라면서 말이야. 그러자 사람들은 〈그래, 그래, 리샤르, 주님의 품안에서 죽게. 남의 피를 뿌렸으니 주님의 품안에서 죽어야 해. 돼지죽이 탐나서 그것을 훔쳐 먹고 매를 맞았을 때는(도둑질은 금지되어 있으니 그런 짓을 하는 것은 어쨌든 나쁜 일이야) 주님을 전혀 몰랐으니 자넨 죄가 없어. 하지만 남의 피를 흘리게 했으니 죽어야만 해〉라고 말하는 것이었어. 그리고는 최후의 날이 다가왔지. 지칠 대로 지친 리샤르는 눈물을 흘리면서 쉬지 않고 이런 이야기를 되풀이한 거야. 〈오늘은 제 생애에서 가장 기쁜 날입니다, 주님께 가거든요!〉 그러자 목사들, 판사들, 자선 사업하는 귀부인들이 소리쳤어. 〈그래, 너한테는 가장 행복한 날이야, 주님께 가기 때문이지!〉라고 말이야. 사람들은 마차를 타거나 걸어서 리샤르를 실은 죄수 마차를 따라 처형장까지 뒤쫓아갔어. 그리고는 처형장에 도착하자, 〈어서 죽게, 우리 형제여, 주님의 품안에서 죽으라고, 자넨 은총을 받았으니까!〉라고 리샤르를 향해 소리치는 것이었어. 리샤르를 둘러싼 그 형제들의 입맞춤을 받으며 리샤르가 처형대로 끌려가 기요틴 아래 놓이자, 그에게 은총이 내렸다는 이유 때문에 박애적으로 목이 잘리고 말았지. 이것은 그들의 특징을 잘 말해 주는 이야기야. 그 소책자는 루터 교로 개종한 한 상류층 자선 사업가에 의해 러시아 어로 번역되어 러시아 민중의 교화를 위해 신문과 다른 출판물의 부록으로 무료 보급되었지. 리샤르 사건은 민족성을 나타내 준다는 점에서 훌륭하지. 우리 나라에서는 그자가 우리 형제가 되고 은총을 받았다는 이유만으로 형제의 머리를 내리친다는 것은 난센스이지. 그러나 반복해서 말하지만, 우리 나라에는 고유하면서도 그에 비해 조금도 손색없는 제도가 있어. 태형으로 고문을 가하는 것인데, 예로부터 지금까지 직접 계승되어 내려오는 즐거움거리지. 네끄라소프[65]의 시 속에는 농부가 말의 눈을, 그 〈온순한 눈〉을 채찍으로 후려치는 구절이 나오거든. 이걸 두고 러시아 식이라고 하는 거야. 그 시인은 짐을 잔뜩 실어 기진맥진한 말이 오도 가도 못하고 허우적거리는 모습을 묘사하고 있지. 그러면 농부는 미친 듯이 말을 때리고 또 때려서, 결국 말이 죽을 만큼 때리는데 때리는 것 자체에 도취해서는 자기가 무슨 짓을 하고 있는지도 잊은 채, 〈네가 기운이 다 빠졌어도 끌라고. 죽어도 좋으니 끌란 말이야!〉 하고 외치거든. 가엾은 말이 버둥거리면 농부는 무방비 상태에 있는 말의 울고 있는 〈온순한 눈〉을 후려갈기는 거야. 그러면 말은 죽을 힘을 다해 버둥거리다가 부르르 떨며 숨도 제대로 못 쉰 채 이리저리 몸을 비틀고 깡충거리다가 억지로 짐을 끌지. 네끄라소프의 작품 속에서 이 장면은 끔찍할 정도로 잘 묘사되어 있어. 그러나 그것은 말에 지나지 않고, 말은 때려 주라고 하느님께서 내리신 거란 이야기가 있어. 따따르 인들은 우리들에게 그렇게 가르쳤고, 기념으로 채찍을 선물했지. 하지만 사람을 그렇게 때릴 수도 있는 거야. 교육받은 한 인텔리 신사와 그 부인이 일곱 살짜리 자기 친딸을 회초리로 때려 준 일도 있었어. 그 이야기를 자세히 메모해 놓았지. 아버지란 작자는 회초리에

65 1821~1878. 19세기 러시아의 반정부적 농민 시인.

옹이가 서 있는 것을 보고 기뻐하면서, 〈더 따끔한 맛을 보겠군〉이라고 말하며 친딸을 〈두들겨 패기〉 시작했던 거야. 내가 분명히 알고 있는 사실은, 채찍을 휘두르는 사람들 중에는 매질을 할 때마다 쾌감에, 말 그대로 쾌감에 빠져 들게 되고 한대 한대 때릴 때마다 쾌감은 점점 더 고조되어 가는 사람도 있다는 거야. 1분간 매질하던 것이 결국 5분, 10분으로 늘어나고, 매질은 더욱 심해지고 그 횟수도 더 늘어나고 더 가혹해지는 법이지. 어린아이는 비명을 지르다가 마침내는 비명을 지를 힘마저 없어서 〈아빠, 아빠, 아빠, 아빠!〉 하고 헐떡거릴 뿐이었어. 그 사건은 파렴치한 악행으로 재판에 회부되고 말았지. 그러자 변호사가 선임되었어. 러시아 민중은 벌써 오래 전부터 우리 나라의 변호사를 〈양심을 팔아먹은 자〉라고 부르고 있잖아. 그 변호사는 자기 고객의 변론을 위해 이렇게 열변을 토했어. 〈본 사건은 지극히 평범하고 흔히 있을 수 있는 가정 문제에 지나지 않으며 아버지가 딸에게 매를 들었던 것뿐인데, 그 문제를 재판에 회부한다는 것은 우리 시대의 수치인 것입니다!〉 이에 감동한 배심원들은 잠시 휴정을 했다가 무죄 판결을 내리고 말았어. 방청인들은 매질을 했던 자가 무죄 판결을 받자 환희의 함성을 질러 댔지. 쯧쯧, 그 자리에 내가 없었기에 망정이지, 있었더라면 그 박해자의 이름을 기리기 위해 장학금이라도 만들자고 목청을 높였을 텐데 말이야! 그럼 멋진 광경이 되었겠지. 하지만 나는 아이들에 관한 더 멋진 이야기를 알고 있어. 러시아 아이들에 관한 이야기를 아주 많이 수집해 놓고 있단 말이야. 알료샤. 〈명성이 자자한 관리인 동시에 교육도 받고 교양까지 갖춘 부모〉가 다섯 살짜리 어린 소녀를 증오했던 사건도 있어. 다시 한번 확실히 주장하는 바이지만, 많은 사람들이 가지고 있는 본연의 성격에는 다름 아닌 어린아이들에게만 해당되는 유아 학대의 취미가 들어 있거든. 바로 그 학대자들은 교양 있고 인간미 넘치는 유럽 인처럼 다른 사람들 모두에게는 관대하고 친절한 태도를 보이지만 아이들 학대를 무척 즐기고 있는데, 그런 의미에서 바로 아이들을 사랑하기까지 하는 거야. 이른바 아이들의 자기 방어 불능 상태가 박해자들을 유혹하는 것이고, 몸을 숨길 만한 곳도 없고 달리 의지할 사람도 없는 아이들의 천사 같은 믿음, 바로 이것이 학대자의 더러운 피를 끓게 만드는 거지. 물론 어느 누구를 막론하고 사람들의 마음속에는 야수가, 그것도 분노의 야수, 박해받는 희생자의 비명에서 쾌락적 흥분을 만끽하는 야수, 사슬에서 풀려나 마음대로 다룰 수 없는 야수, 방탕한 생활로 인해 수족 통풍이나 간장병이 생긴 야수 등등이 숨어 있거든. 그 가여운 다섯 살짜리 소녀는 교양 있는 부모한테 온갖 방법으로 학대를 받았지. 그들은 자신들도 이유를 모른 채 소녀를 때리고 채찍질을 하고 발로 차서 온몸에 멍자국을 남겨 놓았던 거야. 그러다가 마침내 한 단계 더 높은 정교함을 보이기에 이르렀어. 엄동설한에 소녀를 밤새도록 변소에 가둬 두었는데 그 애가 밤중에 화장실에 가고 싶다는 말을 하지 않았기 때문이야. (천사 같은 얼굴로 깊이 잠들어 있는 다섯 살짜리 어린애가 그 나이에 그런 이야기를 한다는 게 어디 가능하겠어.) 그 때문에 소녀의 얼굴에 똥칠을 하고 또 그 똥을 강제로 먹이기까지 했다는 거야. 어머니, 바로 어머니라는 사람이 이런 짓을 강행한 거야! 그런데도 소위 어머니란 여자는 밤새 그 끔찍한 곳에 갇힌 불쌍한 자기 자식의 신음소리를 들어 가며 편히 잠잘 수 있었어! 자기 몸에 무슨 일이 일어나는지도 모르는 어린애가 어둡고 추운 그 끔찍한 곳에서 자기 몸을, 자그마한 주먹으로 찢긴 가슴을 마구 두드리면서 〈하느님 아버지〉께 자신을 지켜 달라고 온순하고 악의 없는 피 어린 눈물을 흘린다면 넌 그걸 이해할 수 있겠니? 넌 이런 개수작을 이해할 수 있겠어? 나의 벗인 내 동생아, 하느님께 봉사하는 겸허한 수도사로서 말이야? 대체 무엇 때문에 이런 개수작이 생겨날 수 있는 건지 이해할 수 있겠어? 그런 일이 없다면 지상의 인간은 존재할 수 없을지도 모른다고들 말하지. 왜냐하면 인간은 선악을 판별하지 못할 것이기 때문에. 그토록 대단한 대가를 치뤄야 한다면 뭣 때문에 그 악마 같은 선악을 알아야 된다는 거야? 그래 정말이지 인식의 전세계가. 그렇다면 〈하느님 아버지〉를 향한 아이의 눈물만큼의 가치도 없다는 얘기가 아니냐. 난 어른들의 고통에 대해서는 말하지 않겠다. 그들은 사과를 먹었으니 악마한테 잡혀가라지. 그들 모두가 악마한테 잡혀가도 괜찮아. 하지만 그 애들은, 그 애들은! 넌 제정신이 아닌 것 같은데, 알료샤, 내가 너를 괴롭히고 있구나. 네가 원한다면 그만두마.」

「괜찮아요, 저도 고통받고 싶으니까요.」 알료샤가 중얼거렸다.

「한 가지, 한 가지만 더 이야기하마. 호기심에서 비롯된 것인데, 아주 특색 있는 내용이지. 얼마 전에 우리 나라 고대 문헌 총서 중에서 읽은 것인데, 『고문헌』이었는지, 『고대 국가사』였는지 잊고 말았으니 나중에 살펴봐야겠다. 그것은 농노제의 가장 심한 암흑 시대의 일이니 바로 금세기 초에 해당된단다. 민중의 해방자를 위해 만세를 불러야 하겠지! 그런데 금세기 초에 세도 당당한 인척들이 많은 부유한 지주였던 어느 장군이 있었는데, 그는 관직에서 물러나 쉬면서 자기 하인들을 죽이고 살릴 권리를 부여받았다고 믿는 그런 부류들(사실 이미 당시에도 그런 작자들은 그리 많지 않았던 것 같다) 중의 한 사람이었어. 당시 그런 작자들이 있기는 있었지. 그런데 그 장군은 자기 영지에 2천 명의 농노를 거느리고 떵떵거리며 살고 있었으므로 이웃한 소지주들은 자기 집 식객이나 어릿광대 정도로밖에 여기지 않았던 거야. 거기에는 수백 마리의 개를 기르는 개집이 있었고, 1백 명에 달하는 사냥개지기들은 한결같이 제복을 입고 말을 타고 다녔어. 그런데 하인집 아이가, 겨우 여덟 살밖에 되지 않은 소년이 놀다가 돌을 잘못 던져서 장군이 아끼던 개의 다리를 다치게 만든 거야. 〈내가 아끼는 개가 어째서 다리를 저는 거냐?〉하고 장군이 묻자, 사람들은 소년이 여차여차 돌을 던져서 다리를 다치게 만들었다고 대답했어. 장군은 〈바로 네 놈이구나〉 하고 그 소년을 바라보며, 〈당장 저놈을 잡아들여!〉 하고 소리쳤지. 하인들은 어머니 품에서 그 소년을 빼앗아서 밤새 헛간에 가두었고, 다음날 동이 트기도 전에 장군은 사냥 채비를 갖추고 말을 타고 나타났어. 말 안장에 앉아 있는 그의 주변에는 식객들, 사냥개들, 사냥개지기들, 몰이꾼들이 말을 탄 채 에워싸고 있었던 거야. 주위에는 본때를 보여 주기 위해 하인들이 모여 있었고, 그 맨 앞에는 잘못을 저지른 소년의 어머니가 서 있었지. 마침내 소년이 헛간에서 끌려 나왔어. 음산하고 날씨도 차가운 데다가 안개가 낀 가을날이어서 사냥하기에 적당한 날이었지. 장군은 소년의 옷을 벗기라고 명령했고, 소년은 옷을 홀딱 벗긴 채 너무 무서워서 거의 정신이 나간 나머지 찍소리도 하지 못했어……. 〈저놈을 내몰아라!〉 하고 장군이 명령을 내리자, 사냥개지기들은 〈뛰어, 어서 뛰어!〉 하고 외쳐 댔고, 소년은 달리기 시작했어……. 장군은 〈저놈을 쫓아라!〉 하고 소리치며 보르조이 사냥개들을 모두 풀어놓은 거야. 바로 어머니가 보는 앞에서 물어 죽인 거지, 사냥개들은 아이를 갈기갈기 물어뜯고 말았거든! 그래서 장군은 금고형인가를 선고받았다는 거야. 그렇다면…… 그자를 어떻게 해야 좋을까? 총살을 시킬까? 도덕적 감정을 만족시키기 위해 총살을 시킬까? 말해 봐, 알료샤!」

「총살을 시켜야죠!」 알료샤는 하얗게 질려 일그러진 미소를 띤 채 형을 뚫어질 듯 응시하면서 조용히 대답했다.

「브라보!」 이반은 기뻐하며 탄성을 질렀다. 「네가 그렇게 말하는 걸로 봐서……, 고행 계율을 받은 네가! 그렇다면 네 가슴속에도 어떤 새끼 악마가 들어앉아 있는 거야, 알료샤 까라마조프!」

「제가 어리석은 이야기를 했군요, 하지만…….」

「바로 그거야. 그런데 하지만은 또 뭐야…….」 이반이 소리쳤다. 「이봐, 수도사 나리, 어리석음이란 이 지상에 너무나 필요한 것이야. 세상은 어리석음 위에 세워져 있고, 그것이 없다면 세상에는 아마 아무 일도 일어나지 않을지 몰라. 우리는 우리가 무엇을 아는지 알고 있는 거라고!」

「무엇을 알고 계시죠?」

「난 아무것도 이해하지 못해.」 이반은 마치 잠꼬대를 하듯 말을 이어 나갔다. 「나는 지금 아무것도 이해하고 싶지 않아. 난 사실에 머물고 싶어. 이미 오래 전부터 이해하지 않기로 결심했거든. 만일 내가 무언가 이해하고 싶어한다면 당장 사실을 왜곡하는 것이 될 거야. 그래서 사실에 머물기로 결심한 거지……」

「어째서 저를 시험하시는 거예요?」 알료샤는 감정이 폭발할 것 같은 슬픈 목소리로 소리쳤다. 「자, 말씀해 주세요.」

「물론 말해 주지. 그래서 널 데려온 거니까. 넌 내게 소중하단다. 난 너를 놓치고 싶지 않아. 조시마 장로한테 양보하지 않을 거야.」

이반은 잠시 입을 다물었으며 그의 얼굴은 갑자기 슬픈 빛을 띠기 시작했다.

「내 말을 들어 보렴. 난 문제를 보다 명확하게 하기 위해서 어린애들의 예를 끌어들인 거야. 지면에서 중심부까지 온 땅에 스며들어 있는 인류의 다른 눈물들에 대해서는 아무 말도 하지 않겠어. 나는 고의로 내 테마를 축소시켰던 거야. 난 빈대 같은 존재이고, 만사가 어째서 이렇게 결정되었는지 조금도 이해하지 못한다는 사실을 온갖 굴욕감 속에서 인정하고 있어. 인간들 자신이 죄 많은 탓이지. 낙원이 주어졌는데도 인간들은 자유를 갈망해서 자신들이 불행해질 거라는 사실을 알면서도 천국에서 불을 훔쳐냈잖아. 그러니 동정할 필요가 전혀 없지. 오, 나의 가엾은, 지상의 유클리드적 지성에 의하면 고통은 있으되 죄인들은 존재하지 않으며, 만사는 어떤 것에서 다른 것으로 직접적으로 단순하게 유래되고 또 만사는 흐르고 흘러 마침내 균형을 유지하게 된다는 사실만을 알고 있을 뿐이야. 그러나 그것은 단지 유클리드적 헛소리에 지나지 않아. 난 그 사실을 알고 있으며 그 지성대로 살아가는 데 동의할 수는 없는 거야! 죄인들은 존재하지 않으며 내가 그런 사실을 알고 있다는 것이 내 자신에게 무슨 의미를 갖겠어. 내겐 응보가 필요해. 그렇지 않으면 난 자멸하게 될 테니. 응보는 무한 속의 언제 어디선가가 아니라, 내가 직접 확인하기 위해서라도 지금 이 땅 위에 필요한 거야. 나는 그렇게 믿고 있고 또 보고 싶지만, 그 시간에 내가 죽고 없다면 나를 소생시켜 주어야 할 거야. 만일 내가 없는 가운데 그것이 일어난다면 너무나 모욕적이기 때문이지. 나 자신의 악행과 고통을 통해 누군가에게 미래의 조화를 안겨 주기 위해서 내가 고통을 겪었던 것은 아니니까. 난 사슴이 사자 곁에 누워 있고 피살된 자가 벌떡 일어나서 자신을 살해한 자와 포옹하는 장면을 내 눈으로 직접 목격하고 싶어. 사람들 모두가 그때 그 일이 무엇 때문에 일어났는지 갑자기 알게 되는 순간에 함께 있고 싶은 거라고. 지상의 모든 종교는 그런 희망을 근거로 세워져 있는 것이고 나도 신앙을 가지고 있어. 하지만 그럴 경우 어린애들은, 그 애들을 어떻게 해야 좋을지 모르겠어. 그것이 내가 풀지 못하는 문제야. 백 번이고 되풀이하지만, 많은 문제 중에서 아이들의 예를 취했던 것은 내가 이야기하지 않으면 안 되는 것이 거기에 분명하게 들어 있기 때문이지. 내 말을 들어 봐. 고통으로 영원한 조화를 사기 위해 모두가 고통을 겪어야 한다면 아이들이 어째서 거기에 있어야 하는 거지? 어디 한번 말해 봐? 어째서 그 애들이 고통을 겪어야 하는지 전혀 이해할 수가 없어. 어째서 그 애들의 고통으로 조화의 대가를 치러야 하는 거냐고? 어째서 그 애들이 밑거름이 되어서 누군가를 위한 미래의 조화를 이루어야 하는가 말이야? 인간들의 죄악 사이에 존재하는 연대성을 이해해. 응보의 연대성을 이해한다고. 하지만 아이들은 죄악과 아무 연관도 없어. 만일 진실로 그 애들이 자기 조상들의 악행과 연결되어 있다면, 물론 그런 진실은 이 세상의 것이 아니니 난 이해하지 못해. 어떤 익살꾼은 아이들도 자라나면 죄를 지을 테니 마찬가지라고 말할지도 모르지만, 여덟 살짜리 소년은 미처 다 자라지도 않았는데 개들한테 갈기갈기 찢기고 말았잖아. 오, 알료샤, 난 신을 모독하려는 것이 아니야! 모든 사람들이, 살아 있는 자들과 이전에 살았던 자들이 천상과 지상 위에서 일제히 찬양의 목소리를 높여 〈주여, 당신이 옳았나이다. 이는 당신의 길이 열렸기 때문입니다!〉라고 할 때 우주가 얼마나 진동할 것인지 난 알고 있어. 그리고 그 어머니가 사냥개에게 자기 아들을 물려 죽게 한 가해자를 부둥켜안고 세 사람이 함께 눈물을 흘리며 〈주여, 당신이 옳았나이다!〉라고 절규할 때 이미 인식의 승리가 도래하고 모든 것이 해명될 수 있다는 것을 난 알고 있다고. 그러나 바로 여기에 장벽이 가로막고 있어서 난 그것을 용납할 수 없단 말이야. 내가 지상에 머무는 동안에 난 서둘러 나만의 조치를 취해야 하는 거야. 그런데 알료샤, 어쩌면 나는 그런 모습을 볼 수 있는 순간까지 살아남거나 아니면 다시 소생해서 자기 자식을 살해한 가해자를 포옹하고 있는 어머니를 바라보며 모든 사람들과 함께 〈주여, 당신이 옳았나이다!〉하고 소리칠 수 있는 그런 시간이 올지도 모르지만, 그때도 난 그렇게 외치고 싶지 않단 말이야. 시간이 있는 동안 나는 서둘러 나 자신을 지키겠어. 그리고 고상한 조화 따위는 완전히 포기하고 말겠어. 그런 것 따위는 자기 가슴을 주먹으로 두드리며 구린내 나는 화장실에서 보상받지 못할 눈물을 흘리며 〈하느님 아버지〉께 기도를 드린 그 고통받는 어린애의 눈물, 단지 그것 하나만의 가치도 없는 것 아니겠어! 정말 그럴 만한 가치가 없다고. 왜냐하면 그 애의 눈물은 보상받지 못한 채 버려졌기 때문이야. 그 애의 눈물은 보상받아야만 해. 그렇지 않으면 조화란 불가능할 테니. 하지만 너라면 무엇으로, 무엇으로 그걸 보상할 수 있겠니? 그게 정말 가능할까? 그 눈물에 대한 복수가 될 수 있을까? 내겐 그 눈물에 대한 복수도, 가해자들의 지옥도 아무 의미가 없어. 그들이 고통을 겪은 후에 지옥이 무엇을 고쳐 나갈 수 있겠니? 그리고 지옥이 있다면 조화란 있을 수 없는 거야. 난 용서하고 싶고 포옹하고 싶어. 나는 더 이상 사람들이 고통을 겪는 것을 원치 않아. 그리고 만일 어린애들의 고통으로 진리를 구입하는 데 필요한 고통의 모든 금액을 보충해야 한다면, 나는 미리 단언해 두는 바이지만, 진리 전체도 그만한 가치가 없다는 거야. 그리고 그 어머니가 사냥개들을 풀어 자기 아들을 물려 죽게 한 그 가해자를 포옹하지도 않았으면 좋겠어! 그 어머니도 그자를 용서할 수 없을 테니까! 만일 용서하고 싶으면 자기 몫만 용서하면 되고, 어머니로서의 끝없는 고통에 대해서만 가해자를 용서하면 되는 거야. 그러나 그녀는 갈가리 찢겨 죽은 아이의 고통에 대해서는 압제자를 용서할 권리도 없고, 감히 용서할 수도 없는 거야. 그 애 스스로가 그자를 용서한다고 치더라도 말이야! 그런데 만일 그렇다면, 만일 그들이 용서할 수 없다면 조화란 어느 곳에 있을까? 그렇다면 이 세상에 용서할 수 있고 용서할 권리를 가진 사람은 존재하는 걸까? 나는 조화를 원치 않아, 인류에 대한 사랑 때문에 원치 않는단 말이야. 난 차라리 보상받지 못한 고통과 함께 남고 싶어. 〈비록 내 생각이 틀렸다고 하더라도〉 차라리 보상받지 못한 고통과 해소되지 못한 분노를 품은 채 남을 거야. 게다가 조화의 값이 너무 비싸서 내 주머니로는 입장료를 도저히 지불할 수 없단 말이야. 그래서 나는 서둘러 입장권을 되돌려보내 주는 거야. 만일 내가 정직한 사람이라면 가능하면 빨리 그걸 돌려보내야 한다구. 나는 그렇게 생각하고 있어. 신을 받아들이지 않는다는 것이 아니야, 알료샤. 난 그저 입장권을 정중히 돌려보내는 것뿐이야.」

「그건 반역이에요.」 알료샤가 눈을 내리깔며 조용히 말했다.

「반역? 너한테 그런 말을 듣고 싶지는 않았는데.」 이반은 확신에 찬 말투로 말했다. 「반역하면서 살아갈 수 있을까? 난 살고 싶어. 내게 솔직히 이야기해 다오. 널 부른 것이니 대답해 줘. 내가 궁극적으로 인류를 행복하게 만들고 평화와 안정을 가져다 줄 목적으로 인류의 운명의 건물을 건설한다면, 그러나 그 일을 위해서 단 하나의 미약한 창조물이라도, 아까 조그만 주먹으로 자기 가슴을 치던 불쌍한 계집애라도 괴롭히는 것이 불가피한 일이므로 그 애의 보상받을 수 없는 눈물을 토대로 그 건물을 세우게 된다면, 그런 조건 아래에서 건축가가 되는 것에 동의할 수 있겠니? 자, 어디 솔직히 대답해 봐!」

「아니, 동의할 수 없을 거예요.」 알료샤가 나직한 목소리로 대답했다.

「네가 건설한 건물 속에 사는 사람들이 어린 희생자의 보상받을 길 없는 피 위에 세워진 행복을 받아들이는 데 동의하고 결국 받아들여서 영원히 행복해진다면 넌 그런 이념을 용납할 수 있겠니?」

「아뇨, 용납할 수 없어요. 그런데 형.」 알료샤는 갑자기 눈을 반짝이며 말했다. 「형은 방금 이 세상에 남을 용서할 수 있고 그럴 권리를 가진 사람이 존재할 수 있느냐고 물으셨죠? 하지만 그런 분은 존재하십니다. 그분은 모든 것을, 그리고 〈모든 것에 대해서〉 사람들이든 어떤 죄악이든 용서하실 수 있어요. 왜냐하면 그분은 모든 사람을 대신해서 그리고 모든 것을 대신해서 무고한 피를 스스로 내놓으셨기 때문이죠. 형은 그분을 잊고 계시지만, 건물은 그분을 토대로 만들어졌고 사람들은 그분을 향해 〈주여, 당신이 옳았나이다. 이는 당신의 길이 열렸기 때문입니다〉라고 외칠 거예요.」

「아, 〈유일하게 죄를 짓지 않으신〉 그분의 피! 아니, 난 그분에 대해서 잊은 적이 없어. 그와 반대로 네가 그분의 이야기를 왜 이렇게 오랫동안 꺼내지 않는지 내내 놀라고 있었거든. 너희 수도사들은 논쟁을 할 때면 으레 그분을 맨 먼저 내세우지 않니. 그런데 알료샤, 비웃지 마라. 난 1년 전 언젠가 서사시를 한 편 지었단다. 내게 한 10분쯤 시간을 더 내줄 수 있다면 그 이야기를 해주고 싶은데.」

「서사시를 쓰셨다고요?」

「오, 아니야. 아직 쓴 것은 아니야.」 이반은 미소를 지었다. 「난 한평생 단 두 줄의 시도 지어 본 적이 없으니까. 하지만 난 이 서사시를 지었고 또 기억하고 있단다. 강한 열의를 갖고 지어 냈지. 네가 나의 첫 독자, 아니, 경청자가 되는 셈이지. 사실 작가라면 단 한 사람의 독자라도 놓칠 리 있겠니?」 이반은 빙그레 웃었다. 「이야기해도 괜찮겠지?」

「무척 듣고 싶어요.」 알료샤가 말했다.

「내 서사시는 〈대심문관〉이라고 부르는데, 졸작이긴 하지만 네게 들려주고 싶구나.」

5. 대심문관

「그런데 여기서도 서론이 없이는 안 되겠지. 다시 말해서 문학적 서론이라고나 할까, 풋!」 이반은 코웃음을 쳤다. 「그러고 보니 내가 무슨 굉장한 작가가 된 셈이로군! 이 사건의 배경은 16세기인데, 물론 너도 학교에서 잘 배웠겠지만, 당시는 마침 시적인 작품 속에서 천상의 힘을 지상으로 끌어내리는 것이 유행하고 있었어. 굳이 단테 이야기는 하지 않겠다. 프랑스에서는 법원 서기들, 그리고 모든 수도원의 수도사들마저도 마돈나니 천사니 성인들이니 예수 그리스도니 심지어는 하느님까지 무대에 올리는 연극들을 공연하고 있었거든. 그런 연극들은 한결같이 대단히 소박한 형태였어. 빅토르 위고의 『파리의 노트르담』[66]이란 작품 속에는 루이 11세 시대에 왕세자의 탄생을 기념하는 〈성스럽고 지고하신 성모 마리아의 명판결Le bon jugement de la très sainte et gracieuse Vierge Marie〉이라는 제목의 교훈극이 파리의 시청 홀에서 민중들을 대상으로 무료 공연되었다는 내용이 들어 있는데, 그 작품에서는 성모께서 직접 명판결bon jugement을 내리고 있단 말이야. 그리고 우리 나라에서도 뾰뜨르 대제 이전 시대의 모스끄바에서, 특히 구약성서에서 따온 거의 〈드라마틱한 연극〉 작품들이 때때로 공연되었어. 그렇지만 드라마 공연들 말고도 당시에는 많은 소설들과 〈시 작품들〉이 세상에 나돌고 있었고, 반드시 성인들, 천사들 그리고 천상의 온갖 천사장들을 등장시켰지. 우리 나라 수도원에서는 아직 따따르 침략 시대였음에도 불구하고 그런 서사시들의 번역, 필사, 게다가 창작에까지 몰두하고 있었어. 예를 들면 수도원에서 만들어진 서사시(물론 그리스 어를 번역한 작품이지만) 『성모의 지옥 방문』이란 작품은 그 장면들과 대담성의 측면에서 결코 단테에 뒤지지 않아. 거기에서는 성모께서 지옥을 방문하고 계신데, 대천사 미하일이 그분을 〈고난의 길〉을 따라 인도하고 계시지. 성모께서는 죄인들과 그들이 겪는 고난을 목격하시는 거야. 그런데 그중에서도 가장 시선을 끄는 것은 불바다 속에 떨어진 죄인들의 모습이었어. 그들 가운데는 그 불바다 속에 너무 깊이 빠져서 더 이상 불바다 위로 헤치고 나올 수 없는 죄인들, 다시 말해 〈하느님께서도 이미 잊어버린 자들〉이 있었어. 이건 정말이지 굉장한 심오함과 힘의 표현이지. 그래서 큰 충격을 받아 슬픔에 잠긴 성모께서는 하느님의 옥좌 앞에 엎드려 지옥에 있는 모든 사람들, 자신이 지옥에서 목격한 모든 사람들에게 아무런 차별을 두지 말고 자비를 베풀어 달라고 간청하게 되었어. 성모와 하느님 사이의 대화는 무진장 흥미진진하지. 성모께서 자리를 뜨지 않고 계속 간청을 드리자, 하느님께서는

66 Notre-Dame de Paris. 우리나라에서는 『노트르담의 꼽추』라는 제목으로 번역됨.

두 손 두 발에 못이 박힌 아들 예수를 가리키며 〈내 아들의 박해자들을 어찌 용서할 수 있겠는가?〉라고 물었어. 그러자 성모께서는 모든 성인들, 모든 순교자들, 천사들, 대천사들에게 함께 엎드려 모든 죄인들에게 아무런 차별 없이 자비를 베풀어 주실 것을 간청하자고 부탁했지. 결국 성모께서는 하느님으로부터 매년 성(聖) 금요일부터 성령 강림제까지 모든 고난을 중지한다는 기원을 이루어 내었고, 지옥의 죄인들은 하늘을 향해 〈주여, 당신의 심판은 옳았나이다!〉라고 외치며 하느님께 감사를 드리게 되었어. 그런데 내 서사시[67]가 당시에 만들어졌더라면 아마 비슷한 식이 되었겠지. 내 서사시의 무대에도 그[68]가 등장하니까. 사실 그는 내 서사시 속에서 한마디 말도 하지 않고 그저 나타나서 돌아다니고 있을 뿐이지. 그리스도께서 자신의 왕국이 도래하리라고 약속하신 이래, 그분의 예언자가 〈자, 내가 속히 임하리니〉라고 기록한 이래 이미 15세기가 지났을 때거든. 〈그날과 그 시간은 아들조차도 모르시며 오직 하늘에 계신 하느님 아버지께서만 알고 계시니라〉[69]라는 말씀은 그가 지상에 머무시는 동안에 직접 밝히신 거야. 그러나 인류는 여전히 지난날의 믿음과 지난날의 감동을 가슴에 간직한 채 그날이 오기만을 기다려 왔어. 오, 오히려 더욱 커다란 믿음을 지니게 되었는데, 그것은 인간에게 하늘나라의 보증이 단절된 지 이미 15세기가 지나 버렸기 때문이야.

마음이 속삭이는 대로 믿을지라
하늘나라의 보증이 없을지라도.[70]

67 여기서 서사시는 〈뽀에마〉라는 러시아 문학의 독특한 장르로, 다소 자조적인 뉘앙스를 띠고 있다.
68 그리스도.
69 「마태오의 복음서」 24장 36절, 〈그러나 그날과 그 시간은 아무도 모른다. 하늘의 천사들도 모르고 아들도 모르고 오직 아버지만이 아신다〉.

이처럼 마음의 속삭임에 대한 믿음뿐이지! 사실 당시에는 많은 기적도 일어났었어. 치유의 기적을 일으킨 성인들도 존재했었고, 많은 독실한 신자들의 생애 기록에 따르면 하늘나라의 성모께서 그들에게 모습을 나타내셨다는 거야. 그러나 악마라고 낮잠만 자고 있지는 않으므로 인류에게는 그런 기적의 진실성에 대한 의심이 일어나기 시작했어. 그때 마침 북부 게르마니아에 무서운 신흥 이교(異敎)가 등장했어. 〈불붙은 산과 같은〉 거대한 별 하나가(즉 교회가) 〈수원(水源)에 떨어져 물 맛이 쓰게 되었다〉[71]라는 내용이지. 그들은 기적을 부정하며 하느님을 모독하기 시작했어. 그러나 나머지 신도들은 더욱 열렬히 신심을 불태웠지. 인류의 눈물은 예전처럼 그리스도를 향해 솟구쳤고, 그분을 기다리고 사랑하며 그분에게 희망을 걸었고, 예전과 같이 그분을 위해 고통을 겪으며 죽어 가기를 갈망한 거야……. 이렇듯 인류는 불 같은 믿음을 가지고 오랫동안 기도했지. 〈주여, 저희들에게 모습을 나타내소서〉라고 여러 세기에 걸쳐 그리스도를 찾았으므로 변함없는 연민의 정을 품고 계시던 그분은 기도하는 사람들에게 내려가고 싶으셨어. 『성자전』에 기록된 바에 따르면 그분께서는 예전에도 지상으로 내려와 많은 독실한 신도들, 순교자들, 성스러운 은자들을 찾아가셨던 일이 있지. 우리 나라에서는 쮸체프가 자기 생각의 진실성을 마음 깊이 확신하며 이렇게 단언했지.

십자가의 무거운 짐을 지신 그분께서는
하늘나라의 임금께서는 노예의 신분으로

---

70 F. 실러의 시 「동경 *Die Sehnsucht*」에서 인용.
71 「요한의 묵시록」 8장 10, 11절, 〈그러자 하늘로부터 큰 별 하나가 횃불처럼 타면서 떨어져 모든 강의 삼분의 일과 샘물들을 덮쳤습니다. 그 별의 이름은 쑥이라고 합니다. 그 바람에 물의 삼분의 일이 쑥이 되고 많은 사람이 그 쓴 물을 마시고 죽었습니다〉.

고향 대지여, 그대의 구석구석을
축복하시며 누비셨노라.[72]

틀림없이 그랬을 거라고 나도 네게 말할 수 있어. 그분께서는 일순간이나마 민중들에게, 더러운 죄악으로 고통받고 괴로워하면서도 어린애처럼 자신을 사랑하고 있는 민중들에게 모습을 나타내고 싶어하셨던 거야. 내 서사시는 스페인의 세비야에서 하느님의 영광을 위해 매일 장작더미가 불타오르던 무서운 종교 재판 시대를 배경으로 하고 있지.

장엄하게 활활 타오르는 화형장에서
사악한 이단자들을 불태웠도다.[73]

오, 그건 그분께서 약속하신 대로 〈동방에서 서방으로 비치는 번갯불처럼〉[74] 하늘나라의 영광을 위해 돌연히 일어날 종말의 시간에 등장하시는 그런 강림은 물론 아니야. 아니, 그분은 잠시나마 자신의 자식들을, 다시 말해서 이단자들을 불태우는 장작 소리 요란한 바로 그곳에 찾아가고 싶으셨던 거야. 그래서 하해 같은 자비심으로 15세기 전에 인간들 사이를 3년간 편력하실 때와 똑같은 인간의 모습을 하고 다시 한번 인간들 사이를 돌아다니시는 거지. 그분께서는 남부 도시의 〈무더운 광장〉에 내려오시는데 그때는 마침 국왕, 신하, 기사, 추기경, 매력적인 궁녀들 그리고 세비야의 모든 시민들이 지켜보는 가운데 〈하느님의 영광을 위하여 ad majorem gloriam Dei〉 추기경인 대심문관이 거의 백여 명

72 F. I. 쮸체프의 시 한 구절.
73 A. I. 뽈레쟈예프의 시 「꼬리올란」의 한 구절.
74 「마태오의 복음서」 24장 27절. 〈동쪽에서 번개가 치면 서쪽까지 번쩍이듯이 사람의 아들도 그렇게 나타날 것이다〉.

이 넘는 이단자들을 화형시킨 바로 다음날이지. 그분은 누구의 눈에도 띄지 않게 조용히 모습을 나타내시지만 이상하게도 세상 사람들은 모두 그분을 알아보게 되지. 바로 여기가 내 서사시의 가장 뛰어난 대목 중의 하나라 할 수 있어. 다시 말해서 어떻게 그분을 알아보느냐가 문제겠지. 민중들은 억누를 수 없는 힘에 이끌려 그분에게 달려가 그분을 둘러싸고, 그 수효는 점점 불어나면서 그분의 뒤를 따르는 거야. 그분은 끝없는 연민의 고요한 미소를 머금은 채 아무 말 없이 민중들 사이를 걸어가시지. 그분의 가슴속에는 사랑의 태양이 타오르고, 광명과 교화와 권능의 빛이 두 눈에서 흘러나와 사람들의 마음으로 들어가 화답받는 사랑으로 몸을 떨게 하시지. 그분은 손을 뻗어 그들을 축복하시는데 그분의 몸에, 아니 옷자락에 손길이 닿기만 해도 병이 치유되는 기적이 일어나는 거야. 그런데 군중들 속에서 어려서 장님이 된 한 노인이 〈주여, 저를 치료해 주시면 저도 당신을 뵐올 수 있겠나이다〉라고 외치자, 마치 눈에서 비늘이 떨어져 나간 듯 장님은 그분을 보게 되는 거야. 민중들은 눈물을 흘리며 그분이 지나가시는 땅에 입을 맞추고, 아이들은 그분 앞에 꽃을 뿌리고 찬송가를 부르며 〈호산나!〉를 외쳐 대지. 〈그분이셔, 바로 그분이셔, 그분이 틀림없다고, 어떤 사람도 그분과 같을 수는 없는 거야〉라고 사람들은 모두 이구동성으로 합창하지. 그분께서 세비야 성당 문 앞에서 걸음을 멈추실 때 뚜껑이 열린 어린아이의 하얀 관이 통곡소리와 함께 성당 안으로 옮겨지는 거야. 관 속에는 한 이름 있는 시민의 일곱 살 난 외동딸이 들어 있어. 죽은 아이는 꽃 속에 파묻혀 있는 거야. 〈저분께서 당신의 아이를 소생시키실 거예요〉라고 군중들은 슬픔에 잠긴 아이 어머니에게 외쳐 대지. 관을 맞으러 밖으로 나온 성당 신부는 못 믿겠다는 듯 쳐다보면서 미간을 찌푸리는 거야. 그러나 죽은 아이의 어머니는 통곡하기 시작하지. 그녀는 그의 발 밑에 엎드려, 〈만일 당신이 그분이시라면 제 아이를 부활시켜 주십시오!〉라고 부르짖으며 그분을 향해 두 팔을 벌리지. 장례 행렬은 멈추고 관은 성당 문 앞에 서 계신 그분의 발 밑에 내려지는 거야. 그분은 연민의 눈길로 바라보시며 다시 한번 조용히 입을 열어 〈탈리다 쿰〉, 즉 〈소녀여 일어나라〉[75]라고 말씀하시지. 그러자 소녀는 관에서 일어나 앉더니 무엇에 놀라기라도 한 듯이 눈을 크게 뜨고는 미소를 머금은 채 주변을 둘러보는 거야. 소녀의 손에는 관에 눕힐 때 쥐어졌던 백장미 다발이 그대로 들린 채로. 군중들 사이에는 소요와 비명과 통곡이 일어나는데 바로 그 순간 갑자기 추기경인 대심문관이 광장을 따라 성당 곁을 지나가지. 키가 크고 아직도 허리가 곧은 거의 아흔 살에 가까운 그 노인은 쇠약한 얼굴에 두 눈은 움푹 패였지만 불꽃 같은 광채가 빛나고 있어. 오, 그는 로마 종교의 적들을 화형시킬 때 군중들에게 자신을 과시하기 위해 입었던 장엄한 추기경 복장이 아니라 낡고 허름한 수도승 복장을 하고 있지. 그 뒤에는 일정한 간격을 두고 안색이 어두운 시무승들과 노예들과 〈신성한〉 호위대가 뒤따르지. 그는 군중들 앞에서 발걸음을 멈추고는 저편을 바라보다가 모든 장면을 다 목격하고 말았어. 그의 발 아래 관이 놓이는 것도 보고, 소녀가 되살아나는 것도 보았지. 그러자 그의 안색이 흐려졌어. 그는 하얗게 센 숱 많은 눈썹을 찌푸리고 그의 눈동자에서는 불길한 불꽃이 튀기 시작해. 그는 손가락으로 가리켜 그를 체포하라고 지시하지. 그의 권세는 너무나 막강하고 사람들은 그의 명령에 꼼짝없이 복종하도록 길들여져 있었으므로 군중들은 호위대에게 얼른 길을 비켜 주는 거야. 그리하여 무덤 같은 침묵이 엄습한 가운데 그들은 그의 양손을 붙들고 끌고 가버려. 일순간 군중들은

---

[75] 「마르코의 복음서」 5장 41절. 〈그리고 아이의 손을 잡고 《탈리다 쿰》하고 말씀하셨다. 이 말은 《소녀야, 어서 일어나거라》라는 뜻이다.〉 마태오의 복음서 9장 25절. 〈그 사람들이 다 밖으로 나간 뒤에 예수께서 방에 들어가 소녀의 손을 잡으시자 그 아이는 곧 일어났다〉.

마치 한 사람이 움직이듯 늙은 심문관 앞에서 머리를 땅에 조아리고, 심문관은 아무 말 없이 사람들을 축복하며 그 곁을 지나가는 거야. 호위대는 포로를 종교 재판소의 낡은 건물에 있는 비좁고 음침한 아치 형 감옥으로 끌고 가 그 안에 가두어 버리지. 날은 저물어 어둡고 〈숨 막힐 듯〉 무더운 세비야의 밤이 찾아오고, 대기는 〈월계수 향과 레몬 향으로 진동하지〉. 그런데 짙은 어둠 사이로 갑자기 감옥 철문이 열리더니 손에 등불을 든 늙은 대심문관이 감옥으로 천천히 걸어 들어오는 거야. 그는 혼자였는데, 그가 들어서자 철문은 곧 굳게 닫히지. 그는 걸음을 멈추더니 문 옆에서 1, 2분 가량 그의 얼굴을 바라보는 거야. 마침내 조용히 다가서면서 탁자 위에 등불을 올려놓으며 이렇게 말하는 거야.

〈당신이 그분이오? 당신이?〉 그러나 그는 대답이 나오기를 기다리지 않고 재빨리 이렇게 덧붙여 말하지. 〈아무 대답도 하지 마시오, 입 다무시오. 당신이 무슨 이야기를 할 수 있겠소? 난 당신이 무슨 이야기를 하려는지 잘 알고 있거든. 그리고 당신은 당신이 예전에 이야기한 것 이외에 다른 이야기를 덧붙여 설교할 권리가 없단 말이오. 당신은 어째서 우릴 방해하러 온 거요? 당신이 우릴 방해하러 왔다는 것은 당신 자신이 잘 알고 있겠죠. 하지만 당신은 내일 무슨 일이 일어날지 알고 있기나 하오? 난 당신이 누군지 모르오, 알고 싶지도 않고. 당신이 그분이든 그분으로 위장한 자든, 난 내일 형을 선고해서 가장 사악한 이교도로서 당신을 화형에 처할 테니. 오늘 당신 발에 입을 맞춘 사람들은 내 손짓 하나에 따라 화형대에 장작을 집어 던질 거요. 당신은 그런 사실을 알고 있소? 그래, 아마도 당신은 그걸 잘 알고 있을 거요.〉 그는 잠시도 자신의 포로에게서 눈을 떼지 않은 채 골똘히 생각에 잠기는 거야.」

「전혀 이해가 가지 않아요, 이반 형. 그게 대체 무슨 소리예요?」 시종일관 묵묵히 듣고 있던 알료샤가 미소를 지었다. 「그저 한번 해보는 공상이든가, 아니면 노인의 실수, 도대체 있을 수 없는 혼란qui pro quo이겠죠?」

「그럼 후자의 경우라고 해두지.」 이반은 웃음을 터뜨렸다. 「만일 오늘날의 사실주의에 네가 희롱당한 결과 환상적인 것은 조금도 참을 수 없어서 혼란이라고 생각하고 싶다면 그렇다고 해도 괜찮아. 그건 사실이니까.」 이반은 다시 웃음을 터뜨렸다. 「노인은 아흔 살이나 먹어서 오래 전부터 자신의 이념 때문에 정신 이상을 일으켰을 수도 있을 테니까. 포로는 그의 용모만으로도 노인에게 충격을 줄 수도 있는 것이고. 물론 그건 죽음을 앞둔 데다가 전날 수백 명의 이교도에게 집행한 화형 때문에 흥분이 채 가시지 않은 아흔 살 먹은 노인의 단순한 잠꼬대, 환영일 수도 있겠지. 하지만 너나 나한테는 혼란이든 한번 해보는 공상이든, 모두 마찬가지 아니겠어? 여기서 문제는 노인이 자신의 속마음을 꼭 털어놔야 하고, 그래서 90년 동안 침묵해 온 것을 큰소리로 지껄여 대는 것뿐이니까.」

「그런데도 포로는 입을 다물고 있나요? 그를 쳐다보면서도 잠자코 있나요?」

「어떤 경우라도 그러지 않을 수는 없어.」 이반은 다시 웃음을 터뜨렸다. 「그가 예전에 이야기했던 것 이외에는 아무 말도 덧붙일 권리가 없다고 노인이 지적하고 있으니까. 적어도 내 생각으로는 바로 여기에 로마 가톨릭 교의 기본적인 특징이 들어 있는 것 같아. 〈모든 것을 당신 스스로 교황에게 인계했으니, 이제는 모든 것이 교황의 소유이며, 이제는 제발 이곳에 찾아오지도 말며, 적어도 때가 오기 전까지는 방해하지 말아 달라〉는 내용이지. 그들은 이런 생각을 말로만 하는 것이 아니라 글로도 쓰고 있어. 적어도 예수회 사람들은 말이야. 난 그 신학자들이 쓴 책을 읽었지. 〈당신이 떠나온 저 세상의 비밀 중에서 단 한 가지라도 우리에게 전할 권리를 갖고 있소?〉라고 나의 노인은 그에게 묻고 있고 또 이렇게 대답하는 거야. 〈아니, 당신은 그럴 권리가 없다오. 그러니 예전에 이야기한 것 이외에 추가로 설교할 수도 없으며, 당신이 지상에 머무는 동안 그토록 지지했던 자유를 인간들한테서 빼앗아 갈 수도 없는 거요. 당신이 다시금 소리 높여 전하려는 모든 것은 인간들의 신앙의 자유를 위협하게 될 것이오. 왜냐하면 그것은 기적으로 나타날 것이기 때문이오. 그런데 인간들의 신앙의 자유는 1천 5백 년 전 당시에 당신한테는 무엇보다도 소중한 것이 아니었소? 《너희들을 자유롭게 하고 싶구나》라고 말한 사람은 바로 당신이 아니었소? 당신은 바로 그 《자유로운》 인간들을 지금 목격한 거요.〉 노인은 의미심장한 조소를 지으며 이렇게 덧붙였지. 〈그렇소, 그 사업은 우리들에게 무척 소중한 것이었소.〉 노인은 그를 뚫어질 듯 응시하며 이야기를 계속하지. 〈하지만 우리들은 그 사업을 당신의 이름으로 마침내 완수했소. 그 자유 때문에 우리들은 15세기 동안 고통을 겪었지만 이제는 그것을 확고히, 확고히 완수했단 말이오. 확고히 완수했다는 사실을 믿지 않소? 당신이 나를 온순한 눈길로 바라보는 것은 내게 화를 낼 가치조차 없다는 의미요? 그러나 알아 두시오. 오늘날 인간들은 그 어느 때보다도 신심이 깊고, 자유로 충만되어 있으며, 그들 스스로 자신들의 자유를 우리한테 가져와서 우리 발 밑에 공손히 바쳤다는 것을. 그러나 그걸 이룬 건 우리들이오. 당신이 기대했던 것은 그런 자유가 아니었소?〉라고 말이야.」

「다시 이해가 가지 않는군요.」 알료샤가 반문했다. 「그 사람은 비꼬고 있는 건가요, 아니면 비웃고 있는 건가요?」

「전혀 그렇지 않아. 마침내 사람들이 자유를 억제하고 사람들을 행복하게 만든 공적을 심문관은 자신과 자신의 동료들에게 돌리려는 것이지. 〈왜냐하면 이제서야(물론 그는 심문에 대해 이야기하고 있어) 처음으로 인류의 행복에 대해 생각할 수 있게 되었기 때문이오. 인간은 반역자로 창조되었소. 과연 반역자들이 행복해질 수 있겠소? 당신은 경고를 받아 온 것이오〉라고 그는 그에게 말하지. 〈당신은 경고와 지적을 충분히 받았지만 그 경고에 귀를 기울이지 않았고, 사람들을 행복하게 해줄 수 있는 유일한 길을 거절했지만 다행스럽게도 이 세상을 떠나면서 우리들에게 자신의 사업을 건네주었소. 당신은 약속을 했고 당신의 말씀으로 확인시켜 주었으며, 우리들에게 속박과 해방의 권리를 부여했소. 그러니 이제는 그 권리를 우리들로부터 빼앗아 갈 수 있다고 생각해서는 안 되오. 당신은 어째서 우리들을 방해하러 나타난 거요?〉」

「〈경고와 지적을 충분히 받았다〉는 말이 무슨 뜻인가요?」 알료샤가 물었다.

「바로 거기에 심문관이 말하는 가장 중요한 핵심이 들어 있는 거란다.

〈무섭고 지혜가 넘치는 악마가, 자멸과 허무의 악마가······〉 하고 심문관은 이야기를 계속하지. 〈······위대한 악마가 광야에서 당신과 대화를 나눈 적이 있고, 악마가 당신을 시험에 들게 했다〉는 사실이 성서를 통해 우리들에게 전해졌지요. 그렇지 않소? 그렇다면 악마가 당신한테 던졌던 세 가지 질문, 당신이 거절했던 말, 성서에서 소위 〈시험〉이라고 한 그 말보다 더 진실된 말을 할 수 있었겠소? 만일 언젠가 지상에 진정으로 청천벽력 같은 기적이 일어났다면, 그날은, 바로 그날은 세 가지 시험의 날이겠지요. 다시 말해서 바로 그 세 가지 질문에 기적이 들어 있는 것이오. 그저 실험적인 한 예에 불과하지만 만일 무서운 악마의 세 가지 질문이 성서 속에서 자취도 없이 사라져 그것들을 복구해야 한다면, 즉 성서 속에 다시 집어넣기 위해 새로 머리를 짜내고 창작해 내야 하고 그러기 위해서 정치가, 성직자, 학자, 철학가, 시인 등 지상의 모든 현인들을 불러 모아서, 〈머리를 짜내어 세 가지 질문을 창작해야 하는 경우를 가정해 보시오. 물론 거기에는 사건의 중대성에 상응하는 질문들이어야만 하고 미래의 세계사와 전 인류사를 망라해서 표현할 뿐만 아니라 인간의 언어로 된 꼭 세 마디, 세 문장으로 표현되어야 한다〉는 제한이 있소. 당신은 그들과 혼연일체가 되어 아무리 지상의 지혜를 모으더라도 그 힘과 깊이에서 당시 강하고 지혜로운 악마가 광야에서 당신한테 던졌던 그 세 가지 질문에 근접할 수 있는 또 다른 질문을 얻어낼 수 있다고 생각하시오? 그 질문들만 미루어 봐도, 그 질문들의 기적적인 출현으로만 미루어 봐도 당대의 인간의 지혜가 아니라 영원하고 절대적인 지혜와 관계를 맺고 있다는 것을 알 수 있을 거요. 왜냐하면 그 세 가지 질문에는 인류의 모든 미래 역사가 단 하나의 전체 속으로 응축되고 예언되어 있는 듯하며, 인간의 본성이 지상에서 갖게 되는 온갖 역사적 모순이 한데 합쳐진 세 가지 유형들이 나타나 있기 때문이오. 미래를 알 수 없었을 테니 당시에는 그걸 미처 몰랐을 것이오. 하지만 15세기가 지난 지금 우리는 그 세 가지 질문 속에 들어 있는 모든 것이 더 이상 아무것도 가감할 수 없을 정도로 정확하게 점쳐졌고 예언되었으며, 또한 실현되었음을 잘 알고 있다오.

누가 옳은지 스스로 판단해 보시오. 당신이오, 아니면 그때 당신을 시험에 들게 한 그자요? 첫번째 질문을 상기해 보시오, 표현이야 똑같지 않겠지만 의미는 이런 것일 테니까. 〈너는 세상에 나가고 싶어하는구나. 자유에 대한 약속만 있을 뿐 빈손으로 말이다. 하지만 순진하고 본래 비천한 인간들은 그 약속의 의미를 깨닫지 못하여 두려워하고 무서워할 뿐이다. 왜냐하면 인간에게나 인간 사회에서 자유보다 더 견디기 힘든 것은 결코 아무것도 없었으니까! 네 눈에도 뜨겁게 달아오른 이 벌거숭이 광야에서 뒹구는 저 돌들이 보이겠지? 그 돌들을 빵으로 변화시키란 말이다. 그러면 인류는 네가 손을 거둬들여 빵을 주지 않으면 어쩌나 하고 영원히 불안에 떨면서 착하고 온순한 양떼처럼 네 뒤를 따를 테니.) 하지만 당신은 인간들로부터 자유를 빼앗고 싶지 않았기에, 빵으로 복종을 산다면 그게 무슨 자유인가라고 판단하여 그 제안을 거절했었소. 당신은 인간은 빵만으로는 살 수 없다고 대답했지만, 그 지상의 빵의 이름으로 지상의 악마는 당신에게 반기를 들고 일어나 당신과 투쟁하여 결국 당신을 누르고 말 것이며, 모든 사람들이 〈그 짐승을 닮은 자야말로 하늘에서 불을 훔쳐다가 우리들에게 가져다 주었다!〉고 외치면서 악마의 뒤를 따르리란 사실을 당신은 모른단 말이오? 세기가 지난 뒤 인류는 자신들의 지혜와 과학으로 인해 범죄가 존재하지 않으며 따라서 죄악도 존재하지 않고 다만 굶주린 자들만이 존재할 뿐이라고 자신의 입으로 소리 높여 공언하리란 사실을 당신은 모른단 말이오? 사람들은 〈먹여 살려라, 그리고 나서 선행을 요구하라!〉고 쓴 깃발을 당신을 향해 높이 치켜들고 당신의 성전을 파괴할 것이오. 당신의 성전이 있는 자리에는 비록 예전처럼 완성되지는 못하겠지만 새로운 건물이, 무서운 바벨탑이 새로 들어설 것이오. 하지만 당신은 새로운 탑이 들어서는 것을 막고, 인류의 고통을 천 년은 줄여 줄 수 있었을 거요. 왜냐하면 인류는 자신들의 탑을 세우느라 천 년 동안 고생한 끝에 우리들한테 도달하게 될 것이니까! 그때 인류는 지하에, 카타콤[76]에 숨어 있는(왜냐하면 우리들은 다시 박해를 받고 고통을 겪을 테니까) 우리들을 찾아 나서고, 마침내 우리들을 발견하여 〈우리들에게 빵을 주십시오, 하늘나라에서 불을 훔쳐 주겠다고 약속했던 자들은 우리들에게 불을 가져다 주지 않기 때문입니다〉라고 외칠 것이오. 빵을 주는 자만이 그 탑을 완성시킬 수 있기 때문에 그제서야 우리들이 그것을 완성시킬 것이오. 그때 우리들은 당신의 이름으로 빵을 나눠 주겠지만 당신의 이름이라는 것은 거짓말에 불과하오. 오오, 우리들이 없

---

[76] 초기 기독교도들이 숨어서 예배를 드리던 지하 묘지.

으면 그들은 결코, 결코 빵을 얻을 수 없는 것이오! 그들이 자유를 누리는 한 어떤 과학도 빵을 줄 수 없지만, 결국 그들은 우리들의 발 아래 자유를 반납하면서, 〈우리들을 노예로 삼되 우리들에게 빵을 주시는 편이 낫습니다〉라고 말할 것이오. 마침내 그들 스스로 지상의 빵과 자유가 양립될 수 없다는 사실을 깨닫게 될 것이오. 왜냐하면 그들은 두 가지를 절대로, 절대로 모두 가질 수는 없을 테니까! 그들은 자신들이 무력하고 결함투성이의 하잘것없는 존재이자 반역자들이어서 절대로 자유를 누릴 수 없다는 사실을 깨닫게 될 것이오. 당신은 그들에게 천상의 빵을 약속했지만, 다시 말해 두지만 영원히 모순 속에서 허덕이며 영원히 비천한 존재인, 무력한 그들의 눈에 그것이 지상의 빵과 비교될 수 있을 거라고 생각하오? 수천, 수만 명의 사람들이 천상의 빵의 이름으로 당신을 따른다 해도 천상의 빵 때문에 지상의 빵을 경시할 능력이 없는 수백만, 수천만의 사람들이 남게 될 것이 아니오? 당신한테는 위대하고 능력 있는 수만 명의 사람들만이 소중할지 모르지만, 수백만, 아니 바닷가의 모래알처럼 수없이 많은 사람들, 연약하지만 당신을 사랑하는 그 많은 사람들이 위대하고 능력 있는 사람들을 위한 재료가 되어야만 하겠소? 아니오, 우리들한테는 그 힘없는 사람들도 소중한 것이오. 그들은 결함투성이의 반역자들이지만 결국 복종하게 될 거요. 그들은 우리들에 대해서 경탄해 마지않을 것이며, 우리들을 신으로 여기게 될 것이오. 왜냐하면 우리들이 앞장서서 자유를 참아 내고 그들을 통치하는 데 동의했기 때문이오. 궁극적으로는 자유를 누리는 것이 끔찍한 일이 아니겠소! 그러나 우리들은 당신한테 복종하며 당신의 이름으로 통치하는 거라고 말할 것이오. 우리들은 다시 그들에게 거짓말을 할 것이오. 왜냐하면 우리 자신은 결코 당신을 용납하지 않을 테니. 따라서 반드시 거짓말을 해야만 하므로 그 거짓말 속에 우리들의 괴로움이 깃들어 있는 것이오. 바로 이것이 광야에서의 첫번째 질문이 의미하는 바이며, 당신은 스스로 무엇보다 소중하게 여긴 자유의 이름으로 그것을 거부했던 것이오. 그렇지만 그 질문 속에는 이 세상의 위대한 비밀이 담겨 있소. 당신이 〈지상의 빵〉을 받아들였다면 개별적인 인간은 물론 전인류의 영원하고 공통된 고뇌에, 〈과연 누구를 경배할 것인가〉 하는 문제에 해답을 주었을 것이오. 자유를 누리는 인간에게 경배할 대상을 서둘러 찾는 것보다 더 고통스럽고 답답한 고민거리는 없는 것이오. 하지만 인간은 경배할 대상을 찾고 있고, 인류가 그 대상 앞에 순식간에 무릎을 꿇으리란 사실은 너무나, 너무나 자명한 일이오. 왜냐하면 그 가엾은 피조물들의 고민은 자신이나 다른 사람들이 경배할 대상을 찾는 것이 아니라, 모든 사람들이, 반드시 모든 사람들이 다 함께 믿고 경배할 수 있는 대상을 찾아야 한다는 데 있기 때문이오. 바로 이 경배의 〈공통성〉에 대한 욕구는 천지 창조 이래로 전인류는 물론 개개인의 가장 힘겨운 고통이 되어 왔소. 공통된 경배 때문에 그들은 칼을 휘두르며 서로 싸웠던 것이오. 그들은 신들을 창조하여 〈너희의 신들을 버리고 우리의 신들 앞에 무릎을 꿇어라. 그렇지 않으면 너희들과 너희의 신들에게 죽음이 있을 뿐이다!〉라며 서로를 끌어들였단 말이오. 그런 상황은 세상의 종말까지, 이 세상에서 신들이 사라질 때까지 계속될 것이오. 설혹 우상들 앞에 몸을 굽힌다 해도 마찬가지가 아니겠소. 당신은 인간 본성의 근본적인 비밀을 알고 있었고, 모든 사람을 무조건 당신 앞에 경배토록 만들기 위해 당신에게 제시된 유일하고 절대적인 깃발을, 지상의 빵의 깃발을 자유와 천상의 빵이라는 미명하에 거부하고 말았소. 그리고 나서 당신은 끊임없이 무슨 짓을 저질러 왔는지 잘 살펴보시오. 모든 것에 자유의 이름을 내걸었던 것이오! 당신한테 말해 두지만, 인간이라는 불행한 존재들에게는, 태어나면서부터 지녔던 자유라는 선물을 한시 바삐 넘겨 줄 수 있는 사람을 찾아내는 것보다 더 고통스런 고민은 없는 것이오. 그러나 사람들의 자유를 지배할 수 있는 자는 오직 그들의 양심을 편안하게 해줄 수 있는 사람뿐이오. 당신에게는 빵과 더불어 확실한 깃발이 주어졌으므로 빵을 나눠 준다면, 그보다 더 확실한 것은 없을 것이고, 따라서 인간은 무릎을 꿇을 것이오. 그러나 그때 당신 곁에서 누군가가 인간의 양심을 지배한다면, 인간은 당신의 빵을 버리고 자신의 양심을 유혹하는 자를 따를 것이오. 그 점에서는 당신이 옳았소. 왜냐하면 인간 존재의 비밀은 그저 살아가는 데 있는 것이 아니라, 무엇을 위해 살아가느냐에 있기 때문이오. 무엇을 위해 살 것인가 하는 확고한 관념이 없다면, 인간은 비록 자기 주변에 빵이 널려 있어도 살기를 원치 않고 지상에 남기보다는 차라리 자살을 택할 것이오. 문제는 그렇지만, 사실 어떤 일이 벌어졌소? 인간의 자유를 지배하기는커녕 당신은 인간에게 한층 더 많은 자유를 주고 말았소! 선악을 분별할 때의 자유로운 선택보다는 평안, 그리고 심지어는 죽음이 인간에게 더 소중하다는 사실을 당신은 잊었단 말이오? 인간에게 양심의 자유보다 더 매혹적인 것은 아무것도 없지만 그보다 더 고통스러운 것도 없는 것이오. 그런데 당신은 인간의 양심을 영원히 평안하게 할 튼튼한 토대를 마련해 주지는 않고 특별하고 수수께끼 같고 불확정적인 것만을 가져왔고 인간에게 힘겨운 것만을 건네주었으니, 결국 인간을 전혀 사랑하지 않는 것처럼 행동한 꼴이 되었소. 그가 누구요? 바로 그들을 위해서 자신의 생명을 내던지러 왔다던 사람 아니오! 당신은 인간의 자유를 지배하기는커녕 그 자유를 배가시켜 인간의 정신적 왕국에 영원히 고통을 안겨 주지 않았소. 당신은 당신에게 현혹되어 포로가 된 인간이 자유 의지로 당신을 따르는 자유로운 사랑을 기대했던 거요. 인간은 강력한 고대 율법 대신에 당신의 형상만을 지도자로 삼은 채, 무엇이 선이고 무엇이 악인지 스스로 결정해야 하는 자유로운 존재가 되지 않을 수 없었지만, 만일 인간이 선택의 자유 같은 무서운 짐에 의해 짓눌린다면, 결국 그들은 당신의 형상과 진실을 거부하고 논쟁에 빠져 들 것이라 생각해 보지는 않았소? 결국 그들은 진리란 당신 안에 존재하는 것이 아니라고 외칠 것이오. 왜냐하면 엄청난 근심거리와 해결할 수 없는 과제를 안겨 주면서 당신이 저질렀던 것 보다 더는 그들을 혼란과 고통에 빠뜨릴 수는 없기 때문이오. 그처럼 당신은 자신의 왕국을 파괴시킬 토대를 스스로 마련한 것이니, 그 문제에 관한 한 누구도 탓할 수 없는 것이오. 당신한테 제안했던 것이 그것이란 말이오? 무기력한 반란자들의 행복을 위해서 세 가지 힘이, 그들의 양심을 영원히 지배하고 사로잡을 강력한 세 가지 힘이 지상에는 존재하오. 그 힘은 다름 아닌 기적과 신비와 교권이오. 당신은 첫번째 것도, 두 번째 것도 그리고 세 번째 것도 거부했으며 스스로 그 모범이 되었소. 무섭고 지혜로운 악마가 당신을 성전 꼭대기에 세워 놓고 이렇게 말했지요. 〈네가 하느님의 아들인지 아닌지 알기를 원한다면 밑으로 뛰어내려라. 성서에 천사들이 그리스도를 받쳐 주어 땅에 떨어져도 다치지 않으리라고 기록되어 있으니 말이다. 그러면 네가 하느님의 아들인지 아닌지 알 수 있을 것이며, 네 아버지에 대한 너의 믿음이 어떠한지도 입증되지 않겠느냐.〉[77] 그러나 당신은 그 이야기를 듣고도 그 제안을 거절했으며 굴복하지도 않고 또 뛰어내리지도 않았소. 오, 물론 당신은 그때 신처럼 당당하고 훌륭하게 행동했지만 사람들은, 무능한 반란의 족속들은, 신이 아니지 않소? 오, 그때 한 걸음만 앞으로 내디뎠더라도, 밑으로 몸을 던지기 위해 움직이기만 했더라도 당신

---

[77] 「마태오의 복음서」 4장 5, 6절. 〈그러자 악마는 예수를 거룩한 도시로 데리고 가서 성전 꼭대기에 세우고 「당신이 하느님의 아들이거든 뛰어내려 보시오. 성서에 〈하느님이 천사들을 시켜 / 너를 시중들게 하시리니 / 그들이 손으로 너를 받들어 / 너의 발이 돌에 부딪히지 않게 하시리라〉 하지 않았소?」하고 말하였다〉.

은 곧바로 하느님을 시험한 것이 되어 그분에 대한 모든 믿음을 잃고 당신이 구원하러 온 그 대지와 충돌하여 당신을 시험하던 지혜로운 악마를 기쁘게 했으리란 걸 알고 있었소. 하지만 되풀이해서 말하건대 당신과 같은 부류의 사람들이 얼마나 되겠소? 당신은 사람들이 그와 같은 시험을 극복해 낼 수 있을 것이라고 단 1분이라도 생각해 본 적이 정말 있소? 인간의 본성이 기적을 거부하고 그 무서운 생사의 갈림길에서, 가장 본질적이고 고통스러운 정신적 의혹의 순간에 자유로운 결정을 내릴 수 있도록 창조되었을 것 같소? 오, 당신은 자신의 행적이 성서에 기록되어 땅 끝까지 영원히 전해지리란 사실을 알고 있었으므로 인간이 당신의 뒤를 따라 기적을 물리치고 하느님과 함께하기를 기대했던 것이오. 그러나 당신은 인간이 기적을 거부하자마자 곧 하느님도 거부할 거란 사실을 몰랐던 거요. 왜냐하면 인간은 하느님보다는 기적을 찾고 있기 때문이오. 그래서 인간은 기적이 없는 한 무력한 존재이므로 수없이 반역자, 이교도, 무신론자가 되면서까지도 자신들만의 새로운 기적을 창조해 내고, 또 심지어는 마법적인 기적, 황당무계한 기적에 매료되는 것이오. 당신은 사람들이 〈십자가에서 내려와 봐라. 그러면 네가 그리스도라는 사실을 믿겠다〉고 소리 지르며 조롱하고 놀려 대도 십자가에서 내려오지 않았소. 당신이 거기서 내려오지 않은 것은 인간을 기적의 노예로 만들고 싶지 않았기 때문이며, 기적에 의한 신앙이 아닌 자유로운 신앙을 열망했기 때문이오. 당신은 단번에 인간을 영원히 공포에 떨게 할 권세 앞에서 드러나는 예속적인 노예들의 환희가 아니라, 자유로운 사랑을 열망했던 거요. 그러나 당신은 사람들을 너무 과대평가하고 말았소. 그들은 비록 반역자로 창조되긴 했어도 노예에 지나지 않기 때문이오. 잘 생각해 보고 판단하시오. 그때로부터 15세기가 지났으니 당신이 자신의 수준까지 끌어올린 사람들이 과연 누군지, 그들을 똑바로 쳐다보시오. 맹세하건대 인간은 당신이 생각했던 것보다 훨씬 더 허약하고 비천하게 창조되어 있는 것이오! 당신이 했던 일을 인간이 해낼 수 있을 것 같소? 당신은 인간을 너무나 존중했기에 인간을 동정하지 않는 것처럼 행동하고 말았소. 그건 인간에게 너무 많은 것을 요구했기 때문이오. 그건 자신보다 인간을 더 사랑했던 바로 당신의 행위였소! 인간을 덜 존중하고 그에게 더 적은 것을 요구하면 그의 부담이 줄어들 테니, 더욱 사랑으로 다가가는 길이 될 거요. 인간은 허약하고 비열하오. 인간은 지금 도처에서 우리들의 권력에 맞서 반란을 일으키고 있고 반란을 일으킨다는 사실에 자부심을 느끼지만, 그게 대체 어떻단 말이오? 그건 어린애들의, 코흘리개 학생들의 자부심인 거요. 그건 학급에서 반란을 일으켜 선생을 쫓아내는 어린애들의 자부심일 뿐이오. 그러나 어린애들의 환희도 끝을 맺어 선생은 어린애들한테 소중한 존재가 될 것이오. 사람들은 성전을 파괴하고 대지를 피로 물들일 것이오. 어리석은 어린아이들은 자신들이 반역자들임에도 불구하고 바로 자신들의 반역을 참아 내지 못하는 무력한 반역자들이란 사실을 결국 깨닫게 될 것이오. 그리고 마침내 그들은 어리석은 눈물을 흘리면서 자신들을 반역자로 창조한 자가 틀림없이 자신들을 희롱하고 싶었음을 의식하게 될 것이오. 사람들은 몹시 후회하면서 그런 이야기를 할 테지만, 그들이 내뱉은 이야기는 신성 모독이 될 테니, 그들은 더욱 불행해지고 말 것이오. 왜냐하면 인간의 본성은 신성 모독을 참지 못하고 결국 언제나 자기 자신에게 분풀이를 하기 때문이오. 그러므로 불안과 혼란과 불행은 당신이 그들의 자유를 위해 수난을 겪은 후에 남겨진 현재 인간의 운명이란 말이오! 당신의 위대한 예언자는 환상과 비유를 들어 말할 것이오, 자신은 첫 부활의 모든 증인들을 만났으며, 그들은 종족마다 1만 2천 명에 달한다고. 그러나 그 숫자가 사실이라면, 그들은 사람이 아니라, 신이오.[78] 그들은 당신의 십자가를 짊어졌고 수십 년을 메뚜기와 풀뿌리로 연명하면서 아무것도 자라지 않는 헐벗은 광야에서 견뎌 냈으니, 당연히 당신은 그 자유의 자식들을, 자유로운 사랑의 자식들을, 당신의 이름을 위하여 자발적이면서 위대한 희생을 감수한 자식들을 자랑스럽게 가리킬 수 있을 것이오. 하지만 그들이 겨우 수천 명에 불과하다면 결국 그들은 신에 해당된다는 사실을 잊지 마시오. 그러면 나머지 사람들은 어찌 되오? 강한 인간들처럼 견뎌 낼 수 없었던 나머지 허약한 사람들은 대체 무슨 죄를 지은 것이란 말이오? 그처럼 무서운 재능을 부여받을 수 없었던 허약한 영혼은 대체 무슨 죄를 지은 것이오? 당신은 오로지 선택된 자들을 위해, 선택된 자들만을 찾아온 것은 아니오? 그렇다면 그것이야말로 신비이며 우리들은 그것을 이해할 수도 없소. 하지만 만일 신비가 존재한다면 사람들의 자유로운 의사 결정이나 사랑이 중요한 것이 아니라 중요한 것은 신비이며, 설혹 양심에 거리낀다 할지라도 사람들이 무조건 복종해야 할 것은 신비라고 전도하고 가르치는 것이 정당할 것이오. 우리는 그렇게 실천해 왔소. 우리들은 당신의 위업을 손질해서 〈기적〉과 〈신비〉와 〈교권〉을 반석으로 삼았소. 그러자 사람들은 자신들을 다시 양떼처럼 인도해 주고, 마침내 가슴속에서 극심한 고통을 안겨 준 그토록 무서운 재능을 가슴속에서 제거시켜 준다며 몹시 기뻐했소. 그렇게 가르치고 행하는 우리들이 옳은 게 아니오? 어

78 「요한의 묵시록」 7장 4~8절. 〈그리고 내가 들은 바로는 도장을 받은 자들의 수효가 십사만 사천 명이었습니다. 이와 같이 이마에 도장을 받은 자들은 이스라엘 자손의 모든 지파에서 나온 사람들이었습니다. / 도장 받은 자는 / 유다 지파에서 일만 이천 명 르우벤 지파에서 일만 이천 명 / 가드 지파에서 일만 이천 명 / 아셀 지파에서 일만 이천 명 / 납달리 지파에서 일만 이천 명 / 므나쎄 지파에서 일만 이천 명 / 시므온 지파에서 일만 이천 명 / 레위 지파에서 일만 이천 명 / 이싸갈 지파에서 일만 이천 명 / 즈불룬 지파에서 일만 이천 명 / 요셉 지파에서 일만 이천 명 / 베냐민 지파에서 일만 이천 명이었습니다〉.

디 말해 보시오! 인류의 무능을 너무나 딱하게 여겨서 사랑으로 그들의 짐을 덜어 주고 우리들이 허락하는 한 비록 죄를 지었다 할지라도 그들의 허약한 본성을 용납하는데도 우리들이 인류를 사랑하지 않는다고 할 수 있겠소? 당신은 무엇 때문에 우리들을 방해하러 온 것이오? 어째서 당신은 입을 다문 채 그 온순한 눈으로 나를 뚫어질 듯 쳐다보시오? 화를 낼 테면 내보시오. 나는 당신의 사랑을 원치 않으니까. 왜냐하면 나는 당신을 좋아하지 않기 때문이오. 그리고 내가 당신한테 숨길 게 뭐가 있겠소? 내가 지금 대화를 나누는 상대가 누군지 모른다고 생각하시오? 내가 당신한테 무슨 말을 하려는지 당신은 이미 잘 알고 있잖소. 당신의 눈동자를 읽고 있단 말이오. 내가 당신한테 우리들의 비밀을 숨길 것 같소? 당신은 아마도 내 입을 통해 그걸 듣고 싶은 모양이니 말해 주겠소. 우리들이 함께하는 것은 당신이 아니라, 〈그〉[79]요. 그것이 바로 우리들의 비밀이지! 우리들은 이미 오래 전부터 당신이 아닌 〈그〉와 함께했고, 벌써 8세기가 흘렀소. 정확히 8세기 전에 우리들은 당신이 화를 내며 거부했던 그것을, 악마가 지상의 모든 왕국을 가리키며 당신에게 제의했던 그 마지막 재능을 그에게서 얻어 냈소. 우리들은 그에게서 로마와 시저의 칼을 얻어 냈고, 우리들만이 지상의 제왕, 유일한 제왕이라 선언했소. 비록 우리들의 사업을 완수하지는 못했지만 말이오. 하지만 누구 탓이겠소? 오오, 그 사업은 지금까지도 시작 단계에 불과하긴 하지만 이미 착수되어 있소. 사업의 완성은 아직도 오래 기다려야 하며 대지는 많은 수난을 겪게 되겠지만, 우리들은 성취할 것이며 시저가 될 테니, 그때가 되면 인류의 세계적 행복에 대해 생각할 것이오. 그런데 당신은 그때 이미 시저의 칼을 얻을 수도 있었소. 어째서 당신은 그 마지막 선물을 거부했던 거요? 전능한 악

---

[79] 악마.

마의 세 번째 충고를 받아들였다면 당신은 인간이 지상에서 찾고 있는 모든 것을 실행해 주었을 거요. 즉, 누구를 경배할 것인지, 누구에게 양심을 위임할 것인지, 어떤 방법으로 모든 사람들이 한 몸이 되어 이의 없이 공동 생활을 영위하는 개미처럼 단결할 수 있는가 하는 것들을 말이오. 왜냐하면 전 세계 단결의 욕구는 인류의 마지막이자 제3의 고통이기 때문이오. 인류는 세계적인 안정을 반드시 얻으려고 불철주야 노력해 왔소. 위대한 역사를 지닌 위대한 민족들도 많았지만, 그 민족들은 지위가 높아질수록 더욱 불행해지고 말았소. 왜냐하면 그들은 다른 민족들보다 더 강하게, 사람들을 결합시켜야 하는 세계화의 욕구를 의식했기 때문이오. 티무르 족이나 칭기즈칸의 무리들처럼 위대한 민족들은 우주를 정복하려고 애쓰면서 침략을 일삼았으며 대지에 회오리바람을 일으켰는데, 그들은 비록 무의식적이긴 해도 전 세계적·전 사회적 통일이라는 바로 그 위대한 인류의 요구를 표현했던 것이오. 온 세상과 시저의 여러 왕국을 얻은 후에 당신은 세계 왕국을 건설하고 세계 평화를 전했어야 했소. 왜냐하면 인류의 양심을 지배하고 그들의 빵을 손에 움켜쥔 자가 아니고는 누구도 그들을 지배할 수 없기 때문이오. 시저의 칼을 얻은 사람은 우리들이며, 우리들은 그 칼을 치켜 든 후, 물론 당신을 거부하고 〈악마〉를 따랐소. 오오, 자유로운 지혜와 과학과 식인(食人)이 미쳐 날뛰는 세월이 여전히 지속될 것이오. 왜냐하면 인류는 우리들의 힘을 빌리지 않고 바벨탑을 재건하기 시작했으며, 식인으로 끝을 맺을 테니까 말이오. 그러나 그때는 짐승처럼 우리들에게 기어와 우리 발을 핥으면서 피눈물을 흘릴 것이오. 그러면 우리들은 그 짐승을 깔고 앉아 축배를 들 테니, 그 잔에는 〈신비!〉라고 적혀 있을 것이오. 그러나 오직 그때에만 사람들을 위한 평온과 행복의 왕국이 도래할 것이오. 당신은 선택받은 자들로 인해서 자부심을 느낄 테지만, 당신이 가진 것이라곤 선택받은 자들뿐이잖소. 하지만 우리들은 만인을 평화롭게 할 것이오. 그뿐이 아니오. 그 선택받은 자들, 선택받을 수 있었던 강한 자들 가운데 상당히 많은 사람들은 당신을 고대하다가 지쳐서 정신의 힘과 마음의 정열을 엉뚱한 곳에 써버렸거나 앞으로도 그럴 것이며, 결국 당신에게 대항해 〈자유의〉 깃발을 치켜들게 될 것이오. 그러나 당신 자신도 그 깃발을 치켜든 적이 있지 않소. 우리들의 왕국에서 그들은 모두 행복을 누릴 것이며, 당신의 자유를 누릴 때와는 달리 더 이상 반란을 꾀하지도 서로를 해치지도 않을 것이오. 오오, 우리들은 그들이 우리들을 위해 자유를 포기하고 복종할 때에만 자유를 누리게 될 것이라고 설득할 것이오. 자, 우리가 옳을까요, 아니면 우리가 거짓말을 하게 될까요? 그들 자신은 우리들이 옳다고 믿을 것이오. 왜냐하면 당신의 자유가 얼마나 끔찍한 노예의 공포와 혼란으로 자신들을 이끌었는지 기억하게 될 테니까. 자유나 자유로운 지혜나 과학 따위는 그들을 무서운 숲으로 끌고 가서 그런 기적과 풀리지 않는 신비 앞에 서게 할 테니, 그들 중 복종할 줄 모르는 흉폭한 자들은 스스로 목숨을 끊을 것이고, 복종할 줄 모르나 힘없는 자들은 서로가 서로를 해칠 것이고, 힘없고 불쌍한 자들은 우리 발 밑으로 기어와, 〈네, 당신들이 옳았습니다. 당신들만이 그의 신비를 지니고 계십니다. 그래서 당신들께 돌아왔으니 저희들을 저희 자신으로부터 구원해 주십시오〉 하고 외칠 것이오. 결국 우리들한테서 빵을 받아 든 그들은 우리들이 돌멩이를 빵으로 변화시키는 기적을 일으키는 것이 아니라, 저희들의 손으로 벌어들인 빵을 거두었다가 다시 나눠 준다는 사실을 알게 되겠지만, 그들의 기쁨은 빵 그 자체에 있는 것이 아니라, 빵을 우리들로부터 받고 있다는 사실에 있소. 왜냐하면 우리들이 없던 시절에 그들이 제 손으로 벌어들인 빵이 저희들 손 안에서 돌멩이로 변했지만, 우리들한테 돌아온 다음부터는 바로 그 돌멩이가, 저희들 손 안에서 빵으로 변했다는 사실을 잘 알 것이기 때문이오. 영원히 복종한다는 것이 뜻하는 바를 그들은 매우, 매우 높이 평가할 것이오! 그리고 사람들이 그것을 이해하지 못한다면 그들은 불행해질 것이오. 그러나 그런 몰이해를 부추긴 사람이 누군지, 어디 말해 보시오. 양떼를 흩어 놓고 낯선 길로 몰아낸 사람이 대체 누구요? 그러나 양떼들은 다시 한자리에 모여서 영원히 복종하게 될 것이오. 그러면 우리들은 그들이 조용하고 겸손한 행복을, 그들이 창조된 바대로 힘없는 존재의 행복을 누리게 해줄 것이오. 오, 우리들은 결국 그들이 자부심을 갖지 못하도록 설득할 것이오. 왜냐하면 당신이 그들을 부추겨 자부심을 갖도록 가르쳤기 때문이오. 우리들은 그들이 무력하고 가엾은 어린애에 지나지 않으며, 어린애의 행복이야말로 그 무엇보다도 달콤하다는 사실을 증명해 보일 것이오. 그러면 그들은 겁을 집어먹고서 둥지의 어미 새에게로 달려가는 새끼 새들처럼 공포에 떨며 우리들을 우러러보면서 우리들에게 매달릴 것이오. 그들은 깜짝 놀라 우리들을 두려워할 것이며, 우리들이 수억 마리의 난폭한 양떼들을 진정시킬 수 있을 만큼 강하고 지혜롭다는 사실을 자랑스러워할 것이오. 그들은 우리들이 벌컥 화라도 내면 전전긍긍 두려운 생각에 가슴 조이며 어린애들이나 여자들처럼 눈물을 펑펑 쏟겠지만, 우리들이 손만 까딱하면 곧 즐거움과 웃음으로, 밝은 기쁨으로, 그리고 행복한 어린애의 노래로 옮아갈 것이오. 그렇소, 우리들은 그들이 일하지 않고는 못 배기게 만들겠지만, 노동 시간을 쪼개어 어린애들의 노래나 합창이나 순진한 춤 따위의 유희를 즐길 자유 시간을 줄 것이오. 오, 우리들은 그들의 죄악도 허용할 것이며, 그러면 허약하고 무력한 그들은 죄를 지어도 괜찮다며 마치 어린애들처럼 우리들을 좋아할 것이오. 그때 우리들은 우리의 허락을 받는 한 어떤 죄도 용서될 수 있다고 말하겠소. 우리들이 그들의 죄를 용납하는 것은 그들을 사랑하기 때문이며, 그들의 죄에 대한 벌은 어쩔 수 없이 우리가 떠맡게 될 것이라고 말하겠소. 우리가 그 책임을 떠맡으면 그들은 하느님 앞에서 자신들의 죄를 대신 짊어진 은인이라며 우리들을 숭배할 것이오. 그리고는 우리들한테 어떤 비밀도 갖지 않을 것이오. 우리들은 복종 정도에 따라 아내와 정부를 거느리고 사는 문제나, 자식들을 가지느냐 마느냐의 문제를 허용도 하고 금지도 할 것이오. 그러면 그들은 즐거운 마음으로 기꺼이 우리들한테 복종할 것이오. 양심은 그들의 가장 고통스런 비밀이어서 우리들한테 모두, 모두 위임할 테니 우리들은 모든 것을 허용할 것이고, 그들도 즐거운 마음으로 우리들의 결정에 신뢰를 보낼 것이오. 왜냐하면 그들은 개인의 자유 의사 결정이라는 그들의 큰 두통거리나 현재 당면한 무서운 고통에서 해방될 수 있기 때문이오. 그러면 그들을 통치하는 수십만 명을 제외하고 남은 수많은 사람들이 모두 행복해질 것이오. 왜냐하면 우리들, 비밀을 간직하고 있는 우리들만이 불행해질 것이기 때문이오. 수백만의 갓난애들과 선악 판단이라는 저주를 받은 수십만의 수난자들이 등장하겠지요. 하지만 그들은 조용히 죽어 갈 것이며 그것도 당신의 이름으로 사라져 갈 것이고, 무덤 저편에서 죽음만을 발견하게 될 것이오. 그러나 우리들은 그들의 행복을 위해서 영원한 하늘나라의 보상을 명분으로 그들에게 손짓할 것이오. 왜냐하면 저 세상에 그런 것이 존재한다고 해도 그들 같은 부류의 사람들을 위한 것이 아닐 테니 말이오. 소문이나 예언에 따르면 당신은 다시 이 세상에 온다고, 그것도 선택받은 자들과 당당하고 강한 자들과 함께 온다고 하던데, 그렇다면 우리들은 이렇게 말하겠소. 그들은 자기 자신들만을 구원했을 뿐이지만 우리들은 모든 사람들을 구원했노라고. 짐승의 등에 올라타 손에는 〈비밀〉을 움켜쥐고 있는 탕녀는 모욕을 당할 것이며 힘없는 사람들은 다시 반란을 일으켜 그녀의 자홍빛 비포를 갈기갈기 찢고 그 〈더러운〉 몸뚱이를 벌거벗길 것이라고 이야기하고 있소.[80] 그렇다면 나는 그 자리에서 일어나 당신에게 죄를 모른 채 행복에 젖어 있는 수억 명의 갓난애들을 가리키겠소. 그들의 행복을 위해 스스로 죄를 떠맡은 우리들은 당신 앞에서, 〈우리들을 심판하라, 그것이 가능하며 또 그럴 능력이 있다면〉 하고 말할 것이오. 명심하시오. 난 당신이 두렵지 않다는 점을. 명심하시오, 나도 광야에 있어 봤고, 메뚜기와 풀뿌리로 연명해 봤으며, 당신이 인류에게 축복을 내렸던 그 자유에 나도 축복을 내렸다는 사실을. 그리고 나도 〈수를 채우려는〉 열망을 갖고서 당신이 선택한 사람들 속에, 강하고 능력 있는 사람들 속에 포함되고 싶은 열망 때문에 애썼던 적이 있소. 그러나 나는 꿈에서 깨어났기에 그런 미친 짓에 봉사하고 싶은 생각이 사라졌소. 나는 〈당신의 행적을 수정했던〉 겸손한 사람들에게 되돌아왔던 거요. 나는 거만한 자들과 결별하고 겸손한 사람들의 행복을 위해 겸손한 사람들에게 돌아온 것이오. 이제 내가 당신한테 한 이야기는 그대로 실현될 것이며 우리들의 왕국은 건설될 것이오. 다시 말해 두지만, 내일이면 당신은 순종하는 양떼들을 보게 될 것이며, 그들은 내 손짓 하나로 당신이 우리들을 방해하러 온 것을 이유로 당신을 불태울 화형대 속에 불타는 장작을 던져 넣을 것이오. 우리들의 화형대를 써먹을 데가 있다면 그건 누구보다도 당신한테일 것이오. 나는 내일 당신을 화형에 처하겠소. 이것으로 할 말은 다 했소Dixi.」

이반은 말을 멈추었다. 그는 흥분을 가누지 못한 채 정신없이 이야기를 늘어놓았으나 이야기를 마치자 갑자기 싱긋 미소를 지었다.

묵묵히 그의 이야기를 듣고 있던 알료샤는 끝 무렵에 몹시 흥분하여 여러 차례 형의 이야기를 제지시키고 싶었지만 분명히 꽉 참고 있다가 마치 자리에서 벌떡 일어서는 것처럼 갑자기 말

---

80 「요한의 묵시록」 17, 18장.

문을 열었다.

「하지만…… 그건 난센스예요!」 그는 얼굴을 붉히며 소리쳤다. 「형의 서사시는 예수님에 대한 찬사이지, 형이 원한 것처럼…… 비난은 아니거든요. 그리고 형이 말한 자유를 믿을 사람이 있을 것 같아요? 자유를 그렇게, 그렇게 이해해야 하다뇨! 그것이 정교에서의 해석일까요……? 그건 로마의 해석, 그것도 로마 전체의 해석이 아닌 단지 거짓말에 불과하며, 가톨릭 교도들의, 심문관들의, 예수회 중에서도 가장 나쁜 자들의 해석이에요! 게다가 형이 말하는 심문관 같은 그런 환상적인 인물은 절대 존재할 수 없어요. 자신이 떠맡았다는 사람들의 죄라는 것이 대체 무엇이죠? 사람들의 행복을 위해 어떤 저주를 떠맡았다는, 비밀을 간직한 사람들이란 누굽니까? 그들이 대체 언제 등장했던가요? 우리들은, 예수회를 알고 있고 사람들은 그들에 관해 험담을 늘어놓고 있지만, 그래도 형이 생각하는 대로일까요? 그들은 절대로, 절대로 그렇지 않아요……. 그들은 로마 교황을 황제로 삼는 미래의 세계적 지상 왕국의 로마 군대에 지나지 않아요……. 그것이 그들의 이상이지만 그 속에는 아무런 신비도, 고상한 비애도 없어요……. 그것은 단순히 권력, 지상의 추악한 행복, 노예제에 대한 희망만 있을 따름이며…… 그들이 지주가 되는 미래의 농노제와도 같은 것이에요……. 그게 그들의 전부지요. 어쩌면 그들은 신을 믿지 않을지도 몰라요. 수난을 겪는다는 형의 그 심문관은 하나의 환상일 뿐이고요…….」

「그만, 그만 해라.」 이반은 웃고 있었다. 「너무 흥분하지 말고. 환상이라고 해도 좋단다! 물론 당연히 환상이고. 하지만 정말 너는 최근 여러 세기에 걸친 가톨릭 운동이 추악한 행복만을 추구하는 권력의 희망 사항에 지나지 않는다고 생각하고 있구나. 빠이시 신부가 그렇게 가르친 것이냐?」

「아니, 아니에요. 오히려 빠이시 신부님은 지금 형이 한 이야기와 통하는 데가 있는 이야기를 하셨어요……. 하지만 물론 그런 이야기가, 전혀 그런 이야기가 아니에요.」 알료샤는 자기 말을 얼른 삼켜 버렸다.

「〈전혀 그런 이야기가 아니라는〉 너의 변명에도 불구하고 그것은 귀중한 증언이란다. 네게 묻겠는데, 예수회 교도들과 심문관들이 어째서 더러운 물질적 행복만을 위해 단결했다는 것이지? 어째서 그들 가운데에는 위대한 비애로 고뇌하며 인류를 사랑하는 단 한 사람의 수난자도 존재할 수 없다는 것이냐? 추악한 물질적 행복만을 추구하는 사람들 중에서 단 한 사람만이라도 그런 인물이 존재한다고 상상해 보렴. 비록 한 사람일지라도 내가 말한 그런 대심문관은 광야에서 풀뿌리로 연명했고 자신의 육체를 극복해 가며 스스로를 자유롭고 완전하게 만드는 데 온 힘을 기울였으나, 한편으로는 한평생 인류를 사랑했던 인물이야. 그는 당시 나머지 수백만의 하느님의 아들들이 조롱의 대상이 되기 위해 태어난 존재이며 그들이 자신의 자유를 마음대로 처리할 수 있는 때가 도래하지도 않을 것이고 그 가엾은 반역자들 가운데서 탑을 완성할 수 있는 위대한 인물들이 나올 수도 없으며 위대한 이상가가 자신의 조화를 꿈꾸었던 것은 그런 거위 같은 무리들 때문이 아니라라는 확신 속에서, 만약 자유 의지를 완벽히 성취한다고 해도 그 도덕적 만족감이란 그리 대단한 일이 아니라는 사실을 문득 깨달은 인물이지. 이런 사실을 깨달은 그는 방향을 선회해서 현명한 사람들 편에…… 가담했던 것이야. 정말 그런 인물이 존재할 수 없을까?」

「누구 편에 가담했다는 것이죠? 현명한 사람들이란 대체 누구를 가리키는 겁니까?」 알료샤는 열에 들떠 소리쳤다. 「그들에겐 그런 지혜도, 그런 신비나 비밀도 없단 말이에요……. 가진 것이 있다면 단지 무신론뿐이며 그것이 그들의 비밀 전부겠지요. 형의 그 심문관은 신을 믿지 않으며 그것이 그자가 지닌 비밀의 전부예요!」

「그럴지도 모르지! 결국 너도 알아차렸구나. 그건 사실이고 바로 거기에 모든 비밀이 들어 있지. 하지만 광야에서의 위업을 위해 자신의 일생을 버렸고 인류에 대한 사랑을 치유하지도 못했던 그런 인간인데도 그것을 정말 수난이라 할 수 없을까? 그는 인생의 황혼기에 접어들어 무서운 대악마의 충고만이 허약한 반역자들, 〈조롱받도록 창조된 미완의 시험적 존재들〉이 그런대로 견딜 만한 상태에서 살 수 있게 할 수 있을 거라는 확신이 들었던 거야. 그런 확신 속에서 그는 지혜로운 악마, 죽음과 파멸의 무서운 악마의 지시대로 따라야 하며, 그러기 위해서는 거짓과 위선을 받아들여야 하고 사람들을 의식적으로 죽음과 파멸로 이끌어야 하며, 그 가엾은 장님들을 자신이 어디로 인도되고 있는지 조금도 눈치채게 하지 못한 채 행복을 느낄 수 있는 길로 거짓 인도해야 한다는 사실을 알게 된 거야. 그런데 주목할 것은 그 거짓이 심문관이 한평생 열정적으로 이상으로 믿어 왔던 그의 이름으로 행해지고 있거든! 그래도 그것이 불행이 아닐까! 〈추악한 행복만을 갈망하는 권력〉의, 그 군대의 지도자 자리에 단 한 사람만이라도 그런 인물이 나타날 수 있다면 비극을 낳기에는 그 사람만으로도 충분하지 않을까? 게다가 그의 군대와 예수회 교도들을 거느린 전 로마적 사업의 진정한 지도 이념이, 그 사업에 대한 고상한 이념이 나타나기 위해서는 지도자가 될 그 사람만으로도 충분하지 않을까? 솔직히 말해서 나는 그 유일한 인물이 운동의 선두에 서 있는 사람들 가운데서 대가 끊겼던 적이 한 번도 없다고 확신해. 로마 교황들 중에서도 그 유일한 인물들이 나타났었는지도 모르지. 자기 방식대로 철저히 인류를 사랑했던 그 저주받은 심문관이 그 수많은 유일 심문관들 사이에 지금도 엄연히 존재하고 있으며 우연히 그런 것이 아니라, 비밀을 감추기 위해, 불행하고 허약한 사람들을 행복하게 만들려고 그들로부터 비밀을 감추기 위해 이미 오래 전에 조직된 동맹, 비밀 결사의 형태로 존재하고 있는지도 모르지. 또 그것은 반드시 존재하며 또 존재해야만 해. 나는 프리메이슨의 근본에도 그와 유사한 비밀이 존재한다고 생각해. 따라서 가톨릭이 프리메이슨을 그토록 증오하는 까닭은, 그들을 양떼도 하나 목자도 하나여야 한다는 이념의 통일을 파괴하는 파괴자, 경쟁자로 보고 있기 때문이라는 생각이 들어....... 이렇게 내 생각을 변론하다 보니 네 비판조차 감당하지 못하는 작자가 되고 말았구나. 이제 그만해 두자.」

「어쩌면 형 자신이 프리메이슨인지도 모르겠군요!」 알료샤가 갑자기 소리 질렀다. 「형은 신을 믿지 않아요.」 그는 이렇게 덧붙였으나 상심하는 기색이 역력했다. 형이 조소의 눈길로 바라보고 있다는 생각이 들었던 것이다. 「형의 서사시는 어떻게 끝나요?」 그는 땅을 내려다보며 갑자기 물었다. 「아니면 벌써 끝났나요?」

「나는 이런 식으로 끝을 맺고 싶구나. 심문관은 말을 마치고 나서 얼마간 자신의 포로가 대답하기를 기다렸지. 심문관은 그의 침묵이 고통스러워졌어. 그러나 죄수는 그의 눈을 빤히 쳐다보면서 아무런 반박도 하고 싶지 않다는 듯 조용히 열중해서 듣고만 있는 거야. 심문관은 두렵고 듣기 싫은 이야기라도 좋으니 죄수가 무슨 말이든 해주기를 바라지. 그러나 갑자기 그는 아무 말 없이 심문관에게 다가오더니 아흔 살 노인의 핏기 없는 입술에 조용히 입을 맞추는 거야. 이것이 그의 대답의 전부야. 심문관은 소스라쳐 놀라고 말아. 심문관은 입술을 부르르 떨면서 문 쪽으로 다가가 감옥 문을 활짝 연 다음 죄수에게 이렇게 말하는 거야. 〈어서 나가시오. 그리고 다시는 찾아오지 마시오....... 앞으론 절대 찾아와선 안 되오....... 절대, 절대로.〉 노인은 그를 〈어둠이 깔린 도시의 광장〉으로 내보내는 거야. 그래서 포로는 떠나가는 거지.......」

「그럼 그 노인은요?」

「그 입맞춤이 그의 가슴속에서 불타고 있지만 과거의 사상을 고수하겠지.」

「형도 그의 편이죠, 형도?」 알료샤는 슬픈 목소리로 외쳤다. 이반은 싱긋 미소를 지었다.

「이건 모두 헛소리에 불과하단다, 알료샤. 이건 시라곤 단 두 줄도 써본 적이 없는 철부지 학생의 지각 없는 서사시에 지나지 않아. 그런데도 어째서 넌 그렇게 심각한 거냐? 넌 내가 지금 당장 그곳에, 예수회 교도들한테 찾아가서 그리스도의 행적에 수정을 가하는 자들과 한패가 될 거라고 생각하는 건 아니겠지? 맙소사, 그건 나하고 상관없는 일이야! 너한테 말했었잖아, 서른 살까지만 시간을 보내다가 그 후엔 술잔을 마룻바닥에 내던지겠다고!」

「그러면 끈끈한 잎새들이나 소중한 무덤들이나 푸른 하늘 그리고 사랑하는 여인은 어찌 되겠어요! 앞으로 형은 대체 어떻게 살아가며, 또 무엇으로 그들을 사랑하시겠어요?」 알료샤는 슬픈 목소리로 외쳤다. 「가슴과 머릿속에 그런 지옥을 담아 두는 것이 대체 가능하기나 한가요? 아니, 형은 그자들과 합류하러 가실 거예요...... 만일 그렇지 않다면 자살하고 말 거예요. 그렇게 하지 않고는 견딜 수 없을 테니!」

「무엇이든 견뎌 낼 정도의 힘은 있어!」 이반은 냉소를 흘리며 말했다.

「어떤 힘 말인가요?」

「까라마조프의...... 까라마조프의 저열한 힘 말이야.」

「그것은 방탕에 빠져 부패 속에서 영혼을 질식시키는 것이죠, 그렇지 않은가요?」

「그럴 수도 있겠지. 하지만 그것은...... 단지 서른 살까지만 그럴 뿐이고 나중에는 거기에서 빠져나올 거야. 그리고 그때는......」

「어떻게 빠져나온다는 거죠? 무엇의 도움으로요? 형이 가진 사상으로는 불가능해요.」

「어쨌든 까라마조프 식이 될 거야.」

「〈모든 것은 허용된다〉, 이런 말인가요? 모든 것은 허용된다니, 정말 그럴 것 같아요?」

이반은 인상을 찌푸리더니 갑자기 이상하리만치 얼굴이 창백해졌다.

「아니, 넌 미우소프가 화를 냈던 어제의 그 표현을 써먹고 있구나······. 드미뜨리 형이 멋도 모르고 뛰어들어 그런 식으로 떠들어 대지 않았니?」 그는 일그러진 미소를 지었다. 「그래, 그럴지도 몰라. 〈모든 것은 허용된다〉는 말이 일단 언급된 이상 부인하지는 않겠어. 그러고 보면 미쩬까의 논평도 나쁘진 않군.」

알료샤는 묵묵히 그를 쳐다보았다.

「얘야, 떠나기 전에 한마디 해두겠는데, 난 이 세상에서 너만은 내 편이라고 생각했단다.」 이반은 뜻밖에도 감정이 북받쳐 오른 채 말했다. 「하지만 네 가슴속에 내가 들어갈 자리가 없다는 사실을 이젠 알게 되었구나, 사랑스런 나의 은둔자야. 〈모든 것은 허용된다〉는 공식을 부인하지 않겠지만, 그렇다고 해서 너는 나와 인연을 끊지는 않겠지, 그렇지?」

알료샤는 자리에서 일어나 형한테 다가가서는 말없이 그의 입술에 입을 맞추었다.

「문학적 표절이로군!」 이반은 갑자기 환희에 넘치는 표정으로 바뀌며 소리쳤다. 「그건 내 서사시에서 훔친 거야! 아무튼 고맙다. 일어나, 알료샤. 가봐야지. 너나 나나 돌아갈 때가 되었어.」

그들은 밖으로 나왔으나 선술집 계단 앞에서 걸음을 멈추었다.

「얘, 알료샤.」 이반은 단호한 목소리로 말했다. 「만일 내가 진정으로 끈끈한 새 잎에 집착하게 된다면 너를 회상하며 그것들을 사랑하게 될 거야. 네가 이 세상 어디엔가 살고 있다는 생각만으로도 난 만족해서 산다는 것에 싫증을 느끼지 않을 거야. 너에겐 이 정도면 충분하겠지? 원한다면 사랑 고백으로 여겨도 좋아. 그럼 이제 너는 오른쪽으로, 나는 왼쪽으로 가는 거야. 그럼 그것으로 끝이지, 끝이고말고. 다시 말해서 만일 내가 내일 떠나지 않고 (그런데 아무래도 떠날 듯싶구나) 혹시 너를 다시 만나게 될지라도 이런 주제에 대해서는 입 밖에도 내지 말아라. 제발 부탁이다. 드미뜨리 형에 대해서는 더욱 말할 것도 없고. 더 이상 내게 말도 걸지 말아 다오.」 그는 별안간 짜증스런 목소리로 덧붙였다. 「모두 끝났어, 할 이야기는 다 했어, 그렇지 않니? 그런데 내 입장에서 한 가지 약속을 하지. 서른 살이 되어 〈술잔을 땅바닥에 집어던지고〉 싶어졌을 때에는 네가 어디에 살든 다시 한번 더 대화를 나누러 찾아가마……. 미국에 산다 하더라도 말이다. 이 점을 명심해 두렴. 일부러라도 찾아갈 거야. 그때 널 만나게 되면 무척 재미있겠지. 그때 넌 어떤 모습을 하고 있을까? 이만하면 정말 거창한 약속이 되는 셈이지. 그런데 실제로 우리는 7년이나 10년 정도는 헤어져 있게 될지도 모르겠구나. 자, 이젠 너의 파테르 세라피쿠스 Pater Seraphicus[81] 한테 가보렴. 그분은 지금 죽어 가고 있으니까. 네가 없을 때 돌아가신다면 내가 너를 붙잡았기 때문이라고 화를 내실 거야. 안녕, 다시 내게 입을 맞춰 주렴. 그래, 그렇게, 이젠 가봐…….」

이반은 갑자기 몸을 홱 돌리더니 뒤도 돌아보지 않고 제 갈 길로 가기 시작했다. 그 모습은 어제와는 달랐지만 어제 드미뜨리 형이 알료샤와 헤어질 때와 무척 닮아 있었다. 그 순간 슬프고 애달픈 심정에 잠겨 있던 알료샤의 가슴에 묘한 기분이 화살처럼 스치고 지나갔다. 그는 형의 뒷모습을 바라보며 잠시 머뭇거렸다. 그는 이반 형이 어쩐지 비틀거리는 것처럼 걷고 있으며, 뒤에서 보니 그의 오른쪽 어깨가 왼쪽 어깨보다 좀더 낮은 것 같다는 사실을 문득 눈치챘다. 전에는 그런 모습을 본 적이 없었다. 알료샤도 갑자기 몸을 돌려 거의 뛰다시피 수도원을 향해 발길을 옮

---

81 괴테의 『파우스트』 2부 5막에 등장하는 세라피쿠스 신부.

졌다. 이미 땅거미가 짙게 깔려 있어서 무서운 생각마저 들었다. 무언가 새로운 것이 그의 마음속에 싹트고 있었지만 그것이 무엇인지 해답이 떠오르지 않았다. 암자 부근의 숲으로 들어섰을 때에는 어제처럼 바람이 불었고, 수백 년 묵은 소나무들이 그를 둘러싸고 음산하게 울어 댔다. 그는 거의 뛰어가고 있었다. 〈파테르 세라피쿠스라는 이름을 대체 어디서 들은 것일까, 어디서?〉 알료샤의 머릿속에는 이런 의문이 스치고 지나갔다. 〈이반 형, 가엾은 이반 형, 언제 다시 형을 만날 수 있을까……. 아아, 암자에 다 왔군! 그래, 그래, 그분이야. 그분이야말로 파테르 세라피쿠스이고, 나를 구원해 주실 거야……. 그[82]로부터 영원히!〉

알료샤는 불과 몇 시간 전인 그날 아침만 해도 드미뜨리 형을 반드시 찾아내려고 했고, 설령 그날 밤중에 수도원으로 돌아가지 못하는 한이 있더라도 그러지 않고는 결코 읍내를 떠나지 않겠다고 다짐했으면서도, 어떻게 이반 형과 헤어지자마자 단번에 드미뜨리 형을 철저히 잊을 수 있었는지를, 훗날 커다란 의문 속에서 평생에 걸쳐 여러 차례 회상하곤 했다.

6. 아직은 너무 불투명하다

이반 표도로비치는 알료샤와 헤어진 후 집으로, 아버지 표도르 빠블로비치의 집으로 돌아갔다. 그러나 이상하게도 참을 수 없는 불안감이 그에게 엄습하여 한 걸음 한 걸음 집으로 가까이 다가갈수록 불안감은 더욱 커져 갔다. 불안감 자체가 이상한 게 아니라, 그 불안감이 어디서 비롯되는지 이반 표도로비치 자신도 전혀 알 수 없다는 점이 이상했다. 그의 불안감은 예전에도 종종 일

---

82 악마.

어났던 일이며, 자신을 이곳에 오도록 유혹했던 모든 것과 갑작스럽게 인연을 끊고 내일이면 방향을 완전히 틀어서 새로운 미지의 길로 들어가 예전처럼 다시 외롭게 남을 생각이었으므로 그리 이상한 일도 아니었다. 그는 희망을 품고 있었으나 그 희망의 대상이 무엇인지 알지 못했고, 인생에 대해 너무나 많은 기대를 하고 있으면서도 자신의 기대나 희망에 대해 스스로도 설명할 수 없었다. 어쨌든 이 순간 새로운 미지의 길에 대한 불안감이 그의 머릿속에 가득 차 있었으나 사실 그를 괴롭히는 것은 그것이 아니었다. 〈아버지 집에 대한 증오심 때문이 아닐까?〉 그는 혼자 이렇게 생각했다. 〈아무래도 그런 것 같아, 너무나 꺼림칙하거든. 오늘이 그 추악한 문지방을 넘는 마지막 날이 될지라도 혐오스럽기는 마찬가지야……〉 하지만 아니다. 그것 때문이 아니다. 알료샤와의 작별 때문도 그와 나누었던 대화 때문도 아니다. 〈오랜 세월 동안 난 세상에 대해 침묵을 지키면서 대화를 나누는 것이 가치 없는 일이라고 생각했는데 갑자기 쓸데없는 이야기를 너무 많이 늘어놓았는지도 몰라.〉 사실 그것은 젊은 미숙함과 젊은 허영심에 대한 젊은 울분, 틀림없이 마음속에 큰 기대감을 품고 있던 알료샤 같은 존재한테도 자기 생각을 충분히 털어놓지 못한 것에 대한 울분일 수도 있었다. 물론 그것은, 그 울분은 틀림없이 그런 것일 수도 있었으나, 아니었다. 절대 그것 때문이 아니었다. 〈불안감 때문에 구역질이 날 지경이지만 내가 무엇을 원하는지 해명할 힘조차 없구나. 차라리 생각을 말아야지……〉

이반 표도로비치는 〈아무 생각〉도 하지 않으려고 무척 애를 썼으나 아무 소용도 없었다. 중요한 것은 그 불안감이 우발적이면서도 아주 외형적인 일면을 가지고 있기 때문에 울분을 터뜨리게 하고 그를 초조하게 만든다는 점이다. 그는 그렇게 느꼈다. 흔히 무언가 눈앞에 툭 튀어나와 있듯이 어딘가에 어떤 생물이나 물체가 튀어나와 가로막고 서 있는데도 일에 열중하거나 혹은 불꽃

튀기는 논쟁을 하다 보면 오랫동안 그것을 눈치채지 못한다. 또한 분명히 초조해지고 거의 고통에까지 빠져 들면 불필요한 물체, 엉뚱한 자리에 두고 잊어버린 매우 시시하고 우스꽝스럽기까지 한 어떤 물체, 즉 마루에 떨어뜨린 손수건이나 책장에 꽂아 놓지 않은 책 등등은 결국 옆으로 제쳐 놓게 된다. 이반 표도로비치는 몹시 불쾌하고 초조한 기분 속에서 마침내 아버지 집에 도착하였고, 쪽문에서 열다섯 걸음쯤 떨어진 곳에서 갑자기 대문을 흘긋 바라보았을 때 자신을 그토록 괴롭히고 불안하게 만든 것이 무엇이었는지 대번에 알아차렸다.

대문 옆 벤치에 하인 스메르쟈꼬프가 앉아서 저녁 바람을 쐬고 있었던 것이다. 그에게 첫 눈길을 던지는 순간 이반 표도로비치는 하인 스메르쟈꼬프가 자기 마음속에 버젓이 자리잡고 있어서 그자 때문에 도저히 참을 수 없는 지경에까지 이른 것이란 사실을 깨달았다. 모든 것이 분명하고 명확해졌다. 얼마 전부터, 그러니까 스메르쟈꼬프를 만났다는 알료샤의 이야기를 듣는 순간부터 그의 가슴속에는 갑자기 음울하고 역겨운 감정이 일어나 바로 반발심이 고개를 쳐들었던 것이다. 대화를 나눌 때에는 스메르쟈꼬프에 대해 잊고 있었지만 이반 표도로비치의 영혼 속에는 여전히 남아 있어서 그가 알료샤와 헤어진 후 혼자서 집으로 돌아오자마자 잊고 있었던 숨은 감정이 다시 표면으로 고개를 쳐들었던 것이다. 〈저 별 볼일 없는 악당놈이 나를 그토록 불안하게 만들었다니!〉 그는 참을 수 없는 증오심에 사로잡혔다.

사실 이반 표도로비치는 얼마 전부터, 특히 최근 며칠 동안 그자가 너무 가증스럽게 느껴졌다. 그자에 대해 점점 커지는 거의 증오심에 가까운 반감을 이반 자신도 느끼기 시작했다. 증오심이 점점 그토록 날카로워진 것은 바로 이반 표도로비치가 그를 처음 찾아왔던 초기에는 상황이 완전히 달랐기 때문이다. 당시만 해도 이반 표도로비치는 스메르쟈꼬프에게 한순간 특별한 관심을 기울였으며 그자를 매우 독특한 인간이라고 생각했던 것이다. 그자와 대화를 나누기 시작한 것은 바로 이반 자신이었지만 그자의 어리석음, 아니, 그자의 어떤 지적 불안 상태에는 늘 충격을 받았으며, 무엇이 〈그 관조자〉를 끊임없이 불안하게 만드는지 이해할 수 없었다. 그들은 철학적인 문제는 물론, 해와 달과 별들이 천지 창조 나흘째에 만들어졌음에도 불구하고 어떻게 첫날부터 빛을 비출 수 있었으며 그것을 어떻게 이해해야 할 것이냐 하는 문제까지 토론하기도 했었다. 그러나 곧 이반 표도로비치는 해와 달과 별 따위가 중요한 것이 아니라는 확신을 갖게 되었다. 해와 달과 별 같은 대상이 스메르쟈꼬프에게 호기심을 불러일으키기는 하지만 결국 아무 의미도 없으며 그자에게는 완전히 다른 것이 필요했던 것이다. 그건 그렇다 치더라도 그자한테서는 끝없는 자존심, 그것도 모욕받은 자존심이 시도 때도 없이 고개를 쳐들었던 것이다. 이반 표도로비치는 그 점이 너무 싫었다. 이반의 혐오감은 거기서부터 비롯되었다. 나중에 그루셴까가 등장해서 집안에 분란이 일고 드미뜨리 형이 소동을 일으키고 성가신 일들이 생겼을 때도 두 사람은 그 문제에 대해서 의견을 나누었다. 언제나 스메르쟈꼬프가 지나칠 정도로 흥분해서 이야기했음에도 불구하고 역시나 그자가 그 대화 속에서 무엇을 바라고 있는지 전혀 알 수 없었다. 그리고 어쩌다가 겉으로 튀어나오는 언제나 모호한 그자의 바람은 너무나 비논리적이고 혼란스러운 것이어서 깜짝 놀랄 정도였다. 스메르쟈꼬프는 언제나 질문을 던지곤 했는데, 분명히 평소 곰곰이 생각해 두었던 질문을 비비 꼬아서 던지면서도 왜 그런 것을 묻는지 설명하는 법이 없었고, 자신의 질문이 한참 달아오를 무렵이면 갑자기 입을 다물어 버리거나 다른 화제로 옮겨가곤 했다. 그러나 마침내 이반 표도로비치를 자극하고 그의 마음에 결정적으로 혐오감을 품게 만들었던 중요한 이유는 스메르쟈꼬프가 그에게 강하게 드러내기 시작한 유별나고 역겨운 허물없는 태도였는데, 그것은 시간이 흐르면서 더욱 노골적으로 변했다. 그렇다고 스메르쟈꼬프가 무례하게 대했던 것은 아니며 오히려 언제나 공손히 말을 걸어 왔지만, 무슨 까닭에선지 그자는 이반 표도로비치가 궁극적으로는 자기와 어떤 연대감을 가지고 있다는 태도였으며, 언젠가 두 사람 사이에 합의를 본 비밀스런 모종의 밀약이 있는 까닭에 두 사람만이 그것을 알고 있을 뿐 그들 주위에서 우글거리는 다른 사람들은 전혀 이해할 수도 없다는 어투로 말을 건넸던 것이다. 그러나 이반 표도로비치는 자신의 마음속에 점점 불거져 가는 혐오감의 원인을 당시 한동안 이해하지 못하다가 최근에서야 겨우 깨닫게 되었다. 꺼림칙함과 짜증스러움을 느끼며 이반은 스메르쟈꼬프를 거들떠보지도 않고 말없이 쪽문으로 들어가려고 했다. 그러나 스메르쟈꼬프는 벤치에서 벌떡 일어났다. 이반 표도로비치는 그자의 그런 동작만으로도 그자가 자신과 무언가 특별히 의논하고 싶은 것이 있다는 것을 단번에 알아차렸다. 이반 표도로비치는 그를 훑어본 다음 걸음을 멈추었다. 금방 생각했던 것처럼 그냥 지나가지 못한 채 발걸음을 멈추고 말았다는 사실 때문에 그는 치가 떨릴 정도로 화가 치밀어 올랐다. 분노와 증오심이 이글거리는 눈길로 그는 거세승(去勢僧)처럼 헬쑥한 스메르쟈꼬프의 얼굴이며 빗으로 머리칼을 곱게 빗어 넘긴 관자놀이며 머리칼을 돌돌 말아 올린 조그만 앞머리를 바라보았다. 가늘게 뜬 채 깜박거리는 그의 왼쪽 눈은 〈지나가다 말고 걸음을 멈추는 것을 보니, 현명한 우리 두 사람은 무언가 서로 할 말이 있는 게 분명하군〉하고 말하는 것처럼 웃고 있었다. 이반 표도로비치는 몸을 부르르 떨었다.

〈비켜, 이 악당 같은 놈아, 어떻게 네 놈이 내 상대가 된다는 거냐, 이 바보야!〉 이런 말이 그의 입에서 튀어나올 뻔했으나 실제로는 놀랍게도 전혀 엉뚱한 말이 튀어나오고 말았다.

「그래, 아버지는 아직도 주무시니, 아니면 일어나셨니?」 천만

뜻밖에도 그는 나직하고 부드럽게 말한 뒤, 의외로 벤치에 자리를 잡고 걸터앉았다. 그 순간 거의 공포에 가까운 기분에 빠져 있었던 것을 그는 나중에 기억했다. 그와 마주보고 서 있던 스메르쟈꼬프는 뒷짐을 진 채 엄숙하다고 할 만큼 확신에 가득 찬 시선을 보냈다.

「아직 주무시고 계십니다.」 그는 느릿느릿 대답했다(그것은 〈당신이야, 먼저 말을 건 것은, 내가 아니고〉라는 투였다). 「도련님을 뵙다니 놀랍군요.」 그는 이렇게 덧붙이고 나서 입을 다문 채 눈을 내리깔았고, 오른쪽 발을 앞으로 내밀어 반짝반짝 빛나는 구두코를 이리저리 놀렸다.

「어째서 나를 보고 놀랐다는 거지?」 이반은 온 힘을 다해 자신을 억제하며 끊길 듯 말 듯한 말투로 준엄하게 물었다. 그는 강렬한 호기심에 사로잡혀서 그것을 만족시키지 않고는 그 자리를 뜰 수 없다는 생각이 들자 갑자기 너무 역겨워졌다.

「도련님, 어째서 체르마쉬냐에는 안 가시는 겁니까?」 스메르쟈꼬프는 갑자기 눈을 치뜨며 다정다감한 미소를 지었다. 그의 일그러진 왼쪽 눈은 〈내가 왜 웃고 있는지 잘 알고 있겠지, 네가 현명한 사람이라면 말이야〉라고 말하는 것 같았다.

「체르마쉬냐에는 왜 간단 말이냐?」 이반 표도로비치는 깜짝 놀랐다.

스메르쟈꼬프는 다시 입을 다물었다.

「표도르 빠블로비치께서도 도련님께 그런 부탁을 하셨잖습니까.」 그는 뜸을 들이다가 마침내 자신의 대답은 별 의미가 없고 아무 할 이야기가 없기 때문에 그저 한번 해본 말일 뿐 그리 중요한 내용이 아니라는 투로 말했다.

「어랍쇼, 이런 망할 놈, 분명히 이야기해 봐, 무슨 말이 하고 싶은 건지?」 이반 표도로비치는 부드럽던 태도를 바꾸어 마침내 분통을 터뜨리면서 자리에서 벌떡 일어섰다.

스메르쟈꼬프는 오른발을 끌어당겨 왼발에 나란히 갖다 붙였으나 아무렇지도 않다는 듯이 변함없는 미소를 지으며 빤히 쳐다보았다.

「뭐, 중요한 건 하나도 없습니다……. 그저, 대화를 시작해 보려고…….」

다시 침묵이 흘렀다. 입을 다문 지 거의 1분이 지나고 있었다. 이반 표도로비치는 지금 자리에서 일어나 화를 내야 한다는 사실을 알았으나, 스메르쟈꼬프는 〈네가 화를 낼 건지 안 낼 건지, 이렇게 쳐다보고 있잖아〉라는 투로 그의 반응을 기다리듯 버티고 서 있었다. 이반 표도로비치는 적어도 그런 생각이 들었다. 마침내 그는 자리에서 일어나려고 몸을 뒤틀었다. 스메르쟈꼬프는 그 순간을 정확하게 포착했다.

「제 입장이 너무 곤경에 빠져 있습니다, 이반 표도로비치, 어떻게 해야 좋을지 저도 잘 모르겠어요.」 그는 갑자기 힘을 주어 단호하게 말하다가 마지막 말을 할 때는 한숨을 내쉬었다. 이반 표도로비치는 이내 다시 자리에 앉고 말았다.

「두 분 다 너무 고집이세요, 두 분 다 마치 조그만 어린애가 되어 버린 것 같다니까요.」 스메르쟈꼬프는 말을 이어 갔다. 「도련님 아버지와 형님이신 드미뜨리 표도로비치 이야기를 드리는 겁니다. 표도르 빠블로비치께서는 지금이라도 자리에서 일어나시면, 〈그 여자는 안 왔니? 왜 안 왔을까?〉 하고 쉬지 않고 물으실 겁니다. 그런 질문이 한밤중이 될 때까지, 그리고 자정이 넘어서까지 계속되는 거예요. 만일 아그라페나 알렉산드로브나께서 오시지 않으면(아마도 그분은 오실 의향이 전혀 없으신 것 같거든요), 내일 아침 다시 내게 달려와 〈그 여자는 안 왔니? 왜 안 왔을까? 그럼 언제나 올까?〉 하고 물으실 겁니다. 다른 한편으로는 지금처럼 날이 저물기가 무섭게 또는 그보다 일찌감치 형님께서 무기를 손에 들고 옆집에 나타나셔서는, 〈잘 봐라, 이 불한당 같은 부엌데기야. 그 여자가 오는지 제대로 감시하지 못하거나 그 여자가 왔는데도 나한테 알리지 않았다가는 누구보다도 네 놈부터 처치하고 말겠어〉라고 협박하십니다. 그리고 밤이 지나 아침이 밝아 오면 표도르 빠블로비치께서 〈어째서 그 여자가 안 왔을까? 곧 올 것 같은데 말이야〉라며 저를 못살게 구십니다. 마치 그 아가씨께서 오시지 않은 것이 제 탓인 양 말입니다. 하루하루가 지나고 시간이 흐르면 흐를수록 두 분께서는 더욱 역정을 내시니, 때로는 공포 때문에 자살이라도 하고 싶은 지경입니다. 도련님, 저는 그분들에게 아무런 바람도 없습니다.」

「그런데 왜 끼어들었어? 어쩌자고 드미뜨리 표도로비치와 밀통하기 시작한 거야?」 이반 표도로비치는 짜증스럽게 이렇게 말했다.

「제가 끼어들다뇨? 저는 절대로 끼어든 적이 없습니다. 정확히 알고 계셔야지요. 저는 처음부터 입을 꽉 다물고 있었고 감히 입 밖에 낼 수도 없었습니다만, 그분께서 저를 자신의 리차드 같은 하인으로 삼으신 것입니다. 그때부터 형님께서는 〈그 여자를 놓치는 날에는 죽을 줄 알아, 이 불한당 같은 놈아!〉라는 말씀밖에 모르십니다. 도련님, 그런데 틀림없이 내일부터 앞으로 긴 간질 발작이 있을 것 같은 생각이 듭니다.」

「긴 간질 발작이라고?」

「긴 발작 말씀입니다. 상당히 긴 발작. 몇 시간 동안 지속되거나, 아니면 하루나 이틀 정도 걸릴지도 모르지요. 한번은 사흘 동안 지속됐던 적도 있는데, 그때는 다락방에서 굴러 떨어졌었죠. 고통이 멈추는가 싶더니 다시 계속돼서 사흘 동안이나 의식을 회복하지 못했었거든요. 그때는 표도르 빠블로비치께서 이 지방 의사이신 게르쩬쉬뚜베를 부르러 사람을 보내기도 하고, 이마에 얼음찜질을 해주시기도 했지요. 그리고 또 다른 치료법을 사용하시기도 하셨죠……. 정말 죽을 뻔했습니다.」

「간질은 언제 발작을 일으킬지 미리 알 수 없다고 하던데, 어떻게 넌 내일 발작이 일어날 거라고 말할 수 있는 거지?」이반 표도로비치는 유난히 긴장된 호기심에 빠져 들며 물었다.

「절대 미리 알 수 없다는 말이 맞습니다.」

「게다가 당시는 다락방에서 굴러 떨어졌었잖아.」

「다락방에는 매일 올라가니 내일 역시 거기서 굴러 떨어질 수도 있겠지요. 하지만 이번에는 다락방이 아니라 지하실에서 굴러 떨어질 겁니다. 지하 창고에도 볼일을 보러 매일 출입하고 있으니까요.」

이반 표도로비치는 그의 얼굴을 한참 들여다보았다.

「넌 지금 헛소리를 하고 있는 거야. 뭔가 이해할 수 없는 구석이 있기도 하고.」이반은 나직하지만 어딘지 위협적인 목소리로 말했다. 「너 스스로가 내일부터 사흘간 간질을 앓는 척하겠다는 말이지, 그렇잖아?」

고개를 숙이고 다시 오른쪽 구두코를 놀리던 스메르쟈꼬프는 오른발을 제자리로 끌어당기더니 대신 왼발을 앞으로 내밀었다. 그리고 나서 고개를 들어 미소짓는 얼굴로 이렇게 말했다.

「제가 그런 장난을 친다 해도, 다시 말씀드려서 꾀병을 앓는다 해도 그건 경험 있는 사람한테는 조금도 어려운 일이 아니고, 그 문제에 있어서 저는 목숨을 구할 수 있는 그런 방법을 사용할 충분한 권리를 가지고 있는 것입니다. 제가 앓아눕게 되면, 설혹 아그라페나 알렉산드로브나가 어르신을 찾아오시더라도 형님께서 환자한테 〈왜 알리지 않았느냐〉고 문책하실 수는 없으실 겁니다. 그건 부끄러운 일이니까요.」

「어랍쇼, 이런 망할 놈 같으니!」이반 표도로비치는 분통을 터뜨리며 험악한 얼굴로 갑자기 소리쳤다. 「네 놈은 목숨 걱정 때문에 벌벌 떨고 있는 거냐! 드미뜨리 형의 위협은 그저 화가 나서 하는 말이지, 아무것도 아니란 말이야. 형은 너 같은 놈을 죽이지는 않아. 혹시 사람을 죽인다 해도 네 놈은 아니야!」

「마치 파리처럼 죽이실 겁니다, 누구보다 먼저 저를요. 하지만 그것보다도 제 걱정은 다른 데 있습니다. 형님께서 어르신한테 어리석은 짓을 저지르시면 제가 그분의 공범으로 몰리지 않을까 하는 것이죠.」

「어째서 네가 공범으로 몰린단 말이냐?」

「아무도 모르는 비밀 신호를 제가 가르쳐 드렸기 때문에 공범으로 몰린다는 것이죠.」

「신호라니? 누구한테 가르쳐 주었는데? 도깨비가 물어갈 놈 같으니, 어서 속 시원히 말 못해!」

「그럼 솔직히 고백해야겠군요.」 스메르쟈꼬프는 마치 무슨 학자나 되는 것처럼 점잖을 빼며 말했다. 「표도르 빠블로비치와 저 사이에는 한 가지 비밀이 있습니다. 도련님께서도 아시다시피(아마도 잘 알고 계실 겁니다), 어르신께서는 요 며칠 사이에 밤이건 낮이건 방문을 걸어 놓고 계십니다. 도련님께서는 매일 일찌감치 위층으로 올라가시고 어제 같은 경우에는 아예 어디도 나가시지 않으셨기 때문에 아마 모르고 계실 수도 있습니다만, 어르신께서는 밤이면 문을 꼭꼭 걸어 놓으시는 겁니다. 그리고리 바실리예비치가 찾더라도 목소리를 확인하신 다음에야 문을 열어 주시죠. 하지만 그리고리 바실리예비치는 요즘 거의 출입하지 않고 있습니다. 지금은 저만 집 안에서 시중을 들고 있으니까요. 그건 어르신께서 아그라페나 알렉산드로브나한테 뜻을 품기 시작한 다음에 직접 지시하신 거죠. 어르신의 지시대로 저도 밤에는 물러나와 행랑채에서 잠을 잡니다만, 자정까지는 자지 않고 문을 지키기도 하고 자리에서 일어나 마당을 한 바퀴 돌기도 하며 아그라페나 알렉산드로브나께서 오시기를 기다리고 있습니다. 어르신께서는 요즘 미친 사람처럼 그분이 오시기를 기다리고 계시거든요. 어르신께서는 〈그 여자는 그놈을, 드미뜨리 표도로비치를(어르신께서는 미찌까라고 부르십니다만) 두려워한다니, 그래서 밤 늦게 뒷문으로 들어올지도 몰라. 그러니 너는 자정까지는, 아니 자정이 넘어서도 그 여자가 오는지 잘 살피란 말이야. 그리고 그 여자가 찾아오면, 넌 내 방으로 달려와 문을 두드리거나 마당에서 창문을 두 번은 이런 식으로 나지막하게 두드리고, 이어서 세 번은 더 빨리 《똑똑똑》하고 두드리란 말이야. 그러면 나는 그 여자가 도착한 것으로 알고 네게 조용히 문을 열어 주마)라고 말씀하셨습니다. 그리고 유사시를 대비해서 다른 신호도 알려 주셨습니다. 처음에는 빠르게 〈똑똑〉 두 번 두드리고, 이어서 세 번째는 잠깐 기다렸다가 세게 두드리는 것입니다. 그러면 어르신께서 급작스런 변고가 생겨서 제가 긴히 뵙고 싶어한다는 신호로 아시고 문을 열어 주시면 들어가서 보고를 드리는 것이죠. 그것은 아그라페나 알렉산드로브나께서 직접 오실 수 없어서 무슨 소식을 전하려고 사람을 보낼 경우에 해당하는 것입니다. 그렇지 않고 드미뜨리 표도로비치께서 오실 수도 있으므로 그때는 형님께서 근방에 계시다는 소식을 전해 드려야만 합니다. 어르신께서는 드미뜨리 표도로비치를 무척 두려워하고 계시므로 아그라페나 알렉산드로브나께서 오셔서 어르신과 함께 방 안에 계실 때라도 드미뜨리 표도로비치께서 곧 들이닥치실 거라는 표시로 세 번 두드려서 얼른 알려 드려야 합니다. 그러니까 다섯 번 두드리는 첫번째 신호는 〈아그라페나 알렉산드로브나께서 오셨습니다〉라는 표시이고, 세 번 두드리는 두 번째 신호는 〈긴급한 일입니다〉라는 표시지요. 어르신께서는 손수 시범을 보여 가시며 여러 차례 가르쳐 주시고 또 설명해 주셨습니다. 온 세상을 통틀어도 그 사실을 알고 있는 사람은 저와 어르신네뿐이기 때문에 어르신께서는 조금도 의심하지 않고 또 아무 소리도 내지 않고(어르신께서는 소리 지르는 것을 몹시 두려워하고 계십니다) 문을 열어 주시게 되어 있는 겁니다. 그런데 바로 그 신호를 드미뜨리 표도로비치께서도 아시게 되었습니다.」

「어떻게 알게 된 거지? 네가 알려 주었지? 어떻게 감히 그런 짓을 한 거야?」

「겁에 질려 있었기 때문입니다. 그러니 제가 그분 앞에서 어떻게 입을 다물 수 있었겠습니까? 드미뜨리 표도로비치께서는 매일 저한테 들이닥치셔서는, 〈넌 나를 속이고 있어. 나한테 뭔가 감추는 게 있지? 당장 두 다리를 분질러 버리고 말겠어!〉라고 위협하십니다. 그래서 최소한이나마 순종하는 모습을 보여 드리려고, 제가 형님을 속이는 것이 아니라 낱낱이 보고드리고 있다는 확신을 심어 드리려고 비밀 신호를 알려 드린 겁니다.」

「만일 형이 그 신호를 이용해서 집 안에 들어가려고 하면 네가 막아야 해.」

「간질 때문에 자리에 드러눕게 되면, 형님께서 얼마나 난폭하신지 잘 알고 있으면서 제가 감히 그분을 막으려고 한다 할지라도, 그땐 제가 어떻게 막을 수 있겠습니까?」

「이런, 망할 놈! 어째서 넌 간질이 발작할 거라고 믿는 거냐, 도깨비가 물어갈 놈아! 너, 지금 날 놀리고 있는 거 아냐?」

「어떻게 감히 도련님을 놀릴 수 있겠습니까? 이렇게 겁에 질려 있는데 농담이라뇨? 저는 간질 발작이 일어날 것 같은 예감이 드는 겁니다, 그런 예감이. 공포만으로도 간질 발작이 일어나니까요.」

「망할 놈 같으니! 만일 네가 자리에 눕게 되면 그리고리 영감이 망을 봐야겠지. 그러니 그리고리 영감한테 미리 말해 놓으면, 그 영감이 대신 막을 것 아니야.」

「어르신의 지시가 없는 한 그리고리 바실리예비치한테 절대로 그 신호를 가르쳐 줄 수 없습니다. 하기야 그리고리 바실리예비치가 형님 소리를 들을 경우 잘 막겠지만, 영감님은 어제부터 몸져누워서 내일 마르파 이그나찌예브나가 간병을 할 예정입니다. 조금 전에 그렇게 이야기하던걸요. 그런데 그 간병이란 것이 무척 재미있는 것이죠. 마르파 이그나찌예브나는 약술을 담그는 법을 알고 있어서 항상 담가 놓고 있는데, 어떤 풀로 담그는 아주 독한 것이랍니다. 그녀는 그런 비방을 알고 있거든요. 그리고 그녀는 1년에 세 번 정도 그리고리 바실리예비치가 마치 중풍이라도 걸린 듯 허리를 전혀 못쓸 때마다 그 약으로 치료해 줍니다, 1년에 세 번 정도요. 그럴 때마다 마르파 이그나찌예브나는 수건을 그 약술에 담가서 영감님의 등 전체를 30분 가량 문질러 주는데, 약술이 말라서 등이 빨갛게 부어오를 정도가 되면 술병에 남은 나머지 약술을 영감님께 마시게 하고 이상한 주문을 외우는 겁니다. 그런데 통째로 다 들이키게 하는 것이 아니라, 물론 흔한 경우는 아니지만, 술을 좀 남겨서 자기가 마셔 버리죠. 그리고 두 사람은 술을 즐기는 사람들이 아니어서 그대로 쓰러져 깊이 잠들어 버립니다. 그리고리 바실리예비치는 자리에서 일어날 때면 언제나 거의 건강을 회복하게 되지만, 마르파 이그나찌예브나는 항상 두통을 앓게 된답니다. 그러니 만일 마르파 이그나찌예브나가 내일 예정대로 그런 식으로 간병하게 되면 영감님은 아무 소리도 듣지 못하게 될 것이고 드미뜨리 표도로비치를 막을 수도 없을 것입니다. 두 사람 다 잠들어 있을 테니까요.」

「허튼소리 하지 마! 고의로 꾸민 것처럼 일이 한꺼번에 일어나다니. 너는 간질이 발작하고, 그 두 사람은 의식을 잃는단 말이잖아!」 이반 표도로비치는 고함을 질렀다. 「그런 일이 벌어지도록 네가 꾸미고 있는 것은 아니겠지?」 그는 버럭 소리를 지르고 나서 눈썹을 무섭게 치켜떴다.

「어떻게 제가 그런 일을 꾸밀 수 있겠습니까……. 그리고 대체 무엇 때문에요? 만사는 드미뜨리 표도로비치 한 분의 손에, 그분의 생각 하나에 달렸는데 말입니다……. 그분이 일을 저지를 마음만 먹으면 그렇게 하시겠지만, 그렇지 않습니다, 제가 일부러 그분을 어르신한테 떠미는 상황을 꾸밀 수는 없는 것입니다.」

「네 말대로 아그라페나 알렉산드로브나가 찾아올 가능성이 전혀 없다면, 어째서 형이 아버지를 찾아간다는 거냐, 그것도 남의 눈에 안 띌 시간에?」 이반 표도로비치는 화가 나서 창백해진 얼굴로 말을 이어 갔다. 「네 입으로도 이야기했지만 나는 이 집에 살면서 노인이 공상에 빠져 있을 뿐, 그 짐승 같은 여자가 노인을 찾아올 거라고 믿은 적은 없었어. 그 여자가 노인한테 찾아가지 않는데도 드미뜨리 형이 노인한테 달려들 거라니! 넌 대체 무슨 생각을 하고 있는 거지?」

「도련님 자신도 형님께서 왜 찾아가실 건지 잘 알고 계시면서 뭣 때문에 제 생각이 필요하신 겁니까? 형님의 불 같은 성격 때문일 수도 있고, 제가 앓아눕는 경우 의구심 때문에 찾아오실지도 모르죠. 찾아오셔서는 조급한 마음에 어제처럼 방마다 다 뒤지실 겁니다. 그 여자가 어떻게 해서든 몰래 자기를 피해서 지나가 버린 것이 아닌지 확인하려고요. 게다가 그분은 표도르 빠블로비치께서 3천 루블이 든 커다란 봉투를 준비하신 것도 잘 알고 계시거든요. 도장을 세 번 찍고 노끈으로 잘 묶은 후, 〈나의 천사 그루셴까에게, 만일 찾아온다면〉이라고 손수 쓰시고는, 사흘 만에 〈사랑스런 병아리에게〉라고 다시 덧붙이신 그 봉투 말입니다. 바로 그 점이 의심스러운 것입니다.」

「헛소리 그만 해!」 이반 표도로비치는 미친 듯이 소리쳤다. 「드미뜨리 형은 돈을 훔치러 오지도 않고, 그것을 기회로 아버지를 살해할 사람도 아니야. 형은 악마에게 넋을 빼앗긴 바보처럼 그루셴까 때문에 어제처럼 아버지를 때릴 수는 있었지만, 살인을 하려고 찾아올 사람은 아니야!」

「형님께서는 지금 무척 돈이 궁하십니다. 갈 때까지 가신 거지요, 이반 표도로비치. 도련님께서는 형님께서 얼마나 돈에 쪼들리고 있는지 모르고 계세요.」 스메르쟈꼬프는 놀라울 정도로 태연하고 시원시원하게 설명했다. 「그 3천 루블을 형님께서는 자기 돈이라고 생각하고 계신 데다가, 제게는 〈사람들 말로도 아버지가 내게 3천 루블을 더 지불해야 한다는 거야〉라는 설명을 덧붙이신걸요. 이반 표도로비치, 그 밖에 또 하나의 명백한 사실을 잘 생각해 보십시오. 이건 거의 움직일 수 없는 사실입니다. 아그라페나 알렉산드로브나께서는 원하기만 하면 틀림없이 어르신네를, 다시 말해서 표도르 빠블로비치를 자신과 결혼하게 만드실 수 있습니다. 그녀가 원하기만 하면이라고 말씀드렸지만, 아마도 그녀는 결혼을 바라고 있는 것 같습니다. 그녀가 오지 않을 거라고 말씀드리긴 했지만, 어쩌면 그녀는 그것보다 더 큰 것을 노리는지도 모르죠. 즉 정식 부인이 되는 일 말입니다. 그녀의 상인 삼소노프가 그녀한테 그건 너무나 현명한 처사라고 공공연히 떠들면서 웃어 대기까지 했다는 사실을 저는 잘 알고 있거든요. 사실 그 여자는 똑똑한 여자입니다. 그러니 드미뜨리 표도로비치 같은 빈털터리한테 시집을 가지는 않겠지요. 그런 일이 벌어지게 되면, 잘 생각해 보십시오, 이반 표도로비치. 그럴 경우 아버님께서 돌아가신 후에 드미뜨리 표도로비치나 도련님이나 막내 동생 알렉세이 표도로비치한테는 아무것도, 땡전 한푼도 돌아가지 않습니다. 왜냐하면 아그라페나 알렉산드로브나는 그것 때문에 어르신과 결혼하는 것이고, 유서를 자기 앞으로 쓰게 해서는 모든 재산을 자신이 차지하려고 들 것이기 때문이죠. 그러나 그런 일이 벌어지기 전에 아버님께서 돌아가신다면 도련님들은 각각 4만 루블씩을 확실히 받으실 겁니다. 아버님께서 증오하시는 드미뜨리 표도로비치의 경우도 마찬가지죠, 유언장이 아직 작성되어 있지 않으니....... 드미뜨리 표도로비치께서는 이 모든 사실을 잘 알고 계시거든요.......」

이반 표도로비치의 얼굴이 험악하게 일그러지더니 경련을 일으키는 것 같았다. 그의 얼굴은 갑자기 시뻘겋게 달아올랐다.

「그렇다면 너는.」 그는 스메르쟈꼬프의 말을 가로막았다. 「그렇다면 상황이 이 모양인데 너는 도대체 뭣 때문에 나더러 체르마쉬냐에 다녀오라고 권고하는 거야? 대체 넌 무슨 이야기를 하고 싶은 거지? 내가 떠나고 나면 그런 일이 벌어질 텐데 말이다.」 이반 표도로비치는 힘겹게 숨을 몰아쉬었다.

「바로 그렇습니다.」 스메르쟈꼬프는 이반 표도로비치를 뚫어질 듯 응시하며 골똘히 생각에 잠긴 채 나직한 목소리로 말했다.

「바로 그렇다니?」 이반 표도로비치는 있는 힘을 다해 자제하고 눈알을 부라리며 되물었다.

「도련님이 딱해서 그런 말씀을 드린 겁니다. 제가 만일 도련님 입장이라면 그런 일을 끌어안고 있느니보다는……, 모두 내팽개쳐 버리고 말겠습니다……」 스메르쟈꼬프는 이반 표도로비치의 번뜩이는 눈동자를 바라보면서도 아주 노골적인 표정으로 말했다. 두 사람은 입을 다물었다.

「너는 말이다, 굉장한 천치에다가, 물론…… 무서운 악당이로구나!」 이반은 벤치에서 벌떡 일어섰다. 그리고 한시 바삐 쪽문으로 들어가려고 했다. 그러나 갑자기 걸음을 멈추어 스메르쟈꼬프를 향해 돌아섰다. 무엇인가 이상한 일이 벌어지고 말았다. 이반 표도로비치는 경련이라도 일으킨 듯 갑자기 입술을 깨물며 주먹을 불끈 쥐었다. 물론 당장에라도 스메르쟈꼬프에게 달려들 것 같은 태세였다. 스메르쟈꼬프는 적어도 그 순간만은 그것을 눈치채고 부르르 떨며 온몸을 뒤로 젖혔다. 그래서 스메르쟈꼬프는 그 위기를 모면했고 이반은 입을 꽉 다물고 있었다. 그러나 그는 왠지 망설이면서 쪽문을 향해 걸어가기 시작했다.

「나는 내일 모스끄바로 떠날 거다, 알고 싶다면, 내일 아침 일찍. 그것으로 만사는 끝인 거야!」 그는 화가 난 목소리로 분명하고 크게 소리 질렀다. 나중에 그는 그 사실을 그런 식으로까지 스메르쟈꼬프한테 이야기할 필요가 있었는지 스스로도 놀랐다.

「그게 제일 좋은 방법입니다.」 마치 이 말을 기다린 것처럼 스메르쟈꼬프는 말을 되받았다. 「경우에 따라서는 모스끄바에 계신 도련님을 불편하게 할지도 모르겠습니다.」

이반 표도로비치는 곧 걸음을 멈추고는 스메르쟈꼬프를 향해 다시 재빨리 몸을 돌렸다. 그러나 스메르쟈꼬프에게는 막 어떤 변화가 일어난 것 같았다. 거리낌없으면서도 친한 것 같던 그의 태도는 어느새 사라져 버리고, 그의 얼굴에는 깊은 관심과 기대감이 나타나 있었으나 잔뜩 겁에 질린 비굴한 표정이었다. 이반 표도로비치를 뚫어질 듯 응시하는 그의 주의 깊은 시선은 〈더 할 말은 없나, 덧붙일 말은 없나〉하고 말하고 있었다.

「체르마쉬냐에 가 있으면 부르는 일은 없겠지……. 무슨 일이 벌어지는 경우에 말이야.」 이반 표도로비치는 무엇 때문에 그렇게 갑자기 끔찍할 정도로 목청을 높이는지도 모르면서 소리를 질렀다.

「체르마쉬냐라고 해도…… 역시 심려를 끼쳐 드리게 될 겁니다…….」 스메르쟈꼬프는 안절부절못하며 거의 속삭이는 듯한 목소리로 중얼거렸으나 줄곧 이반 표도로비치의 시선을 뚫어질 듯 응시했다.

「모스끄바는 멀고 체르마쉬냐는 좀더 가까우니 체르마쉬냐로 가라고 하는 것을 보면, 네가 여행 경비 걱정을 하고 있거나, 아니면 내가 먼 길을 오가는 것이 안쓰럽게 보이는 모양이지?」

「바로 그렇습니다…….」 스메르쟈꼬프는 끊어질 듯 말 듯한 목소리로 이렇게 말하고 나서 보기에도 역겨운 미소를 지으며 바싹 긴장하여 언제든지 뒤로 물러설 자세를 취했다. 그러나 이반 표도로비치는 갑자기 웃음을 터뜨려 스메르쟈꼬프를 깜짝 놀라게 하더니 빠른 걸음으로 쪽문으로 들어갔다. 그는 계속 웃고 있었다. 그의 얼굴을 본 사람이라면 틀림없이 그가 유쾌한 기분으로 웃는 것이 아니라는 사실을 알 수 있었을 것이다. 물론 이반으로서도 그 순간 자신의 심경이 어땠는지 설명할 수 없었을 것이다.

그는 마치 경련이라도 일어난 듯 몸을 떨며 걷고 있었다.

7. 현명한 사람과의 대화는 흥미롭다

그는 말도 그런 식으로 했다. 막 홀 안으로 들어서는 표도르 빠블로비치와 마주치자 그는 손을 내저으며 갑자기 목청을 높였다. 「나는 위층의 내 방으로 가는 길이에요, 아버지한테 가는 길이 아니에요, 편히 쉬세요.」 그리고는 아버지를 쳐다도 보지 않으려고 애쓰며 그 옆을 지나쳤다. 그 순간 노인이 아들한테 심한 증오심을 불러일으킨 것이야 있을 수 있는 일이지만 적개심을 그토록 거리낌없이 드러내 보인 것은 표도르 빠블로비치로서도 의외의 일이었다. 더구나 노인은 급히 알려 줄 이야기가 있었는지 일부러 홀로 아들을 마중나왔던 것이다. 그런 괄시를 받고 나자 노인은 자신의 눈앞에서 사라질 때까지 다락방 계단으로 올라가는 아들을 조소에 찬 표정으로 묵묵히 바라보았다.

「저 애가 왜 저러지?」 그는 이반 표도로비치의 뒤를 따라 들어온 스메르쟈꼬프에게 급히 물었다.

「화가 나는 일이 있으신 모양인데, 도통 알 수가 있어야죠.」 스메르쟈꼬프는 애매한 말투로 얼버무렸다.

「제기랄! 화를 낼 테면 내라지! 사모바르나 이리 주고, 너도 어서 나가. 새로운 소식은 없지?」

그리고는 스메르쟈꼬프가 조금 전에 이반 표도로비치에게 불평을 털어놓은 바 있는 그런 내용들, 다시 말해서 손꼽아 기다리고 있는 여자 손님에 대해 꼬치꼬치 캐묻는 이야기들이 시작되었으므로 여기서는 생략하기로 하겠다. 30분 후에 집의 문이 모두 닫히자, 그 미치광이 노인은 노크 다섯 번의 암호 소리가 들려오지 않을까 조바심을 내며 방 안을 서성거렸고, 이따금씩 캄캄

한 창문 밖을 내다보았으나 어둠 이외에는 아무것도 보이지 않았다.

매우 늦은 밤이었지만 이반 표도로비치는 잠들지 못하고 생각에 잠겼다. 그날 밤 그는 매우 늦은 시각인 두 시경에야 잠자리에 들었다. 그러나 그가 무슨 생각을 했는지 일일이 언급하지는 않겠다. 지금은 그의 내심을 들여다볼 시기가 아니다. 그의 영혼에 대해서 쓸 기회는 앞으로도 있을 테니까. 지금 그런 내용을 전하려고 애쓴다고 해도 매우 어려운 작업이 될 것이다. 왜냐하면 그것은 어떤 사상이라기보다는 꼭 집어 말할 수 없는 매우 흥분된 상태에 있는 뭔가에 불과하기 때문이다. 이반 자신도 그 생각이 밑도 끝도 없는 것이라는 사실을 알고 있었다. 전혀 예상치도 않았던 온갖 이상한 욕망들이 그를 괴롭혔던 것이다. 예를 들면, 이미 자정이 넘긴 했지만 아래층으로 내려가 문을 열고 행랑방으로 쳐들어가서 스메르쟈꼬프를 두들겨 패고 싶은 참기 힘든 강한 충동이 갑자기 솟구쳤던 것인데, 독자 여러분이 그 이유를 묻는다면, 그 하인이 이 세상 그 누구보다도 가장 심하게 자신을 모욕한 사람처럼 미워졌다는 이유밖에는 달리 더 설명할 방법이 없을 것이다. 다른 한편 그날 밤 그는 설명하기 힘든 굴욕적인 소심증에 사로잡혀 있었는데, 그것 때문에 일순간 육체의 힘마저 빠져나가는 듯한 느낌이 들었다. 그는 머리가 아프고 어지러웠다. 뭔가 증오스러운 것이 그의 마음을 짓눌러 왔고, 누군가에게 복수를 하고 싶은 충동이 일어났다. 아까 나누었던 대화를 생각하면 알료샤까지도 얄미웠고, 때때로 자기 자신도 꼴보기 싫었다. 까쩨리나 이바노브나에 대해서는 거의 아무 생각도 하지 않았는데, 바로 그런 점에 대해서 나중에 스스로도 깜짝 놀라고 말았다. 더욱이 어제 아침 까쩨리나 이바노브나에게 내일이면 모스끄바로 떠난다고 큰소리를 쳤을 때에도, 마음속에서는 〈쓸데없는 소리 마라, 네가 가긴 어딜 간다는 말이야. 넌 지금 허세를 부리고 있어.

그처럼 그렇게 쉽게 헤어질 수 없어〉라고 중얼거렸던 사실이 분명히 머릿속에 떠올랐던 것이다. 상당히 오랜 시간이 지난 후 그날 밤 일이 떠오를 때면 이반 표도로비치는 당시 별안간 소파에서 벌떡 일어나 누가 자기를 감시하지나 않을까 하는 두려움에 빠져 들어 살며시 문을 열고 계단 쪽으로 나가서는 아래층에서 들려오는 소리에 귀를 기울이면서 방에서 표도르 빠블로비치가 덜거덕대는 소리나 서성거리는 소리에 신경을 곤두세웠던 사실이 생각나곤 했다. 그는 오랫동안, 거의 5분씩이나 어떤 이상한 호기심에 사로잡혀 두근거리는 가슴을 안고 숨을 죽여 가면서 귀를 기울였지만, 왜 그런 짓을 하는지 또 무엇을 위해 엿듣는 것인지, 물론 자신도 몰랐다. 나중에 그는 이런 〈행동〉을 한평생 〈파렴치한 짓〉이라고 불렀으며 한평생 마음속 깊은 곳에서 자기 인생에서 가장 비열한 행동이라고 생각하곤 했다. 아버지 표도르 빠블로비치에 대해서는 당시 아무런 증오심도 느끼지 않고 있었다. 그러나 왠지는 모르겠지만 아주 강한 궁금증에 사로잡혀 있었다. 아버지는 아래층에서 어떤 모습으로 서성거리고 있을까, 대충 지금 거기서 무엇을 하고 있을까 궁금해 하기도 했고, 아버지가 아래층에서 어두운 창문 밖을 내다보다가 갑자기 방 한복판에 우뚝 서서 혹시 누가 문을 두드리는 것은 아닐까 하여 기다리고 또 기다리는 모습을 상상했던 것이다. 이반 표도로비치는 이런 짓을 하려고 두 번이나 계단 쪽으로 나가 보았다. 집 안이 조용해지고 표도르 빠블로비치가 이미 잠자리에 들었을 때는 거의 두 시가 다 될 무렵이어서 잠자리에 든 이반 표도로비치는 어서 잠들고 싶다는 강한 충동을 느꼈다. 엄청난 피로감에 지쳐 있었던 것이다. 그래서 곧바로 깊은 잠에 빠져 들었고 일단 잠이 들자 꿈조차 꿀 겨를이 없었다. 하지만 그는 벌써 동이 튼 아침 일곱 시가 되자, 일찌감치 잠에서 깨어났다. 눈을 뜨자 놀랍게도 문득 어떤 특별한 활기가 넘쳐흐르는 것을 느낀 그는 자리에서 벌떡 일어나 얼른 옷을 갈아입고 트렁크를 꺼내 서둘러 짐을 꾸리기 시작했다. 내복은 마침 어제 아침에 세탁부가 모두 가져왔었다. 이반 표도로비치는 만사가 척척 진행되고 자신의 갑작스런 출발을 가로막는 것이 전혀 없다는 생각이 들자 벙실벙실 웃음까지 터져 나올 정도였다. 사실 그의 출발은 전혀 뜻밖의 일이었다. 비록 이반 표도로비치가 내일이면 떠날 거라고 어제 큰소리를 치긴 했지만(까쩨리나 이바노브나, 알료샤 그리고 스메르쟈꼬프에게), 간밤에 잠자리에 들 때만 해도 자신의 출발에 대해서는 꿈도 꾸어 본 적이 없다는 생각이 들었으며, 더군다나 적어도 아침에 잠에서 깨자마자 트렁크부터 쌀 것이라고는 전혀 예상치 못했던 것이다. 결국 트렁크와 류색이 꾸려졌다. 마르파 이그나찌예브나가 평소와 다름없는 목소리로, 〈어디서 차를 드시겠습니까? 방에서 드시겠습니까, 아니면 아래층으로 내려오시겠습니까?〉라고 물었을 때는 이미 거의 아홉 시가 다 될 무렵이었다. 이반 표도로비치는 아래층으로 내려갔으며, 비록 말투와 행동이 모두 산만하고 서두르는 구석이 있긴 했지만 즐거운 표정이었다. 아버지에게 공손히 인사를 하고 심지어 여느 때와는 달리 몸은 좀 어떤지도 묻고 나서, 그는 아버지가 미처 대답을 하기도 전에 한 시간 후에 모스끄바로 떠날 테니 마차를 불러 달라고 잘라 말했다. 노인은 아들이 떠난다는 것에 대해 조금도 놀라는 기색 없이 또 전혀 아쉬워하지도 않으며 이야기를 들었다. 대신에 그 순간 한 가지 요긴한 용건을 기억해 내고는 갑자기 수선을 떨기 시작했다.

「오, 너란 놈은, 참! 이럴 수가! 어제도 아무 말 않더니……. 하긴 지금 이야기한다고 해도 마찬가지겠지. 그런데 좋은 일 한 가지만 해다오. 너의 이 친아비한테 말이다. 체르마쉬냐에 좀 다녀오렴. 볼로비야 역에서 왼쪽으로 꼬부라져서 12베르스따쯤 가면 거기가 바로 체르마쉬냐란다.」

「죄송하지만 갈 수가 없습니다. 철도까지는 80베르스따나 되는데, 모스끄바로 가는 기차는 역에서 저녁 일곱 시에 출발합니다. 기차를 놓치지 않으려면 정각에 가야 하거든요.」

「내일, 그것도 안 되면 모레쯤 떠나기로 하고, 오늘은 체르마쉬냐에 다녀오너라. 이 아비의 마음을 편하게 해주는 것이 너한테 뭐 그리 힘들다고 그러냐! 이곳에 볼일만 없으면 벌써 오래 전에 다녀왔을 거다. 그쪽 일이 그만큼 긴급하고 중요하거든. 그런데 여기서 나는 지금 그럴 만한 시간이 없단다……. 알다시피 그곳에는 베기체프와 쟈츠긴 관구에 내 숲이 있지. 그런데 마슬로프라는 장사꾼 부자(父子)가 벌목 비용으로 총 8천 루블을 내겠다는 거야. 작년만 해도 1만 2천 루블을 내겠다는 업자가 있었는데 계약이 깨지고 말았어. 이 지방 사람이 아니었거든. 바로 그게 문제였던 거야. 이제는 이 지방 출신들한테는 팔아먹을 수가 없거든. 마슬로프 부자는 수십만 루블의 재산을 가진 부자여서 자기가 값을 정한 대로 사들이는데, 이 지방 사람들 중에서 그들과 맞서 경쟁할 만한 사람은 아무도 없거든. 그런데 일린스끼 신부가 지난 목요일 갑자기 편지를 보내 왔는데, 나도 익히 알고 있는 고르스뜨낀이라는 장사꾼이 왔다는 거야. 중요한 사실은 그놈이 이 지방 사람이 아니라 뽀그레보프 출신이어서 마슬로프 부자를 두려워하지 않는다는 것이지. 그놈은 그 임야에 1만 1천 루블을 내겠다고 하는데, 듣고 있는 거냐? 그런데 신부의 편지에 따르면 그놈은 이곳에 고작 일주일을 더 머물 거라고 하거든. 그러니 네가 가서 그놈과 협상을 해주면 좋겠는데…….」

「그 신부한테 편지를 쓰면 그가 협상을 하겠지요.」

「농담을 하는 거냐? 그 신부는 그럴 만한 능력이 없어. 그 신부는 사람 보는 눈이 없어. 워낙 좋은 사람이라서 당장 2만 루블이라도 영수증 없이 맡길 수 있겠지만, 분별력이 없어서 사람이 아니라 까마귀한테도 속아 넘어갈 인물이지. 소위 학자라고 하는 인물이니, 어디 상상해 보렴. 고르스뜨낀이란 놈은 푸른 외투를 걸치고 다니는데, 외모로는 꼭 촌놈 같지만 성격은 진짜 악당이란 말이야. 그게 바로 우리의 고충이기도 하고. 그놈은 거짓말을 밥 먹듯이 해대거든, 제기랄. 어떤 때는 하도 거짓말을 해대서 왜 그런 짓을 하는지 사람들이 다 까무러칠 정도지. 재작년에도 자기 마누라가 죽어서 재혼을 했다고 거짓말을 했었는데, 그 마누라는 아무렇지도 않고 멀쩡했거든. 어디 상상해 봐라, 그 마누라가 죽지 않고 지금 멀쩡히 살아서 사흘에 한 번꼴로 그놈을 두들겨 패는 모습을. 그러니 지금도 임야를 1만 1천 루블에 사겠다는 말이 거짓말인지 참말인지 알아볼 필요가 있지 않겠니?」

「나도 그런 일은 해내지 못할 거예요, 나에게도 그런 눈은 없으니.」

「그만 하고 잠깐만 기다려라. 그놈의 특징을 모두 이야기해 줄 테니. 네게 쓸모가 있을 거다. 고르스뜨낀이란 놈과는 이미 오래전부터 함께 일을 해왔거든. 우선 그놈의 수염을 잘 관찰해야 한다. 놈은 불그죽죽하고 지저분하면서도 가느다란 수염을 기르고 있단다. 그놈이 수염을 부르르 떨면서 화를 내며 말하면 진실을 이야기하는 것이고 또 사업을 하고 싶다는 뜻이지. 그러나 만일 왼손으로 수염을 쓰다듬으면서 벙글벙글 웃어 대면 상대를 속이고 싶어서 사기를 치는 거란다. 절대로 그놈의 눈을 쳐다봐선 안 돼, 눈빛으로는 아무것도 알 수 없으니까. 속이 시커먼 흙탕물이나 다름없는 사기꾼이니 수염만 쳐다보도록 해라. 내가 그놈 앞으로 보내는 편지를 써줄 테니, 가서 놈에게 보여 줘라. 고르스뜨낀 그놈은 실은 고르스뜨낀이 아니라 랴가비[83]란다. 그렇다고 랴가비라고 부르지는 마라, 화를 낼 테니. 만일 그놈과 거래가 이루어지면 당장 이리로 편지를 써 보내려무나. 단 이렇게 써야 해. 〈속임수를 쓰는 것은 아닌 것 같음〉이라고 말이야. 1만 1천 루블로

---

83 사냥개. 밀고자라는 뜻.

버티다가 1천 루블 정도 깎아 줄 수는 있겠지만, 더 이상 깎아 주면 안 된다. 생각해 봐라, 8천 루블과 1만 1천 루블이면 3천 루블 차이야. 난 3천 루블을 공짜로 얻는 셈이고, 당장 업자를 구하기도 힘든 판인데 돈은 너무 급하고 말이야. 놈이 진지하게 나온다는 사실을 알아내기만 하면 어떻게든 짬을 내어 손수 달려가서는 일을 마무리짓겠다. 하지만 지금 내가 무엇 때문에 사냥개처럼 달려가겠니, 신부 혼자 생각인지도 모르는데? 자, 가주겠니?」

「흠, 정말 시간이 없어요, 이제 그만 해두세요.」

「그러지 말고, 아비를 한번만 봐다오, 꼭! 너희들은 모두 정말이지 인정머리라곤 눈곱만치도 없구나! 너한테는 하루나 이틀이면 되는 일 아니냐? 지금 어디로 갈 생각이냐, 베네치아로? 너의 베네치아가 이틀 만에 무너지지는 않아. 알료샤를 보낼 수도 있겠지만, 알료샤가 그런 일을 어떻게 처리할 수 있겠니? 네게 이런 이야기를 하는 것은 오로지 네가 현명한 사람이기 때문이란다, 나는 그걸 잘 안다. 너는 임야를 매매할 능력이야 없을지 모르지만 사물을 보는 눈이 있거든. 그저 거기 가서 그놈이 진지하게 이야기하고 있는 건지 아닌지만 알아내면 되는 거야. 난 수염을 쳐다보라고 말했다. 수염이 떨리면 진심을 이야기하는 거라고.」

「아버지는 나를 그 저주받은 체르마쉬냐로 떠밀어 내시려는 거지요, 그렇죠?」 이반 표도로비치는 입가에 증오로 가득 찬 미소를 띠면서 소리쳤다.

표도르 빠블로비치는 그의 증오심을 못 보았는지 혹은 보고 싶지 않았는지 그 미소에만 매달렸다.

「가겠다는 말이지, 갈 거지? 당장 네게 편지 한 줄을 써주마.」

「갈지 안 갈지는 나도 모르겠어요, 도중에 생각해 보지요.」

「도중이라니, 당장 결정하도록 해라. 사랑스런 내 아들아, 어서 결정하라니까! 협상을 한 다음, 내게 한두 줄 편지를 써서 신부한테 맡기는 거야. 그러면 신부가 당장 내게 쪽지를 보내 줄 거다.

그리고 나서는 너를 더 이상 붙잡지 않을 테니, 그때 베네치아로 가도록 해라. 되돌아갈 때는 신부가 볼로비야 역까지 너를 태워다 줄 거다……」

노인은 기쁨에 넘쳐 급히 편지를 쓰고 마차를 부르러 사람을 보내기도 하고 코냑과 안주를 내놓기도 했다. 노인은 기분이 좋을 때면 언제나 곧잘 흥분하곤 했지만 지금은 꾹 참고 있는 것 같았다. 예를 들면 드미뜨리 표도로비치에 대해서는 한마디도 꺼내지 않았던 것이다. 아들과의 이별도 전혀 애석해 하지 않았다. 무슨 말을 해야 좋을지도 모르는 것 같았다. 이반 표도로비치는 그 점을 잘 알고 있었다. 〈하지만 아버지 또한 내게 싫증을 느꼈을 거야〉라고 이반은 생각했다. 아들을 전송하려고 현관 계단으로 나왔을 때 노인은 약간 흥분하여 입을 맞추려고 다가갔다. 그러나 이반 표도로비치는 입맞춤을 피하려는 듯 얼른 손을 내밀어 악수를 청했다. 노인은 곧 눈치를 채고는 금방 기가 죽었다.

「그럼, 하느님의, 하느님의 가호가 있기를 빈다!」 그는 계단에서 이렇게 되풀이했다. 「내가 살아 있는 동안에 다시 찾아오겠지? 꼭 찾아오너라, 언제나 반갑게 맞을 테니. 자, 그럼 그리스도의 가호가 있기를!」

이반 표도로비치는 마차에 올랐다.

「잘 가거라 이반, 아비를 너무 욕하지는 말아 다오!」 아버지는 끝으로 이렇게 소리쳤다.

그를 전송하려고 스메르쟈꼬프, 마르파, 그리고리 등 집안 식구들이 모두 밖으로 나왔다. 이반 표도로비치는 식구들에게 10루블씩 쥐어 주었다. 그가 마차에 자리를 잡고 앉았을 때 스메르쟈꼬프가 달려와 깔개를 바로 고쳐 주었다.

「보다시피…… 난 체르마쉬냐로 가는구나…….」 이반 표도로비치의 입에서 갑자기 이런 이야기가 터져 나왔다. 다시 어제처럼 자신도 모르게 말을 내뱉었고 어쩐지 신경질적인 웃음을 지었다.

나중에 그는 이 장면을 오랫동안 회상했다.

「〈현명한 사람과의 대화는 흥미롭다〉는 사람들의 이야기는 사실이로군요.」 스메르쟈꼬프는 이반 표도로비치를 뚫어질 듯 바라보며 자신만만하게 대답했다.

마차는 서서히 움직이더니 이내 질주하기 시작했다. 나그네의 마음속은 답답했지만, 들판이며 언덕이며 나무들이며 머리 위에서 청명한 창공을 날고 있는 기러기 떼를 탐욕스런 눈으로 바라보았다. 그러자 그는 갑자기 기분이 좋아졌다. 그는 마부와 이야기를 나눠 봤고, 그 시골 사람의 대답이 무척 흥미롭기도 했지만, 얼마 후 그 대답이 모두 귓전을 스치고 지나갔을 뿐 실은 자신이 그 대답을 하나도 이해하지 못했다는 사실을 깨달았다. 입을 꽉 다물고 있으니 마음이 편했다. 공기는 맑고 신선하고 시원했으며 하늘은 청명했다. 알료샤와 까쩨리나 이바노브나의 모습이 눈앞에 가물거렸다. 조용한 미소를 지으며 그 모습들을 소중한 환영 속으로 묵묵히 밀어 버리자 그들의 모습은 이내 사라지고 말았다. 〈그들의 시간이 다시 돌아오겠지〉라고 이반은 생각했다. 역관까지 단숨에 내달려 말을 바꾼 다음 다시 볼로비야를 향해 달렸다. 〈왜 현명한 사람과의 대화가 흥미롭다는 거지, 대체 무슨 이야기가 하고 싶었던 걸까?〉 갑자기 그의 머릿속은 이런 생각으로 가득 찼다. 〈어째서 체르마쉬냐로 간다고 일러 준 것일까?〉 그러는 사이에 그는 볼로비야 역에 도착하게 되었다. 이반 표도로비치가 마차에서 내리자 마차꾼들이 그를 둘러쌌다. 체르마쉬냐까지 20베르스따 정도의 시골길을 개인 마차로 가려고 그는 마차 삯을 흥정했다. 마차를 준비하라고 부탁도 해놓았다. 역 대합실에 들어가 사방을 둘러보던 그는 역참지기 여인이 눈에 띄자 갑자기 입구 쪽 계단으로 되돌아 나왔다.

「체르마쉬냐 따위에는 가지 않아도 되겠소. 이봐요, 일곱 시 기차에는 늦지 않겠소?」

「제시간에 댈 수 있습니다. 말을 맬까요?」

「당장 준비하시오. 혹시 당신들 중에서 내일 읍내로 갈 사람은 없소?」

「왜 없겠습니까? 미뜨리가 갈 겁니다.」

「미뜨리, 부탁 하나 하고 싶은데? 우리 아버지 표도르 빠블로비치 까라마조프한테 들러서 내가 체르마쉬냐에 가지 않았다고 전해 주게. 할 수 있겠지?」

「여부가 있겠습니까, 꼭 들르도록 하지요. 표도르 빠블로비치 씨는 아주 오래 전부터 알고 있는걸요.」

「이 돈으로 차나 마시도록 하게, 보나마나 아버지는 수고비를 주지 않을 테니……」 이반 표도로비치는 유쾌한 미소를 지었다.

「물론 주시지 않을 겁니다.」 미뜨리도 따라 웃었다. 「감사합니다 나리, 꼭 분부대로 하겠습니다.」

저녁 일곱 시에 이반 표도로비치는 열차 객실에 올라타 모스끄바로 향했다. 〈지난 일들은 모두 날려 버리자, 지난 세계와는 영원히 이별이야. 연락도 인연도 끊어 버리자. 새로운 세계, 새로운 곳을 향해 한눈팔지 말고 나가자!〉 그는 이런 생각에 잠겼으나 기쁘기는커녕 그의 마음은 그가 지금까지 살아오면서 한번도 겪어 본 적이 없는 그런 슬픔에 빠져 들고 말았다. 그는 밤새 생각에 잠겼다. 기차는 질주했고 새벽녘에 이르러 모스끄바에 이미 들어섰을 때 갑자기 제정신이 든 것 같았다.

「나는 비열한 놈이야!」 그는 혼잣말로 중얼거렸다.

한편 아들을 전송한 표도르 빠블로비치는 매우 흡족한 기분에 젖어 있었다. 그러나 그가 행복감에 빠져 코냑을 마신 것은 겨우 두 시간 정도에 불과했다. 집 안에서는 갑자기 식구들 모두에게 역겹고도 불쾌한 사건이 벌어져서 표도르 빠블로비치의 마음은 순식간에 혼란에 빠지고 말았다. 스메르쟈꼬프가 어찌 된 셈인지 지하실로 내려가다가 윗계단에서부터 아래로 굴러 떨어진 것이다. 그때 마침 마르파 이그나찌예브나가 정원에 있다가 그 소리를 들은 것은 천만다행이었다. 그녀는 굴러 떨어지는 모습을 직접 보지는 못했지만 그 대신 비명소리, 그 무시무시한 비명소리만은 분명히 들었다. 그러나 그녀는 그 비명소리가 간질 발작이 일어날 때 터뜨리는 비명이라는 사실을 이미 오래 전부터 알고 있었다. 스메르쟈꼬프가 계단 아래로 내려가다가 발작을 일으켜서 의식을 잃고 아래로 굴러 떨어진 것인지, 아니면 계단에서 굴러 떨어진 충격으로 발작을 일으킨 것인지는 알 수 없었지만, 지하실 바닥에 쓰러진 스메르쟈꼬프는 입에 거품을 물고 몸을 부들부들 떨면서 경련을 일으키고 있었다. 처음에 사람들은 그의 팔과 다리가 부러지고 온몸에 타박상을 입었을 거라고 생각했으나, 마르파 이그나찌예브나의 표현대로 〈하느님의 은총〉 덕분에 아무 일 없이 무사했으며, 단지 그를 지하실에서 바깥으로 끌어내기가 힘들었을 뿐이다. 그래서 이웃 사람들에게 도움을 요청한 끝에 그를 겨우 끌어낼 수 있었다. 표도르 빠블로비치도 그때 현장에 있었으며 몹시 충격을 받은 듯 넋을 잃고 직접 일손을 거들기도 했다. 그러나 환자는 의식을 회복하지 못했다. 그의 발작은 잠시 멈추었으나 곧 다시 재발되곤 했기 때문에 사람들은 작년에 그가 우연히 다락방에서 굴러 떨어졌을 때와 똑같은 현상이 일어날 것이라고 결론을 내렸다. 그래서 당시 밤새 그에게 얼음찜질을 해주었던 기억을 떠올렸다. 얼음은 아직 지하실에 남아 있었으므로 마르파 이그나찌예브나가 그 일을 맡았고, 표도르 빠블로비치는 저녁 무렵에 의사 게르쩬쉬뚜베를 부르러 사람을 보냈다. 그는 곧 달려왔다. 환자를 조심스럽게 진찰한 게르쩬쉬뚜베는(그는 이 고장에서 가장 꼼꼼하고 조심스러운 의사로서 나이도 지긋하게 먹은 점잖은 노인이었다) 대단히 심한 발작이어서, 〈위험한 결과를 불러일으킬 수도 있다〉고 결론을 내리면서 현재로서는 어떤 판정도 내릴 수 없으며, 지금 쓰고 있는 약이 효과가 없으면 내

일은 다른 약을 써보겠노라고 말했다. 환자는 그리고리와 마르파 이그나찌예브나 부부의 거처와 나란히 붙은 사랑채 방으로 옮겨졌다. 그 일이 있은 후에도 표도르 빠블로비치는 하루 종일 계속 기분 나쁜 일을 겪었다. 마르파 이그나찌예브나가 식사를 준비해 왔는데, 수프는 스메르쟈꼬프의 음식 솜씨에 비하면 〈구정물〉이나 다름없었고, 닭고기는 너무 말라 비틀어져서 도저히 씹어 삼킬 수가 없었다. 마르파 이그나찌예브나는 수긍할 만하긴 했지만 그래도 너무 가시 돋친 주인 나리의 불평에 대해 닭은 너무 늙은 놈이었고 또 자신은 요리 수업을 받은 적도 없지 않느냐고 대꾸했다. 저녁 무렵이 되자 표도르 빠블로비치에게는 또 다른 걱정거리가 생겼다. 이틀 전부터 앓고 있던 그리고리 영감이 허리가 아파서 하필이면 이런 때에 병석에 누웠다는 소식을 전해 들은 것이다. 표도르 빠블로비치는 얼른 차를 마시고 나서 혼자 집 안에 틀어박혔다. 무섭고도 불안한 기대감에 넘쳐 있었던 것이다. 그는 바로 오늘 밤으로 거의 확실시되는 그루셴까의 방문을 기다리고 있었다. 적어도 그는 오늘 아침 일찍 스메르쟈꼬프로부터 〈그분은 오늘 틀림없이 찾아오신다고 약속하셨습니다〉라는 거의 확언에 가까운 이야기를 전해 들었던 것이다. 안절부절못하는 노인의 심장은 초조함으로 두근거렸다. 그는 빈 방 안을 서성거리며 귀를 곤두세우곤 했다. 어디선가 드미뜨리 표도로비치가 그녀의 동태를 감시하고 있을지도 모르는 일이므로 그녀가 방문을 두들기기만 하면(스메르쟈꼬프는 그녀에게 어디로 들어와서 어떻게 문을 두드려야 할지를 그저께 가르쳐 주었다고 표도르 빠블로비치에게 말했었다) 되도록 재빨리 문을 열어서 그녀가 현관에서 단 1초라도 쓸데없이 기다리게 해서는 안 되기 때문에 잠시도 귀기울이는 일에 게으름을 피울 수 없었던 것이다. 그렇지 않으면 그녀가 혹시 겁을 집어먹고 달아날지도 모르는 일이었다. 표도르 빠블로비치는 몹시 초조했지만, 그의 마음이 지금처럼 감미로운 희망에 젖었던 적도 없었다. 이번에야말로 그녀가 틀림없이 찾아올 것이라고 그는 자신 있게 단언할 수 있었던 것이다!

〈중권에 계속〉

열린책들 세계문학 029 까라마조프 씨네 형제들 상

옮긴이 이대우 서울에서 태어나 고려대학교 노어노문학과 및 동 대학원을 졸업하였다. 프랑스 엑상프로방스 대학 및 파리 제8대학에서 박사 과정을 수료했으며, 러시아 세계 문학 연구소에서 문학 박사 학위를 받았다. 현재 경북대학교 노어노문과 교수로 재직 중이다. 논문으로는 「예세닌과 한국문학」, 「미래주의 시어」 등이 있으며, 저서 『러시아 문학개론』(1996, 공저)과 역서 『부활』(1983, 똘스또이), 『그 후의 세월』(1991, 리바꼬프), 『삶이 그대를 속일지라도』(1999, 뿌쉬낀) 등이 있다.

지은이 표도르 도스또예프스끼 **옮긴이** 이대우 **발행인** 홍예빈
발행처 주식회사 열린책들 **주소** 경기도 파주시 문발로 253 파주출판도시
전화 031-955-4000 **팩스** 031-955-4004
홈페이지 www.openbooks.co.kr **이메일** literature@openbooks.co.kr
Copyright (C) 주식회사 열린책들, 2000, 2009, *Printed in Korea*.
ISBN 978-89-329-0942-4 04890 **ISBN** 978-89-329-1499-2 (세트)
발행일 2000년 6월 15일 초판 1쇄 2002년 1월 10일 신판 1쇄 2006년 4월 1일 신판 17쇄 2007년 2월 5일 3판 1쇄 2009년 9월 30일 3판 10쇄 2009년 12월 20일 세계문학판 1쇄 2025년 1월 30일 세계문학판 25쇄

이 도서의 국립중앙도서관 출판예정도서목록(CIP)은 서지정보유통지원시스템 홈페이지(http://seoji.nl.go.kr)와 국가자료공동목록시스템(http://www.nl.go.kr/kolisnet)에서 이용하실 수 있습니다.(CIP제어번호 : CIP2009003481)